PUS

Pegasus Yayınları: 367
Bestseller Roman: 156

PUS

KARIN FOSSUM

Özgün Adı: Se de ikke tilbake

Editör: Çiçek Eriş
Düzelti: Berna Sirman
Bilgisayar Uygulama: Meral Gök
Kapak Uygulama: Yunus Bora Ülke
Kapak Baskı: Gündüz Ofset
Film-Grafik: Mat Grafik

Baskı-Cilt: Alioğlu Matbaacılık
Orta Mah. Fatin Rüştü Sok. No: 1/3-A
Bayrampaşa/İstanbul
Tel: 0212 612 95 59

1. Baskı: Eylül 2011
ISBN: 978-605-4456-98-7

Yayıncı Sertifika No: 12177

PEGASUS YAYINLARI
Gümüşsuyu Mah. Osmanlı Sk. Alara Han
No: 27/9 Taksim / İSTANBUL
Tel: 0212 244 23 50 (pbx) Faks: 0212 244 23 46
www.pegasusyayinlari.com / info@pegasusyayinlari.com

KARIN FOSSUM

PUS

Bir Norveç Polisiyesi

Dedektif Konrad Sejer Macerası

İngilizceden Çeviren:
SEVİNÇ TEZCAN YANAR

PEGASUS YAYINLARI

BİR

Ragnhild kapıyı dikkatle açtı ve dışarı baktı. Yolda her şey sessizdi ve gece boyunca binalar arasında gezinen esinti nihayet durulmuştu. Döndü ve bebeğin pusetini kapı eşiğinden dışarı çekti.

Marthe, "Daha kahvaltı bile etmedik," diye söylendi.

Ragnhild'in puseti itmesine yardım etti.

"Eve gitmem gerek. Alışverişe çıkacağız." dedi Ragnhild.

"Daha sonra uğrayayım mı?"

"İstiyorsan uğrayabilirsin. Alışverişimizi yaptıktan sonra."

Şimdi çakıl zemindeydi ve puseti ön kapıya doğru itiyordu. Puset ağırdı; çevirdi ve itmek yerine çekmeye başladı.

"Sonra görüşürüz, Ragnhild."

Kapı –keskin bir ahşap ve metal tangırtısıyla– arkasından kapandı. Ragnhild bahçe kapısıyla uğraşıyordu ama dikkatsiz davranmamalıydı. Marthe'nin köpeği dışarı çıkabilirdi. Köpek, bahçe masasının altından onu dikkatle izliyordu. Kapının gerektiği gibi kapandığından emin olunca, garajların olduğu yöne doğru sokak boyunca yürümeye başladı. Binaların arasından kestirmeden gidebilirdi ama bunun pusetle çok zor olduğunu çoktan keşfetmişti. Aynı anda bir komşu garaj kapısını kapadı. Ragnhild'e gülümserken tek elle –biraz beceriksiz hareketlerle– paltosunun düğmelerini ilikledi. Araç yolunda keyifli homurtular çıkaran siyah, kocaman bir Volvo duruyordu.

"Hey, Ragnhild, erkencisin, değil mi? Marthe henüz kalkmadı mı?"

"Dün gece yatıya kaldım," dedi Ragnhild. "Yerde, bir şiltenin üstünde uyudum."

"Anlıyorum."

Komşu garaj kapısını kilitledi ve saatine baktı. Sabah saat 08.06'ydı. Bir dakika sonra arabasını yola çıkardı ve uzaklaştı.

Ragnhild puseti iki eliyle itiyordu. Yolun aşağıya doğru bir hayli eğimli olan kısmına ulaşmıştı; arabayı elinden kaçırmamak için sıkı sıkı tutması gerekiyordu. Adını ondan alan bebeği Elise –çünkü onun adı Ragnhild Elise'di– pusetin ön tarafına doğru kaymıştı. İyi bir görüntü değildi; bu yüzden tek elini bırakıp bebeği olması gereken yere çekti, battaniyesini düzeltti ve yoluna devam etti. Ayağında biri yeşil bağcıklı kırmızı, diğeri kırmızı bağcıklı yeşil, spor ayakkabılar vardı; öyle olması gerekiyordu. Göğüs kısmında Aslan Simba olan kırmızı bir eşofman üstü, onun üstüne de yeşil bir anorak giymişti. Saçları son derece cılız ve sarıydı; çok uzun değildi ama lastik bir tokayla tepede toplamayı başarmıştı. İhmal edilmiş, minik bir palmiye gibi fışkıran saçlarıyla, tokanın üstündeki parlak plastik meyveler sallanıyordu. Altı buçuk yaşındaydı ama yaşına göre ufak tefekti. Konuşmadığı zamanlarda, kimse onun okula gittiğini tahmin etmezdi.

Yokuşta kimseyle karşılaşmadı ama kavşağa yaklaşırken bir araba sesi duydu. Durdu, kenara sindi ve boyaları soyulan bir minibüs hız tümseğinin üstünde zıplarken bekledi. Kızın kırmızı kıyafeti görüş alanına girince, minibüs iyice yavaşlamıştı. Ragnhild sokağın karşı tarafına geçmek istedi. Diğer tarafta bir kaldırım vardı ve annesi ona her zaman kaldırımdan yürümesini tembihlerdi. Minibüsün geçmesini bekledi fakat minibüs tamamen durdu ve sürücü camını indirdi.

"Sen geç, ben beklerim," dedi.

Ragnhild bir an tereddüt etti, sonra karşıya geçti ve puseti kaldırımın üstüne çekmek için tekrar arkasına döndü. Minibüs öne doğru biraz kaydı, sonra tekrar durdu. Karşı taraftaki cam açıldı. Ragnhild, gözleri ne komik, diye düşündü; gerçekten de kocaman ve top gibi yuvarlaktılar. Araları açıktı ve ince buz gibi uçuk maviydiler. Dolgun dudakları ve kenarları bir balığınki gibi aşağı bakan minik bir ağzı vardı. Gözlerini Ragnhild'e dikmişti.

"O pusetle Skiferbakken'a mı çıkıyorsun?"

Küçük kız kafasını salladı. "Granittveien'de oturuyorum."

"Feci ağır olsa gerek. İçinde ne var?"

Ragnhild bebeğini yukarı kaldırarak, "Elise," dedi.

"Mükemmel," dedi adam geniş bir gülümsemeyle. Ağzı şimdi daha güzel görünüyordu.

Adam kafasını kaşıdı. Darmadağınık saçları, tepesinden bir ananasın yaprakları gibi gür tutamlar halinde fışkırıyordu.

"Seni oraya kadar götürebilirim," dedi. "Arkada bebek araban için de yer var."

Ragnhild bir an düşündü. Yukarı, uzun ve dik bir yokuş olan Skiferbakken'a baktı. Adam el frenini çekti ve minibüsün arkasına doğru baktı.

"Annem beni bekliyor," dedi Ragnhild.

Zihninin gerisinde bir zil çalmaya başlamıştı ama ne için olduğunu hatırlayamıyordu.

"Ben götürürsem, eve daha çabuk gidersin," dedi adam.

İşte bu kararını vermesini sağlamıştı. Ragnhild pratik bir kızdı. Puseti minibüsün arka tarafına sürdü ve adam aşağı atladı. Arka kapıyı açıp puseti tek eliyle kaldırdı.

"Arkada oturman ve puseti tutman gerekecek. Yoksa oradan oraya yuvarlanır," diyerek Ragnhild'i de kaldırdı.

Arka kapıları kapadı, sürücü koltuğuna tırmanıp el frenini indirdi.

"Bu yokuşu her gün çıkıyor musun?" Ona aynadan bakıyordu.

"Sadece Marthe'nin evine gittiğim zamanlarda. Yatıya kaldım."

Oyuncak bebeğin battaniyesinin altından çiçekli küçük bir çanta çıkardı, açtı ve her şeyin yerli yerinde olduğundan emin oldu. Üzerinde Nala resmi olan geceliği, diş fırçası ve saç fırçası. Minibüs bir tümseğin üstünde daha zıpladı. Adam hâlâ aynadan ona bakıyordu.

"Daha önce hiç böyle diş fırçası gördün mü?" dedi Ragnhild fırçayı ona doğru kaldırarak. Fırçanın ayakları vardı.

"Hayır," dedi adam. "Nereden aldın?"

"Babam aldı. Senin böyle bir fırçan yok mu?"

"Hayır, ama Noel'de bir tane isteyeceğim."

Nihayet son tümseği de aşmıştı, ikinci vitese geçti. Berbat bir sürtünme sesi çıktı. Küçük kız minibüsün zemininde puseti yerinde tutmaya çalışarak oturuyordu. Adam, çok tatlı bir küçük kız, diye düşündü. Eşofmanının içinde kırmızı ve şirin, olgun, küçük bir orman meyvesi gibi. Bir ıslık tutturdu ve küçük kızın arka tarafında oturduğu büyük minibüsün direksiyon başında kendisini tahtında, bulutların üstünde hissetti. Gerçekten de bulutların üstündeydi.

*

Köy, vadinin dibindeki bir fiyordun ucunda, dağın eteğinde kalıyordu. Nehirde suyun daha durağan olduğu yerler gibi bir yerde. Ve sadece hızla akan suyun temiz olduğunu herkes bilirdi. Köy, belediyenin üvey çocuğuydu ve oraya çıkan yollar tarif edilmeyecek kadar kötüydü. Arada sırada bir otobüs terk edilmiş mandıranın önünde durmaya ve kasabaya götüreceği insanları almaya tenezzül ederdi. Köye gece gelen bir otobüs hattı yoktu.

Kollen, gri, yuvarlak zirveli, orada yaşayanların neredeyse yok saydığı ancak çok uzak yerlerdeki insanların hevesle ziyaret ettiği bir dağdı. Bunun nedeni dağın nadir bulunan, sıradışı mineralleri ve bitki örtüsüydü. Sakin günlerde, dağın tepesinden cılız bir çınlama duyulurdu; perili olduğuna inanmak işten değildi. İşin aslı, sesler yukarıda otlayan koyunlardan geliyordu. Dağın sırtları, ince ve yumuşacık yünden perdelere benzeyen pusun arasından mavi ve hayalî görünüyordu.

Konrad Sejer yol haritasındaki otoyolu parmağının ucuyla takip etti. Bir adaya yaklaşıyorlardı. Direksiyondaki polis memuru Karlsen yol tarifini dinlerken dikkatli gözlerini tarlalardan ayırmıyordu.

"Şimdi Gneisveien'den sağa dönmen, sonra Skiferbakken'dan yukarı çıkıp Feltspatveien'den sola sapman gerek. Granittveien sağdan ayrılıyor. Çıkmaz sokak," dedi Sejer düşünceli bir tavırla. "5 numara, soldan üçüncü ev olmalı."

Gergindi. Sesi her zamankinden sertti.

Karlsen arabayı sitenin yoluna soktu ve hız tümseklerinin üstünden zıplayarak ilerledi. Pek çok yerde olduğu gibi burada da yeni taşınanlar öbekler halinde, yerel halktan biraz uzağa yerleşmişlerdi. İki polis memuru yol tarifi dışında pek fazla konuşmuyordu. Kendilerini hazırlamaya çalışarak ve çocuğun eve dönmüş olabileceğini düşünerek eve yaklaştılar. Belki de bunca karmaşa karşısında şaşkın ve mahcup, annesinin kucağında oturuyordu.

Saat öğleden sonra birdi, yani küçük kız beş saattir kayıptı. İki saat makul sınır içinde sayılabilirdi ama beş, kesinlikle çok uzundu. Huzursuzlukları, göğüste kanın akmayı reddettiği ölü bir nokta misali gittikçe büyüyordu. İkisinin de kendi çocukları vardı. Karlsen'ın kızı sekiz yaşındaydı; Sejer'in ise dört yaşında bir erkek torunu vardı. Sessizlik, doğru çıkabilecek görüntülerle doluydu. Evin önüne yanaşırlarken Sejer bu düşünceyle irkildi.

5 numara, pencereleri koyu mavi çerçeveli, alçak, beyaz bir evdi. Kişiliği olmayan tipik bir prefabrikti ama dekoratif panjurları ve balık pulu desenli kalkan duvarıyla bir oyun odası gibi süslenmişti. Şirin korkuluklarla çevrili geniş bir veranda binanın etrafını dolaşıyordu. Ev neredeyse bir sırtın tepesinde oturuyor ve bütün köye yukarıdan bakıyordu. Çiftlikler ve tarlalarla çevrilmiş, küçük ve bir hayli şirin köye. Eve onlardan önce ulaşmış bir devriye arabası, posta kutusunun hemen yanına park etmişti.

Sejer önden yürüdü, ayaklarını paspasa dikkatle sildi ve oturma odasına girerken kafasını hafifçe eğdi. Neler olduğunu görmeleri sadece bir saniyelerini aldı. Kız hâlâ kayıptı ve panik aşikârdı. Pötikare elbiseli tıknaz bir kadın olan anne, kanepede oturuyordu. Hemen yanında tek elini annenin koluna yerleştirmiş bir kadın polis vardı. Sejer odadaki korkunun kokusunu neredeyse alabiliyordu. Anne gözyaşlarını ve hatta belki de kulakları sağır edici dehşet çığlığını bastırmak için sahip olduğu cılız cesarete tutunuyordu. Sejer'in elini sıkmak için ayağa kalktığı zaman olduğu gibi en ufak bir çaba bile nefes alıp verişini hızlandırıyordu.

Sejer, "Bayan Album," dedi. "Birileri aramaya çıktı, değil mi?"

"Komşulardan bazıları. Yanlarında bir köpek var."

Anne yeniden kanepeye çöktü.

"Birbirimize yardım etmemiz gerekiyor."

Sejer kadının karşısındaki koltuğa oturdu ve gözlerini ona sabitleyerek öne eğildi.

"Arama için köpekli bir devriye görevlendireceğiz. Şimdi bana Ragnhild'le ilgili her şeyi anlatmanız gerek. Kimdir, neye benzer, üstünde ne vardı?"

Aldığı tek cevap ısrarlı bir kafa sallama oldu. Kadının ağzı kasılıp donmuş gibi görünüyordu.

"Olabileceği her yeri aradınız mı?"

Kadın, "Çok fazla yer yok," diye mırıldandı. "Hepsini aradım."

"Köyün başka bir yerinde akrabanız var mı?"

"Hayır, hiç yok. Buralı değiliz."

"Ragnhild anaokuluna ya da kreşe gidiyor mu?"

"Daha yer açılmamıştı."

"Kardeşleri var mı?"

"O bizim tek çocuğumuz."

Sejer hiç ses çıkarmadan nefes almaya çalıştı.

"Öncelikle," dedi, "üstünde ne vardı? Elinizden geldiğince net olun."

"Kırmızı bir eşofman üstü," diye kekeledi anne. "Ön tarafında bir aslan var. Kapüşonlu bir mont. Teki kırmızı, teki yeşil ayakkabılar."

Duraksayarak konuşuyordu, sesi çatlamak üzereydi.

"Ya Ragnhild'in kendisi? Onu tarif edin."

"Yaklaşık bir metre yirmi santim boyunda. On altı kilo. Çok açık renk saçlı. Altı yaş kontrolüne yeni götürdük."

Bayan Album televizyonun yanındaki, birkaç fotoğrafın asılı durduğu duvarın yanına gitti. Çoğu Ragnhild'e aitti. Birinde ulusal kıyafetler içindeki bir Bayan Album, bir diğerinde ise İç Güvenlik

Kuvvetleri'nin üniforması içindeki bir adam –tahminen baba– göze çarpıyordu. Kadın küçük kızın gülümsediği bir tanesini seçip Sejer'e uzattı. Kızın saçları neredeyse beyazdı. Kendi saçları simsiyahtı ama baba sarışındı. Saçlarının bir kısmı kepinin altından görünüyordu.

"Nasıl bir kızdır?"

"Kolayca güvenir," diyerek iç geçirdi. "Herkesle konuşur." Bu itiraf ürpermesine neden olmuştu.

Sejer keskin bir tavırla, "Bu dünyaya en iyi ayak uyduran çocuk tipi," dedi. "Fotoğrafı yanımıza almamız gerekecek."

"Farkındayım."

Sejer yerine otururken, "Söylesenize," dedi, "bu köyde çocuklar yürüyüşe nereye giderler?"

"Aşağıdaki, fiyorda. Prestegårds Sahili'ne ya da Horgen'a. Ya da Kollen'in tepesine. Bazıları yukarı, sarnıca çıkar ya da ormanda yürümeye gider."

Komiser pencereden dışarı baktı ve karaçamları gördü.

"Evden ayrıldıktan sonra Ragnhild'i gören kimse olmuş mu?"

"Marthe'nin komşusu işe gitmek için evden çıkarken garajının önünde karşılaşmış. Karısını aradığım için biliyorum."

"Marthe nerede oturuyor?"

"Krystallen'de, buraya birkaç dakika uzaklıkta."

"Yanında oyuncak bebeğinin puseti mi vardı?"

"Evet, pembe bir Brio."

"Komşunun adı ne?"

"Walther," dedi Bayan Album şaşkınlıkla. "Walther Isaksen."

"Onu nerede bulabilirim?"

"Dyno Endüstrileri'nde çalışıyor, personel departmanında."

Sejer ayağa kalkıp telefona yürüdü, bilinmeyen numaraları aradı, sonra numarayı tuşladı ve bekledi.

"Çalışanlarınızdan birisiyle derhal konuşmam gerek. Adı Walther Isaksen."

Bayan Album oturduğu kanepeden endişeli bir bakış attı. Karlsen pencereden manzarayı, mavi sırtları, tarlaları ve uzaktaki beyaz kilise kulesini inceliyordu.

Sejer kısaca, "Konrad Sejer, polis," dedi. "Granittveien 5 numaradan arıyorum ve büyük olasılıkla nedenini biliyorsunuz."

"Ragnhild hâlâ kayıp mı?"

"Evet ama anladığım kadarıyla onu sabah Marthe'lerden çıkarken görmüşsünüz."

"Tam garajımın kapısını kapıyordum."

"Saate dikkat ettiniz mi?"

"Tam 08.06'ydı. Biraz geç kalmıştım."

"Saatten emin misiniz?"

"Kol saatim dijital."

Sejer sessizdi; buraya gelirken kullandıkları yolu anımsamaya çalışıyordu.

"Yani ondan 08.06'da, garajın önünde ayrıldınız ve doğruca işe gittiniz."

"Evet."

"Gneisveien'den aşağı inip otoyola mı çıktınız?"

"Bu doğru."

Sejer, "Günün o saatinde pek çok insanın kasabaya doğru gittiğini ve aksi yönde büyük olasılıkla çok az trafik olduğunu düşünüyorum."

"Evet, doğru. Köyün içinden geçen hiçbir ana yol ya da gidilecek bir iş yok."

"Köy istikametine giden herhangi bir arabanın yanından geçtiniz mi?"

Adam bir an sustu. Sejer bekliyordu. Oda bir mezar kadar sessizdi.

"Evet aslında. Adadan hemen önce, binaların hemen aşağısında bir arabanın yanından geçtim. Sanırım bir minibüstü; çirkin, boyaları dökülen bir minibüs. Bir hayli yavaş gidiyordu."

"Kim kullanıyordu?"

"Bir adam," dedi Isaksen tereddütle. "Yalnız bir adam."

"Adım Raymond." Gülümsedi.

Ragnhild kafasını kaldırdı, aynadaki gülümseyen yüzü ve sabah ışığıyla yıkanan Kollen Dağı'nı gördü.

"Biraz gezmek ister misin?"

"Annem beni bekliyor."

Bunu kibirli bir sesle söylemişti.

"Kollen'in tepesine hiç çıktın mı?"

"Bir kez, babamla. Piknik yaptık."

Raymond, "Oraya arabayla çıkmak mümkün," diye açıkladı. "Arka taraftan yani. Tepeye çıkalım mı?"

"Eve gitmek istiyorum," derken Ragnhild'in sesi artık biraz şüpheliydi.

Adam vites değiştirdi ve durdu.

"Sadece kısa bir gezinti?" diye sordu.

Sesi incecikti. Ragnhild sesinin çok üzgün çıktığını düşündü. Yetişkinlerin dileklerini karşılıksız bırakmaya alışkın değildi. Ayağa kalktı, ön koltuğa doğru yürüdü ve öne yaslandı.

"Sadece kısa bir gezinti," diye tekrarladı. "Yukarı, tepeye ve sonra hemen eve."

Adam geri geri Feldspatveien'e saptı ve minibüsü yokuş aşağı sürmeye başladı.

"Adın ne?" diye sordu.

"Ragnhild Elise."

Adam ağır ağır iki yana sallandı ve ona nasihat vermeye hazırlanır gibi gırtlağını temizledi.

"Ragnhild Elise. Sabahın bu erken saatinde alışverişe gidemezsin. Saat daha 08.15. Dükkânlar kapalı."

Ragnhild cevap vermedi. Elise'i pusetinden çıkardı, kucağına yerleştirip elbisesini düzeltti. Sonra bebeğin ağzındaki emziği çekti. Bebek derhal çığlık atmaya başladı.

Bu, cılız, metalik bir bebek ağlamasıydı.

"Bu da ne?"

Adam frene asıldı ve aynadan arkaya baktı.

"Sadece Elise. Emziğini çıkardığım zaman ağlıyor."

"Bu sesi hiç sevmedim. O şeyi yerine tak."

Artık direksiyon başında huzursuzdu. Araba sağa sola sallanıyordu.

"Babam senden daha iyi bir sürücü," dedi küçük kız.

"Kendi kendime öğrenmek zorunda kaldım," dedi adam asık bir suratla. "Kimse bana öğretmek istemedi."

"Ama neden?"

Adam cevap vermedi, sadece başını arkaya attı. Minibüs artık otoyola çıkmıştı. Adam ikinci viteste adaya kadar ilerledi ve kavşağı boğuk bir kükremeyle geçti.

"İşte Horgen'a geliyoruz," dedi Ragnhild neşeyle.

Adam cevap vermedi. On dakika sonra sola, ormanlık dağ yoluna saptı. Yol üstünde kırmızı ambarlı birkaç çiftlik evinin ve oraya buraya park edilmiş traktörlerin önünden geçtiler. Hiç kimseyi görmediler. Yol gittikçe daraldı ve çukurlarla dolmaya başladı. Ragnhild'in kolları pusete tutunmaktan yorgun düşmeye başlamıştı. Bu yüzden bebeği yere bıraktı ve fren olarak ayaklarını tekerleklerin arasına soktu.

Adam birden, "İşte yaşadığım yer," dedi ve durdu.

"Karınla birlikte mi?"

"Hayır, babamla. Ama o yatakta."

"Daha kalkmadı mı?"

"O her zaman yatakta."

Ragnhild camdan dışarı, garip görünüşlü eve baktı. Burası zamanında bir kulübeyken birisi bazı eklemeler yapmıştı; önce bir kez, sonra yeniden. Ayrı parçaların hepsi farklı renklerdeydi. Yanında oluklu sacdan bir garaj vardı. Bahçe bakımsızdı. Paslı, eski bir mala ısırgan otlarının ve karahindibaların arasında yavaş yavaş boğuluyordu. Ancak Ragnhild evle ilgilenmiyordu; gözleri başka bir şeye takılmıştı.

Cılız bir sesle, "Tavşanlar!" dedi.

"Evet," dedi adam hoşnut bir tavırla. "Bakmak ister misin?"

Aşağı atladı, arka kapıyı açtı ve küçük kızı yere indirdi. Yürüyüşü tuhaftı, bacakları alışılmışın ötesinde kısaydı ve ciddi anlamda paytaktı. Ayakları küçüktü. Geniş burnu neredeyse biraz öne doğru çıkık alt dudağına değecekti. Burnunun altında büyük, berrak bir damla asılıydı. Ragnhild, yürürken yaşlı bir adam gibi sallanmasına rağmen o kadar da yaşlı olmadığını düşündü. Ama aynı zamanda komikti de. Yaşlı bir bedende bir oğlan suratı. Adam tavşan kafeslerine doğru yalpaladı ve kapağı açtı. Ragnhild büyülenmiş gibiydi.

"Bir tanesini kucağıma alabilir miyim?"

"Evet. İstediğini seç."

Ragnhild kendinden geçmişçesine, "Küçük kahverengi olanı," dedi.

"Adı Påsan. En sevimlileri odur."

Adam kafesi açtı ve tavşanı çıkardı. Tombul, sarkık kulaklı, bol kremalı bir kahve rengindeydi. Ayaklarını deli gibi sallıyordu ama Ragnhild onu kollarının arasına alır almaz, sakinleşti. Bir an büsbütün hareketsiz kaldı. Küçük kız, kulaklarını özenle okşarken, tavşanın kalbinin elinin altında deli gibi attığını hissediyordu. Burnu bir meyankökü damlası gibi siyahtı ve nemle parlıyordu. Raymond yanında durup onu seyretti. Tamamen kendine ait küçük bir kızı olmuştu ve onları kimse görmemişti.

"Fotoğraf," dedi Sejer, "eşkâlle birlikte gazetelere gönderilecek. Aksi yönde bir haber almadıkları sürece, bu akşam basarlar."

Irene Album hıçkırarak masaya yığıldı. Diğerleri tek kelime etmeden ellerine ve kadının sarsılan sırtına bakıyordu. Kadın polis elinde bir mendille hazır bekliyordu. Karlsen sandalyesini biraz geriye kaydırdı ve kol saatine baktı.

Sejer, "Raghnild köpeklerden korkar mı?" diye sordu.

Anne şaşkınlıkla, "Neden soruyorsunuz?" dedi.

"Bazen çocukları köpekli devriyelerle aradığımız zaman, Alman çoban köpeklerimizin sesini duyunca saklanıyorlar."

"Hayır, köpeklerden korkmaz."

Kelimeler Sejer'in beyninde yankılandı. *Köpeklerden korkmaz.*

"Kocanıza ulaşma şansınız oldu mu?"

"Harekât için Narvik'te," diye fısıldadı Irene Album. "Yaylada bir yerde."

"Cep telefonu kullanmıyorlar mı?"

"Kapsama alanı dışındalar."

"Şu anda kızınızı arayanlar kimler?"

"Bu çevrede yaşayan, gündüz saatlerinde evde olan oğlanlar. Birisinin yanında telefonu var."

"Aramaya çıkalı ne kadar oldu?"

Irene Album duvardaki saate baktı. "İki saatten fazla."

Sesi artık titremiyordu. Artık sersemlemiş, yarı uykuda gibi neredeyse uyuşmuştu. Sejer bir kez daha öne eğildi ve olabildiğince yumuşak ve net bir sesle konuştu.

"En çok korktuğunuz şey büyük ihtimalle olmamıştır. Bunun farkında mısınız? Genelde çocuklar türlü türlü sebeplerden ortadan kaybolurlar ve çocukların, sırf çocuk oldukları için kayboldukları da bir gerçektir. Zaman ya da sorumluluk duyguları yoktur ve o kadar delirtici bir merak duygusuna sahiptirler ki akıllarına gelen her dürtünün peşine düşerler. Çocuk olmak böyle bir şeydir ve çocuklar bu yüzden kaybolurlar. Ama genellikle tıpkı kayboldukları gibi aniden ortaya çıkıverirler. Sıkça nerede oldukları ya da ne yaptıkları konusunda iyi bir açıklamaları da yoktur. Ama genelde..." bir nefes aldı, "başlarına bir şey gelmemiştir."

"Biliyorum," dedi Irene ona dik dik bakarak. "Ama daha önce hiç böyle başını alıp gitmemişti!"

Sejer ikna edici bir tonla, "Büyüyor ve gelişiyor," dedi. "Daha maceraperest oluyor."

Tanrım, bana yardım et, diye düşündü. Her şey için bir cevabım var. Ayağa kalktı, saatine bakma arzusunu bastırarak başka bir numara tuşladı. Saatine bakması, zamanın ilerlediğine dair bir hatırlatma olacaktı ve buna ihtiyaçları yoktu. Nöbetçi subaya ulaştı ve ona durumun kısa bir özetini aktarıp gönüllü bir kurtarma ekibiyle temas kurmasını rica etti. Granittveien adresini ve kızın hızlı bir tarifini verdi: kırmızı bir kıyafet, neredeyse beyaz saçlar, pembe bir puset. Gelen herhangi bir mesaj olup olmadığını sordu ve hiç mesaj alınmadığını öğrendi. Tekrar yerine oturdu.

"Ragnhild yakın zamanda sizin tanımadığınız birisinden ya da bir isimden bahsetti mi?"

"Hayır."

"Yanında para var mıydı? Bir dükkân falan arıyor olabilir mi?"

"Parası yoktu."

Sejer, "Burası küçük bir köy," diye devam etti. "Hiç yürüyüşe çıkıp komşulardan birisinin arabasıyla döndüğü oldu mu?"

"Evet, bu zaman zaman olur. Dağın bu yamacında yaklaşık yüz kadar ev var. Hemen herkesi tanır ve arabalarını bilir. Bazen o ve Marthe pusetleriyle kiliseye yürür ve komşulardan birisi tarafından eve bırakılırlar."

"Kiliseye gitmelerinin özel bir nedeni var mı?"

"Orada tanıdıkları küçük bir oğlan gömülü. Mezarı için çiçek topluyor ve sonra tekrar buraya çıkıyorlar. Sanırım onlara heyecan verici geliyor."

"Kiliseyi aradınız mı?"

"Ranghild için saat onda aradım. Saat sekizde çıktığını söyledikleri zaman, hemen arabaya atladım. Ben aramaya çıkmışken geri dönerse diye ön kapıyı kilitlemedim. Kiliseye ve benzin istasyonuna kadar gittim, araba tamirhanesini ve mandıranın arkasını aradım. Sonra bahçesine bakmak üzere okula gittim çünkü orada tırmanma oyuncakları falan var. Ardından anaokulunu kontrol ettim. Okula başlamaya o kadar hevesliydi ki o..."

Yeni bir hıçkırık nöbeti devreye girmişti. O ağlarken, diğerleri hiç kıpırdamadan bekledi. Gözleri şişmişti ve parmaklarıyla, çaresizlik içinde eteğini çekiştiriyordu. Bir süre sonra hıçkırıklar kesildi ve uyuşukluk hali geri döndü. Korkunç olasılıkları uzakta tutmak için bir kalkan.

Telefon çaldı. Ani, uğursuz bir çınlamaydı bu. Bayan Album yerinden sıçradı, telefonu açmak üzere ayağa fırladı ama Sejer'in onu durdurmak için havaya kaldırdığı eli gördü. Sejer telefonu açtı.

"Alo? Irene orada mı?"

Bir oğlan sesine benziyordu. "Kim arıyor?"

"Thorbjørn Haugen. Ragnhild'i arıyoruz."

"Polisle konuşuyorsunuz. Haber var mı?"

"Dağ yamacındaki bütün evleri dolaştık. Tek tek, hepsini. Pek çok insan evde değil ama Feltspatveien'de bir bayanla karşılaştık. Bir yük aracı bahçesine geri geri girip dönüş yapmış. 1 numarada oturuyor. Bir tür minibüs olduğunu düşünüyor. Minibüsün içinde yeşil ceketli, beyaz saçları tepesinde toplanmış küçük bir kız görmüş. Ragnhild saçlarını sık sık tepede toplar."

"Devam edin."

"Minibüs tepeden yukarı doğru yarı yola kadar çıkıp aşağı inmiş. Dönemecin etrafında gözden kaybolmuş."

"Saat kaçta olduğunu biliyor musunuz?"

"Sabah 08.15'te."

"Granittveien'e gelebilir misiniz?"

"Hemen orada oluruz, şu anda göbekteyiz."

Sejer telefonu kapadı. Irene Album hâlâ ayaktaydı.

"Ne olmuş?" diye fısıldadı. "Ne dediler?"

"Birisi onu görmüş," dedi Sejer ağır ağır. "Bir minibüse binmiş."

Irene Album'ün çığlığı nihayet kopmuştu. Ses sanki sık ormanın arasından süzülüp Ragnhild'in zihninde minik bir kıpırtıya neden olmuştu.

"Acıktım," dedi birdenbire. "Eve gitmem gerek."

Raymond başını kaldırdı. Påsan mutfak masasının üstünde dolaşıyor, ortalığa saçtıkları tohumları yalayıp yutuyordu. Zamanı ve mekânı unutmuşlardı. Bütün tavşanları doyurmuşlar, Raymond ona dergilerden kestiği ve büyük bir albüme özenle yapıştırdığı fotoğraflarını göstermişti. Ragnhild onun komik suratına bakarak kahkahalar atıp durmuştu. Ama şimdi saatin geç olduğunu fark etmişti.

"Bir dilim ekmek yiyebilirsin."

"Eve gitmeliyim. Alışverişe gideceğiz."

"Önce Kollen'e çıkalım, sonra seni eve bırakırım."

"Şimdi!" dedi küçük kız kararlı bir sesle. "Eve şimdi gitmek istiyorum."

Raymond çaresizlik içinde onu oyalamanın bir yolunu düşündü.

"Tamam. Ama benim önce çıkıp aşağıdaki Horgen'ın Dükkâ-nı'ndan babam için süt almam gerek. Sen burada bekle, o zaman o kadar uzun sürmez."

Ayağa kalktı ve küçük kıza baktı. Ona tarçınlı şekerleri anımsatan minik, kalp biçimindeki ağzının süslediği aydınlık yüzüne. Gözleri berrak ve maviydi, beyaz perçemlerinin altındaki kaşları şaşırtıcı biçimde koyu renkti. Raymond derin bir iç çekti ve arka tarafa yürüyüp kapıyı açtı.

Ragnhild gerçekten gitmek istiyordu ama eve dönüş yolunu bilmediği için beklemesi gerekecekti. Kucağında tavşanla oturma odasına geçti ve kanepenin köşesine kıvrıldı. Önceki gece o ve Marthe çok fazla uyumamışlardı ve boynunun girintisindeki sıcacık hayvanla uykusu geliverdi. Kısa süre sonra gözleri kapandı.

Raymond'ın dönmesi zaman almıştı. Uzunca bir süre oturdu ve ne kadar sessiz uyuduğuna hayret ederek kızı seyretti. Ne bir hareket ne de küçük bir iç çekiş. Kızın, fırındaki bir ekmek somunu gibi giderek yayıldığını düşündü, daha büyük ve daha ılıktı sanki. Bir süre sonra huzursuzlandı ve ellerini ne yapacağını bilemediği için ceplerine sokup sandalyesinde biraz sallandı. Gittikçe hızlı, daha hızlı sallanırken pantolonunun kumaşını ellerinin arasında yoğurmaya başladı. Kaygıyla pencerelere ve babasının koridorun ucundaki yatak odasına baktı. Elleri yoğuruyor, yoğuruyordu. Sürekli olarak kızın neredeyse tavşan kürkü gibi ipeksi bir parlaklığı olan saçlarına bakıyordu. Sonra hafifçe inledi ve kendini durdurdu. Ayağa kalktı ve kızın omzunu yavaşça dürttü.

"Artık gidebiliriz. Påsan'ı bana ver."

Ragnhild bir anlığına afalladı. Yavaşça kalktı ve Raymond'a baktı, sonra peşinden mutfağa gitti, anorağını üstüne geçirdi ve küçük kahverengi tüy yumağı kafesinde gözden kaybolurken paytak adımlarla evden dışarı çıktı. Raymond üzgün görünüyordu ama minibüse binmesine yardım etti. Sonra kendisi de şoför koltuğuna oturdu ve anahtarı çevirdi. Hiçbir şey olmadı.

"Çalışmıyor," dedi sıkkın bir sesle. "Anlamıyorum. Daha az önce çalışıyordu. Teneke parçası!"

Ragnhild, sanki bir faydası olacakmış gibi yüksek sesle, "Eve gitmem gerek," dedi. Raymond kontağa asılmaya ve gaz pedalına basmaya devam ediyordu. Ateşleyici motorun çalıştığını duyabiliyordu ama yakınır gibi bir sızlanmanın ardından motoru devreye sokmayı reddediyordu.

"Yürümemiz gerekecek."

Küçük kız, "Ama çok uzak," diye sızlandı.

"Hayır, buradan çok uzak değil. Şu anda Kollen'in arka tarafında, neredeyse tepedeyiz. Ve şuradan doğruca sizin eve bakabilirsin bile. Ben pusetini senin yerine götürürüm."

Ön koltukta duran ceketi giydi, minibüsten indi ve küçük kız için kapıyı açtı. Ragnhild bebeğini taşıyor, Raymond puseti arkasından çekiyordu. Puset çukurlu yolda biraz sallanıyordu. Ragnhild, koyu renk ağaçlarla çevrili Kollen'in biraz ötede yükseldiğini görebiliyordu. Bir araba yüksek hızla yanlarından geçerken, birkaç saniyeliğine yolun kenarına çekilmek zorunda kaldılar. Toz arabanın arkasında sis gibi havada asılı kaldı. Raymond yolu biliyordu ama pek formda olmadığı için Ragnhild ona ayak uydurmakta zorlanmıyordu. Yol bir süre sonra dikleşti ve bir dönüş alanında son buldu. Kollen'in sağ tarafına doğru dolanan patika yumuşak ve tozluydu. Koyunlar patikayı genişletmişti ve gübreleri, dolu gibi kalın bir tabaka oluşturmuştu. Ragnhild koyun pisliklerini ezerek eğleniyordu; kuruydu ve tozlaşıyorlardı. Birkaç dakika sonra, ağaçların arasından çok hoş bir ışıltı görünür oldu.

Raymond, "Yılan Gölü," dedi.

Ragnhild yanında durdu ve gözlerini göle dikti. Nilüferleri ve tepetakla kıyıda duran küçük kayığı gördü.

Raymond, "Suya inme," dedi. "Tehlikeli. Burada yüzemezsin, kumun içine gömülür ve kaybolursun." Ciddi bir ifadeyle, "Bataklık kumu," diye ekledi. Ragnhild ürperdi. Gözleriyle gölün kıyısını, kumsal denebilecek bir açıklığın, koyu renk bir gedik gibi kesintiye uğratıldığı kısım dışında aralıksız dalgalanan sarı renkli sazlık çizgisini takip etti. İkisi de oraya bakıyordu. Raymond puseti elinden bıraktı ve Ragnhild parmağını ağzına götürdü.

Thorbjørn cep telefonuyla oynayarak ayağa kalktı. 16 yaşlarındaydı ve desenli bir bandanayla tutturduğu koyu renk, omuz hizasına gelen ve hafifçe kepekli saçları vardı. Bandananın şakak hizasındaki düğümlerinden fırlayan uçları iki kırmızı tüy gibi görünüyor ve soluk renkli bir Kızılderili havası veriyordu. Ragnhild'in annesine bakmaktan kaçınıyor, hiç durmadan dudaklarını yalayarak dik dik Sejer'e bakıyordu.

"Ortaya çıkardığınız şey önemli," dedi Sejer. "Lütfen adresini yazın. Adını hatırlıyor musunuz?"

"Helga Moen, 1 numarada. Dışında bir köpek kulübesi olan gri bir ev." Sejer'in verdiği not defterine kelimeleri büyük harflerle yazarken konuşması fısıltıdan farksızdı.

Sejer, "Siz çocuklar bölgenin büyük kısmını dolaştınız mı?" diye sordu.

"Önce Kollen'e çıktık, sonra Yılan Gölü'ne indik ve oradaki patikaları tırmandık. Yüksek göle, Horgen'ın Dükkânı'na ve Prestegårds Sahili'ne gittik. Ve kiliseye. Son olarak da birkaç çiftliğe, Bjerkerud'a ve Atlı Spor Merkezi'ne baktık. Ragnhild hayvanlarla çok ilgilenirdi. Ee, şey, yani ilgilenir."

Dil sürçmesi yanaklarının kızarmasına neden olmuştu. Sejer omzunu yavaşça sıvazladı.

"Otur, Thorbjørn."

Başıyla Bayan Album'ün yanında boş yer olan kanepeyi işaret etti. Bayan Album yeni bir aşamaya geçiş yapmıştı, şimdi Ragnhild'in bir daha asla geri dönmemesi ve hayatının geri kalan kısmını kızı ve onun kocaman mavi gözleri olmadan geçirmesi yönündeki baş döndürücü olasılığı değerlendiriyordu. Bunun farkına vardıkça küçük sancılar da beraberinde geliyordu. Sanki omurgasında çelik bir çubuk varmışçasına, bütün bedeni kaskatıydı. Orada oldukları süre boyunca hemen hemen hiç konuşmayan kadın polis ayağa kalktı. İlk defa bir öneride bulunmaya yelteniyordu.

"Bayan Album," dedi sakin bir sesle. "Neden herkese kahve yapmıyoruz?"

Kadın usulca başını salladı, ayağa kalktı ve memurun peşinden mutfağa gitti. Bir musluk açıldı ve ardından fincan tıkırtıları duyuldu. Sejer, Karlsen'a koridoru işaret etti. Orada bir süre birbirlerine bir şeyler mırıldanarak durdular. Thorbjørn sadece Sejer'in kafasını ve Karlsen'ın parlak ve siyah ayakkabısının burnunu görebiliyordu. Loş ışıkta saatlerine kimseye belli etmeden bakabilirlerdi. Öyle yaptılar ve fikir birliğine varmış gibi kafalarını hafifçe eğdiler. Ragnhild'in kaybolması ciddi bir meseleye dönüşmüştü ve departmanın bütün kaynaklarının kullanılması gerekecekti. Sejer gömleğinin üstünden dirseğini kaşıdı.

"Onu bir hendekte bulma düşüncesiyle yüzleşemiyorum."

Temiz hava almak için kapıyı açtı. Ve işte orada duruyordu. Kırmızı eşofmanı ve korkuluğun üstündeki minik, beyaz eliyle merdivenin ilk basamağındaydı.

Hayret içinde, "Ragnhild?" dedi.

Mutlulukla geçen bir yarım saatten sonra, arabaları Skiferbakken'dan aşağı son hız ilerlerken Sejer hoşnut bir tavırla ellerini saçlarının arasından geçirdi. Karlsen her zamankinden daha kısa olan saçlarının çelik bir fırçaya benzediğini düşündü. Hani şu eskimiş boyaları temizlemek için kullanılan türde bir fırçaya. Sejer'in kırışıklık içindeki yüzü artık huzurluydu, her zamanki gibi karanlık ya da ciddi değildi. Yokuşun yarısında gri evin önünden geçtiler. Köpek kulübesini ve penceredeki yüzü gördüler. Helga Moen polisin ziyaretini bekliyorsa hayal kırıklığına uğrayacaktı. Ragnhild, elinde iki kalın ekmek dilimiyle, güven içinde annesinin kucağında oturuyordu.

Küçük kızın oturma odasına adım attığı an, iki memurun zihnine kazınmıştı. Kızının ince, cılız sesini duyan anne mutfaktan dışarı fırlamış ve kurbanını ele geçiren ve bir daha asla bırakmak istemeyen yırtıcı bir hayvan gibi şimşek hızıyla Ragnhild'in üzerine atılmıştı. Ragnhild'in zayıf uzuvları ve beyaz saçları annesinin güçlü kolları arasından taşıyordu sanki. Her ikisinden de tek bir ses, en ufak bir ağlama bile duyulmamıştı. Thorbjørn telefonu neredeyse ellerinin arasında eziyor, kadın polis fincanları şangırdatıyor, Karlsen yüzünde mutlu bir sırıtışla bıyığını burup duruyordu. Oda, güneş ışığı aniden içeriye dolmuş gibi bir anda aydınlanmıştı. Ve nihayet hıçkırık benzeri bir kahkaha duyuldu.

"SENİ YARAMAZ ÇOCUK!"

"Bir haftalık..." Sejer gırtlağını temizledi. "Bir izne çıkmayı düşünüyordum. Biraz izin yapmaya ihtiyacım var."

Karlsen bir hız tümseğinin üstünden geçti.

"Ne yapacaksın? Florida'ya hava dalışı yapmaya mı gideceksin?"

"Kulübemi havalandırırım diye düşündüm."

"Brevik yakınındaydı, değil mi?"

"Kum Adası'nda."

Ana yola çıkıp hızlandılar.

"Bu sene Legoland'e gitmem gerek," diye mırıldandı. "Daha fazla kaçamam. Kızım bana baskı uyguluyor."

"Sanki cezaymış gibi bahsediyorsun," dedi Sejer. "Legoland güzeldir. Çıkarken kutularca legonun ağırlığı altında belinin büküleceğini ve halinden son derece hoşnut olacağını garanti ederim. Hele bir git, pişman olmazsın."

"Yani sen gittin, öyle mi?"

"Matteus'la birlikte gitmiştim. Sadece Lego parçalarından bir Oturan Boğa heykeli inşa ettiklerini biliyor muydun? Özel renklendirilmiş 1.4 milyon parça. İnanılmaz."

Sol tarafta arkada kalan kilise gözüne ilişince sessizleşti. Yolun biraz dışında, yeşil ve sarı tarlaların içindeki gür ağaçların arasına saklanmış beyaz, ahşap bir yapıydı. Küçük, güzel bir kiliseydi; her ne kadar gelmesi uzun sürecek olsa da karısını böyle bir yere gömmüş olmak isterdi. Tabii artık çok geçti. Öleli sekiz seneden fazla olmuştu ve mezarı, egzoz dumanları ve trafik gürültüsüyle çevrili yoğun ana caddenin hemen bitişiğinde, kasabanın tam ortasındaki mezarlıktaydı.

"Sence kız iyi miydi?"

"Öyle görünüyordu. Anneden ortalık biraz sakinleşince bizi aramasını rica ettim. Büyük olasılıkla zaman geçince konuşmak isteyecektir. Altı saat," dedi düşünceli bir sesle, "uzunca bir süre. Etkileyici bir yalnız kurt olsa gerek."

"Belli ki en azından bir ehliyeti var. Demek ki tamamen münzevi değil."

"Bunu bilmiyoruz, değil mi? Yani bir ehliyeti olduğunu."

"Hayır, lanet olsun, haklısın," dedi Karlsen. Ani bir fren yaptı ve postanesi, bankası, kuaförü ve benzin istasyonuyla "şehir merkezi" adını verdikleri bölgede yer alan benzin istasyonuna saptı. Düşük fiyatlı Kiwi marketinin vitrininde "İlaçlarda İndirim" kelimelerini taşıyan bir poster asılıydı ve kuaförde yeni solaryum yatağıyla ilgili cazip bir reklam afişi vardı.

"Bir şeyler yemem gerek. Geliyor musun?"

İçeri girdiler ve Sejer bir gazete ile çikolata satın aldı. Pencereden dışarı göz atınca fiyordu gördü.

Kasanın arkasındaki kız, Karlsen'ın üniformasına gergin bir bakış atarak, "Affedersiniz," dedi. "Ragnhild'e bir şey olmadı, değil mi?"

Sejer tezgâha birkaç bozuk para bıraktı. "Onu tanıyor musunuz?"

"Hayır, tanımıyorum ama kim olduklarını biliyorum. Annesi sabah buraya onu aramaya gelmişti."

"Ragnhild gayet iyi. Eve döndü."

Kız rahatlayarak gülümsedi ve Sejer'e para üstünü uzattı.

"Buralı mısınız?" diye sordu Sejer. "İnsanların çoğunu tanır mısınız?"

"Tanırım tabii. Çok kalabalık sayılmayız."

"Çirkin, boyaları dökülen bir minibüs kullanan biraz tuhaf bir adamı tanıyıp tanımadığınızı sorsam, size bir çağrışım yapar mı?"

"Raymond'a benziyor," dedi kız kafasını sallayarak. "Raymond Låke."

"Hakkında ne biliyorsunuz?"

"İşe Alım Merkezi'nde çalışıyor. Babasıyla birlikte, Kollen'in diğer ucunda bir kulübede yaşıyor. Raymond'da down sendromu var. 30 yaşlarında ve çok iyi birisidir. Bu arada, emekli olmadan önce bu istasyonu babası yönetirdi."

"Raymond'ın sürücü ehliyeti var mı?"

"Hayır ama yine de araba kullanıyor. Babasının minibüsü. Adam yatalak, bu yüzden büyük olasılıkla Raymond'ın neler yaptığı konusunda pek fazla kontrol sahibi değildir. Şerif durumdan haberdar ve onu arada sırada bir kenara çekiyor ama pek bir işe yaradığı söylenemez. Hiçbir zaman ikinci vitesin üstüne çıkmaz. Ragnhild'i o mu almış?"

"Evet."

"O zaman daha emin ellerde olamazmış," dedi kız gülümseyerek. "Raymond bir uğur böceğine yol vermek için bile durur."

İkisi de sırıttı ve tekrar dışarı çıktılar. Karlsen çikolatasından bir yudum alarak etrafına bakındı.

"Güzel kasaba," dedi çiğnerken.

Kendine eski usul bir badem ezmesi almış olan Sejer, yardımcısının bakışlarını takip etti. "O fiyort derin, 300 metreden fazla. Hiçbir zaman 17 derecenin üstüne çıkmaz."

"Buralarda tanıdığın kimse var mı?"

"Benim yok, ama kızım Ingrid'in var. Bir folklor yürüyüşü için gelmişti; hani şu sonbaharda organize ettikleri, 'Bölgenizi Tanıyın' tarzı bir şeydi. Öyle şeylere bayılır."

Şeker kâğıdını incecik bir ruloya dönüştürüp gömleğinin cebine tıktı. "Sence down sendromlu birisi şoförlük yapabilir mi?"

"Hiçbir fikrim yok," dedi Karlsen. "Ancak fazladan bir tane kromozoma sahip olmak dışında hiçbir sorunları yok. Sanırım en büyük problemleri bir şeyi öğrenmelerinin diğer insanlardan daha fazla vakit alması. Ayrıca kalpleri de zayıftır. Çok uzun ömürleri olmaz. Ve ellerinde de bir şey var."

"Neymiş o?"

"Avuç içlerinde bir çizgi eksik ya da onun gibi bir şey."

Sejer ona şaşkınlıkla baktı. "Her neyse, Ragnhild adamın onu etkilemesine izin vermiş."

"Sanırım bunda tavşanların etkisi olmuş."

Karlsen iç cebinden bir mendil buldu ve ağzının kenarındaki çikolatayı sildi. "Ben down sendromlu bir çocukla birlikte büyüdüm. Ona 'Deli Gunnar' derdik. Şimdi düşününce, sanırım gerçekten de başka bir gezegenden geldiğine inanır gibiydik. Öldü. Sadece otuz beşine kadar yaşadı."

Arabaya binip yollarına devam ettiler. Sejer merkeze döndükleri zaman departman şefine sunacağı basit, küçük konuşmayı hazırladı. Kulübesine kaçmak için birkaç gün izin almak bir anda müthiş önemli gelmeye başlamıştı. Zamanlama doğruydu, uzun vadeli beklentiler umut vadediyordu ve kızın eve sapasağlam dönmüş olması moralini düzeltmişti. Tarlalara ve çayırlara bakarken, yavaşladıklarını fark etti ve önlerindeki traktörü gördü. Tekerleklerinin kenarları krem-sarı çizgili yeşil bir John Deere, sümüklü böcek hızıyla ilerliyordu. Sollamaktan başka seçenekleri yoktu ama ne zaman yolun düz bir kısmına ulaşsalar, sollamak için az mesafe kalıyordu. Bir kep ve kulaklık takmış olan çiftçi, koltuktan büyümüş bir ağaç kütüğü misali oturuyordu. Karlsen vitesi değiştirirken iç geçirdi.

"Brüksel lahanası taşıyor. Uzanıp bir kutu kapabilir misin? Kafeteryanın mutfağında pişirebilirdik."

"Şimdi biz de Raymond'ın hızıyla gidiyoruz," dedi Sejer. "İkinci viteste hayat. Gerçekten de ilginç olabilirmiş, sence de öyle değil mi?"

Gri kafasını koltuğun başlık kısmına yasladı ve gözlerini yumdu.

İKİ

Taşranın sükûnetinden sonra şehir insan ve araba kaynayan pis bir kaos gibi gelmişti. Trafiğin büyük kısmı hâlâ şehir merkezinden geçiyordu; şehir konseyi planlama aşaması hazır olan bir tünel için canla başla mücadele ediyordu ancak sürekli olarak tüneli şu ya da bu önemli argümanla protesto eden karşıt gruplar türüyordu: Havalandırma kulelerinin nehir manzarasında neden olacağı çirkin görüntü, inşaat işinin gürültüsü ile kirliliği ve maliyet.

Sejer şefin ofisinden aşağı, sokağa bakıyordu. Talebini vermiş, cevabı bekliyordu. Bu sadece bir formaliteydi: Holthemann, Konrad Sejer'i geri çevirmeyi hayal dahi etmezdi. Ama şef her şeyin kitaba uygun yapılmasından hoşlanırdı.

"Görev çizelgelerini kontrol ettin mi? Ekibin geri kalanıyla konuştun mu?"

Sejer başını salladı. "Soot, Siven'la iki vardiya alacak. Onu hizada tutacağını düşünüyorum."

"Bu durumda, izin vermemek için..."

Telefon çaldı. Aç bir kuşu andıran iki kısa bipleme duyuldu. Sejer dindar birisi değildi ama yine de tatilinin elinden alınmaması için –büyük olasılıkla Tanrı'nın takdirine– dua etti.

"Konrad'ın ofisimde olup olmadığını mı soruyorsun?" dedi Holthemann. "Evet, burada. Telefonu buraya bağla."

Kordonu çekti ve ahizeyi Sejer'e uzattı. Sejer, kızı Ingrid'in ondan bir şey istemek üzere aradığını düşünerek ahizeyi aldı. Kötü haber olmadığını umuyordu. Arayan Bayan Album'dü.

"Ragnhild'le her şey yolunda mı?" diye sordu.

"Evet, o iyi. Hem de çok iyi. Ama sonunda baş başa kaldığımız zaman, bana çok tuhaf bir şey söyledi. Sizi aramam şarttı. Kulağa çok acayip geldiğini ve kızım genelde bir şeyler uydurmadığı için işi sağlama alıp sizi bilgilendirmenin doğru olacağını düşündüm. Her halükarda, birisine anlatmam gerekiyordu."

"Konu nedir?"

"Yanında olduğu adam, ona evin yolunu göstermiş. Bu arada adı Raymond'mış, sonradan anımsadı. Kollen'in yukarı kısmına, Yılan Gölü'nün ilerine gitmiş ve orada bir süre durmuşlar."

"Evet?"

"Ragnhild orada bir kadının yattığını söyledi."

Sejer şaşkınlık içinde gözlerini kırpıştırdı. "Ne dediniz?"

"Gölün kıyısında bir kadın yatıyormuş. Tamamen hareketsiz ve üstünde hiç kıyafeti olmayan bir kadın." Sesi hem endişeli hem de utanmış gibiydi.

"Ona inanıyor musunuz?"

"Evet, inanıyorum. Bir çocuk böyle bir şey uydurabilir mi? Ama oraya tek başıma gitmeye cesaretim yok ve onu yanımda götürmek istemem."

"Ben baktırırım. Bundan hiç kimseye bahsetmeyin. İrtibatta kalacağız."

Sejer telefonu kapadı ve zihninde kulübesinin kapısını çekti. Denizin ve yeni tutulmuş balıkların kokusu bir anda kayboldu. Holthemann'a gülümsedi.

"Önce halletmem gereken bir şey var."

Karlsen o gün boşta bırakabildikleri tek ekip arabasıyla devriyedeydi ve bütün şehir merkezini dolaşması gerekiyordu. Bu yüzden Sejer yanına yarı yaşında, kıvırcık saçlı genç bir polis olan Skarre'yı aldı. Skarre uysal, iyimser ve konuşmasında ritmik güneyli lehçesi izleri taşıyan neşeli, ufak tefek bir adamdı. Bir kez daha Granittveien'deki posta kutusunun yanına park edip Irene Album'le kısa bir konuşma yaptılar. Ragnhild kabuk gibi annesinin eteğine yapışmıştı. Hiç şüphesiz sarışın çocuğa bir yığın nasihat verilmişti. Annesi işaretler eşliğinde, evin karşısındaki ormanın kıyısından ayrılan tabelalı patikayı yokuş yukarı, sola doğru, Kollen'i geçene dek takip etmeleri gerektiğini anlattı. Onlar gibi aktif adamlar için yolculuk büyük olasılıkla yirmi dakika sürerdi.

Ağaç gövdeleri yolu gösteren mavi oklarla işaretlenmişti. Koyun pisliklerine kötü kötü bakarak ve arada sırada yoldan çıkıp çalıların arasına girerek gayretle yokuş yukarı tırmandılar. Patika gittikçe dikleşiyordu. Sejer rahattı, Skarre ise biraz nefes nefese kalmıştı. Sejer bir kez durdu ve dönüp aşağıdaki yerleşim bölgesine baktı. Uzaktan sadece kahverengimsi pembe ve siyah çatıları görebiliyorlardı. Sonra tekrar yola koyuldular; kısmen tırmanış için nefeslerine ihtiyaçları olduğu, kısmen bulmaktan korktukları şey yüzünden, artık konuşmuyorlardı. Ağaçlar o kadar sıktı ki neredeyse yarı karanlıkta yürüyorlardı. Sejer tökezlemekten korktuğu için değil, orada gerçekten bir şeyler olmuşsa, her şeyi kayda geçirmek hayati önem taşıdığı için içgüdüsel olarak gözünü patikadan ayırmıyordu. Ağaçlar seyrekleşip güneş aradan parlamaya başladığında tam on yedi dakikadır yürüyorlardı. Artık suyu görebiliyorlardı. Genişçe bir göletten daha büyük sayılmayacak aynamsı bir dağ gölü, ladin ağaçlarının arasındaki gizli bir boşluk gibi uzanıyordu. Bir an için, bakışlarıyla sarı sazlık çizgisini takip ederek araziyi taradılar ve gözlerine biraz ötede, kumsala benzeyen bir yer takıldı. Suyla aralarına hatırı sayılır bir mesafe koyarak o yöne doğru yürümeye başladılar; sazlık şeridi bir hayli genişti ve ayaklarında sadece sokak ayakkabıları vardı.

Buraya kumsal denemezdi. Daha çok dört ya da beş büyük taşın olduğu, sadece sazlıkları biraz geride tutacak kadar geniş, çamurlu bir açıklıktı. Büyük ihtimalle burası suya ulaşılabilen tek aralıktı. Çamur ve toprağın içinde bir kadın yatıyordu. Sırtı onlara dönük halde, yan yatıyor ve koyu renk bir anorak vücudunun üst kısmını örtüyordu. Üzerinde başka hiçbir şey yoktu. Mavi ve beyaz kıyafeti yığın halinde hemen yanında duruyordu. Sejer olduğu yerde durdu ve otomatik olarak belindeki cep telefonuna uzandı. Sonra fikrini değiştirdi. Ayakkabılarının çıkardığı vıcık vıcık sesi duyarak, dikkatle yaklaştı.

Alçak sesle, "Kıpırdama," dedi.

Skarre itaat etti. Sejer suyun kıyısındaydı. Kadını ön tarafından görebilmek için, dağ gölünün biraz uzağında kalan bir kayanın üstüne çıktı. Şimdilik hiçbir şeye dokunmak istemiyordu. Kadının gözleri biraz çökmüştü. Yarı açıktılar ve gölün ortasında bir yere sabitlenmişlerdi. Göz zarı donuk ve kırışıktı. Göz bebekleri irileşmişti ve artık pek yuvarlak sayılmazdı. Ağzı açık kalmıştı ve sanki kusmuş gibi üstünde burnundan yukarı uzanan sarımsı bir köpük parçası vardı. Sejer eğildi ve üfledi; köpük hareket etmedi. Kadının yüzü suya sadece birkaç santim uzaktaydı. Sejer iki parmağını kadının şah damarına yerleştirdi. Cildi elastikiyetini kaybetmişti ve Sejer'in tahmin ettiği gibi soğuktu.

"Ölmüş," dedi.

Kulak memelerinde ve boynunun yan tarafında hafif, kırmızıya çalan mor izler gördü. Bacaklarının derisi diken diken olmuştu ama hasarsızdı. Sejer geldiği yoldan geri döndü. Skarre biraz afallamış bir halde, elleri ceplerinde bekliyordu. Hata yapmaktan korkuyordu.

"Ceketinin altında tamamen çıplak. Gözle görülür dış yarası yok. Tahminim, 18 ila 20 yaş arasında olduğu."

Sonra merkezi aradı ve bir ambulans, adli tıp görevlileri, fotoğrafçı ve teknisyenler göndermelerini talep etti. Kollen'in arka tarafından tırmanan ve arabayla girilebilen yolu tarif etti. Olası tekerlek izlerini tahrip etmemeleri için biraz uzağa park etmelerini rica etti. İşini tamamlayınca, oturacak bir yer bulmak için etrafına bakındı ve en yassı taşı seçti. Skarre da yanına ilişti. Sessizce genç kadının beyaz bacaklarına, omuz hizasındaki düz sarı saçlarına baktılar. Kadın neredeyse cenin pozisyonunda yatıyordu. Kolları göğsünde kavuşmuş, dizleri yukarı çekilmişti. Mont karnının üstüne serilmişti ve kalçasının biraz altına kadar örtüyordu. Temiz ve kuruydu. Kıyafetlerinin geri kalanı, hemen arkasına üst üste yığılmıştı. Islak ve çamurluydular. Kemerli bir tulum, mavili beyazlı kareli bir bluz, bir sütyen, koyu lacivert lise kazağı, Reebok ayakkabılar.

Skarre, "Ağzının üstündeki ne?" diye sordu.

"Köpük."

"Köpük mü? Nereden gelmiş olabilir ki?"

"Yakında öğreneceğimizden eminim." Sejer kafasını salladı. "Sanki uyumak için uzanmış. Sırtı dünyaya dönük."

"İnsanlar intihar etmek için soyunmazlar, değil mi?"

Sejer cevap vermedi. Yeniden kıza, koyu renk ladin ağaçlarıyla çevrili siyah suyun yanındaki beyaz bedene baktı. Olay mahallinde şiddete dair hiçbir iz yoktu; hatta huzur vericiydi. Beklemeye koyuldular.

Ormanın içinden ağır adımlarla yürüyen altı adam çıktı. Suyun kıyısındaki adamları görünce birkaç cılız öksürük dışında, sesleri duyulmaz oldu. Bir saniye sonra da ölü kadını gördüler. Sejer ayağa kalkıp işaret etti.

"O tarafta kalın!" diye seslendi.

Emrine itaat ettiler. Hepsi Sejer'in gri saçlı kafasını tanımıştı. İçlerinden birisi, araziye alışkın gözlerle baktı, tam durduğu yerde nispeten sert olan zemine ayağını bastı ve yağmurun yağmamasıyla ilgili bir şeyler mırıldandı. İlk harekete geçen fotoğrafçı oldu. Cesedin yanında çok fazla zaman harcamadı; ışık koşullarını kontrol etmek istercesine gökyüzüne bakıyordu.

Sejer, "Her iki taraftan da çek," dedi. "Ve bitki örtüsünü de al. Korkarım sonrasında suyun içine de girmen gerekecek çünkü kızı yerinden oynatmadan çekilmiş, ön taraftan fotoğraflarına da ihtiyacım olacak. Rulonun yarısını kullandığın zaman ceketi kaldırırız."

Fotoğrafçı şüpheli bir sesle, "Bunun gibi dağ gölleri genelde dipsiz olur," dedi.

"Yüzme biliyorsun, değil mi?"

Bir duraksama oldu.

"Şu tarafta bir kayık var, onu kullanabiliriz."

"Sandalı mı? Çürük görünüyor."

Sejer sert bir tavırla, "Birazdan anlarız," dedi.

Fotoğrafçı çalışırken diğerleri kıpırdamadan bekledi. Teknisyenlerden birisi, kıyının biraz yukarısında çalışıyor ve arazide arama yapıyordu; görünüşe bakılırsa ortalıkta tek bir çöp bile yoktu. Burası gözden uzak, kırsal bir alandı ve genelde böyle yerlerde kullanılmış prezervatifler, sigara izmaritleri ve şekerleme kâğıtları olurdu. Buradaysa hiçbir şey bulamamışlardı.

"İnanılmaz," dedi. "Yanmış kibrit çöpü bile yok."

"Büyük olasılıkla arkasını temizlemiş," dedi Sejer.

"İntihara benziyor, sizce de öyle değil mi?"

"Kız çırılçıplak," diye yanıtladı.

"Evet, ama onu da kendisi yapmış olmalı. Kıyafetler zorla çıkarılmamış, orası kesin."

"Kir içindeler."

"Belki de o yüzden çıkarmıştı," diye gülümsedi. "Ayrıca kusmuş da. Sindiremediği bir şey yemiş olsa gerek."

Sejer karşılık vermeyip kıza baktı. Teknisyenin bu sonuca nasıl vardığını anlayabiliyordu. Oraya gerçekten de kendisi uzanmış gibi görünüyordu; kıyafetleri oraya buraya saçılmamış, yanı başına, büyük bir özenle üst üste yerleştirilmişti. Çamurluydular ama hasar görmemişlerdi. Sadece bedeninin üst kısmını örten mont kuru ve temizdi. Sejer çamur ve toprağa bakınca ayak izine benzeyen bir şey gördü. Teknisyene, "Şuna bir baksana," dedi.

Adam tulumunun içinde yere çöktü ve bütün ayak izlerini birkaç defa ölçtü.

"Umutsuz. İçleri suyla dolu."

"Hiçbirini kullanamaz mısın?"

"Büyük olasılıkla hayır."

İçi suyla dolu oval çukurlara gözlerini kısarak dikkatle baktılar.

"Yine de fotoğraflarını çek. Bence küçük görünüyorlar. Belki küçük ayaklı birisidir."

"Aşağı yukarı 27 santimetre. Büyük bir ayak değil. Kızın kendi ayak izi olabilir." Fotoğrafçı ayak izlerinin birkaç fotoğrafını çektikten sonra sandala bindi ve sallanarak ilerlemeye başladı. Kürekleri bulamamışlardı; bu yüzden ellerini kullanarak doğru konumu yakalamaya çalışıyordu. Her hareketinde sandal tehlikeli biçimde yana yatıyordu.

Kaygıyla, "Su alıyor!" diye bağırdı.

"Gevşe biraz! Burada koca bir kurtarma ekibimiz var," dedi Sejer.

Fotoğrafçı işi bittiğinde elliden fazla fotoğraf çekmişti. Sejer kıyıya indi, ayakkabılarını ve çoraplarını çıkarıp bir kayanın üstüne bıraktı, paçalarını sıvadı ve sığ suyun içinde ilerledi. Cesedin kafasına bir metre mesafede durdu. Boynunda bir kolye vardı. İç cebinden çıkardığı bir kalem yardımıyla ve büyük bir dikkatle kolyeyi çekti. Alçak sesle, "Bir madalyon," dedi. "Büyük olasılıkla gümüş. Üstünde bir şey var. Bir H, bir de M. Bir poşet hazırlayın."

Eğildi, zinciri çözdü ve sonra ceketi kaldırdı.

"Boynunun arkası kırmızı," dedi. "Teninin tamamı sıradışı açık bir renkte ama ensesi inanılmaz derecede kırmızı. El büyüklüğünde çirkin bir kabartı."

Adli tabip Snorrason, lastik çizmeleriyle suyun içinde ilerledi ve sırasıyla göz yuvarlarını, dişlerini ve tırnaklarını inceledi. Pürüzsüz tenini, boynuna ve göğsüne rastgele yayılmış açık kırmızı izleri –ki çoktular– kayda geçti. Tek tek bütün detayları kaydediyordu: Uzun bacaklar, doğum lekesinin olmaması –ki nadir rastlanan bir durumdu– ve omzunun üstünde birkaç küçük noktacıktan başka bir şey bulamadı. Ağzının üstündeki köpüğe ahşap bir spatulayla, temkinli bir tavırla dokundu. Neredeyse dondurulmuş krema gibi katı ve yoğun görünüyordu.

Sejer kızın ağzını işaret etti. "Nedir bu?"

"İlk bakışta ciğerlerden gelen ve protein içeren bir sıvı olduğunu düşündürüyor."

"Yani?"

"Boğulma. Ama başka anlamlara da gelebilir."

Köpüğün bir kısmını kazıyınca hemen ardından yeni bir köpük sızıntısı başladı.

"Ciğerler sönmüş," dedi.

Sejer onu izlerken dudaklarını sıkıyordu. Fotoğrafçı, ceketsiz yeni pozlar çekiyordu.

Snorrason, "Mührü kırma vakti," diyerek kızı karnının üstüne yuvarladı. "Yeni başlayan, hafif bir ölüm sonrası katılaşma, özellikle boyunda. Sağlıklı, iri yapılı bir kadın. Geniş omuzlar. Üst kol, üst bacak ve baldır kasları güçlü. Büyük ihtimalle sporcu."

Sejer, "Herhangi bir şiddet izi görüyor musun?" diye sordu.

Snorrason kızın sırtını ve bacaklarının arka tarafını inceledi. "Boynundaki kırmızılık dışında, hayır. Birisi onu ensesinden sıkıca kavrayıp yere itmiş olabilir. Görünüşe bakılırsa bu sırada giyinikmiş. Sonra kaldırılmış, dikkatle soyulmuş ve yatırılıp üzeri ceketle örtülmüş."

"Cinsel saldırı emaresi?"

"Henüz bilmiyorum."

Adli tabip, herkesin gözü önünde bir hayli rahat tavırlarla kızın vücut ısısını almaya koyuldu ve sonuca gözlerini kısarak baktı.

"30 derece. Teninin altındaki kan lekeleri ve sırtındaki hafif katılaşma başlangıcını göz önüne alarak ölüm saatinin son on ila on iki saat içinde olduğunu tahmin ediyorum."

"Hayır," dedi Sejer. "Öldüğü yer burasıysa, olamaz."

"İşimi benim yerime sen mi yapıyorsun?"

Sejer kafasını salladı. "Bu sabah burada bir arama yapıldı. Bir grup oğlan köpeklerle birlikte bu gölün çevresinde kayıp olduğu bildirilen küçük bir kızı aradı. Öğlen on iki ila iki arası buralardaydılar muhtemelen. Ceset o zaman burada değildi, olsaydı görürlerdi. Bu arada küçük kız sapasağlam geri döndü," dedi.

Gözlerini kısarak etrafına bakındı ve bakışlarını yerdeki çamura dikti. Parlak ve soluk renkli bir şey dikkatini çekmişti. İki parmağının arasında tutup dikkatle kaldırdı. "Nedir bu?"

Snorrason, Sejer'in eline baktı. "Bir hap ya da bir tür tablet."

"Sence midesinde daha fazlasını bulabilir misin?"

"Gayet mümkün. Ama buralarda bir ilaç şişesi göremiyorum."

"Cebinde taşımış olabilir."

"O zaman tulumunda toz buluruz. Poşetleyin."

"Tanıyabiliyor musun?"

"Her şey olabilir. Ama en küçük tabletler genelde en kuvvetli olanlardır. Laboratuvar ne olduğunu çözer."

Sejer sedyeli adamlara işaret etti ve onları kollarını göğsünde kavuşturarak izledi. Uzunca bir zaman sonra kafasını kaldırıp ilk kez yukarı baktı. Gökyüzü açıktı ve dikenli çamlar gölün etrafında havaya kaldırılmış mızraklar gibi duruyordu. Tabii ki çözeceklerdi. Kendi kendine söz verdi. Her şeyi çözeceklerdi.

*

Ilıman güney bölgesinde, Søgne'de doğup büyümüş olan Jacob Skarre 25 yaşını henüz doldurmuştu. Defalarca çıplak kadın görmüştü ama hiçbiri gölün kıyısındaki kadın kadar çıplak değildi.

Sejer'in yanında arabada otururken, bu cesedin onda daha önce gördüklerinden çok daha büyük bir etki bıraktığını fark etti. Bu belki de genç kızın çıplaklığını gizlemek ister gibi sırtı patikaya dönük, kafası öne eğik ve dizleri karnına çekilmiş halde yatmasından kaynaklanıyordu. Ama onu yine de bulmuşlar ve çıplaklığını görmüşlerdi. Onu çevirip yuvarlamış, dişlerine bakmak için dudaklarını aralamış, göz kapaklarını kaldırmışlardı. Karnının üstünde bacakları iki yana açık halde yatarken vücut ısısını ölçmüşlerdi. Açık artırmadaki bir kısrakmış gibi.

Sarsılmış bir sesle, "Bir hayli hoş kızdı, değil mi?" dedi.

Sejer yanıtlamadı. Ama yoruma sevinmişti. Başka genç kadınlar da bulmuş, farklı yorumlar işitmişti. Bir süre sessizce, önlerindeki yola bakarak ilerlediler ancak ufukta kızın çıplak bedenini -belkemiğinin kıvrımını, hafifçe kızarmış ayak tabanlarını, üzerinde sarı tüyler olan baldırlarını- asfaltın üstünde asılı duran bir serap gibi görmeye devam ettiler. Sejer'in içinde tuhaf bir his vardı. Bu daha önce gördüğü hiçbir şeye benzemiyordu.

"Gece vardiyasında mısın?"

Skarre gırtlağını temizledi. "Sadece geceyarısına kadar. Ringstad için birkaç saat duracağım. Bu arada bir haftalık tatile çıkmayı düşündüğünüzü duydum. İptal mi oldu?"

"Öyle görünüyor."

Tatili tamamen unutmuştu.

Kayıp insanların listesi masada önünde serili duruyordu.

İkisi erkek, ikisi kadın dört isim. Kadınların ikisi de 1960'tan önce doğmuştu, bu yüzden Yılan Gölü'nde buldukları kadın değillerdi. Birisi Merkez Hastanesi'nin psikiyatri koğuşundan kaybolmuştu, diğeri komşu kasabadaki bir huzur evinden. "Boyu 155 santimetre, 45 kilo. Kar beyazı saçlı."

Saat akşam altıydı ve endişeli bir sesin onun kaybolduğunu söylemesine daha saatler olabilirdi. Fotoğrafları ve otopsi raporunu beklemeleri gerekecekti, bu yüzden kadının kimliğini öğrenene kadar yapılacak pek bir şey yoktu. Sandalyesinin arkasından deri ceketini aldı ve asansörle birinci kata indi. Danışmadaki Bayan Brenningen'e kibarca gülümserken kadının da dul olduğunu ve onunla aşağı yukarı aynı hayatı sürdürdüklerini hatırladı. Hoş bir kadındı, karısı Elise gibi sarışındı ama daha tombuldu.

Otoparkta kendi arabasına, buz mavisi eski bir Peugeot 604'e yöneldi. Zihninde cesedin sağlıklı, yuvarlak, makyajsız yüzünü görebiliyordu. Kıyafetleri düzgündü. Düz, sarı saçları iyi kesimli, spor pabuçları pahalıydı. Bileğinde pahalı bir Seiko saat vardı. Bu, düzgün bir geçmişi olan bir kadındı, düzeni ve yapısı olan bir evden geliyordu. Açıkça kendi dilini konuşan ve farklı hayat tarzları olan başka kadınlar da bulmuştu. Yine de daha önce şaşırdığı olmuştu. Kızın sarhoş, ilaçla uyuşmuş ya da başka bir sorunu olup olmadığını henüz bilmiyorlardı. Her şey mümkündü ve olaylar her zaman göründüğü gibi değildi.

Ağır ağır kasabanın içinden, meydandan ve itfaiyenin önünden geçti. Skarre kadının kayıp olduğu ilan edilir edilmez arayacağına söz vermişti. Madalyonun üstünde H. M. yazıyordu. Helene, diye düşündü ya da Hilde de olabilirdi. Birisinin onlarla temasa geçmesinin uzun süreceğini sanmıyordu. Burada söz konusu olan, randevularına sadık ve düzenli bir kızdı.

Anahtarını kilide sokmaya uğraşırken, koltuktaki yasak noktadan aşağı atlayan köpeğin sesini duydu. Sejer bir apartmanda yaşıyordu. Burası şehrin on üç katlı tek binasıydı; bu yüzden manzaraya aykırı kaçıyordu. Aşırı büyük bir Viking anıtı gibi çevresini saran binaların arasından heybetle göğe yükseliyordu. Yirmi yıl önce Elise'le birlikte buraya taşınmalarının nedeni dairenin kusursuz kat planı ve görülmeye değer manzarasıydı. Bütün şehri görebiliyordu ve diğer binalar, bununla karşılaştırıldıkları zaman fazla dip dibe kalıyordu. İçerideyken binanın nasıl olduğunu unutmak mümkündü; daire ahşap kaplamalarıyla bir hayli rahat ve sıcaktı. Eski, sağlam ve zımparalanmış meşe mobilyalar, anne ve babasından kalmaydı. Evin büyük kısmında duvarlar kitaplarla kaplıydı ve geri kalan az sayıdaki boşluğa da en sevdiği fotoğrafları asmıştı. Bir tanesi Elise'e aitti, torunu ve Ingrid'in pek çok fotoğrafı vardı. Käthe Kollwitz'in[1] bir katalogdan alınıp siyah lake çerçeveye yerleştirilmiş *Kucağında Kızla Ölüm* adlı kara kalem tablosu, kendisinin havaalanının üstünde, serbest düşüşte çekilmiş bir fotoğrafı, en iyi pazar kıyafetleri içinde ağırbaşlı bir poz vermiş anne ve babası. Babasının resmine ne zaman baksa, kendi yaşlılığının rahatsızlık verecek şekilde üzerine geldiğini hissederdi. Kulakları ve kaşları büyümeye devam eder ve ona da aynı çalı görüntüsünü kazandırırlarken, yanaklarının nasıl içe göçeceğini görür gibi olurdu.

Ailelerin Vigeland'ın[2] heykelindeki gibi üst üste istiflendiği bu apartman toplumunun kuralları bir hayli sıkıydı. Balkondan halı silkelemek yasaktı, bu yüzden her bahar halılarını temizlemeye gönderirlerdi. Bu işin zamanı geliyordu. Köpeği Kollberg çok fazla tüy döküyordu. Bu konu da binanın yönetim kurulu toplantısında görüşülmüş ancak bir şekilde –Sejer bir dedektif olduğu ve insanlar onun varlığından güven duydukları için olsa gerek– göz yumulmuştu. Sejer kendini kapana kısılmış gibi hissetmiyordu çünkü en üst katta oturuyordu. Daire temiz ve düzenliydi; içindekileri

1 Alman ressam. (1867-1945) (ç.n.)

2 Gustav Vigeland (1869-1943). Norveçli heykeltıraş. Gönderme yapılan heykelde (Monolitten) insan bedenleri üst üste istiflenerek bir kule oluşturmuştur. (ç.n.)

yansıtıyordu: Düzen ve yalınlık. Köpeğin mutfakta kuru mamasının her zaman etrafa saçılı, suyununsa dökülmüş olduğu bir köşesi vardı. Bu köşe Sejer'in tek zayıf noktasına işaret ediyordu: Köpeğiyle arasındaki bağ oldukça duygusaldı. Banyo hoşuna gitmeyen tek odaydı ama orayı da zaman içinde halledecekti. Şu anda bu kadınla ve büyük olasılıkla ortalıkta elini kolunu sallayarak dolaşan şu tehlikeli adamla uğraşması gerekiyordu. Bundan hoşlanmıyordu. Yolun viraj kısmında durup daha ilerisini görememek gibi bir şeydi.

Köpeğin yorucu karşılaması için bacaklarını hazırladı. Sonra onu binanın arka tarafında küçük bir yürüyüşe çıkardı, taze su verdi. Telefon çaldığında gazetenin yarısına gelmişti. Müzik setinin sesini kıstı ve ahizeyi kaldırırken hafif bir gerginlik yaşadı. Birileri merkezi aramış olabilirdi; belki de ona verecek bir isimleri vardı.

"Merhaba, büyükbaba!" dedi bir ses.

"Matteus?"

"Artık yatmam gerek. Gece oldu."

Sejer telefon sehpasına çökerken, "Dişlerini fırçaladın mı?" diye sordu.

Torununun esmer tenli yüzünü ve inci beyazı dişlerini görür gibiydi.

"Annem benim yerime fırçaladı."

"Ya florür hapını aldın mı?"

"Evet."

"Dua ettin mi?"

"Annem mecbur olmadığımı söylüyor."

O hayat dolu sesteki bütün iç çekişleri ve iniş çıkışları duyabilmek için ahizeyi kulağına iyice bastırıp torunuyla uzun sohbet etti. Sesi baharda çalınan bir söğüt flütü[3] gibi uysal ve yumuşacıktı. Sonunda kızıyla da birkaç kelime konuştu. Ona buldukları cesetten bahsedince, Ingrid'in babasının hayatını geçirmek için seçtiği yolu onaylamıyormuş gibi iç geçirdiğini duydu. Tıpkı Elise gibi iç geçiriyordu. Kızının savaşla tarumar olmuş Somali'yle bağlantısından bahsetmedi. Saatine baktı ve bir yerlerde birisinin daha aynı şeyi yaptığını düşündü. Bir yerlerde bir başkası, pencereye ve telefona bakarak boşu boşuna bekliyordu.

Merkez, kimi iyi kimi kötü 115.000 vatandaşın ikamet ettiği, beş belediyelik bir bölgeye hizmet veren 24 saat açık bir kurumdu. Bütün mahkeme ve hapishane ofislerinde iki yüzden fazla insan çalışıyordu ve yüz ellisi Polis Merkezi'nde görevliydi. Bunlardan otuzu dedektifti ancak personelin bir kısmı her zaman izinde veya Adalet Bakanlığı'nın emriyle eğitimde ya da seminerde olduğu için, işte hiçbir gün 20'den fazla insan olmazdı. Bu çok düşük bir sayıydı. Holthemann'a göre kamu artık odakta değildi, görüş alanının oldukça dışında kalmışlardı.

Ufak davalar tek başına çalışan dedektifler tarafından çözülürken daha zor davalar daha büyük ekiplere verilirdi. Yılda 14.000 ila 15.000 arası dava gelirdi. Günlük iş ipek çiçekler ya da hamurdan yapılmış şekiller satmak için tezgâh açmak veya herhangi bir şeye karşı –yeni tünel gibi– eylem yapmak isteyen insanların başvurularıyla ilgilenmekten ibaret olabiliyordu. Otomatik trafik kameralarının gözden geçirilmesi gerekirdi. İnsanlar büyük bir öfkeyle gelirler ve burunlarına kendilerine ait ve inkâr edilemeyecek kadar net, çift çizgiden dışarı taşma ya da kırmızı ışıkta geçme görüntüleri dayanırdı. Günde otuz ila kırk kişi, ceketlerinde titreyen cüzdanlarıyla, homurtular çıkararak bekleme odasında otururdu.

---

3 İskandinav halk çalgısı. (ç.n.)

Belediyenin halkla ilişkiler aracı Pelle Polis Arabası'nda birilerinin bulunması icap ederdi ve itiraf etmek gerekirse memurlar bu önemli görev için birbiriyle pek kapışmazlardı. Tutukluların celselere götürülmesi gerekirdi. Merkez personeli kendilerine ait başvurularla çıkagelirdi; halledilmesi gereken izin talepleri olurdu ve günler ağzına kadar toplantı doluydu. Dördüncü katta, beş hukukçunun polisle sıkı işbirliği içinde çalıştığı Hukuk ve Ceza Birimi vardı. Beşinci ve altıncı katlar ilçe hapishanesiydi. Çatıda, mahkûmların güneşi görebilecekleri bir teras vardı.

Nöbetçi memur merkezin dış dünyaya karşı temsilcisiydi ve bu görev, söz konusu memurun esnek ve sabırlı olmasını gerektirirdi. Vatandaşlar günün 24 saati boyunca, neredeyse sonu gelmeyen bir şikâyet bombardımanıyla telefondaydılar: çalınan bisikletler, kaybolan köpekler, hırsızlıklar, taciz iddiaları. Daha iyi yerleşim bölgelerinin kolay heyecanlanan ebeveynleri, mahallelerinde kaçak araba kullananlardan yakınmak için ararlardı. Arada sırada sadece bir nefes sesi, çaresizlik içinde kendi kendini tüketen ve sonunda hattın diğer ucunda kapanan bir telefon sesinden başka bir şey bırakmayan, acınası bir taciz ya da tecavüz ihbar girişimi. Cinayet ya da kayıp şahıs ihbar telefonları daha nadirdi. Skarre bu bombardımanın arasında oturmuş, bekliyordu. Geleceğini biliyordu, dakikalar ilerler ve saatler önce akşama, sonra geceye karışırken gerilimin arttığını hissedebiliyordu.

Sejer'in telefonu ikinci defa çaldığında neredeyse geceyarısı olmuştu. Kucağında gazetesiyle koltuğunda uyukluyordu. Bir *shot* viskinin seyrelttiği kanı damarlarında usul usul dolaşıyordu. Bir taksi çağırdı, yirmi dakika sonra ofisindeydi.

"Eski bir Toyota'yla geldiler," dedi Skarre. "Onları dışarıda bekliyordum. Anne ve babasını."

"Onlara ne söyledin?"

"Büyük olasılıkla doğru şeyleri değil. Biraz stresliydim. Önce aradılar ve yarım saat sonra da çıkageldiler. Çoktan gittiler."

"Morga mı?"

"Evet."

"Emin miydiler?"

"Yanlarında bir fotoğraf getirmişler. Annesi üstünde tam olarak ne olduğunu biliyordu. Kemer tokasından iç çamaşırına kadar her şey örtüşüyordu. Özel bir sütyen giyiyormuş, sporcu tipi. Çok spor yaparmış. Ama anorak onun değilmiş."

"Şaka mı yapıyorsun?"

"İnanılmaz, değil mi?"

Skarre kendini tutamadı, gözlerinin parladığını hissedebiliyordu.

"Bize bir ipucu bırakmış. Hem de ücretsiz. Ceplerinde bir paket şeker ve baykuş biçiminde bir yansıtıcı varmış. O kadar."

"Ceketi arkada bırakmasına inanamıyorum. Bu arada kız kimmiş?"

Skarre notlarına baktı. "Annie Sofie Holland."

"Annie Holland? Ya madalyon?"

"Erkek arkadaşına aitmiş. Adı Halvor."

"Kız nereli?"

"Lundeby. Krystallen, 20 numarada oturuyorlar. Aslında Ragnhild Album'ün gece yatısına kaldığı sokak. Sadece bloğun biraz daha yukarısında. Tuhaf bir tesadüf."

"Ya anne babası? Nasıl insanlar?"

"Ölesiye korkmuşlar," dedi Skarre alçak sesle. "İyi, düzgün insanlar. Kadın hiç durmadan konuştu, adam neredeyse dilsiz gibiydi. Siven'le birlikte gittiler. Tahmin edeceğiniz üzere," diye ekledi, "ben biraz sarsılmış durumdayım."

Sejer ağzına bir pastil attı.

Skarre, "Sadece 15 yaşındaymış," diye devam etti. "Lise öğrencisi."

"Bu doğru olamaz." Sejer kafasını salladı. "Daha büyük sanmıştım. Fotoğraflar hazır mı?" Elini saçlarının arasından geçirerek oturdu.

Skarre ona dosyadan bir zarf uzattı. Fotoğraflar, daha büyük olan iki tanesi hariç, 20x25 cm boyutlarında basılmıştı.

Sejer, "Daha önce bir seks cinayetiyle uğraştın mı?" diye sordu.

Skarre kafasını salladı.

"Bu bir seks suçuna benzemiyor. Farklı bir şey."

Sejer fotoğraf yığınını karıştırdı. "Çok düzgün yatırılmış, fazla iyi görünüyor. Sanki yatağa yatırılıp üzeri örtülmüş gibi. Morluk, çizik ya da herhangi bir direnç emaresi yok. Saçları bile düzeltilmiş gibi görünüyor. Seks suçluları böyle şeyler yapmazlar, güç gösterisi yaparlar. Kurbanlarını bir kenara atarlar."

"Ama kız çıplak."

"Evet, biliyorum."

"Bu durumda fotoğraflar sizce ne anlatıyor? İlk bakışta."

"Gerçekten emin değilim. Ceket omzuna korumak ister gibi serilmiş."

"Neredeyse şefkatle."

"Fotoğraflara baksana. Sence de öyle değil mi?"

"Evet, katılıyorum. Fakat bu durumda ne diyebiliriz ki? Bir tür acıma cinayeti mi?"

"En azından işin içinde duygular var. Demek istediğim, diğer her şeyin yanı sıra, kıza karşı birtakım hisler besliyormuş. Olumlu hisler, ki bu durumda onu tanıyor olabilir. Genellikle tanırlar."

"Sizce raporu ne kadar beklememiz gerekecek?"

"Snorrason'un tepesine dikileceğim hemen. Olay mahallinin çöpten bu kadar arınmış olması çok yazık. Birkaç işe yaramaz ayak izi ve bir hap. Onun dışında ne bir sigara izmariti ne de bir dondurma çubuğu var."

Sejer pastili dişleriyle ezdi, lavaboya yürüdü ve bir kâğıt bardağı suyla doldurdu.

"Yarın Granittveien'e bir kez daha gideceğiz. Ragnhild'i aramaya çıkan çocuklarla konuşmamız gerek. Mesela, Thorbjørn'la. Tam olarak saat kaçta Yılan Gölü'nde olduklarını öğrenmeliyiz."

"Ya Raymond Låke?"

"Onunla da. Ve Ragnhild'le. Çocuklar çok tuhaf şeyler öğrenebiliyorlar, inan bana. Tecrübeyle konuşuyorum," diye ekledi. "Ya Holland'lar? Başka çocukları var mıymış?"

"Bir kızları daha var. Daha büyükmüş."

"Tanrı'ya şükür."

"Bunun bir tür teselli mi olması gerekiyor?" dedi Skarre.

"Bizim için öyle," dedi Sejer tatsız bir sesle.

Genç adam elini cebine vurdu. "Sigara içmemin sakıncası var mı?"

"Keyfine bak."

"Yılan Gölü'ne ulaşmanın iki yolu var," dedi Skarre dumanı üflerken. "Bizim çıktığımız işaretli patikadan ya da diğer taraftaki, Ragnhild ve Raymond'ın kullandıkları yoldan. O yolun üstünde oturan birileri varsa, sizce de yarın ziyaretlerine gitmemiz gerekmez mi?"

"Oraya Kolleveien deniyor. Çok fazla ev olduğunu sanmıyorum. Evdeki haritada kontrol ettim. Sadece birkaç çiftlik. Ama tabii ki kız göle arabayla götürülmüşse, o yoldan çıkmış olmaları şart."

"Erkek arkadaşına üzüldüm."

"Sanırım nasıl birisi olduğunu öğrenmemiz gerekecek."

Skarre, "Eğer bir adam bir kızın canını, ölene dek kafasını suyun altında tutarak alabiliyor ve sonra kıyıya sürükleyip cesedini yerleştirmekle uzun uzadıya uğraşabiliyorsa şöyle bir şey demeye çalışıyordur: 'Niyetim seni öldürmek değildi, yapmaya mecbur kaldığım bir şeydi.' Bu bana bir özür dileme biçimi olduğunu düşündürüyor, sizce de öyle değil mi?"

Sejer suyu kafasına dikti ve kâğıt bardağı buruşturdu. "Yarın sabah Holthemann'la konuşacağım. Seni bu davada istiyorum."

Skarre şaşırmıştı. "Beni Yatırım Bankası davasında görevlendirdi," diye kekeledi. "Gøran'ın yanında."

"Ama ilgileniyorsun, değil mi?"

"Bir cinayet davasıyla ilgilenmek mi? Noel hediyesi gibi bir şey bu. Demek istediğim büyük bir zorluk. Tabii ki ilgileniyorum."

Kızardı ve hiddetle çalan telefonu kaldırdı, dinledi, kafasını salladı ve ahizeyi yerine bıraktı.

"Arayan Siven'dı. Kızı teşhis etmişler. Annie Sofie Holland. 3 Mart 1980 doğumlu. Ama ifadelerinin yarın sabahtan önce alınmayacağını söylüyor."

"Ringstad görevde mi?"

"Yeni geldi."

"O zaman sen evine gitmelisin. Yarın zorlu bir gün olacak. Fotoğrafları eve götürüyorum," diye ekledi.

"Yatakta kızı mı inceleyeceksiniz?"

"Bunu düşünüyordum." Sejer hüzünlü bir gülümsemeyle ekledi. "Sonrasında bir çekmeceye kaldırabileceğim fotoğrafları tercih ederim."

Granittveien gibi Krystallen de bir çıkmaz sokaktı. Birkaç vatandaşın gecenin karanlığında kaçak olarak çöplerini döktüğü, sık ve bakımsız bir fundalıkta son buluyordu. Toplamda yirmi bir ev, birbirlerine çok yakındı. Uzaktan bakınca bitişik nizam gibi görünüyorlardı ama Sejer ve Skarre, sokak boyunca ilerledikçe, her binanın arasında ancak bir adamın geçebileceği, dar geçitler olduğunu fark ettiler. Binalar üç katlıydı. Eğimli çatılarıyla yüksek ve birbirinin eşiydiler. Sejer, burası bana Bergen'daki rıhtımı anımsattı, diye düşündü. Koyu kırmızı, yeşil, kahverengi, gri... Renkler birbirini tamamlıyordu. Evlerden biri göze batıyordu; portakal rengiydi.

Sokak sakinlerinin çoğunun garajın yakınındaki polis arabasını ve üniformalı Skarre'yı gördüklerine hiç şüphe yoktu. Bombanın patlaması an meselesiydi. Sessizlik neredeyse elle tutulacak kadar yoğundu.

Ada ve Eddie Holland 20 numarada oturuyorlardı. Sejer, kapının önünde dururken komşuların bakışlarını âdeta ensesinde hissediyordu. 20 numarada bir şey olmuş, diye düşünüyorlardı, iki kızı olan Holland'ların evinde. Sejer aşmak üzere olduğu eşik yüzünden normalden fazla hızlanan soluğunu yatıştırmaya çalıştı. Bu tarz şeyler onun için öyle sıkıntılıydı ki birkaç sene önce, onca pratikten sonra şimdi özgüvenle mırıldanabildiği bir dizi cümle belirlemişti.

Görünüşe bakılırsa, Annie'nin anne ve babası önceki gece eve döndükten sonra, uyumak da dâhil, hiçbir şey yapmamışlardı. Morgdaki şok, zihinlerinin içinde yankılanmaya devam eden tiz bir zil etkisi yaratmıştı. Anne kanepenin köşesinde oturuyordu; baba ise kol kısmına tünemişti. Uyuşmuş gibiydi. Kadın felaketi henüz idrak etmemişti. Sejer'e, iki polis memurunun oturma odasında ne aradığını anlayamıyormuş gibi boş boş bakıyordu. Bu bir kâbustu ve birazdan uyanacaktı. Sejer kadının kucağında duran elini tutmak zorunda kaldı.

"Annie'yi geri getiremem," dedi alçak sesle. "Ama neden öldüğünü bulabilmeyi umuyorum."

Anne, "Nedenini düşündüğümüz yok!" diye haykırdı. "Kimin yaptığını düşünüyoruz. Kim olduğunu bulmalı ve içeri tıkmalısınız! O hastanın teki!"

Kocası beceriksiz bir hareketle kolunu sıvazladı.

"Söz konusu insanın hasta olup olmadığını henüz bilmiyoruz," dedi Sejer. "Her katil hasta değildir."

"Bana normal insanların genç kızları öldürdüğünü söyleyemezsiniz!"

Nefes almakta güçlük çeker gibi hızlı hızlı soluyordu. Kocası taş kesilmiş gibiydi.

"Bununla birlikte," dedi Sejer, "mutlaka anlayabileceğimiz türde olmasa da, her zaman bir neden vardır. Ama önce canını birisinin aldığından emin olmalıyız."

"Eğer kendi canına kıydığını düşünüyorsanız, bir daha düşünseniz iyi olur," dedi anne. "Bu imkânsız. Annie için."

Sejer, hepsi böyle söyler, diye düşündü.

"Size birkaç şey sormam gerek. Elinizden geldiğince iyi cevaplayın. Daha sonra cevabınıza başka bir şekil vermek ister ya da bir şey unuttuğunuzu düşünürseniz, beni arayın. Ya da aklınıza başka bir şey gelirse. Gece, gündüz, her zaman."

Ada Holland, yankılanan zili dinliyor ve sesin nereden geldiğini merak ediyormuş gibi bakışlarını Skarre ve Sejer'den öteye çevirdi.

"Nasıl bir kız olduğunu öğrenmem gerek. Anlatabileceğiniz her ne varsa anlatın." Sejer o sırada, bu nasıl bir soru böyle, diye düşünüyordu. Buna nasıl cevap verecekler ki? Tabii ki en iyisi, en tatlısı, en hoşu diyecekler. Tamamen özel birisi. Sahip oldukları en kıymetli şey. *Sadece Annie, Annie olabilirdi.*

İkisi de hıçkırmaya başladı. Anne gırtlağının derinliklerinden, acı dolu bir yakarışla, baba sessiz ve bir damla gözyaşı dökmeden. Sejer, babanın kızına ne kadar benzediğini görebiliyordu. Yüksek alınlı, geniş bir surat. Eddie Holland pek uzun boylu değildi ama güçlü ve gürbüzdü. Skarre kalemini sıkıca kavramış, gözlerini not defterine dikmişti.

"Baştan başlayalım," dedi Sejer. "Canınızı sıkmak zorunda olduğum için üzgünüm ama zaman bizim için çok önemli. Evden tam olarak saat kaçta ayrıldı?"

Anne kucağına bakarak yanıtladı. "12.30'da."

"Nereye gidiyordu?"

"Anette'in evine. Okuldan arkadaşı. Üçü birlikte bir proje hazırlıyordu. Birlikte çalışmaları için okuldan izinli sayılmışlardı."

"Ve oraya hiç gitmemiş, öyle mi?"

"Dün gece 23.00'te, çok geç olmaya başladığı için onları aradık. Anette yataktaydı. Sadece diğer kız gitmiş. İnanamadım."

Yüzünü ellerinin arasına sakladı. Koca gün geçmiş ve haberleri olmamıştı.

"Kızlar Annie'yle konuşmak için sizi neden aramamışlar?"

Ada Holland hıçkırıklarını bastırmaya çalışarak, "Fikrini değiştirdiğini sanmışlar," dedi. "Fikrini değiştirdiğini. Eğer öyle sandılarsa, Annie'yi iyi tanımamışlar demektir. Annie ödevini asla ihmal etmezdi. Hiçbir şeyi hiçbir zaman ihmal etmezdi."

"Oraya yürüyerek mi gidecekti?"

"Evet. Dört kilometrelik bir yol. Genelde bisikletine biner ama bisikletinin tamire ihtiyacı vardı. Otobüs hattı da yok."

"Anette nerede oturuyor?"

"Horgen yakınında. Bir çiftlikleri ve marketleri var."

Sejer kafasını sallarken, Skarre'nın kaleminin kâğıda sürtündüğünü duydu.

"Erkek arkadaşı var mıydı?"

"Halvor Muntz."

"Uzun zamandır mı devam ediyordu?"

"Yaklaşık iki senedir. Halvor daha büyük. Arada kesintiye uğradığı oldu ama bildiğim kadarıyla son zamanlarda iyi gidiyordu."

Ada Holland elleriyle ne yapacağını bilemiyor gibi görünüyordu, üst üste biniyor, açılıyor, kasılıyorlardı. Kadın neredeyse kocası kadar uzundu ama çok daha sağlam ve sert hatlıydı, kırmızıya çalan bir teni vardı.

Sejer yavaşça, "Bunun cinsellik içeren bir ilişki olup olmadığını biliyor musunuz?" diye sordu.

Anne ona dik dik baktı; hiddetlenmişti. "O daha on beş yaşında!"

"Onu tanımadığımı unutmamalısınız," dedi Sejer.

"Öyle bir şey yoktu," dedi anne.

Sonunda baba araya girdi. "Bunun bilebileceğimiz bir şey olduğunu sanmıyorum. Halvor 18 yaşında. Artık çocuk değil."

"Tabii ki bilirdim," dedi anne sözünü keserek.

"Sana her şeyi anlattığını sanmıyorum."

"Anlardım!"

"Ama bu tür konularda konuşmak konusunda pek iyi değilsin."

Hava gergindi. Sejer kendi çıkarımını yaptı ve Skarre'nın defterinden onun da bir tahminde bulunduğunu gördü.

"Okul projesi üstünde çalışmaya gittiyse yanında bir çanta götürmüş olmalı."

"Kahverengi, deri bir çanta. Nerede?"

"Çanta bulmadık."

Dalgıç göndermemiz gerekecek, diye düşündü Sejer.

"Herhangi bir ilaç kullanıyor muydu?"

"Hiçbir ilaç kullanmıyordu. Hiç hastalanmazdı."

"Nasıl bir kızdı? Açık? Konuşkan?"

"Eskiden öyleydi," dedi adam.

"Ne demek istiyorsunuz?"

"Sadece yaşı yüzünden," dedi anne. "Zor bir yaştaydı."

"Değiştiğini mi söylemeye çalışıyorsunuz?" Sejer anneyi saf dışı bırakmak için tekrar babaya dönmüştü. Ama işe yaramadı.

Ada Holland, "O yaşta bütün kızlar değişir," dedi. "Büyümek üzeredirler. Sølvi de öyleydi. Sølvi ablası," diye ekledi.

Kocası cevap vermedi, hâlâ uyuşuk görünüyordu.

"Yani açık ve konuşkan bir kız *değildi*."

"Sakin ve mütevazıydı," dedi anne. "Titiz ve tarafsız. Hayatını kontrolü altında tutardı."

"Ama eskiden daha hayat doluydu, öyle mi?"

"Gençken bir yığın şamata koparırlar hep."

"Bilmem gereken," dedi Sejer, "yaklaşık ne zaman değiştiği."

"Normal zamanında. 14 yaş civarı. Ergenlik," dedi anne açıklar gibi.

Sejer babaya bakarak başıyla onayladı.

"Değişimin başka nedeni yok muydu?"

Anne aceleyle, "Ne olacaktı ki?" dedi.

"Bilmiyorum." Sejer hafifçe iç geçirdi ve arkasına yaslandı. "Ama neden öldüğünü bulmaya çalışıyorum."

Anne öyle büyük bir şiddetle titremeye başladı ki ne dediğini neredeyse anlayamayacaklardı. "*Neden* öldüğünü mü? Ama bu ancak bir..."

Kelimeyi telaffuz etmeye cesaret edememişti.

"Bilmiyoruz."

"Peki o..." Bir duraksama daha.

"Bilmiyoruz, Bayan Holland. Henüz değil. Bu işler zaman alır. Ama Annie'yle ilgilenen insanlar, işlerini iyi biliyorlar."

Sejer, Annie'nin kıyafetleri gibi mavi-beyaz renklerin hâkim olduğu, düzenli ve temiz odaya bakındı. Kapıların üstünde kurutulmuş çiçek çelenkleri, dantel perdeler vardı. Fotoğraflar. Tığla örülmüş örtüler. Uyumlu, düzenli ve temiz. Ayağa kalktı ve duvardaki büyük fotoğrafa doğru yürüdü.

"Geçen kış çekilmişti."

Anne yanına gelmişti. Sejer fotoğrafı büyük bir dikkatle indirdi ve baktı. Sadece hayat ve parlaklıktan yoksun haliyle gördüğü bir çehreyi yeniden her görüşünde hayrete kapılırdı. Aynı insan olmakla birlikte aynı değildi işte. Annie'nin iri ağızlı geniş bir yüzü ve kocaman gri gözleri vardı. Kalın, koyu renk kaşlar. Utangaç bir gülümseme. Fotoğrafın alt kısmında gömleğinin yakasını ve erkek arkadaşının madalyonunu gördü. Hoş, diye düşündü.

"Sporla ilgileniyor muydu?"

"Eskiden," dedi baba alçak sesle.

"Hentbol oynuyordu," dedi anne hüzünle. "Ama bıraktı. Şimdi bol bol koşuyor. Haftada otuz kilometreden fazla."

"Hentbolu neden bıraktı?"

"Son zamanlarda çok fazla ev ödevi oluyordu. Çocuklar böyledir, bilirsiniz. Bir şeyi denerler, sonra da vazgeçerler. Okul orkestrasında çalmayı da denedi. Kornet. Ama bıraktı."

"Hentbolda iyi miydi?"

Sejer fotoğrafı duvardaki yerine astı.

"Çok iyiydi," dedi baba yumuşak bir sesle. "Kaleciydi. Bırakmamalıydı."

"Sanırım kalede durmanın sıkıcı olduğunu düşündü," dedi anne. "Bence nedeni buydu."

"Nedeni bu olmayabilir," dedi baba. "Bize nedenini hiç söylemedi."

Sejer tekrar yerine oturdu.

"Yani ikiniz de kararına aynı şekilde mi tepki verdiniz? Tuhaf olduğunu mu düşündünüz?"

"Evet."

"Okulda iyi miydi?"

"Çoğundan daha iyiydi. Böbürlenmiyorum, gerçek bu," dedi baba.

"Kızlarla birlikte üzerinde çalıştıkları şu proje neyle ilgiliydi?"

"Sigrid Undset[4]. Yaz ortasında bitmesi gerekiyordu."

"Odasını görebilir miyim?"

Anne ayağa kalktı ve ayaklarını yere sürterek kısa adımlarla yolu gösterdi. Babası kımıldamadan kolçakta kalmıştı.

Oda ufaktı ama Annie'nin kendine ait küçük saklanma yeriydi. Sadece karyola, bir masa ve sandalyeye yetecek kadar yer vardı. Sejer pencereden dışarı, tam karşıdaki komşunun verandasına

4 Norveçli bir yazar. (ed.n.)

baktı. Turuncu eve. Kuşlar için yerleştirilmiş yulaf demetlerinin kalıntıları duruyordu. Duvarlarda ergen idollerinin posterlerinden var mı diye baktı ama bir tane bile yoktu. Diğer taraftan, oda kupalar, sertifikalar ve madalyalarla doluydu ve Annie'nin bir iki tane fotoğrafı vardı. Annie'nin üzerinde kaleci formasıyla takımın geri kalanıyla poz verdiği bir fotoğraf, bir sörf tahtasının üstünde ayakta durduğu, gayet formda göründüğü bir diğeri. Yatağının üstündeki duvarda, bir yığın küçük çocuk fotoğrafı vardı. Birinde Annie bir puset itiyordu, diğerinde de genç bir adam vardı. Sejer o fotoğrafı işaret etti.

"Erkek arkadaşı mı?"

Anne başıyla onayladı.

"Çocuklarla mı çalışıyordu?"

Sejer, Annie'nin kucağında sarışın bir çocuk tuttuğu fotoğrafı işaret ediyordu. Fotoğrafta gururlu ve mutlu görünüyordu. Çocuğu âdeta bir kupa gibi kameraya doğru tutmuştu.

"Sokaktaki bütün çocuklara sırayla bakıcılık yaptı."

"Yani çocukları severdi."

Anne bir kez daha başını salladı.

"Günlük tutuyor muydu, Bayan Holland?"

"Sanmıyorum. Aradım," diye itiraf etti anne. "Bütün gece bakındım."

"Hiçbir şey bulamadınız mı?"

Ada Holland başını salladı. Oturma odasından kısık sesli bir mırıltı geliyordu.

"Bir isim listesine ihtiyacımız olacak," dedi Sejer bir an sonra. "Konuşabileceğimiz insanların listesine."

Duvardaki fotoğraflara bir kez daha baktı ve Annie'nin göğsünde yeşil bir arma olan formasını inceledi.

"Bu bir ejderhaya ya da onun gibi bir şeye benziyor."

Anne sakince, "Bir deniz yılanı," diye açıkladı.

"Neden bir deniz yılanı?"

"Buradaki fiyortta bir deniz yılanı olduğu söylenir. Eski günlerden kalma bir hikâye, bir efsane. Kayıkla açılır ve kayığınızın arkasında su sesleri duyarsanız, bu, derinlerden yükselen deniz yılanının sesidir. Asla arkanıza bakmamalı ve kürek çekmeye devam etmelisiniz. Umursamaz ve ona ilişmezseniz, her şey yoluna girer ama arkanıza dönüp gözlerine bakarsanız, sizi aşağı, büyük karanlığa çeker. Efsaneye göre, kırmızı gözlüdür."

Oturma odasına geri döndüler. Skarre not almaya devam ediyordu. Kocası hâlâ kolçağın üstündeydi. Yıkılmak üzereymiş gibi görünüyordu.

"Ya diğer kızınız?"

"Bu sabah eve uçuyor. Trondheim'a kız kardeşimi ziyarete gitmişti."

Bayan Holland kanepeye çöktü ve kocasına yaslandı. Sejer pencereye gitti ve kendini doğrudan yandaki evin mutfak penceresindeki bir yüze bakarken buldu.

"Burada komşularınıza çok yakın yaşıyorsunuz," dedi. "Bu birbirinizi iyi tanıdığınız anlamına mı geliyor?"

"Bir hayli. Herkes birbiriyle konuşur."

"Ve herkes Annie'yi tanıyordu, öyle mi?"

Anne tek kelime etmeden başıyla onayladı.

"Kapı kapı dolaşmamız gerekecek. Bu sizi rahatsız etmesin."

"Utanacak hiçbir şeyimiz yok."

"Bize birkaç fotoğraf ödünç verebilir misiniz?"

Baba ayağa kalktı ve televizyonun altındaki rafa yürüdü. "Bir videomuz var," dedi. "Geçen yazdan. Kragerø'da bir kulübeye gitmiştik."

Anne, "Videoya ihtiyaçları yok," dedi. "Sadece bir fotoğraf."

Sejer, "Memnuniyetle alırım," diyerek kaseti babadan aldı ve her ikisine de teşekkür etti.

"Haftada otuz kilometre mi koşuyordu?" diye sordu. "Tek başına mı gidiyordu?"

"Kimse ona ayak uyduramazdı," dedi baba.

"Demek derslerine rağmen, haftada otuz kilometre koşuya zaman ayırabiliyordu. Belki de hentbolu bırakmasının nedeni ödevler değildi."

Anne, "İstediği zaman koşabiliyordu," dedi. "Bazen kahvaltıdan önce giderdi. Ama maç olduğu zaman, o saatte gitmesi gerekiyordu ve kendi planlarını yapamıyordu. Bağlanmaktan hoşlandığını sanmıyorum. Annie'miz çok bağımsızdı."

"Koşuya nereye giderdi?"

"Her yere. Her tür havada. Otoyol boyunca ya da ormanda koşardı."

"Ya Yılan Gölü'ne?"

"Evet."

"Huzursuz muydu?"

"Sessiz ve sakindi," dedi anne yumuşak bir sesle.

Sejer pencereye geri döndü ve sokakta kolunun altına sıkıştırdığı emzikli bir çocukla hızlı hızlı yürüyen bir kadın gördü. "Başka ilgi alanları var mıydı? Koşu dışında."

"Film, müzik, kitaplar ve bunun gibi şeyler. Ve küçük çocuklar," dedi baba. "Özellikle daha küçükken."

Sejer onlardan Annie'yi tanıyan herkesin bir listesini yapmalarını rica etti. Arkadaşlar, komşular, öğretmenler, aile üyeleri. Eğer varsa, diğer erkek arkadaşları. İşleri bittiğinde, en azından kısmen tamamlanmış adresleriyle birlikte, listede 42 isim olmuştu.

Anne, "Listedeki herkesle konuşacak mısınız?" diye sordu.

"Evet, konuşacağız. Ve bu sadece bir başlangıç. Gidişatımız hakkında sizi de bilgilendiririz."

*

"Thorbjørn Haugen'i görmeliyiz. Dün Ragnhild'i arıyordu. Bize bir zaman aralığı verebilir."

Araba garajların önünden ilerledi. Skarre notlarını gözden geçiriyordu.

"Babaya şu hentbol olayını sordum," dedi. "Siz ikiniz kızın odasındayken."

"Ve?"

"Annie'nin gelecek vadettiğini söyledi. Takım müthiş bir sezon geçirmiş, Finlandiya'ya gitmiş ve finallere çıkmışlar. Baba neden bıraktığını anlayamamış. Bir şey mi oldu diye merak etmiş."

"Kadın ya da erkek, her kimse, koçu bulmalıyız. Belki bize bir ipucu verebilir."

"Erkek," dedi Skarre. "Haftalardır arıyor ve Annie'yi dönmeye ikna etmeye çalışıyormuş. O ayrıldıktan sonra takımda büyük sorunlar çıkmış. Kimse Annie'nin yerini dolduramamış."

"Merkezden arayıp ismine ulaşırız."

"Adı Knut Jensvoll ve yokuşun aşağısında, Gneisveien 8 numarada oturuyor."

"Teşekkürler," dedi Sejer tek kaşını kaldırarak. "Aklıma bir şey geliyor," diye devam etti. "Annie'nin tam olarak bizim Granittveien'de, yani birkaç dakikalık mesafede olduğumuz ve Ragnhild için endişelendiğimiz saatlerde öldürülmesi... Pilestredet'i ara ve Snorrason'u iste. İşleri hızlandırabiliyor muymuş, bir bak. Adli tıp raporunu olabildiğince çabuk almamız gerek."

Skarre cep telefonuna uzandı, numarayı çevirip Snorrason'u istedi ve sonra mırıldanmaya başladı.

"Ne dedi?"

"Morgun soğuk hava deposunun dolu olduğunu söyledi. Nedeni ne olursa olsun her ölümün trajik olduğunu ve uzunca bir listenin sevdiklerini gömmek için beklediğini ama durumun aciliyetini anladığını ve istersek üç gün sonra bir ön rapor almaya gidebileceğimizi. Yazılı rapor için daha fazla beklememiz gerekiyormuş."

"Ah, iyi," dedi Sejer. "Snorrason için hiç fena değil."

ÜÇ

Raymond ince yassı ekmeğin üstüne tereyağı sürdü. Ekmeğin kırılmamasına öylesine konsantre olmuştu ki, kocaman dili ağzından dışarı uzanmıştı. Aralarına tereyağı ve şeker sürülmüş dört kat ekmeği üst üste istiflemişti. Rekoru altıydı.

Mutfak küçük ve rahattı ama yemek için harcadığı bütün çabaların ardından darmadağınık olmuştu. Babası için de bir dilim ekmek hazırlamıştı; kenarları kesilip çıkarılmış, üstüne kızartma tavasından jambon yağı sürülmüş beyaz ekmek. Yemeklerini yiyince bulaşıkları yıkayacak, sonra da mutfağın yerini süpürecekti. Babasının idrar şişesini çoktan boşaltmış, su fincanını da doldurmuştu. Bugün güneş ortalıklarda yoktu; gökyüzü kasvetli gri, manzara iç karartıcı ve tatsızdı. Kahve, olması gerektiği gibi üç kez kaynamıştı. En üste beşinci ekmek dilimi yerleştirdi. Eserinden hoşnut kalmıştı. Babasının fincanına kahve doldurmak üzereyken, bir arabanın kapının önüne yanaştığını duydu. Dehşet içinde, gelenin bir polis arabası olduğunu gördü. Kaskatı halde pencereden geri geri kaçtı ve oturma odasının köşesine koştu. Belki de onu hapse tıkmaya gelmişlerdi. O zaman babasına kim bakardı?

Avluda araba kapıları çarpıldı ve mırıldanan sesler duydu. Yanlış bir şey yapıp yapmadığından emin değildi. Anlamak her zaman kolay olmuyordu. Kapıyı vurdukları zaman güvenliği için yerinden kıpırdamadı ama pes etmek niyetinde olmadıkları belliydi. Kapıya vurmaya devam ediyor ve adını sesleniyorlardı. Belki babası onları duyardı. Sesi bastırmak için yüksek sesle öksürmeye başladı. Bir süre sonra ortalık sessizleşti. Pencerede bir surat gördüğünde hâlâ oturma odasında, şöminenin yanındaydı. Uzun boylu, gri saçlı bir adam ona el sallıyordu. Raymond, bunu büyük olasılıkla sadece onu dışarı çekmek için yaptığını düşündü ve kafasını hızla salladı. Şömine ızgarasına sıkıca tutunup köşeye iyice sindi. Dışarıdaki adam dost canlısı görünüyordu ama nazik olacağına dair bir garanti yoktu. Raymond bunu uzun zaman önce öğrenmişti ve ayrıca aptal da değildi. Bir süre sonra orada ayakta dikilmeye daha fazla dayanamadı ve mutfağa koştu ama orada da bir yüz vardı. Açık renk, dalgalı saçlar ve koyu renk üniforma. Raymond kendini üzerine soğuk su boca edilen bir çuvalın içindeki kedi yavrusu gibi hissetti. Bugün minibüsle dışarı çıkamamıştı çünkü minibüs hâlâ çalışmıyordu; bu yüzden onunla bir alakası olamazdı. Umutsuzluk içinde, dağ gölünün oradaki olay yüzünden olsa gerek, diye düşündü. Olduğu yerde, öne arkaya ağır ağır sallanarak durdu. Bir süre sonra hole çıktı ve kilitteki anahtara kaygıyla baktı.

İçlerinden birisi, "Raymond!" diye seslendi. "Sadece konuşmak istiyoruz. Canını yakmayacağız."

"Ragnhild'e kötü davranmadım!" diye bağırdı.

"Bunu biliyoruz. O yüzden gelmedik. Küçük bir yardımına ihtiyacımız var."

Yine de kapıyı açmadan önce biraz tereddüt etti.

Daha uzun boylu olan adam, "İçeri gelebilir miyiz?" diye sordu. "Sana birkaç soru sormamız gerek."

"Tamam. Ne istediğinizden emin değildim. Kapıyı rastgele herkese açamam."

Sejer etrafına bakınarak, "Hayır, tabii ki açamazsın," dedi. "Ama gelen polis olduğunda kapıyı açman daha iyi olur."

"O zaman oturma odasında oturalım."

Raymond önden yürüdü ve tuhaf biçimde el yapımı gibi görünen kanepeyi işaret etti. Oturma kısmında eski bir ekose battaniye seriliydi. İki adam oturup bir kanepe, masa ve iki sandalyesiyle kare biçimindeki bir hayli küçük odayı inceledi. Duvarlarda hayvan resimleri ve kucağında bir erkek çocuk olan yaşlıca bir kadının fotoğrafı asılıydı. Belki annesiydi. Çocuk, Sejer'in down sendromuyla ilintilendirdiği yüz hatlarına sahipti ve kadının yaşı, Raymond'ın kaderinin sebebi olabilirdi. Oturdukları yerden ne bir televizyon ne de telefon görünüyordu. Sejer televizyonsuz bir oturma odasını en son ne zaman gördüğünü hatırlamıyordu.

Konuşmaya, "Baban evde mi?" sorusuyla giriş yaparken Raymond'ın tişörtüne bakıyordu. Beyazdı ve üstünde, "KARARLARI BEN VERİRİM" yazıyordu.

"Yatakta. Artık kalkmıyor. Yürüyemiyor."

"Yani ona sen mi bakıyorsun?"

"Bilesiniz diye söylüyorum, yemeği ve temizliği ben yapıyorum."

"Baban sana sahip olduğu için çok şanslı."

Raymond, down sendromlu insanların pek yaygın olmayan büyüleyici özelliklerinden biri olan kocaman bir gülümsemeyle baktı. Gürbüz bir bedendeki bozulmamış bir çocuk. Alışılmışın dışında kısa parmaklı, güçlü geniş elleri ve iri, yapılı omuzları vardı.

"Dün Ragnhild'e çok nazik davranıp evine götürmüşsün," dedi Sejer. "Böylece tek başına yürümek zorunda kalmamış. Bu çok ince bir davranış."

Raymond yetişkin tavrı takınmaya çalışarak, "Çok büyük değil, biliyorsunuz," dedi.

"Hayır, değil, bu yüzden onun yanında olman iyi olmuş. Ve ona bebeğinin puseti için de yardım etmişsin. Ama eve döndüğü zaman bir hikâye anlattı ve bunu sana sormanın en iyisi olacağını düşündük, Raymond. İkinizin Yılan Gölü'nde gördüğünüz şeyden bahsediyorum."

Raymond ona kaygılı gözlerle baktı ve alt dudağını öne uzattı.

"Kızı gördün, değil mi?"

"Ben yapmadım!" deyiverdi.

"Senin yaptığını düşünmüyoruz. Buraya bu yüzden gelmedik. Dur sana başka bir şey sorayım. Bakıyorum ki bir saatin var."

"Evet, bir saatim var." Raymond saati onlara gösterdi. "Babamın eski saati."

"Sık sık bakar mısın?"

"Ah, hayır, hemen hemen hiç."

"Neden?"

"İşteyken zamanı patronum takip ediyor. Burada da babam."

"Bugün neden işte değilsin?"

"Bir hafta boş vaktim var, sonra bir hafta çalışıyorum."

"Anladım. Bana saatin şu anda kaç olduğunu söyleyebilir misin?"

Raymond saatine baktı. "11.10'u biraz geçiyor."

"Bu doğru. Ama saatine sık sık bakmadığını söyledin, değil mi?"

"Sadece mecbur kalınca."

Sejer kafasını salladı ve dikkatle not tutan Skarre'ya baktı.

"Ragnhild'i eve bırakırken saatine baktın mı? Ya da mesela Yılan Gölü'nün orada dururken?"

"Hayır."

"Saatin kaç olduğunu tahmin edebilir misin?"

Çok düşünmekten şimdiden yorgun düşmüş olan Raymond, "Bana zor sorular soruyorsunuz," dedi.

"Her şeyi hatırlamak kolay değil, haklısın. Bitirmek üzereyim. Gölün kıyısında başka bir şey gördün mü? Yani orada başka kimse var mıydı? Kızın dışında?"

"Hayır." Şüpheyle sordu. "Kız hasta mı?"

"O öldü, Raymond."

"Vakitsiz bir ölüm bence."

"Biz de öyle düşünüyoruz. Gün içinde evin önünden geçen bir araba ya da başka bir araç gördün mü? Yukarı çıkan ya da aşağı inen? Ya da yürüyen insanlar? Mesela Ragnhild de buradayken?"

"Bu tarafa çok turist gelir. Ama dün yoktu. Sadece burada oturanlar. Yol Kollen'da bitiyor."

"Yani hiç kimseyi görmedin."

Raymond uzunca bir süre düşündü. "Şey, evet, bir araba. Tam biz giderken. Sıradan bir yarış arabası gibi yanımızdan hızla geçti."

"Siz giderken."

"Evet."

"Yukarı doğru mu, aşağı doğru mu?"

"Aşağı."

Sejer, hızla geçti, diye düşündü. İyi de, bu hiçbir zaman ikinci vitesin üstüne çıkmayan bir insan için ne anlam ifade ediyordu acaba?

"Arabayı tanıdın mı? Burada oturan birisi miydi?"

"Hayır. Onlar o kadar hızlı gitmezler."

Sejer zihninden bir hesap yaptı.

"Ragnhild eve ikiden biraz önce döndü. Yani saat 13.30 civarı olabilir, doğru mu? Göle çıkmanız çok sürmemiştir, değil mi?"

"Hayır."

"Araba hızlı gidiyordu dedin."

"Bir toz bulutu savurdu. Ama son zamanlarda ortalık çok kuru."

"Nasıl bir arabaydı?"

Nefesini tuttu. Bir arabanın görülmesi, üzerine gidilmesi gereken bir konuydu. Suç mahalli civarında, belli bir zaman diliminde, hızla seyreden bir araba.

"Sıradan bir araba işte," dedi Raymond hoşnut bir tavırla.

"Sıradan bir araba mı?" dedi Sejer. "Tam olarak ne demek istiyorsun?"

"Kamyonet, minibüs ya da öyle bir şey değil. Normal bir araba."

"Anladım. Normal bir binek aracı. Markaları hatırlamak konusunda iyi misindir?"

"Sayılmaz."

"Babanın ne tür bir arabası var?"

Raymond gururla, "Bir Hiace," dedi.

"Dışarıdaki polis arabasını görüyor musun? Ne tür olduğunu anlayabildin mi?"

"Şu mu? Siz söylediniz ya. Bir polis arabası."

Raymond sandalyesinde kıvranıyordu; birden rahatsız olmuş gibiydi.

"Ya rengi Raymond? Rengini fark ettin mi?"

Raymond anımsamaya uğraştı ama pes ederek kafasını salladı.

"Çok tozluydu. Rengi görmek imkânsızdı," diye mırıldandı.

"Açık renk miydi, yoksa koyu mu? Bize söyleyebilir misin?"

Sejer pes etmemekte direniyordu. Skarre yazmaya devam etti. Patronunun kullandığı yumuşak ses tonundan etkilenmişti. Sejer normalde daha sertti.

"Arada bir yerde. Belki kahverengi. Gri. Ya da yeşil. Kirli bir renk. Çok tozluydu. Ragnhild'e de sorabilirdiniz. O da gördü."

"Ona sorduk bile. O da arabanın gri ya da belki de yeşil olduğunu söyledi. Ama eski mi yeni mi olduğunu söyleyemedi."

"Eski ve hurda değildi," dedi Raymond kararlı bir sesle. "Arada bir yerde."

"Tamam. Anladım."

"Üzerinde bir şey vardı," dedi Raymond birden.

"Öyle mi? Neydi?"

"Uzun bir kutu. Yassı ve siyah."

Skarre, "Kayak kutusu olabilir mi?" diye tahminde bulundu.

Raymond tereddütlüydü. "Evet, kayak kutusu olabilir."

Skarre gülümsedi ve not aldı. Raymond'ın hevesi onu neşelendirmişti.

"İyi bir gözlem, Raymond. Bunu not ettin mi, Skarre? Demek baban yatakta."

"Sanırım şu anda yemeğini bekliyordur."

"Amacımız seni meşgul etmek değildi. Gitmeden önce içeri bir göz atıp babana merhaba diyebilir miyiz?"

"Tabii. Size yolu göstereyim."

Raymond oturma odasından içeri yürüdü, iki adam da peşinden gitti. Koridorun sonunda durdu ve bir kapıyı çok yavaşça, neredeyse saygıyla açtı. Yatakta yaşlı bir adam yatıyor ve horluyordu. Dişleri komodinin üstündeki bir bardakta duruyordu.

"Onu rahatsız etmeyelim," dedi Sejer odadan geri çıkarken. Raymond'a teşekkür edip avluya çıktılar. Raymond peşlerinden seğirtti.

"Yine gelebiliriz. Çok tatlı tavşanların var," dedi Skarre.

"Ragnhild de öyle dedi. İsterseniz birini kucağınıza alabilirsiniz."

"Başka zaman."

El sallayıp engebeli yola çıktılar. Sejer sıkkın bir tavırla direksiyona vuruyordu.

"O araba önemli. Ve peşine düşebileceğimiz tek ipucu 'arada bir şey'. Ama tepede bir kayak kutusu, Skarre! Ragnhild bundan hiç bahsetmemişti."

"Dünyadaki herkesin arabasında bir kayak kutusu var."

"Benim yok. Şu çiftlikte duralım."

Evin önüne kadar ilerleyip kırmızı bir Mazda'nın yanına park ettiler. Bir kep ve lastik çizmeler giymiş bir kadın onları ambarın önündeyken gördü ve avluyu aşarak yanlarına geldi.

Sejer kibarca, "Polis," diyerek kırmızı arabayı işaret etti. "Çiftlikte başka arabanız var mı?"

"İki tane daha var," derken kadın şaşkındı. "Kocamın bir steyşını, oğlumun da bir Golf'ü var. Neden?"

Sejer, "Ne renkler?" diye sordu.

Kadın ona hayretle baktı. "Mercedes beyaz, Golf kırmızı."

"Ya yandaki çiftlik? Onların ne tür araçları var?"

"Bir Blazer," dedi kadın. "Lacivert bir Blazer. Bir şey mi oldu?"

"Evet, oldu. O konuya döneceğiz. Dün gün ortasında evde miydiniz?"

"Tarladaydım."

"Tepeden aşağı yüksek hızda inen bir araba gördünüz mü? Gri ya da yeşil, tepesinde kayak kutusu olan bir araba."

Kadın omuz silkti. "Hatırladığım kadarıyla, hayır. Ama traktör kullanırken pek bir şey duymam."

"Günün o saatinde kimseyi gördünüz mü?"

"Yürüyüşçüleri. Yanlarında köpek olan bir grup oğlan," dedi. "Başka kimseyi görmedim."

Sejer, Thorbjørn ve grubu, diye düşündü.

"Yardımınız için teşekkürler. Komşularınız evdeler mi?"

Kadına bakarken başıyla yolun biraz aşağısında kalan çiftliği işaret etti. Kadının yüzü sık sık dışarıda çalışan birisinin yüzüydü; sağlıklı ve çekici.

"Çiftliğin sahibi uzakta, sadece kayyum var. Bu sabah çıktı, geri geldiğini görmedim."

Kadın eliyle yüzünü gölgeledi ve o yöne baktı. "Araba burada değil."

"Onu tanıyor musunuz?"

"Hayır. Konuşkan bir tip değildir."

Sejer teşekkür etti ve arabaya geri döndüler.

"Önce buraya çıkması gerekirdi," dedi Skarre.

"O zaman henüz bir katil değildi. Arabayı çok yavaş kullanmış olabilir. Bu yüzden kimse onu fark etmemiştir."

Aşağı, otoyola kadar ikinci viteste indiler. Bir süre sonra yolun sol tarafında küçük bir kır dükkânı gördüler. Park edip içeri girdiler. Kafalarının üstünde minik bir çan çınladı ve mavi-yeşil naylon bir önlük giymiş bir adam arka odadan çıktı. Birkaç saniye boyunca öylece durdu ve onlara dehşet dolu gözlerle baktı. "Annie'yle mi ilgili?"

Sejer başıyla onayladı.

"Anette berbat hissediyor," derken adam şok geçiriyor gibiydi. "Bugün Annie'yi aradı ve tek duyduğu hattın diğer ucundan gelen haykırış sesi oldu."

Ergenlik çağında bir kız belirdi ve kapı ağzında hareketsiz durdu. Babası kolunu kızın omzuna doladı.

"Bugün evde kalmasına izin verdik."

"Dükkânın yakınında mı oturuyorsunuz?"

Sejer adama yaklaşıp el sıkıştı.

"Buradan beş yüz metre ötede, aşağıda, kıyıda. Buna inanamıyoruz."

"Dün bu bölgede sıradışı birisini gördünüz mü?"

Adam bir an düşündü. "Bir grup oğlan geldi ve her biri birer kola aldı. Onların dışında bir tek Raymond'ı gördüm. Öğle saatlerinde geldi, ekmek ve süt aldı. Raymond Låke. Babasıyla birlikte yukarıda, Kollen yakınında oturuyor. Çok fazla müşterimiz yok. Yakında kapamak zorunda kalacağız."

Konuşurken kızının sırtını sıvazlamayı sürdürüyordu.

"Låke'nin ekmek ve sütünü alması ne kadar sürdü?"

"Bilmem, birkaç dakika. Bu arada bir de motosiklet durdu. 12.30 ila 13.00 arası olsa gerek. Bir dakika durdu ve hemen gitti. Kocaman eyer çantaları olan, büyük bir motor. Turist olabilir. Başka kimse gelmedi."

"Bir motosiklet demek. Tarif edebilir misiniz?"

"Ne diyebilirim ki? Koyu renkti, sanırım. Parlak ve etkileyici. Adamın arkası dönüktü, başında kaskı vardı. Oturdu ve motosikletin önünde tuttuğu bir şeyi okudu."

"Plakasını gördünüz mü?"

"Hayır, kusura bakmayın."

"Tepesinde bir kayak kutusu olan gri ya da yeşil bir araba görüp görmediğinizi hatırlıyor musunuz?"

"Hayır."

"Ya sen Anette?" dedi Sejer kıza dönerek. "Aklına önemli olabilecek herhangi bir şey geliyor mu?"

"Onu aramalıydım," dedi Anette.

"Bunun için kendini suçlayamazsın. Engel olmak için yapabileceğin bir şey yoktu. Büyük olasılıkla birisi onu yoldan aldı."

"Annie insanları üzmeyi sevmezdi. Ona baskı yaparsak kızar diye korkmuştum."

"Annie'yi iyi tanır mıydın?"

"Bir hayli."

"Aklına yol üstünde karşılaşmış olabileceği herhangi birisi geliyor mu? Yeni tanıştığı birisinden bahsetmiş miydi?"

"Ah, hayır. Halvor vardı."

"Anladım. Pekâlâ, aklına bir şey gelirse lütfen ara. Tekrar gelmekten mutluluk duyarız."

Baba ve kıza teşekkür ettiler ve dükkân sahibi Horgen arka tarafta gözden kaybolurken dışarı çıktılar. Sejer girişin yanındaki pencerede kambur duran karaltıyı fark etmişti.

"Ofisinde otururken yolu görebiliyor."

12.30 ila 13.00 arası duran ve tekrar yoluna devam eden bir motosiklet. Bunu kayda geçmeliyiz, diye düşündü. Pekâlâ.

Arabanın kapısını kapadı. "Thorbjørn, Ragnhild'i ararken, Yılan Gölü'nün oradan saat 12.45 civarında geçtiklerini düşünüyordu. O saatte ceset orada yoktu. Raymond ve Ragnhild cesedi 13.30 civarında gördüler. Bu bize 45 dakikalık bir aralık bırakıyor. Bu hemen hemen hiç olmaz. Onlar evden çıktıkları sırada, bir araba son hızla yanlarından geçti. Sıradan bir araba, arada bir yerde. Kirli bir renk, açık değil, koyu değil, eski değil, yeni değil."

Elini konsola vurdu.

Skarre yüzünde bir gülümsemeyle, "Herkes araba uzmanı olamaz," dedi.

"Sürücünün ortaya çıkmasını isteyeceğiz. Dün, saat 13.00 ila 13.30 arası Raymond'ın evinin önünden yüksek hızla geçen, aracının üzerinde muhtemelen bir kayak kutusu bulunan kişi her kimse. Ayrıca motosiklet için de bütün birimlerin gözlerini dört açmalarını isteyeceğiz. Eğer kimse ortaya çıkmazsa, o çocuklara araba konusunda baskı yapmam gerekecek."

"Bunu nasıl yapacaksınız?"

"Henüz bilmiyorum. Belki çizebilirler. Çocuklar her zaman bir şeyler çizerler."

Sonrasında adliye binasının kafeteryasında yemek yediler.

Skarre, "Bu omlet kuru," dedi. "Tavada fazla uzun kalmış."

"Öyle mi?"

"Yumurtanın püf noktası tabağınızdayken katılaşmasıdır. Tavadan henüz yumuşakken almalısınız."

Sejer buna itiraz edemeyecekti, hiç yemek pişiremezdi.

"Ayrıca içine süt koymuşlar. Rengi bozar."

"Aşçılık okuluna falan mı gittin?"

"Sadece bir ders aldım."

"Tanrım, şu bilmediklerimiz yok mu..."

Tabağındaki son kalıntıları bir parça ekmekle temizledi ve sonra ağzını büyük bir dikkatle peçetesine sildi.

"Krystallen'dan başlayacağız. Her birimiz yolun bir tarafını alacağız, adam başı on ev. Ama insanların işten dönmüş olmaları için, saat beşten sonrasını bekleyeceğiz."

Skarre saatine bakarak, "Ne aramalıyım?" dedi. Saat 14.00'ten sonra sigara içilmesine izin veriliyordu.

"Düzensizlikler. Sıradışı olabilecek her şey. Geçmişteki Annie'yle ilgili sorular da sor. Değiştiğini düşünüp düşünmediklerini. Sahip olduğun tüm cazibeyi kullan ve dökülmelerini sağla. Kısaca: Konuştur onları."

"Eddie Holland'la yalnız konuşsak iyi olacak."

"Bunu ben de düşündüm. Birkaç gün sonra buraya gelmesini rica edeceğim. Ama annenin şokta olduğunu unutmamalısın. Bir süre sonra durulacaktır."

"Sizce de Annie hakkında çok farklı gözlemler yapmadılar mı?"

"Bu iş böyledir. Çocuğun yok değil mi, Skarre?"

"Hayır."

Skarre bir sigara yaktı ve dumanı amirinden uzağa üfledi.

"Kız kardeşi Trondheim'dan dönmüş olmalı. Onunla da konuşmalıyız."

Yemekleri bitince, adli tıp enstitüsüne gittiler ama hiç kimse cesedi örten mavi anorak hakkında kayda değer bir şey söyleyemedi.

"Çin'den ithal. Bütün indirim mağazalarında satılıyor. İthalatçı iki bin ceket getirdiklerini söyledi. Sol cebinde bir paket şekerleme, bir reflektör ve köpek tüyü olması mümkün birkaç açık renk tüy vardı. Hangi cins diye sormayın. Bunun dışında hiçbir şey yok."

"Bedeni?"

"*Ekstra large*. Ama kolları uzun geliyor olmalı, bilekten geriye kıvrılmışlardı."

"Eskiden insanlar ceketlerinin içine isim etiketleri dikerlerdi," dedi Skarre.

"Ah, evet, ortaçağda olsa gerek."

"Ya hap?"

"Korkarım sonuç çok heyecan verici sayılmaz. Mentollü pastilden başka bir şey değil ve o tür şu anda çok popüler. Çok küçük ve inanılmaz derecede güçlü."

Sejer hayal kırıklığına uğramıştı. Mentollü bir pastil hiçbir şey anlatmıyordu. Herkesin cebinde o tür şeyler vardı; kendisi de her zaman bir paket pastil taşırdı.

Geri döndüler. Şimdi Krystallen'da daha çok trafik vardı. Ortalık çeşit çeşit araç üstündeki çocuklarla kaynıyordu: Üç tekerlekliler, traktörler, kiminin elinde puset... hatta bir tanesi rüzgârla dalgalanan eski püskü flamalı, ev yapımı bir *go-cart* sürüyordu. Polis arabası posta kutularının yakınına çekince, bu renkli tablo buz gibi donuverdi. Skarre oyuncak araçlardan birinin frenlerini kontrol etme dürtüsüne karşı koyamadı ve arka lambasının yanmadığını söylediğinde, mavili pembeli Massey Ferguson'ın sahibinin korkudan altını ıslattığından emindi.

Hemen herkes bir şeyler olduğunun farkındaydı ama tam olarak ne olduğunu bilmiyorlardı. Hiç kimse, ne olduğunu sormak için Holland'ları arama cüretini gösteremiyordu.

Sorularını sokağın iki yanındaki bütün evlere yönelttiler. Korkmuş yüzlere akın eden hayret ve şoku defalarca izlemek zorunda kaldılar. Kadınların çoğu ağlamaya başladı. Erkeklerin beti benzi attı ve suskunlaştılar. Uygun bir süre boyunca bekleyip sorularını öyle yönelttiler. Herkes Annie'yi çok iyi tanıyordu. Kadınların bir kısmı evden çıkışını görmüştü. Holland'lar çıkmaz sokağın sonunda oturuyorlardı; Annie'nin çıkarken bütün evlerin önünden geçmesi gerekiyordu. Geçen sene bu iş için fazla büyüyene kadar yıllarca bebeklerine bakıcılık yapmıştı. Hemen herkes hentbol kariyerinden ve takımdan ayrılmasına ne kadar şaşırdıklarından bahsediyordu. Annie o kadar iyi bir oyuncuydu ki ismi sık sık yerel gazetede geçiyordu. Yaşlıca bir çift geçmişte daha canlı ve dışa dönük olduğunu hatırlıyor ama bu değişimi büyümesine bağlıyordu. Büyük bir hızla değişti, dediler. Bir hayli kısa ve zayıfken birdenbire boyu uzayıvermişti.

Skarre sırayı takip etmemiş, önce turuncu eve gitmişti. Ev, Fritzner adında, kırklı yaşlarının sonundaki bir bekâra aitti. Oturma odasının ortasında, yelkenleri açık bir tekne duruyordu. Teknenin tabanında bir döşek ile bir sürü yastık vardı ve küpeştesine bir şişelik tutturulmuştu. Merakı uyanan Skarre tekneyi dikkatle süzdü. Gövdesi parlak kırmızı, yelkenleri beyazdı. Zihninde kendi dairesinin bir görüntüsü ve alışılmışın dışında tek bir mobilyasının olmadığı gerçeği canlanmıştı.

Fritzner, Annie'yi çok iyi tanımıyordu ama zaman zaman onu şehre bırakmayı teklif ettiği oluyordu. Annie kötü havalarda teklifini kabul ediyordu ama eğer hava iyiyse, eliyle yoluna devam etmesini işaret ediyordu. Annie'yi seviyordu. Sıkı bir hentbol kalecisi, demişti.

Sejer sokaktan aşağı ilerledi ve 6 numaradaki Türk ailenin kapısına ulaştı. Zili çaldığında Irmak ailesi yemeğe oturmak üzereydi. Masadaydılar ve ortadaki büyük tencereden dumanlar tütüyordu. Evin, işlemeli gömlekli, azametli babası elini uzattı. Sejer onlara Annie Holland'ın öldüğünü ve görünüşe bakılırsa, birisi tarafından öldürüldüğünü söyledi.

Dehşet içinde, "Hayır!" dediler. "Bu doğru olamaz. 20 numaradaki o tatlı kız, Eddie'nin kızı ölmüş olamaz!" Buraya taşındıkları zaman onları sıcak karşılayan tek aile Holland'lar olmuştu. Başka yerlerde de yaşamışlar ama her yerde eşit derecede hoş karşılanmamışlardı. Bu doğru olamazdı! Adam, Sejer'in koluna yapıştı ve onu kanepeye doğru çekti.

Sejer oturdu. Irmak, göçmenlerde sıkça gördüğü çekingen, uysal havayı taşımıyordu. Aksine her yanından saygınlık ve özgüven fışkırıyordu. Hoş bir histi.

Karısı, Annie'nin evden çıktığını görmüştü. 12.30 civarı olduğunu tahmin ediyordu. Sırtında çantasıyla, evlerin arasından sakin sakin yürümüştü. Annie'nin küçüklüğünü bilmiyorlardı. Sadece dört aydır orada yaşıyorlardı.

Kadın başındaki eşarbı düzeltirken, "Tatlı kız," dedi. "İri. Çok kaslı." Gözlerini yere indirdi.

"Kızınıza bakıcılık yaptı mı hiç?"

Sejer genç bir kızın sabırla beklediği masayı işaret etti. Gür kirpikli, sessiz ve alışılmadık bir güzelliğe sahip bir kızdı. Bakışları, bir maden bacası gibi derin ve içe işleyen türdendi.

"İsteyecektik," dedi baba hemen. "Ama komşular o iş için büyüdüğünü söylediler. Biz de rahatsız etmek istemedik. Hem karım tüm gün evde, idare ediyoruz. Ben sadece sabahları yokum. Bir Lada'mız var. Komşular düzgün bir araba olmadığını söylüyor ama bizi idare ediyor. Her gün beni hiç sorun çıkarmadan Popples Gaten'a götürüyor. Orada bir aktarımız var. Alnınızdaki şu kızarıklıktan baharatlarla kurtulabilirsiniz. Rimi'den alınma baharatlarla değil ama. Irmak'ın dükkânından gerçek baharatlarla."

"Gerçekten mi? Bu mümkün mü?"

"Vücudu arındırırlar. Teri dışarı daha hızlı atarlar."

Sejer başıyla onayladı. "Yani Annie'yle hiçbir alakanız olmadı."

"Pek sayılmaz. Birkaç defa koşarak geçerken, onu durdurdum ve parmağımı salladım. Ona dedim ki: Kendi ruhundan kaçıyorsun. Bu onu güldürdü. Dedim ki: Onun yerine sana meditasyon yapmayı öğreteyim. Sokaklar boyunca koşmak huzuru bulmak için kötü bir yol. Bu onu daha da fazla güldürdü. Sonra da yola koyulup köşeyi döndü."

"Evinize hiç geldi mi?"

"Evet. Taşındığımız gün, elinde Eddie'nin gönderdiği saksı içinde bir çiçekle geldi. Hoş geldiniz hediyesi. Nimet ağladı," dedi ve karısına baktı. Şimdi de aynı şeyi yapıyordu. Eşarbını yüzüne çekmiş ve onlara arkasını dönmüştü.

Sejer ayrılırken ziyareti için teşekkür ettiler ve Nimet kapılarının ona her zaman açık olduğunu söyledi. Küçük holde durup arkasından baktılar. Annesinin eteğine yapışan kız, koyu renk gözleri ve siyah bukleleriyle ona Matteus'u anımsatmıştı. Sokakta kısa bir an durdu ve 9 numaradan çıkmakta olan Skarre'ya baktı. Birbirlerine selam verdiler ve ayrı yollarına devam ettiler.

Skarre, "Çok fazla kilitli kapı buldunuz mu?" diye sordu.

"Sadece iki tane. 4 numaradaki Johnas ve 8 numaradaki Rud."

"Benimkilerin hepsinden notlar aldım."

"Aklına ilk anda düşen bir şey oldu mu?"

"Annie'nin herkesi tanıması ve senelerdir evlerine girip çıkıyor olması dışında hiçbir şey. Bir de herkes tarafından seviliyormuş."

Holland'ların zilini çaldılar. Kapıyı bir kız açtı. Annie'nin ablası olduğu belliydi; çok benziyorlardı ama farklıydılar. Kızın saçları tıpkı Annie'ninkiler gibi sarıydı ama dipleri daha koyuydu. Kirpikleri rimelliydi. Çok açık mavi ve emin olmaktan uzak gözleri, kirpiklerin arasına hapsolmuştu. Annie gibi iri ve uzun boylu ya da sportif ve kaslı değildi. Dikişleri belirgin, lavanta rengi dar, esnek bir pantolon ve düğmeleri yarıya kadar açık beyaz bir bluz giymişti.

Sejer, "Sølvi?" dedi.

Kız başıyla onayladı ve onları içeri buyur etmek için güçsüz elini uzatıp hemen annesinin yanına sığındı. Bayan Holland kanepenin aynı köşesinde oturuyordu. Son birkaç saat içinde, yüzü her nasılsa değişmişti. Yüz ifadesinde artık o kadar acılı bir çaresizlik yoktu ama kasvetli, sıkıntılı ve bir hayli yaşlanmış görünüyordu. Baba görünürlerde yoktu. Sejer, gözlerini dikip bakmadan Sølvi'yi incelemeye çalıştı. Yüz hatları ve vücudu kız kardeşininkinden farklıydı; Annie'nin geniş elmacık kemikleri, sert çenesi ya da kocaman gri gözleri onda yoktu. Sejer, daha güçsüz ve birazcık daha etine dolgun, diye düşündü.

Yarım saatlik bir sohbetin sonunda, iki kız kardeşin çok yakın olmadıkları ortaya çıktı. İkisi de kendi yollarına gitmişti. Sølvi bir güzellik salonunda temizlik işi yapıyordu, başka insanların çocuklarına hiçbir zaman ilgi duymamış, hiç spor yapmamıştı. Sejer kızın büyük olasılıkla kendi kendisiyle ve dış görüntüsüyle haşır neşir olduğunu düşünüyordu. Şimdi bile, kız kardeşinin ölümünün hemen ardından, kanepede annesinin yanında otururken alışkanlık sonucu, vücuduna çekici bir duruş vermişti. Tek dizini karnına çekmiş, başını hafifçe yana eğmiş ve ellerini bacağına sarmıştı. Parmaklarında bir sürü cicili bicili yüzük parlıyordu. Tırnakları uzun ve kırmızıydı. Sanki iskelet ya da kastan tamamen yoksunmuş da pembe renkli bir kilin üstüne sadece bir deri çekilmiş gibi köşeleri pek belirgin olmayan, yumuşak hatlı bir vücudu vardı. Sølvi, Annie'den yaşça çok daha büyüktü ama yüzünde saf bir ifade vardı. Annesi korumacı bir pozla, sanki rahatlatılması ya da belki de tembihlenmesi gerekiyormuş gibi –Sejer hangisi olduğuna karar verememişti– düzenli olarak Sølvi'nin kolunu okşuyordu. İki kız kardeş aslında birbirinden çok farklıydı. Annie'nin fotoğraftaki yüzü daha olgundu. Kameraya fotoğrafının çekilmesinden hoşlanmıyormuş ama bununla birlikte otoriteye –belki de sadece uysallığından– boyun eğmiş gibi yorgun bir ifadeyle bakmıştı. Diğer taraftan Sølvi sürekli –öyle ya da böyle– poz veriyordu. Sejer onun için, annesine daha çok benziyor, diye düşündü; Annie ise babasına çekmişti.

"Annie'nin yakın zamanda yeni arkadaşlar edinip edinmediğini biliyor musun? Böyle bir şeyden bahsetmiş miydi?"

"Yeni insanlarla tanışmak ilgisini çekmezdi," dedi Sølvi bluzunu düzelterek.

"Günlüğü var mıydı, biliyor musun?"

"Ah, hayır, Annie günlük tutmazdı. Öyle birisi değildi. Diğer kızlardan farklıydı, daha çok erkek çocuk gibiydi. Hatta makyaj bile yapmazdı. Giyinip süslenmekten nefret ederdi. Halvor'un madalyonunu takardı ama sadece Halvor başının etini yediği için. Aslına bakarsanız, koşuya çıktığı zaman madalyon ona engel oluyordu."

Sesi, sanki Annie'den altı yaş büyük değil de küçük bir kızmış gibi hayat dolu ve tatlıydı. Sesi kibarca, bana karşı nazik olun, diye yalvarıyordu sanki. *Ne kadar küçük ve kırılgan olduğumu siz de görebilirsiniz.*

"Arkadaşlarını tanıyor musun?"

"Benden küçükler ama kim olduklarını biliyorum."

Yüzükleriyle oynuyordu. Bir an içinde bulunduğu bu yeni duruma anlam vermeye çalışır gibi duraksamıştı.

"Sence onu en iyi kim tanırdı?"

"Anette'le vakit geçirirdi ama sadece yapılacak özel bir şey olduğu zaman. Sırf konuşmak için değil."

"Burada biraz ücra bir yerde yaşıyorsunuz," dedi Sejer. "Sence otostop çeker miydi?"

"Asla. Ben de çekmem," dedi. "Ama yol üstünde yürürken sık sık birilerinin arabasına bineriz. Hemen hemen herkesi tanıyoruz."

Hemen hemen herkesi, diye düşündü Sejer.

"Herhangi bir konuda mutsuz göründüğünü düşünüyor musun?"

"Mutsuz değil. Ama tam olarak sevinçten zıpladığı da söylenemezdi. Pek fazla bir şeyle ilgilenmezdi. Demek istediğim, kızlara özgü şeylerle. Sadece okul ve koşu vardı."

"Ve belki de Halvor."

"Çok emin değilim. Halvor konusunda da biraz kayıtsız gibiydi. Tam olarak karar veremiyordu."

Sejer zihninde, yüzünde şüpheci bir bakışla hafifçe arkasını dönmüş bir kız canlandırdı. Aklına eseni yapan, kendi bildiğinden şaşmayan ve herkesi belli bir mesafede tutan. Ama neden?

"Annen eskiden daha hayat dolu olduğunu söyledi," dedi. "Sen de böyle mi düşünüyorsun?"

"Ah, evet, eskiden daha konuşkandı."

Sejer gırtlağını temizledi. "Bu değişim," dedi, "sence birdenbire mi oldu? Yoksa yavaş yavaş, belli bir süreç sonunda mı?"

"Hayır." Birbirlerine baktılar. "Emin değiliz. Sadece farklılaştı."

"Ne zaman olduğu konusunda bir şey söyleyebilir misin, Sølvi?"

Kız omuz silkti. "Geçtiğimiz yıl içinde bir ara. Halvor'dan ayrıldı ve hemen ardından hentbolu bıraktı. Ayrıca boyu da çok uzuyordu. Bütün kıyafetleri küçük gelmeye, kendisi de sessizleşmeye başladı."

"Öfkeli ya da asık suratlı gibi mi?"

"Hayır. Sadece sessiz. Bir şekilde hayal kırıklığına uğramış gibi."

Hayal kırıklığına uğramış.

Sejer başıyla onayladı. Sølvi'ye baktı. Dar pantolonu, çocukluğundan hatırladığı leylak rengiyle göz alıcıydı.

"Annie ve Halvor'un arasında cinsel ilişki var mıydı, biliyor musun?"

Sølvi kızardı. "Emin değilim. Halvor'a sormanız gerekecek."

"Soracağım."

Arabaya dönünce Sejer, "Abla," dedi, "genelde sonunda kurban olan tiplerden. Yani kötü niyetli bir adamın elinde demek istiyorum. Kafası kendisiyle ve dış görüntüsüyle o kadar meşgul ki tehlike sinyallerini görmesi zor. Sølvi'den bahsediyorum. Annie değil. Annie mesafeli ve sportifmiş. Kimseyi etkilemek gibi bir derdi yokmuş. Otostop çekmiyormuş ve yeni insanlarla tanışmakla ilgilenmiyormuş. Birisinin arabasına binmişse, bu kişi tanıdığı birisi olmalı."

Skarre ona baktı. "Hep aynı şeyi söylüyoruz."

"Biliyorum."

"Sizin ergenlik döneminden geçmiş bir kızınız var," dedi Skarre meraklı bir tavırla. "Nasıl bir şeydi?"

"Ah," dedi Sejer camdan dışarı bakarak. "Bu tür şeylerle daha çok Elise uğraşırdı. Ama hatırlıyorum. Ergenlik cidden zor bir zaman. 13 yaşını doldurana dek güneş ışığıydı ama sonrasında hırlamaya başladı. 14'üne kadar hırladı, sonra da havlamaya geçti. Ve zaman içinde etkisi azalıp bitti."

Zaman içinde etkisi azalıp bitmişti. Sejer kızının 15 yaşına gelip genç bir kadına dönüşmesinin ardından onunla nasıl konuşacağını bilemediğini hatırlıyordu. Holland için de öyle olmuş olmalıydı. Çocuğunuz çocuk olmaktan çıkınca, yeni bir dil bulmanız gerekiyordu. Zor işti.

"Yani bir ya da iki yıl sürdü. Bitmesi yani."

"Evet," dedi Sejer düşünceli bir tavırla. "Sanırım öyleydi."

"Ondaki bu değişime odaklanır gibisiniz."

"Bir şeyler olmuş olmalı. Ne olduğunu öğrenmeliyim. Kimdi? Onu kim ve neden öldürdü? Halvor Muntz'u ziyaret zamanı geldi. Bizi beklediğine hiç şüphem yok. Sence nasıl hissediyordur?"

"Hiçbir fikrim yok. Arabada sigara içebilir miyim?"

"Hayır. Bu arada saçların sence de biraz kabarık durmuyor mu?"

"Siz bahsedince baktım da, sanırım öyle. Alın, naneli şeker."

Her ikisi de gözlerini yola dikti. Skarre ensesindeki bir saç buklesini tuttu ve çekip tam boy uzattı. Serbest bırakınca bukle ısıtıcının üstüne düşen bir kurtçuk gibi hızla kıvrılıverdi.

DÖRT

Onda tanıdık gelen bir şeyler olduğunu düşünüyordu. Bu yüzden sandalyesini iyice yakınına çekti ve kırışık yüzünü televizyona uzattı. Ekranın ışığı, kadının yüzünü çenesindeki tüylerin hâlâ uzadığını gösterecek şekilde aydınlattı. Tüyleri alınsa fena olmayacak, diye düşündü adam ama bunu ona nasıl söyleyeceğini bilemedi.

"Johann Olav Koss!" diye haykırdı kadın. "Süt içiyor."

"Hımm."

"Yüce Tanrım, ne kadar yakışıklı bir çocuk. Farkında mı acaba? Tam bir heykel gibi gerçekten de öyle. Yaşayan bir heykel!"

Koss bıyığındaki sütü eliyle sildi ve bembeyaz dişleriyle gülümsedi.

"Ah, şu çocuğun dişlerine bir baksana! Tebeşir gibi bembeyaz dişler! Süt içtiği için öyleler. Sen de daha çok süt içmelisin. Ama büyük olasılıkla okulda dişçisi olmuştur. Bizim yoktu."

Ekose battaniyeyi kucağına iyice sardı. "Bizim dişlerimize baktıracak gücümüz yoktu; çürüdükçe hepsini tek tek çektirdik, bitti. Ama bugün okul dişçisinden süte, vitaminlerden sağlıklı beslenmeye, diş macunundan florite her tür şey var."

Derin bir iç geçirdi. "Sana şunu söyleyeyim, sınıfta oturup ağlardım. Gerçekten. Derslerimi bilmediğim için falan değil, aç olduğum için. Tabii ki yakışıklısın, bugün bütün gençler öyle. Size gıpta ediyorum. Ne dediğimi duyuyor musun, Halvor? Size gıpta ediyorum!"

"Evet, büyükanne."

Sarı bir Kodak zarfından fotoğrafları çıkarırken elleri titriyordu. Dar omuzlu, ince yapılı bir delikanlı olarak televizyon reklamındaki buz patenciye pek benzemiyordu. Bir kız gibi küçük bir ağzı vardı ve gülümsediği zaman –ki bu nadiren olurdu– tek tarafı kasılıyor, yukarı kıvrılmayı reddediyordu. Yakından bakınca dikiş izlerini görmek mümkündü; yanağının sağ tarafından şakağına kadar çıkıyordu. Kahverengi saçları yumuşak ve kısa; favorileri seyrekti. Uzaktan bakınca, çoğu kez on beş yaşında bir delikanlı sanılıyordu ve uzunca bir süre, sinemada kimliğini göstermek zorunda kalmıştı. Gerçi bunu hiç sorun etmemişti; belayı seven bir tip değildi.

Daha önce sayısız kez baktığı fotoğrafları ağır ağır elden geçirmeye başladı. Şimdi yepyeni bir boyut kazanmışlardı. Şimdi, daha sonrasında yaşanacakların işaretlerini, bu fotoğrafları çekerken habersiz olduğu şeyleri arıyordu. Annie elindeki tahta tokmakla çadır kazığına tüm gücüyle vururken. Annie üzerinde siyah yüzücü mayosuyla bir dalış tahtasının ucunda, sütun misali dimdik dururken. Annie yeşil uyku tulumunun içinde uyurken. Annie yüzü sarı saçlarının ardına gizlenmiş halde bisiklete binerken. Halvor, Primus ocağıyla boğuşurken. Yan çadırdakilerin çektiği bir fotoğrafta ikisi bir arada. Onu bu poza ikna edene dek çok dil dökmek zorunda kalmıştı. Annie fotoğrafının çekilmesine dayanamıyordu.

Büyükannesi pencereden seslendi. "Halvor! Dışarıda bir polis arabası var!"

Halvor alçak sesle, "Evet," dedi.

"Neden buraya geliyorlar?" Büyükanne birden kaygıya kapılmıştı. Torununa baktı. "Ne istiyorlar?"

"Annie yüzünden."

"Annie'ye ne olmuş?"

"Öldü."

"Ne dedin sen?"

Büyükanne korku içinde koltuğuna doğru sendeledi ve kolçağa yaslandı.

"Öldü. Buraya beni sorgulamaya geliyorlar. Geleceklerini biliyordum. Onları bekliyordum."

"Neden Annie'nin öldüğünü söylüyorsun?"

"Çünkü o öldü!" diye bağırdı Halvor. "Dün öldü! Babası beni aradı."

"Evet ama neden?"

"Nereden bileyim? Nedenini bilmiyorum. Tek bildiğim öldüğü."

Halvor yüzünü ellerinin arasına sakladı. Büyükannesi bir un çuvalı gibi koltuğuna yığılırken her zamankinden daha solgundu. Uzunca bir süredir her şey ne kadar huzurluydu. Ama böyle gidemezdi. Tabii ki böyle gidemezdi.

Birisi gürültüyle kapıya vurdu. Halvor ayaklanırken fotoğrafları masa örtüsünün altına itti ve kapıyı açmaya gitti. İki kişiydiler. Bir an verandada durup ona baktılar. Ne düşündüklerini tahmin etmek zor değildi.

"Siz Halvor Muntz musunuz?"

"Evet."

"Birkaç soru sormaya geldik. Nedenini biliyor musunuz?"

"Babası dün akşam aradı." Halvor kafasını sallayıp duruyordu. Sejer koltuktaki yaşlı kadını gördü ve ona selam verdi.

"Akraban mı?"

"Evet."

"Yalnız konuşabileceğimiz bir yer var mı?"

"Tek yer benim odam."

"Pekâlâ, senin için sakıncası yoksa..."

Halvor onları oturma odasından çıkardı ve ufacık bir mutfaktan geçirip yatak odasına buyur etti. Sejer, burası eski bir ev olmalı, diye düşündü. Artık bu planla ev yapılmıyordu. İki adam ortası çökük kanepede oturacak yer açtı. Muntz da yatağına ilişti. Yeşile boyalı lambri ve geniş pencere girintili, eski tarz bir odaydı.

"Büyükannen mi? Oturma odasındaki bayan."

"Evet, babamın annesi."

"Ya anne baban?"

"Boşandılar."

"Bu yüzden mi burada oturuyorsun?"

"Yaşamak istediğim yeri seçmeme izin verildi."

Kelimeleri kulağa, yere dökülen çakıl taşları gibi kısa ve tıkır tıkır geliyordu.

Sejer, Annie'nin fotoğrafı var mı diye etrafına bakındı ve komodinin üstünde, altın renkli bir çerçevenin içine yerleştirilmiş fotoğrafı gördü. Yanında çalar saat, bir Meryem Ana ve çocuk heykeli –büyük olasılıkla Akdeniz'den bir hatıra– duruyordu. Duvarda, üzerinde "Meat Loaf" yazılı ve bir *rock* şarkıcısına ait olması kuvvetle muhtemel, tek bir poster asılıydı. Bir müzik seti ve bir CD çalar. Bir gardırop, Annie'ninki kadar süslü olmayan bir çift spor ayakkabı. Gardırop kapağının kulpuna bir motosiklet kaskı asılmıştı. Yatak toplanmamıştı. Yanında içi disketlerle dolu bir kutu duruyordu. Sejer en üsttekini görebiliyordu: *Yeni Başlayanlar*

İçin Satranç. Pencereden dışarı, avluya baktı. Ve barakanın önüne park ettikleri Volvo'yu, boş köpek kulübesini ve üzeri naylonla örtülü motosikleti gördü.

Söze, "Motosiklet mi kullanıyorsun?" diyerek başladı.

"Çalıştığı zamanlarda. Motoru her zaman basmıyor. Tamir ettirmem gerek ama şu anda yeterli param yok."

Tişörtünün yakasıyla oynuyordu.

"İşin var mı?"

"Dondurma fabrikasında. İki yıldır oradayım."

Sejer, dondurma fabrikası, diye düşündü. İki yıldır. Ortaokuldan sonra okulu bırakıp işe başlamış olmalıydı. Sonuçta bu kötü bir fikir olmayabilirdi; iş tecrübesi ediniyordu. Atletik yapılı olmadığı ortadaydı; fazla ince ve fazla solgundu. Annie onunla karşılaştırılınca çok daha formdaydı. Sebatla antrenman yapıyordu, okulda iyi bir öğrenciydi. Bu genç adam ise dondurma paketliyor ve büyükannesiyle birlikte yaşıyordu. Bu, Sejer'in aklına yatmamıştı. Ama küstahça bir düşünceydi ve kafasından derhal uzaklaştırdı.

"Sana farklı konularda sorular sormam gerekecek. Senin için de uygun mu?"

"Evet."

"Şundan başlayalım: Annie'yi en son ne zaman gördün?"

"Cuma günü. Sinemaya gittik. 19.00 gösterimine."

"Hangi filmi izlediniz?"

"*Philadelphia*. Annie ağladı."

"Neden?"

"Acıklı bir film."

"Anlıyorum, tabii. Ya sonra?"

"Kino Pub'da yemek yedik ve otobüsle evine döndük. Odasında oturup müzik dinledik. Ben 23.00 otobüsüne binip eve döndüm. Beni Meieriet otobüs durağına kadar geçirdi."

"Ve onu bir daha hiç görmedin."

Halvor başını hayır der gibi salladı. Ağzının gerginliği, yüzüne asık bir ifade veriyordu. Sejer, bu haksızlık, diye düşündü. Dikiş izi dışında, yeşil gözler ve sıradan hatlarla hoş sayılabilecek bir yüzü vardı. Sıkılı dudakları kötü dişlerini saklamak istiyormuş gibi bir görüntüye neden oluyordu. Sejer daha sonra dişlerinin kusursuzdan da iyi olduğunu görecekti. Yukarıdaki dört, aşağıdaki iki dişi porselendi.

"Telefonda falan da mı konuşmadınız?"

"Ah, evet," dedi delikanlı hemen. "Bir sonraki akşam beni aradı."

"Ne istiyormuş?"

"Hiçbir şey."

"Bayağı sessiz bir kızdı, değil mi?"

"Evet, ama telefonda konuşmayı severdi."

"Yani seni hiçbir şey istememesine rağmen aradı, öyle mi? Neden bahsetti?"

"İlla bilmeniz gerekiyorsa, şey... hemen her şeyden bahsettik."

Sejer gülümsedi. Halvor göz teması kurmaktan kaçınıyormuş gibi sürekli camdan dışarı bakıyordu. Belki kendini suçlu hissediyordu, belki de sadece utangaçtı. Ona karşı hüzünlü bir empati hissettiler. Kız arkadaşı ölmüştü ve büyük oturma odasında bekleyen büyükannesinden başka konuşacak kimsesi yoktu. Ya da belki de, diye düşündü Sejer, katilimiz odur.

"Dün de her zamanki gibi işte miydin? Dondurma fabrikasında."

Halvor anlık bir tereddüt yaşadı. "Hayır, evdeydim."

"Evde miydin? Neden?"

"Kendimi çok iyi hissetmiyordum."

"Hastalık nedeniyle sık sık evde kalır mısın?"

"Hayır, hastalık nedeniyle sık sık evde kalmam."

Sesini yükseltmişti. İlk kez bir öfke belirtisi yakalamışlardı.

"Büyükannen bütün bunları doğrulayabilir tabii ki, değil mi?"

"Evet."

"Ve gün boyu dışarı çıkmadın."

"Sadece kısa bir süreliğine çıktım."

"Hasta olmana rağmen mi?"

"Bir şeyler yememiz gerekiyordu! Büyükannemin markete gitmesi kolay değil. Sadece iyi günlerinde yürümeyi başarabiliyor ve o iyi günlerden pek fazla olmuyor. Romatizması var," dedi.

"Tamam, anladım. Bize biraz kendi hastalığından bahseder misin?"

"Sadece mecbursam."

"Şu anda değilsin ama daha sonra mecbur kalabilirsin."

"Pekâlâ, tamam. Bazı geceler uyuyamıyorum."

"Öyle mi? O zaman evde mi kalıyorsun?"

"Zihnim açık olmadığı zamanlarda makinelere doğru müdahale edemem."

"Kulağa mantıklı geliyor. Neden uykusuzluk çekiyorsun?"

"Ah, çocukluğumdan kalma bir şey işte. İnsanlar öyle demezler mi?" Onlara hüzünlü bir gülümsemeyle baktı. Ve birden genç yüzünde, tuhaf biçimde yetişkin bir ifade belirdi.

"Evden yaklaşık saat kaçta çıktın?"

"11.00 civarı. Sanırım."

"Yaya olarak mı?"

"Motosikletimle."

"Hangi dükkâna gittin?"

"Şehirdeki Kiwi'ye."

"Yani dün motosikletin sorunsuz çalıştı, öyle mi?"

"Aslında uzun süre uğraşırsam her zaman çalışıyor."

"Dışarıda ne kadar kaldın?"

"Bilmiyorum. Birisinin bir açıklama isteyeceğini nereden bilebilirdim ki?"

Sejer hak verir gibi başını salladı. Skarre yetişebilmek için, kalemini deli gibi oynatıyordu.

"Yine de yaklaşık olarak sorsam?"

"Belki bir saat."

"Ve büyükannen bunu doğrulayabilir, öyle mi?"

"Büyük olasılıkla hayır. Böyle şeylere çok dikkat etmez."

"Araba kullanmak için ehliyetin var mı?"

"Hayır."

"Annie ve sen ne zamandır birlikteydiniz?"

"Uzun zamandır. Birkaç yıl oldu." Eliyle burnunu sildi ve avluya bakmayı sürdürdü.

"Sence iyi bir ilişki miydi?"

"Birkaç kez ayrıldık."

"Ayrılmak isteyen o muydu?"

"Evet."

"Nedenini söyledi mi?"

"Tam olarak değil. Ama her zaman hevesli değildi. Olayları arkadaşlık seviyesinde tutmak istiyordu."

"Ama sen istemiyordun."

Halvor kızardı ve kafasını eğip ellerine baktı.

"Bu cinsel içerikli bir ilişki miydi?"

Yüzü daha da kızardı ve bakışlarını bir kez daha avluya çevirdi.

"Pek sayılmaz."

"Pek sayılmaz."

"Dediğim gibi. Çok hevesli değildi."

"Ama ikiniz bir deneme yaptınız? Bu doğru mu?"

"Evet, sayılır. Birkaç kez."

"Yani pek başarılı olmadı."

Sejer bu soruyu sorarken son derece kibardı.

"Neyi başarı sayacağınızı bilmiyorum."

Yüzü o kadar sıkıntılıydı ki bütün ifadesini kaybetmişti.

"Annie'nin bir başkasıyla seks yapıp yapmadığını biliyor musun?"

"Hiçbir fikrim yok ama yaptığını hayal etmek benim için çok güç."

"Yani sen ve Annie iki yıl boyunca birlikteydiniz. Onun on üçüncü yaşından beri. Senden birkaç kez ayrıldı ve seninle seks yapmak pek ilgisini çekmiyordu ama sen yine de ilişkiyi sürdürdün. Çocuk sayılmazsın, Halvor. Gerçekten bu kadar sabırlı mısın?"

"Sanırım öyleyim."

Sesi alçak ve sanki herhangi bir duygu göstermekten sürekli sakınıyormuş gibi sıradandı.

"Onu iyi tanıdığını düşünüyor musun?"

"Pek çok insandan daha iyi."

"Herhangi bir konuda mutsuz görünüyor muydu?"

"Tam olarak mutsuz denemez. Daha çok... Bilmiyorum. Belki daha çok üzgün demeli."

"Bu farklı bir şey mi? Yani üzgün olmak."

"Evet," dedi Halvor kafasını kaldırırken. "Birisi mutsuzken hâlâ daha iyi şeylerin umudunu taşır. Ama pes ettiğinde, üzüntü kontrolü ele geçirir."

Sejer bu açıklamayı şaşkınlık içinde dinledi.

"İki sene önce Annie'yle tanıştığımda, farklıydı," dedi Halvor birden. "Herkesle şakalaşıp gülüşüyordu. Benim tam aksime," diye ekledi.

"Ve sonra değişti?"

"Birden boyu fazla uzadı. Sonra sessizleşti. Eskisi kadar neşeli değildi. Geçebileceğini, yeniden eski haline dönebileceğini düşünerek bekledim. Şimdi artık bekleyecek bir şey kalmadı."

Ellerini kavuşturdu ve gözlerini yere dikti. Sonra kendini zorlayarak bakışlarını Sejer'inkilere çevirdi. Gözleri ıslak taşlar gibi parlaktı. "Ne düşündüğünüzü bilmiyorum ama ben Annie'yi incitecek herhangi bir şey yapmadım."

"Hiçbir şey düşünmüyoruz. Herkesle konuşuyoruz. Anlıyor musun?"

"Evet."

"Annie içki içer miydi ya da uyuşturucu kullanır mıydı?"

Skarre mürekkebin, uca inmesini sağlamak için kalemini silkeledi.

"Güldürmeyin beni. Gerçeğe daha uzak olamazsınız."

"Şey," dedi Sejer. "Onu tanımıyordum."

"Üzgünüm ama kulağa o kadar saçma geliyor ki."

"Ya sen?"

"Aklımdan bile geçmezdi."

Sejer, Tanrım, diye düşündü. Ayık ve sürekli bir işi olan çalışkan bir genç adam. Bu kesinlikle ümit vadedici görünüyordu.

"Annie'nin arkadaşları arasında tanıdıkların var mı? Anette Horgen mesela."

"Biraz. Ama genelde yalnızdık. Annie nedense baş başa olmamızı isterdi."

"Neden acaba?"

"Bilmiyorum. Ama kararları o verirdi."

"Ve sen de onun istediklerini yapardın, öyle mi?"

"Zor değildi. Ben pek kalabalık seven birisi sayılmam."

Sejer sempatik bir tavırla başını salladı. Belki de sonuç olarak uyumlu bir çiftti.

"Annie'nin bir günlüğü var mıydı, biliyor musun?"

Halvor kısa bir tereddüt yaşadı, son anda bir dürtüsünü engelledi ve kafasını salladı. "Hani şu, asma kilitli pembe, kalp şeklinde olanlar gibi mi?"

"İlla öyle olması gerekmez. O tür bir şey olmayabilir."

"Sanmıyorum," diye mırıldandı.

"Ama emin değilsin."

"Şey, emin sayılırım. Hiç bahsetmedi." Şimdi sesi güçlükle duyuluyordu.

"Konuşacak kimsen var mı?"

"Büyükannem var."

"Onunla yakın mısınız?"

"Fena değildir. Burası sakin ve huzurlu."

"Mavi bir anorağın var mı, Halvor?"

"Hayır."

"Dışarı çıkarken ne giyiyorsun?"

"Kot ceket. Hava soğuksa, kaz tüyü mont."

"Konuşmak istediğin herhangi bir şey olursa, beni arar mısın?"

"Bunu neden yapayım?" Çocuk şaşkınlık içinde kafasını kaldırmıştı.

"Farklı şekilde ifade edeyim. Aklına Annie'nin ölümünü izah edebilecek bir şey, herhangi bir şey gelirse merkezi arar mısın?"

"Evet."

Sejer hafızasına kazımak üzere etrafına bakındı. Bakışları Meryem Ana'ya takıldı. İlk bakışta düşündüğünden daha güzel görünüyordu.

"Güzel bir heykel. Güneyden mi aldın?"

"Peder Martin'in hediyesiydi. Ben Katoliğim," dedi Halvor.

Sejer delikanlıya daha büyük bir dikkatle baktı. Görmelerine izin olmayan bir şeyi korumaya çalışır gibi mesafeli ve gergin bir hali vardı. Onu açılmaya zorlamak, midye gibi kaynayan suya atmak durumunda kalabilirlerdi. Bu düşünce onu büyülemişti.

"Demek Katoliksin."

"Evet."

"Merakımı mazur gör ama seni özellikle o inanca çeken ne oldu?"

"Belli değil mi? Günahların bağışlanması. Affedicilik."

Sejer başını salladı. "Ama biraz fazla genç değil misin?" Ayağa kalktı, gülümsüyordu. "Herhalde çok günah işlemeyi başaramamışsındır, değil mi?"

Soru havada asılı kaldı.

"Birkaç kötü düşüncem oldu."

Sejer kendi düşüncelerinin hızlı bir dökümünü çıkardı. "Bize söyledikleriin doğrulanacak tabii ki. Bu herkes için yaptığımız bir şey. Ve irtibatta kalacağız."

Çocuğun elini kararlı bir tavırla sıktı. Ona iyi bir izlenim vermeye çalışıyordu. Bir kez daha hafif bir haşlanmış sebze kokusunun hâkim olduğu mutfaktan geçtiler. Oturma odasında, yaşlı kadın, battaniyesine sıkıca sarınmış halde sallanan koltuğunda oturuyordu. Geçerlerken onlara korku dolu bir bakış attı. Dışarıda üzeri naylonla örtülü motosiklet duruyordu. Siyah bir Suzuki.

Evden uzaklaşırlarken Skarre, "Siz de benimle aynı şeyi mi düşünüyorsunuz?" diye sordu.

"Büyük olasılıkla. Bize tek bir soru sormadı. Birisi kız arkadaşını öldürdü ve o zerre meraklı görünmüyor. Ama bunun bir anlamı olmayabilir."

"Yine de tuhaf."

"Belki de şu ana, biz evden ayrılana kadar gerçeği tam olarak idrak edememişti."

"Ya da belki de ona ne olduğunu biliyor. Bu yüzden soru sormak aklına bile gelmedi."

"Bulduğumuz anorak sence de Halvor için fazla büyük değil mi?"

"Kolları kıvrılmıştı."

Vakit akşamüstüne geliyordu ve bir molaya ihtiyaçları vardı. Köyü arkalarında, sakinlerini şaşkınlık ve kendi düşünceleriyle baş başa bırakarak geri döndüler. Krytsallen'da insanlar sokakta koşturuyor, kapılar açılıp kapanıyor, telefonlar çalıyordu. İnsanlar çekmecelerde eski fotoğraflarını arıyorlardı. Annie'nin adı herkesin dilindeydi. İlk dedikodu kırıntıları mum ışığında üretiliyordu ve yabani otlar gibi evden eve yayılacaktı. Masalarda içkiler beliriyordu. Kısa sokakta bir acil durum hali hâkimdi.

Bu sırada Raymond başka şeylere kafa yormakla meşguldü. Mutfak masasının başına oturmuş, bir deftere Tommy ve Tiger ile Pip ve Sylvester'ın resimlerini yapıştırıyordu. Tavan lambası açıktı, babası öğleden sonra şekerlemesini yapıyor ve radyoda istekler çalıyordu. "Ve sıradaki parça, büyükannesinden iyi ki doğdun dilekleriyle Glenn Kåre'ye geliyor." Raymond dinledi, yapıştırıcıyı kokladı. Badem esansının leziz kokusu hoşuna gidiyordu. Penceredan onu dikkatle izleyen adamın farkında bile değildi.

*

Halvor mutfağın kapısını kapadı ve bilgisayarını açtı. Giriş yaptıktan sonra dosyalara düşünceli gözlerle baktı. Oyunlar, vergi formları, bütçeler, adres listeleri, CD koleksiyonunun veri tabanı ve önemsiz başka ıvır zıvırlar... Fakat bir şey daha vardı. İçeriğini kendisinin de bilmediği "Annie" adında bir dosya. Bir süre, derin düşüncelerle, dosyaya bakarak oturdu. Fareyi üst üste iki kez tıklattığı anda dosyalar açılıyor ve bir saniye sonra içindekiler ekranda beliriyordu. Fakat istisnalar vardı. Üzerinde "Şahsi" yazan bir dosya vardı. O dosyayı açmak için bir parola girmesi gerekiyordu. Aynı şey Annie'nin dosyası için de geçerliydi. Annie'ye, bir hayli basit bir işlemle dosyasını başkalarından nasıl koruyacağını kendisi öğretmişti. Nasıl bir parola seçtiği ya da dosyanın içinde neler olabileceği konusunda hiçbir fikri yoktu. Annie parolasını sır olarak saklamakta ısrar etmiş, Halvor'un bozulduğunu görünce de biraz gülmüştü. Halvor ona nasıl yapacağını öğretmiş, sonra yanından ayrılmış ve o parolasını girerken, oturma odasında oturmuştu. Yine de fareyi iki kez tıklattı ve "Giriş reddedildi. Parola isteniyor" mesajı ekranda belirdi.

Şimdi o dosyayı açacaktı. Annie'den ona kalan tek şey buydu. Ya o dosyada Halvor'la ilgili, tehlikeli olabilecek bir şey varsa? Belki bir tür günlüktü. Şaşkın gözlerle on rakam, 29 harf ve çeşit çeşit sembollerin hayal dahi edemeyeceği karmaşıklıkta kombinasyonlar sunduğu klavyeye bakarken, bu imkânsız bir şey, diye düşündü. Gevşemeye çalıştı ve birden kendisinin parola olarak bir isim seçmiş olduğunu anımsadı. Bir kazığa bağlıyken yakılmış ve daha sonra azize ilan edilmiş, efsanevi bir kadının adı. Kusursuz bir seçimdi ve Annie'nin bile aklına gelmezdi. Belki de Annie bir tarih seçmişti. Bir doğum gününü –mesela yakın bir arkadaşınkini– parola olarak seçmek çok yaygındı. Bir süre gözlerini üzerinde Annie'nin adını taşıyan mütevazı, gri bir kutucuk olan dosyadan ayırmadan öylece oturdu. Annie, Halvor'un bu dosyayı açmasını istememişti; sır olarak kalması için bir parola koymuştu. Ama Annie artık yoktu ve eski kurallar geçerli değildi. Belki de dosyada yeni halini izah edecek bir şeyler vardı. Neden öyle lanet olası bir şekilde gizemli olduğunu...

Bütün çekincesi bir anda ufalandı ve toz misali köşelere yığıldı. Artık sonsuz bir zaman ve o zamanı dolduracak hiçbir şey olmadan tek başınaydı. Orada, loş odasında, ışıklı ekrana bakarken, kendini Annie'ye çok yakın hissetti. Sayılarla başlamaya karar verdi. Doğum tarihleri, sosyal güvenlik numaraları. Birkaçı ezberindeydi. Annie'ninki, kendisininki, büyükannesininki. Diğerlerine ulaşabilirdi. En azından başlayacak bir yeri vardı. Tabii Annie bir kelime de seçmiş olabilirdi. Ya da birkaç kelime birden; bir deyiş ya da bilindik bir özdeyiş ya da bir isim. Bu usandırıcı bir iş olacaktı. Bulabileceğinden de emin değildi ama çok vakti ve bol bol sabrı vardı.

İşe Annie'nin doğum günüyle başladı; tabii ki seçtiği o değildi. 3 Mart 1980, sıfır üç sıfır üç bir dokuz sekiz sıfır. Ardından aynı rakamları bir de tersten girdi.

Ekranda "Giriş reddedildi" mesajı yanıp sönmeye başladı. Birden büyükannesi kapı eşiğinde belirdi.

Kapıya yaslanmıştı. "Ne dediler?"

Halvor irkildi ve oturduğu yerde doğruldu.

"Pek fazla bir şey söylemediler. Bana birkaç soru sordular."

"Evet ama bu korkunç bir şey, Halvor! Neden ölmüş?"

Halvor büyükannesine sessizce baktı. "Eddie onu ormanda bulduklarını söyledi. Yukarıda, Yılan Gölü'nün orada."

"İyi ama neden ölmüş?"

"Söylemediler," diye fısıldadı Halvor. "Sormayı unuttum."

Sejer ve Skarre, adalet binasındaki okuma salonuna yerleşmişlerdi. Perdeleri kapatıp ışıkların büyük kısmını söndürdüler. Video en başa sarılmıştı. Skarre, elinde uzaktan kumandayla hazırdı.

Bu aceleyle inşa edilmiş ek odanın ses geçirmezliği tatmin edici olmaktan çok uzaktı. Çalan telefonları, çarpılan kapıları, sesleri, gülüşmeleri, sokaktan geçen arabaları ve aşağıdaki avluda bağırıp çağıran sarhoşu duyabiliyorlardı. Neyse ki sesler günün son saatlerine yaklaşmaları nedeniyle, en azından biraz da olsa kısıktı.

"Bu da neyin nesi?"

Skarre öne doğru eğildi. "Birisi koşuyor. Grete Waitz'e benziyor. New York Maratonu olabilir."

"Belki de bize yanlış kaseti verdi."

"Hiç sanmıyorum. Şurada dur. Birkaç ada ve kayalık gördüm."

Görüntü kayaların üstüne uzanmış bikinili iki kadına yönelip odaklanmadan önce, şöyle bir sarsılıp hopladı.

Sejer, "Sølvi ve annesi," dedi.

Sølvi tek dizi bükülü, sırtüstü yatıyordu. Belki de göz çevresinde beyaz halkaların oluşmasına engel olmak için güneş gözlüklerini başının üstüne itmişti. Annesi kısmen bir gazeteyle örtülüydü. Boyutlarına bakılırsa *Aftenposten* olsa gerekti. Yanında büyük boy havlular ve taşınabilir bir radyoyla birlikte, dergiler, güneş losyonu ve termos şişeleri duruyordu.

Kamera iki güneşe tapanı hedef almıştı. Ardından lens kıyı boyunca biraz daha öteye, sağ taraftan yürüyerek yaklaşan uzun boylu, sarışın kıza çevrildi. Başının üstünde bir rüzgâr sörfü tahtası taşıyordu ve yüzü kameradan öteye dönüktü. Yürüyüşü baştan çıkarıcı olmaktan çok uzaktı; tek amacı yürümeye devam etmek gibiydi ve su dizlerine ulaşınca bile durmadı. Dalgaların, babanın sesiyle beklenmedik bir anda kesintiye uğrayan, bir hayli yüksek perdeden kükremesini duyabiliyorlardı.

"Gülümse, Annie!"

Annie babasının ricasını yok sayarak suyun içinde ilerlemeye devam etti. Sonunda, her ne kadar sörf tahtasının ağırlığı altında biraz zorlansa da, arkasına döndü. Birkaç saniye doğrudan Sejer ve Skarre'ya baktı. Sarı saçları rüzgârda savrulup kulaklarının etrafında uçuşurken, dudaklarında minicik bir gülümseme belirdi. Skarre kızın gri gözlerinin içine baktı ve dalgaların arasına ilerleyen uzun bacaklı kızı seyrederken tüylerinin diken diken olduğunu hissetti. Üzerinde yüzücülerin giydiği türde, çapraz askıları kürek kemiklerinin üstünden geçen siyah bir mayo ve mavi bir can yeleği vardı.

"Bu sörf tahtası yeni başlayanlar için değil," dedi.

Sejer cevap vermedi. Annie suyun içinde ilerlemeye devam ediyordu. Sonra durdu, tahtanın üstüne çıktı, güçlü elleriyle yelkeni kavradı ve dengesini sağladı. Tahta 180 derecelik bir dönüş yaptı ve hız kazandı. Annie denize açılırken iki erkek de sessizdi. Dalgaların arasından bir profesyonel gibi süzülüyordu. Babası onu kamerasıyla takip ediyordu. Şimdi kamera babasının gözlerine dönüşmüştü; Holland kızını lensten seyrediyordu. Kamerayı yerinde tutmaya çalışıyordu, çok fazla sarsmamalı, sörfçünün hakkını vermeliydi. Görüntülerden, gururunu ve kızı için hissettiklerini anlayabiliyorlardı. Annie ait olduğu yerdeydi. Düşmekten ve suyu boylamaktan en ufak bir korkusu yoktu.

Sonra gözden kayboldu ve Skarre ile Sejer kendilerini çiçekli bir masa örtüsü, tabaklar, bardaklar, cilalanmış gümüş çatal bıçak takımı ve bir vazo içindeki ayçiçekleriyle donatılmış sofraya bakarken buldular. Bir servis tabağında pirzolalar, sosisler ve jambon vardı. Masanın yanı başında barbekü yanıyordu. Güneş, kola ve soda şişelerinin üstünde parlıyordu. Bir kez daha Sølvi ve annesi göründü; arka planda sohbet ediyorlardı. Bardakların içinde tıkırdayan buz kalıplarının sesi duyuluyordu ve ardından bir bardak kola doldurmakla meşgul Annie, elinde şişeyle bir kez daha yavaşça döndü ve kameraya, "Baba, kola?" diye sordu.

İnsanı şaşırtacak kadar derin bir sesi vardı. Bir sonraki karede kulübenin içindeydiler. Bayan Holland mutfak tezgâhının başında durmuş bir pastayı dilimliyordu.

Baba, kola. Sesi sert fakat nazikti. Annie babasını seviyordu, bunu o iki kelimede duyabilmişlerdi; bir kadehteki meyve suyu ve şarap arasındaki fark kadar bariz sıcaklığı ve saygıyı da duyabildikleri gibi. Sesinde derinlik ve canlılık vardı. Annie babasının kızıydı.

Videonun kalan kısmı hızla geçip gitti. Annie ve annesi, sörf için uygun fakat *badminton* topu için acımasız sertlikteki rüzgârda nefes nefese *badminton* oynarlarken. Aile kulübenin içinde, masada *Trivial Pursuit* oynarken. Sayı tahtasının kazananı gösteren yakın plan çekimi. Kazanan Annie değildi. Pek konuşmuyordu, Sølvi ve annesi sürekli konuşuyorlardı. Sølvi'nin sesi tatlı ve kırılgan, annesinin sesi daha derin ve boğuk. Skarre sigarasını dizlerine doğru üfledi ve kendini uzun zamandır hiç olmadığı kadar yaşlı hissetti. Görüntü biraz titreşti ve sonra ekranda aralık ağızlı, kırmızıya çalan bir surat belirdi. Odayı etkileyici bir tenor sesi doldurdu.

Sejer İngilizce, "Hiç kimse uyumamalı," dedi ve kendini biraz zorlayarak ayağa kalktı.

"Ne dediniz?"

"Luciano Pavarotti. Puccini söylüyor. Kaseti dosyaya koy," diye ekledi.

"Rüzgâr sörfünde çok iyiymiş," dedi Skarre şaşkınlıkla karışık bir hayranlıkla.

Sejer cevaplama fırsatı bulamadan telefon çalmaya başladı. Skarre ahizeyi kaldırırken aynı anda bir not defteri ve kalem kaptı. Otomatik bir tepkiydi. Bu dünyada üç şeye inanırdı: Bütünlük, heves ve mizah duygusu. "Henning Johnas, Krystallen 4 numara, 12.45, Horgen'ın Dükkânı. Motosiklet," diye not alırken Sejer de okuyordu.

"Merkeze gelebilir misiniz?" dedi Skarre. "Hayır, o zaman biz size geliriz. Bu çok önemli bir bilgi. Aradığınız için teşekkürler. Tamamdır."

Telefonu kapadı.

"Komşulardan birisi. Henning Johnas. 4 numarada oturuyor. Eve yeni gelmiş ve Annie hakkındakileri öğrenmiş. Dün Annie'yi adanın oradan almış ve Horgen'ın Dükkânı'nın yakınında indirmiş. Orada bir motosiklet olduğunu ve Annie'yi beklediğini söylüyor."

Sejer masanın kenarına tünedi. "Yine şu motosiklet. Horgen'ın de gördüğü. Ve Halvor'un bir motosikleti var," dedi. "Adam buraya neden gelemiyormuş?"

"Köpeği yavrulamak üzereymiş."

Skarre kâğıt parçasını cebine soktu. "Halvor'un motosikletiyle ne kadar dışarıda kaldığını doğrulaması zor olabilir. Umarım bu işi o yapmamıştır. O çocuktan hoşlandım."

"Katil, katildir," dedi Sejer. "Ve bazen bir hayli nazik olurlar."

"Evet," dedi Skarre. "Ama çirkin yüzüne katlanamadığımız birisini içeri tıkmak çok daha kolay."

Johnas elini köpeğinin karnının altına uzattı ve kibarca bastırdı. Hızlı hızlı soluk alıp veriyordu ve dili dışarı sarkmıştı. Hareketsiz yatıyor, sahibinin ona dokunmasına izin veriyordu. Artık eli kulağındaydı. Yakında biteceğini umarak pencereden dışarı baktı.

"Aferin kızım, Hera," dedi köpeği okşayarak.

Köpek bu övgüden hiç etkilenmemiş gibi ondan uzağa bakıyordu. Bu yüzden yanından ayrıldı, biraz uzağa, köşeye çöktü. Orada oturdu ve onu izledi. Bütün dikkati, sessiz, sabırlı hayvanın üstündeydi. Hera hiçbir zaman sorun çıkarmazdı; her zaman bir melek gibi itaatkâr ve nazikti. Yürüyüşe çıktıkları zaman Johnas'ın yanından bir an bile ayrılmaz, ona verdiği yiyecekleri yer ve geceleri o yatağına yattığı zaman, sessizce kendi köşesine çekilirdi. Johnas, her şey bitene kadar yanı başında oturup nefesini dinlemek istiyordu. Belki sabahın erken saatine kadar hiçbir şey olacağı yoktu. Yorgun değildi. O sırada kapı çaldı; kısa ve tiz bir zil sesi. Ayağa kalkıp kapıyı açtı.

Sejer elini sertçe sıktı. Adam çevresine otorite yayıyordu. Genç memur farklıydı; zayıf ve zarif parmaklı, çocuksu bir eli vardı. Johnas onları içeri davet etti.

Sejer, "Köpeğiniz nasıl?" diye sordu. Uslu görünüşlü bir Doberman, siyah ve bordo renkli Doğu işi bir halının üstünde hareketsiz yatıyordu. Sejer, hiç kimse hamile bir köpeğin hakiki bir Doğu halısının üstüne yatmasını istemez, diye düşündü. Köpek hızlı hızlı nefes alıp veriyordu ama onun dışında hareketsizdi. Sanki odaya giren iki yabancının bile farkında değildi.

"Bu ilk doğumu. Sanırım üç yavru olacak. Saymaya çalıştım. Ama yolunda gidecek. Hera hiçbir zaman sorun çıkarmaz."

Johnas onlara baktı ve kafasını salladı. "Olanlara o kadar üzüldüm ki başka hiçbir şeye konsantre olamıyorum."

Konuşurken köpeğe bakıyordu. Güçlü elini kel kafasının üstünde dolaştırdı. Kahverengi lülelerden oluşan bir saç halkası kafatasını çevreliyordu ve son derece koyu renk gözleri vardı. Orta yapılı bir adamdı ama güçlü bir bedeni ve bel çevresinde birkaç kilo fazlası vardı; büyük olasılıkla otuzlarının sonundaydı. Gençliğinde Skarre'nın daha koyu renkli bir versiyonu olabilirdi. Yakışıklı hatları ve yakın zamanda güneye inmiş gibi hoş bir rengi vardı.

"Bir yavru almak istemesiniz, değil mi?"

Onlara ilgiyle bakıyordu.

Sejer, "Benim bir Leonberger'im var," dedi. "Ve sanırım eve peşimde bir yavruyla gidersem beni affetmez. Çok şımarıktır."

Johnas onları kanepeye buyur etti ve iki adamın yanından geçebilmesi için sehpayı öne çekti. "Bu akşam Oslo'daki bir fuardan geri dönerken, garajın orada Fritzner'la karşılaştım. Bana olaydan bahsetti. Henüz tam anlamıyla idrak edildiğini sanmıyorum. Arabadan inmesine izin vermemeliydim; bunu yapmamalıydım."

Gözlerini ovaladı ve bir kez daha köpeğine baktı.

"Annie sık sık buraya gelirdi. Bizim için bebek bakıcılığı yapardı. Sølvi'yi de tanırım. O olsaydı," dedi alçak sesle, "daha iyi anlayabilirdim. Sølvi, tanımasa bile, davet aldığı zaman birisinin peşine takılıp gitmeye daha yatkın bir tip. Erkeklerden başka bir şey düşündüğü yok. Ama Annie..."

Onlara baktı. "Annie'nin hiç alakası yoktu. Ve çok temkinliydi. Hem ayrıca, sanırım bir erkek arkadaşı vardı."

"Bu doğru, vardı. Onu tanıyor musunuz?"

"Hayır, hayır, hiç tanımıyorum. Ama ikisini sokakta, uzaktan görmüştüm. Çekingen bir halleri vardı. El ele bile tutuşmuyorlardı."

Bu düşünceyle yüzünü hüzünlü bir gülümseme kaplamıştı.

"Annie'yi arabanıza aldığınızda nereye gidiyordunuz?"

"İşe gidiyordum. Önce Hera yavruları doğuracak gibi geldi ama sonra bir gecikme daha oldu."

"Dükkânınız saat kaçta açılıyor?"

"Saat 11.00'de."

"Bayağı geç bir saat, değil mi?"

"Şey, evet. İnsanların sabahtan süt ve ekmeğe ihtiyacı oluyor, İran halıları sonra geliyor. Temel ihtiyaçlar giderildikten sonra." İronik bir gülümsemeyle, "Bir halı mağazam var," dedi. "Şehir merkezinde, Cappelens Gaten'da."

Sejer başıyla onayladı. "Annie, bir okul projesi üzerinde çalışmak için Anette Horgen'a gidiyormuş. Size bundan bahsetti mi?"

"Okul projesi mi?" dedi Johnas. "Hayır, bahsetmedi."

"Ama yanında çantası vardı, değil mi?"

“Evet, vardı. Ama başka bir şey için kamuflaj olabilirdi, nasıl bilebilirdim ki? Size tek söyleyebileceğim, Horgen’ın Dükkânı’na gittiği.”

“Ne gördünüz?”

“Annie göbekteki dik yokuştan koşarak geldi, bu yüzden otobüs durağında durdum ve onu bırakmamı isteyip istemediğini sordum. Sonuçta Horgen’ın Dükkânı’na gidiyordu ve orası hatırı sayılır bir uzaklıkta. Tembel olduğundan falan değil. Annie çok aktifti. Sürekli koşuya çıkardı. Çok formda olduğundan eminim. Yine de arabaya bindi ve onu dükkânda bırakmamı istedi. Oraya bir şey almak ya da birisiyle buluşmak için gittiğini düşündüm. İndirdim ve yoluma devam ettim. Ama motosikleti gördüm. Dükkânın yanına park edilmişti ve onu son görüşümde Annie motosiklete doğru yürüyordu. Demek istediğim, motosikletlinin onu beklediğinden emin değilim ve kim olduğunu görmedim. Ben sadece kestirmeden motosiklete doğru yürüdüğünü gördüm ve geri dönmedi.”

Sejer, “Nasıl bir motosikletti?” diye sordu.

Johnas ellerini havaya kaldırdı. “Sormak zorunda olduğunuzun farkındayım ama motosikletlerden pek anlamam. Kibarca belirtmek gerekirse, ben bambaşka bir sektördeyim. Benim için krom ve çelikten ibaretti.”

“Ya rengi?”

“Bütün motosikletler siyah olmaz mı?”

“Kesinlikle hayır,” dedi Sejer.

“Her halükarda parlak kırmızı değildi. Öyle olsa hatırlardım.”

“Büyük, güçlü bir motor muydu, yoksa küçük mü?” dedi Skarre.

“Sanırım büyüktü.”

“Ya sürücüsü?”

"Görecek pek bir şey yoktu. Başında bir kask vardı. Kaskın üstünde kırmızı bir şey vardı, o kadarını anımsıyorum. Ayrıca yetişkin bir adama benzemiyordu. Büyük olasılıkla genç bir çocuktu."

Sejer başını salladı ve öne doğru eğildi. "Erkek arkadaşını görmüşsünüz. Onun da bir motosikleti var. O olabilir mi?"

Johnas kendini korumaya çalışır gibi kaşlarını çattı. "Çocuğu uzaktan, sokakta yürürken gördüm. Ama bu kişi çok uzaktaydı ve kafasında bir kask vardı. O olup olmadığını söyleyemem. Bunu ima etmek dahi istemem."

"O olduğunu söylemiyorum." Sejer gözlerini kıstı. "Sadece o *olabilir*. Genç olduğunu söylüyorsunuz. Yapılı birisi miydi?"

"Deri kıyafetler içindeki birisi için bunu söylemek güç," dedi Johnas.

"Peki genç olduğunu nereden çıkardınız?"

"Ah," dedi Johnas kafası karışmış gibi. "Ne diyebilirim ki? Sanırım, Annie de genç olduğu için bu çıkarımı yaptım. Ya da belki de oturuşunda bir şey vardı." Utanmış gibiydi. "Bu kadar önemli olacağını bilmiyordum."

Ayağa kalktı ve köpeğin yanında diz çöktü. "Burada yaşamanın nasıl bir şey olduğunu anlamaya çalışmalısınız," dedi üzgün bir tavırla. "Dedikodular hızla yayılır. Ayrıca, erkek arkadaşının böyle bir şey yapabileceğine inanamam. O daha çocuk ve uzun süredir birlikteler."

"Yargıları bize bırakın," dedi Sejer. "Motosiklet tabii ki önemli; başka bir görgü tanığı daha onu görmüş. Eğer masumsa, mahkûm edilmez."

Johnas şüpheci bir tavırla, "Öyle mi?" dedi. "Bana sorarsanız, şüpheli olmak bile yeterince kötü. Erkek arkadaşına benzediğini söyleyecek olursam, çocuğu cehennem ateşine itmiş olacağımdan eminim. Ve işin gerçeği, kim olduğu konusunda en ufak bir fikrim yok."

Kesin bir tavırla başını salladı. "Tek bildiğim, deri kıyafetli ve kasklı birisini gördüğüm. Herhangi birisi olabilir. 17 yaşında bir oğlum var; o da olabilir. O kılıkta onu bile tanımazdım. Ne demek istediğimi anlıyor musunuz?"

"Anlıyorum," dedi Sejer. "Yine de sorumu yanıtlamış oldunuz. O olabilir. Bahsettiğiniz cehennem ateşi konusuna gelince, büyük olasılıkla zaten o ateşin içinde."

Johnas güçlükle yutkundu.

"Annie'yle arabada neler konuştunuz?"

"Pek fazla bir şey söylemedi. Ben Hera ve yavrularından bahsederek zaman geçirdim."

"Herhangi bir şey yüzünden kaygılı ya da gergin bir hali var mıydı?"

"Hayır, hiç yoktu. Her zamanki gibiydi."

Sejer oturma odasında etrafına bakındı ve içeride, sanki dekorasyonu henüz tamamlanmamış gibi çok az eşya olduğunu fark etti. Bununla birlikte, hem yerde hem duvarlarda bol bol halı –pahalı görünüşlü Doğu işi halılar– vardı. Duvarda iki fotoğraf asılıydı; biri sarı saçlı iki yaşlarında bir oğlan çocuğuna, diğeri de bir ergene aitti.

Sejer konuyu değiştirmek için, "Bunlar oğullarınız mı?" diye işaret etti.

"Evet ama yakın zamanda çekilmiş fotoğraflar değiller."

Köpeğin yanına döndü ve siyah, ipek yumuşaklığındaki kulaklarını ve nemli burnunu okşadı.

"Artık yalnız yaşıyorum," dedi. "Sonunda kendime şehirde, Oscarsgaten'da bir daire buldum. Burası benim için çok büyük.

Annie'yi son zamanlarda pek fazla görmedim. Sanırım karım gittiğinde biraz üzülmüştü. Ve artık bakılması gereken çocuklar da yoktu."

"Ve Doğu halıları satıyorsunuz, öyle mi?"

"Daha çok Türkiye ve Pakistan'la iş yapıyorum. Zaman zaman İran'la da ama onlar fiyatları tırmandırma eğilimindeler. Yılda birkaç defa Güney Avrupa'ya seyahat eder ve birkaç hafta kalırım. Kendime zaman ayırırım. Oradaki insanlar beni tanımaya başladılar," dedi hoşnut bir sesle. "Çok iyi bağlantılar kurdum. Bilirsiniz, önemli olan, bir ilişkide güveni geliştirmektir. Batı'yla daha karışık ilişkileri olmuş."

Skarre sehpanın yanından yolunu bulup neredeyse yerden tavana kadar kocaman bir halıyla kaplı duvara yürüdü.

"Bu Türk işi, İzmir halısı," dedi Johnas. "Sahip olduklarım arasında en güzellerinden biri. Bunun bende kalmasına gerçekten gücüm yetmez. İki buçuk milyon düğüm. Akıl almaz, değil mi?"

Skarre halıya baktı. "Çocuklar tarafından dokundukları doğru mu?" diye sordu.

"Genelde öyle ama bendeki değil. Bu durum işin ünü açısından çok kötü. Hoşunuza gitmeyebilir ama işin aslı, en iyi halıları çocuklar dokuyor. Yetişkin parmaklar fazla kalın kalıyor."

Durup halıya, iç içe geçmiş, gittikçe küçülen geometrik şekillere ve neredeyse sonsuz renk tonlarına baktılar.

"Çocukların dokuma tezgâhlarına zincirlendikleri doğru mu?" dedi Sejer.

Johnas uysal bir tavırla başını salladı.

"Böyle söylendiği zaman kulağa sarsıcı geliyor. Dokuma işindeki çocuklar şanslı olanlar. İyi bir dokumacının yiyeceği, giysisi ve ısınma şansı var. Bir hayatı oluyor. Dokuma tezgâhlarına zincirleniyorlarsa bu, anne ve babalarının isteği üstüne olur. Genelde genç bir dokumacı beş ya da altı kişilik kocaman bir aileyi geçindirir. Annesini ve kız kardeşlerini fuhuştan, babasını ve erkek kardeşlerini hırsızlık ya da dilencilik yapmaktan korur."

"Bunun bazı şeyleri sadece ertelediğini duydum," dedi Sejer. "Büyüdükleri ve parmakları kalınlaştığı zaman, genelde tezgâhta çalışmaktan kör oluyorlar ya da gözleri zayıflıyormuş. Hiç çalışamadıkları için de eninde sonunda dilencilik yapıyorlarmış."

Johnas gülümsedi. "Çok fazla televizyon seyrediyorsunuz. Oraya gitmelisiniz. Dokumacılar mutlu, küçük insanlar ve halk arasında gördükleri saygıdan keyif alıyorlar. Bu kadar basit. Ancak zenginlerin ahlaki standartlarını korumalarına yardım etmemiz gerek, böyle şeyler söz konusu olduğunda hiç kimse onlardan daha duyarlı değil. İşte bu yüzden çocuk işçiliğinden uzak duruyorum. Bir gün bir halı almak isterseniz, Cappelens Gaten'a gelin," dedi hevesle. "Size iyi fiyat veririm."

"Benim alım gücü sınırlarım içinde olacağından şüpheliyim."

Skarre, "Rengi neden soluk?" diye sordu.

Johnas böylesi bir cehalet karşısında gülümsemekten kendini alamadı, aynı zamanda büyük tutkusundan bahsederken sönmek üzere olan köze hava püskürtülmüş gibi canlanmış, heveslenmişti. "Bu bir göçebe halısı."

Bu, Skarre'ya hiçbir şey ifade etmemişti.

"Göçebeler her zaman hareket halindedirler, değil mi? Bu kadar büyük bir halıyı tamamlamaları bir yıllarını alabilir. Ve yünleri farklı mevsimlerde, yer değiştirirken değişken şartlar altında topladıkları bitkilerle boyarlar." Eliyle halıyı işaret ederek, "Şuradaki mavi," dedi, "çivit bitkisinden. Ve kırmızı da kök boyasından. Ancak altıgenin içinde ezilmiş böceklerden elde edilmiş başka bir kırmızı daha var. Şu turuncu renk kınadan ve sarı da safrandan."

Elini halının üstüne yerleştirdi ve aşağı doğru okşadı. "Bu, kördüğümlerle yapılmış bir Türk halısı. Her santimetrekarede yaklaşık yüz düğüm var."

"Desenleri kim tasarlıyor?"

"Bunları yüz yıllık desenlerden dokuyorlar ve çoğu hiç çizime dökülmemiş bile. Yaşlı dokumacılar atölyenin içinde dolaşıp genç dokumacılara desenleri aktarırlar."

Sejer, yaşlı, kör dokumacılar, diye düşündü.

"Burada, Batı'da," dedi Johnas, "bu el işini keşfetmemiz uzun zaman aldı. Geleneksel olarak temsilî desenleri tercih ediyoruz, bir hikâyesi olan şeyleri. Dikkatimizi ilk çekenlerin avcılık ve bahçecilik deseni taşıyan halılar olması bu yüzden. Çünkü hayvan ve çiçek motiflerini barındırıyorlar. Ben şahsen bu türü tercih ediyorum. Önce her şeyi yerli yerinde tutan, geniş dış çerçeve. Sonra gözleriniz daha da derinlere kayıyor, ta ki en sonunda, bir anlamda, hazineyi bulana kadar." Halının merkezindeki madalyonu işaret etti.

Aniden, "Beni bağışlayın," dedi. "Burada durmuş kendim ve ilgi alanım üstüne gevezelik yapıyorum." Utanmış gibiydi.

Skarre gözlerini halıdan uzaklaştırırken, "Kask," dedi. "Tam bir kask mıydı, yoksa yarım mı?"

Johnas şaşkın bir sesle, "Yarım kask diye bir şey var mı?" diye sordu.

"Tam kask çeneyi ve yanakları da örter. Sıradan bir kask sadece kafatasını kapar."

"Fark etmemiştim."

"Ya deri tulum? Siyah mıydı?"

"Her halükarda, koyu renkti. Adamı incelemek aklıma gelmedi. Hoş bir kızın yolun karşısına geçip motosikletli bir adama doğru ilerlemesini izlemekte tamamen normal olan bir şey var. Sanki öyle olması gerekiyormuş gibi. Sizce de öyle değil mi?"

Johnas'a teşekkür ettiler ve kapıda kısa bir an duraksadılar. "Büyük olasılıkla yine geleceğiz. Umarım anlarsınız."

"Tabii ki. Yavrular bu gece gelirse birkaç gün boyunca evde olurum."

"Dükkânı kapalı bırakabiliyor musunuz?"

"İstedikleri bir şey olursa, müşterilerim beni evden arayabiliyorlar."

Hera, Doğu halısının üstünde yattığı yerde, derin bir iç geçirdi ve yakınır gibi ağlamaklı bir ses koyverdi. Skarre köpeğe uzun uzun baktı ve isteksiz adımlarla amirinin arkasından gitti.

"Belki geri geldiğimiz zaman onları görürüz," dedi. "Yavruları demek istiyorum."

"Hiç şüphesiz," dedi Johnas.

"Geri gelme," dedi Sejer. Kendi köpeği Kollberg'i düşünüyordu.

"Halvor'un kaskını hatırlıyor musun? Odasında asılı duranı."

Arabada oturuyorlardı.

"Kırmızı çizgili, siyah, tam bir kask," dedi Sejer. "Sanırım artık güne son noktayı koyabiliriz. Üstelik daha köpeği yürüyüşe çıkarmam gerek."

"Ne düşünüyorsunuz, Konrad? Siz de işinize Johnas'la aynı tutkuyu besliyor musunuz?"

Sejer ona baktı. "Tabii ki. Ama belki sen belli etmediğimi düşünüyorsundur."

Skarre emniyet kemerini taktı ve motoru çalıştırdı. "İnsanların tanımadıkları birisine, sırf onurlu birisi olduğuna ikna oldukları için dayanışma gösterisi içinde ağızlarını tıkamalarını can sıkıcı buluyorum."

Sejer, Halvor'u düşündü ve biraz üzüntü duydu. "Bir insan, ilk kez birisini öldürdüğü güne kadar katil değildir. Sadece sıradan bir insandır. Ancak daha sonra, komşuları cinayeti gerçekten işlediğini öğrendikleri zaman, hayatının sonuna dek katil olarak kalır ve o andan itibaren bir ölüm makinesi gibi sağda solda birilerini öldürecektir. Sonra çocuklarına daha sıkı sarılırlar ve artık hiçbir şey güvenli gelmez."

Skarre ona soran gözlerle baktı. "Yani şimdi Halvor spot ışığında, öyle mi?"

"Tabii ki. Annie'nin erkek arkadaşıydı. Ama doğrusu, Johnas'ın sadece uzaktan gördüğü bir çocuğu korumayı neden bu denli istediğini merak ediyorum."

BEŞ

Ragnhild Album kâğıdın üstüne eğildi ve çizmeye başladı. Defter yeniydi ve büyük bir saygıyla, henüz el değmemiş ilk sayfasını açmıştı. Toz bulutu arasındaki bir araba, sayfanın tebeşir beyazı saflığını elinden alma görevine değmeyebilirdi. Kutuda altı farklı kalem duruyordu. Sejer alışverişe çıkmıştı; bir kutu Ragnhild'e, bir kutu Raymond'a. Bugün, Ragnhild'in tepesinde anten gibi fırlayan iki saç fıskiyesi vardı.

"Saçlarının bu modelini çok beğendim," dedi Sejer.

Annesi fıskiyelerden birini çekiştirerek, "Bununla Narvik'teki Beyaz Kurt Operasyonu'na, diğeriyle de kuzeyde, Svalbard'da yaşayan büyükannesine ulaşabiliyor," dedi.

Sejer gülmekten kendini alamadı.

Anne kaygılı bir sesle, "Sadece bir toz bulutu olduğunu söylüyor," diye devam etti.

Sejer, "Araba olduğunu söylüyor," dedi. "Denemeye değer."

Elini çocuğun omzuna yerleştirdi. "Gözlerini yum," dedi. "Ve gözünün önünde canlandırmaya çalış. Sonra da elinden geldiğince çizmeyi dene. Ama herhangi bir araba olmasın. Raymond ve senin gördüğünüz arabayı çizmelisin."

Küçük kız sabırsız bir tavırla, "Biliyorum," dedi.

Sejer, Ragnhild'in resmini rahat rahat yapması için Bayan Album'ü mutfaktan çıkarıp oturma odasına yönlendirdi. Bayan Album pencereye gitti ve uzaktaki mavi dağlara baktı. Puslu bir gündü ve manzara, eski, romantik bir tablodan çıkmış gibi duruyordu.

"Annie benim için defalarca Ragnhild'e bakmıştı," dedi. "Bebek bakmakta çok başarılıydı. Birkaç sene önceydi. Otobüsle şehre iner ve bütün gün dışarıda kalırlardı. Pazar yerinde trene biner, alışveriş merkezinin asansöründe bir aşağı bir yukarı inip çıkarlar, Ragnhild'in zevk aldığı ne varsa yaparlardı. Annie'nin çocuklar konusunda doğal bir yeteneği vardı. Farklıydı. Düşünceliydi."

Sejer mutfakta küçük kızın boya kalemlerini kutudan çıkardığını duyabiliyordu. "Ablasını da tanıyor musunuz? Sølvi'yi?"

"Kim olduğunu biliyorum. Ama Sølvi sadece üvey ablası."

"Ya?"

"Bilmiyor muydunuz?"

"Hayır, bilmiyordum."

"Herkes bilir," dedi Bayan Album. "Sır falan değildir. Çok farklıdırlar. Bir süre babasıyla sorunlar yaşadılar. Sølvi'nin babasıyla yani. Adam ziyaret hakkını kaybetmiş ve görünüşe bakılırsa bunu bir türlü atlatamamış."

"Neden?"

"Bildik sorunlar. Sarhoş ve şiddete eğilimli. Tabii ki bu annenin anlattığı versiyon ama Ada Holland inanılması güç bir kadın, bu yüzden ne kadarının doğru olduğundan emin değilim."

"Ama Sølvi artık 21'ini doldurmuş durumda, değil mi? Canının istediğini yapabilir."

"Büyük olasılıkla artık çok geç. Aralarının bir hayli bozulduğunu söyleyebilirim. Ada aklımdan hiç çıkmıyor. O benim gibi küçük kızını geri alamadı."

"Bitti!" Ses mutfaktan gelmişti.

Ayağa kalktılar ve bakmak için mutfağa yürüdüler. Ragnhild kafası yana eğik otururken pek hoşnut görünmüyordu. Sayfanın büyük kısmını gri bir bulut kaplamıştı ve bulutun arasından, farları ve tamponuyla bir arabanın burnu çıkıyordu. Kaput, büyük Amerikan arabalarında olduğu gibi uzundu ve tampon siyaha boyanmıştı. Dişsiz, kocaman bir sırıtışa benziyordu. Farlar eğimliydi. Sejer, Çinli gözleri, diye düşündü.

"Yanınızdan geçerken çok gürültü çıkardı mı?"

Sejer mutfak masasına eğildi ve küçük kızın cikletinin kokusunu duydu.

"Gerçekten gürültülüydü."

Sejer resme baktı. "Bana bir resim daha yapabilir misin? Senden arabanın ön farlarını çizmeni istesem... Sadece ön farlarını."

"Ama aynı böyle görünüyorlardı." Ragnhild resmi işaret ediyordu. "Böyle eğiktiler."

Sejer, kendi kendine bir şeyler söyler gibi kafasını salladı. "Ya renk, Ragnhild?"

"Aslında gri değildi." Bilmiş bir tavırla boya kalemi kutusunu işaret etti. "Ama burada seçecek fazla bir şey yoktu. Olmayan bir renkti."

"Ne demek istiyorsun?"

"Adı olmayan bir renk demek istiyorum."

Sejer'in aklında bir renk dizisi dönmeye başladı: toprak kızılı, petrol mavisi, sütlü kahve, antrasit.

"Ragnhild," dedi. "Arabanın tepesinde bir şey var mıydı, hatırlıyor musun?"

"Anten gibi mi?"

"Hayır, daha büyük bir şey. Raymond arabanın üstünde büyük bir şeyin olduğunu düşünüyor."

Küçük kız gözlerini ona dikerek dikkatle düşündü. "Evet!" dedi heyecanla. "Küçük bir tekne!"

"Tekne mi?"

"Küçük, siyah bir tekne."

Sejer parmağıyla saç fıskiyesine vururken, "Sensiz ne yapardım bilmiyorum," diyerek gülümsedi. "Elise," dedi. "Güzel bir adın var."

"Hiç kimse bana Elise demek istemiyor. Herkes Ragnhild diyor."

"Ama ben sana Elise diyebilirim."

Küçük kız utanarak hafifçe kızardı, kutunun kapağını ve defteri kapayıp Sejer'e uzattı.

"Hayır," dedi Sejer. "Onlar senin."

Ragnhild defteri geri açtı ve yeniden resim yapmaya başladı.

"Tavşanlardan biri yan yatıyor!"

Raymond babasının odasının kapısında durmuş, öne arkaya huzursuzca sallanıyordu.

"Hangisi?"

"Caesar. Dev Belçikalı."

"Bu durumda onu öldürmen gerekecek."

Raymond o kadar korkmuştu ki osurdu. Ama bu, odanın zaten bayat olan havasında bir değişiklik yaratmadı.

"Ama çok hızlı nefes alıyor!"

"Ölmek üzere olan tavşanları besleyecek değiliz, Raymond. Tavşanı odun kesme tahtasına yatır. Balta garaj kapısının arkasında. Ellerine dikkat et!"

Raymond dışarı çıktı ve avluyu mahzun, ağır adımlarla aşıp tavşan kafeslerine yaklaştı. Bir an durup kafes tellerinin arkasından Caesar'a baktı. Orada, yumuşak, küçük bir top gibi kıvrılmış, minik bir bebek gibi yatıyor, diye düşündü. Gözleri kapalıydı. Raymond kafesi açıp elini büyük bir temkinle içeri uzatınca da kıpırdamadı. Her zamanki gibi ılıktı. Raymond ensesindeki deriyi kavrayıp tavşanı dışarı çekti. Hayvan, azıcık gücü kalmış gibi gönülsüzce kıpırdandı.

Sonrasında, Raymond mutfaktaki sandalyesine âdeta yığıldı. Önünde milli futbol takımının, kuşların ve hayvanların resimlerinin olduğu bir albüm açıktı. Sejer geldiğinde çok mutsuz ve bitik görünüyordu. Üstünde eşofman altından ve terliklerinden başka hiçbir şey yoktu. Saçları dik dikti, karnı yumuşak ve beyazdı. Yuvarlak gözleri somurtkan, dudakları bir şey emiyormuş gibi büzülmüştü.

"Merhaba, Raymond." Sejer delikanlıyı biraz olsun rahatlatmak için önünde eğildi. "Kötü bir zamanda mı geldim?"

"Evet, çünkü tam koleksiyonumun üstünde çalışıyordum ve şimdi bana engel oluyorsunuz."

"Bu gerçekten çok can sıkıcı olabilir. Daha kötüsünü hayal dahi edemiyorum. Ama mecbur olmasam gelmezdim, umarım bunun farkındasındır."

"Evet, tabii, evet."

Biraz gevşemişti. Mutfağa geri döndü. Sejer de peşinden gitti ve resim malzemelerini masanın üstüne bıraktı.

"Benim için bir şey çizmeni istiyorum," dedi.

"Ah, hayır. Hayatta olmaz."

O kadar endişeli görünüyordu ki, Sejer elini omzuna yerleştirdi.

"Ben resim yapamam."

"Herkes resim yapabilir," dedi Sejer.

"Şey, ben insan resmi çizemem."

"İnsan çizmen gerekmiyor. Sadece bir araba."

"Araba mı?"

Şimdi şüphelenmiş gibiydi. Gözleri kısıldı ve sıradan gözlere döndü.

"Ragnhild ve senin gördüğünüz araba. Hani şu çok hızlı giden."

"Sürekli o arabadan bahsedip duruyorsunuz."

"Doğru, ama bu çok önemli. Bir bülten yayımladık ama kimse bizimle temas kurmadı. Belki de kötü birisidir, Raymond ve eğer kötüyse, onu yakalamamız gerekir."

"Ama size söyledim, çok hızlı gidiyordu."

"Bir şeyler görmüş olmalısın," dedi Sejer sesini alçaltarak. "Bir araba olduğunu fark ettin, değil mi? Bir tekne ya da bisiklet değildi. Ya da mesela, bir deve kervanı."

"Deve mi?" Beyaz göbeğini titreten, içten bir kahkaha attı. "Bir grup deveyi yoldan aşağı giderken izlemek bir hayli eğlenceli olurdu! Deve yoktu. Bir arabaydı. Tepesinde kayak kutusu olan bir araba."

Sejer, "Resmet öyleyse," diye emretti.

Raymond teslim oldu. Masanın yanındaki sandalyelerden birine çöktü ve dilini çıkardı. Sejer'in onun haklı olduğunu anlaması sadece birkaç dakika sürdü. Resmi tekerlekli kızarmış tost ekmeğine benziyordu.

"Renklendirir misin?"

Raymond kutuyu açtı, bütün boya kalemlerini dikkatle inceledi ve nihayet kırmızı bir boyada karar kıldı. Sonra çizgilerin dışına taşmamaya çalışarak var gücüyle konsantre oldu.

"Kırmızı, öyle mi Raymond?"

Raymond kabaca, "Evet," dedi ve boyamaya devam etti.

"Yani araba kırmızı mıydı? Emin misin? Gri olduğunu söylediğini sanıyordum."

"Kırmızı demiştim."

Sejer masanın altından bir tabure çekti ve konuşmadan önce dikkatle düşündü. "Rengi hatırlayamadığını söylemiştin. Ama Ragnhild'in de söylediği gibi gri olabilir demiştin."

Raymond karnını kaşırken alınmış gibiydi. "Bazı şeyleri bir süre sonra daha iyi hatırlıyorum, bilirsiniz. Dün burada olan adama da söyledim. Kırmızıydı dedim."

"Adam kimdi?"

"Dışarıda yürüyen ve avluda durmuş bir adam. Tavşanları görmek istedi. Onunla konuştum."

Sejer ensesinde hafif bir karıncalanma hissetti.

"Tanıdığın birisi miydi?"

"Hayır."

"Bana nasıl birisi olduğunu anlatabilir misin?"

Raymond kırmızı kalemi bıraktı ve alt dudağını öne çıkararak, "Hayır," dedi.

"Bana anlatmak istemiyor musun yoksa?"

"Sadece bir adamdı işte. Hem zaten ne desem hoşunuza gitmeyecek."

"Lütfen anlat. Ben sana yardım ederim. Şişman mıydı, zayıf mı?"

"İkisinin ortası."

"Saçları koyu renk miydi, açık mı?"

"Bilmiyorum. Şapkası vardı."

"Öyle mi? Genç bir adam mıydı?"

"Bilmiyorum."

"Benden yaşlı mıydı?"

Raymond kafasını kaldırdı.

"Ah, hayır. Senin kadar yaşlı değildi. Saçların tamamen gri."

Sejer içinden, çok teşekkürler, diye geçirdi.

"Onu çizmek istemiyorum."

"Öyle bir mecburiyetin yok. Arabayla mı gelmişti?"

"Hayır, yürüyordu."

"Ayrılırken yoldan aşağı doğru mu yöneldi, yoksa yukarı, Kollen'e doğru mu?"

"Bilmiyorum. İçeri babama bakmaya gittim. Gerçekten iyi birisiydi," dedi.

"Öyle olduğundan eminim. Sana ne dedi, Raymond?"

"Harika tavşanlarım olduğunu. Ve bebekleri olursa satmak ister miyim diye sordu."

"Devam et, devam et."

"Sonra havadan bahsetti. Ve ne kadar kuru olduğundan. Bana göldeki kızı duyup duymadığımı sordu. Tanıyor muydun dedi."

"Sen ne dedin?"

"Onu benim bulduğumu söyledim. Kızın ölmesinin çok kötü olduğunu düşünüyordu. Ve ona sizden bahsettim. Buraya geldiğinizi ve bana arabayı sorduğunuzu söyledim. 'Araba,' dedi. 'Buralarda, yolda hep süratle giden gürültücü araba mıydı?' Evet dedim ona. Gördüğüm oydu. Hangisi olduğunu anladı. Kırmızı bir Mercedes olduğunu söyledi. Bana daha önce sorduğunuzda yanılmış olmalıyım. Çünkü şimdi hatırlıyorum. Araba kırmızıydı."

"Seni tehdit mi etti?"

"Hayır, hayır. Kimsenin beni tehdit etmesine izin vermem. Yetişkin bir adam, insanların onu tehdit etmesine izin vermez. Ona bunu söyledim."

"Ya kıyafetleri, Raymond? Üstünde ne vardı?"

"Sadece sıradan kıyafetler."

"Kahverengi kıyafetler mi? Ya da mavi... Hatırlayabilecek misin?"

Raymond ona kafası karışmış gibi baktı ve yüzünü ellerinin arasına sakladı. "Beni bu kadar yormaktan vazgeç!"

Sejer, Raymond'ın bir süre sessizce oturup sakinleşmesine izin verdi. Sonra çok yumuşak bir sesle, "Ama araba gerçekte yeşil ya da griydi, değil mi?" dedi.

"Hayır, kırmızıydı. Gerçeği söyledim ve beni tehdit eden yok. Çünkü araba kırmızıydı ve bu onun hoşuna gitti."

Kâğıdın üstüne eğildi ve resmin üstüne bir şeyler karaladı. Dudakları gergin, inatçı bir çizgiye dönüşmüştü.

"Sakın bozma, bende kalsın isterim."

Sejer resmi aldı. "Baban nasıl?" diye sordu.

"Yürüyemiyor."

"Biliyorum. Haydi, gidip onu görelim."

Ayağa kalktı ve koridorda Raymond'ı takip etti. Kapıyı tıklatmadan açtılar. Oda yarı karanlıktı ama Sejer'in komodinin yanında, üzerine fazla büyük gelen eski bir fanila ve iç çamaşırı içinde ayakta duran yaşlı adamı fark etmesine yetecek kadar ışık vardı. Dizleri tehlikeli bir şekilde titriyordu. Oğlu ne kadar yuvarlak ve gürbüzse, adam da o kadar sıska ve kupkuruydu.

Raymond, "Baba!" diye bağırdı. "Ne yapıyorsun?"

"Hiç. Hiç."

El yordamıyla takma dişlerini arıyordu.

"Otur. Bacağını kıracaksın."

Destek çorapları giymişti ve çorabın bitiminde, kuru üzümleri andıran yaşlılık lekeleri içindeki dizleri açık renkli ekmek gibi şişti.

Raymond babasının yatağa dönmesine yardım etti ve dişlerini uzattı. Adam, Sejer'le göz göze gelmemeye çalışıyor ve tavana bakıyordu. Çalıyı andıran uzun kaşlarının çerçevelediği küçük gözleri renksiz gibiydi. Dişlerini ağzına yerleştirdi. Sejer yanına gitti ve gözlerini avluya ve yola bakan pencereye sabitleyerek, tam karşısında durdu. Kapalı perdeler, içeri çok az ışığın girmesine neden oluyordu.

"Yolda olup bitenleri seyreder misiniz?" diye sordu.

"Polis misiniz?"

"Evet. Perdeyi açarsanız iyi bir manzaranız olur."

"Hiç açmam. Kasvetli havalar dışında."

"Buralarda gözünüze takılan yabancı bir araba oldu mu? Ya da motosiklet?"

"Olabilir. Mesela polis arabaları."

"Yaya birileri?"

"Yürüyüşçüler. Her tür zorluğa katlanıp çakıl taşı toplamak için Kollen'e çıkıyorlar. Ya da pis kokulu göle bakmaya gidiyorlar. Laf aramızda, göl koyun leşi dolu. Herkesin zevki ayrı."

"Annie Holland'ı tanır mıydınız?"

"Babasını garajdaki günlerimden tanırım. Araba getirirdi, tabii olduğu zaman."

"Sorumlu siz miydiniz?"

Raymond'ın babası yorganı üstüne çekerken başıyla onayladı. "İki kızı vardı. Sarışın, hoş kızlar."

"Annie Holland öldü."

"Biliyorum. Herkes gibi ben de gazete okuyorum."

Yanında daha parlak kâğıtlı bir şeyle birlikte komodinin altına tıkıştırılmış kalın gazete tomarını işaret etti.

"Dün birisi, dışarı, avluya gelmiş ve Raymond'la konuşmuş. Onu gördünüz mü?"

"Dışarıda bir şeyler mırıldandığını duydum. Raymond çok kıvrak zekâlı olmayabilir," dedi keskin bir sesle. "Ama kötülüğün ne olduğu konusunda en ufak bir fikri yok. Anlıyor musunuz? O kadar uyumlu ve usludur ki tasma bile takabilirsiniz, o sadece ona söyleneni yapar."

Raymond hevesle başını salladı ve karnını kaşıdı.

Sejer adamın renksiz gözlerine baktı. "Bunu biliyorum," dedi. "Konuşmalarını duydunuz demek? İçinizden perdeyi biraz olsun aralamak gelmedi mi?"

"Hayır."

"Pek meraklı birisi değilsiniz, değil mi, Låke?"

"Doğru, değilim. Gözlerimizi başkalarına dikmeyiz, kendimize saklarız."

"Ya size avludaki adamın Holland'ların kızının öldürülmesine karışmış olması ihtimali olduğunu söylesem, bu işin ne kadar ciddi olduğunun farkına varır mıydınız?"

"Öyle bile olsa fark etmezdi. Dışarı bakmadım, gazeteyle meşguldüm."

Sejer küçük odada etrafına baktı ve ürperdi. Hiç iyi kokmuyordu. Büyük olasılıkla Låke'in böbrekleri düzgün çalışmıyordu.

Odanın temizlenmeye ihtiyacı vardı; pencere açılmalı ve yaşlı adam dumanı tüten, sıcak bir banyo yapmalıydı. Biraz temiz hava almak için dışarı çıkıp birkaç derin nefes çekti. Raymond peşinden geldi ve kollarını kavuşturup Sejer'in arabasına binmesini izledi.

"Arabanı tamir ettirdin mi Raymond?"

"Babam yeni bir aküye ihtiyacım olduğunu söylüyor ama şu anda param yetmez. 400 krondan fazla tutuyor. Yollara çıkmıyorum," dedi hızlı hızlı. "En azından hemen hemen hiç."

"Bu iyi. İçeri gir, üşüyeceksin."

"Evet," dedi Raymond ve ürperdi. "Üstelik montumu da verdim."

"Çok akıllıca bir hareket değilmiş, değil mi?" dedi Sejer.

"Vermem gerektiğini hissettim," dedi Raymond hüzünlü bir sesle. "Orada, üstünde hiçbir şey olmadan yatıyordu."

"Ne dedin sen?"

Sejer ona hayret içinde bakıyordu. Cesedin üstündeki mont Raymond'a aitti!

"Üzerini mi örttün?"

Raymond terliğinin burnunu yere vurarak, "Üstünde hiçbir şey yoktu," dedi.

Üşüdüğünü ve birisinin onu örtmesi gerektiğini düşünmüştü. Açık renk tüyler tavşan tüyü olabilirdi. Şekerleme yiyordu. Sejer, Raymond'ın kaynak suyu kadar berrak, çocuk gözlerine baktı. Bununla birlikte son derece güçlü kasları vardı. İstem dışı, kafasını salladı.

"Nazik bir düşünceymiş," dedi. "Birbirinizle konuştunuz mu?"

Raymond ona şaşırmış gibi baktı. Gözlerindeki meleğimsi ifade, tuzak kokusu almış gibi biraz değişmişti.

"Öldüğünü söylemiştin!"

Sejer gidince, Raymond dışarı süzüldü ve garaja göz attı. Caesar eski bir kazağın altında, uzak bir köşede yatıyor ve hâlâ nefes alıyordu.

Skarre, apoletinden çıkardığı Microball kalemle raporların üstünden geçme işini tamamlamıştı. Kendi kendine *Jesus on the Line*'ın birkaç dizesini mırıldanarak memnuniyetle gülümsedi. Hayat güzeldi ve bir cinayet davası, silahlı soygundan daha heyecan vericiydi. Yakında yaz gelecekti. Ve amiri karşısında durmuş ona doğru bir Krone dondurması sallıyordu. Evrakları derhal kenara kaldırıp dondurmayı aldı.

"Cesedin üstüne serili anorak Raymond'ınmış," dedi Sejer.

Skarre öylesine afallamıştı ki dondurması yana kaydı.

"Ama onu kızın üstüne Ragnhild'i evine bıraktıktan sonra, geri dönerken sermiş olduğuna inanıyorum. Kız çıplak olduğu için kibarca üstünü örtmüş. Irene Album'ü aradım: Ragnhild montun onlar gölün yanından geçerken orada olmadığında ısrar ediyor. Ama... mont Raymond'ın. Bir gözümüz üstünde olmalı. Ona ne yazık ki montunu hemen geri alamayacağını söyledim; o kadar bozuldu ki ona hiç giymediğim, eski bir montumu vermeye söz verdim. Sen heyecan verici bir şey buldun mu?"

Skarre dondurmasının paket kâğıdının geri kalan kısmını yırttı. "Ev sahibinin bütün komşularına uğradım. Çoğu düzgün insanlara benziyor ama o sokakta çok hız cezası kesilmiş."

Sejer üst dudağındaki çilekli dondurmayı yaladı.

"Yirmi bir evden sekizinin bir ya da daha fazla hız cezası var. Ortalamanın üstünde."

“Her gün işe gitmek için uzun bir yol katediyorlar,” dedi Sejer. “Ya şehirde ya da Fornrebu Havaalanı’nda çalışıyorlar. Lundeby’de hiç iş yok.”

“Aynen öyle. Yine de. Her halükârda bir yığın hız cezası almış bir grup saygın insan. Ama bir şey daha buldum. Şuna bir bakın.” İfadeleri elden geçirdi ve birini işaret etti.

“Knut Jensvoll, Gneisvein 8 numara. Annie’nin hentbol koçu. Tecavüzden yatmış. 18 ay, Ullersmo’da.”

Sejer bakmak için eğildi. “Bunu gizli tutmayı başarmış olabilir. Oraya gittiğimizde sözlerine dikkat etsen iyi olur.”

Skarre başını salladı ve dondurmasını yaladı. “Belki de bütün takımı buraya getirmeliyiz. Belki de kızların bazıları üstünde deneme yapmıştır. Siz şüpheli aracın bütün detaylarını getirdiniz mi?”

Sejer iç geçirdi ve iç cebindeki çizimleri çıkardı.

“Ragnhild kayak kutusunun mavi olduğunu söylüyor. Ve Raymond’ın resmi bayağı komik. Fakat daha ilginç olan, dün akşam bir dağ yürüyüşçüsü Raymond’ın avlusundaymış. Ve görünüşe bakılırsa, Raymond’ı arabanın kırmızı olduğuna ikna etmeye çalışmış.”

Çizimi masaya, Skarre’nın önüne koydu.

Skarre’nın gözleri irileşti. “Ne? Tarif etmeyi...”

“Ortalama dedi,” dedi Sejer kısa ve öz. “Başında bir şapka varmış. Üstüne gitmeye cesaret edemedim, çabuk siniri bozuluyor.”

“Buna hızlı iş derim.”

“Ben de her şeyden çok cesurca derim,” dedi Sejer. “Ama şu anda Raymond’ın kim olduğunu bilen birisinden bahsediyoruz. Görülmüş birisi bu. Raymond’ın ne gördüğünü anlamaya çalışmış. Bu yüzden arabaya odaklanmalıyız. Tanrı aşkına, adam çok yakınımızda olmalı.”

"Ama Raymond'ın evine gitmesi bir hayli korkusuz bir hareket. Sizce onu gören başka kimse olmuş mudur?"

"Yakındaki bütün evlere gittim. Kimse görmemiş. Ama eğer Kollen yolundan gelmişse, ilk ev Låke'lerinki ve aşağıdaki çiftlikten avlu pek görünmüyor."

"Ya yaşlı adam?"

"Dışarıda seslerini duyduğunu söylüyor ama camdan bakma ihtiyacı duymamış."

Dondurmalarını sessizce yediler.

"Halvor'u unutmalı mıyız? Ve motosikleti?"

"Kesinlikle hayır."

"Onu ne zaman merkeze alacağız?"

"Bu gece."

"Neden bekliyoruz?"

"Burası geceleri daha sakin oluyor. Küçük kız kâğıda kristal berraklığındaki kanıtını karalarken, Ragnhild'in annesiyle konuştum. Sølvi, Holland'ın kızı değilmiş. Ve görünüşe bakılırsa biyolojik babası ayyaşlık ve şiddet eğilimleri yüzünden ziyaret haklarını kaybetmiş."

"Sølvi 21 yaşında, değil mi?"

"Şu anda öyle. Ama öyle görünüyor ki, çekişme dolu uzun seneler geçmiş."

"Nereye varmaya çalışıyorsunuz?"

"Adam bir anlamda çocuğunu kaybetmiş. Şimdi sancılı bir ilişki sürdürdüğü eski karısı da aynı şeyi yaşıyor. İntikam istemiş olabilir. Bu sadece bir düşünce."

Skarre alçak perdeden bir ıslık koyverdi. "Adam kimmiş?"

"Dondurmanı bitirir bitirmez bunu öğreneceksin. Sonra ofisime gel. Adamın yerini tespit ettiğin anda yola koyuluruz."

Sejer çıktı. Skarre, Holland'ların telefon numarasını tuşladı ve beklerken dondurmasını yaladı.

Bayan Holland, "Axel'dan bahsetmek istemiyorum," dedi. "O bizi neredeyse mahvetti ve bunca yılın ardından ondan nihayet kurtulduk. Onu mahkemeye vermeseydim, Sølvi'yi mahvedecekti."

"Ben sizden sadece adını ve adresini istiyorum. Bu sadece rutin bir uygulama, Bayan Holland. Kontrol etmemiz gereken binlerce şey var."

"Onun Annie'yle en ufak bir alakası olmadı. Tanrı'ya şükür!"

"Lütfen bana adını söyleyin, Bayan Holland."

Kadın sonunda pes etti. "Axel Bjørk."

"Başka bilginiz var mı?"

"Her tür bilgim var. Sosyal güvenlik numarasını ve ev adresini biliyorum. Tabii eğer taşınmadıysa. Keşke taşınmış olsa. Çok yakınımızda yaşıyor. Arabayla bir saat mesafede."

Bayan Holland her an biraz daha geriliyordu.

Skarre notlar aldı ve kadına teşekkür etti. Sonra bilgisayarını açtı ve kişisel mahremiyetin, arkasına saklanmanın imkânsız hale geldiği şeffaf bir kumaş kadar inceldiğini düşünerek "Bjørk, Axel" adını arattırdı. Adamı hiç sorunsuz buldu ve okumaya başladı.

Tavana hızlı ve özür diler gibi bir bakış atarak, "Lanet olsun!" diye söylendi. "Yazdır" butonuna tıkladı ve sandalyesinde arkasına yaslandı. Sayfayı eline aldı, tekrar okudu ve koridorun karşı tarafına, Sejer'in ofisine yürüdü. Başmüfettiş gömleğinin kollarından biri yukarı kıvrılmış halde aynanın karşısında duruyordu. Dirseğini kaşırken yüzünü buruşturdu.

"Merhemim bitmiş," dedi.

"Adamı buldum. Sabıkası var, tabii ki."

Skarre oturdu ve kâğıdı sümenin üstüne bıraktı.

"Bir bakalım hele. Bjørk, Axel. 1948 doğumlu."

"Polis memuru," dedi Skarre usulca.

Sejer tepki vermedi. Raporu ağır ağır okudu.

"Eski memur. Belki de burada kalmak istersin."

"Tabii ki olmaz. Fakat *bu* biraz hassas bir durum."

"Bizler de diğerlerinden daha iyi değiliz, öyle değil mi, Skarre? Hikâyeyi bir de bu adamın açısından dinlemeliyiz. Bayan Holland'ınkinden farklı olacağından emin olabilirsin. Bu durumda, Oslo yoluna düşmemiz kaçınılmaz oldu. Adamın sürekli iş değiştirdiği ortada. Onu evde bulmamız kuvvetle muhtemel."

"Sognsveien, 4 numara. Adamstuen bölgesinde kalıyor. Şu troleybüs durağının yakınındaki büyük kırmızı bina."

Sejer şaşkınlık içinde, "Oslo'yu iyi biliyor musun?" diye sordu.

"İki yıl boyunca taksi şoförlüğü yaptım."

"Yapmadığın bir şey var mı senin?"

"Hiç hava dalışı yapmadım..."

ALTI

Skarre taksi şoförlüğü günlerinden kalma bilgisini kullanarak Sejer'i en kısa yola yönlendirdi. Skøyen yolundan Halvden Svartes Garten'a çıkıp Vigeland Parkı'ndan geçtikten sonra Kirkeveien'den yukarı ve Ullevålsveien'den aşağı devam etti. Bir güzellik salonunun önüne kurallara aykırı bir şekilde park ettiler ve apartmanın üçüncü katında Bjørk adını buldular. Zili çalıp beklediler. Cevap veren olmadı. Koridorun diğer ucundaki bir kapıdan, elindeki çöp kovasını ve uzun saplı süpürgeyi tangırdatan bir kadın çıktı.

"Markete gitti," dedi. "Ya da en azından elinde içi boş şişelerle dolu bir alışveriş torbasıyla çıktı. Hemen yan taraftaki Rundingen'den alışveriş yapar."

Ona teşekkür edip yeniden dışarı çıktılar. Arabalarına binip beklemeye koyuldular. Rundingen, vitrinine pembe-sarı indirim kâğıtlarının yapıştırıldığı küçük bir dükkândı. Çoğu kadın, pek çok insan girip çıkıyordu. Skarre cam açık, kolu dışarı sarkık halde içtiği sigarasının sonuna gelirken kalın, kareli bir oduncu gömleği ve koşu ayakkabıları giyen bir adam onlara doğru gelmeye başladı. Açık camdan, torbasından gelen cam şıngırtısını duyabiliyorlardı. Çok uzun boylu ve kaslıydı ama sert bakışları kaldırıma sabitlenmiş halde, başı öne eğik yürürken boyunun büyük kısmını kaybediyordu. Arabayı fark etmemişti.

"Kesinlikle eski bir meslektaş olabilecek birisi gibi görünüyor. Köşeyi dönene kadar bekle, sonra in ve binaya girecek mi diye bak."

Skarre bekledi, kapıyı açtı ve hızla binanın köşesini döndü. Sonra yeniden üst kata çıkmak için iki, üç dakika beklediler.

Bjørk'ün yarı aralık kapıdaki karanlık yüzü, birkaç saniye içinde bir ifadeden diğerine geçebilmesini sağlayan bir kas ve sinir yığınından oluşuyor gibiydi. Önce hiç kimseyi beklemeyen, merakla kıvılcımlanan açık ve doğal bir yüz. Sonra Skarre'nın üniformasını algılayış ve kapısındaki bu üniformalı insanın varlığına bir açıklama bulmak için hafızasında hızlı bir yolculuk. Gazetede göldeki cesetle ilgili haberi anımsama ve ne düşünüyor olabileceklerini tahmin ediş. Ve son olarak, acı verici bir gülümseme.

Kapıyı ardına dek açarken, "Bakın hele," dedi. "Gelmeseydiniz, modern dedektiflik konusunda pek iyi düşüncelerim olmayacaktı. İçeri gelin. Usta ve çırağıyla mı tanışıyorum?"

Yorumunu duymazdan gelerek adamın peşi sıra kısa koridorda ilerlediler. Alkol kokusunu almamak imkânsızdı.

Bjørk'ün dairesi geniş bir oturma odası, yatak için küçük bir girintisi ve sokağa bakan küçük bir mutfağı olan, derli toplu, ufak bir yerdi. Mobilyalar, pek çok farklı yerden toplanmış gibi birbiriyle uyumlu değildi. Eski bir çalışma masasının üstündeki duvarda, sekiz yaşlarında bir kızın fotoğrafı asılıydı. Saçları daha koyu renkti ama seneler içinde yüz hatları pek fazla değişmemişti. Kız, Sølvi'ydi. Çerçevenin bir köşesine kırmızı bir fiyonk tutturulmuştu.

Bir köşede tamamen hareketsiz yatan ve onları dikkatli gözlerle izleyen Alman çoban köpeğini gördüler. İçeri girdikleri zaman ne yerinden oynamış ne de havlamıştı.

Sejer, "Köpeğe ne yaptınız?" diye sordu. "Belli ki benimkiyle başaramadığım bir şey yapmışsınız. İnsanlar kapıdan içeri adım attıkları anda havlamaya başlıyor ve giderlerken, zemin kata indiklerinde de duyabilsinler diye havlamaya devam ediyor. Ve ben 13. katta oturuyorum."

"Durum buysa, köpeğe çok fazla bağlanmışsınız demektir," dedi Bjørk kabaca. "Bir köpeğe dünyada sahip olduğunuz tek şey oymuş gibi davranmayın. Ama belki de gerçek budur."

Sejer'i, sohbetin devamının hiç de arkadaşça bir tonda gitmeyeceğinin farkında olarak kısık gözlerle süzüyordu. Saçları kısacık kesilmiş ama yıkanmamıştı, yağlıydı ve bir süredir tıraş olmamıştı. Yüzünün alt kısmını koyu renk bir gölge kaplıyordu.

Birkaç saniye sonra, "Eee?" dedi. "Annie'yi tanıyıp tanımadığımı öğrenmek istiyorsunuz, değil mi?" Kelimeleri ağzından bir balık kılçığı çıkarır gibi telaffuz etmişti.

"Sølvi'yle birlikte birkaç kez buraya gelmişti. Saklamaya gerek yok. Sonra Ada öğrendi ve her tür ziyarete son verdi. Aslında Sølvi buraya gelmeyi severdi. Ada ona ne yaptı bilmiyorum ama bana bol miktarda beyin yıkama gibi geliyor. Şimdi artık hiç ilgisini çekmiyor. Holland'ı babası olarak benimsemiş durumda."

Çenesini ovaladı ve bir şey söylemediklerini görünce devam etti.

"Belki de intikam almak için Annie'yi öldürdüğümü düşünmüşsünüzdür. Sizi temin ederim, öldürmedim. Eddie Holland'a hiç garezim yok ve en kötü düşmanımın bile çocuğunu kaybetmesini istemem. Mücadele edecek enerjim kalmadı ama o küstah yaşlı cadının, bir çocuk kaybetmenin nasıl bir şey olduğunu artık bildiği düşüncesinin aklımdan geçtiğini itiraf ediyorum. Şimdi nasıl bir duygu olduğunu biliyor, lanet olası. Ama artık Sølvi'yle görüşme şansım daha da azaldı. Ada onu sıkı takipte tutacaktır. Ve ben kendimi asla bu duruma düşürmem."

Sejer hareketsiz oturuyor ve dinliyordu. Bjørk'ün sesi öfkeli ve asit gibi keskindi.

"Olay olduğu sırada neredeydim? Pazartesi günü bulunmuştu, değil mi? Doğru hatırlıyorsam, gün ortası bir saatte. Cevabım şu: Evimdeydim, şahidim yok. Büyük olasılıkla sarhoştum; genelde işte olmadığım zamanlarda sarhoş olurum. Şiddete meyleder miyim? Kesinlikle hayır. Ada'ya vurduğum doğru ama suratına okkalı bir tokat yemek için aranıyordu. İstediği buydu. Çizgiyi aşmamı sağlarsa, mahkemeye götürecek bir şeyi olurdu. Ona bir kez vurdum, yumruğumla. İçgüdüseldi ve hayatımda bir insana vurduğum tek zamandı. Tamamen şanssızdım, çok sert vurdum ve çenesi ile birkaç dişini kırdım. Sølvi yerde oturuyordu ve hepsini gördü. Ada her şeyi önceden ayarlamıştı. Orada oturup bizi izlesin diye, Sølvi'nin oyuncaklarını oturma odasının ortasına yaymıştı. Buzdolabını birayla doldurmuştu. Sonra tartışmaya başladı; bu konuda çok iyiydi. Ve ben patlayana dek pes etmedi. Kendi ayaklarımla tuzağa düştüm."

Bu burukluğun altında, belki de sonunda onu dinleyen birisi olduğu için bir tür rahatlama vardı sanki.

"Boşandığınızda Sølvi kaç yaşındaydı?"

"Beş. Ada, Holland'la düzenini kurmuştu bile ve Sølvi'yi kendine istiyordu."

"Çok uzun zaman önceymiş. Her şeyi geride bırakmayı başaramadınız mı?"

"İnsan çocuğunu geride bırakamaz."

Sejer dudağını ısırdı. "Uzaklaştırma mı aldınız?"

"Çok fazla içmeye başladım. Karımı, çocuğumu, işimi, evimi ve hemen herkesin saygısını kaybetmiştim. Aslında," dedi buruk bir gülümsemeyle, "öyle ya da böyle, katile dönüşsem de pek bir şey fark etmezdi. Gerçekten etmezdi."

Gözlerinde beliren ani bir şeytani parıltıyla gülümsedi. "Ama bunu yapacak olsam, hemen harekete geçerdim. Bunca yıl beklemezdim. Ve dürüst olmak gerekirse, boğazlamayı seçeceğim kişi Ada olurdu."

Skarre, "İkiniz neden kavga ediyordunuz?" diye sordu.

"Sølvi için."

Kollarını göğsünde kavuşturdu ve anıları dışarıda, sokakta resmigeçit yapıyormuş gibi camdan dışarı baktı. "Sølvi biraz farklıdır. Hep öyleydi. Onunla tanıştığınızdan ve hayata nasıl baktığını gördüğünüzden eminim. Ada her zaman onu korumak istedi. Fazla bağımsız birisi değildir; hatta biraz yavaş bile olabilir. Erkekler ve dış görünüşü konusunda anormal derecede saplantılı. Ada ona elinden geldiğince çabuk koca bulmak istiyor. Ona göz kulak olacak birisini. Birisinin bir kızı bu kadar yanlış yönlendirdiğini hiç görmedim. Ona Sølvi'nin ihtiyacının tam aksi olduğunu anlatmaya çalıştım. Özgüvene ihtiyaç duyduğunu. Onu balık tutmaya falan çıkarmak istedim; odun kesmeyi, futbol oynamayı, çadırda uyumayı öğretmek. Fiziksel egzersize ihtiyacı var ve saçlarının paniğe kapılmasına gerek kalmadan karmakarışık olmasına. Şu anda bir güzellik salonunda aylak aylak dolaşıyor ve bütün gün aynada kendini seyrediyor. Ada beni bir tür kompleks sahibi olmakla suçladı. Bir oğul istediğimi ve bir kızımız olduğu gerçeğini bir türlü kabul edemediğimi. Sürekli kavga ederdik." İç geçirdi. "Evli kaldığımız bütün o yıllar boyunca. Ve o zamandan beri de kavga edip duruyoruz."

"Şu anda hayatınızı nasıl kazanıyorsunuz?"

Bjørk, Sejer'e hüzünlü bir ifadeyle baktı. "Bunu zaten bildiğinizi sanıyorum. Özel bir güvenlik şirketinde çalışıyorum. Geceleri yanımda bir köpek, elimde bir fenerle oradan oraya dolaşıyorum. Sorun değil. Çok fazla hareket olmuyor elbette ama sanırım payıma düşeni yaşadım."

"Kızlar buraya en son ne zaman geldiler?"

Tarihi zihninin derinliklerinden bulup çıkarmaya çalışır gibi alnını ovaladı. "Geçen sonbaharda bir ara. Annie'nin erkek arkadaşı da buradaydı."

"Yani o zamandan beri kızları hiç görmediniz."

"Hayır."

"Onu görmeye gittiniz mi?"

"Sayısız kez. Ada her defasında, içeri zorla girmeye çalıştığım iddiasıyla polis çağırdı. Kapıya dayandığımı ve tehditler savurduğumu söyledi. Zaten işte yeterince sorunum vardı, bu yüzden pes etmek zorunda kaldım."

"Ya Holland?"

"Holland iyidir. Aslında, bu işin içinde bir pislik olduğunu düşündüğünden şüpheleniyorum. Ada onu fena ele geçirmiş durumda, gerçekten öyle. Holland ona ne söylenirse yapar; bu yüzden asla kavga etmezler. Onlarla siz de konuştunuz. Düzeni gördüğünüzden eminim."

Birden ayağa kalktı ve sırtını dikleştirip arkası onlara dönük halde pencerenin yanında durdu.

Alçak sesle, "Annie'ye ne oldu bilmiyorum," dedi. "Ama Sølvi'ye bir şey olsaydı, daha kolay anlayabilirdim. Onu kandırmak inanamayacağınız kadar kolaydır."

Sejer herkesin neden aynı şeyi söylediğini merak ediyordu. Bütün bu olup bitenler koca bir yanlış anlaşılmaymış ve Annie kazayla öldürülmüş gibi.

"Motosikletiniz var mı, Bjørk?"

"Hayır, yok," dedi. "Gençken bir tane vardı. Bir arkadaşımın garajında tutuyordum ama sonunda sattım. Bir Honda 750, geriye sadece kaskım kaldı."

"Ne tür bir kask?"

"Holde asılı."

Skarre hole baktı ve duman rengi vizörü dışında tamamen siyah olan bütün kaskı gördü.

"Ya arabanız?"

"Sadece güvenlik şirketinin Peugeot'sunu kullanıyorum. Önemli bir keşifte bulundum," dedi onlara bakarak. "Anne-çocuk ilişkisini yakından gördüm. Bu hiç kimsenin bozamayacağı kutsal bir pakt. Ada ve Sølvi'yi ayırmak, Siyam ikizlerini çıplak elle birbirinden koparmaktan daha zor olurdu."

Zihninde canlanan görüntü Sejer'in gözlerini kırpıştırmasına neden oldu.

"Size karşı dürüst olmak zorundayım," diye devam etti Bjørk. "Ada'dan nefret ediyorum ve bunu saklamaya gerek görmüyorum. Ve onun için en kötü olasılığın ne olacağını biliyorum. Sølvi'nin olup bitenleri tamamen anlayabileceği kadar büyümesi ve eninde sonunda Ada'ya isyan edip buraya gelmesi. Böylece, başından beri sahip olmamız gereken ve adını koyabileceğimiz bir baba-kız ilişkisini kurabilmemiz. Düzgün bir ilişki. Bu, Ada'nın havasını bozardı."

Birden bitik görünmeye başlamıştı. Dışarıda bir tramvay gürültüyle, zilini çalarak geçerken Sejer bir kez daha Sølvi'nin fotoğrafına baktı. Hayatının farklı bir yönde değiştiğini düşünmeye çalıştı. Ya Elise sonunda ondan nefret etmiş, Ingrid'i de yanına alarak gitmiş ve kızıyla birbirlerini görmelerini yasaklayan bir mahkeme emri çıkartmış olsaydı? Bu düşünce başını döndürmüştü.

Yumuşak bir sesle, "Yani," dedi, "Annie Holland, Sølvi'nin olmasını isteyeceğiniz türde bir kız mıydı?"

"Evet, bir anlamda. O bağımsız ve güçlü. İdi," dedi ve arkasına döndü. "Bu lanet olası, berbat bir durum. Eddie'nin iyiliği için, bu işi yapan pisliği bulmanızı umuyorum. Gerçekten."

"Eddie'nin iyiliği için mi? Ada'nınki için değil mi?"

"Hayır," dedi Bjørk coşkuyla. "Ada'nınki için değil."

"Kendini çok rahat ifade eden bir adam, değil mi?"

Sejer arabayı çalıştırdı.

Skarre, Rundingen'dan sağa sapmasını işaret ederken, "Ona inanıyor musunuz?" diye sordu.

"Bilmiyorum. Ama o aksi maskesinin arkasında çok hüzün saklıydı ve samimi gibiydi. Dünyada hesapçı ve kötü kalpli kadınlar olduğundan eminim. Ve kadınlar çocukları hakkında ilk söz hakkına sahipler. Böyle bir şeyle vurulmak, inkâr etmenin faydasız olduğu suçlamalarla karşı kaşıya gelmek acı olsa gerek. Belki de aslında böyle olmalı." Sejer arabayı tramvay raylarından uzağa yönlendirirken, "Yani belki de bu, çocukları koruması beklenen biyolojik bir olgudur," dedi. "Anneyle asla kırılmaz gerçek bir bağ."

"Tanrı aşkına," dedi Skarre kafasını sallayarak. "Sizin de bir çocuğunuz var. Bu dediğinize gerçekten inanıyor musunuz?"

"Hayır, sadece yüksek sesle düşünüyorum. Sen ne diyorsun?"

"Benim çocuğum yok ki!"

"Ama anne ve baban var, değil mi?"

"Evet, var. Ve korkarım iflah olmaz bir ana kuzusuyum."

"Ben de öyle," dedi Sejer.

Eddie Holland muhasebe bürosundan çıktı, sekreterle bir çift laf etti ve yola koyuldu. Yirmi dakika direksiyon salladıktan sonra, yeşil Toyota'yı geniş park yerine soktu. Motoru kapadı ve koltuğuna yaslandı. Bir an sonra, gözlerini yumdu ve geri dönüp görevini tamamlamadan oradan ayrılmasını sağlayacak bir şey olmasını bekler gibi hareketsiz oturdu. Hiçbir şey olmadı.

Bir süre sonra gözlerini açıp etrafına bakındı. Güzel bir yerdi tabii ki. Arazinin ortasında, çevresi ışıltılı, yeşil çayırlarla kaplı, büyük, yassı bir kaya gibi kondurulmuş ve oldukça büyük bir bina vardı. Mezar taşlarının simetrik diziler halinde yan yana sıralandığı daracık patikalara baktı. Gür yapraklı ağaçlardan çelenkler sarkıyordu. Avuntu. Sessizlik. Ne bir ruh ne bir ses. İsteksizce arabasından çıktı, kapıyı, birisinin duyacağını ve krematoryumun kapısına çıkıp ne istediğini soracağını umarak gürültüyle çarptı. İşini kolaylaştıracağını... Ama gelen olmadı.

Ara yollarda birkaç ismi okuyarak ama çok yaşlı olmayan, Annie gibi sadece on beşindeki birilerini arar gibi daha çok tarihlere dikkat ederek yürüdü. Böyle pek çok tarih olduğunu gördü. Bir süre sonra, kendisinden önce aynı şeyleri yaşamış ve süreçte ondan sadece birazcık daha ileri gidebilmiş bir yığın insan olduğunu fark etti. Sayısız karar almışlardı. Örneğin kızlarının ya da oğullarının yakılıp yakılmayacağına, kül vazosunun üstüne ne tür bir taş yerleştirileceğine ve ne tür bitkilerin dikileceğine karar vermişlerdi. Cenazeye çiçekler ve müzik getirmişler, törenin olabildiğince kişiye özel olması için, rahibe çocuklarının nasıl olduğunu anlatmışlardı. Elleri titriyordu; hemen cebine soktu. Üstünde astarı yırtık, eski bir palto vardı. Sol cebinde bir düğme hissetti ve uzun senelerdir orada durduğunu fark etti.

Mezarlık bir hayli büyüktü ve uzak ucunda, yolun alt kısmında, üzerinde koyu mavi naylon bir montla mezarlıkların arasında dolaşan bir adam gördü. Büyük olasılıkla orada çalışan birisiydi. Hiç düşünmeden ve konuşkan tiplerden olmasını umarak, adamın olduğu tarafa yürüdü. Kendini pek konuşkan hissetmiyordu ama belki adam durur ve hava durumuyla ilgili bir şeyler söylerdi. Hava durumu her an konuşulabilecek bir şey, diye düşündü. Kafasını kaldırıp göğe baktı ve hafiften bulutlandığını gördü, ılık ve hafif esintiyi hissetti.

"Merhaba!"

Neyse ki koyu mavi montlu adam durmuştu.

Holland boğazını temizledi. "Burada mı çalışıyorsunuz?"

"Evet." Adam başıyla krematoryumu işaret etti. "Bana buranın başamiri diyebilirsiniz."

Yüzünde dünyada hiçbir şeyden korkusu yokmuş ve insan kifayetsizliğine dair görülecek ne varsa görmüş gibi hoşnut bir gülümseme vardı.

"Yirmi yıldır burada çalışıyorum. İnsanın günlerini geçirmesi için güzel bir yer, sizce de öyle değil mi?"

Samimi ve dost canlısı bir havası vardı. Holland başını salladı.

"Sanırım. Ve ben burada," diye kekeledi, "geleceği ve onun gibi şeyleri düşünerek dolaşıyorum." Gergin bir gülümsemeyle ekledi: "Eninde sonunda kendimizi toprakta bulacağız. Kaçarı yok."

Ceplerindeki ellerini sıktı ve düğmeyi hissetti.

"Bu konuda haklısınız. Burada aile fertlerinizden kimse var mı?"

"Hayır, burada değiller. Evimin yakınındaki mezarlıkta gömülüler. Ailemde ölüyü yakma geleneği yoktur. Ne olduğunu da gerçekten bilmiyorum ya," dedi. "Yani yakılmanın demek istiyorum. Sanırım sonuçta pek bir farkı da yok ama insanın kararını vermesi gerekiyor. Çok yaşlı değilim ama gömülmeli miyim yoksa yakılmalı mı, artık karar versem iyi olur diye düşündüm."

Diğer adam artık gülümsemiyordu. Gri paltosunun içinde, karşısında duran yapılı adama bakıyor ve zihninden geçenleri dile getirmenin ona neye mal olduğunu düşünüyordu. İnsanların mezarların arasında dolaşmak için binbir çeşit nedeni olurdu. Hiçbir zaman gaf yapma riskine girmezdi.

"Bence önemli bir karar," dedi. "Acele edilmemesi gereken türden. İnsanların ölümlerine daha çok kafa yormaları gerek."

"Evet, öyle değil mi?" Holland rahatlamışa benziyordu. Ellerini ceplerinden çıkardı ve şöyle bir salladı. "Ama insanın böyle konuları kurcalamakta isteksiz olması da normal." Kelime seçimi kendisini de irkiltmişti. "Yani... yakılma işlemi hakkında ve neler olacağı konusunda bir şeyler öğrenmek isterse, tuhaf görülmekten korkabilir ya da büsbütün akıl sağlığını kaybetmiş..."

Görevli birkaç adım uzaklaşırken son derece sade bir şekilde, "İnsanların bilmeye hakkı var," dedi. "Ama mesele şu ki kimse sormaz. Ya da bilmek istemezler. Ama bilmek isteyen birkaç kişi varsa, ben nedenini kesinlikle anlayabilirim. İsterseniz içeri gidebiliriz ve ben de bazı şeyleri izah edebilirim."

Holland kafasını minnetle salladı. Bu arkadaş canlısı adamın yanında kendini rahat hissetmişti. Onunla aynı yaşlarda, ince yapılı, saçları seyrekleşmeye yüz tutmuş birisiydi. Birlikte, ayaklarının altında usulca tıkırdayan çakıl taşları ve Holland'ın başını teselli edici bir el gibi okşayan esinti eşliğinde patikada yürüdüler.

"Aslında her şey çok basit," dedi adam. "Ama önce, düzeni korumak hatırına, ölünün içinde olduğu tabutun fırına bütünüyle sokulduğunu söylemem gerek. Yakılma olayı için özel tabutlarımız var. Saplar ve diğer her şey ahşaptan yapılma. Ölüyü çıkarıp fırına tabutsuz koyduğumuzu düşünmeyesiniz. Ama belki de düşündüğünüz bu değildi. Amerikan filmlerini seyretmiş pek çok insan bunu bilir," dedi gülümseyerek.

Holland başını öne eğdi ve yumruklarını bir kez daha sıktı.

"Fırın bir hayli geniştir. Burada iki fırınımız var. Elektrikle çalışıyor ve gazın da yardımıyla güçlü bir ateş veriyorlar. Isı neredeyse iki yüz dereceye kadar çıkıyor."

Cılız da olsa birkaç güneş ışını yakalamak ister gibi kafasını kaldırdı.

"Ölünün tabutta giydiği her şey, fırına giriyor. Ayrıca mücevher gibi yanmayan şeyler de sonrasında vazoya yerleştiriliyor. Kalp pillerini, cerrahi çivileri ya da atelleri çıkarıyoruz. Kıymetli metallere gelince, kulağınıza kendilerini başka yerde bulduklarına dair dedikodular gelmiş olabilir. Ama inanmayın," dedi sert bir sesle. "Buna gerçekten inanmamalısınız."

Krematoryumun kapısına yaklaşıyorlardı.

"Dişler ve kemikler bir değirmende öğütülüp neredeyse kumumsu, gri bir toza dönüştürülüyor."

Adam değirmen konusuna değinir değinmez, Eddie kızının parmaklarını düşündü. Küçük, gümüş bir yüzük taşıyan narin, ince parmaklarını. Dehşet içinde, cebinde duran parmaklarını kıvırdı.

"Ne kadar ilerlediğini kontrol etmek için süreci baştan sona izliyoruz. Fırının cam kapıları var. Yaklaşık iki saat sonunda, her şey fırından süpürülüyor ve insanların sandıklarından çok daha küçük, ince bir kül yığınına dönüşüyor."

Süreci izlemek mi? Cam kapıdan? İçeri bakıp orada olanları görebiliyorlar mıydı yani? Yanarken Annie'ye bakabilecekler miydi?

"İsterseniz size fırınları gösterebilirim."

"Hayır, hayır!"

Kollarını hareketsiz tutmak için çaresizlik içinde iki yanına bastırdı.

"Kül çok temizdir; neredeyse var olan en temiz şey. İnce kuma benzer. Eskiden bu kül, tıbbi amaçlar için kullanılırmış. Bunu biliyor muydunuz? Başka şeylerin yanı sıra egzamada da kullanılıp iyi sonuçlar sağlıyor, hatta ağız yoluyla alınıyormuş. İçinde tuz ve mineraller barındırıyor ama biz külü bir vazoya süzüyoruz. Neye benzediğini görmeniz için size bir vazo göstereyim. Kendi vazonuzu seçebilirsiniz; çok farklı biçimleri var. Biz standart vazoyu tercih ediyoruz; zaten insanların çoğu da bu tipi seçiyor. Kapalı ve mühürlü bir vazo, küçük bir bacadan mezara yerleştiriliyor. Bu törene 'vazonun toprağa verilmesi' diyoruz."

Kapıyı Holland'ın geçmesi için açtı. Holland loş ışıklı binaya girdi.

"Gerçekte, doğal sürecin hızlandırılmasından başka bir şey değil. Hatta bir açıdan, daha da temiz. Hepimiz küle döneceğiz ama geleneksel toprağa verilmeyle bu iş bir hayli uzun bir süreç alıyor. Yaklaşık yirmi yıl sürüyor, hatta bazen nasıl bir toprak tipinden bahsettiğimize göre değişerek 30 ila 40 yıla çıktığı bile oluyor. Bu bölgede bolca kum ve kil var; bu yüzden daha uzun sürüyor."

"Hoşuma gitti," dedi Holland yumuşak bir sesle. "Küle dönmek."

"Ama doğru, değil mi? Bazı insanlar rüzgâra savrulmak istiyor. Ne yazık ki bu ülkede kanuna aykırı; bu meseleyle ilgili çok sıkı yasalar var. Kanuna göre, her beden özel olarak tahsis edilmiş toprağa yerleştirilmek zorunda."

"Kötü bir fikir değil," dedi Holland gırtlağını temizleyerek. "Ama insanın aklından geçen bütün o görüntülerle çok tuhaf geliyor. Yani nasıl bir şey olduğunu hayal etmeye çalıştığınız zaman. Toprağa verildiğiniz zaman bedeniniz çürüyor. Ve bu, kulağa hiç hoş gelmiyor. Ama bir de yanma fikri var."

Çürümek ya da yanmak, diye düşündü. Annie için hangisini seçmeliydi?

Bir an için, dizlerinin bağı çözülüyormuş gibi hissetti ve duraksadı. Ama sonra diğer adamın sabrından cesaret alarak devam etti.

"Yanmakta bana şeyi... cehennemi anımsatan bir şey var... ve kızımı gözümde canlandırınca..."

Yavaşça kızararak durdu. Diğer adam uzunca bir süre hareketsiz durdu, sonra Holland'ın omzunu sıvazlayıp, "Alacağınız karar..." dedi. "Kızınız için, değil mi?"

Holland başını öne eğdi.

"Bence bu işi çok ciddiye almalısınız. Bu çifte sorumluluk almak gibi bir şey. Kolay değil, hayır, hiç kolay değil." İnce yüzünü iki yana salladı. "Ve acele etmemelisiniz. Ama yakılmasına karar verirseniz, bu konuda tek bir itiraz kelimesi sarf etmediğine dair bir kâğıt imzalamanız gerekecek. Tabii eğer 18 yaşından küçük değilse. Küçükse, siz onun adına karar verebilirsiniz."

"On beşinde," dedi Holland.

Görevli, gözlerini birkaç saniyeliğine yumdu. Sonra yeniden yürümeye başladı. "Benimle şapele gelin," dedi. "Size bir vazo göstereceğim."

Holland'ı merdivenlerden aşağı indirdi. Üstlerine dünyanın kalan kısmını dışarıda bırakan, görünmez bir el örtülmüştü sanki. Görevli destek vermek, Holland ise sıcaklık almak için, birbirlerine yaslandılar. Aşağıda duvarlar pütürlü ve beyaza boyalıydı. En altta kırmızılı beyazlı bir çiçek aranjmanı ve duvardaki çarmıhtan onlara bakan, acı içinde bir İsa duruyordu. Eddie toparlandı. Yanaklarının rengini geri kazandığını hissediyordu; daha iyi gibiydi.

Vazolar duvar boyunca uzanan raflarda duruyordu. Görevli içlerinden bir tanesini indirip Holland'a uzattı. "Alın, elinizde tutun. Hoş, değil mi?"

Eddie vazoya dokundu ve kızından kalanları kollarının arasında tutmanın nasıl bir şey olacağını zihninde canlandırmaya çalıştı. Vazo metal görünümlüydü ama biyolojik çözünürlüğe sahip bir malzeme olduğunu biliyordu ve sanki ılık gibiydi.

"Size neler olacağını anlattım. Hepsi bundan ibaret, atladığım hiçbir şey kalmadı."

Eddie Holland parmaklarını altın renkli vazonun üstünde dolaştırdı. Sağlam ağırlığıyla ellerinin arasında yarattığı his güzeldi.

"Topraktan gelen hava içine girip süreci hızlandırabilsin diye, vazonun yüzeyinde minicik delikler var. Vazonun kendisi de yok olacak. Her şeyin yok olmasında çok gizemli ve ulu bir şey var, sizce de öyle değil mi?"

Saygıyla gülümsedi. "Bizler de yok olacağız. Bu bina ve dışarıdaki parke taşlı yol bile." Eddie'nin kolunu sıkıca kavrarken, "Ama yine de," dedi, "yine de bizim için bir yerlerde daha büyük bir şeylerin olduğuna inanmayı seviyorum. Farklı ve heyecan verici bir şeylerin. Neden olmasın ki?"

Holland ona neredeyse şaşkınlık içinde baktı.

"Dışına, üzerinde adı olan bir etiket koyuyoruz," dedi adam sözünü tamamlarken.

Holland başını salladı. Hâlâ ayaklarının üstünde olduğunu fark etti. Zaman, dakika dakika akmaya devam edecekti. Şimdi acının küçük bir parçasını hissetmiş ve patikada yanında Annie'yle birlikte ilerlemişti. Alevleri ve fırının homurtusunu hayal etti.

"Üstünde Annie yazmalı," dedi. "Annie Sofie Holland."

Eve döndüğünde, Ada lavaboya eğilmiş, kayıtsız bir tavırla birkaç çamurlu patates yıkamakla meşguldü. Altı patates. Adam başı ikişer tane. Eskiden olduğu gibi sekiz tane değil. Çok önemsizmiş gibi görünüyordu. Ada'nın yüzü acıyla gerilmişti; hastanede sedyenin üstüne eğildiği ve doktorun çarşafı açtığı andan sonra bu ifade, yerinden hareket ettiremediği bir maske gibi yüzüne sabitlenmişti.

Duygusuz bir sesle, "Neredeydin?" diye sordu.

"Düşünüyordum da," dedi Holland. "Sanırım Annie'yi yaktırmalıyız."

Ada elindeki patatesi düşürdü ve ona dik dik baktı. "Yaktırmak mı?"

"Bir süredir düşünüyorum," dedi Eddie. "Birisinin ona... saldırmış olması gerçeği. Ve üzerinde bir iz bırakmış olması. Yok olsun istiyorum!"

Ağırlığını tezgâha yasladı ve karısına yalvaran gözlerle baktı. Bir şeyi istemesi, nadir rastlanan bir durumdu.

Ada düşürdüğü patatesi kaldırırken hiç umurunda değilmiş gibi "Ne tür bir iz?" diye sordu. "Annie'yi yaktıramayız."

"Fikre alışmak için zamana ihtiyacın var, hepsi bu," dedi Eddie az öncekinden biraz daha yüksek bir sesle. "Güzel bir gelenek."

Ada patatesi ovalamayı sürdürerek, "Annie'yi yaktıramayız," dedi. "Savcının bürosundan aradılar. Onu yaktıramayacağımızı söylediler."

Eddie ellerini sıkarak, "Ama neden?" diye haykırdı.

"Onu geri çıkarmalarının gerekmesi ihtimaline karşılık. Bunu yapan adamı buldukları zaman."

YEDİ

Bardy Snorrason elini çelik sapın altına soktu ve Annie'yi duvardaki yerinden çıkardı. Çekmece, iyi yağlanmış rayların üstünde neredeyse hiç ses çıkarmadan kaydı. Genç kızın cesedini kendi hayatı, ölümlülüğü ya da kızlarının ölümlülüğüyle bağdaştırmıyordu. Artık bunu yapmaz olmuştu. İyi bir iştahı vardı ve geceleri rahat uyurdu. Diğerlerinin talihsizliklerini ve ölümlerini olabildiğince saygıyla ele aldığı için kendisi için gelecek kişilerin de, o gün geldiğinde, cesedine aynı şeyi yapacaklarını iyi biliyordu. Otuz yıllık adli tabiplik hayatı boyunca, aksini düşünmesine neden olacak hiçbir şey olmamıştı.

Bütün hususların üstünden geçmesi tam iki saatini aldı. O çalıştıkça, tablo zamanla tanıdık işaretlere büründü. Ciğerler bir kuş yumurtası gibi benekliydi ve bastırınca kesiklerden kırmızımsı sarı bir köpük çıkabiliyordu. Beyinde bol miktarda kan, boyun ve göğüs kaslarında, hava almak için şiddetli bir çaba harcadığının delili olan çizgi biçiminde kanamalar vardı. Snorrason kısa, sert ve ancak işin ehillerinin yorumlayabileceği –bazen de hiç yorumlanamayacak– zar zor anlaşılır notlarını bir diktafona kaydediyordu. Asistanları daha sonra yazılı rapor için bu kayıtları kesin ve net terminolojiye dökeceklerdi.

Her şeyin üstünden geçtikten sonra, kafatasının tepesini yerine yerleştirdi, deriyi üzerine çekti, vücudu baştan ayağa suyla duruladı ve göğüs boşluğunu buruşturulmuş gazete kâğıdıyla doldurdu. Sonra cesedi dikti. Çok acıkmıştı. Bir sonrakine başlamadan önce biraz yemeğe ihtiyacı vardı. Kantinde onu Jubel salamlı dört açık sandviç ve bir termos kahve bekliyordu.

Kapıdaki buzlu camın arkasında bir karaltı gördü. Gelen kişi durdu ve dönüp gitmek istermiş gibi bir an hareketsiz bekledi. Snorrason eldivenlerini çıkardı ve gülümsedi. Bu kadar uzun boylu çok fazla insan yoktu.

Sejer içeri girerken başını hafifçe eğmek zorunda kalmıştı. Annie'nin artık bir çarşafa sarılı yattığı tekerlekli sedyeye kayıtsız bir bakış attı. Ayakkabılarının üstüne bol, pastel renkli, bir hayli komik görünen ve mecburi giyilmesi gereken galoşları geçirmişti.

Snorrason, "İşim az önce bitti," dedi. "Kız şu tarafta."

Sejer tekerlekli sedyenin üstündeki kıza daha büyük bir ilgiyle baktı.

"Demek şanslıyım."

"Tartışılır."

Doktor ellerini ve kollarının dirsekten aşağısını yıkamaya başladı. Birkaç dakika boyunca sert bir fırçayla cildini ve tırnaklarını ovaladıktan sonra, bir o kadar zamanı durulamaya ayırdı. Sonra duvardaki bir askıdan aldığı kâğıt havluları kullanarak kurulandı, bir sandalye çekti ve başmüfettişe doğru kaydırdı.

"Burada keşfedilecek pek fazla bir şey yoktu."

"Bütün umutlarımı en baştan yok etme. Mutlaka bir şeyler vardır, değil mi?"

Snorrason açlık dürtüsünü bir kenara itip oturdu.

"Bulduğumuz şeyin değerini belirlemek benim görevim değil. Ama genelde gerçekten bir şeyler buluruz. Kız o kadar el değmemiş görünüyor ki."

"Büyük ihtimalle katil güçlü, sağlıklı bir bireydi. Kızı büsbütün şaşırtma avantajından yararlandı. Ve kıyafetlerini sonradan çıkardı."

"Büyük ihtimalle. Ama kıza saldırılmamış. Bakire değil ama cinsel bir saldırıya uğramamış ya da başka bir şekilde kötü muameleye maruz kalmamış. Basitçe boğulmuş. Kıyafetleri ölümünden sonra nazikçe ve kolayca çıkarılmış, gömleğinin bütün düğmeleri yerli yerinde ve dikişlerin hiçbiri yırtılmamış. Belki de kıza müdahale etmeye kalkıştı ama bir şeyden korktu. Ya da belki de cesaretini ya da erkeklik gücünü kaybetti. Her şey olabilir."

"Ya da bizi bir cinsel taciz suçlusu olduğuna inandırmaya çalıştı."

"Neden böyle bir şey yapmak istesin ki?"

"Gerçek niyetini saklamak için. Ve bu, bütün bunların arkasında izi sürülebilecek bir şeyler olduğu ve rahatsız bir bireyin içgüdüsel bir hareketi olmadığı anlamına gelir. Hem ayrıca, Annie onunla kendi rızasıyla gitmiş olsa gerek. Onu tanıyor olmalı. Ya da adam, üzerinde olumlu bir izlenim bırakmış. Ve anladığım kadarıyla, Annie Holland'ı etkilemek o kadar kolay değilmiş."

Ceketinin bir düğmesini açıp tezgâha yaslandı.

"Devam et. Bana neler bulduğunu anlat."

"On beş yaşında bir kız," dedi Snorrason rahip edasıyla. "Boy 174 cm, 65 kilo, vücuttaki yağın büyük kısmı sıkı egzersiz sonucu kasa dönüştüğü için, yağ seviyesi minimum. Belki de on beş yaşındaki bir kız için aşırı sıkı egzersizden bahsediyoruz. Bu yaşta olayları biraz ağırdan almaları gerekir ama büyük olasılıkla bir kez başlayınca bu o kadar da basit olmuyor. Bu yüzden, o yaştaki pek çok erkek çocuktan bile fazla kasa sahip. Ciğer kapasitesi kusursuzmuş ki bu, bilincini kaybetmesinin uzun sürdüğünü gösterir."

Sejer yıpranmış muşamba zemine baktı ve desenin banyosundakinin aynısı olduğunu fark etti.

"Tam olarak ne kadar sürer?" diye sordu. "Bir yetişkinin boğulması ne kadar zaman alır?"

"Fiziksel durumlarına bağlı olarak, iki ila on dakika arası. Düşündüğüm gibi iyi bir durumdaysa, on dakikaya yakın sürmüş olması daha mümkün."

Sejer, on dakikaya kadar, diye düşündü. Altmışla çarp, altı yüz saniye ediyordu. On dakikada yapabileceklerini düşündü. Duş almak. Yemek yemek.

"Ciğerleri genişlemiş. Pek çok insanın yapacağı gibi tepki vermişse, suyun altına girerken *respiration de surprise* dediğimiz birkaç derin nefes almıştır. Sonra bilincini kaybedene dek, dudaklarını sımsıkı bastırmıştır ve sonrasında ciğerlerinden içeri giren sınırlı miktarda su zorla ciğerlerine dolmuştur. Beyin ve kemik iliğinde bir tür *silica algea* olan tek hücreli deniz otuna rastladım. Çok fazla olmadığı doğru ama o göl çok kirli değilmiş. Ölüm nedeni boğulma.

"Hiçbir ameliyat izi, deformasyon, kötü beslenme belirtisi, dövme ya da herhangi bir cilt bozukluğu yoktu. Saçları doğal renginde, tırnakları cilasız ve kısa kesilmişti ve çamur dışında ilgi çekici bir partiküle rastlamadım. Dişler çok iyi. Alt azılardan birinde seramik dolgu var.

"Kanında alkol ya da başka bir kimyasala rastlamadım. Enjeksiyon izi de yok. O gün iyi bir öğün yemiş, ekmek ve süt. Beyninde sıradışı bir durum yok. Hiç hamile kalmamış. Ve..." Birden gözlerini Sejer'e dikerek iç geçirdi. "Hiç de kalamayacakmış."

"Ne? Neden?"

"Sol yumurtalığında, karaciğerine doğru yayılmaya başlayan büyük bir tümör varmış. Habis."

Sejer öylece durup adli tabibe baktı. "Yani ciddi anlamda hasta olduğunu mu söylüyorsun?"

"Evet. Sen de bunu bilmediğini mi söylüyorsun?"

"Anne ve babası da bilmiyorlardı." Sejer başını hayret içinde salladı. "Aksi takdirde bir şeyler söylerlerdi, değil mi? Kendisinin de bilmiyor olması mümkün mü?"

"Şey, bir doktoru olup olmadığını ve durumun bilinip bilinmediğini öğrenmeniz gerekecek. Ama karın bölgesinde sancı çekmiş olmalı, en azından âdet döneminde. Çok sıkı antrenman yapıyormuş. Vücudunda çok fazla endorfin dolaştığı için, acı maskelenmiş olabilir. Ama gerçek şu ki, işi bitmiş. Onu kurtarabileceklerinden şüpheliyim. Karaciğer kanseri öldürücüdür."

Başıyla Annie'nin kafasının ve ayaklarının çarşafın altından bariz bir biçimde belli olduğu tekerlekli sedyeyi işaret etti. "Birkaç aya kalmaz ölürmüş."

Bu haber, Sejer'e neden orada olduğunu tamamen unutturmuştu. Kendini toplaması birkaç dakikasını aldı.

"Onlara söylemeli miyim? Anne ve babasına."

"Bu kararı kendin vermen gerekecek. Ama ne bulduğumu bilmek isteyeceklerdir."

"Onu bir kez daha kaybetmiş gibi olacaklar."

"Evet, öyle olacak."

"Bilmedikleri için kendilerini suçlayacaklar."

"Büyük olasılıkla."

"Ya kıyafetleri?"

"Sana gönderdiğim anorak dışında, tamamen çamurlu ve suya batmış haldeydiler. Ama pirinç tokası olan bir kemeri vardı."

"Evet?"

"Bir gözü ve kulağı olan, yarım ay şeklinde büyük bir toka. Laboratuvar üstünde parmak izleri buldu. İki farklı iz. Biri Annie'ye aitti."

Sejer gözlerini kıstı. "Ya diğeri?"

"Ne yazık ki tam değil. Çok fazla ipucu veremiyor."

"Lanet olsun," dedi Sejer.

"O izin sahibinin büyük olasılıkla bu olaylarla bir ilgisi var. Ama en azından insanları elemeye yarayacaktır. Bu da bir şey, değil mi?"

"Ya boynundaki iz? Sağ elini kullanıp kullanmadığını söyleyebilir misin?"

"Hayır, söyleyemem. Ama Annie bu kadar iyi halde olduğuna göre, güçsüz birisi olamaz. Bir mücadele yaşanmış olmalı. Annie'nin üzerinde hiç iz olmaması tuhaf."

Sejer ayağa kalktı. "Fakat artık el sürülmemiş değil."

"Ah, tabii ki el sürülmemiş halde! Kendin de bakabilirsin. Bu bir sanat ve ben baştan savma çalışan birisi değilim."

"Bütün bunları yazılı olarak ne zaman alabilirim?"

"Haber veririm, şu bukleli polisi bana gönderebilirsin. Ya sen? Herhangi bir ipucu bulabildin mi?"

"Hayır," dedi Sejer. "Tek bir şey bile yok. Birisinin Annie Holland'ı öldürmesi için en ufak bir neden göremiyorum."

Belki de Annie bir şarkı ismi seçip kendine parola yapmıştı. Belki de şu çok sevdiği flüt ezgisi olabilirdi. "Annie'nin Şarkısı."

Halvor ekran karşısında otururken yüzünü astı. Büyükannesinin seslenmesi ihtimaline karşılık oturma odasının kapısını açık tutuyordu. Büyükannesinin sesinden geriye pek bir şey kalmamıştı ve romatizmasının kötü olduğu zamanlarda koltuğundan kalkmak için büyük çaba harcaması gerekiyordu. Çenesini ellerinin üstüne yasladı ve ekrana baktı. "Giriş reddedildi. Parola isteniyor." Gerçekten acıkmıştı ama şu anda, diğer pek çok şey gibi açlığı da öncelik sırasında arkalara düşmek durumundaydı.

Sejer, merkezde üzeri metinlerle kaplı, bir köşesi zımbalı kalın bir kâğıt tomarı okumakla meşguldü. Bjerkeli Çocuk Evi'nin baş harflerinden oluşan BÇE kısaltması, sürekli karşısına çıkıyordu. Halvor'un çocukluğu, okuması bir hayli can sıkıcı bir hikâyeydi. Annesi, lime lime olmuş sinirler ve elinin altında sürekli çoğalan bir yatıştırıcı yığınıyla, vaktinin çoğunu kırılgan ve ağlamaklı bir halde, yatakta geçiriyordu. Parlak ışıklara ve gürültülü seslere dayanamıyordu. Çocukların çığlık atmasına ya da bağırmasına izin yoktu. Sejer, Halvor'un canına okunduğuna şüphe yok, diye düşündü. Düzenli bir işinin olması ve her şeyin üstüne bir de büyükannesine bakabilmesi etkileyiciydi.

Halvor aklına geldikçe çeşitli şarkı isimlerini boş alana yazdı. "Giriş reddedildi" uyarısı, öldürdüğünü sandığı ama etrafta vızıldamayı bir şekilde sürdüren bir sinek gibi karşısına çıkıp duruyordu. Aklına gelebilecek bütün sayısal kodları, ilgili olabilecek bütün doğum tarihlerini ve hatta kavanozun içine sakladığı yedek bisiklet anahtarının üstünde bulduğu seri numarasını bile denemişti. Annie'nin bisikleti bir DBS Intruder'dı ve anahtarlardan birini onun evinde saklaması için ısrar etmişti. Anahtarı Eddie'ye geri vermesinin gerekeceğini düşünürken ekrana "Intruder" kelimesini girdi.

Babasının alkol sorunu ve annesinin hassas sinirleri, en başından beri aile için belirleyici olmuştu. Halvor ve kardeşi, evin içinde, yemek olduğu zaman kendi yiyeceklerini bularak hayatta kalmışlardı. Babası genelde şehirde, önce maaş çekini, sonra da ek ödeneklerini içkiye harcamakla meşgul olurdu. Birkaç nazik komşu, babalarından habersiz, gizlice, ellerinden geldiğince yardım ederdi. Seneler geçtikçe, şiddetin boyutu artmıştı. Çocuklar odalarına çekilip kapılarını kilitlemeye başlamışlardı. Gittikçe zayıflamış ve sessizleşmişlerdi.

Annie büyük olasılıkla sayısal bir parola kullanmamıştır, diye düşündü. O bir kızdı ve daha yaratıcı bir şey uydurabilirdi. Kelimelerden oluşan bir kombinasyon daha olasıydı, muhtemelen sembolik bir anlamı olan iki ya da üç kelime. Ya da bir isim, elbette, ama o kadar çok isim denemişti ki. Asla seçmeyeceğini bildiği tek isim olmasına rağmen, kendi annesininkini bile denemişti. Hatta Sølvi'nin babasının –Axel Bjørk– ve köpeğinin –Aşil– adlarını bile denemişti. "Giriş reddedildi."

İnce parmaklı, narin elleri vardı. Yıkılmak üzere olan, öfke kusan, kontrol edilemez bir ayyaşın yanağını tokatlamasına uygun eller değildi bunlar. Babasıyla dövüşmek zorlu bir iş olsa gerekti. İki erkek kardeş ezik ve sıyrıklarla, ayrıca, "Uslu duracağım, bana vurmamalısın," diyen, bir sırrı ele veren, ceylan bakışlı gözleriyle düzenli olarak acil serviste boy gösterirdi. Sokaktaki çocuklarla kavga ettiklerini, merdivenlerden yuvarlandıklarını ya da bisikletlerinden düştüklerini anlatırlardı ama aslında babalarını koruyorlardı. Ev dedikleri yer zorlu bir yerdi ama en azından bilindikti. Alternatifi çocuk evi ya da koruyucu ebeveyn yanı ve birbirlerinden ayrı düşme olasılığıydı. Halvor, yetersiz beslenme ya da uykusuzluk yüzünden, okulda sık sık bayılırdı. O ağabeydi, yemeğin çoğunu kardeşi yemeliydi.

Halvor, Annie'nin okuduğu ve bahsettiği kitaplara geçti. Kitap isimleri, karakterler ve söyledikleri şeyler. Çok vakti vardı. Uğraşırken kendini Annie'ye çok yakın hissediyordu. Parolayı bulmak, ona dönüş yolunu bulmak gibi olacaktı. Annie'nin bu arayışını takip ettiğini, hatta yeterince sebat etmesi halinde ona bir işaret vereceğini hayal ediyordu. Mesaj bir hatıra olarak gelecekti. Söylediği bir söz, zihnine depoladığı, sadece yeterince kurcalaması halinde kendini ortaya çıkaracak bir şey. Gittikçe daha çok şey hatırlıyordu. Kendini narin örümcek ağlarını tek tek temizler gibi hissediyordu. Ve her katmanın altında, yeni bir tanesini buluyordu: Bir kamp gezisi, bir bisiklet yolculuğu, sık sık yaptıkları gibi sinemada bir akşam. Ve Annie'nin kahkahası. Derin, neredeyse erkeksi bir gülüş. Halvor'un sırtına inen güçlü yumruğu ve kendine özgü tarzıyla, "Kes şunu, Halvor!" deyişi. Aynı anda hem sevip hem ihtar eden dokunuşu... Başka türde okşayışları çok nadirdi.

Çocuk esirgeme yetkililerinin her ziyaretinde, babaları bir miktar Antabuse yutar, yıkanır, evi temizler ve oğlanları kucağına alırdı. Çok güçlüydü ve sosyal hizmet görevlilerini derhal geri çekilmeye iten, tamamen inatçı bir ifade takınmayı başarabilirdi. Anneleri yatak örtüsünün altından cılız bir gülümsemeyle bakardı. O hasta olduğu zaman zavallı Torkel kendisine çok sorumluluk bindiğini söylerdi, herhalde anlıyorlardı değil mi, çocuklar çok zor bir yaştaydılar. Sosyal hizmet görevlileri, iddialarını doğrulayamadan giderlerdi. Herkes ikinci bir şansı hak ederdi. Halvor vaktinin çoğunu annesi ve küçük kardeşiyle geçiriyordu. Hiç ödev yapmamasına rağmen iyi notlar alabiliyordu; demek ki kesinlikle zeki bir çocuktu. Zaman içinde, babaları gerçekle bağını kaybetti. Bir gece iki oğlanın uyuduğu odaya daldı. Sık sık olduğu gibi o gece de, küçük kardeş, Halvor'un yatağında uyuyordu. Babalarının elinde bir bıçak vardı. Halvor parıltısını görmüştü. Alt kattan annelerinin korku içinde ağlayışını duyabiliyorlardı. Birden şakağına çarpan bıçağın keskin acısını hissetti, hızla geri çekildi ve bıçak yanağını boydan boya keserek ortadan ikiye ayırıp ağzına doğru indi ve azı dişlerine çaptı. Babasının gözleri birden gerçeği yeniden görebilir olmuştu;

yastıktaki kan ve çığlıklar içindeki küçük kardeşi. Alt kata, avluya koşmuştu. Odunluğa saklanmış, kapı arkasından çarpılmıştı.

Halvor ağzının kenarını sivri tırnağıyla kaşıdı ve birden Annie'nin *Sophie'nin Dünyası* kitabını ne kadar sevdiğini hatırladı. Kendi adı da Annie Sophie olduğu için, kitabın adını yazdı. Bunun zekice bir parola olacağını düşünmüştü ama belli ki Annie aynı fikirde değildi. Çünkü hiçbir şey olmadı. Denemeye devam etti. Midesi gurulduyordu ve şakaklarındaki zonklama, yaklaşan baş ağrısının habercisiydi.

Sejer ve Skarre ofisi kilitlediler ve koridorda yürümeye başladılar. Çocuklar Bjerkeli'de iyi iş çıkarmışlardı. Halvor arada sırada evlerini ziyaret eden bir Katolik rahibiyle sıkı bir bağ kurmuştu. Dokuzuncu sınıfı bitirdiği zamandı. Kardeşi bir koruyucu aile yanına yerleştirilmişti ve o zaman Halvor bir başına kalmıştı. Bir süre sonra büyükannesinin yanına taşınmayı seçmişti. Birilerine bakmaya alışıktı. Bunu yapmadığı zaman, kendini işe yaramaz hissediyordu.

"Her şeye rağmen, düzgün insanlar olmaları ilginç," dedi Skarre kafasını sallayarak.

"Belki de Halvor'un gerçekte nasıl bir insan olduğunu bilmiyoruz," dedi Sejer sözünü sakınmadan. "Daha göreceklerimiz var."

Skarre araba anahtarlarıyla oynayarak, mahcup bir tavırla başını salladı.

Halvor'un baş ağrısı kötüye gidiyordu. Sonunda gece çökmüştü. Büyükannesi uzun süredir tek başına oturuyordu ve Halvor'un gözleri ekrana bakmaktan yorulmuştu. Annie'nin parolasını bulma konusunda şansının ne kadar olduğunu ya da parolayı çözmesi halinde ne bulacağını bilmediğini fark edene dek bir süre daha uğraştı. Belki bir sırrı vardı. O sırrı bulmak *zorundaydı*; her halükârda, çok zamanı vardı. Bir süre sonra neredeyse isteksizce, yiyecek bir şeyler almak için kalktı. Monitörü açık bırakıp mutfağa geçti. Büyükannesi televizyonda Amerikan İç Savaşı hakkında bir program izliyordu. Mavi üniformalı olanlara tezahürat yapıyordu çünkü daha yakışıklı olduklarını düşünüyordu. Hem ayrıca, gri üniformalı olanların tiksinti uyandıran bir aksanla konuştuklarını düşünüyordu.

Skarre arabayı yavaş ve kibar kullanıyordu. Amirinin yüksek süratten nefret ettiğini öğrenmişti ve yüzeyi don yüzünden çukurlarla kaplı arazide bol bol kıvrılıp bükülen daracık yol inanılmaz derecede kötüydü. Hava, birisi yazın yolunu kesmiş ve onu gereksiz bir sohbet için başka bir yerde alıkoymuş gibi hâlâ serindi. Kuşlar, eve dönüşlerinden pişman, çalılıkların altına sinmişti. İnsanlar tohum ekmeyi bırakmışlardı. Sonuçta zemin, tamamen çıplaktı. Üstünde hiçbir izin kalmadığı kuru, sert bir kabuk.

Halvor bir kâseye mısır gevreği doldurdu ve üzerine cömert miktarda şeker serpti. Kahvaltılık gevreğini yemek odasına taşıdı ve üstüne dökmemek için masa örtüsünü kıvırdı. Kaşık elinde titredi. Kan şekeri çok düşmüştü ve kulaklarında bir çınlama vardı.

Büyükannesi pat diye, "Co-op marketinde siyahi bir adam çalışmaya başladı," dedi. "Onu gördün mü, Halvor?"

"Oraya artık Kiwi deniyor. Co-op gitti. Ve evet, adı Philip."

"Bergen aksanıyla konuşuyor," dedi büyükanne. "Öyle görünen birisinin Bergen aksanıyla konuşmasından hoşlanmıyorum."

"Ama adam Bergen'li," dedi Halvor kaşığındaki süt ve şekeri gürültü çıkararak içerken. "Orada doğup büyümüş. Anne ve babası Tanzanyalı."

"Kendi dilini konuşsa çok daha iyi olurdu."

"Bergen lehçesi onun *kendi* dili. Ayrıca, Svahili konuşsa tek kelime anlamazsın."

"Ama ağzını her açtığında öyle korkuyorum ki."

"Alışırsın."

Birbirleriyle konuşma tarzları buydu. Genelde bir şeyler hakkında hemfikir olurlardı. Büyükannesi en son endişesini ortaya atardı ve Halvor, sözü yeniden katlanması gereken kağıt bir uçakmış gibi hızla ve kolayca ucundan yakalardı.

Araba araç yoluna yaklaşıyordu. Uzaktan bakınca, ev pek davetkâr görünmüyordu. Havadan bir bakış, çevresinin –bütün mahalleden saklanmak istermiş gibi– ne kadar ıssız olduğunu anlamak için yeterliydi. Ev yoldan bir hayli içeride kalıyordu, çalılıklar ve ağaçların arkasına gizlenmişti. Duvarda, yüksekte küçük pencereleri, rüzgârı ve hava koşullarını geçirmeyen, soluk gri dış cephe kalması vardı. Avlu bakımsız ve yaban otlarıyla kaplıydı.

Halvor yemek odasının penceresinden cılız bir ışık gördü. Araba sesini duydu ve sütün bir kısmı çenesinden aşağı aktı. Farların ışığı, oturma odasının loşluğunda titreşti. Birkaç saniye sonra kapı girişinde durmuş, ona bakıyorlardı.

"Biraz konuşmamız gerek," dedi Sejer. "Bizimle gelmen gerekecek. Ama önce yemeğini bitirebilirsin."

Artık aç değildi ama bu işten bu kadar kolay sıyrılmayı da beklemiyordu zaten. Sakince mutfağa çıktı ve kâseyi büyük bir dikkatle duruladı. Odasına girdi, monitörü kapadı, büyükannesinin kulağına bir şeyler mırıldandı ve peşlerinden dışarı çıktı. Arabanın arka koltuğunda tek başına oturması gerekecekti ve bundan hiç hoşlanmamıştı. Ona başka bir şeyi anımsatıyordu.

"Annie'nin bir resmini oluşturmaya çalışıyorum," dedi Sejer. "Kim olduğuna ve nasıl yaşadığına dair. Bana nasıl bir kız olduğu konusunda her şeyi söylemeni istiyorum. İkiniz birlikteyken söyledikleri, yaptıkları, tanıdığı diğer insanlardan uzaklaşması ve yukarıda, Yılan Gölü'nde neler olduğu konusunda kafandan geçen fanteziler konusunda. Her şeyi, Halvor, hepsini."

"Hiçbir fikrim yok."

"Mutlaka düşünmüş olmalısın."

"Pek çok şey düşündüm ama hiçbiri aklıma yatmıyor."

Sessizlik. Halvor, Sejer'in dünya haritası biçimindeki sümenine baktı ve yaşadığı yerin yaklaşık konumunu buldu.

"Annie'nin hayatının çok önemli bir parçasıydın," dedi Sejer. "Kavramaya başladığım bu. Ona ait olan bölgenin haritasını çıkarmaya çalışıyorum."

"Yani yaptığınız bu mu?" dedi Halvor kuru bir sesle. "Bir harita mı çiziyorsunuz?"

"Belki senin daha iyi bir fikrin vardır?"

"Hayır," dedi.

"Baban ölmüş," dedi Sejer pat diye. Karşısında duran genç yüzü dikkatle süzüyordu. Halvor ise adamın uzun boylu cüssesini ortamdaki bir gerilim gibi hissediyordu. Özellikle göz göze geldikleri anlarda bütün gücünü emiyordu. Halvor başı öne eğik oturdu.

"Kendi canına kıymış. Oysa sen anne babanın ayrıldıklarını söylemiştin. Bu konudan bahsetmek sana zor mu geliyor?"

"Sanırım."

"Gerçeği benden saklaman bu yüzden miydi?"

"Böbürlenecek bir şey olduğu söylenemez."

"Bunu anlıyorum. Bana Annie'den ne istediğini söyleyebilir misin?" dedi. "Öldürüldüğü gün, Horgen'ın Dükkânı'nda onu beklediğine göre."

Hayreti samimi gibiydi.

"Üzgünüm ama yanlış iz üstündesiniz!"

"Çok hayati bir anda, o yakınlarda bir motosikletli görülmüş. Sen de motosikletinle dışarıdaydın. O kişi sen olabilirdin."

"O adamın gözlerini bir an önce kontrol ettirmelisiniz."

"Bütün söyleyeceğin bu mu?"

"Evet."

"O zaman ettireceğim. İçecek bir şey ister misin?"

"Hayır."

Sessizlik. Halvor kulak kesildi. Yakınlarda bir yerde birisi gülüyordu; her şey o kadar gerçeküstü geliyordu ki. Annie ölmüştü ve insanlar hiçbir şey olmamış gibi davranıyor, gürültü ediyorlardı.

"Annie'nin iyi olmadığı gibi bir fikre kapıldın mı?"

"Ne?"

"Mesela hiçbir sancıdan yakındığına şahit oldun mu?"

"Hiç kimse Annie kadar sağlıklı olamazdı. Yoksa hasta olduğunu mu söylüyorsunuz?"

"Ne yazık ki, yakın olmanıza rağmen, bazı bilgileri sana açma yetkim yok. Sana buna benzer bir şeyden hiç yakınmadı mı?"

"Hayır."

Sejer'in sesi kaba değildi ama kasti bir yavaşlıkla konuşuyor ve kelimeleri özenle telaffuz ediyordu. Ve bu hali, gri saçlı cüssesine bol miktarda otorite katıyordu.

"Bana işinden bahset. Fabrikada neler yaptığından."

"Oradan oraya dolaşıyoruz. Bir hafta paketleme yapıyoruz, diğer hafta makinelerle ilgileniyoruz ve bir hafta da teslimat yapıyoruz."

"Hoşuna gidiyor mu?"

"Düşünmeniz gerekmiyor," dedi.

"Düşünmeniz gerekmiyor mu?"

"İş hakkında. Otomatikman yapıyor ve başka şeyler düşünebiliyorsunuz."

"Ne gibi mesela?"

"Her şeyi," dedi. Sesi savunmaya geçmiş gibiydi. Belki farkında değildi ama bu çocukluğundan kalma bir alışkanlıktı. Onca azar ve dayak, onu her kelimesini tartmaya zorlamıştı.

"Bugünlerde vaktini nasıl geçiriyorsun? Normalde Annie'yle geçireceğin zamanı."

Halvor, "Neler olduğunu çözmeye çalışarak," deyiverdi.

"Bizim için herhangi bir ipucun var mı?"

"Hafızamı tarıyorum."

"Bana bildiğin her şeyi anlattığından emin değilim."

"Ben Annie'ye bir şey yapmadım. Benim yaptığımı sanıyorsunuz, değil mi?"

"Dürüst olmam gerekirse, bilmiyorum. Bana yardım etmen gerekecek, Halvor. Kulağa Annie bir tür kişilik değişimi geçirmiş gibi geliyor. Sence de öyle değil mi?"

"Evet."

"Böyle bir olay kısmen anlaşılabilir. Bundan pek çok etken sorumlu olabilir. Örneğin insanlar sevdikleri birisini kaybettikleri ya da ciddi bir travma yaşadıkları veya ciddi bir hastalığa maruz kaldıkları zaman çarpıcı bir değişim yaşayabilirler. Kişilikte herhangi bir değişikliğe neden olabilecek bir diğer şey de uyuşturucu kullanımıdır. Ya da tecavüz gibi gaddar bir saldırı."

"Annie tecavüze mi uğramış?"

Sejer bu soruyu cevaplamamayı tercih etti. "Bunların arasında sana tanıdık gelen bir şey var mı?"

Halvor en sonunda, "Bence bir sırrı vardı," dedi.

"Bir sırrının olduğunu mu düşünüyorsun? Devam et."

"Onu tüm hayatı boyunca üzmüş bir şey. Görmezden gelemediği, yok sayamadığı bir şey."

"Bana ne olduğunu bilmediğini mi söyleyeceksin?"

"Evet. Hiçbir fikrim yok."

"Senin dışında Annie'yi en iyi kim tanırdı?"

"Babası."

"Ama gerçek bir iletişim kurmuyorlardı."

"Öyle de olsa birisini iyi tanımak mümkün olabilir."

"Anlıyorum. Yani sessizliğini anlayabilecek birisi varsa, o Eddie'ydi."

"Bu onu herhangi bir şey söylemeye ikna edip edemeyeceğinizle ilgili bir mesele. Onu buraya Ada'sız gelmeye ikna etmeniz daha iyi olur. O zaman daha fazla konuşacaktır."

Sejer başıyla onayladı. "Axel Bjørk'le hiç tanıştın mı?"

"Sølvi'nin babasıyla mı? Bir defa. Kızlarla ziyaretine gittim."

"Ne düşündün?"

"Fena birisi değildi. Yine gelmemizi söyledi. Biz çıkarken mutsuz görünüyordu. Ancak Ada oraya gittiğimizi öğrenince kendini kaybetti; bu yüzden Sølvi gizli gizli gitmek zorunda kaldı. Bir süre sonra içinden gelmemeye başladı; Ada'nın isteğine ulaştığını düşünmüştüm."

"Sølvi nasıl bir kız?"

"Söylenecek pek fazla bir şey yok. Görülecek her şeyi siz de görmüşsünüzdür, fazla sürmüyor."

Sejer yüzünü ellerinin arasına yaslayarak sakladı. "Neden birer kola içmiyoruz? İçerinin havası fazla kuru. Sentetik malzemeler, fiber cam ve üzüntüden başka bir şey yok."

Halvor başını salladı ve az da olsa gevşedi. Ama sonra tekrar gerildi. Belki de gri saçlı dedektiften gelen bu ilk küçük sempati belirtisi, bir taktikti. Büyük olasılıkla arkadaş canlısı davranmasının bir nedeni vardı. Büyük olasılıkla eğitim almış, sorgulama teknikleri ve psikoloji eğitimi görmüştü. Nasıl çatlak bulunacağını ve yarığın nasıl büyütüleceğini iyi biliyordu. Kapı arkasından kapandı ve Halvor fırsattan istifade bacaklarını açmak için ayağa kalktı. Pencerenin yanına gidip dışarı baktı. Masada Compaq marka bir bilgisayar vardı. Belki de geçmişini oradan keşfetmişlerdi. Belki de Annie gibi onların da parolaları vardı; ne de olsa bilgi hassas bir meseleydi. Ne tür parolalar kullandıklarını ve o parolalara kimin kafa yorduğunu merak etti.

Sejer geri döndü ve Halvor'u bilgisayara bakarken bulunca, "Bu şey sadece bir oyuncak," dedi. "Ben pek hoşlanmıyorum."

"Neden?"

"Benim tarafımda değil."

"Tabii ki değil. O taraf seçemez; ona bu yüzden güvenebilirsiniz ya zaten."

"Sende de bir tane var, değil mi?"

"Hayır, benim bir Mac'im var. Oyun oynuyorum. Annie ve ben birlikte oyun oynardık."

Birden azıcık da olsa açıldı ve kendine özgü yarım gülümsemesiyle baktı. "En sevdiği şey, yokuş aşağı kaymaktı. Kar türünü –iri ya da ince taneli, kuru veya ıslak–, ısıyı, kayaklarınızın uzunluğunu ve ağırlığını, rüzgâr şartlarını, her şeyi kendinizin seçebildiğiniz bir oyundu ve Annie her zaman kazanırdı. Tabii ki en zor parkuru seçerdi. Deadquin Zirvesi ya da Stonies. Müthiş bir fırtına sırasında, en uzun kayaklarla ıslak karın üstünde yarışmayı seçerdi ve benim hiç şansım olmazdı."

Sejer ona anlamayan gözlerle baktı ve kafasını salladı. İki plastik bardağa kola doldurdu ve yeniden yerine oturdu.

"Knut Jensvoll'ü tanıyor musun?"

"Koçu mu? Kim olduğunu biliyorum. Arada sırada Annie'yle birlikte hentbol maçlarına giderdim."

"Adamı sever miydin?"

Halvor omuz silkti.

"O kadar da harika bir adam değildi desene."

"Kızların çok fazla peşinde olduğunu düşünürdüm."

"Annie'nin de mi?"

"Komik olmayın!"

"Nadiren komik olurum. Sadece soruyordum."

"Cüret edemezdi. Annie kimseyi yanına yaklaştırmazdı."

"Demek sert bir kızdı."

"Evet."

"Ama anlamıyorum, Halvor."

Sejer plastik bardağını kenara itti ve öne eğildi.

"Herkes Annie'den bahsederken çok iyi şeyler söylüyor, ne kadar güçlü, bağımsız ve sportif olduğunu anlatıyor. Dış görüntüsüne çok fazla aldırmıyor ve neredeyse soğuk görünüyormuş. Senin de söylediğin gibi kimseyi yanına yaklaştırmıyormuş. Ama birisiyle birlikte ormanın derinliklerine, göle gitmiş. Görünüşe bakılırsa kendi rızasıyla. Ve sonra..." Sejer sesini alçalttı. "Onu öldürmesine izin vermiş."

Halvor, durumun saçmalığı bütün dehşetiyle kafasına yeni dank etmiş gibi ona korku dolu gözlerle baktı.

"Birisinin onun üstünde ciddi bir gücü olmalı."

"İyi de Annie'nin üstünde gücü olan birisi var mıydı?"

"Bildiğim kadarıyla, hayır," dedi Halvor. "Benim olmadığı kesin."

Sejer kolasını içti. "Arkasında hiçbir şey bırakmamış olması çok yazık. Günlük gibi mesela."

Halvor başını bardağına eğdi ve büyük bir yudum aldı.

"Ama bu doğru olabilir mi?" dedi Sejer. "Yani birisinin üstünde yaptırım gücü olması. Kafa tutmaya cesaret edemediği birisi. Annie sır olarak saklamaya gerek gördüğü tehlikeli bir işe bulaşmış olabilir mi? Birisi ona şantaj yapıyor olabilir mi?"

"Annie kurallara fazlasıyla bağlı birisiydi. Yanlış bir şey yapabileceğini hiç sanmıyorum."

"İnsan bir yığın yanlış şey yapıp kurallara sıkı sıkıya bağlı kalmayı sürdürebilir," dedi Sejer. "Tek bir davranış, bir insanı tamamen tanımlayamaz."

Halvor bu kelimeleri özenle zihnine not etti.

"Küçük köyünüzde uyuşturucu tedarik ediliyor mu?"

"Tanrı aşkına, evet. Senelerdir ediliyor. Siz düzenli aralıklarla boy gösteriyor ve kasabanın orta yerindeki *pub*'a taarruz ediyorsunuz. Ama bunun onunla bir alakası olamaz. Annie oraya adımını dahi atmazdı. Yan taraftaki dükkândan bile nadiren bir şeyler alırdı."

Sejer, "Halvor," dedi. "Annie, kendi hayatını kontrol altında tutmayı seven, sessiz ve mesafeli bir kızdı. Ama dikkatli düşün, bir şeylerden korkuyor gibi bir hali var mıydı?"

"Tam olarak korku diyemem... daha çok... içine kapalı gibiydi. Bazen neredeyse öfkeli, bazen tamamen içe dönük. Ama Annie'nin gerçekten korktuğu zamanları da gördüm. Konumuzla herhangi bir alakası olduğundan değil ama çok net hatırlıyorum."

Birden konuşmaya heveslenmişti. "Anne babası ve Sølvi, teyzesinin oturduğu Trondheim'daydılar. Annie ve ben evde yalnızdık. Gece onda kalacaktım. Geçen bahardı. Önce bisikletle tur attık, sonra geç saate kadar uyumayıp müzik dinledik. Hava gerçekten çok ılıktı; bu yüzden bahçede çadırda uyumaya karar verdik. Her şeyi ayarladıktan sonra dişlerimizi fırçalamak için eve girdik. Çadıra ilk ben döndüm. Annie geldiğinde, dizlerimin üstüne çökmüş uyku tulumunu açıyordum. Ve tulumun içinde bir yılan vardı. Kocaman, siyah bir yılan tulumun içine kıvrılmıştı. Telaşla çadırdan çıktık ve ben yolun karşı tarafında oturan komşulardan birisini çağırmaya gittim. Komşu, yılanın ısınmak için tulumun içine kıvrıldığını tahmin ediyordu. Yılanı öldürmeyi başardı. Annie o kadar korkmuştu ki kustu. O geceden sonra, her kampa gidişimizde Annie'nin tulumunu silkeleyip açmak zorunda kaldım.

Sejer uzak gençliğinden kalma kamp günlerini hatırlayıp ürperdi. "Uyku tulumunda bir yılan ha?"

"Fagerlund'un etekleri yılan kaynar. Kayalık bir yamaçtır. Dışarıya tereyağı bırakıp bir yığın yılan yakalamışızdır."

"Tereyağı mı? Neden tereyağı?"

"Tereyağını neredeyse baygın düşene kadar yerler. Sonra tek yapmanız gereken, onları oldukları yerden almaktır."

"Fiyordun dibinde bir deniz canavarınız olduğunu duydum."

"Doğru," dedi Halvor. "Kendi gözlerimle gördüm. Kendini, rüzgâr belli bir yönde estiği zamanlarda nadiren gösterir. Bu aslında göldeki, yüzeyin hemen altında kalan bir kayadır ve rüzgâr denizden karaya değil, karadan denize estiği zamanlarda üç ya da dört kez güçlü bir uğultu duyulur. Sonra ortalık yeniden sessizleşir.

Cidden tuhaftır. Herkes ne olduğunu bilir ama bütün geceyi orada tek başınıza geçirirseniz derinlerden bir şeyin doğrulduğundan bir an bile şüphe duymazsınız. İlk defasında, arkama bir kez bile bakmadan deli gibi kürek çekmiştim."

"Ama aklına Annie'yi tanıyan ve ona zarar vermek isteyecek kimse gelmiyor."

"Tek bir insan bile," dedi Halvor. "Olup bitenleri tekrar tekrar düşündüm ve hiçbir anlam veremiyorum. Delinin teki olmalı."

Sejer, evet, diye düşündü. Delinin teki olabilir. Halvor'u evine bırakırken arabayı ön basamaklara kadar yaklaştırdı.

"Sanırım erken kalkman gerekiyordur," dedi nazik bir sesle. "Geç oldu."

"Genelde kalkmak konusunda sorun yaşamam."

Halvor bu adamdan hem hoşlanmış hem hoşlanmamıştı. Kafa karıştırıcıydı.

Arabadan indi, evin kapısını, büyükannesinin uyuyor olmasını umarak temkinle açtı. Emin olmak için kapının aralığından baktı ve horlamasını duydu. Sonra yeniden ekranın karşısına oturdu ve kaldığı yerden devam etti. Yeni şeyler düşünmeyi sürdürdü. Birden bir kar fırtınasında buldukları, pizza gibi yamyassı olmuş kediyi anımsadı. Baghera ismini girdi. Hiçbir şey olmadı ama zaten bir şey olmasını gerçekten ummuş değildi. Bunu uzun vadeli bir proje olarak düşünüyordu, hem ayrıca başka yollar da vardı. Zihninin gerisinde soruna basit bir çözüm fikri gelişiyordu. Ancak henüz umudunu kaybetmemişti. Hem, bu şike olurdu. Parolayı kendi kendine bulmayı başarabilirse, Annie'ye verdiği sözü çiğnemesi o kadar da büyük bir şey olmazmış gibi hissediyordu. Ensesini kaşıdı ve "Çok Gizli" yazdı. Her ihtimale karşılık. Sonra düz ve ters olarak "Annie Holland" yazdı. Çünkü birden, Annie'nin tabii ki kullanmayacağı ama hani olur ya, bir ihtimal kullanmış olabileceği en basit ve en bariz olasılığı denemediğini fark etmişti. "Giriş reddedildi." Sandalyesini biraz geriye itti ve elini bir kez daha ensesine yerleştirdi. Ensesinde bir şey onu rahatsız ediyormuş gibi bir karıncalanma hissetmişti. Orada hiçbir şey yoktu ama his varlığını sürdürüyordu. Şaşırarak arkasına döndü ve pencereden dışarı baktı. Ani bir dürtüyle ayağa kalktı ve perdeleri çekti. İçinde, birisinin onu izlediğine dair, tüylerini diken diken eden, güçlü bir his vardı. Hemencecik ışığı yaktı. Dışarıdan, sanki birisi koşuyormuşçasına giderek uzaklaşan ayak sesleri geliyordu. Perdelerin arasından dışarı baktı ama kimseyi göremedi. Birisinin orada durduğundan emindi ve bütün duyuları inkâr edilemez, fiziksel bir kesinlikle öyle olduğunu söylüyordu. Mac'i kapadı, üstündeki kıyafetleri çıkardı ve örtünün altına girdi. Şimdi artık kati bir sessizlik vardı, dışarıdaki ağaçların rüzgârla salınışını bile duyamaz olmuştu. Ve sonra, birkaç dakikanın sonunda, bir arabanın çalıştığını duydu.

SEKİZ

Knut Jensvoll, elektrikli matkapla egzersiz sonrası ıslak koşu ayakkabılarını koyabileceği bir rafı monte etmekle meşgul olduğu için, araba sesini duymamıştı. Birkaç saniyeliğine durunca, kapı zilini duydu. Pencereden baktı ve uzun boyuyla en üst basamakta dikilen Sejer'i gördü. İçinde, gelebileceklerine dair bir his vardı. Düşüncelerini toplamak için bir an durdu, kıyafetlerini ve saçlarını düzeltti. Zaten beklediği birkaç soru vardı. Kendini hazırlıklı hissediyordu.

Bir düşünce Jensvoll'ün zihninde en ön planda duruyordu: Tecavüzü öğrenmişler miydi? Burada olmalarının nedeni bu olsa gerekti. Bir kez suçlu damgası yediğiniz zaman, her zaman suçlu kalırdınız; bu çok iyi bildiği bir düsturdu. Sıkıntılı bir ifade takındı ama sonra bunun onları şüpheye iteceğini düşündü ve kendini toparlayıp bir gülümseme denedi. Sonra Annie'nin ölmüş olduğunu hatırladı ve sıkıntılı maskeye geri döndü.

"Polis. Girebilir miyiz?"

Jensvoll başını salladı. "Sadece çamaşır odasının kapısını kapamam gerekecek." Eliyle içeri girmelerini işaret etti, bir an gözden kayboldu ve hemen geri geldi. Cebinden not defterini çıkaran Skarre'ya endişeli bir bakış attı. Jensvoll beklediklerinden daha büyük –hatta ellisine yakın görünüyordu– ve tıknazdı. Ancak kilosu vücuduna eşit dağılmıştı; sıkı ve kaslıydı, sağlıklı, iyi beslenmiş, yüzünün rengi yerinde, gür, kızıl bir yelesi ve zarif, özenle biçimlendirilmiş bıyığı olan bir adamdı.

"Sanırım Annie'yle ilgisi var," dedi.

Sejer başını salladı.

"Hayatımda hiç bu kadar şoke olmadım. Onu çok iyi tanıyordum; bu yüzden sanırım bunu söylemeye hakkım var. Ancak Annie takımdan ayrılalı uzun zaman oldu. Bu arada, bu da bir trajediydi çünkü yerini kimse dolduramadı. Şimdi onun yerine top üzerine geldiği zaman kaçma eğiliminde olan gerçek bir salağımız var. Neyse ki en azından kalenin yarısını kaplamayı başarıyor."

Gevezeliğine son verirken hafifçe kızarmıştı.

Sejer niyet ettiğinden daha iğneleyici bir ses tonuyla, "Evet, gerçek bir trajedi," dedi. "Onu son görüşünüzün üstünden uzun zaman geçti mi?"

"Dediğim gibi Annie takımı bıraktı. Geçen sonbahardı. Sanırım kasımdı." Jensvoll, Sejer'in gözünün içine bakıyordu.

"Affedersiniz ama bu, kulağa biraz tuhaf geliyor. Sadece birkaç yüz metre yukarıda oturuyordu sonuçta, değil mi?"

"Evet, hayır, şey... Sanırım arada sırada arabayla yanından geçtiğim oluyordu. Onunla herhangi bir iletişimimin olduğu son zamanları kastettiğinizi sandım. Yani antrenmanda. Ama tabii ki onu sonra da gördüm. Şehir merkezinde, belki markette."

"O zaman şu şekilde sorayım: Annie'yi en son ne zaman gördünüz?"

Jensvoll düşünme ihtiyacı duydu. "Hatırlayabilir miyim, bilmiyorum. Bir süre olmuş olmalı."

"Vaktimiz bol."

"Belki iki ya da üç hafta önce. Sanırım postanedeydi."

"Onunla konuştunuz mu?"

"Sadece merhabalaştık. Son zamanlarda pek konuşkan olduğu söylenemezdi."

"Annie kaleciliği neden bıraktı?"

"Keşke bilseydim." Jensvoll omuz silkti. "Korkarım fikrini değiştirmek için çok üsteledim ama hiçbir işe yaramadı. Bıkmıştı. Şey, buna gerçekten inanmıyorum ama söylediği buydu. Bunun yerine koşmak istediğini söyledi. Ve yaptığı da bu oldu. Gece gündüz. Düzlükte arabayla sık sık yanından geçerdim. Son sürat koşardı; uzun bacaklar, pahalı koşu ayakkabıları. Holland o kız söz konusu olduğunda hiçbir masraftan kaçınmazdı."

Hâlâ utanç verici olayı dile getirmelerini bekliyordu; konu dışı kalacağından hiç umudu yoktu.

"Burada yalnız mı yaşıyorsunuz?"

"Bir süre önce boşandım. Karım çocukları alıp gitti; bu yüzden artık tek başınayım ve halimden memnunum. İşimi ve spor egzersizimi bitirdikten sonra çok boş vaktim kalmıyor. Bir erkek takımına da koçluk yapıyorum ve Yaşlı Delikanlılar takımında oynuyorum. Günün yarısı duşa girip çıkmakla geçiyor."

"Bunaldığını söylediği zaman ona inanmamışsınız. Sizce gerçek neden neydi?"

"Hiçbir fikrim yok. Ama bir erkek arkadaşı vardı ve o tarz şeyler her zaman vakit alır. Erkek arkadaşı atletik sayılmazdı bu arada. Çırpı bacaklı, pipo çubuğu gibi bir şeydi. Soluk tenli, fasulye sırığı gibi cılız. Maçlara arada sırada gelir, tribünde külçe gibi oturur, tek kelime etmezdi. Sadece topun ileri geri gidip gelişini izlerdi. Çıkarlarken, Annie çantasını onun taşımasına izin vermezdi. Onun için doğru tip değildi, Annie ona göre çok daha sert ve zorlu bir kızdı."

"Yine de birlikteydiler."

"Eh, herkes kendi seçimini yapar."

Sejer başını salladı ve düşüncesini kendine sakladı. "Size şu soruyu sormam gerekiyor: Geçen pazartesi sabah 11.00 ila 14.00 arası neredeydiniz?"

"Pazartesi mi? Yani... o gün mü? Tabii ki işteydim."

"Ve depo bunu doğrulayabilir, öyle değil mi?"

"Sık sık dışarıda oluyorum. Evlere servisimiz var, biliyorsunuz."

"Yani aracınızda mıydınız? Tek başınıza?"

"Vaktin bir kısmında aracımdaydım. Rødtangen'da bir eve iki gardırop götürdüm. En azından bu kadarını doğrulayabilirler."

"Ne zaman oradaydınız?"

"Saat 13.00 ila 14.00 arası sanırım."

"Biraz daha net olabilir misiniz?"

"Hımm... Sanırım saat 14.00'e doğruydu."

Sejer aklından bir hesap yaptı. "Ya önceki saatler?"

"Şey, bir içeride bir dışarıdaydım. Uyuyakalmıştım. Bronzlaşma salonunda yarım saat takıldım. Zamanımızı genelde kendimiz yönetiyoruz. Bazı günler fazla mesai yapmam gerekiyor ki bunun için ek ücret almıyorum. Bu yüzden kendimi suçlu hissetmiyorum. Patronumun bile eğilimi..."

"Neredeydiniz, Jensvoll?"

"O gün işe geç başladım," dedi gırtlağını temizleyerek. "Birkaçımız pazar akşamı şehirdeydik. Tabii ki, sabah erken kalkıp işe gitmeniz gerektiğini bilirken pazar günü şehre gitmek aptallık ama böyle şeyler oluyor. Eve döndüğümde saat 01.30'du."

"Kiminle birlikteydiniz?"

"Bir arkadaşla. Erik Fritzner."

"Fritzner mı? Annie'nin komşusuyla mı?"

"Evet."

"Yani..." Sejer başını sallayıp koçun dalgalı saçlarına ve yanık tenli yüzüne dik dik baktı. "Sizce Annie çekici bir kız mıydı?"

Jensvoll nereye varmaya çalıştığını biliyordu. "Bu nasıl bir soru?"

"Lütfen cevap verin."

"Tabii ki. Fotoğrafını siz de görmüşsünüzdür."

"Evet, gördüm," dedi Sejer. "Sadece bakılması hoş bir kız da değil, yaşına göre bir hayli büyük görünüyor. Ergenlik dönemindeki pek çok kıza göre çok daha olgun. Sizce de öyle değil mi?"

"Şey, sanırım öyle. Gerçi, kaledeki ustalığı beni daha fazla ilgilendiriyordu."

"Tabii ki. Çok mantıklı. Bunun dışında kızlarla herhangi bir sıkıntı yaşadığınız oldu mu?"

"Ne tür sıkıntı?"

"Her tür olabilir," dedi Sejer kasten.

"Tabii ki oldu. Ergen kızlar bir hayli havai olurlar. Ama bunlar normal meseleler. Kimse Annie'nin kaledeki yerini almak istemiyordu, kimse yedekte kalmak istemiyordu. Önü alınamaz kıkırtı krizleri. Tribündeki erkek arkadaşlar."

"Ya Annie?"

"Ne olmuş Annie'ye?"

"Onunla herhangi bir anlaşmazlığa düştüğünüz oldu mu?"

Koç kollarını göğsünde kavuşturdu ve başını salladı. "Şey, evet, oldu. Beni arayıp takımdan ayrılmak istediğini söylediği gün. Sarf etmemem gereken birkaç çaresiz söz sıraladım. Belki de iltifat olarak almıştır, kimbilir. Konuşmamızı bitirdi, telefonu yüzüme kapadı ve takım formasını ertesi gün teslim etti. Bitmişti."

"Ve bu ikinizin ters düştüğü tek olaydı."

"Evet, bu doğru. Tek olay."

Sejer başıyla Skarre'ya işaret etti. Sohbet bitmişti. Arkalarında Jensvoll'le kapıya yürüdüler. Koç, bastırılmış ciddi bir sıkıntıya teslim olmak üzereydi.

Sejer kapıyı açarken, "Haydi ama," dedi. "Dürüst olun. Neden sabıka kaydıma bakmamışsınız gibi davranıyorsunuz? Hayal gücümün, yapacağınız ilk şeyin bu olacağını akıl edemeyecek kadar kötü olduğunu mu sanıyorsunuz? Buraya bu yüzden geldiniz, değil mi? Aklınızdan neler geçtiğini biliyorum."

Sejer arkasına döndü ve ona dik dik baktı.

"Bu haberin ortaya çıkması durumunda, takımıma neler olacağı konusunda herhangi bir fikriniz var mı? Kızlar odalarına kilitlenirler. Bütün atletik program iskambilden bir ev gibi çöker ve senelerin emeği heba olur." Konuştukça sesi yükseliyordu. "Ve bu yerin ihtiyaç duyduğu bir şey varsa, o da iyi bir spor programıdır. Sporla ilgilenmeyenler *pub*'larda oturup uyuşturucu satın alıyorlar. Tek alternatif bu. Bildiklerinizi ilan etmeniz halinde neler olacağını bilin diye söylüyorum. Ayrıca bu tam on bir sene önceydi!"

"Ben tek kelime etmedim," dedi Sejer sakin bir tavırla. "Ve siz sesinizi alçak tutmayı başarabilirseniz, belki hikâyenin yayılmasını önleyebiliriz."

Jensvoll çenesini derhal kapadı; rengi açık kırmızıya dönmüştü. Koridora geri çekildi ve Skarre kapıyı arkalarından kapadı. "Tanrım," dedi. "Saçlı ve bıyıklı bir kara mayını."

"Yeterli personelimiz olsaydı," dedi Sejer, "peşine birilerini takardım."

Skarre ona şaşkın bir bakış attı. "Ama neden?"

"Büyük ihtimalle sadece canını sıkmak için."

Fritzner, birasını yudumlarken sırtını sandala yasladı. Her yudumun ardından, sigarasından bir nefes çekiyordu. Bütün dikkatini kucağındaki, dizlerine yasladığı kitaba vermişti. Damarlarına düzenli olarak bira ve nikotin süzülüyordu. Bir süre sonra birayı bıraktı ve oturma odasındaki pencereye gitti. Oradan Annie'nin yatak odasına bakabiliyordu. Henüz öğleden sonra olmasına rağmen, artık sıradan bir oda değil de hiç kimsenin içine bakmaması gereken bir tapınakmış gibi perdeler sıkı sıkıya kapalıydı. Tek bir lambadan – belki de çalışma masasının üstündekinden– cılız bir ışık geliyordu.

Yola baktı ve posta kutusunun yanında polis arabasını gördü. Kıvırcık saçlı polis memuru gelmişti. Büyük olasılıkla son havadisleri vermek üzere Holland'ların evine gidiyordu. Çok sıkıntılı görünmüyordu; zarif, ince yapısı ve büyük ihtimalle polis teşkilatının izin verdiği üst sınırdaki dalgalı saçlarıyla, hafif adımlarla, yüzü göğe dönük halde yürüyordu. Birden sola döndü ve Fritzner'ın ön bahçesine girdi. Adam kaşlarını çattı. Bu ziyaretin diğer evlerdekiler tarafından fark edilip edilmediğini anlamak için, otomatik olarak yolun karşı tarafına baktı. Fark edilmişti. Isaksen bahçesinde, yaprakları toplamakla meşguldü.

Skarre merhaba dedi ve az önce Fritzner'ın da yaptığı gibi pencereye yürüdü.

"Annie'nin odasını görebiliyorsunuz," dedi.

"Evet, öyle."

Fritzner devam etti. "Aslında ben yaşlı, pis bir adamım, bu yüzden burada ağzımın sularını akıtarak birazcık bir şeyler röntgenleyebilmeyi umarak dikilip duruyorum. Ama ne yazık ki Annie pek sergileyici tiplerden değildi. Kazağını çıkarmadan önce perdesini kapardı. Tepedeki lambayı yakarsa, en azından silüetini görebiliyordum. Ve perdenin çok fazla pilisi yoktu. Kötü bir manzara sayılmaz."

Skarre'nın yüz ifadesini görünce gülümsemek zorunda kaldı.

"Dürüst olmamı istiyorsanız," dedi, "ve eminim istiyorsunuzdur, evlenmeyi hiçbir zaman istemedim. Yine de arkamda bırakacak bir ya da iki çocuğum olsun isterdim. Ve mümkünse Annie'den. O, insanın hamile bırakmak isteyeceği kadınlardandı, ne demek istediğimi anlıyorsunuzdur."

Skarre yine hiçbir şey demedi. Orada uzunca bir süre iki azı dişinin arasına sıkışıp kaldıktan sonra özgürlüğünü ilan eden bir susam tanesini çiğneyerek durdu.

"Uzun boylu, zarif, geniş omuzlar, uzun bacaklar. Kıvrak bir zekâ. Finnskogen'dan gelen bir orman perisi gibi güzel. Başka bir deyişle, bir yığın birinci sınıf gene sahip."

"O sadece bir ergendi."

"Büyüyorlar, biliyorsunuz. Gerçi Annie büyüyemeyecek ama..."

Fritzner, "Samimi olmak gerekirse," dedi. "Elliye merdiven dayadım ve diğer pek çok erkekle aynı hayal gücüne sahibim. Ve bekârım. Ama sizce de bekâr bir erkek olarak birtakım ayrıcalıklara sahip olmam gerekmez mi? Mutfakta, kadınlara baktığım zaman bana söylenecek kimse yok. Siz de burada, Annie'nin karşısındaki evde yaşıyor olsaydınız, zaman zaman siz de evine göz atardınız. Suç değil ya?"

"Hayır, suç olduğunu sanmıyorum."

Skarre sandalı ve küpeştede duran yarım birayı süzdü. Hiç acele etmeden, sandalın yeterince büyük olup olmadığını düşündü.

Fritzner, "Herhangi bir şey buldunuz mu?" diye sordu.

"Tabii ki. Sessiz şahitlerimiz var. Bilirsiniz işte, etraftaki binlerce küçük şey. Herkes arkasında bir iz bırakır."

Skarre konuşurken Fritzner'ı izliyordu. Adam bir eli cebinde duruyordu ve pantolonun kumaşından yumruğunun sıkılı olduğunu görmek mümkündü.

"Anlıyorum. Bu arada, köyde deli bir adam olduğunu biliyor muydunuz?"

"Anlayamadım?"

"Yukarıda, Kolleveien'de babasıyla birlikte yaşayan, beyin hasarlı bir adam. Görünüşe bakılırsa, kızlarla fazla ilgileniyormuş."

"Raymond Låke. Evet, ondan haberimiz var. Ama beyni hasarlı değil."

"Değil mi?"

"Bir kromozom fazlası var."

"Bana sorarsanız, bazı şeyleri biraz eksikmiş gibi görünüyor."

Skarre, Holland'ların evine ve perdeleri örtük pencereye bir bakış daha attı.

"Sizce bir yılan, uyku tulumuna neden girer?"

Fritzner'ın gözleri iri iri açıldı. "Tanrı aşkına, neler öğreniyorsunuz. Ben de kendime aynı şeyi sordum. Aslında bunu unutmuştum, size söyleyeyim, oldukça büyük bir dramaydı. Ama bence, kış uykusuna yatmak için kusursuz bir yer. Hani şu ince kuş tüylü, Ajungilak tulumlarından biri... Erkek arkadaşı kapıyı çaldığında elimde viskimle sandalda oturuyordum. Sanırım ışığımın yanık olduğunu görmüşler. Annie çarşaf gibi bembeyaz bir suratla oturma odalarının köşesinde duruyordu. Normalde bayağı dayanıklı bir kızdır ama o akşam değildi. Gerçekten korkmuştu."

Skarre merakla, "Yılanı nasıl yakaladınız?" diye sordu.

"Önemli bir şey değildi. Kovamı kullandım. Önce tabanına bir çuvaldızla, on öre büyüklüğünde bir delik açtım. Sonra emekleyerek çadırın içine girdim. Yılan artık uyku tulumunun içinde değildi; çadırın bir köşesine kıvrılmıştı. İrice bir yılandı. Kovayı üstüne kapadım ve ayağımı üzerine yerleştirdim. Sonra delikten içeri Baygon sıktım."

"O da ne?"

"Çok güçlü bir haşere kovucu. Rastgele satın alamazsınız. Yılan hemen bayıldı."

"Bu tür şeylere siz nasıl ulaşabiliyorsunuz?"

"Anticimex'te çalışıyorum. Haşereyle mücadele. Sinekler, hamam böcekleri ve her tür sürüngen."

"Anlıyorum. Sonra ne oldu?"

"Sonra Annie'nin sıska erkek arkadaşı bir oyma bıçağı getirdi. Yılanı ikiye ayırıp naylon poşete koydum ve çöp kutuma attım. Annie için gerçekten üzülmüştüm. Sonrasında kendi yatağında yatmaya bile güçlükle cesaret edebilmişti."

Bunu düşününce kafasını salladı.

"Ama herhalde buraya, Süpermenlik kariyerimden bahsetmeye gelmemişsinizdir, değil mi? Sahiden, neden buradasınız?"

"Şey..." Skarre alnına düşen bir bukleyi arkaya itti. "Amirim her zaman tansiyonu iki kez ölçmemiz gerektiğini söyler."

"Bu doğru mu? Benim tansiyonum bir hayli istikrarlıdır. Yine de birisinin Annie'nin canına kıymış olmasını anlayamıyorum. Tamamen sıradan bir kızdı. Ailesi de anlayamıyor. Şimdi uzun seneler boyunca odasına el sürmeyecek ve Annie'nin bıraktığı haliyle koruyacaklar. Bunu çok duydum. Sizce bilinçaltında yatan, kaybedilen kişinin aniden ortaya çıkması dileğiyle bir alakası olabilir mi?"

"Belki. Cenazeye gidecek misiniz?"

"Bütün köy gidiyor. Küçük bir yerde yaşıyorsanız, böyle olur. Sır saklamaya çalışmak bir işe yaramaz. İnsanlar bilmeye hakları varmış gibi hissederler. İyi ve kötü yanları var. Bir şeyi sır olarak saklamak zordur."

"Bu bizim için bir avantaj olabilir," dedi Skarre. "Eğer katil buralardansa."

Fritzner sandala yürüdü, bira şişesini aldı ve kafasına dikti. "Buralı olduğunu mu düşünüyorsunuz?"

"Öyle olduğunu umuyoruz diyelim."

"Ben ummuyorum. Ama eğer buralıysa umarım onu çabucak yakalarsınız. Sokaktaki yirmi evin beni ziyarete geldiğinizi fark ettiğinden eminim. Hem de ikinci kez."

"Bu sizi rahatsız mı ediyor?"

"Tabii ki ediyor. Burada yaşamayı sürdürmek isterim."

"Sürdürmemeniz için bir neden olmasa gerek."

"Göreceğiz. Bekâr olunca, bir erkek kendini iyice savunmasız hissediyor."

"Neden?"

"Bir erkeğin kadınsız olması doğaya aykırı. İnsanlar hemen bir kadın bulmasını bekliyor; en azından kırkını doldururken. Eğer bulmazsa, bunun bir nedeni olması gerektiğini düşünüyorlar."

"Şimdi söylediklerinizin kulağa biraz paranoyakça geldiğini düşünüyorum."

"Birbirine bu kadar yakın evlerde yaşamanın nasıl bir şey olduğunu bilmiyorsunuz. İleride pek çok insan için zor zamanlar olacak."

"Özellikle aklınıza gelen bir isim var mı?"

"Aslına bakarsanız var."

"Mesela, Jensvoll gibi mi?"

Fritzner yanıtlamadı, bir an olduğu yerde durup düşündü. Skarre'ya göz ucuyla baktı ve sonra kararını vermiş gibi bir tavır takındı. Elini cebinden çıkardı ve bir şey uzattı. "Size bunu göstermek istiyordum."

Skarre uzattığı şeye baktı. Bir saç tokasına benziyordu. Mavi bir kumaş ve boncuklarla kaplı bir tokaya.

"Annie'nin," dedi Friztner gözlerini ondan ayırmadan. "Arabada buldum. Ön tarafta yerde, koltuk ile kapının arasına sıkışmış. Bir hafta önce onu kasabaya bırakmıştım. Arabada düşürmüş."

"Bunu bana neden veriyorsunuz?"

Fritzner derin bir nefes aldı. "Bende kalabilirdi. Tek kelime etmeden şöminede yakabilirdim. Kartlarımı açık oynadığımı göstermek istedim."

"Aksini hiç düşünmemiştim," dedi Skarre.

Fritzner gülümsedi. "Beni aptal mı sanıyorsunuz?"

"Mümkün," dedi Skarre gülümsemesine karşılık verirken. "Belki de beni tuzağa düşürmeye çalışıyorsunuzdur. Belki de suça öylesine ortaksınızdır ki bu tatlı itiraf olayı tamamen düzmecedir. Tokayı yanımda götüreceğim. Ve size öncesine göre daha fazla önem vereceğim."

Fritzner'ın beti benzi atmıştı. Skarre kendini ona gülmekten alamadı.

"Sandalınızın adını nasıl koydunuz?" diye sordu. "Bir sandal için tuhaf bir isim, değil mi? *Narco Traficante*?"[5]

---

5 (İsp.) Uyuşturucu satıcısı. (ed.n.).

"Sadece anlık bir heves."

Biraz önceki olayın ardından kendini toplamaya çalışır gibiydi. "Ama güzel duruyor, değil mi?"

Genç polis memuruna endişeli bir bakış attı.

"Kayığı hiç suya indirdiniz mi?"

"Hayır. Beni deniz tutar."

Bölge savcısı kararını vermişti. Annie Holland gömülebilirdi ve Eddie saatine bakınca, tabutun üstüne ilk kuru toprak küreğinin atılmasının üstünden 24 saat geçtiğini gördü. Annie'nin üstünde toprak. Dal parçacıkları, taşlar ve kurtçuklarla dolu. Cebinde, kırış kırış olmuş bir kâğıt parçası vardı. Törenden sonra tabutun yanında dururlarken söylemeyi planladığı birkaç kelime. Orada öylece, tek kelime etmeyi dahi beceremeden durmuş olması gerçeği, ömrünün sonuna dek yakasını bırakmayacaktı.

Tombul parmağını alnına yaslayarak, "Sølvi'nin biraz sorunu olabilir mi diye merak ediyorum," dedi. "Yani bir tarama sırasında falan çıkacak bir şey değil... Bu dünyada öğrenmesi gerekenleri öğrendi ama biraz geç kaldı. Belki birazcık tek taraflı. Ada'ya bundan bahsetmemelisiniz."

Sejer, "Eşiniz, Sølvi'nin bir sorunu olduğunu inkâr eder mi?" diye sordu.

"Herhangi bir şey bulamıyorlarsa yok demektir, diyor. İnsanlar çeşit çeşittir, diyor."

Sejer onu ofisine davet etmişti. Holland hâlâ geniş bir karanlıkta yolunu kaybetmiş gibi görünüyordu.

"Size birkaç soru sormam gerek," dedi Sejer. "Annie, Axel Bjørk'le yolda karşılaşsa, arabasına biner miydi?"

Soru, Holland'ın şaşkınlıkla iç geçirmesine neden olmuştu. "Bu duyduğum en gaddarca şey," dedi.

"Burada gaddar bir suç işlendi. Sadece soruma cevap verin. Bu insanları sizin kadar iyi tanımıyorum. Ve aslında buna bir avantaj olarak bakıyorum."

Eddie, "Sølvi'nin babası," dedi. "Şey, sanırım evet. Evine iki ya da üç kez gitmişlerdi. Yani onu tanıyordu. Davet edilse büyük ihtimalle arabasına binerdi. Neden binmesin ki?"

"Bjørk'le ne tür bir ilişkiniz var?"

"Hiçbir ilişkimiz yok."

"Ama onunla konuşmuşsunuzdur."

"Çok az. Ada onu her zaman kapıda durdururdu. İçeri zorla girmeye çalıştığını iddia ederdi."

"Siz bu konuda ne düşünürdünüz?"

Eddie Holland kendi zayıflığı göz önüne serilmiş gibi koltuğunda huzursuzca kıpırdandı. "Bir hayli aptalca bulurdum. Adam bizim bir şeyimizi mahvetmeye çalışmıyordu; sadece arada sırada Sølvi'yi görmek istiyordu. Şimdi her şeyini kaybetti. İşini bile."

"Ya Sølvi? O babasını görmek istiyor muydu?"

"Korkarım Ada sahip olabileceği her tür isteği yıktı. Çok sert olabiliyor. Sanırım Bjørk pes etti. Ama cenazedeydi; en azından kızını görme fırsatı oldu. Anlıyorsunuz ya, Ada'ya zıt gitmek pek kolay değildir," dedi. "Ondan korktuğumdan falan değil," derken cılız, ironik bir gülüş koyverdi. "Ama çok üzülebiliyor. İzah etmesi güç. Çok üzülüyor ve ben üstesinden gelemiyorum."

Yeniden sessizliğe gömüldü ve Sejer bu insanlar arasındaki ilişkiyi anlamaya çalışarak, öylece oturup bekledi. Binlerce ipin seneler içinde nasıl olup da birbirine dolanabildiğini ve bir insanın kendini içinde tuzağa düşmüş gibi hissedeceği dayanıklı ve incecik dokunmuş bir ağa dönüşebildiğini düşündü. Bu onu büyülüyordu. Hele bir bireyin, özgürlüğü için yanıp tutuşurken bıçak çekip ipleri keserek kendini azat etmemekte direnmesi. Holland büyük ihtimalle Ada'nın ağından kurtulmak isterdi ama binlerce küçük bağ onu alıkoyuyordu. Bir seçim yapmıştı. Hayatının sonuna dek, o yapış yapış ipliklerin içinde oturacaktı ve verdiği bu karar onu zorladığı için, o ağır ve iri cüssesi çöküp bel vermişti.

Holland bir süre sonra, "Yani elinizde hiçbir şey yok," dedi.

"Ne yazık ki hayır," dedi Sejer. "Elimizde sadece Annie'den büyük bir sıcaklık ve sevgiyle bahseden insanlar var. Adli tıbbın elinde çok ipucu var ve bu ipuçları bizi hiçbir şeye yönlendirmiyor, ortada bariz bir gerekçe de yok. Annie cinsel anlamda saldırıya uğramamış ya da hiçbir şekilde taciz edilmemiş. O gün Kollen yakınlarında işimize yarayabilecek bir gözlemde bulunan kimse yok. Yolun o uzantısından arabasıyla geçmiş olan herkesin kimlikleri tek tek tespit ve kontrol edildi. Tek bir istisna var ama o araba da o kadar belirsiz terimlerle tarif edildi ki bizi hiçbir yere ulaştırmadı. Horgen'ın Dükkânı'nda görülen motosikletli sırra kadem bastı sanki. Belki de sadece oradan geçen bir turistti. Plakasını gören kimse olmamış. Annie'nin çantasını bulmaları için dalgıçlar gönderdik ama şu ana kadar bir sonuç alınamadı, bu yüzden çantanın hâlâ katilin elinde olduğunu düşünmek zorundayız. Tutuklama için dayanağımız yok; bu yüzden kimseyi arayamıyoruz. Elimizde üzerinde çalışacak sağlam bir teori bile yok. Aslında, elimizde o kadar az şey var ki, spekülasyondan öteye gidemiyoruz. Örneğin, Annie bir tür hassas bilgiyle –belki tamamen tesadüf eseri– karşı karşıya gelmiş ve sessiz kalacağından emin olunması için öldürülmüş olabilir. Ölümüne neden olduğuna göre, bu bilginin son derece tehlikeli olması gerek. Annie çıplak ama el değmemiş durumdaydı ve bu, katilin bizi cinsel bir teoriye yöneltmek –ve muhtemelen gerçek gerekçesinden uzaklaştırmak– için çaba harcadığı anlamına gelebilir. Annie'nin geçmişiyle ilgilenmemizin nedeni buydu," diyerek sözünü tamamladı.

Durdu ve üstünde 20 kronluk bir bozuk para büyüklüğünde, kırmızı, pul pul bir leke olan elini kaşıdı.

"Siz onu en iyi tanıyan insanlardan birisiydiniz. Ve bu konuda binlerce düşünceniz olduğuna eminim. Size Annie'nin geçmişinde sizi şaşırtan herhangi bir şey olup olmadığını bir kez daha sormak zorundayım. Tecrübeler, tanışıklıklar, görüşler, izlenimler, herhangi bir şey. Kendinizi belli bir düşünce dizisiyle sınırlamayın, sizi rahatsız eden herhangi bir şey olup olmadığını düşünün. Saçma bile gelse, en ufak detayları irdeleyin. Beklemediğiniz bir tepki. Yorumlar, imalar ya da aklınızda kalan gerçekler. Annie davranışsal bir değişim yaşadı. Bunun ergenlikten bağımsız bir nedeninin olabileceği izlenimini edindim. Bunu siz de onaylar mısınız?"

"Ada diyor ki..."

"Peki, siz ne diyorsunuz?" Sejer gözünü Eddie Holland'ınkilerden ayırmıyordu. "Halvor'u reddetti, hentbol takımından ayrıldı ve sonra içine döndü. O dönemde bir şey oldu mu? Sıradışı bir şey?"

"Jensvoll'le konuştunuz mu?"

"Evet, konuştuk."

"Şey, birtakım dedikodular duydum. Ama belki de doğru değildirler." Biraz mahcup bir tavır ve pembeleşmiş yanaklarla ekledi. "Buralarda dedikodular hızlı yayılır."

"Nereye varmaya çalışıyorsunuz?"

"Annie'nin bahsettiği bir şey. Jensvoll'ün bir ara hapse girip çıkmış olması. Uzun zaman önce. Nedenini bilmiyorum."

"Annie biliyor muydu?"

"Yani gerçekten hapse *girmiş* mi?"

"Doğru, girmiş. Ama bunu kimsenin bildiğini sanmıyorum. Annie'nin çevresindeki herkesi, olay günü ve saatine dair görgü tanıkları var mı diye tek tek kontrol ediyoruz. Üç yüzden fazla insanla konuştuk ama ne yazık ki bu olayda şüpheli durumunda olan kimse yok."

"Kolleveien'de yaşayan bir adam var," dedi Holland. "Aklı yerinde olmayan birisi. Buralardaki kızlarla bir şeyler denediğini duydum."

"Onunla da konuştuk," dedi Sejer sabırla. "Annie'yi o buldu."

"Evet, ben de öyle düşünmüştüm."

"Ve görgü tanığı var."

"Tabii eğer güvenilirse."

Sejer, Ragnhild'i düşündü ve görgü tanığının altı yaşında bir çocuk olduğunu söylemedi.

"Annie bebek bakmayı neden bıraktı?"

"Sanırım yaşı büyüdüğü için."

"Ama anladığım kadarıyla çocuklarla ilgilenmekten gerçekten zevk alıyormuş. Bu yüzden bunu biraz tuhaf buluyorum."

"Yıllar boyunca başka hiçbir şey yapmadı. Önce ödevini bitirir, sonra da blokta pusette dolaştırılmaya ihtiyacı olan kimse var mı diye bakmaya giderdi. Bir kavga falan çıkarsa, herkesi yatıştırırdı. İlk taşı atan zavallı çocuk itiraf etmek zorunda kalırdı. Sonra affedilir ve her şey yoluna girerdi. Arabuluculuk konusunda ustaydı. Otorite sahibiydi ve herkes o ne derse yapardı. Oğlanlar bile."

"Başka bir deyişle, diplomatik bir kişilik diyebiliriz yani."

"Aynen öyle. Sorunları çözmeyi severdi. Çözüme ulaşmamış çatışmalardan nefret ederdi. Mesela Sølvi'yle aramızda bir şey geçtiği zaman, Annie bizim için çözümü bulurdu. Bir tür aracı gibiydi. Ama bir anlamda," dedi, "bu tür şeylere ilgisini de kaybetmiş gibiydi. Olaylara eskisi kadar karışmıyordu."

"Bu ne zaman oldu?"

"Geçen sonbahardı."

"Geçen sonbahar ne oldu?"

"Daha önce de söyledim. Artık takımın parçası olmak ya da eskisi gibi başkalarıyla bir arada olmak istemiyordu."

"Ama neden?"

Eddie Holland çaresizlik içinde, "Bilmiyorum," dedi. "Size anlamadığımı söylüyorum."

"Kendinizin ve en yakın aile bireylerinizin ötesine bakmaya çalışın. Halvor'un, takımın ve Axel Bjørk'le yaşanan sorunların. O dönemde köyde başka bir olay yaşandı mı? Doğrudan sizinle ilgili olması gerekmeyen bir şey?"

Holland ellerini iki yana açtı. "Şey, evet. Gerçi bununla hiç alakası yok. Bakıcılık yaptığı çocuklardan birisi trajik bir kazada öldü. Bu da durumu iyileştirmedi. Annie bu olaydan sonra hiçbir şeyin parçası olmak istemedi. Düşündüğü tek şey, koşu ayakkabılarını ayağına geçirip evden ve sokaktan uzağa koşmak oldu."

Sejer kalp atışlarının hızlandığını hissedebiliyordu.

Dirseklerini masaya yasladı. "Ne dediniz?"

"Baktığı çocuklardan birisi bir kazada öldü. Adı Eskil'di."

"Annie ona bakarken mi oldu?"

"Hayır, hayır!" Holland korkulu gözlerle bakıyordu. "Hayır, delirdiniz mi? Annie çocuklara bakarken inanılmaz derecede dikkatli davranırdı. Çocukları gözünün önünden bir an bile ayırmazdı."

"Olay nasıl oldu?"

"Evlerinde. Çocuk sadece iki yaşındaydı. Annie bu olayı çok kötü karşıladı. Şey, çocuğu tanıdığımız için hepimiz kötü karşıladık tabii ki."

"Ne zamandı?"

"Dedim ya, geçen sonbahar. Her şeyden elini ayağını çektiği döneme yakın. Aslında o dönemde çok şey oluyordu. Bizim için iyi bir dönem değildi. Halvor ve Jensvoll sürekli arıyorlardı. Bjørk, Sølvi konusunda baskı yapıyordu ve Ada neredeyse birlikte yaşanması imkânsız bir hal almıştı."

Birdenbire utanmış gibi susuverdi.

"Bu ölüm tam olarak ne zaman yaşandı, Eddie?"

"Sanırım kasım ayıydı. Tam tarihi anımsamıyorum."

"Takımdan ayrılmasından önce miydi, sonra mı?"

"Hatırlamıyorum."

"O zaman siz hatırlayana dek devam edeceğiz. Ne tür bir kazaydı?"

"Boğazına bir şey takılmış ve çıkaramamışlar. Mutfakta tek başına bir şeyler yiyormuş."

"Neden bunu bana daha önce anlatmadınız?"

Holland ona mutsuz bir bakış attı. "Çünkü asıl çözmeniz gereken Annie'nin ölümü," diye fısıldadı.

"Ve yaptığım da bu. Bazı şeyleri elemek çok önemli."

Uzun bir sessizlik oldu. Holland'ın çıkık alnında ter damlacıkları vardı ve parmaklarını, hislerini kaybetmişler gibi sürekli ovuşturuyordu. Zihninde sayısız aptalca görüntü canlanıyordu. Üzerinde kırmızı kar tulumu ve Rus kalpağıyla Annie, gelinlikli Annie... Kucağında bir çocuk tutan Annie. Asla çekemeyeceği fotoğraflar.

"Bana Annie'yi anlatın. Nasıl tepki verdiğini."

Holland koltuğunda dikleşti ve düşünmek için duraksadı. "Tarihi hatırlamıyorum ama günü hatırlıyorum çünkü uyuyakalmıştım. İzin günümdü. Annie otobüsüne geç kalmıştı ama kendini iyi hissetmediği için okuldan eve erken dönmüştü. Ona hemen söylemeye cesaret edemedim. Biraz uyuyacağını söyleyerek, yatmak için odasına gitti."

"Hasta mıydı?"

"Evet, şey, hayır. O hiç hasta olmazdı. Sadece geçici bir şeydi. Daha sonra uyandı ve ben ona haberi verme fikrinden nefret ederek oturma odasında oturdum. Sonunda odasına gittim ve yatağının kenarına iliştim."

"Devam edin."

"Afallamıştı," dedi düşünceli bir tavırla. "Afallamış ve korkmuştu. Döndü ve örtüyü kafasına kadar çekti. Demek istediğim, böyle bir şeye ne diyebilirsiniz ki? Sonrasında duygularını pek belli etmedi; yasını sessizce yaşadı. Ada o eve biraz çiçek götürmesini istedi ama Annie reddetti. Cenazeye gitmek de istemedi."

"Siz ve eşiniz gittiniz mi?"

"Evet, evet, gittik. Ada, Annie gitmeyeceği için üzüldü ama ona bir çocuk için cenazeye gitmenin zor bir şey olduğunu anlatmaya çalıştım. Annie sadece 14 yaşındaydı. O yaşta ne söyleyeceklerini bile bilemezler, öyle değil mi?"

"Sonrasında mezarını ziyaret etti mi?"

"Ah, evet, birçok kez. Ama o ailenin evine bir daha hiç gitmedi."

"Ama onlarla konuşmuş olmalı, değil mi? Yani bebeğe bakıcılık yaptığına göre?"

"Eminim konuşmuştur. Onlarla çok vakit geçirirdi. Hele anneyle. Bu arada, anne buradan taşındı. Bir süre sonra ayrıldılar. Böyle bir trajedinin ardından insanların birbirini bulması çok zor. Yeni bir ilişkiyle baştan başlamanız gerek. Ve hiçbirimiz bir daha eskisi gibi olamayız."

Sohbetten kopmuş gibiydi, sanki karşısında bir adam yoktu ve orada tek başına oturmuş kendi kendine konuşuyordu. "Sølvi aynı kalan tek insan. Olanlardan sonra aynı kalabilmesi beni şaşırtıyor. Ama tabii o diğer insanlara benzemiyor. Gerçi bize verilen çocukları hoş karşılamamız gerekiyor, değil mi?"

"Ya... Annie?" dedi Sejer.

"Evet, Annie," diye mırıldandı. "Annie hiçbir zaman aynı değildi. Sanırım hepimizin bir gün öleceğini idrak etmişti. Çocukken aynı duyguyu yaşadığımı hatırlıyorum. Annem öldüğünde, bu, başıma gelen en kötü şeydi. Ölüp gitmiş olması değil. Benim de ölecek olmam. Ve babamın ve tanıdığım herkesin."

Bakışları uzaklara sabitlenmiş gibiydi. Sejer iki elini masanın üstüne uzatarak dinledi.

Bir süre sonra, "Konuşacak daha çok şeyimiz var, Eddie," dedi. "Ama önce bilmeniz gereken bir şey var."

"Başka bir şey duymaya dayanabilir miyim bilmiyorum."

"Sizden saklayamam. Vicdanım el vermez."

"Nedir?"

"Annie'nin herhangi bir acıdan bahsettiğini hatırlıyor musunuz?"

"Hayır... hatırlamıyorum. Şok emici koşu ayakkabıları almadan önce farklıydı. Ayakları acırdı."

"Karın ağrısı çektiğinden hiç bahsetti mi?"

Holland ona huzursuz bir bakış attı.

"Hiç böyle bir şey dediğini duymadım. Ada'ya sormalısınız."

"Size soruyorum çünkü anladığım kadarıyla ona en yakın kişi sizsiniz."

"Evet ama bu kız olayları... Hiç böyle bir şey duymadım."

"Karnında bir tümör varmış," dedi Sejer sesini alçaltarak.

"Tümör mü?"

"Yaklaşık bir yumurta büyüklüğünde. Habis. Karaciğerine yayılmış."

Holland'ın bedeni gerilmişti.

"Yanılmış olmalılar," dedi. "Hiç kimse Annie'den daha sağlıklı değildi."

Sejer, "Karnında habis bir tümör vardı," diye tekrarladı. "Ve kısa süre içinde ciddi bir şekilde hastalanacaktı. Hastalığının ölümüne yol açma ihtimali büyüktü."

"Yani her durumda öleceğini mi söylüyorsunuz?"

Holland'ın sesinde saldırgan bir tını vardı.

"Bunu patologlar söylüyor."

"Acı çekmek zorunda kalmadığı için sevinmem mi gerekiyor?" diye haykırırken, Sejer'in alnına bir tükürük damlası isabet etti. Holland yüzünü ellerinin arasına gömdü. "Hayır, bunu demek istemedim," derken sesi boğuktu. "Ama olup bitenleri anlayamıyorum. Habersiz olduğum bu kadar çok şey nasıl olabilir?"

"Ya kendisi de bilmiyordu ya da sancıyı gizledi ve bir doktora görünmemeye karar verdi. Tıbbi kayıtlarında bahsi geçmiyor."

"Büyük olasılıkla o kayıtlarda hiçbir şeyin bahsi geçmiyordur," dedi Holland. "Annie'nin hiçbir zaman sağlık sorunu olmadı. Seneler içinde birkaç aşı oldu ama hepsi bundan ibaretti."

"Yapmanızı istediğim bir şey daha var," dedi Sejer. "Ada'yla konuşmanızı ve buraya, karakola gelmesini rica etmenizi istiyorum. Parmak izlerine ihtiyacımız olacak."

Holland'ın dudakları bitkin bir gülümsemeyle büküldü ve sandalyesine yaslandı. Çok fazla uyumamıştı ve artık hiçbir şey sabit değil gibiydi. Başdedektifin yüzü, penceredeki perdeyle birlikte hafifçe titreşiyordu ya da belki de odada cereyan vardı, emin olamıyordu.

"Annie'nin kemer tokasında iki parmak izi bulduk. Biri Annie'nindi. Diğeri eşinizin olabilir. Bize Annie'nin kıyafetlerini sabahları genelde kendisinin çıkarıp hazırladığını söylemişti; bu yüzden kemer tokasının üstündeki onun parmak izi olabilir. Onun değilse, o zaman katile aittir. Annie'yi katil soymuş. Kemer tokasına dokunmuş olsa gerek."

Holland sonunda anlamıştı.

"Lütfen eşinizden buraya bir an önce gelmesini rica edin. Skarre'yı sormalı."

Holland, Sejer'in elini işaret ederek, "Elinizdeki egzama," dedi. "Külün iyi geldiğini duymuştum."

"Kül mü?"

"Külü o bölgeye yayıyorsunuz. Kül var olan en saf maddedir. Tuz ve mineral içerir."

Sejer cevap vermedi. Holland'ın düşünceleri içe dönmüş gibiydi. Sejer onu kendi haline bıraktı. Oda o kadar sessizdi ki Annie'nin varlığını neredeyse hissedebiliyorlardı.

DOKUZ

Halvor sosisini ve haşlanmış lahanasını mutfak tezgâhında yedi. Sonrasında ortalığı temizledi ve kanepede horuldamakta olan büyükannesinin üstüne battaniye örttü. Odasına gitti, perdeleri açtı ve monitörün karşısına oturdu. Boş vaktinin büyük kısmını bu şekilde geçirir olmuştu. Annie'nin sevdiğini bildiği müziklerin çoğunu dinlemiş, CD yığınındaki isimleri ve müzisyenleri denemişti. Sonra, Annie'den bu tarz bir şey seçmesi beklenmeyeceği için, biraz gönülsüzce, film isimlerine geçmişti. Bu görevi başarması zor görünüyordu. Annie, askerî sırları saklamak için savunma bakanlığında yaptıkları gibi parolasını defalarca değiştirmiş olabilirdi. Bir saniyede sayısız kez değişen parolalar kullanırlardı. Bir dergide okumuştu. Sürekli değişen bir parolayı kırmak neredeyse imkânsızdı. Annie'yle ikisinin kendi dosyalarını tam olarak ne zaman yarattıklarını ve ne zaman parola koyduklarını anımsamaya çalıştı. Üstünden çok zaman geçmişti; geçen sonbaharın sonuydu. Annie'nin rastgele bir şey seçmeyeceğini biliyordu; ya üzerinde etki bırakmış bir şeyi ya da aşina olduğu ve onun için kıymetli bir şeyi kullanmış olmalıydı. Annie'nin aşina olduğu ve kıymet verdiği şeyler hakkında bir hayli bilgi sahibiydi; bu yüzden denemeye devam etti. Ta ki büyükannesi oturma odasından şekerlemesinin bittiğini haber vermek için seslenene kadar. O zaman büyükannesine kahve yapmak, kalmışsa birkaç *lefse*[6] ve *waffle*'a tereyağı sürmek için ara verdi. Kibarlık olsun diye, biraz televizyon seyrederek büyükannesine eşlik etti. Ama ilk fırsatta tekrar odasına sıvıştı. Büyükannesi yakınmadı. Halvor orada geceyarısına dek oturdu, sonra kendini yatağına sürükledi ve ışığı söndürdü. Uykusu gelmeden önce, her zaman bir süre sessizce yatar ve sesleri dinlerdi. Uykusu genelde gelmezdi; böyle durumlarda büyükannesinin odasına süzülür ve şişesinden bir uyku hapı çalardı. Dışarıda bir ileri bir geri gidip gelen ayak sesleri duymadı. Uyumaya çalışırken, Annie'yi düşündü. Mavi en sevdiği renkti. En sevdiği çikolata, kuru üzümlü Dove'du. Halvor zihnine birkaç kelime not etti ve daha sonra kullanmak üzere sakladı. Önemli olan pes etmemekti. Sonunda doğru parolayı bulduğunda bunu Annie'nin seçmiş olduğu o kadar bariz olacaktı ki kendi kendine, "Bunu daha önce akıl etmem gerekirdi!" diyecekti.

Dışarıda, avlu karanlık ve sessizdi. Boş köpek kulübesinin girişi, açık ve dişsiz bir ağız gibi duruyordu ama yoldan görünmediği için, bir hırsız içinde köpek olduğunu sanabilirdi. Kulübenin arkasında mütevazı ahşap malzemeden yapılma bir baraka, Halvor'un bisikleti, eski, siyah beyaz bir televizyon ve bir gazete yığını duruyordu. Eski kâğıtların toplanma zamanını hep unutuyor ve artık yerel gazeteyi okumuyordu. Uzak köşede, köpük yatağın arkasında Annie'nin okul çantası duruyordu.

Bruvann'a kadar, toplam on üç kilometre, koşup gelmişti. Ağrı eşiğinin altında kalmaya çalışmıştı, en azından son aşamada. Elise genelde buz gibi bir Farris doldurur ve duştan çıktığı zaman eline tutuştururdu. Genelde sadece kalçasına bir havlu sarılı olurdu. Oysa şimdi, Sejer kapıyı açıp buharı dışarı saldığı zaman, heyecanla kafasını kaldıran köpeği dışında onu bekleyen kimse yoktu. Banyoda

---

6 Norveç'e özgü bir tür yufka ekmeği. (ç. n.)

giyindi ve kendi şişesini kendi aldı. Şişenin kapağını tezgâhına vurarak açtı ve birayı dudaklarına götürdü. Şişenin yarısına geldiği sırada kapı zili çaldı. Sejer'in zili pek sık çalmazdı; bu yüzden biraz afallamıştı. Köpeğe tembihler gibi parmağını kaldırdı ve kapıyı açmaya gitti. Dışarıda onu korkulukların yanında, kötü bir zamanda gelmiş olması ihtimaline karşılık her an geri kaçmaya hazırlanır gibi tek ayağı basamakta duran Skarre bekliyordu.

"Geçiyordum da," dedi.

Farklı görünüyordu. Bukleleri gitmiş, neredeyse kafa derisine kadar tıraşlanmıştı. Saçları onu daha yaşlı gösteren, koyu bir renge dönmüştü. Ve kulakları göze batıyordu.

Sejer, "Hoş bir saç kesimi," dedi. "İçeri gelsene."

Kollberg her zamanki gibi zıplayarak geldi.

Sejer ,"Biraz fazla heyecanlı," dedi. "Ama usludur."

"Bu boyutta uslu olsa iyi olur. Kurt gibi."

"Aslana benzemesi gerekiyor aslında. Türleri karıştırıp ilk Leonberger'i yaratan ahbabın niyeti buymuş. Almanya'nın Leonberg kentinde yaşıyormuş ve şehre bir maskot kazandırmak istemiş."

"Aslan mı?" Skarre iri hayvanı süzdü ve gülümsedi. "Hayır, o kadar saf değilim."

Skarre ceketini çıkarıp duvara astı. "Bugün Holland'la konuştunuz mu?"

"Konuştum. Sen neler yaptın?"

"Halvor'un büyükannesini ziyaret ettim."

"Öyle mi?"

"Bana, yaşlılığının bütün hüznünün yanında kahve ve *lefse* ikram etti. Artık yaşlanmanın nasıl bir şey olduğunu biliyorum."

"Nasıl bir şeymiş?"

"Kademeli bir iniş. Sadece ani ve şoke edici anlarda keşfettiğin, sinsi ve neredeyse fark edilmeyen bir süreç."

Skarre yaşlı bir adam gibi iç geçirdi ve kaygıyla başını salladı.

"Hücre bölünmesi süreci yavaşlıyor, bütün mesele bu. Gittikçe daha da yavaşlıyor, ta ki hücreler artık kendilerini yenilemez olana kadar, ardından her şey çekmeye başlıyor. Aslında bu, çözülme sürecinin ilk etabı ve 25 yaşındayken başlıyor."

"Çok kötü bir durum. Bu senin yola çoktan çıktığını gösterir. Sanırım şimdiden daha yaşlı görünüyorsun."

Sejer oturma odasına yürüdü.

"Kan damarlarda pıhtılaşmaya başlıyor. Hiçbir şeyin tadı ya da kokusu gerektiği gibi olmuyor. Kötü beslenme de ayrıca belirginleşiyor. Yaşlandığımız zaman ölmemiz o kadar da tuhaf değil."

Bu sözler Sejer'in kıkırdamasına neden oldu. Sonra hastanedeki annesini hatırlayıp durdu.

"Kaç yaşındaymış?"

"Seksen üç. Ve kesinlikle tam bir kaçık." Kendi kısa tıraşlı kafasını işaret ediyordu. "Sanırım biraz daha erken ölmemiz daha iyi olabilir. Belki yetmiş civarında."

"Pek çok yetmişliğin seninle hemfikir olacağını sanmıyorum," dedi Sejer. "Bir soda ister misin?"

"Tabii, teşekkürler."

Skarre, yeni saçının gerçek olup olmadığını kontrol etmek ister gibi elini kafasının üstünde dolaştırdı.

"Ne kadar çok CD var, Konrad." Müzik setinin yanındaki rafa bakıyordu. "Saydınız mı?"

Sejer mutfaktan, "Yaklaşık beş yüz," diye seslendi.

Skarre CD'lerin isimlerine bakmak için koltuğundan kalktı. Pek çok insan gibi o da, müzik zevkinin bir insanın derinlerde nasıl birisi olduğunu anlattığına inanırdı.

"Laila Dalseth. Etta James. Billie Holiday." Hayret içinde gülümseyerek bakıyordu. "Edith Piaf. Tanrım, hepsi kadın!" diye bağırdı.

"Öyle mi?"

Sejer, sodayı bardağa boşalttı.

"Hepsi kadın, Konrad. Eartha Kitt. Lill Lindfors. Monica Zetterlund. Bu da kim?"

"En iyilerden birisi. Ama sen bunu bilmek için çok gençsin."

Skarre arkasına yaslandı, sodasını içti ve bardağının tabanını pantolonuna sildi. "Holland ne dedi?"

Sejer gazetenin altından tütün kesesini çıkarıp açtı. Bir kâğıt çıkardı ve sigara sarmaya koyuldu.

"Tanrım!" dedi Skarre şaşırarak. "Siz sigara içiyorsunuz!"

"Günde sadece bir tane. Akşamları. Annie'nin Jensvoll'ün hapse girmiş olduğunu bildiğini söyledi. Belki nedenini de biliyordu."

"Devam edin."

"Ve bakıcılık yaptığı çocuklardan birisi, bir kazada ölmüş."

Skarre el yordamıyla kendi sigarasını buldu.

"Olay kasımda olmuş, yani her şeyin zorlaştığı dönem civarında. Annie artık o eve gitmek istemez olmuş. Hatta onlara çiçek götürmeyi reddetmiş, cenazeye gitmemiş ve çocuk bakmak istememiş. Holland, sadece 14 yaşında ve henüz ölümle baş edecek kadar büyümemiş birisi için, bunu tuhaf bulmamış."

Sejer konuşurken Skarre'ya baktı ve nasıl da dikkat kesildiğini fark etti. "Sonrasında hentbol takımını bırakmış, geçici bir süre için

Halvor'dan ayrılmış ve kendi içine dönmüş. Yani olaylar bu sırayla gelişmiş. Çocuk ölmüş. Annie etrafındaki herkesten uzaklaşmış."

Skarre bir kibrit çaktı ve Sejer'in rulo yaptığı kâğıdın ucunu yalamasını izledi.

"Belli ki çocuğun ölümü trajik bir olaymış; oğlan sadece iki yaşındaymış ve o yaştaki bir ergenin bu tür bir tecrübeyle bu denli sarsılmasını anlayabiliyorum. Annie çocuğu iyi tanıyormuş. Ve anne babasını da. Ama..."

Sigarasını yakmak için duraksadı.

"Yani değişiminin nedeni bu muymuş?"

"Büyük ihtimalle. Ayrıca kansermiş de. Bunu kendisi bilmiyor olsa da, hastalık da onu değiştirmiş olabilir. Ama ben başka bir şey bulmayı umuyordum. Kullanabileceğimiz bir şey."

"Ya Jensvoll?"

"O adamın on bir yıl önce yaşanmış, cezasını çektiği bir tecavüzden sonra sessizliği bozarak birisini öldüreceğine inanmakta güçlük çekiyorum. Tabii eğer şansını tekrar denemiş olmasıyla ilgili bir durum yoksa. Ve işin sarpa sarması... Bir tur atacak zamanın var mı?"

"Tabii ki. Nereye gidiyoruz?"

"Lundeby Kilisesi'ne." Sejer sigarasından derin bir nefes çekti ve uzunca bir süre içinde tuttu.

"Neden orası?"

"Emin değilim. Ortalıkta dolaşıp etrafa bakınmayı seviyorum. Tek neden bu."

"Belki de dışarıdayken daha iyi düşünebiliyorsunuzdur." Skarre zımparalanmış masanın üstündeki mum kalıntısını tırnağıyla kazıdı.

"Her zaman bir insanın bulunduğu yerin düşünme şeklini etkilediğini düşünmüşümdür. Yani asıl sahnedeyken bir şeyi daha iyi anlayabildiğini. İçinde nesnelere dair bir tür farkındalık barındırıyorsan tabii. Ya da nesnelerin anlatacaklarına."

Skarre, "Büyüleyici bir teori," dedi. "Bunu merkezde yüksek sesle söylemeye cüret edebilir misiniz?"

"Bunu yapmayacağımıza dair sessiz bir anlaşmamız var. Bölge savcısı benim inançlarımla ilgilenmiyor. Gerçi asla itiraf etmese de orada olduklarını biliyor elbette ve dikkate alıyor. Bir sessiz anlaşma daha."

Sejer saygılı bir tavırla dumanı üfledi ve yukarı baktı.

"Halvor'un büyükannesi sana başka ne verdi? Yani *lefse* ve çürüme nutku dışında?"

"Bana Halvor'un babası hakkında çok şey anlattı. Çocukken ne denli nazik bir çocuk olduğunu. Ve ne kadar mutsuz bir adama dönüştüğünü."

"Buna inanırım. Hele çocuklarını dövebildiğine göre."

"Ve Halvor'un kendini odasına kapadığını söyledi. Bütün akşam, bazen gecenin geç saatlerine kadar bilgisayar karşısında oturuyormuş."

"Sence ne yapıyor?"

"Hiçbir fikrim yok. Belki günlük falan yazıyordur."

"Öyleyse, o günlüğü okumak isterim."

"Onu buraya bir kez daha getirecek misiniz?"

"Kesinlikle."

Bardaklarını boşaltıp ayağa kalktılar. Dışarı çıkarlarken, Skarre, Elise'in göz alıcı bir gülümseme saçtığı fotoğrafını gördü.

"Eşiniz mi?" diye sordu.

"Çektirdiği son fotoğraf."

"Grace Kelly'ye benziyor," dedi Skarre. "Sizin gibi yaşlı bir huysuz böyle bir güzelliği nasıl kapabildi?"

Sejer bu hadsiz arsızlık karşısında öylesine afallamıştı ki yumuşak bir sesle yanıtlarken neredeyse dili dolandı. "O zamanlar yaşlı bir huysuz değildim."

Araba Lundeby Kilisesi'nin çakıl kaplı yolunu ezerek ilerliyordu. Kilise projektörlerle aydınlatılmıştı ve pembe renkli ışıkta, ezelden beri oradaymış gibi büyük bir vakarla duruyordu. Kilise sadece yüz elli yaşında ve ebediyetin tacında minnacık bir taştı. Araba kapılarını hiç ses çıkarmadan kapayıp aracın yanında durdular ve bir an için kulak kesildiler. Skarre etrafına bakındı, şapele doğru bir adım attı ve ön taraftaki mezar sıralarına doğru yöneldi. Düzenli aralıklarla yerleştirilmiş on beyaz mezar taşı.

"Bu da ne?"

Mezar taşlarını okumak için durdular.

"Askerî mezarlar," dedi Sejer. "İngiliz ve Kanadalı askerler. Almanlar, onları 9 Nisan 1949'ta, buradaki ormanda vurdular. Çocuklar her yıl 17 Mayıs'ta mezarlara çiçek bırakıyorlar. Kızım Ingrid bahsetmişti."

"'Subay Pilot, Kraliyet Hava Kuvvetleri. Kanada, A. F. Le Maistre. Yaş 26. Tanrı verdi. Tanrı aldı.' Bu kadar kısa bir kahramanlık için uzun bir yol katetmiş."

Skarre etrafına bakındı. "Yepyeni üniforması içinde, Kanada'dan onca yolu adalet yanlıları için savaşmak üzere gelmiş. Ve sonra bir ateş açılmış ve ölmüş."

Annie'yi mezarlığın bir kıyısında, geniş bir arpa tarlasının yakınına gömmüşlerdi. Çiçekler solmuş ve çürümeye başlamıştı.

İki polis çiçeklere bakarken, kendi düşüncelerinde kaybolmuştu. Sonra diğer mezar taşlarının üstündeki yazıtları okumaya koyuldular. Sejer aradığını Annie'nin mezarının iki sıra ötesinde buldu. Tepesi yuvarlak, özenle oyulmuş bir yazı vardı. Skarre eğildi ve yazıyı okudu. "Biricik Eskil'imiz mi?"

Sejer başıyla onayladı. "Eskil Johnas. Doğumu 4 Ağustos 1992, Ölümü 17 Kasım 1994."

"Johnas mı? Halı tüccarı mı?"

"Halı tüccarının oğlu. Gırtlağına bir şey tıkanmış ve boğularak ölmüş. Onun ölümünden sonra evlilik dağılmış ki bu çok tuhaf değil, bir hayli yaygın bir durum. Ama Johnas'ın annesiyle yaşayan daha büyük yaşta bir oğlu daha var."

Skarre ellerini ceplerine sokarken, "Duvarlarında oğlanların fotoğrafları vardı," dedi. "Tepedeki şu küçük boşluk da ne?"

"Birisi mezar taşından bir şey çalmış olmalı. Belki bir kuş ya da melek. Çocukların mezarlarında sıkça bulunur."

"Yerine koymamış olmaları tuhaf. Çok narin, küçük bir mezara benziyor. Neredeyse ihmal edilmiş gibi. Sadece yaşlı insanların bu şekilde unutulduklarını sanırdım."

Döndüler ve dört bir yanda mezarlığı çevreleyen tarlalara baktılar. Yakındaki papaz evinin ışıkları, maviye çalan alacakaranlıkta titreyerek oynaşıyordu. "Buraya gelmenin kolay olmadığını tahmin ediyorum. Anne Oslo'da yaşıyor ve mesafe bir hayli uzak."

"Johnas'ın sadece iki dakikasını alır."

Skarre diğer istikamete, Kollen'in aşağısında evlerin ışıldadığı Fagerlund Tepesi'ne baktı.

"Oturma odasının penceresinden kiliseyi görebilir," dedi Sejer. "Evindeyken burayı gördüğümüzü hatırlıyorum. Belki de bu kadarının yeterli olduğunu düşünüyordur."

"Köpekleri yavrulamıştır."

Sejer cevap vermedi.

"Şimdi nereye gidiyoruz?"

"Gerçekten bilmiyorum ama bu küçük adam öldü." Mezara bir kez daha bakarken kaşları çatıldı. "Ve sonrasında Annie farklı birisi oldu. Neden bu kadar etkilensin ki? Enerjisi bol, dayanıklı bir kızmış. Sağlıklı ve normal insanların böyle şeyleri aşabildikleri doğru değil mi? Ölümü en azından aradan belli bir zaman geçtikten sonra kabul edip yaşamak, doğamızda var olan bir şey değil mi?"

Sessizleşti. Kafası biraz karışmış halde diz çöktü ve üstü neredeyse çıplak olan mezarı inceleyerek, dalgın tavırlarla üzerindeki seyrek yeşillikleri düzenlemeye koyuldu.

Skarre, "Yani sağlam karakterine rağmen, bu şekilde davranmış olmasının bir anlamı mı var?" diye sordu.

"Emin değilim. Nereye varmaya çalıştığımı ben de bilmiyorum."

"İnsan nasıl olur da bir mezardan hırsızlık yapar?"

"Anlayamıyor olman iyiye işaret," dedi Sejer ayağa kalkarken.

Arabaya doğru yürümeye koyuldular.

Skarre, "Tanrı'ya inanıyor musunuz?" diye sordu.

Sejer dudaklarını büzdü. "Şey, hayır, inandığımı sanmıyorum. Ben daha çok... bir tür güce inanıyorum," dedi.

Skarre gülümsedi.

"Buna benzer şeyleri daha önce de duydum. Bir güç daha kabul edilebilir bir şey. O güce isim vermenin bizler için bu kadar zor olması garip geliyor. Ama 'Tanrı'nın ciddi anlamda yüklü bir kelime olduğu da ortada. Sizce bu güç bizi nereye yönlendiriyor?"

Sejer, "Güç dedim," dedi. "İrade değil."

"Yani iradesi olmayan bir güce mi inanıyorsunuz?"

"Öyle de demedim. Ben buna basitçe güç diyorum. Bir irade tarafından yönlendirilip yönlendirilmediği ucu açık bir soru."

"Ama sizce de iradesi olmayan bir güç feci can sıkıcı ve bunaltıcı olmaz mı?"

"Hiç pes etmiyorsun değil mi? Yoksa bu kendi inancını itiraf etmek için beceriksizce bir girişim mi?"

"Evet," dedi Skarre.

"Tanrı aşkına. Bilmediğimiz o kadar çok şey var ki." Sejer kısa bir süre bu beklenmedik ifşaat üstüne düşündükten sonra, "İnancı hiçbir zaman anlamamışımdır," dedi.

"Ne demek istiyorsunuz?"

"Yani inanç sahibi olmak için ne gerektiğini anlamıyorum."

"Sadece belli bir tavır meselesi. Hayata karşı, zaman içinde size birtakım yararlar ve neşe getirecek bir tavır belirliyorsunuz. Bu size geçmişle ilintili bir tür bağ hissi veriyor ve hayat ile ölüme, insana güven veren bir anlam yüklüyor."

"Tavır belirlemek mi? Senin ruhunu Tanrı kurtarmamış mıydı yoksa?"

Skarre ağzını açtı ve kıyıyı, ada kayalıklarını ve tuzlu suyu anımsatan bir kahkaha koyverdi. "Her şey aslında çok basitken insanlar işleri karmaşıklaştırıyorlar. Hiçbir şeyi anlamanız gerekmiyor. Önemli olan hissetmek. Anlayış kademeli olarak geliyor."

"O zaman bu tam bana göre," dedi Sejer.

Skarre sırıtarak, "Nereye varmaya çalıştığınızı anlıyorum," dedi. "Tanrı'ya inanmıyorsunuz ama cennetin kapılarını hayal edebildiğiniz ortada. Ve pek çok insan gibi Aziz Petrus'un kitaplarının üstünde uyuyakalmış olacağını ve o fark etmeden içeri süzülebileceğinizi umuyorsunuz."

Sejer içten, ruhunun derinliklerinden bir kahkaha attı ve mümkün olabileceğini hiç düşünemeyeceği bir şey yaptı. Kolunu Skarre'nın omzuna atıp sıktı.

Arabalarına ulaşmışlardı. Skarre ön cama takılmış yapraklı bir dal parçasını çekip çıkardı.

"Ben başka bir kuş alırdım," dedi, "ve mezar taşına adam gibi tuttururdum. Benim çocuğum olsaydı."

Sejer eski Peugeot'yu çalıştırdı ve bir süre sessizce otururken motoru kendi haline bıraktı.

"Ben de."

Halvor hâlâ bilgisayarının başındaydı. Kolay olacağını düşünmemişti çünkü hayatı hiçbir zaman kolay olmamıştı. Aylar alabilirdi ama bu onu korkutmuyordu. Annie'nin okudukları ya da dinledikleri hakkında her şeyin üstünden geçiyor, rastgele isimler ya da bir kitaptan karakter adları, kelime dağarcığının parçası olabilecek belli sözcükler ya da deyimler seçiyordu. Artık hiçbir şey umurunda değildi. Ne televizyon ne de CD çaları. Sessizlikte tek başına oturuyor, vaktinin büyük kısmını geçmişte geçiriyordu. Parolayı bulmak, geçmişte kalmak ve gelecekten kaçınmak için bir bahaneye dönüşmüştü. Zaten artık sabırsızlıkla bekleyeceği bir şey de kalmamıştı. Sadece yalnızlık vardı.

Annie'yle paylaştığı şey, elbette ki devam etmek için fazla iyiydi. Bunu bilmeliydi. Nereye gittiğini ve nasıl sonlanacağını sık sık merak ederdi.

Büyükannesi, evin arka tarafındaki çimleri biçmek, avluyu tırmıklamak ya da belki de barakayı temizlemek türünden faydalı bir şeyler yapması gerektiği gibi birtakım görüşlere sahipti ama hiçbir şey demiyordu. Bu pek çok insanın baharda yaptığı şeydi.

Kıştan kalma çer çöpü atmak... Evin ön tarafındaki çiçek tarhının ayrık otlarından temizlenmeye ihtiyacı vardı. Büyükanne kendisi bahçeye çıkmış ve hindibalar ile ayrık otlarının arasında boğulan lalelerin nasıl öldüğünü görmüştü. Bundan ne zaman bahsetse, Halvor dalgın dalgın kafasını sallıyor ve yaptığı şey her neyse ona geri dönüyordu. Büyükanne zaman içinde, torununun üzerinde çalıştığı şeyin müthiş önemli olması gerektiği sonucuna vararak pes etmişti. Bir hayli çaba harcayarak da olsa spor ayakkabılarının bağcıklarını bağlayabiliyor ve koltuğunun altına sıkıştırdığı değnekle, topallayarak dışarı çıkabiliyordu. Bahçeye pek sık gitmezdi. Markete kadar gitmeyi sadece birkaç güzel günü olduğunda başarabiliyordu. Çürüme yüzünden, kırılmış cesaretiyle koltuk değneğine yaslanıyordu. Bunun sadece onun başına gelen bir şey olmadığı ortadaydı. Her şey –binalar, bahçe– çok gri ve soluk görünüyordu ya da belki de sadece onun görüşü bozuluyordu. Avlu boyunca yalpalayarak ilerledi ve ani bir içeriye bakma dürtüsüne kapılarak barakanın kapısını açtı. Belki de eski bahçe mobilyaları hâlâ kullanılabilir durumdaydı ya da dekor olsun diye evin önüne konulabilirdi. Şirin görünürdü. Diğer herkes bahçe mobilyalarını çoktan çıkarmış olmalıydı. El yordamıyla duvardaki elektrik düğmesini aradı ve ışığı yaktı.

ON

Astrid Johnas'ın Oslo'nun batı yakasında bir yün dükkânı vardı.

Bir örgü makinesinin başında oturuyor ve yumuşak, angoraya benzeyen bir şey –belki de yeni doğmuş bir bebek içindi– üzerinde çalışıyordu. Sejer odanın içinde ilerledi, gırtlağını temizledi ve yüzünde hafifçe tuhaf bir ifadeyle arkasında durup eserine hayran hayran baktı.

Astrid gülümseyerek, "Bir battaniye yapıyorum," dedi. "Bir bebek arabasında kullanılmak üzere. Sipariş üstüne çalışıyorum."

Adam ona, önce biraz şaşkınlıkla baktı. Astrid Johnas, eski kocasından bir hayli büyüktü. Ama daha önemlisi, şaşkınlık uyandıracak kadar güzeldi ve güzelliği bir an için nefesini kesmişti. Onunki Elise'inki gibi nazik ve sade bir güzellik değildi; daha çok ilk bakışta göz çarpan, karanlık bir güzellikti. Elinde olmadan olduğu yerde durup kadını süzmeye devam etti. Parfümünü o sırada, belki de kadın ona doğru harekete geçtiği için, fark etti. Hafif bir vanilyayla, şekerci dükkânı gibi kokuyordu.

"Konrad Sejer," dedi. "Polis teşkilatından."

"Tahmin etmiştim." Astrid Johnas, Sejer'e gülümsedi. "Bazen üniforma giymediğiniz zamanlarda bile ayırt etmenin nasıl bu kadar kolay olabildiğini merak ediyorum."

Sejer kızardı ve polis teşkilatında geçen onca senenin ardından farklı bir duruş ya da giyim tarzı edinmiş olabilir miyim, yoksa bu kadın pek çok insandan daha mı zeki diye merak etti.

Astrid ayağa kalktı ve iş lambasını söndürdü.

"Arka odaya gelin. Öğle yemeğimi yediğim küçük bir ofisim var."

Hareketleri çok kadınsıydı.

"Annie olayı baştan sona o kadar korkunç ki hakkında düşünmek bile istemiyorum. Cenazeye gitmediğim için de çok suçlu hissediyorum ama dürüst olmak gerekirse göze alamadım. Çiçek gönderdim."

Bir sandalyeyi işaret etti. Birden unutulmuş bir duygunun etkisi altına giren Sejer ona bakakalmıştı. Güzel bir kadınla birlikteydi ve odada arkasına saklanabileceği kimse yoktu. Astrid Johnas, aynı şey onun da aklına gelmiş gibi gülümsedi. Ama tavrını değiştirmedi. Ne de olsa her zaman güzel olmuştu.

"Annie'yi iyi tanırdım. Evimizde çok zaman geçirir ve Eskil'le ilgilenirdi. Bir oğlumuzu geçen yıl kaybettik." dedi. "Adı Eskil'di."

"Biliyorum."

"Henning'le görüşmüşsünüzdür. Ne yazık ki olaydan sonra Annie'yle irtibatımız kesildi; artık bize gelmez olmuştu. Zavallıcık. Onun için çok üzülmüştüm. Sadece 14 yaşındaydı ve o yaşta ne diyeceğini bilmek kolay iş değildir."

Sejer ceketinin düğmelerini kurcalarken başını salladı. Küçük ofis birden fazla ısınmıştı sanki.

"Kimin yapmış olabileceği konusunda bir fikriniz var mı?"

"Hayır," dedi Sejer. "Şimdilik sadece bilgi topluyoruz. Taktik safhası dediğimiz safhaya geçip geçemeyeceğimizi sonra göreceğiz."

"Korkarım çok yardımcı olamayacağım." Astrid aşağı, ellerine bakıyordu. "Onu iyi tanırdım. Tatlı bir kızdı, yaşıtı olan pek çok kızdan daha zeki ve nazikti. Asla saçmalamazdı. Sıkı antrenman yapar, formunu korur ve okuluna özen gösterirdi. Ayrıca güzeldi de. Bir erkek arkadaşı vardı, adı Halvor. Ama belki de artık birlikte değildiler."

"Birlikteymişler."

Bir duraksama oldu. Sejer kadının tepkisinin ne olacağını görmek için bekliyordu.

"Öğrenmek istediğiniz nedir?"

Sejer hiçbir şey söylemeden kadını süzdü. İnce, narin bir yapısı ve koyu renk gözleri vardı. Kıyafetleri, dükkânı için ayaklı bir reklam panosuymuş gibi baştan aşağı trikoydu. Düz, dar bir etek ve üzerine oturan ceketten oluşan, yeşil ve hardal rengi biyeli, koyu kırmızı, çekici bir takım. Siyah, kısa topuklu pabuçlar. Sade, düz bir saç kesimi. Kıyafetine uygun kırmızı bir ruj. Kısmen koyu renk saçlarının altına saklanan, bronz, ok ucu biçiminde küpeler. Sejer'den birkaç yaş küçüktü ve göz ile ağız çevresinde ilk ince çizgiler belirmeye başlamıştı. Eski kocasından bir hayli büyük olduğu belli oluyordu. Oğlu Eskil, gençliğinin sonunda dünyaya gelmiş olmalıydı.

"Özellikle aradığım bir şey yok," dedi Sejer. "Demek Annie, Eskil'e bakmak için evinize gelirdi."

"Haftada birkaç kez," dedi Astrid. "Eskil'e başka kimse bakmak istemezdi. İdare etmesi kolay bir çocuk değildi. Sanırım bunu zaten duymuşsunuzdur."

"Evet, bahsi geçmişti," diye yalan söyledi.

"O kadar enerji doluydu ki. Neredeyse anormallik sınırındaydı. Sanırım hiperaktif deniyor. Bilirsiniz işte, bir aşağı bir yukarı dolaşır dururdu. Her zaman huzursuzdu."

Astrid çaresiz sayılabilecek bir kahkaha attı. "Umarım bunun itiraf edilmesi kolay bir şey olmadığını anlıyorsunuzdur. Annie onunla baş edebilen az sayıda insandan birisiydi."

Duraksadı ve birkaç saniye düşündü. "Çok gelirdi. Henning ve ben her zaman o kadar bitap olurduk ki kapıda, yüzünde bir gülümseme ve bebek bakma teklifiyle belirmesi âdeta bir lütuf gibiydi. Eskil pusetine otururdu ve genelde şehre gidip bir şeyler alabilmeleri için biraz para verirdik. Şeker, dondurma ya da ona benzer bir şey. Yoklukları bir ya da iki saat sürerdi; sanırım Annie bilerek ağırdan alırdı. Arada sırada otobüse binip şehre giderler ve bütün gün dönmezlerdi. Kasabada küçük bir trene binerlerdi. Hastanede gece vardiyasında çalışıyordum, bu yüzden benim için çok hoş bir mola olurdu. Bir oğlumuz daha var, Magne. Ama o bir bebek arabası iterek dolaşmak için fazla büyüktü. Her halükârda bunu yapmak istemiyordu. Bu yüzden pek çok erkek çocuk gibi yan çizerdi."

Astrid tekrar gülümsedi ve sandalyesindeki pozisyonunu değiştirdi. Sejer, kadının her hareketinde vanilya kokusunu duyuyordu. Astrid konuşurken gözünü dükkân kapısından ayırmıyordu ama gelen yoktu. Oğlundan bahsetmek onu huzursuz etmişe benziyordu. Gözleri, Sejer'in gözleri dışında her yerdeydi. Çok küçük bir alana kapatılmış bir kuş gibi oradan oraya çırpınıyor, yün raflarından masaya, oradan dükkânın ön tarafına gidip geliyordu.

Sejer, "Eskil öldüğünde kaç yaşındaydı?" diye sordu.

Kadın fısıldayarak, "Sadece 27 aylıktı," derken bir şeyden kaçınır gibiydi.

"Annie'nin ona baktığı sırada mı oldu?"

Astrid kafasını kaldırdı. "Hayır, Tanrı'ya şükür. Sürekli olarak bunun ne büyük bir şans olduğunu söyledim durdum; dayanılmaz olurdu. Zavallı Annie için yeterince kötüydü. Vicdanına bir de bunu yüklemeye ihtiyacı yoktu."

Bir duraksama daha. Sejer olabildiğince hızlı nefes alıp yeni bir yaklaşım denedi.

"Ama... ne tür bir kazaydı?"

"Henning'le konuştuğunuzu sanıyordum," dedi Astrid.

Sejer, "Konuştum," diye yalan söyledi. "Ama detaya girmedi."

"Eskil'in gırtlağına yiyecek bir şey takılmış," dedi. "Ben üst katta yataktaydım. Henning banyoda tıraş oluyormuş ve hiçbir şey duymamış. Ama gırtlağındaki şeyle Eskil çığlık atamazdı zaten. Bir kemerle mama sandalyesine bağlıydı, hani şu onun yaşındaki çocukların kullandığı türden bir şey. Amaç onları korumak. Sandalyesinde oturmuş, kahvaltısını ediyordu."

"O sandalyeleri bilirim. Bir kızım ve bir torunum var," dedi Sejer.

Astrid yutkundu ve devam etti. "Henning onu, mosmor bir suratla kemere asılı halde bulmuş. Ambulansın gelmesi yirmi dakika sürdü ve o zamana kadar hiç umut kalmamıştı."

"Merkezdeki hastaneden mi geldiler?"

"Evet."

Sejer dükkânın ön tarafına baktı ve vitrinde bir kadın gördü. Bayan Johnas'ın vitrinde sergilediği bir kazağı hayranlıkla süzüyordu.

"Yani olay sabah oldu."

"Sabahın erken saatinde," dedi Astrid.

"Ve siz bütün bu süreç boyunca uyuyordunuz, doğru mu?"

Kadın birden Sejer'in gözünün içine baktı. "Annie hakkında konuşmak istediğinizi sanıyordum."

Sejer, "İstiyorsanız, Annie hakkında bir şeyler söyleyebilirsiniz," derken göğsünde bir sancı hissetti.

Ama Astrid hiçbir şey söylemedi. Sırtını dikleştirdi ve kollarını göğsünde kavuşturdu.

"Anladığım kadarıyla Krystallen'da yaşayan herkesle görüşmüşsünüz."

"Evet, görüştük."

"Yani bütün bunları zaten biliyorsunuz."

"Evet, bu doğru. Ancak beni endişelendiren, Annie'nin kazaya verdiği tepki," dedi. "Ve bu kadar güçlü tepki vermiş olması."

"O kadar tuhaf olmasa gerek," derken Astrid'in sesi keskinleşmişti. "İki yaşındaki bir çocuğun bu şekilde ölmesi. Çok iyi tanıdığı bir çocuğun. Birbirlerine çok bağlıydılar ve Annie onunla baş edebilen tek kişinin kendisi olmasından gurur duyuyordu."

"Sanırım o kadar da tuhaf değil. Ben sadece Annie'nin kim olduğunu çözmeye çalışıyorum. Nasıl birisi olduğunu."

"Size söyledim. İşbirliğinden kaçınmaya çalışmıyorum ama bu konuda konuşmak gerçekten çok zor." Bir kez daha doğrudan Sejer'e baktı. "Ama aradığınız bir cinsel taciz suçlusu, değil mi?"

"Emin değilim."

"Değil misiniz? Annie çıplak bulunduğu için, ilk anda tahminim bu oldu. Bilirsiniz, gazeteleri okuduktan sonra, zaten her zaman seksten bahsederler." Şimdi parmaklarını ovalarken yanakları pembeleşmişti. "Başka ne olabilir ki?"

"Soru da bu ya. Bildiğimiz kadarıyla, düşmanı yoktu. Ancak gerekçe seks değilse, o zaman neydi? Soru bu."

"O tür insanlar, büyük olasılıkla çok mantıklı değildirler. Demek istediğim, deli insanlar. Biz diğerleri gibi düşünmezler."

"Ne kadar deli olabileceği konusunda hiçbir fikrimiz yok. Kocanızla ne kadar süre evli kaldınız?"

Astrid Johnas irkildi. "On beş yıl. Evlendiğimizde Magne'ye hamileydim." Sejer'i şaşırtmış olabileceğini düşündüğü bir şeyi doğrulamak ister gibi "Henning, benden bir hayli gençtir," dedi. "Aslında Eskil uzun tartışmaların sonucuydu ama tamamen hemfikirdik. Gerçekten öyleydik."

"Üzerinde düşünüp verdiğiniz bir karar mıydı?"

"Evet." Astrid sanki orada ilgi çekici bir şey varmış gibi gözlerini tavana dikti.

"Yani büyük oğlunuz artık on yedisine geliyor, öyle mi?"

Kadın başını salladı.

"Kocanızla irtibatta mı?"

Astrid ona hoşnutluktan uzak bir bakış attı. "Tabii ki. Eski arkadaşlarını ziyaret etmek için sık sık Lundeby'a gider. Ama bizim için her zaman kolay olmuyor. Yaşanan onca şeyden sonra."

"Eskil'in mezarına sık sık gider misiniz?"

"Hayır," dedi. "Ama Henning bakımını yapıyor. Benim için çok zor. İyi bakıldığını bildiğim sürece, katlanabilirim."

Sejer ihmal edilmiş mezarı düşündü. Sonra kapı açıldı ve içeri genç bir adam girdi. Bayan Johnas kafasını kaldırıp baktı.

"Magne! Buradayım!"

Sejer döndü ve Astrid'in oğlunu inceledi. Çok daha ağır bir cüsseye sahip olmasına rağmen, babasıyla büyük benzerlik taşıyordu. Kapıda duraksadı; belli ki konuşmaya isteksizdi. Kaskatı ve mesafeli ifadesi, siyah saçları ve kollarının üst kısmındaki şişkin kaslarıyla uyum içindeydi.

"Gitmeliyim, Bayan Johnas," dedi Sejer ayağa kalkarken. "Bir ara yine uğramak zorunda kalırsam, beni affedin."

Anneyi ve oğlunu başıyla selamlayarak çıkıp gitti. Bayan Johnas uzunca bir süre dedektifin arkasından baktı ve sonra oğluna sıkıntılı bir bakış attı.

"Annie'nin ölümünü araştırıyor," dedi. "Ama tek yaptığı Eskil'den bahsetmek oldu."

Sejer dükkânın önünde kısa bir an duraksadı. Girişin yakınına bir motosiklet park edilmişti. Belki de Magne Johnas'a aitti. Büyük bir Kawasaki. Genç bir kadın, motosiklete dayanmış duruyordu. Tırnaklarına konsantre olduğu için Sejer'i fark etmemişti. Belki de içlerinden birini kırmıştı ve kırık yerini başka bir tırnağıyla törpüleyerek kurtarmaya çalışıyordu. Metal zımbalarla kaplı, kırmızı, kısa bir deri ceketi ve Sejer'e melek saçını –çocukluğunda Noel ağacına koydukları türden– anımsatan sarı bir saç bulutu vardı. Kafasını kaldırdı. Sejer gülümseyerek ceketini düzeltti.

"Merhaba, Sølvi," dedi ve sokağın karşı tarafına yürüdü.

Düşüncelerini düzenli bir sıraya koymaya çalıştığı için çok yavaş gidiyordu. Eskil Johnas. Sadece Annie'nin baş edebildiği zor bir çocuk. Aniden, sandalyesine bağlı halde, yanında ona yardım edecek kimse olmadan ölmüştü. Kendi torununu düşündü ve Lundeby çıkışından sapıp Halvor'un evine yönelirken, elinde olmadan ürperdi.

Halvor Muntz mutfakta, spagettiyi soğuk sudan geçirmekle meşguldü. Yemek yemeyi sürekli unutuyordu. Sersem haldeydi ve gece aldığı uyku ilaçları kendini ağır ve hantal hissetmesine neden olmuştu. Su hızlı aktığı için, dışarıda park eden arabayı duymadı. Ama büyükannesinin kapıyı çarptığını, kendi kendine bir şeyler mırıldandığını ve siyah çizgili Nike'larını yere sürterek yürüdüğünü duydu. Komik görünüyordu. Tezgâhın üstünde bir şişe ketçap ve bir kâse rendelenmiş peynir duruyordu. Tuz eklemeyi unuttuğunu fark etti. Büyükannesi oturma odasında homurdanıyordu.

"Bak barakada ne buldum, Halvor!"

Bir şey gürültüyle yere düştü. Halvor odadan içeri baktı.

"Eski bir okul çantası," dedi büyükannesi. "İçinde kitaplar var. Eski ders kitaplarına bakmak çok eğlenceli. Sakladığını bilmiyordum."

Halvor ileri doğru iki adım attı ve birden durdu. Çantanın sapında üstünde Coca-Cola reklamı olan bir şişe açacağı asılıydı.

"Annie'nin çantası," diye fısıldadı.

Bir tükenmez kalem çantanın derisinden mürekkep sızdırmış ve fermuarlı bölümün tabanında küçük lekelere neden olmuştu.

"Burada mı bırakmıştı?"

"Evet," dedi hızla. "Şimdilik odama koyayım, sonra Eddie'ye götürürüm."

Büyükannesi ona baktı ve kırışıklarla dolu yüzüne kaygılı bir ifade yayıldı. O anda loş holde tanıdık bir yüz belirdi. Halvor yüreğinin ağzına geldiğini hissetti ve elinde tek askısından tuttuğu çantayla, donup kalmış gibi olduğu yerde durdu.

"Halvor," dedi Sejer. "Benimle gelmen gerekecek."

Halvor sallandı ve düşmemek için yana doğru bir adım atmak zorunda kaldı. Tavan üstüne geliyordu ve yakında yerle arasında ezilecekti.

"Geçerken Annie'nin çantasını da evine bırakabilirsin," dedi büyükannesi gergin bir sesle. Parmağında fazla büyük duran alyansını çevirip duruyordu. Halvor yanıt vermedi. Oda etrafında dönüyor ve orada, elinde çantayla titreyerek dururken, her yanından ter fışkırıyordu. Annie içindekileri çıkardığı için çok ağır değildi.

İçinde, Sigrid Undset'in yeni biyografisi, *Her Kadın Gibi* bir defter ve içinde Halvor'un yanık tenli ve yakışıklı göründüğü –saçlarının güneşten açıldığı– bir önceki yazdan kalma bir fotoğrafının da olduğu cüzdanı vardı. Şimdiki alnı ter içinde ve korkudan tebeşir beyazına dönmüş haline hiç benzemiyordu.

Hava gergindi. Normalde akışa uymakta ve yoluna her ne çıksa kabullenmekte güçlük çekmezdi. Ama şimdi kendini hazırlıksız yakalanmış hissediyordu.

Sejer, "Bunun gerekli olduğunun farkında mısın?" dedi.

"Evet."

Halvor tek bacağını kaldırdı ve spor ayakkabısına, lime lime olmuş bağcığına ve kenarlarından açılmaya yüz tutmuş tabanına baktı.

"Annie'nin okul çantası evinin arkasındaki barakada bulundu ve bu, seninle cinayet arasında doğrudan bir bağ kurulması demek. Ne dediğimi anlıyor musun?"

"Evet. Ama yanılıyorsunuz."

"Annie'nin erkek arkadaşı olduğun için, şüpheliydin. Sorun seni hiçbir şeyle suçlayamamamızdı. Ama şimdi büyükannen, bu işi bizim için yapmış oldu. Kolayca hareket edemediği için, bunu beklemiyordun herhalde, Halvor. Birdenbire barakayı temizlemeye karar veriyor. Bunun olacağına kim inanırdı ki?"

"Nereden bulduğu konusunda hiçbir fikrim yok. Barakada buldu, tek bildiğim bu."

"Köpük bir yatağın arkasında."

Halvor'un yüzü her zamankinden daha asık ve solgundu. Zaman zaman ağzının kasılı tarafı, uzunca zaman sonra kendini koparıp atmak istiyormuş gibi seğiriyordu.

"Birisi beni tuzağa düşürmeye çalışıyor."

"Ne demek istiyorsun?"

"Çantayı oraya birisi koymuş olmalı. Önceki gece penceremin önünde birisinin dolaştığını duydum."

Sejer üzgün bir ifadeyle gülümsedi.

"Haydi devam edin, dudak bükün," dedi Halvor. "Ama doğru. Çantayı oraya birisi koydu, suçu benim üstlenmemi isteyen, Annie'yle benim birlikte olduğumuzu bilen birisi. Yani tanıdığı birisi olsa gerek, öyle değil mi?"

Başdedektife inatçı bakışlarını dikti.

"Hep katilin onu tanıdığını düşündüm," dedi Sejer. "Çok iyi tanıdığını. Belki de senin kadar iyi."

"Ben yapmadım! Dinleyin beni! Ben yapmadım!"

Alnını sildi ve sakinleşmeye çalıştı.

"Konuşmamız gereken, gözümüzden kaçmış birisi olduğunu mu düşünüyorsun?"

"Hiçbir fikrim yok!"

"Mesela yeni bir erkek arkadaş?"

"Başkası yoktu."

"Nasıl bu kadar emin olabiliyorsun?"

"Bana söylerdi."

"Kızların bir başkasına kapıldıkları anda koşarak itiraf etmeye geldiklerini mi sanıyorsun? Kaç kız arkadaşın oldu, Halvor?"

"Bana söylerdi. Annie'yi tanımıyorsunuz."

"Hayır, tanımıyordum. Ve sıradışı bir kız olduğunu fark ediyorum. Ama onun da diğer kızlarla ortak yanları olmalıydı, öyle değil mi, Halvor. Birkaç ortak yan en azından."

"Ben başka kız tanımıyorum."

Koltuğunda huzursuzca kıpırdandı. Ayakkabısının kumaşı ile tabanı arasına parmağını soktu ve çekiştirerek ikisini birbirinden ayırmaya başladı.

"Neden çantanın üstünde parmak izi aramıyorsunuz?"

"Tabii ki arayacağız. Ama parmak izlerini silip temizlemek zor bir iş değil. Senin ve büyükanneninki dışında tek bir iz bulamayacağımız yönünde güçlü bir şüphem var."

"Çantaya daha önce dokunmadım. Bugüne kadar."

"Göreceğiz. Çantayı bulmak bize motosikletini, donanımını ve kaskını daha yakından incelemek için sebep verdi. Ve yaşadığın evi. Devam etmeden önce bir ihtiyacın var mı?"

"Hayır."

Ayakkabısındaki delik artık bir hayli büyümüştü. Elini çekti.

"Bu akşam burada kalmam gerekiyor mu?"

"Korkarım. Duruma objektif bakarsan seni burada tutmam gerektiğini anlarsın."

"Ne kadar tutacaksınız?"

"Henüz bilmiyorum."

Masanın karşı tarafından çocuğun yüzüne baktı ve taktik değiştirdi.

"Bilgisayarında ne yazıyordun, Halvor? Her gün, eve adım attığın andan geceyarısına kadar, saatlerce ekran karşısındasın. Bana ne yaptığını söyleyebilir misin?"

Halvor kafasını kaldırdı. "Beni gözetliyor muydunuz?"

"Bir anlamda. Son zamanda çok insanı gözetliyoruz. Günlük mü tutuyorsun?"

"Sadece oyun oynuyorum. Satranç mesela."

"Kendi kendine mi?"

"Meryem Ana'yla," dedi.

Sejer gözlerini kırpıştırdı. "Bana bildiklerini söylemeni tavsiye ederim. Benden bir şey saklıyorsun, Halvor, bundan eminim. İki kişi miydiniz? Birisini korumaya mı çalışıyorsun?"

Halvor sessiz kaldı.

"Sonunda seni suçlayacak olursak, bilgisayarına el koymamız gerekebilir."

"Durmayın," dedi Halvor aniden gülümseyerek. "Ama girmeyi başaramazsınız."

"Giremez miyiz? Ama neden?"

Halvor konuşmayı kesti ve spor ayakkabılarıyla uğraşmaya devam etti.

"Parola koyduğun için mi?"

Ağzı kurumuştu ama bir kola için yalvarmak istemiyordu. Evdeki buzdolabında bir Vørter birası vardı; oturup onu düşündü.

"Kimsenin bulmamasını sağladığına göre, sanırım içinde önemli bir şey vardı."

"Eğlence olsun diye yaptım."

"Bana tek satırdan uzun cevaplar verebilir misin, Halvor?"

"Önemli bir şey yok. Sıkıldığım zaman karaladığım birkaç şey."

Sejer ayağa kalktı. Sandalyesi muşamba zeminde hiç ses çıkarmadan geri kaydı.

"Susamış gibisin. İkimize birer kola getireyim."

Sejer çıktı ve ofis Halvor'un üstüne kapandı. Artık ayakkabısında gerçek bir delik vardı ve pis tenis çorabına bakıyordu. Çok uzaktan bir siren sesi duydu ama ne tür bir acil durum aracından geldiğini ayırt edemedi. Onun dışında binada sürekli bir uğultu vardı; sinemalarda filmin başlamasından hemen önceki ses gibi. Sejer iki şişe ve bir açacakla geri döndü.

"Pencereyi biraz açacağım. Tamam mı?"

Halvor başını salladı. "Ben yapmadım."

Sejer iki plastik bardak buldu ve kolayı boşalttı. Kenarlarından köpük taştı.

"Yapmam için bir neden yoktu."

"Bunu yapma nedenin benim için ilk bakışta net değil." Sejer iç geçirdi ve kolasından bir yudum içti. "Ama bu, bir nedenin olmadığı anlamına gelmez. Bazen duygularımız bizden kaçar, genelde basit cevap budur. Hiç başına geldi mi?"

Halvor yanıt vermedi.

"Kolleveien'deki Raymond'ı tanıyor musun?"

"Down sendromlu çocuk mu? Arada sırada sokakta görürüm."

"Evine hiç gittin mi?"

"Önünden geçtim. Tavşanları var."

"Hiç konuştunuz mu?"

"Asla."

"Annie'nin koçu olan Knut Jensvoll'ün tecavüzden hapis yattığını biliyor muydun?"

"Annie bahsetmişti."

"Başka kimse biliyor muydu?"

"Hiçbir fikrim yok."

"Eskiden bebek bakıcılığı yaptığı küçük oğlanı tanıyor musun? Eskil Johnas?"

Şimdi irkilip başını kaldırmıştı. "Evet! Öldü o!"

"Bana ondan bahset."

"Neden?"

"Sadece söylediğimi yap."

"Şey, tatlıydı... ve eğlenceli."

"Tatlı ve eğlenceli mi?"

"Enerji doluydu."

"Zor muydu?"

"Biraz, belki. Olduğu yerde durmuyordu. Sanırım bunun için bir ilaç alıyordu. Sürekli sandalyesine, pusetine bağlanması gerekiyordu. Annie ona bakarken birkaç kez onunla gittim. Eskil'le baş edebilen tek insan oydu. Ama biliyorsunuz, Annie..."

Bardağını boşalttı ve ağzını sildi.

"Eskil'in anne babasını tanır mıydın?"

"Kim olduklarını biliyorum."

"Ya büyük oğullarını?"

"Magne mi? Tipini biliyorum."

"Annie'ye ilgi gösterdiği oldu mu?"

"Sadece alışıldık bir ilgi. Annie geçerken uzun uzun bakardı."

"Bu konuda ne düşünüyordun, Halvor? Diğer erkeklerin kız arkadaşını baştan aşağı süzmesi konusunda."

"Öncelikle, alışıktım. Ayrıca Annie ilgilenmediğini onlara belli ederdi."

"Ama yine de bir başkasıyla gitti. Ortada bir istisna var, Halvor."

"Farkındayım."

Halvor yorgundu. Gözlerini yumdu. Ağzının kenarındaki yara izi, lambanın ışığında gümüş bir sicim gibi parlıyordu. "Annie hakkında anlamadığım çok şey vardı. Bazen hiç sebepsiz sinirlenirdi ya da bir şeyden gerçekten rahatsız olurdu. Ve sorunun ne olduğunu sorarsam daha beter olurdu; bu dünyadaki her şeyi anlamanın her zaman kolay olmadığını söyleyip bana çıkışırdı."

Nefesi kesilmiş gibi durdu.

"Yani içinde bir şeyler bildiğine dair bir his var. Bir şeyin onu rahatsız ettiğine dair."

"Bilmiyorum. Sanırım. Annie'ye kendimle ilgili çok şey anlattım. Hemen her şeyi. Bu yüzden birisine açılmanın tehlikeli olmadığını bilmesi gerekirdi."

"Ama senin paylaştıkların tam olarak yeri göğü sarsıcı cinsten olamazdı. Belki de onunkiler daha kötüydü."

Hiçbir şey daha kötü olamaz. Dünyadaki hiçbir şey.

"Halvor?"

Gözlerini yeniden açarken kısık sesle, "Bir şey vardı," dedi. "Bir şey Annie'yi mühürlü bir kutudan daha sıkı kilit altında tutuyordu."

ON BİR

Bir şey Annie'yi mühürlü bir kutudan daha sıkı kilit altında tutuyordu.

Bu öylesine hassas kurulmuş bir cümleydi ki Sejer inandığını fark etti. Ya da sadece inanmak istiyordu. Her halükârda... ortada saklanmış okul çantası vardı. Halvor'un bir şeyi gizlediğine dair güçlü bir his. Sejer önünde uzanan kaldırıma bakarken zihnindeki sayısız düşünceyi düzenlemeye çalıştı. Annie başka insanların çocuklarına bakmayı seviyordu. Bakmayı tercih ettiği çocuk, özellikle zor bir çocuktu ve ölmüştü. Hiçbir zaman kendi çocukları olmayacaktı; yeterince uzun yaşamayacaktı. Zaman zaman çıkıştığı bir erkek arkadaşı vardı; ondan ayrılmış, sonra tekrar barışmıştı. Ne istediğini bilmiyormuş gibi. Bu gerçekler dizisi arasında bariz bağlantılar kuramıyordu.

Ellerini ceplerine soktu, otopark boyunca yürüyüp arabasına bindi ve dikkatle sokağa çıktı. Sonra komşu ilçeye, Halvor'un çocukluğunun –daha doğrusu olmayan çocukluğunun– geçtiği bölgeye doğru yol almaya başladı. O zamanlar ilçe polis teşkilatı eski bir villadan ibaretti ama onu yeni bir alışveriş merkezinde, bir Rimi süpermarketi ile bir kamu gelirleri ofisi arasına sıkışmış halde buldu. Bir süre resepsiyon bölümünde bekledi. İlçe polis şefi odaya girdiğinde, kendi düşüncelerinde kaybolmuş haldeydi. Ona solgun, lekeli bir el uzatıldı. Memur kırklarının sonunda, zayıf, teninde ve kafa derisinde bir miktar renk kaybı olan, mavi-yeşil gözlerinde saklamaya pek gerek görmediği bir merak barındıran birisiydi. Ve tamamen yardıma hazırdı. Şehirden bir başdedektif her gün ziyaretlerine gelmiyordu. Çoğu zaman, dünyanın geri kalan kısmı onları unutmuş gibi gelirdi.

Sejer memuru koridor boyunca takip ederken, "Vakit ayırmanız büyük incelik," dedi.

"Bir cinayetten bahsetmiştiniz. Annie Holland mıydı?"

Sejer başını salladı.

"Davayı gazetelerden takip ediyorum. Burada olduğunuza göre, dikkatinizin benim tanıyacağımı düşündüğünüz birisinin üstünde toplandığını tahmin ediyorum."

Koltuklardan birini işaret etti.

"Şey, evet, bir anlamda. Gözaltına aldığımız birisi var. Henüz bir delikanlı ama evinde bulduğumuz bir şey bize onu tutuklamaktan başka seçenek bırakmadı."

"Ve aslında o başka seçeneği tercih ederdiniz, öyle mi?"

"Onun yaptığını sanmıyorum." Sejer kendi ağzından dökülen kelimelere gülümsedi.

"Anlıyorum, bazen böyle oluyor."

Memurun sesinde en ufak bir ima yoktu. Açık pembe ellerini kavuşturup bekledi.

"1992'de burada, ilçenizde bir intihar vakası olmuş. Sonucunda iki erkek kardeş Bjerkeli Çocuk Evi'ne gönderilmiş ve anne Merkez Hastanesi'nin psikiyatri koğuşuna yatırılmış. 1976 doğumlu Halvor Muntz hakkında bilgi arıyorum. Torkel ve Lilly Muntz'un oğlu."

Memur ismi tanımıştı ve daha o anda kaygılanmışa benziyordu.

"Davayla siz ilgilenmiştiniz, değil mi?"

"Evet, ne yazık ki öyle. Genç bir polis memuruyla birlikte. Ağabey, Halvor beni evden aramıştı. Olay gece olmuştu. Tarihi anımsıyorum, 13 Aralık, çünkü kızım o gün okul müsameresinde Aziz Lucy rolünü almıştı. Tek başıma gitmek istemediğim için yeni başlayan bir memuru yanımda götürdüm. Halvor'un ailesi söz konusu olduğunda, ne bulacağımızı asla bilemezdik. Eve gittiğimizde anneyi oturma odasındaki kanepede, bir battaniyenin altına sinmiş halde bulduk. İki oğlan üst kattaydı. Halvor tek kelime etmedi. Yatakta, yanında küçük kardeşi vardı ve çocuk gözlerini bile açmıyordu. Her taraf kan içindeydi. Çocukları kontrol ettik ve hâlâ hayatta olduklarını görünce rahat bir nefes aldık. Sonra aramaya başladık. Baba eski, kokuşmuş bir uyku tulumunun içinde yatıyordu. Kafasının yarısı havaya uçmuştu."

Durdu. Sejer görüntüleri, memurun göz bebeklerinden dışarı fırlamaya hazır gölgeler gibi görebiliyordu.

"Çocuklardan bir şey öğrenmek kolay değildi. Birbirlerine yapışmışlardı ve tek kelime dahi etmeyi reddediyorlardı. Ancak yoğun ikna çabaları sonucunda, Halvor babasının sabahtan beri aşırı miktarda içmekte olduğunu ve kendini korkunç bir öfke nöbetine soktuğunu anlattı. Tutarsızca söylenirken evde ne var ne yok indirmeye başlamış. Çocuklar günün büyük kısmını dışarıda geçirmişler ama gece olunca hava soğuduğu için eve girmek zorunda kalmışlar. Halvor uyandığında babasını, elinde bir ekmek bıçağıyla yatağın üstüne eğilmiş halde bulmuş. Halvor'u bir kez bıçaklamış ve sonra aklı başına gelir gibi olmuş. Dışarı fırlamış ve Halvor bir kapının çarpıldığını işitmiş. Sonrasında babalarının barakanın kapısıyla uğraştığını ve ardından kapıyı çarparak kapadığını duymuşlar. Evin arkasında şu eski tip ahşap barakalardan vardı. Bir süre sonra bir silah sesi duymuşlar. Halvor gidip bakmaya cesaret edememiş, parmaklarının ucunda oturma odasına gidip beni aramış. Ama ne olduğunu tahmin etmiş. Bize babasıyla ilgili bir sorun olmasından korktuğunu söyledi. Çocuk Esirgeme Kurumu senelerce bu çocukların velayetini almak için uğraşmış ama Halvor hep karşı çıkmıştı. O geceden sonra, itiraz etmedi."

"Olayı nasıl karşıladı?"

Memur ayağa kalktı ve odanın içinde dolaşmaya başladı. Gergin ve sıkıntılı görünüyordu. Sejer'in sessizliği doldurmaya hiç niyeti yoktu.

"Ne hissettiğini anlamak güçtü. Halvor çok içine kapanık bir çocuktu. Ama dürüst olmak gerekirse, bu kesinlikle çaresizlikten değildi. Daha çok kararlılıktı, belki de nihayet yeni bir hayata başlayabileceği içindi. Babasının ölümü bir dönüm noktasıydı. Rahatlama yaratmış olsa gerek. Çocuklar sürekli korku içinde yaşıyor ve ihtiyaç duydukları şeyleri edinemiyorlardı."

Memur sustu ve sırtı dönük halde durup Sejer'in sorularını bekledi. Ne de olsa, o yardım istemeye gelmiş başdedektifti. Ancak Sejer hiç kıpırdamadı. Polis şefi sonunda ona döndü.

"Bazı şeyleri ancak daha sonra düşünmeye başladık." Koltuğuna geri döndü. "Baba bir uyku tulumunun içindeydi, ceketini ve botlarını çıkarmış, kazağını rulo yapıp kafasının altına yerleştirmişti. Demek istediğim, gerçekten uyumaya hazırlanır gibiydi. Şeye değil..." dedikten sonra bir nefes aldı. "Ölmeye. Sonsuzluk yolunda ona birisinin yardım etmiş olabileceği kafamıza neden sonra dank etti."

Sejer gözlerini yumdu. Tek kaşının üstündeki bir noktayı sertçe ovaladı ve kurumuş bir deri parçasının düştüğünü hissetti.

"Halvor'u mu kastediyorsunuz?"

"Evet," dedi memur tatsız bir sesle. "Halvor'u kastediyorum. Halvor babasını takip edip uykuya dalışını izlemiş, tabancayı uyku tulumunun içine sokup ellerinin arasına yerleştirmiş ve tetiği öyle çekmiş olabilir."

Bu bilgi Sejer'in kanını dondurmuştu.

"Ne yaptınız?"

"Hiçbir şey."

Memur ellerini çaresiz bir tavırla havaya kaldırdı. "Hiçbir şey yapmadık. Halvor'u olaya bağlayacak hiçbir şey bulamadık. Somut bir şey. Yara, tipik intihar yarasıydı. .16 kalibrelik bir tabanca, yakından ateş almıştı. Giriş yarası çene altında ve çıkış kafatasının tepesindeydi. Silahın üstünde başka hiçbir parmak izi yoktu. Ya da barakanın dışında şüpheli ayak izleri. Sizin aksinize bizim bir şansımız vardı. Ama sanırım siz buna başka bir isim de verebilirsiniz. Görev ihlali ya da ciddi yanlış değerlendirme."

"Büyük olasılıkla daha kötü şeyler de düşünebilirdim." Sejer gülümsedi. "Tabii isteseydim. Ama onunla konuştunuz, değil mi?"

"İkisini de sorgulama için buraya getirdik ama hiçbir yere varamadık. Küçük kardeş sadece altı yaşındaydı, hiçbir şeyden haberi yoktu ve zamanlamayı onaylaması ya da yalanlaması imkânsızdı. Anne gırtlağına kadar Valium yüklüydü ve komşuların hiçbiri silah sesini duymamıştı. Evleri bir hayli ıssız bir konumdaydı. Eskiden bakkal olan korkunç bir yer. Dik taş basamakları ve kapının iki yanında kocaman iki penceresi olan tuğla bir bina."

Polis şefi elini burnuna sürttü; gerginliğini belli eden bir hareketti bu.

"Ama neyse ki bir dizi aksi gösterge vardı."

"Ne gibi?"

"Tetiği çeken Halvor olsaydı, silah göğsüne bastırılmış ve namlu çenesine doğrultulmuş halde babasının yanına uzanması gerekirdi. On beş yaşında, yanağı boydan boya kesik bir çocuk bunu net bir dimağla düşünebilir miydi?"

"İmkânsız değil. Seneler boyunca bir psikopatla aynı evde yaşayan bir insan pek çok numara öğrenmek zorunda kalır. Halvor zeki bir çocuk."

"Sevgililer miymiş? Halvor ve şu Holland'ların kızı?"

"Bir anlamda," dedi Sejer. "Teoriniz beni pek mutlu etmedi ama dikkate almam gerekecek."

"Yani ortaya dökecek misiniz?"

"Bana dava dosyasının bir kopyasını verebilseniz harika olurdu. Ama bunca zaman sonra herhangi bir şeyi ispat etmek büyük olasılıkla imkânsız olacaktır. Endişelenmeniz için bir neden olduğunu sanmıyorum. Kendim de ilçe polis teşkilatında çalıştım. Nasıl olduğunu bilirim. İnsanlara fazla bağlanırsınız."

Polis şefi üzgün gözlerle pencereden dışarı bakıyordu.

"Büyük olasılıkla, size bunu anlatarak Halvor'u zor duruma düşürdüm. Daha iyisini hak ediyordu. O tanıdığım en düşünceli çocuk. Onca sene boyunca annesi ve kardeşine baktı ve şimdi yaşlı Bayan Muntz'la yaşadığını ve ona baktığını duydum."

"Bu doğru."

"Demek sonunda bir kız arkadaşı da olmuştu. Ve şu sona bakın. Nasıl peki? Sorunlardan uzak durmayı başarıyor mu?"

"Evet, başarıyor. Ama belki de hayattan tekrarlı felaketlerden başka bir şey beklemiyordu."

Memur, doğrudan Sejer'in gözlerinin içine bakarak, "Eğer babasını o öldürmüşse," dedi, "nefsi müdafaaydı. Bütün ailesini kurtardı. Ya o ya diğerleri olacaktı. Başka bir nedenden öldürmüş olabileceğine inanmakta güçlük çekiyorum. Bu yüzden bu kanıtı, hiçbir zaman tam olarak çözemediğimiz bir olayı, aleyhine kullanmak adil olmaz. Ben kendi adıma sorunu onu beraat ettirerek çözdükten ve suçsuz kabul ettikten sonra."

Elini ağzının üstünde dolaştırdı. "Zavallı Lilly, Torkel Muntz'a evet derken ne yaptığını bilmiyordu. Benden önce burada görevli polis şefi babamdı ve daha onun zamanında bile Torkel'le ilgili sorunlar yaşanırdı. Tam bir baş belasıydı ama yakışıklı herifti. Ve Lilly de çok hoştu. Ayrı olsalar, dünyada kendilerine birer yol çizebilirlerdi. Ama bazı kombinasyonlar pek uygun olmuyor işte, sizce de öyle değil mi?"

Sejer kafasını salladı. "Bugün geç saatlerde bir departman toplantısı yapacağız ve suçlamaları değerlendirmemiz gerekecek. Korkarım..."

"Evet?"

"Korkarım, ekibi onu salıvermeye ikna edemeyeceğim. Bu olaydan sonra."

*

Holthemann raporun sayfalarını karıştırdı ve sonuçları gözlerinin tek bir bakışıyla zorla elde etmek ister gibi onlara ciddi bir bakış attı. Departman müdürü hiç kimsenin keskin bir zekâya sahip olduğundan ya da Rimi süpermarketinin kasa sırasında yüksek rütbeli bir işi olduğundan şüphe etmeyeceği bir adamdı. Ölü çimenler gibi kuru ve griydi, parlak, terli ve kelleşmiş bir kafası ile çift odaklı gözlüklerinin arkasında ihtiyatlı bakışları vardı.

"Ya Kollevien'deki eleman?" dedi. "Onu ne kadar derinlemesine araştırdınız?"

"Raymond Låke mi?"

"Cesedin üstünde bulunan anorak onunmuş. Ve Karlsen, hakkında birtakım dedikodular olduğunu söylüyor."

"Ortada bolca dedikodu var," dedi Sejer. "Siz hangi dedikodulardan bahsediyorsunuz?"

"Ortalıkta kızlara ağzının sularını akıtarak dolaştığı dedikodusu. Ayrıca babasıyla ilgili söylentiler de var. Hiçbir sorununun olmadığı, sürekli porno dergileri okuyarak yattığı ve oğlunu oradan oraya koşturduğuna dair. Belki de Raymond da çaktırmadan dergileri okuyup ilham alıyordur."

"Ben aradığımız kişinin kesinlikle yerel halktan olduğunu düşünüyorum. Ve bizi yanlış yönlendirmeye çalıştığını."

"Halvor'a inanıyor musun?"

"İnanıyorum. Ayrıca Raymond'ın bahçesinde boy gösteren ve onu, gördüğü arabanın kırmızı olduğuna ikna eden kimliği belirsiz bir şahıs var."

"Bir hayli zorlama bir hikâye. Belki sadece bir dağ yürüyüşçüsüydü. Raymond kıvrak zekâya sahip birisi değil, değil mi?"

Sejer dudağını ısırdı. "Raymond'ın böyle bir hikâye uyduracak kadar zeki olduğunu sanmıyorum. Sanırım birisi onunla gerçekten konuşmuş."

"Ve bu birisi, sözüm ona Halvor'un penceresinin etrafında da dolanan kişi. Ve Annie'nin çantasını barakaya koyan."

"Mümkün, evet."

"Bu kadar saflık sana göre değil, Konrad. Yoksa bir öküz kafalı ve bir yeni yetmenin cazibelerini kullanarak seni alt etmelerine izin mi veriyorsun?"

Sejer kendisini çok rahatsız hissediyordu. Siteme maruz kalmaktan hoşlanmıyordu ama belki de içgüdülerinin gerçekleri gölgelemesine izin veriyordu. Halvor, kurbana en yakın kişiydi. Onun erkek arkadaşıydı.

Holthemann, "Halvor sana detay verdi mi?" diye sordu. Koltuğundan kalktı ve masanın üstüne oturdu. Böylece Sejer'e tepeden bakabilecekti.

"Bir arabanın çalıştığını duymuş. Muhtemelen eski bir araba ve muhtemelen tek silindiri sorunlu. Ses ana caddeden gelmiş."

"Orada bir dönüş noktası var. Pek çok araba durur."

"Bunun farkındayım. Onu bırakalım. Kaçmayacaktır."

"Bize söylediklerinden sonra, pekâlâ bir katil olabilir. Kendi babasını serinkanlılıkla öldürmüş birisi. Bu onu hiç iyi göstermiyor, Konrad."

"Ama Annie'yi seviyordu, gerçekten kendi tuhaf tarzıyla seviyordu. Her ne kadar Annie onu pek cesaretlendirmese de."

"Büyük olasılıkla sabırsızlanıp kontrolünü kaybetti. Ve eğer babasının kafasını uçurduysa, bu, o genç adamın içinde bol miktarda patlayıcı madde olduğuna işarettir."

"Babasını gerçekten öldürmüşse –ki bundan emin değiliz– bunu başka bir seçeneği olmadığına inandığı için yapmıştır. Bütün ailesi, seneler süren bir taciz ve ihmalle yok ediliyordu. Ve yüzünden bıçaklanmıştı. Zaten beraat edeceğinden en ufak bir şüphem yok."

"Gayet mümkün. Ama cinayet işlemeye muktedir olduğu gerçeği değişmiyor. Bu özellik herkeste yoktur. Sen ne diyorsun, Skarre?"

Skarre kalemini dişliyor ve kafasını sallıyordu.

"Benim gözümde daha yaşlı bir katil canlanıyor," dedi.

"Nedenmiş o?"

"Kız fizik olarak inanılmaz iyi durumdaydı. Annie 65 kiloydu ve ağırlığının çoğu kastı. Halvor sadece 63 kilo, yani hemen hemen aynı kilodalar. Halvor onu gerçekten suya batırmışsa, Annie'nin verdiği bir mücadelenin dışa dönük izlerini –kesikler, çizikler gibi– taşımasına neden olacak bir direnişle karşılaşması gerekirdi. Ama bütün göstergeler katilin kızdan daha iri ve büyük olasılıkla daha ağır olması gerektiğine işaret ediyor. Gördüğüm kadarıyla, Annie fiziksel olarak Halvor'dan daha iyi durumdaymış. Yapamazdı demiyorum ama bence Halvor için çok zor olurdu."

Sejer sessizce kafasını salladı.

"Pekâlâ. Kulağa yeterince makul geliyor. Ama bu durumda elde var sıfır. Annie'ye yakın olan ve bir gerekçesi olabilecek başka kimseyi bulduk mu?"

"Halvor'un da gözle görülür bir gerekçesi yok ki."

"Çanta ondaydı, beraberinde çok güçlü bir duygusal bağ da söz konusu. Bundan pek hoşlanmasam da burada sorumluluğu alması gereken benim, Konrad. Ya Axel Bjørk? Mutsuz ve alkolik, tehlike uyandıran bir asabiyeti olabilir mi? Orada herhangi bir şey bulabildiniz mi?"

"Bjørk'ün söz konusu günde Lundeby'de olduğuna dair hiçbir kanıt yok."

"Anlıyorum. Rapora bakılırsa iki yaşındaki bir çocuğun ölümü ikinizin de ilgisini çekmiş." Bariz bir şekilde küçümseyici bir ifade taşımasa da, gülümsüyordu.

"Çocuğun kendisi değil. Daha çok Annie'nin bu ölüme tepkisi. Kişiliğindeki değişikliğin nedenlerini çözmek için uğraşıyorduk. Çocukla ya da aslında hasta olmasıyla alakası olabilir. Orada bir şey bulmayı umuyordum."

"Ne gibi mesela?"

"Bilmiyorum. Bu davanın zor yanı bu. Nasıl bir adam aradığımız konusunda hiçbir fikrimiz yok."

"Belki bir infazcı. Kızın kafasını ölene dek suyun altında tutmuş," dedi Holthemann sert bir sesle. "Üzerinde tek bir çizik bile yok."

"Bu yüzden, kıyıda sohbet ederek yan yana oturduklarını düşünüyorum. Tamamen huzur içinde. Belki de adamın kızın üstünde bir etkisi, gücü vardı. Birden elini Annie'nin ensesine koyuyor ve onu yüzüstü suya çalıyor. Her şey göz açıp kapayana dek olup bitiyor. Ama bu düşünce kafasında daha önce belirmiş olabilir. Belki arabada ya da motosikletteyken."

"Adam da ıslanmış ve çamurlanmış olmalı," dedi Skarre.

"Kolleveien'de motosiklet gören olmamış mı?"

"Sadece hızlı giden bir araba. Ama Horgen'ın Dükkânı'nın sahibi bir motosiklet görmüş. Ama Annie'yi değil. Johnas da kızın motosiklete bindiğini görmemiş. Kızı dükkânın önünde bırakmış, motosikleti görmüş ve o tarafa yöneldiğini düşünmüş."

"Başka ipucunuz var mı?"

"Magne Johnas."

"Ne olmuş ona?"

"Aslında pek fazla bir şey değil. Ağzına kadar anabolik steroitle[7] dolu görünüyor ve bir süre gözü Annie'deymiş. Annie ilgilenmemiş. Belki de bu tarz şeylere dayanamayacak bir tiptir. Ayrıca arada sırada eski dostlarını ziyaret etmek için Lundeby'a gidiyormuş ve bir motosikleti var. Şu anda Annie yerine Sølvi'yle yetiniyor gibi görünüyor. Her halükârda, onun isminin üstünü çizemeyiz."

---

7 Gelişme oranı normal olmayan çocuklarda büyümeyi hızlandırma, sporcularda da kas doku oranı ile kuvvet, dayanıklılık ve performansı artırma amacıyla kullanılan bir madde. (ç.n.)

Holthemann kafasını salladı. "Ya Raymond ve babası? Raymond'ın uzun bir süre boyunca evinden uzak olduğu doğru değil mi?"

"Dükkâna gitmiş ve geri geldiğinde bir süre oturup Ragnhild'in uyumasını seyrettiğini söylüyor."

"Kaya kadar sağlam bir hikâye," dedi Holthemann. "Anladığım kadarıyla bu Raymond beş yaşında bir çocuk zekâsına sahip, içinden geldiği gibi davranan ve ergene benzeyen bir kas yığını."

"Aynen öyle. Ve pek fazla beş yaşında katil yok."

Holthemann başını salladı. "Ama kızlarla ilgileniyor, değil mi?"

"Evet, ama onlarla ne yapacağını bileceğini sanmıyorum."

"Haklı olup olmadığını bilme şansımız yok. Diğer taraftan, içgüdülerin iyidir. Ama idrak etmen gereken bir şey var." Parmağını ihtar eder gibi kaldırdı ve Sejer'e çevirdi. "Bir dedektiflik romanının kahramanı değilsin. Objektif bakış açını korumaya çalış."

Sejer başını arkaya atıp öylesine içten bir kahkaha koyverdi ki Holthemann hemen çıkıştı.

"Kaçırdığım bir şey mi var?" Parmağını gözlüğünün altına soktu, gözünü ovaladı, gözlerini kırpıştırdı ve sözüne devam etti.

"Pekâlâ," dedi. "Yakında bir şeyler olmazsa, Halvor'u suçlamak zorunda kalacağım. Bu arada, Annie'nin katili okul çantasını neden evine götürsün ki?"

"Arabayla gitmişlerse, dönüş noktasında inmiş olmaları gerekir. O zaman çanta arabada kalmıştır," dedi Sejer. "Sonrasında geri dönüp çantayı suya atmak çok tuhaf gelmiş olabilir."

"Kulağa mantıklı geliyor."

"Bir soru," dedi Sejer, Holthemann'ın gözüne bakarak. "Eğer Annie'nin kemer tokasındaki parmak izi Halvor'a ait değilse, onu salıvermemiz gerekmez mi?"

"Bunu bir düşüneyim."

Sejer duvardaki haritaya gitti. Krystallen yolu adanın oradan Horgen'ın Dükkânı'na, Kolleveien'den yukarı göle kadar kırmızıyla işaretlenmişti. Annie'nin görüldüğü yolun üstünde sayısız nokta küçük, yeşil mıknatıslarla işaretliydi. Mıknatıslar, trafik lambasının geç işaretindeki küçük yeşil adamları andırıyordu. Mıknatıslardan biri evinin dışına, bir diğeri yolu geçip U dönüşü yaptığı Gneisveien kavşağına, üçüncüsü bir kadının onu Johnas'ın arabasına binerken gördüğü göbeğe yerleştirilmişti. Biri de Horgen'ın Dükkânı'ndaydı. Johnas'ın arabası ve dükkânın önündeki motosiklet de işaretlenmişti. Sejer, Annie'nin mıknatıslarından birini –dükkânın yakınındakini– çekip çıkardı ve cebine attı.

"Ona gerçekte en yakın olan kişi kimdi?" dedi. "Halvor mu? Bu kadar kısa bir zamanda, yani Johnas'ın arabasından dükkâna yürüdüğü andan bulunduğu zamana kadar, birisinin onu tavlamış olması ihtimali nedir? Motosikletli ortaya çıkmadı. Annie'yi motosikletin üstünde gören olmamış."

"Ama birisiyle buluşacaktı, değil mi?"

"Anette'in evine gidiyordu."

"Bu, Bayan Holland'a söylediği şey. Belki başka bir randevusu vardı," dedi Holthemann.

"O zaman Anette'in arayıp nerede olduğunu sorması riskini alması gerekirdi."

"Annie, Anette'in aramayacağını biliyordu."

"Sanırım bu doğru. Ama ya Johnas'ın arabasından hiç çıkmadıysa? Ya bu kadar basitse?" Ayağa kalktı ve düşünceleri fır dönerken birkaç adım attı. "Bunca zamandır, arabadan indiğine dair elimizdeki tek bilgi, Johnas'ın kendi sözleri."

"Bildiğim kadarıyla, adam kendine ait bir galerisi ve kusursuz bir ünü olan saygın bir işadamı. Ayrıca, onları zor bir çocuktan düzenli olarak azat ettiği için Annie'ye minnettardı."

"Aynen öyle. Annie onu tanıyordu. Ve Johnas'ın ona karşı iyi duyguları vardı."

Sejer gözlerini yumdu. "Belki de yanılıyordu."

Holthemann öne eğildi. "Ne diyorsun?"

"Annie bir hata yapmış olabilir mi diye merak ediyorum," diye tekrarladı.

"Ah, tabii ki. Bir katille birlikte, tek başına ıssız bir yere gitti."

"Evet, o da var. Ama ondan önce. Adamı hafife almış. Güvende olduğunu düşünmüş."

"Adamın boynunda bir uyarı tabelası taşıdığından şüpheliyim," dedi Holthemann. "Ama Annie onu tanıyor bile olsa, eğer dediğin gibi dikkatli bir kızsa, bir hayli yakın olmalılar."

"Belki paylaştıkları bir sır vardı," dedi Sejer.

"Yatak gibi mi?"

Sejer Annie'nin mıknatısını yerine geri koydu ve yüzünde şüpheci bir bakışla döndü.

Holthemann gülümseyerek, "İlk olmazdı," dedi. "Bazı kızların yaşlı adamlara ilgisi vardır. Bunu sen de fark ettin mi, Konrad?"

"Halvor bir başkasının olabileceğini reddediyor," dedi Sejer.

"Tabii ki edecek. Düşüncesine dayanamıyordur."

"Demek istediğin, Annie'nin açıkça söyleyebileceği bir ilişki mi? Karısı, çocuğu ve iyi bir maaşı olan birisi bu sonuçta."

"Ben sadece yüksek sesle düşünüyorum. Snorrason kızın bakire olmadığını söyledi."

Sejer başıyla onayladı. "O ve Halvor her şeye rağmen, bir ya da iki kez seks denemesi yapmışlar. Bana göre, Krystallen'deki bütün erkekler aday olabilir. Annie'yi yaz kış, dışarı adım attığı her gün gördüler. Büyümesini ve her geçen gün biraz daha çekici bir kıza dönüşmesini izlediler. İhtiyacı olduğunda onu gideceği yere bıraktılar, Annie çocuklarına baktı, evlerine girip çıktı ve onlara güvendi. Hepsi iyi tanıdığı yetişkin erkeklerdi. Yirmi bir evden Holland'larınki çıkınca geriye yirmi erkek kalıyor. Fritzner, Irmak, Solberg, Johnas, koca bir çete. Belki de içlerinden birisi onu gizi gizli arzuluyordu."

"Arzulamak mı? Ortada cinsel bir saldırı olmadığını sanıyordum."

"Belki de bir şey adama mani oldu."

Sejer duvardaki haritayı inceledi. Olasılıklar üst üste birikiyordu ama birisi kızı öldürüp el değmemiş halde bırakmayı nasıl başarabilirdi? Cesede saldırılmamış, mücevher ya da para aranmamış, tek bir çaresizlik, öfke ya da sapkınlık izi bırakılmamıştı. Katil, cesedini nazik ve düşünceli bir tavır ve özenle yatırıp kıyafetlerini yanına bırakmıştı. Son Annie mıknatısını yerinden aldı. Parmaklarının arasında iyice sıktı ve sonra, neredeyse gönülsüzce, haritanın üstündeki yerine geri koydu.

Bu toplantıdan bir süre sonra, Sejer ağır adımlarla göle doğru yürüyordu.

Kulak kesilmişti, patika boyunca ilerleyişlerini gözünde canlandırmaya çalışıyordu. Annie'nin üstünde kot pantolonu ve mavi kazağı vardı. Yanında da bir erkek. Sejer'in zihninde belli belirsiz bir karaltı canlanıyordu; karanlık bir gölge. Annie'den daha iri ve yaşlı olduğundan neredeyse emindi. Belki de ağaçların arasında ilerlerken alçak sesle –belki de önemli bir konuda– konuşmuşlardı. Sejer nasıl olduğunu hayal etmeye çalıştı. Adam el kol hareketleriyle bir şeyler anlatıyor, Annie kafasını sallıyor, adam ikna edici olmaya çalışarak devam ediyor ve hararet artıyordu. Ağaçların arasından parıldayan suya yaklaştılar. Adam bir kayanın üstüne oturdu; henüz ona el sürmemişti. Annie de isteksizce yanına oturdu. Adam kelimeler konusunda ustaydı; sevecen, dostane ve belki de yalvarır gibi. Sejer hangisi olduğundan emin değildi. Sonra adam pat diye ayağa kalktı, kızın üstüne atladı ve Annie üstünde adamla suya çarparken, dört bir yana sular fışkırdı. Şimdi adam her iki elini ve vücut ağırlığını kullanıyordu. Kuşlar korkuyla havalanmış, çığlıklar atıyor ve Annie ciğerlerinin suyla dolmaması için dudaklarını sıkıyordu. Sersemletici saniyeler akıp giderken, elleriyle çamura tutunmaya çalışarak karşı koyuyordu, ta ki ışıltılı suda, canı bedeninden ayrılana kadar.

Sejer kıyıdaki küçük açıklığa baktı.

Sonsuzluk kadar uzun bir zaman geçmişti. Annie tekmelemeyi ve çırpınmayı bırakmıştı. Adam ayağa kalktı, döndü ve patikadan yukarı baktı. Kimse onları görmemişti. Annie çamurlu suda karnının üstünde yatıyordu. Belki de onu o şekilde bırakmak yanlış gelmişti. Bu yüzden kızı suyun içinden çıkardı. Düşünceler zihninde dönmeye başlamıştı. Polis Annie'yi bulacak, sahneyi tarayacak, bir yığın çıkarımda bulunacaktı. Ormanda ölü bulunmuş genç bir kız. Tabii ki fazla ileri gitmiş bir tecavüzcü. Bu yüzden kızı dikkatle, düğmeler, fermuar ve kemerle özenle uğraşarak soydu ve kıyafetleri yanına yerleştirdi. Kızın sırtüstü, bacakları iki yana açık halde, uygunsuz yatış şeklini beğenmediğine karar verdi. Ama kot pantolonunu başka türlü çıkaramazdı. Kızı yan çevirdi, bacaklarını yukarı çekti, kollarını düzeltti. Çünkü bu görüntü, bu son görüntü, hayatının sonuna dek onunla yaşayacaktı ve dayanabilmesinin tek yolu, sahneyi olabildiğince huzur verici kılmaktı.

Bu kadar uzun süre oyalanmaya nasıl cesaret edebilmişti?

Sejer gölün kenarına kadar indi ve ayakkabılarının burnu ile su arasında sadece birkaç santim kala durdu. Uzunca bir süre olduğu yerde kaldı. Kızı buldukları sahne zihninde canlanmıştı. İlk andaki his, kötü değildi. Daha çok çaresiz ve iç parçalayıcı bir girişim gibiydi. Sejer engin bir karanlıkta bocalayan, umutsuz ve zavallı birisinin görüntüsüyle sarsılmıştı. İçi soğuk ve havasızdı, kafasını bariyere çarpıyor, güçlükle nefes alıyor ve kaçamıyordu. Ve sonunda kurtulmayı başarmıştı. Bariyer Annie'ydi.

Sejer döndü ve yavaşça geldiği yoldan geri yürüdü. Katilin arabası ya da motosikleti büyük olasılıkla kendi Peugeot'sunu park ettiği yere bırakılmıştı. Katil araba kapısını açtı ve okul çantasını gördü. Bir an tereddüt ettiyse de çantayı çıkarmadı ve yanında suç kanıtıyla uzaklaştı. Raymond'ın evinin önünden geçti ve onları –tuhaf bir adam ve oyuncak bebeğinin pusetini iten küçük bir kız– yürürken gördü. Onlar da arabayı gördüler. Bazı çocuklar detayları hatırlamak konusunda iyidirler, diye düşündü. Göğsünde ilk korku sızısını hissetti. Yola devam etti. Üç çiftlik geçti ve nihayet ana yola ulaştı. Sejer onu artık göremiyordu.

Arabasına bindi ve yola çıktı. Aynada arabasından yükselen toz bulutunu görebiliyordu. Raymond'ın evi neredeyse terk edilmiş gibi sessiz görünüyordu. O geçerken beyaz ve kahverengi tavşanlar, kafeslerinde bir o yana, bir bu yana gidip geliyordu. Aküsü bitmiş minibüs avluda park edilmişti. Belki tek silindiri devre dışı olmuş, eski bir arabaydı. Kafes teli ve arkasındaki bütün hareketlilik ona Danimarka'dan Norveç'e taşınmalarının uzun yıllar öncesinde kalan kendi çocukluğunu hatırlatmıştı. Sebze bahçesinin bir köşesinde, kahverengi piliçleri vardı. Sejer her sabah yumurtaları toplardı. Küçük, minicik, hayret uyandıracak kadar yuvarlak ve en büyük misketlerinden –on ikilik dediklerinden– az büyük yumurtalar.

Sejer dikiz aynasından perdelerden birinin kıpırdadığını gördüğünü sandı. Raymond'ın babasının yatak odasının penceresiydi.

Sağa döndü, o gün bir motosikletin önünde durmuş olduğu Horgen'ın Dükkânı'nı geçti. Şimdi dükkânın önünde mavi bir Blazer duruyordu. Camını indirdi ve ılık esintiyi yüzünde hissetti. Annie herhangi bir saldırıya maruz kalmamış bile olsa, gerekçe pekâlâ cinsel olabilirdi. Belki de onu soymak yeterli gelmişti. Kendi kendine uzun zamandır beklediği boşalma için yardım ederken ve istese ona neler yapabileceğinin hayalini kurarken, onu o halde, savunmasız ve çıplak ve tamamen hareketsiz halde yatarken görmek... Katilin hayal gücünde, Annie hemen her şeye maruz kalmış olabilirdi. Tabii ki olan bu olabilirdi. Sejer olasılıkların çeşitliliği karşısında bir kez daha huzursuzluk duydu. Ana yoldan devam etti ve kilise sapağında durdu. Lahana sandıkları taşıyan bir traktörün geçmesine izin verdikten sonra yola saptı. Annie'nin mezarındaki solgun çiçekler gitmiş, ahşap haç kaldırılmıştı. Yerine deniz tarafından cilalanıp yıkanmış gibi görünen gri ve yuvarlak, sıradan bir mezar taşı yerleştirilmişti. Belki de taş, yazları sörf yaptığı sahillerden birinden gelmeydi. Üzerindeki yazıyı okudu.

Annie Sofie Holland. Tanrı'nın merhameti üzerinde olsun.

Afallamıştı, yazının hoşuna gidip gitmediğine karar vermeye çalıştı ve gitmediğini anladı. Annie'nin affedilmeye ihtiyaç duyacağı bir şey yapmış olduğunu ima ediyordu. Çıkış yolunda Eskil Johnas'ın mezarının önünden geçti. Birisi, belki de çocuklar, mezarın üstüne bir buket hindiba bırakmıştı.

ON İKİ

Kollberg'in işemeye ihtiyacı vardı. Sejer köpeği binanın arka tarafına yürüttü, köpek sarıçalıların arasında işini gördü ve sonra asansöre binip yukarı çıktılar. Mutfağa yürüdü ve buzluğa baktı. Bir paket çimento kadar sert sosis, bir pizza ve üzerinde jambon yazılı küçük bir paket. Gülümseyerek paketi sıkarken bir şey hatırlamıştı. Yumurtada karar kıldı, tuz ve karabiberli dört adet sahanda yumurta. Köpek için de bir sosis dilimledi. Kollberg yemeğini mideye indirdi ve masanın altına yayıldı. Sejer ayakları köpeğin göğsünün altına uzanmış halde yumurtalarını yedi, biraz süt içti. Yemek on dakikasını almıştı. Gazeteyi tabağının yanına sermişti. "Erkek Arkadaş Gözaltında." Canı sıkılmıştı, iç geçirdi. Basına ve hayatın acılarını ele alış şekillerine fazla sabrı yoktu. Masayı topladı ve kahve makinesini fişe taktı. Belki Halvor babasını öldürmüştü. Bir çift eldiven giymiş, tabancayı uyku tulumunun içine sokmuş, ellerinin arasına bastırıp tetiği çekmiş, barakanın önündeki zemini süpürmüş ve yeniden yatak odasına, kardeşinin yanına koşmuştu. Ateş edildiğinde, Halvor yatağın dışında bile olsa, bunu kimseye söylemeyecek kadar büyük bir sadakat bağı olan kardeşinin yanına.

Sejer kahvesini alıp oturma odasına geçti. Kahve bitince, duşa girdi ve sonra banyo aksesuarları kataloğunun sayfalarını karıştırdı. Banyo seramiklerinde, mavi yunuslarla süslü olanlar da dâhil olmak üzere, indirim vardı. Pek de rahat olmayan kanepeye uzandı. Boyu Sejer için fazla kısaydı; ayaklarını kolçağa dayamak zorunda kalıyordu. Bu, onu uykuya dalmaktan alıkoyuyordu. İyi bir gece istirahati şansını mahvetmek istemiyordu; egzaması yüzünden uyumak yeterince zordu zaten. Pencereye baktı ve camın silinmesi gerektiğini fark etti. On üçüncü katta olmak, pencereden bakınca alacakaranlığa çalmaya başlayan mavi gökyüzünden başka bir şey görememek anlamına geliyordu.

Birden camın iç yüzeyinde bir sineğin dolaştığını gördü. Şişman, siyah bir sinek. Bir tane daha belirip camın üstünde sürünerek ilkinin etrafında dolaşmaya başlayınca, ilkbahar işareti, diye düşündü. Sineklere gerçekten bir garezi yoktu ama bacaklarını birbirine sürtmelerinde tiksindirici bir şey vardı. Bu ona çok mahrem bir hareket gibi geliyordu; bir insanın diğerlerinin gözü önünde özel yerlerini kaşımasından farkı yoktu. Sinekler bir şey arar gibiydi. Bir tane daha gelmişti. Sejer artık sinekleri büyük bir dikkatle izliyordu. Huzursuz bir duygunun her yanını kapladığını hissetti. Penceresinde aynı anda üç sinek birden. Uçup gitmemeleri tuhaftı. Şimdi bir tane daha gelmişti ve bir tane daha... Kısa süre içinde penceresi iri karasinek kaynar olmuştu. Sonunda uçup gittiler ve pencerenin yanındaki koltuğun arkasında gözden kayboldular. Şimdi artık sayıca o kadar çoktular ki vızıltılarını duyabiliyordu. İsteksizce ve bir korku hissiyle kanepesinden kalktı. Koltuğun arkasında bir şey olmalıydı. Kendilerine ziyafet çektikleri bir şey. Ayağa kalktı. Odanın içinde ilerledi, yüreği ağzında, temkinli adımlarla yaklaştı. Koltuğu kenara çekti. Koca bir sinek ordusu, dört bir yana uçuştu. Diğerleri yerde toplanmış, bir şey yiyordu. O şeyi ayak parmağının ucuyla dürttü. Bir elma çöpü. Çürümüş ve yumuşak.

Biraz sersem hissederek, hareketsizce yattığı kanepeden kalkıp oturdu. Gömleği terden sırılsıklamdı. Kafası karışmış halde gözlerini ovaladı ve pencereye baktı. Hiçbir şey yoktu. Rüya görmüştü. Kafası ağır ve sersemdi; ensesi de baldırları gibi kaskatı kesilmişti. Ayağa kalktı, koltuğun arkasına bakma dürtüsüne karşı koyamıyordu. Hiçbir şey yoktu. Mutfağa viski şişesini ve tütün paketini almaya gitti. Kollberg ona beklenti dolu gözlerle bakıyordu. Fikrini değiştirerek, "Pekâlâ," dedi. "Haydi, yürüyüşe çıkalım."

Binadan, şehrin ortasındaki kiliseye gidip gelmeleri bir saatlerini aldı. Annesini düşündü. Onu ziyaret etse iyi olacaktı. Onu son görüşünün üstünden uzun zaman geçmişti. Mahzunca, bir gün, Ingrid de takvime bakacak ve aynı şeyi düşünecek, diye düşündü. Sanırım yaşlı adamı ziyaret etsem iyi olacak. Uzun zaman oldu. En ufak bir sevinç duymadan. Görev hissiyle. Belki de sonuçta Skarre haklıydı. Bir ladin ağacı kadar eskiyene kadar yaşamanın ve yükten başka bir şey olmadan, bir yatakta yatmak mantıksızdı. Düşüncelerinin etkisine kapılarak adımlarını hızlandırmıştı. Kollberg yanında hoplayıp zıplıyordu. Ama insanın kendini koyvermesi de iyi bir şey değildi. Banyoyu yaptıracaktı. Elise o seramikleri beğenirdi, bundan emindi. O işi hâlâ halledemediğini bilse... Hayır, bunu düşünmek bile istemiyordu. İmitasyon mermerle sekiz sene, utanç vericiydi.

Sonunda kendine hak ettiğini düşündüğü bir bardak viski doldurdu. Artık yeterince geç olmuştu. Uykuya dalabilirdi. Tam şişenin kapağını kaparken kapı zili çaldı.

Gelen Skarre'ydı ve son seferki kadar çekingen bir hali yoktu. Yaya gelmişti ama Sejer ona viski teklif edince, kaşlarını çattı.

"Biranız var mı?"

"Bende yok ama Kollberg'e sorabilirim. Bazen buzdolabının arka tarafında küçük bir zulası olabiliyor," dedi Sejer. Odadan çıktı ve birayla geri geldi.

"Banyo seramiği döşemeyi biliyor musun?" diye sordu.

"Tabii ki biliyorum. Kursa katılmıştım. İşin sırrı hazırlık kısmında pintilik etmemek. Yardıma ihtiyacınız mı var?"

"Bunlar hakkında ne düşünüyorsun?" Sejer broşürdeki mavi yunusları işaret ediyordu.

"Harikalar. Şu anda ne var?"

"İmitasyon mermer."

Skarre sempatik bir tavırla başını salladı ve birasını kaldırdı. "Halvor'un parmak izleri, Annie'nin kemer tokasındaki izlere uymuyor," dedi. "Holthemann şimdilik onu salıvermeyi kabul etti."

Sejer cevap vermedi. Öfkeyle karışık bir rahatlama hissine kapılmıştı. Halvor olmadığına sevinmişti ama ellerinde bir şüpheli olmaması canını sıkıyordu.

Kendi açık sözlülüğüne şaşırarak, "Kötü bir rüya gördüm," dedi. "Şuradaki koltuğun arkasında çürük bir elma olduğunu gördüm. Üzeri iri karasineklerle kaplıydı."

Skarre sırıtarak, "Kontrol ettiniz mi?" diye sordu.

Sejer viskisinden bir yudum aldı. "Sadece biraz toz. Sence rüyanın bir anlamı olabilir mi?"

"Belki arkasına bakmayı unuttuğumuz bir mobilya vardır. Başından beri orada duran ve bizim tamamen unuttuğumuz. Bu kesinlikle bir uyarı. Şimdi tek mesele, koltuğun kimliğini belirlemek."

"Yani mobilya işine mi girmeliyiz?" Sejer kendi esprisine kıkırdamıştı. Bu nadir rastlanan bir durumdu.

"Ben sizde gizli birkaç numara daha olduğunu umuyordum," dedi Skarre. "Hiçbir ilerleme kaydetmediğimize inanamıyorum. Haftalar geçip gidiyor. Annie'nin dosyası eskiyor. Ve tavsiye vermesi gereken sizsiniz."

"Ne demek istiyorsun?"

"Adınız," dedi Skarre. "Konrad, tavsiye veren kişi demek."

Sejer diğerini hiç kıpırdatmadan tek kaşını etkileyici bir yaya dönüştürerek kaldırdı. "Bunu nereden biliyorsun?"

"Evde bir kitabım var. Yeni birisiyle tanıştığım zaman ismine bakarım."

Sejer, "Annie ne demek?" diye sordu.

"Güzel."

"Tanrım. Şey, şu anda adımın hakkını veremiyorum. Ama bunun moralini bozmasına izin verme, Jacob. Bu arada Halvor ne demekmiş?" diye merakla sordu.

"Halvor, muhafız demek."

Skarre hayret içinde, bana Jacob dedi, diye düşünüyordu. İlk ismimi ilk defa kullandı.

Güneş alçaktı ve keyifli balkona vurduğu eğimle, ceketlerini çıkarabilecekleri ılık bir köşe yaratmıştı. Izgaranın ısınmasını bekliyorlardı. Ingrid'in az önce suladığı çiçeklikten yükselen limon kokusu, kömür ve çakmak gazına karışıyordu.

Sejer kucağında torunuyla oturuyordu. Bacak kasları ağrımaya başlayana dek onu zıplatmaya devam etti. Bu oğlanın gençliğiyle birlikte içinde bir şeyler kaybolup gidecekti. Birkaç sene içinde, büyükbabasından daha uzun boylu olacak, sesi değişecekti. Sejer, Matteus'u her kucağına alışında efkârla derin düşüncelere dalardı ama aynı anda saf fiziksel mutluluktan kaynaklanan bir ürpertinin ensesinden aşağı aktığını hissederdi.

Ingrid balkonun yerinde duran takunyalarını aldı ve üç kez birbirine vurdu. Sonra ayağına geçirdi.

"Bunu neden yapıyorsun?"

"Eski bir alışkanlık," diyerek gülümsedi. "Somali'den kalma."

"Ama burada yılan ya da akrep yok ki."

"Elimde değil. Ama bizde de örümcekler ve küçük yılanlar var."

"Küçük bir yılanın ayakkabının içine kıvrılacağını mı sanıyorsun?"

"Hiçbir fikrim yok."

Sejer torununa sarıldı ve burnunu boynunun girintisindeki boşluğa soktu.

Matteus, "Haydi yine zıplat," dedi.

"Bacaklarım yoruldu. Neden gidip sana okumam için bir kitap bulmuyorsun?"

Çocuk kucağından atladı ve koşarak daireden içeri girdi.

Ingrid bir çocuğunki kadar hafif bir sesle, "Onun dışında işler nasıl gidiyor, baba?" diye sordu.

Sejer, onun dışında, diye düşündü. Aslında kastettiği, gerçekte işlerin nasıl gittiğiydi. İçin için, ruhunun derinliklerinde neler hissediyordu? Yoksa bu herhangi bir şey olup olmadığına dair kamuflajlı bir soru olabilir miydi? Mesela kendine bir kız arkadaş bulmadığına ya da uzak mesafeden bir romantizm yaşayıp yaşamadığına dair, ki yaşamıyordu. Öyle bir şeyi hayal dahi edemiyordu.

"İyi, ama sen neyi kastediyorsun?" Bu soruyu yeterince saf görünmeye çalışarak sormuştu.

"Sadece belki günler artık eskisi kadar uzun gelmiyordur diye sordum."

Korkunç derecede ihtiyatlı davranıyordu. Sejer'in aklından, kafasında bir şeyler olabileceği geçti.

"İşte çok yoğundum," dedi. "Ayrıca sizler varsınız."

Son yorumu Ingrid'in salata servislerini kurulamaya başlamasına neden olmuştu. Enerjik hareketlerle domates ve salatalıkları birbirine karıştırıyordu. Hızlı hızlı, "Evet, ama biliyorsun, biz yeniden güneye taşınmayı düşünüyoruz. Bir dönem daha. Son dönem," derken ona baktı; daha çok suçlu bir hali vardı.

"Güneye mi?" Sejer bu kelimeye tutunmuştu. "Somali'ye mi?"

"Erik bir teklif aldı. Henüz cevabımızı vermedik," dedi hızla. "Ama ciddi anlamda düşünüyoruz. Kısmen Matteus için. Onun ülkenin bir kısmını görmesini ve dili öğrenmesini istiyoruz. Eğer ağustosta gidersek, okul açılmadan orada oluruz."

Sejer, üç yıl, diye düşündü. Ingrid ve Matteus olmadan üç yıl. Sadece Noel'de Norveç'te olacaklardı. Mektuplar, kartpostallar ve her yıl daha da uzayan ve bir yaş daha büyüyen torunu. Ve bu tür ani değişiklikler.

Sesinin olabildiğince normal çıkması için çaba harcayarak, "Orada size ihtiyaç olduğundan şüphem yok," dedi. "Benim iyiliğimin sizi gitmekten alıkoyması gerektiğini düşünmüyorsun ya? Doksan yaşında değilim, Ingrid."

Ingrid hafifçe kızardı.

"Ben büyükannemi de düşünüyorum."

"Ben anneme göz kulak olurum. O salatayı paramparça edeceksin."

"Tek başına kalman fikrinden hoşlanmıyorum," dedi.

"Kollberg var, biliyorsun."

"Ama o sadece bir köpek."

"Ne dediğini anlamadığı için sevinmelisin." Sejer yatağın altında huzur içinde uyuyan köpeğe bir bakış attı. "Biz gayet iyi idare ediyoruz. Sanırım gerçekten istediğiniz buysa, gitmelisiniz. Erik apandis ve şiş bademciklerle uğraşmaktan sıkıldı mı yoksa?"

"Orada işler farklı," dedi. "Çok daha faydalı olabiliriz."

"Ya Matteus? Onu ne yapacaksınız?"

"Bir yığın diğer çocukla birlikte, Amerikan anaokuluna gidecek. Hem ayrıca," dedi, "orada hiç tanışmadığı akrabaları var. Bundan hoşlanmıyorum. Her şeyi bilsin istiyorum."

"Amerikan mı?" dedi Sejer. "Her şeyi bilsin derken neden bahsediyorsun?"

Matteus'un gerçek anne babasını ve kaderlerini düşündü.

"Yeterince büyüyene kadar ona annesinden bahsetmeyeceğiz."

"Gitmelisiniz!" dedi Sejer.

Ingrid ona baktı ve gülümsedi. "Sence annem ne derdi?"

"Aynı şeyi söylerdi. Ve sonra yatağa girip bir güzel ağlardı."

"Ama sen ağlamayacak mısın?"

Matteus bir elinde resimli bir kitap, diğer elinde bir elmayla koşarak geldi. "Karanlık ve fırtınalı bir geceydi. Sence de kulağa biraz ürkütücü gelmiyor mu?" dedi Sejer.

Torunu kucağına tırmanırken, "Hıh!" diye homurdadı.

"Kömürler ısındı," dedi Ingrid. "Biftekleri koyacağım."

"Koy," dedi Sejer.

Ingrid etleri ızgaraya dizdi. Toplamda dört parça. Sonra içeri, içecekleri almaya gitti.

Matteus, "Odamda yeşil, lastik bir piton var," diye fısıldadı. "Ayakkabısının içine koysak mı?"

Sejer tereddütlüydü. "Bilmem. Sence bu iyi bir fikir mi?"

"Sence değil mi?"

"Aslına bakarsan bence değil."

"Yaşlı insanlar çok ödlekler," dedi Matteus. "Benden bilir."

"Tamam," dedi Sejer. "Ben başka tarafa bakacağım."

Matteus aşağı atladı, yılanını getirmeye koştu ve sonra yılanı büyük bir özenle annesinin takunyasının içine yerleştirdi.

"Şimdi okumaya devam edebilirsin."

Sejer o berbat lastik yılanı ve kızının ayak parmaklarının ucunda nasıl bir hisse neden olacağını düşünerek yüzünü buruşturdu. "Karanlık ve fırtınalı bir geceydi. Dağlarda soyguncular ve kurtlar vardı. Çok ürkütücü olmadığından emin misin?"

"Annem bana defalarca okudu." Elmasını dişledi ve hoşnut bir tavırla çiğnemeye başladı.

"O kadar büyük ısırıklar alma," dedi Sejer. "Gırtlağına takılabilir."

"Oku, büyükbaba!"

Sejer, yaşlanıyor olmalıyım, diye düşündü. Yaşlı ve kaygılı bir adama dönüşüyorum.

"Karanlık ve fırtınalı bir geceydi," diye baştan başladı ve tam o anda elinde üç şişe bira ve bir kolayla Ingrid geldi. Sejer durup kızına baktı. Matteus da bakıyordu.

"Neden bana öyle dik dik bakıyorsunuz? Neyiniz var?"

Ağız birliği ederek, "Hiç," dediler ve kitaplarına eğildiler. Ingrid şişeleri masaya koyup açtı ve ayakkabılarını bulmak için etrafa bakındı. Takunyaları aldı, tepetaklak çevirdi ve üç kez birbirine vurdu. Hiçbir şey olmadı. İkisi de neşe içinde, parmak ucuna takılmış olmalı, diye düşündü. Ve sonra her şey bir anda oldu. Sejer'in damadı Erik kapıda belirdi. Matteus dedesinin kucağından atlayıp odanın diğer tarafına koştu. Kollberg masanın altında ayaklanıp kuyruğunu öyle hızlı sallamaya başladı ki şişeler yere düştü ve Ingrid takunyaları ayağına geçirdi.

Sølvi odasında durmuş, bir kutunun içindekileri boşaltıyordu. Bir an sırtını dikleştirdi ve dışarı baktı. Sokağın tam karşısında Fritzner pencerede durmuş onu seyrediyordu. Elinde bir bardak vardı. Bardağı şerefe der gibi havaya kaldırdı.

Sølvi ona derhal arkasını döndü. Tamam, erkeklerin ona bakmasından rahatsız olmuyordu ama Fritzner keldi. Hayatını kel bir adamla geçirdiğini düşünmek, şişko bir adamla geçirdiğini düşünmek gibi bir şeydi. Rüyalarında onlara yer yoktu. Üvey babasının hem kel hem şişko olması onu rahatsız etmiyordu. Başka erkekler kel olabilirlerdi, onun çıkacağı erkek hariç. Kafasını bir kez daha kaldırdı. Gitmişti. Büyük olasılıkla yine sandalında oturuyordu. Ucube.

Kapı zilinin çaldığını duydu ve üzerinde açık mavi bir pantolon, belinde gümüş bir kemer ve ayağında babetlerle açmaya gitti.

"Ah," dedi. "Siz miydiniz? Annie'nin odasını temizliyordum. Haydi, içeri gelin. Annem ve babam birazdan evde olurlar."

Sejer genç kızın peşinden oturma odasını geçip Annie'ninkinin bitişiğindeki yatak odasına girdi. Oda birazcık daha büyüktü ve pastel renklerde döşenmişti. Baş ucu komodininde kız kardeşinin bir fotoğrafı duruyordu.

Özür dileyen bir gülümsemeyle, "Birkaç parça eşyası bana kaldı," dedi. "Birkaç ıvır zıvır, kıyafetler ve onun gibi şeyler. Babamı ikna edebilirsem, Annie'nin odasının duvarını yıktıracağım. Böylece büyük, tek bir odam olabilecek."

"Çok hoş olur," dedi Sejer ama aynı anda üzerine çullanan hislerden ötürü biraz mahcup hissetti. Kimseyi yargılamaya hakkı yoktu. Hayatlarına devam etmek için mücadele veriyorlardı ve bunu kendi bildikleri şekilde yapmaya hakları vardı. Hiç kimse bir diğerine yasını nasıl tutacağını söyleyemezdi. Kendi kendini azarladı ve sonra etrafına bakındı. Daha önce hiç bu kadar ıvır zıvırla dolu bir oda görmemişti.

"Ve kendime ait bir televizyonum olacak," dedi Sølvi. "TV-Norway'i seyredebilmem için ekstra bir antenle birlikte." Yerdeki kutuya eğildi ve içindekileri çıkarmaya başladı. "Çoğu kitap. Annie'nin makyaj malzemesi, mücevher ya da ona benzer şeyleri yoktu. Ayrıca biraz CD ve kaset."

"Okumayı sever misin?"

"Pek sayılmaz. Ama kitap rafları doluyken güzel görünüyor."

Sejer hemfikir olduğunu göstermek için başını salladı.

"Bir şey mi oldu?"

"Aslında, evet. Ama henüz ne anlama geldiğini bilmiyoruz."

Sølvi kutudan bir şey daha çıkardı. Gazete kâğıdına sarılıydı.

"Demek Magne Johnas'ı tanıyorsun, Sølvi."

"Evet," dedi. Sejer onun kızardığını düşündü ama o kadar pembe yanakları vardı ki emin olamıyordu. "Artık Oslo'da oturuyor. Gym & Greier'da çalışıyor."

"Annie'yle aralarında bir şeyler olduğunu biliyor muydun?"

"Bir şeyler mi?" Genç kız ona neden bahsettiğini gerçekten anlamayan gözlerle bakıyordu.

"Aralarında romantik bir ilişki olabileceğini, Magne'nin belki de ona âşık olabileceğini ya da bir girişimde bulunmuş olabileceğini... Senden önce."

"Annie ona gülüp geçmişti," derken Sølvi'nin ses tonu neredeyse ağlamaklıydı. "Halvor övünülecek birisi değildi. En azından Magne'nin görüntüsü olması gerektiği gibiydi. Demek istediğim, kasları filan, her şeyi var."

Sølvi gözlerini kaçırarak gazete kâğıdını çekti.

Gazetenin arasından parlak bir şey çıkarken Sejer dikkatle, "Sence Magne alınmış olabilir mi?" diye sordu.

"Olabilir. Annie için hayır demek yeterli değildi. Zaman zaman acımasız olabiliyordu. Kaslardan etkilenmezdi. Herkes onun ne kadar harika ve nazik olduğunu söyleyip duruyor ve ben üvey kız kardeşim hakkında kötü bir şey söylemek istemiyorum. Sık sık iğneleyici olurdu ama kimse bundan bahsetmeye cesaret edemiyor. Çünkü o öldü. Halvor'un nasıl katlandığını anlayamıyorum. Her şeye Annie karar verirdi."

"Bu doğru mu?"

"Ama bana karşı nazikti. Her zaman nazikti." Bir an için kız kardeşini ve olup bitenleri anımsamak canını sıkmış gibi göründü.

"Sen ve Magne ne zamandır birliktesiniz?" diye sordu.

"Sadece birkaç haftadır. Sinemaya filan gidiyoruz. Onun gibi şeyler işte."

Cevabı biraz fazla hızlı gelmişti.

"Senden küçük, değil mi?"

Sølvi isteksizce, "Dört yaş," dedi. "Ama yaşına göre çok olgundur."

"Anlıyorum."

Bir şeyi ışığa tuttu ve gözlerini kısarak baktı. Bir tünekte oturan bronz bir kuş. Başını yana eğmiş, küçük, tüylü, tombul bir yaratık.

"Kırılmış," dedi emin olmayan bir sesle.

Sejer hayret içinde bakakalmıştı. Bronz kuşun görüntüsü, şakağına isabet eden bir ok etkisi yaratmıştı. Küçük çocukların mezar taşlarına yerleştirilen türde bir şeydi.

"Bir parça kil yoğurup ayak yapabilirim," dedi Sølvi. "Ya da babam yardım eder. Çok hoş bir şey."

Annie'ye dair yepyeni bir resim şekillenmeye başlıyordu. Halvor ve ailesinin Sejer'e sunduklarından çok daha karmaşık bir resim.

"Sence ne içindir?" diye sordu.

Sølvi omuz silkti. "Hiçbir fikrim yok. Sanırım kırılmış bir tür süs."

"Daha önce hiç görmedin mi?"

"Hayır. Evde olmadığı zamanlarda, Annie'nin odasına girmeme izin yoktu."

Kuşu masanın üstüne yerleştirdi ve bir kez daha kutuya eğildi.

Sejer kuşa bakmayı sürdürerek, "Babanı görmeyeli uzun zaman mı oldu?" diye sordu. Beyni son sürat çalışıyordu.

"Babam mı?" Sølvi doğruldu ve ona kafası karışmış gibi baktı. "Kastettiğiniz... Adamstuen'de yaşayan babam mı?"

Sejer başıyla onayladı.

"Annie'nin cenazesine geldi."

"Onu özlüyor olmalısın, değil mi?"

Sølvi cevap vermedi. Sanki Sejer genç kızın nadiren kafa yorduğu bir noktaya temas etmişti. Unutmaya çalıştığı nahoş bir şey, belki de babasını ziyaret etmemesinin neden olduğu bir suçluluk duygusu izi. Sejer o anda kendini biraz fazla saldırgan hissetti. Saygılı olmayı ve insanlara onların şartlarına göre yaklaşmayı unutmamalıydı.

"Eddie'ye nasıl hitap ediyorsun?"

"Baba diyorum," dedi.

"Ya gerçek babana?"

"Ona babacığım diyorum," dedi basitçe. "Her zaman da öyle dedim. İstediği buydu, çok eski kafalıydı."

Geçmiş zamanda konuşuyordu. Sanki artık yokmuş gibi.

Sølvi, "Bir araba sesi duydum!" derken, rahatlamışa benziyordu.

Holland'ın yeşil Toyota'sı evin önünde durdu. Sejer, Ada Holland'ın tek ayağını çakıl zemine basarken pencereye baktığını gördü.

Hızlı hızlı, "Şu kuş, Sølvi, onu ben alabilir miyim?"

"Şu kırık kuş mu? Tabii ki, alın."

Kuşu ona soran gözlerle uzattı.

Sejer, "Teşekkürler. Seni daha fazla rahatsız etmeyeceğim," dedi ve odadan çıktı. Kuşu iç cebine tıktı ve oturma odasına döndü. Duvara yaslandı ve bekledi.

Kuş. Eskil'in mezarından koparılma. Annie'nin odasında. Neden?

İçeri önce Holland girdi. Başıyla selam verdi ve yüzü diğer tarafa dönük halde elini uzattı. Halinde, daha önce olmayan bir mesafe vardı. Bayan Holland kahve hazırlamak üzere mutfağa geçti.

"Sølvi, Annie'nin odasını alıyor," dedi Holland. "Böylece boş durmayacak. Ve bizi oyalayacak bir şeyimiz olacak. Aradaki duvarı yıkacağız ve yeni duvar kâğıtları kaplayacağız. Çok işimiz olacak."

Sejer başını salladı.

"Bir konuda içimi dökmem gerek," dedi Holland. "Gazetede on sekiz yaşında bir delikanlının nezarete atıldığını okudum. Bunu yapan gerçekten de Halvor olamaz, değil mi? Onu iki yıldır tanıyoruz. Kolay kolay tanınacak birisi olmadığını biliyorum ama insanlar konusunda içgüdülerim iyidir. Ne yaptığınızı bilmediğinizi ima etmek niyetinde değilim ama Halvor'u katil olarak düşünemiyorum. Düşünemiyoruz işte, hiçbirimiz."

Sejer düşünebiliyordu. Katiller de herkes gibiydi. Belki babasının kafasını uçurmuştu, onu uyurken serinkanlılıkla öldürmüştü.

"Nezaretteki Halvor mu?"

"Onu serbest bıraktık," dedi Sejer.

"Evet, ama nezarete alınan o muydu?"

"Başka seçeneğimiz yoktu. Size bundan fazlasını söyleyemem."

"Soruşturmaya zarar gelmesin diye mi?"

"Bu doğru."

Bayan Holland dört fincan ve bir tabak kurabiyeyle içeri girdi.

"Ama bir şey mi oldu?"

"Evet." Sejer dikkatlerini dağıtacak bir şey arayarak pencereden dışarı baktı. "Şimdilik çok fazla bir şey söyleyemem."

Holland buruk bir gülümsemeyle, "Tabii ki." dedi. "Öğrenecek son insanların biz olacağımızı tahmin ediyorum. Sonunda katili yakaladığınızda, gazeteler bizden çok önce haberdar olacaklar."

"Bu hiç doğru değil." Sejer adamın Annie'ninkiler gibi iri ve gri gözlerine baktı. Acıyla doluydular. "Ancak basın her yerde. Ve bağlantıları var. Gazetede bir şey okumanız, bilgiyi onlara bizim verdiğimiz anlamına gelmiyor. Birisini tutuklamamız halinde, haberiniz olacak, size söz veriyorum."

"Kimse bize Halvor'u söylemedi," dedi Holland alçak sesle.

"Çok basit, çünkü onun doğru insan olduğunu düşünmüyoruz."

"Şöyle bir düşününce, kimin yaptığını bilmek istediğimden emin değilim."

"Ne demek istiyorsunuz?"

Ada Holland kocasına kaygılı gözlerle bakıyordu.

"Artık bir önemi yok. Bütün olay bir kazaydı sanki. Kaçınılmaz bir şey."

Ada Holland çaresizlik içinde, "Neden böyle söylüyorsun?" diye sordu.

"Çünkü zaten ölecekti. Yani artık bir önemi yok."

Gözlerini boş fincanına çevirdi ve orada olmayan sıcak kahveyi soğutmaya çalışır gibi çevirmeye başladı.

Sejer öfkesini bastırmaya çalışarak, "Önemi var," dedi. "Ne olduğunu öğrenmek hakkınız. Zaman alabilir ama uzun bir süreç sonunda bile olsa, bunu kimin yaptığını ortaya çıkaracağım."

"Uzun bir süreç mi?" Holland gülümsedi. Yine buruk bir gülümsemeydi. "Annie yavaş yavaş toprağa karışıyor," dedi.

Bayan Holland sıkıntıyla, "Eddie!" dedi. "Hâlâ Sølvi'miz var."

"*Senin* Sølvi'n var."

Ayağa kalktı ve odadan çıkıp evin içinde bir yerde gözden kayboldu. İkisi de peşinden gitmedi. Bayan Holland mutsuz bir tavırla omuz silkti.

"Annie babasının kızıydı," dedi.

"Biliyorum."

"Bir daha asla aynı olamayabilir."

"Olmayacak. Şu anda farklı bir Eddie olmaya alışıyor. Zamana ihtiyacı var. Belki gerçeği ortaya çıkardığımız zaman daha kolay olur."

"Ortaya çıkmasına cesaretim var mı bilmiyorum."

"Bir şeyden mi korkuyorsunuz?"

"Her şeyden korkuyorum. Yukarıda, gölde olanlara dair türlü türlü şey hayal ediyorum."

"Bana da anlatabilir misiniz?"

Bayan Holland kafasını salladı ve kahvesine uzandı. "Hayır, anlatamam. Sadece hayal ettiğim şeyler. Yüksek sesle söylersem gerçek olabilirler."

Sejer konuyu değiştirmek için, "Sølvi iyi idare ediyor gibi görünüyor," dedi.

Ada Holland aniden kendinden emin bir tavır takınarak, "Sølvi güçlüdür," dedi.

Sejer, güçlü, diye düşündü. Evet, belki de doğru terim buydu. Belki de zayıf olan Annie'ydi. Olaylar zihninde huzursuz edici bir hızla dönmeye başlamıştı. Bayan Holland krema ve şeker getirmek üzere odadan çıktı. Sølvi içeri girdi.

"Babam nerede?"

Bayan Holland mutfaktan sert bir sesle, "Hemen dönecek!" diye seslendi. Belki de Eddie'nin onu duyup yeniden ortaya çıkmasını umuyordu. Sejer, Annie'nin ölmesi ve yok olması yeterince kötü, diye düşündü. Şimdi de bütün aile darmadağın oluyor. Dikişler açılıyor, teknenin gövdesinde kocaman bir delik var ve içeri su doluyor, Ada ise gemiyi suyun üstünde tutmak için çatlaklara eski cümleler ve emirler tıkıyor.

Ada Holland kahveleri doldurdu. Sejer'in parmakları kulp için fazla büyüktü; fincanı iki eliyle tutmak zorunda kaldı.

Bayan Holland bitkin bir sesle, "Sürekli nedeninden bahsedip duruyorsunuz," dedi. "Sanki bunu yapmak için iyi bir nedeni olabilirmiş gibi."

"İyi bir neden değil. Ama katilin bir nedeni vardı. O an için tek seçenek gibi görünen bir neden."

"Cinayet ve diğer suçlardan içeri tıktığınız insanları anlayabiliyorsunuz demek."

"Aksi takdirde bu meslekte kalamazdım." Sejer kahvesinden bir yudum alırken, Halvor'u düşündü.

"Ama mutlaka istisnalar vardır."

"Nadiren."

Bayan Holland iç geçirerek kızına baktı. "Sen ne diyorsun Sølvi?" Bunu, sanki bir kez olsun kızının umursamaz sarı kafasının içine süzülebilmek ve bir cevap –hatta bütün bunları anlaşılır kılabilecek bir cevap– bulabilmek istermiş gibi Sejer'in daha önce de duyduğu yumuşak bir ses tonuyla sormuştu. Ona kalan tek kızı, başlangıçta düşündüğünden farklı birisi olabilirmiş ve Annie'ye sandığından daha fazla benzeyebilirmiş gibi.

Sølvi, "Ben mi?" diye sorarken annesine şaşkın gözlerle baktı. "Kendi adıma, karşı evde yaşayan Fritzner'dan hiçbir zaman hoşlanmadım. Duyduğuma göre ağzına kadar loş oturma odasındaki birayla dolu teknesinde oturup bütün gece boyunca kitap okuyormuş."

ON ÜÇ

Skarre ofisindeki ışıkların çoğunu kapamıştı. Sadece kâğıtların üstüne beyaz spot ışığı vuran 60 vatlık masa lambası yanıyordu. Yazıcı, en sevdiği font olan Palatino'yla yazılmış bir metinle dolu sayfaları peş peşe kusarken, yumuşak ve sürekli bir uğultu çıkarıyordu. Arka planda, çok uzaktan gelir gibi bir kapının açıldığını ve birisinin içeri girdiğini duydu. Kim olduğuna bakmak için kafasını kaldırmak üzereyken, kâğıtlar yazıcıdan aşağı saçıldı. Toplamak için eğildi, doğruldu ve o anda bir şeyin boş bir sayfanın üstünden görüş alanına kaydığını fark etti. Bir tünekte oturan bronz bir kuş.

Derhal, "Nerede?" dedi.

Sejer oturdu. "Annie'nin evinde. Kız kardeşinin eşyaları Sølvi'ye kalmış ve bu da bir gazete kâğıdına sarılı halde, onların arasındaydı. Mezarlığa gittim. Kusursuz uydu." Skarre'ya baktı. "Bunu ona birisi vermiş olabilir."

"Kim?"

"Bilmiyorum. Ama oraya kendisi gidip aldıysa, yani oraya karanlığın örtüsü altında gerçekten gittiyse ve bunu mezar taşından kırıp çıkarmak için bir alet kullandıysa, bu bayağı vicdansız bir hareket sayılır."

"Ama Annie vicdansız birisi değildi, öyle değil mi?"

"Tam olarak emin değilim. Artık hiçbir şeyden emin değilim."

Skarre lambayı, duvarda kusursuz bir yarım ay oluşturacak şekilde, masadan öteye çevirdi. Oturup kuşa baktılar. Skarre ani bir dürtüyle kuşu tüneğinden tutarak aldı ve sallayarak ışığa tuttu. Gölgesi, beyaz ayın içinde, partiden eve dönen sarhoş, dev bir ördek görüntüsü yarattı.

"Jensvoll kızlar takımının koçluğundan istifa etmiş," dedi Skarre.

"Ne dedin?"

"Dedikodular dolaşmaya başladı. Tecavüz suçlaması ortaya çıktı. Kızlar antrenmanlara gelmez olmuş."

"Bunun olacağını tahmin etmişim. Olaylar üst üste geliyor."

"Ve Friztner haklıydı. Katil yakalanana dek, pek çok insanın işi zor olacak. Ama katilin yakalanması yakın, çünkü siz şu an itibariyle her şeyi çözmüş durumdasınız değil mi?"

Sejer kafasını salladı. "Annie ve Johnas'la bir ilgisi var. İkisinin arasında bir şeyler olmuş."

"Belki Eskil'den bir anı saklamak istemiştir."

"Öyle olsaydı, Annie kapıyı çalıp oyuncak bir ayı falan isteyebilirdi."

"Annie'ye adamın bir şey yaptığını mı düşünüyorsunuz?"

"Ya ona ya da ilişkisi olan başka birisine. Sevdiği birisine."

"Sizi takip edemiyorum. Halvor'u mu kastediyorsunuz?"

"Oğlu, Eskil'i kastediyorum. Johnas banyoda tıraş olduğu için öldü."

"Ama Annie onu bunu için suçlayamazdı ya."

"Eskil'in ölüm şekliyle ilgili çözülmemiş bir konu kalmadıysa tabii."

Skarre bir ıslık çaldı. "Orada neler olup bittiğini görecek kimse yoktu. Tek dayanağımız Johnas'ın söyledikleri."

Sejer kuşu eline aldı ve sivri gagasına hafifçe bastırdı. "Ne diyorsun, Jacob? O kasım sabahında gerçekten ne oldu?"

Çift kanatlı cam kapıyı açıp içeriye adım atarken anılar üzerine çullanıyordu sanki. Hastane kokusu, hediyelik eşya mağazasından çikolata ve çiçek standından alınan karanfillerden yükselen baharatlı parfümle bir araya gelen antiseptik ve sabun karışımı koku...

Sejer, Ingrid'in doğduğu günde, karısının ölümü yerine kızı Ingrid'i düşünmeye çalışırdı. Koca bina hayatının en büyük acısı ile en büyük neşesinin anılarını barındırıyordu. O günlerde aynı kapılardan içeri adımını atmış ve aynı kokuları fark etmişti. İstem dışı olsa da, kendi yeni doğmuş kızını diğer bebeklerle karşılaştırmıştı. Onların daha şişko, daha kırmızı ve daha kırışık olduklarını düşünmüştü; saçları da daha karışıktı. Ya da erken doğmuşlardı ve yetersiz beslenmiş minyatür yaşlı adamlara benziyorlardı. Bir tek Ingrid kelimenin tam anlamıyla kusursuzdu. Bunu hatırlamak sonunda gevşemesini sağlamıştı.

Haber vermeden gelmiş değildi. Eskil Johnas'ın otopsisini yapan patoloğun yerini tespit etmek telefonda tam sekiz dakikasını almıştı. Dosya ile raporları bulmaları ve onun için hazır etmeleri için, neyle ilgilendiğini önceden açıkça belirtmişti. Bütün departmanları etkisi altına alan hantal, ağır ve zor sistemde, yani bürokraside sevdiği şeylerden biri, her şeyin kayıt altına alınıp arşivlenmesi zorunluluğu prensibiydi. Tarihler, isimler, teşhisler, rutinler, düzensizlikler ve her şey dosyalanmalıydı. Bir davanın her yüzü, farklı amaçlara sahip insanlar tarafından taze bir bakışla çıkarılıp yeniden incelenebilirdi.

Asansörden inerken aklından bunlar geçiyordu. Sekizinci katın koridorunda ilerlerken kokunun daha da güçlendiğini fark etti.

Telefonda vakur ve orta yaşlı bir intiba bırakan patolog, genç bir adam çıktı. Kalın gözlüklü, yumuşak ve tombul elli, tıknaz bir adamdı. Masasının üstünde bir dosya, telefon, kâğıt yığınları ve üzerinde Çin harfleri olan büyük, kırmızı bir kitap duruyordu.

"Dava dosyasına hızlı bir bakış attığımı itiraf etmeliyim," dedi doktor. Gözlükleri daimî bir korku halinde olduğu hissini uyandırıyordu. "Merak ettim. Başdedektifsiniz, öyle demiştiniz, değil mi?"

Sejer başıyla onayladı.

"Bu ölümde sıradışı bir şey olması gerektiğini tahmin ediyorsunuz sanırım."

"Bu konuda hiçbir fikrim yok."

"Ama buraya geliş nedeniniz bu değil mi?"

Sejer doktora baktı, gözlerini iki defa kırptı. Verdiği tek cevap bu oldu. Onun sessiz kaldığını görünce, doktor yeniden konuşmaya başladı. Seneler içinde sayısız itirafa yol açan bu olgu, Sejer'i her defasında hayrete düşürüyordu.

Patolog evraklara bakarak, "Trajik bir olay," dedi. "İki yaşında bir erkek çocuk. Ev kazası. Birkaç dakikalığına gözetimsiz bırakılmış. Geldiğinde ölüymüş. Açtığımız zaman nefes borusunda, gıda formunda tam bir tıkanmayla karşılaştık."

"Ne tür bir gıda?"

"*Waffle*. Aslında katları açmayı başardık, neredeyse bütün halindeydiler. İki bütün, kalp biçiminde *waffle* katlanıp tam bir yumru oluşturmuş. Gürbüz bir çocuk olsa da, o kadar küçük bir ağız için müthiş büyük bir lokma. Biraz obur bir küçük adam olduğunu öğrendik; aynı zamanda hiperaktif."

Sejer, eskiden Elise'in kullandığı, üzerinde halka biçiminde yerleştirilmiş beş kalbin olduğu *waffle* makinesini gözünde canlandırmaya çalıştı. Ingrid'inki, tam olarak yuvarlak olmayan dört kalp şekilli daha modern bir makineydi.

"Otopsiyi net olarak hatırlıyorum. En hüzün verici olayları hiç unutmazsınız; zihninizde yer ederler. Sonuçta gördüğümüz insanların çoğu 80-90 yaşındadır. Ve bir kâsenin içinde duran kalp *waffle*'ları anımsıyorum. Çocuklar ve *waffle*'lar ayrılmaz bir ikilidir. Ölümüne onların neden olması ayrıca trajik gelmişti. Orada otururken iyi vakit geçiriyor olmalıymış."

"Biz dediniz. Sizinle birlikte çalışan başkaları var mıydı?"

"Arnesen, başpatoloğumuz, da benimle birlikteydi. O zaman ben işe yeni alınmıştım ve Arnesen gözünü yeni gelenlerin üstünden ayırmaz. Şimdi emekli oldu. Departmanın yeni yöneticisi bir kadın." Bu düşünce başını eğip ellerine bakmasına neden olmuştu.

"Kalp biçiminde iki tam *waffle*. Çiğnemiş mi?"

"Hayır, görünüşe bakılırsa çiğnememiş. İkisi de neredeyse tamdı."

"Çocuğunuz var mı?"

Doktor mutlu bir sesle, "Dört tane," dedi.

"Otopsiyi yaparken aklınızdan geçtiler mi?"

Doktor, Sejer'e soruyu anlayamamış gibi bakıyordu.

"Şey, evet, sanırım geçtiler. Ya da daha çok genel olarak çocukları düşünmüş olabilirim. Ve nasıl davrandıklarını."

"Öyle mi?"

Doktor, "O dönemde oğlum henüz üç yaşına basmıştı," diye devam etti. "Ve *waffle*'lara bayılırdı. Ben de bütün ebeveynler gibi ağzına bir seferde çok fazla yiyecek doldurduğu için onu azarlayıp duruyorum."

"Ama bu olayda çocuğu azarlayacak kimse yokmuş," dedi Sejer.

"Hayır çünkü olsaymış, sonuç tabii ki böyle olmazmış."

Sejer cevap vermedi. Sonra, "Hemen hemen aynı yaştaki oğlunuzu önünde *waffle* dolu bir tabakla hayal edebiliyor musunuz?" diye sordu. "Sizce iki tane birden alıp ikiye katlayıp ikisini birden aynı anda ağzına tıkar mıydı?"

Uzun bir sessizlik oldu.

"Şey... Bu özel bir çocuk türüydü."

"Bu bilgiyi tam olarak nereden aldınız? Yani özel olduğu bilgisini?"

"Babasından. Bütün gün burada, hastanedeydi. Anne, üvey kardeşle birlikte daha sonra geldi. Bu arada, bütün bunlar dosyada var. Talep ettiğiniz gibi sizin için de bir kopya hazırladım."

Elini önündeki dosyaya vurdu ve Çince kitabı kenara itti. Sejer kapaktaki ilk harfi tanımıştı. "Adam"a karşılık gelen semboldü.

"Bana söylenene göre, kaza gerçekleştiğinde baba banyodaymış, bu doğru mu?"

"Doğru. Tıraş oluyormuş. Çocuk sandalyesine bağlıymış, yerinden kurtulup yardım istemeye koşamaması bu yüzdenmiş. Baba mutfağa döndüğünde çocuk masanın üstüne uzanmış haldeymiş. Tabağı yere düşürdüğü için kırılmış. İşin en kötü tarafı, babanın tabağın düşüşünü duymuş olması."

"Neden koşarak gelmemiş?"

"Görünüşe bakılırsa çocuk sürekli bir şeyler kırıyormuş."

"Olay olduğunda evde başka kim varmış?"

"Anladığım kadarıyla sadece anne. Büyük oğlan okula gitmek üzere otobüse yetişmek için çıkmış ve anne üst katta uyuyormuş."

"Ve hiçbir şey duymamış."

"Sanırım duyacak bir şey yokmuş. Çocuk çığlık atmayı başaramamış."

"Ağzında kalp biçiminde *waffle* varken nasıl çığlık atsın? Ama bir süre sonra kocası tarafından uyandırılmıştır herhalde?"

"Kocasının ona seslenmiş ya da çığlık atmış olması mümkün. İnsanlar bu tarz durumlarda çok farklı tavırlar sergilerler. Bazıları çığlıklarına mani olamaz, diğerleri tamamen taş kesilir."

"Ama anne ambulansla gelmedi, değil mi?"

"Daha sonra geldi. Önce ağabeyi okuldan almaya gitmiş."

"Ne kadar zaman sonra geldiler?"

"Bir bakalım... Burada yazana göre yarım saat kadar sonra."

"Bana babanın nasıl davrandığını biraz anlatabilir misiniz?"

Doktor sustu ve o sabahı kafasında olduğu gibi canlandırmaya çalışır gibi gözlerini yumdu.

"Şoktaydı. Pek bir şey söylemedi."

"Anlaşılır bir durum. Ama az da olsa bir şeyler söylemiştir, ne olduğunu hatırlıyor musunuz? Özellikle hatırladığınız bazı kelimeler var mı?"

Doktor ona soran gözlerle baktı ve kafasını salladı. "Uzun zaman önceydi. Neredeyse sekiz ay oldu."

"Yine de bir deneyin."

"Sanırım şöyle bir şeydi: 'Ah Tanrım, hayır! Ah Tanrım, hayır.'"

"Ambulansı çağıran baba mıydı?"

"Evet, burada öyle yazıyor."

"Buradan Lundeby'a yol gerçekten 20 dakika mı sürüyor?"

"Evet, ne yazık ki öyle. Dönüş de 20 dakika. Yanlarında traketomi yapabilecek personel yokmuş. Olsaydı, çocuk belki kurtarılabilirdi."

"Bahsettiğiniz nedir?"

"İki omur arasına girip soluk borusunu dışarıdan açmaktan bahsediyorum."

"Yani gırtlağını kesip açmak gibi mi?"

"Evet. Aslında bir hayli basittir. Ve hayatını kurtarabilirdi. Gerçi babası onu bulduğunda ne kadar zamandır o sandalyede oturduğunu bilmiyoruz."

"Tıraş süresi kadar."

"Şey, evet, sanırım." Doktor kâğıtları karıştırırken gözlüğünü yukarı itti. "Bir şeyden mi şüpheleniyorsunuz? Suçla ilgili bir şeyden?"

Bu soruyu uzun süredir içinde tutuyordu. Şimdi nihayet sormaya hakkı olduğunu hissetmişti.

"Bunun ne olabileceğini hayal edemiyorum. Ne demek istiyorsunuz?"

"Bu konuda nasıl bir fikrim olabilir ki?"

"Ama sonrasında çocuğu açıp incelediniz. Ölümü hakkında doğal olmayan herhangi bir bulguya rastladınız mı?"

"Doğal olmayan mı? Çocuklar böyledirler. Ağızlarına bir şeyler tıkıp dururlar."

"Ama önünde *waffle* dolu bir tabak varsa ve tek başına oturuyorsa ve birisinin gelip *waffle*'ları elinden alacağına dair bir şüphesi yoksa iki parçayı neden aynı anda ağzına tıksın?"

"Bir şey sorabilir miyim? Bu sorularla nereye varmaya çalışıyorsunuz?"

"Hiçbir fikrim yok."

Doktor kendi düşüncelerinde kaybolmuş halde, bir süre oturdu. Küçük Eskil'in porselen masanın üstünde, gırtlağından aşağısı ikiye ayrılmış halde yattığı sabahı düşünüyordu. Yemek borusundaki yumruyu gördüğü ve iki *waffle* olduğunu anladığı anı. İki tam kalp. Yumurta, un, tereyağı ve sütten ibaret kocaman, yapış yapış bir yumru.

"Otopsiyi hatırlıyorum," dedi. "Bütün detayıyla. Belki de bununla aslında şaşırmış olduğumu söylemeye çalışıyorum. Hayır, böyle olduğunu söyleyemem." Aniden, "Ama..." diye ekledi. "Ölümü konusunda sıradışı bir şey olabileceği fikrine nasıl kapıldınız?"

Sıradışı. Sayısız farklı olasılığı içinde barındıracak muğlak bir kelime.

Sejer doktora dikkatle bakarak, "Şey," dedi. "Eskil'in bir bakıcısı vardı. Şöyle ifade edeyim, bu ölümle bağlantılı olarak gönderdiği bazı sinyaller merakımı uyandırdı."

"Sinyaller mi? Ama bunu ona doğrudan sorabilirsiniz, değil mi?"

"Hayır, soramam." Sejer kafasını salladı. "Artık çok geç."

Kahvaltıda *waffle*, diye düşündü. Bir önceki günden kalmış olsalar gerekti. Johnas'ın sabahın erken saatinde kalkıp evin içinde mekik dokuması pek olası görünmüyordu. Bir önceki günden kalma *waffle*'lar. Sert ve soğuk. Ceketinin düğmelerini ilikledi ve arabasına bindi. Hiç kimsenin merakını uyandırmazdı. Çocuklar her zaman ağızlarına bir şeyler atarlardı. Patoloğun da dediği gibi bir şeyler tıkıştırıp dururlardı. Arabayı çalıştırdı, Rosenkrantzgaten'ı geçti ve aşağı, nehre doğru ilerleyip sola saptı. Aç değildi ama adalet binasına gitti, park etti ve *waffle* da satılan kafeteryaya çıkan asansöre bindi. Biraz reçel ve kahveyle bir tabak *waffle* aldı ve pencerenin yanına yerleşti. Kalplerden iki tanesini büyük bir dikkatle ayırdı. Taze pişmiş ve gevrektiler. İkiye katladı, sonra tekrar ikiye katladı ve bir süre gözlerini ayırmadan *waffle*'lara baktı. Az bir çabayla ikisini birden ağzına atabilirdi ve hâlâ çiğneyecek yeri olurdu. Öyle de yaptı ve yemek borusundan aşağı hiç sorunsuz kaydıklarını hissetti. Taze yapılmış tatlı *waffle*'lar kaygan ve yağlıydılar. Biraz kahve içti ve kafasını salladı. Kendi rızası dışında, titrek görüntülerin –gırtlağı dolu küçük oğlanın görüntülerinin– zihnine dolmasına izin verdi. Çırpınışını, ellerini sallayışını, tabağını kırışını ve hiç kimse duymadan canla başla uğraşmasını. Babası tabağın kırıldığını duymuştu. Neden koşarak gelmemişti? Doktor, çünkü çocuk sürekli bir şeyler kırıyormuş, demişti. Yine de... küçük bir oğlan ve kırık bir tabak. Ben bile hemen koşup gelirdim, diye düşündü. Sandalyesinin devrilmiş olabileceğini, canının yanmış olabileceğini düşünürdüm. Ama babası tıraşını tamamlamıştı. Ya anne uyanık olsaydı? O tabağın düştüğünü duyar mıydı? Biraz daha kahve içti ve kalan *waffle*'ların üstüne reçel sürdü. Sonra raporu okumaya koyuldu. Bir süre sonra ayağa kalktı ve arabasına gitti. Üst katta, neler olup bittiğinden habersiz, tek başına yatağında yatan Astrid Johnas'ı düşünüyordu.

Halvor tabaktan bir sandviç aldı ve bilgisayarını açtı. Program başlarken odayı kaplayan tantanalı sesi ve mavi ışığın akışını seviyordu. Her açılış müziği ciddi bir andı. Halvor bu sesi ona özel bir karşılama gibi düşünürdü, bekleniyormuş gibi. Bugün özel bir stratejide karar kılmıştı. Annie'nin sıkça olduğu gibi hiçbir şeyi umursamayan, atılgan bir ruh halindeydi. Bu yüzden işe, "Beni rahat bırak", "Özel" ve "Çek ellerini"den başladı. Bunlar, kolunu çok çekingen ve tamamen saf bir şefkatle Annie'nin omzuna atmayı denediği zamanlarda duyduğu türde şeylerdi. Ama Annie bunları her zaman kibarca söylerdi. Ve ondan bir öpücük isteme cüretini gösterdiği zaman, o asık sırıtışını ısırmakla tehdit ederdi. Sesi, kelimelerinden bambaşka şeyler söylerdi. Tabii ki bu, Halvor'un onun söylediklerini yok sayması anlamına gelmezdi ama en azından katlanmasını kolaylaştırırdı. Temelde ona dokunmasına hiç izin yoktu. Ama Annie onu yine de etrafında isterdi. Yan yana, birbirlerinin sıcaklığından çalarak uzanırlardı. Bu bile kötü sayılmazdı. Babasının saldığı korku ve kâbuslardan azat olmuş halde, karanlıkta Annie'nin yanında yatıp sessizliği dinlemek... Kötü rüyalar, üzerindeki örtüleri yırtıp almak için üzerine hücum edemez, ona artık ulaşamazdı. Güvenlik. Yanında birisinin yatmasına alışıktı. Bir başkasının nefes alıp verişini duymaya ve sıcaklığını yüzünde hissetmeye. Uzun yıllar boyunca kardeşinin yaptığı gibi.

Annie neden bir şeyler yazmıştı ki? Yazdıkları neyle ilgiliydi? Ve eğer bulacak olursa, ne olduğunu anlayabilir miydi? Ekmeği ve ciğer ezmesini oturma odasındaki televizyonun homurtusunu dinleyerek çiğnedi. Kendini biraz suçlu hissediyordu çünkü büyükannesi akşamları tamamen tek başına oturuyordu ve Halvor parolayı çözüp Annie'nin sırrına ulaşmanın yolunu bulana dek de oturmaya devam edecekti. Karanlık bir şey olmalı, diye düşündü. Yüksek sesle söylenemeyecek, sadece yazılabilecek ve üzerine kilit vurulacak bir şey. Ölüm kalım meselesiymiş gibi. Ekrana bu iki kelimeyi girdi. "Ölüm kalım." Hiçbir şey olmadı.

Bayan Johnas öğle tatilindeydi. Bir elinde bir parça gevrek ekmekle arka odadan baktı. Üzerinde, yine aynı kırmızı takım vardı. Huzursuz görünüyordu. Orada oturup Annie'den bahsederken bir şeyler çiğnemek uygunsuz kaçacakmış gibi yemeğini içine sarılı olduğu kâğıdın üstüne bıraktı. Ve kahvesine konsantre oldu.

Termosunun fincanından bir yudum alırken, "Bir şey mi oldu?" diye sordu.

"Bugün Annie'den bahsetmek istemiyorum."

Fincanını kaldırırken Sejer'e iri iri açılmış gözlerle baktı.

"Bugün Eskil'den bahsetmek istiyorum."

"Anlamadım." Dolgun dudakları küçülmüş ve incelmişti. "Ben o konuyu kapadım, arkamda bıraktım. Ve izin verirseniz şunu söyleyeyim, bu çaba bana pahalıya mal oldu."

"Daha düşünceli davranamayacağım için üzgünüm. O çocuğun ölümünde ilgimi uyandıran birkaç detay var."

"Nedenmiş?"

"Bu size söylemek zorunda olduğum bir şey değil, Bayan Johnas," dedi Sejer kibarca. "Sadece sorularıma cevap verin."

"Ya cevaplamayı reddedersem? Ya bahsetmeye bile dayanamıyorsam?"

"O zaman giderim," dedi. "Ve size düşünmeniz için zaman tanırım. Ve başka bir gün aynı sorularla geri gelirim."

Astrid Johnas fincanını kenara itti, ellerini kucağına indirdi ve sırtını dikleştirdi. Sanki beklediği ve güçlü hissetmek için ihtiyaç duyduğu tam olarak buymuş gibi.

"Hoşuma gitmiyor," dedi. "Buraya daha önce Annie'den konuşma isteğiyle geldiğinizde, işbirliği yapmamak aklımdan dahi geçmedi. Ama bunun Eskil'le bir ilgisi varsa, bana ne bilmek istediğinizi söyler ve sonra hemen giderseniz iyi olur."

Parmaklarını bir süre ovaladıktan sonra sıkıca kavuşturdu. Onu korkutan bir şey var gibiydi.

Sejer kadına bakarak, "Ölmesinden hemen önce," dedi. "Tabağını yere düşürmüş ve tabak kırılmış. Sesi duydunuz mu?"

Soru Astrid'i şaşırtmıştı. Sejer'e başka bir şey, belki de çok daha kötü bir şey bekliyormuş gibi hayretle baktı. "Evet," dedi.

"Duydunuz mu? Yani uyanıktınız." Sejer kadını süzdü ve yüzünü kaplayan küçük gölgeyi kayda geçip sözlerine devam etti. "Yani sonuç olarak uyumuyordunuz. Elektrikli tıraş makinesinin sesini duydunuz mu?"

Astrid başını öne eğdi. "Banyoya gittiğini ve kapıyı çarptığını duydum."

"Banyoya gittiğini nereden bildiniz?"

"Bildim işte. O evde uzun süre yaşadık. Her kapının kendine özgü bir sesi vardı."

"Ya öncesi? Yani banyoya gitmesinden önce."

Astrid hafızasını yoklarken kısa bir duraksama yaşadı. "Sesleri mutfaktan geliyordu. Kahvaltı ediyorlardı."

Sejer büyük bir dikkatle, "Eskil *waffle* yiyordu," dedi. "Bu eviniz için olağan bir durum muydu? Kahvaltıda *waffle* yenmesi." Sorusuna sıcak bir gülümseme eklemişti.

"Yemek için yalvarmış olmalı," dedi bitkin bir sesle. "Ve her zaman istediğini elde ederdi. Eskil'e hayır demek kolay değildi çünkü bu onu delirtirdi. Direncin hiçbir türüne tahammülü yoktu. Sıcak közlere üflemek gibiydi. Ve Henning pek sabırlı birisi değildi. Çığlıklarını duymaktan nefret ederdi."

"Yani çığlıklarını duydunuz, öyle mi?"

Astrid ellerini birbirinden ayırdı ve fincanına uzandı.

Kahvesinden yükselen dumana bakarak, "Her zaman bir hayli gürültü ederdi," dedi.

"Kavga mı ediyorlardı, Bayan Johnas?"

Cılız bir gülümsemeyle, "Sürekli ederlerdi. Eskil *waffle* için yalvarıyordu. Henning kızarmış ekmeğe yağ sürmüştü ve onu yemesini istiyordu. Nasıldır bilirsiniz, çocuklara bir şeyler yedirmek için her şeyi yaparız. *Waffle*'ları çıkarmış olsa gerek. Ya da belki de Eskil görmüştür. Bir önceki akşamdan kalmaydılar ve tezgâhın üstünde, üzerleri naylonla kaplı halde duruyorlardı," dedi.

"Kelimeleri seçebiliyor muydunuz? Birbirlerine söyledikleri herhangi bir şeyi."

Astrid Johnas, "Bütün bu sorularla nereye varmaya çalışıyorsunuz?" deyiverdi. Bakışları kararmıştı. "Bunu Henning'le konuşmalısınız. Ben orada yoktum. Üst kattaydım."

"Sizce bana söyleyeceği bir şey var mıdır?"

Sessizlik. Kadın, onu dışlamak ister gibi kollarını kavuşturdu. Korkusu gittikçe artıyordu.

"Henning adına konuşamam. Artık kocam değil."

"Evliliğinizi zora sokan çocuğunuzu kaybetmeniz miydi?"

"Tam olarak değil. Her şekilde ayrılırdık. Çok fazla kavga ediyorduk."

"Gitmek isteyen siz miydiniz?"

"Bunun konumuzla ne alakası var?" diye sordu.

"Büyük olasılıkla hiçbir alakası yok. Sadece soruyorum." Sejer ellerini avuçları yukarı bakacak şekilde masanın üstüne koydu. "Henning, Eskil'i masada bulunca ne yaptı? Size mi seslendi?"

"Yatak odasının kapısını açtı ve öylece durup bana baktı. Ortalığın sessizliği dikkatimi çekti. Mutfaktan tek bir ses gelmiyordu. Yatağın içinde doğruldum ve çığlık attım."

"Oğlunuzun ölümünde size anlaşılır gelmeyen herhangi bir şey var mı?"

"Ne?"

"Siz ve kocanız olanları konuştunuz mu? Ona bu konuyu sordunuz mu?"

Sejer karşısındaki gözlerde yeni bir korku izi gördü.

Astrid büyük bir dikkatle, "Bana her şeyi anlattı," dedi. "Teselli edilemez haldeydi. Olanlar için kendini suçluyor, yeterince dikkatli davranmadığını söylüyordu. Ve bununla yaşamak hiç kolay iş değil. Dayanamıyordu. Ben de dayanamıyordum. Kendi yollarımıza gitmemiz gerekiyordu."

"Ama ölümün kendisinde anlayamadığınız ya da çözülmemiş hiçbir şey yok, öyle mi?"

Sejer'in o anda çok nazik bakan iri, abanoz grisi gözleri vardı; çünkü Astrid bir şeyin kıyısındaydı ve belki de –eğer Sejer yeterince şanslıysa– bir sonraki adımı atabilirdi.

Omuzları sarsılmaya başladı. Sejer bir süre hareketsiz oturdu ve hiç kıpırdamaması, sessizliği bozmaması gerektiğini bilerek, sabırla bekledi. İtirafa adım adım yaklaşıyordu. Sejer tanımıştı, havada hissediyordu. Onu rahatsız eden bir şey vardı. Düşünmeye dahi cüret edemediği bir şey.

"Birbirlerine bağırdıklarını duydum," diye fısıldadı. "Henning hiddetlenmişti; kolayca sinirlenirdi. Ben yatakta kafamın üstünde bir yastıkla yatıyordum. Onları dinlemeye tahammül edemiyordum."

"Devam edin."

"Eskil'in çok gürültü çıkardığını duydum. Fincanını masaya vuruyor olabilirdi. Henning ise bağırıyor ve çekmeceleri, dolapları çarpıyordu."

"Söyledikleri sözcüklerden çıkarabildikleriniz oldu mu?"

Alt dudağı titremeye başladı. "Sadece bir cümle. Banyoya koşmasından hemen önce duyduğum son şey. O kadar yüksek sesle bağırmıştı ki komşuların duymasından korktum, hakkımızda düşünebilecekleri şeylerden. Ama işimiz kolay değildi. Beklediğimiz gibi davranmayan bir çocuğumuz vardı. Bildiğiniz gibi bir de büyük oğlumuz vardı. Magne her zaman o kadar sessizdi ki. Hâlâ da öyledir. Hiçbir zaman sorun çıkarmadı, ne dersek yaptı, o..."

"Ne duydunuz? Ne dedi?"

O anda dükkânın zili çaldı ve kapı açıldı. İki kadın içeri girdi ve gözleri ışıl ışıl etraftaki yünlere baktı. Bayan Johnas ayağa fırladı; dükkâna gitmeye hazırdı. Sejer elini omzuna koyup onu durdurdu. "Söyleyin bana!"

Astrid Johnas utanmış gibi başını öne eğdi.

"Bu olay Henning'i neredeyse mahvediyordu. Kendini hiç affedemedi. Ve ben de artık onunla birlikte yaşayamazdım."

"Bana ne dediğini söyleyin!"

"Kimsenin bilmesini istemiyorum. Hem zaten artık bir önemi yok. Eskil öldü."

"Ama o artık kocanız değil, öyle değil mi?"

"O Magne'nin babası. Bana gerektiği gibi davranamadığı için banyoda durup çaresizlikten titrediğini anlattı. Sakinleşene dek orada durmuş. Sonra geri dönecek ve öfkelendiği için özür dileyecekmiş. İşe durumu halletmeden gitmeye dayanamazdı. Sonunda mutfağa dönmüş. Gerisini biliyorsunuz."

"Bana ne dediğini söyleyin."

"Asla. Asla Tanrı'nın bir tek kuluna bile söylemeyeceğim."

Zihninde kök salan çirkin düşünce serpilmeye ve büyümeye başlıyordu. O kadar çok şey görmüştü ki, şaşırmak onun için nadir bir durumdu. Belki de Eskil Johnas gibi bir çocuktan kurtulmak adamın işine gelebilirdi.

Skarre'yı ofisinden aldı ve koridor boyunca yürümeye başladı.

"Gidip şu Doğu halılarına bir bakalım," dedi.

"Neden?"

"Astrid Johnas'ın dükkânından geliyorum. Korkunç bir şüphenin acısını çektiğini düşünüyorum. Benim de aklımdan geçen şüphenin. Johnas'ın o çocuğun ölümünden kısmen sorumlu olduğu şüphesinin. Bence onu bu yüzden terk etmiş."

"Ama Johnas nasıl suçlanabilir ki?"

"Bilmiyorum. Ama düşüncesi Astrid Johnas'ı korkutuyor. Aklıma bir şey daha geldi. Johnas onunla konuştuğumuz zaman, çocuğun ölümü hakkında tek kelime etmemişti."

"Çok tuhaf değil, değil mi? Ne de olsa oraya Annie hakkında konuşmaya gitmiştik."

"Ben bahsetmemesini tuhaf buluyorum. Karısı onu terk ettiği için ortada bakılacak çocuk kalmadığını söylemişti. Annie'nin baktığı çocuğun öldüğünden bahsetmedi. Sen duvarda asılı duran fotoğrafa yorum yaptığın zaman bile."

"Büyük ihtimalle bu konuda konuşmaya dayanamıyordur. Bundan bahsettiğim için beni affedin," dedi Skarre sesini alçaltarak. "Ama siz de bir yakınınızı kaybettiniz. Bundan konuşmak sizin için ne kadar kolay?"

Sejer o kadar şaşırmıştı ki olduğu yerde durdu. Birisi bütün rengini çekip almış gibi yüzünün solduğunu hissetti. "Tabii ki konuşabiliyorum... Uygun ya da kesinlikle gerekli olduğunu düşündüğüm bir durum varsa. Eğer dikkate alınması gereken başka düşünceler, benim duygularımdan daha önemliyse."

Kokusu, saçlarının ve teninin kokusu, kimyasal ve ter karışımıydı, alnında neredeyse metalik bir parlaklık vardı. Diş mineleri bütün o haplar yüzünden, kaymağı alınmış süt gibi mahvolmuştu. Gözlerinin beyazları sarıya dönmüştü.

Skarre karşısında başı dimdik, en ufak bir suçluluk hissetmeyerek duruyordu. Sejer bunu bekliyordu, fazla gevezelik etmemiş miydi, Skarre'ya dostça davranmak konusunda çizgiyi aşmamış mıydı? Özür dilemesi gerekmez miydi?

"Ama gerekli olduğunu hissettiğiniz hiç olmadı mı?"

Şimdi karşısında dikilen genç adama bakıyordu. Yumruğunu hazırda tutar gibi görünüyordu.

Kafasını sallayarak sertçe, "Hayır," dedi.

Yeniden yürümeye başladı.

"Anlıyorum," dedi Skarre hiç etkilenmemiş gibi. "Bayan Johnas ne dedi?"

"Kavga etmişler. Birbirlerine bağırdıklarını duymuş. Banyo kapısı çarpılmış, tabak kırılmış. Johnas kolayca öfkelenirmiş. Kendini suçladığını söylüyor."

"Ben de suçlardım," dedi Skarre.

"Söyleyebileceğin, cesaret verici herhangi bir şey var mı?"

"Bir anlamda. Annie'nin okul çantası."

"Ne olmuş ona?"

"Üstünde bir tür yağ vardı, hatırlıyor musunuz? Büyük olasılıkla parmak izlerini yok etmek için."

"Eee?"

"Ne olduğunu bulduk. Başka şeylerin yanında katran da içeren bir tür krem."

Sejer şaşkınlık içinde, "Benim öyle bir kremim var," dedi. "Egzamam için."

"Hayır, bu köpekler için özel bir krem. Yaralı patiler için."

Sejer başını salladı. "Johnas'ın köpeği var."

"Ve Axel Bjørk'ün bir Alman çoban köpeği. Ve sizin de aslanınız. Laf olsun diye söylüyorum." Skarre kapıyı açık tutarken son cümleyi hızlı hızlı söylemişti. Başdedektif, kafası biraz karışmış halde önden yürüdü.

ON DÖRT

Axel Bjørk köpeğinin tasmasını taktı ve arabadan indirdi.

Her iki tarafa hızlı birer bakış attı; hiç kimseyi görmeyince, üniforma cebinde anahtarı arayarak meydanın karşısına geçmek için yürüdü. Bir kez daha döndü, girişin önünde tam ortaya park edilmiş, tavanında bir kayak kutusu, kapısında ve kaputunda güvenlik şirketinin logosu olan kurşun grisi Peugeot'sunu gördü. O anahtarla uğraşırken köpek hiç şüphelenmeden bekledi; bunu defalarca yapmışlardı. Binlerce farklı kokuyla arabaya inip binmiş, kapılardan geçip asansörlere girip çıkmışlardı. Köpek bütün sadakatiyle sahibini takip ediyordu. Bir köpek olarak iyi bir hayatı vardı; bolca egzersiz yapıyor, bolca sahne değişimi yaşıyor ve iyi yemek yiyordu.

Fabrika binası sessiz ve boştu; artık çalışmıyor, sadece depo olarak kullanılıyordu. Sandıklar, kutular ve çuvallar yerden tavana kadar istiflenmişti ve içerisi karton, toz ve küflü ahşap kokuyordu. Bjørk ışıkları yakmadı. Kemerinde bir fener sallanıyordu; karanlık hole girerlerken onu yakmıştı. Çizmelerinin sesi taş zeminde yankılanıyordu. Yankılanan her ayak sesi, zihninde eşsizdi. Birbirinin peşi sıra, kendi ayakları sesleri, sessizlikte tek başına... Tanrı'ya inanmıyordu, ayak seslerini sadece köpek duyuyordu. Aşil gevşek bir tasmanın ucunda, ölçülü adımlar atarak yürüyordu; çok iyi eğitilmişti. Köpek, tehlike değil sükûnet bekliyordu ve efendisini seviyordu.

Makineye, kocaman bir bükme makinesine yaklaştılar. Bjørk köpeği de yanına çekip biraz sıkışarak demir ve metalin arkasına geçti. Tasmayı çelik bir levyeye bağladı ve otur emri verdi. Köpek oturdu ama tetikteydi. Odaya bir koku yayılmaya başlıyordu. Artık yabancı gelmeyen, gündelik hayatlarının gittikçe daha büyük bir parçası olan bir koku. Ama bir şey daha vardı. Korkunun güçlü ve rahatsız edici kokusu. Bjørk yere kaydı, naylon tulumdan yükselen hışırtı ve köpeğin hızlı soluk alışından başka ses yoktu. Kalça cebinden bir şişe çıkardı, kapağını çevirerek açtı ve içmeye başladı.

Köpek, gözleri parlayarak, kulakları tetikte bekledi. Hemen o anda bisküvi alamayacağını biliyordu ama yine de bekleyerek ve kulak kesilerek oturdu. Bjørk köpeğin gözlerine baktı. Dudaklarından tek kelime çıkmadı. Holdeki gerilim artıyordu. O köpeği izlerken, köpeğin de onu izlediğini hissediyordu. Cebinde bir revolver vardı.

Halvor hoşnutsuz bir homurtu çıkardı. Umutsuzca, bu dosyaya Tanrı'nın hiçbir kulu ulaşamayacak, diye düşündü. Monitörün mırıltısı onu rahatsız etmeye başlamıştı. Artık nazik bir iç çekiş olmaktan çıkmış, uzaktaki devasa bir makineden gelen sonsuz bir gürültüye dönüşmüştü. Onu gün boyu terk etmemişti. Bilgisayarı her kapatışında kendini çıplak hissediyordu. Sessizlik birkaç saniye sürüyordu. Ta ki ses Halvor'un zihninde yeniden belirene kadar. Çıkar ağzındaki baklayı Annie, diye düşündü. Konuş benimle.

Sinemada bir gezi belgeseli gösteriliyordu. O elinde biletlerle girişte beklerken, Annie büfeden Smarties ve limonlu şeker almıştı. "İçecek bir şey ister misin?" diye sordu. Ona bakmakla ve onu sinemanın önünde toplanmış kalabalıktaki diğerleriyle karşılaştırmakla fazlasıyla meşgul olduğu için, kafasını salla-

makla yetinmişti. Simsiyah giyimli görevli elinde zımbasıyla kapıda belirdi, biletleri zımbalarken önünden geçen yüzleri tek tek süzüyordu. Çocukların çoğu gözlerini yerden kaldırmıyordu çünkü bu filmin yaş sınırının altındaydılar. Bir Bond filmi. Birlikte seyrettikleri ilk film, ilk randevuları, neredeyse gerçek bir çift gibi. Gururla şişinmişti. Film iyi bir filmdi. En azından Annie'ye göre. Aslında o çok fazla takip etmemişti; göz ucuyla Annie'ye bakmakla ve karanlıkta çıkardığı sesleri dinlemekle meşguldü. Ama adını anımsıyordu. Senin Gözlerin İçin.

İsmi boşluğa girdi ve bir an bekledi ama hiçbir şey olmadı. Sabırsızlık içinde ayağa kalktı, birkaç adım attı ve pencere pervazında duran, içinde bir paket King of Denmark tütünü sakladığı kavanozun kapağını açtı. Durum umutsuzdu. Her tür suçluluk hissini zihninin ücra köşelerine itti. Bu, zihninin gizli bir bölmesiydi ve geçmişinden bir şeyler barındırıyordu. Artık Halvor'u durdurmak imkânsızdı. Mutfaktan oturma odasına ve telefonun durduğu kitap rafına yürüdü. Rehberde bilgisayar ekipmanlarına baktı, istediği numarayı buldu ve tuşladı.

"Ra Data. Solveig konuşuyor."

"Merhaba. Kilitli bir dosya için arıyorum," diye kekeledi. Cesareti un ufak olmuştu. Kendini bir hırsız ya da röntgenci gibi küçük hissediyordu. Ama bunun için artık çok geçti.

"Dosyaya giremiyor musunuz?"

"Şey, hayır. Parolayı hatırlayamıyorum."

"Korkarım teknisyenimiz bugün izin aldı. Ama bir dakika beklerseniz birisine sorabilirim."

Ahizeyi kafasına öyle çok bastırıyordu ki kulağı uyuştu. Hattın diğer ucunda konuşma homurtularını ve telefon seslerini duyabiliyordu. Dönüp büyüteçli gözlüğüyle gazete okuyan büyükannesine bakıp Annie bunun yapılabileceğini bilmeliydi, diye düşündü.

"Hâlâ orada mısınız?"

"Evet."

"Uzakta mı oturuyorsunuz?"

"Lundebysvingen'da."

"Şanslı günündesiniz. Eve giderken size uğrayabilir. Adresiniz nedir?"

Kalbi gırtlağında gümbür gümbür atarken odasında oturup bekledi. Arabayı avluya girmeden görebilmek için perdeyi açık bırakmıştı. Teknisyenin kapısında Ra Data logosunu taşıyan beyaz Kadett Combi'yle gelmesi tam 30 dakika sürmüştü. Arabadan insanı şaşırtacak kadar genç bir adam indi ve eve biraz şüpheyle baktı.

Halvor kapıyı açmaya koştu. Sistem uzmanı nazik bir adam çıkmıştı, bir hamur topu kadar tombuldu ve derin gamzeleri vardı. Halvor girdiği zahmet için teşekkür etti. Birlikte odasına gittiler.

Teknisyen çantasını açtı ve bir tablo yığını çıkardı. "Sayısal mı yoksa alfabetik bir parola mı?" diye sordu.

Halvor kızardı.

Adam şaşkınlık içinde, "Bu kadarını bile hatırlayamıyor musunuz?" dedi.

Halvor. "Çok fazla değişik parola kullandım," diye geveledi. "Düzenli olarak değiştiriyorum."

"Hangi dosya?"

"Şu."

"Annie."

Daha fazla soru sormadı. Bu iş belli görgü kurallarını da beraberinde getiriyordu ve büyük hırsları vardı. Halvor pencereye gitti ve yanakları utanç ve sinir karışımıyla yanıp kalbi bir davulu aratmayacak kadar hızla çarparken, orada bekledi. Arkasında, uzaktan gelen kastanyet sesleri gibi hızla tıkırdayan tuşları duyabiliyordu. Bunun dışında tek bir ses yoktu. Sadece davul sesi. Sonsuz kadar uzun gelen bir sürenin sonunda teknisyen ayağa kalktı.

"Tamamdır ahbap, işte bu."

Halvor yavaşça döndü ve ekrana baktı. İmzalaması için ona uzatılan faturayı aldı.

"Ne? 750 kron mu?" diye inledi.

Adam gülümseyerek, "Saat başı ücret, iş daha kısa sürse de geçerli."

Halvor elleri titreyerek sayfanın altındaki kesik çizgiyi imzaladı ve faturanın adresine gönderilmesini istedi.

Uzman yine gülümseyerek, "Parola sayısalmış," dedi. "Sıfır yedi bir bir dokuz dört. Tarih ve yıl, değil mi?"

Gamzeleri iyice derinleşmişti. "Ama belli ki kendi doğum gününüz değilmiş. Öyle olsa sekiz aydan büyük olamazdınız."

Halvor teşekkür ederek adamı uğurladı. Sonra geri koştu ve monitörün karşısına oturdu. Ekranda yeni bir komut belirmişti. "Lütfen ilerleyin."

Çok hızlı attığı için elini kalbine yerleştirmek ihtiyacı duydu. Ekranda kelimeler akıyordu, okumaya başladı. Dosyada aşağı doğru ilerlerken masaya yaslanmak ve gözlerini kırpıştırmak zorunda kaldı. Bir şey olmuştu. Annie bunu yazmıştı ve Halvor nihayet bulmuştu. Fal taşı gibi açılmış gözlerle okudu ve içinde korkunç bir şüphe büyümeye başladı.

Bjørk'ün kanında bol miktarda alkol dolaşıyordu.

Köpek hâlâ dili dışarıda oturuyor, sabırsızca ve hızlı hızlı soluyordu, gözleri kaygıyla bir o yana bir bu yana kayıyordu. Bjørk bir süre sonra güçlükle ayağa kalktı, şişeyi buz gibi soğuk zemine bıraktı, birkaç kez hıçkırdı ve doğruldu. Ve derhal bacakları iki yana açık halde duvara doğru kaykıldı. Köpek de ayağa kalkmıştı ve sarı gözleriyle efendisine bakıyordu. Kuyruğunu birkaç kez salladı. Bjørk el yordamıyla cebine tıktığı revolvere uzandı. Silahı çıkardı ve gözünü köpekten bir an ayırmadan ve kendi azı dişlerinin birbirine sürtünürken çıkardığı sesi dinleyerek, horozunu kaldırdı. Yalpaladı, eli titriyordu ama sersemliğinden silkindi, kolunu kaldırdı ve tetiği çekti. Şiddetli patlama duvarlarda yankılandı. Kafatası açılmış, içeriği duvarlara sıçramış ve bir kısmı köpeğin burnuna isabet etmişti. Silah sesi yankılanmaya devam ediyordu. Zaman içinde, uzak bir fırtına gürültüsüne dönüşerek azaldı. Köpek kurtulmak için öne atıldı ama tasma onu tutuyordu. Sayısız girişimin sonunda bitkin düşmüştü. Pes etti ve inleyerek olduğu yerde durdu.

Galeri, Katolik kilisesine çok uzak sayılmayacak sakin bir sokaktaydı. Dışarıda bir Citroën duruyordu, eğik farları olan türden, eski bir modeldi. Sejer, daha çok Çinlilerin gözleri gibi diye düşündü. Araba tozla kaplıydı. Skarre yanına gitti ve içine baktı. Çatısı, daha önce tepesinde yüzeyi koruyan bir şey varmış gibi geri kalan kısmından daha temizdi. Mavi-yeşildi.

"Kayak kutusu yok," dedi Sejer.

"Hayır, çıkarılmış. Bağların izleri duruyor."

Galeri kapısını açıp içeri girdiler. İçeride Bayan Johnas'ın dükkânındakinin benzeri, yün ve nişasta karışımı, tavandaki kirişlerin katranından izler taşıyan bir koku vardı. Köşedeki bir kamera üzerlerine çevrilmişti. Sejer durdu ve lense baktı. Her tarafta kocaman halı yığınları vardı. Geniş taş basamaklar üst katlara çıkıyordu. Yerde sayısız halı seriliydi ve bazıları da duvarlardaki direklerde asılıydı. Johnas kırmızı, yeşil, pembe ve siyah flanel ile kadifeler içinde merdivenleri iniyordu. Koyu renk bukleleriyle, halı tutkusuyla müthiş bir uyum içindeydi. Bu adamda yumuşak ve nazik bir şey vardı. Eğer gerçekten varsa, şiddetli öfkesini saklamayı çok iyi başarıyordu. Gözleri koyu, neredeyse siyahtı ve tavrı baştan aşağı bariz bir satıcı tavrıydı. Dost canlısı, rahat ve insana kendini iyi hissettiren.

"Merhaba," dedi. "Haydi içeri gelin. Demek bir halı satın almak istiyorsunuz, öyle mi?"

Uzun zamandır görmediği yakın arkadaşları ya da özellikle bu tür el işine düşkünlüğü olan potansiyel müşterilermiş gibi kolunu salladı. Düğümler. Renkler. Dinî semboller taşıyan desenler. Doğum ve hayat ve ölüm, acı, zaferler, gurur. Yemek masasının altına ya da televizyonun önüne konmak üzere. Yok edilemez, eşsiz.

"Burada çok geniş bir yeriniz varmış," dedi Sejer etrafına bakınırken.

"İki katın tamamı artı çatı. İnanın bana, bu büyük bir yatırımdı. Burası için canla başla çalıştım ve ben devraldığımda kesinlikle böyle görünmüyordu. Küflü ve griydi. Ama iyice temizledim ve duvarları badanaladım, aslında tek ihtiyacı buydu. Orijinal hali eski bir villaymış. Lütfen beni takip edin."

Merdivenlerden yukarısını işaret etti ve onları ofis dediği ama aslında içinde paslanmaz çelikten bir tezgâh ve ocak, bir kahve makinesi ve küçük bir buzdolabı barındıran geniş bir mutfak olan bölüme götürdü. Tezgâhın üstünde, çok hoş, derli toplu giyimli Hollandalı kızların, yel değirmenlerinin ve rüzgârla salınan gür çimenlerin süslediği seramik karolar göze çarpıyordu. Tavandaki bir kirişten, dekoratif eski bakır çaydanlıklar sarkıyordu. Mutfak masasının, sanki eski bir gemiden çıkıp gelmiş gibi pirinç kenarları ve köşeleri vardı.

Masanın etrafına oturdular ve Johnas onlara sormadan buzdolabına gidip şarap kadehlerine üzüm suyu doldurdu.

Skarre, "Yavrularla işler nasıl gitti?" diye sordu.

"Hera bir tanesini yanında tutacak, diğer iki tanesinin sözü zaten verildi. Yani artık fikrinizi değiştirmeniz için çok geç. Şimdi, sizin için ne yapabilirim?" Gülümsedi ve üzüm suyundan bir yudum aldı.

Sejer bu dost canlısı halinin çabucak buharlaşacağını biliyordu.

"Sadece Annie hakkında birkaç soru. Korkarım aynı alanı tekrar tekrar taramamız gerekiyor." Sejer usulca ağzını sildi. "Onu göbekten almıştınız, değil mi?"

Sejer'in kelime seçimi, ses tonu ve daha önceki beyanından cılız da olsa bir şüphesi olduğu iması Johnas'ın dikkat kesilmesine neden olmuştu.

"Daha önce öyle söylemiştim ve yaptığım da tam olarak buydu."

"Ama aslında o yürümeyi tercih ediyordu, değil mi?"

"Efendim?"

"Onu arabaya binmeye ikna etmeniz biraz zor oldu, değil mi?"

Johnas'ın gözleri kısıldı ama sessizliğini korudu.

"Yürümeyi tercih ediyordu," dedi Sejer. "Onu arabayla bırakma teklifinizi geri çevirdi. Yanılmıyorum ya?"

Johnas aniden başını salladı ve gülümsedi. "Bunu her zaman yapardı. Çok alçakgönüllüydü. Ama Horgen'ın Dükkânı'nın çok uzak olduğunu düşündüm. Oldukça uzun bir yol."

"Yani onu ikna ettiniz."

"Hayır, hayır..." Johnas kafasını salladı ve oturduğu yerde pozisyonunu değiştirdi. "Onu ikna etmeye çalıştım. Bazı insanların insanı yoran, daimî bir ikna edilme alışkanlığı oluyor."

"Yani aslında arabanıza binmek istemiyor değildi."

Johnas "arabanıza" kelimesinin üstündeki ekstra vurguyu açıkça duymuştu.

"Annie böyleydi. Belki biraz mesafeli. Kiminle konuştunuz?"

"Yüzlerce insanla," dedi Sejer, "ve içlerinden birisi sizin arabanıza uzun bir tartışmanın sonunda bindiğini görmüş. Onu canlı gören son insan siz olduğunuz için, bu konuya odaklanmamız gerekiyor. Sizce de öyle değil mi?"

Johnas gülümsedi. Bu, sanki bir oyun oynuyorlarmış ve katılmaya gönüllüymüş gibi suç ortaklığını çağrıştıran bir gülümsemeydi.

"Onu gören son insan ben değildim," dedi. "Onu her kim öldürdüyse, en son o gördü."

Sejer bariz bir ironiyle, "Onu ele geçirmek gittikçe daha zorlu bir hal alıyor," dedi. "Ve elimizde motosiklet üzerindeki o adamın Annie'yi beklemekte olduğunu doğrulayacak hiçbir şey yok. Elimizde bir tek siz varsınız."

"Özür dilerim. Nereye varmaya çalışıyorsunuz?"

"Şey," dedi Sejer ellerini iki yana açarak. "Davanın dibine inmeye çalışıyorum. İnsanların söylediklerinden şüphelenmek işimin doğasında var."

"Beni yalan söylemekle mi itham ediyorsunuz?"

"Korkarım bunu düşünmek zorundayım," dedi Sejer. "Umarım beni affedersiniz. Arabaya binmeyi neden istemedi?"

Johnas gözle görülür biçimde huzursuzdu. "Tabii ki binmek istedi!" İlk öfke belirtisini göstermişti, kendini kontrol altına aldı. "Arabaya bindi ve onu Horgen'ın Dükkânı'na bıraktım."

"Daha ötesi yok mu?"

"Hayır. Size söylediğim gibi dükkânda indi. Oraya bir şey almaya gittiğini sandım. Hatta kapıya kadar bile gitmedim. Yolda durdum ve onu indirdim. Ve sonra da..." Tezgâhtan bir paket sigara almak için ayağa kalktı. "Onu bir daha hiç görmedim."

Sejer soruşturmasını yeni bir yöne çekti.

"Bir çocuğunuzu kaybettiniz, Johnas. Bunun nasıl bir duygu olduğunu biliyorsunuz. Bu konuda Eddie Holland'la konuştunuz mu?"

Johnas kısa bir an için şaşırmış göründü. "Hayır, o çok içine kapanık bir insandır. Onu rahatsız etmek istemedim. Ayrıca bu benim için de konuşması kolay bir konu değil."

"Ne kadar zaman oldu?"

"Astrid'le konuştunuz, değil mi? Neredeyse sekiz ay. Ama bu insanın unutabileceği ya da aşabileceği türden bir şey değil."

Paketten bir sigara çekti. Yaktı ve neredeyse kadınsı bir edayla içmeye başladı. Filtreli Merit içiyordu.

"İnsanlar sıkça nasıl bir şey olduğunu hayal etmeye çalışırlar." Sejer'e bitkin gözlerle bakıyordu. "Ve bunu iyi niyetle yaparlar. Boş yatağı gözlerinin önünde canlandırmaya çalışır, kendilerini orada durmuş yatağa bakarken hayal ederler. Ben de bunu sık sık yapardım. Ama boş yatak işin sadece bir bölümü. Her sabah kalkıp banyoya gittiğimde aynanın altında diş fırçası duruyordu. Isındığı zaman renk değiştiren türden. Küvetin kenarında lastik ördeği. Yatağın altındaki terlikleri. Kendimi yemek sofrasına fazla tabak koyarken buldum; bunu günlerce yaptım. Arabada bıraktığı pelüş oyuncakları vardı. Aylar sonra kanepenin altında bir yara bandı buldum."

Johnas sanki onlara bilmeye hiç haklarının olmadığı şeyleri ifşa ediyormuş gibi büyük bir gönülsüzlükle, sıkılı dişlerinin arasından konuşuyordu.

"Eşyaları attım. Her defasında biraz biraz. Ve kendimi suç işliyormuşum gibi hissettim. Her gün eşyalarına bakmak acı vericiydi, paketleyip kaldırmak ise dehşetti. Günün her saniyesi aklımdaydı, hâlâ da öyle. Penye bir pijamada bir insanın kokusu ne kadar uzun süre kalır, biliyor musunuz?"

Sustu. Yanık teni griye çalmıştı. Sejer tek kelime etmedi. Birden aklına Elise'in çöpü çıkarmak ya da postayı almak için aşağı inmek zorunda kalırsa diye her zaman kapının dışında duran ahşap takunyaları gelmişti. Kapıyı açması, o takunyaları alması ve içeri taşıması her zaman acıyla hatırlayacağı bir şeydi.

"Yakın zamanda mezarlığa gittik," dedi Sejer. "Siz gitmeyeli uzunca bir zaman olmuş olabilir mi?"

"Bu nasıl bir soru?" derken Johnas'ın sesi kabaydı.

"Sadece mezardan bir şeyin alındığını fark edip etmediğinizi öğrenmek istiyorum."

"Küçük kuştan bahsediyorsunuz. Evet, cenazeden kısa süre sonra ortadan kayboldu."

"Yenilemeyi düşündünüz mü?"

"Gerçekten de bilmek istediğiniz çok şey varmış. Evet, tabii ki düşündüm. Ama aynı şeyi bir kez daha yaşamaya dayanamazdım, bu yüzden olduğu gibi bırakmaya karar verdim."

"Kimin aldığını biliyor musunuz?"

"Tabii ki hayır!" derken sesi keskindi. "Bilseydim derhal şikâyet eder ve fırsatım olsa o günahkârı öldüresiye döverdim."

"Sözel bir dayaktan mı bahsediyoruz?"

Johnas tatsız bir gülümseme takındı. "Hayır, sözel bir dayaktan bahsetmiyorum."

Sejer rahat bir tavırla, "Kuşu Annie aldı," dedi.

Johnas'ın gözleri iri iri açıldı.

"Eşyalarının arasında bulduk. Bu muydu?"

Parmağını cebine sokup kuşu çıkardı. Johnas titreyen parmaklarıyla aldı. "Ona benziyor. Onun gibi. Ama neden?.."

"Bilmiyoruz. Nedenini keşfetmemize sizin yardım edebileceğinizi düşündük."

"Ben mi? Tanrım, en ufak bir fikrim yok. Anlamıyorum. Neden alsın ki? Kesinlikle bir şeyler çalacak birisi değildi. Benim tanıdığım Annie öyle değildi."

"İşte bu yüzden bunu yapmasının bir nedeni olmalı. Öylesine bir şeyler çalmayı istemekten çok daha önemli bir şey bu. Size herhangi bir konuda kızgın mıydı?"

Johnas şaşkınlıktan uyuşmuş bir halde kuşa bakarak oturuyordu.

Sejer, bundan haberi yoktu, diye düşünerek yanında cam mavisi gözleriyle oturan ve adamın en ufak hareketini dahi izleyen Skarre'ya çatık kaşlı bir bakış attı.

Johnas en sonunda, "Anne ve babası, bunun onda olduğundan haberdar mı?" diye sordu.

"Sanmıyoruz."

"Ve alan Sølvi değildi, değil mi? Sølvi biraz farklıdır, bilirsiniz. Parlayan her şeyi kapan bir saksağan gibidir."

"Sølvi değildi."

Sejer kadehini tutup kaldırdı ve üzüm suyunu içti. Tadı hafif bir şarap gibiydi.

"Şey, sanırım kendine ait sırları varmış," dedi Johnas. "Hepimizin var. Biraz gizemliydi. Özellikle büyüdükçe daha gizemli olmuştu."

"Eskil'in ölümünden çok mu etkilendi?"

"Artık bizi görmeye gelemez olmuştu. Bunu anlayabiliyorum. Ben de uzunca bir süre o insanların arasında olmak istemedim. Astrid ve Magne beni terk ettiler ve bir anda pek çok şey oldu." O günleri hatırlayarak yüzünü buruşturdu. "Tarifsiz bir dönem," diye fısıldadı.

"Yine de birbirinizle konuşmuş olmalısınız."

"Sadece sokakta karşılaştığımız zamanlardaki kısa selamlaşmalar. Sonuçta komşuyduk ne de olsa."

"Sizden uzak durmaya çalıştı mı?"

"Bir şekilde utanır gibiydi. Hepimiz için zordu."

"Ve dahası," dedi Sejer o anda aklına gelmiş gibi "ölümünden hemen önce Eskil'le kavga etmiştiniz. Bu, durumu daha da zorlaştırmış olmalı."

Johnas acılı bir sesle, "Eskil'i bu işe karıştırmayın," dedi.

"Raymond Låke'i tanıyor musunuz?"

"Yukarıda, Kollen yakınında yaşayan şu tuhaf tip mi?"

"Size onu tanıyıp tanımadığınızı sordum."

"Raymond'ı herkes tanır."

"Bana sadece evet ya da hayır diye cevap verin."

"Onu tanımıyorum."

"Ama nerede oturduğunu biliyorsunuz."

"Evet, biliyorum. O köhne ev bozuntusunda. Gerçi o idare ettiğini düşünüyor olsa gerek, o kadar aptalca mutlu görünüyor ki."

"Aptalca mutlu mu?" Sejer bardağını kenara iterek ayağa kalktı. "Bence aptal insanlar da geri kalanımız gibi mutlu olmak için diğer insanların iyi niyetine bağımlılar. Ve asla unutmamanız gereken bir şey var: Çevresini sizinle aynı şekilde yorumlayamasa bile, görüşünde en ufak bir sorun yok."

Johnas'ın yüzü hafifçe kasıldı. Onlara dışarıya kadar eşlik etti. Birinci kata inerlerken, Sejer kameranın lensini bir lazer ışını gibi ensesinde hissetti.

Kollberg'i almak için Sejer'in dairesine uğradılar ve arka koltuğa serilmesine izin verdiler. Sejer, fazladan bir parça kuru balık atarken, köpek çok fazla yalnız kalıyor, diye düşündü. Bu kadar sorunlu olmasının nedeni bu olsa gerek.

"Sence kötü kokuyor mu?"

Skarre başını salladı. "Ona pastil vermelisiniz."

Lundeby'a doğru yol aldılar, göbekten döndüler ve posta kutusunun yanına park ettiler. Sejer herkesin, yirmi bir evin tamamının onu göreceğinin farkında olarak sokak boyunca yürüdü. Herkes Holland'ı görmeye gittiğini düşünecekti. Ancak yolun sonunda durdu ve arkasına, Johnas'a ait eve baktı. Yarı boş görünüyordu. Pencerelerin çoğunun perdesi kapalıydı. Ağır adımlarla geri yürüdü.

"Okul servisi her sabah 07.10 gibi göbekten hareket ediyor," dedi. "Krystallen'da okula giden her çocuk o otobüse biniyor. Yani, otobüsü yakalamak için 07.00 gibi evden çıkmaları gerek."

Hafif bir esinti vardı ama kafasındaki tek bir tel yerinden oynamıyordu.

"Eskil'in yiyeceği gırtlağına takıldığında, Magne Johnas okula gitmek üzere henüz çıkmıştı."

Skarre bekledi. Zihninden bir sabır duası geçiyordu.

"Ve Annie diğerlerinden biraz daha geç çıktı. Holland uyuyakaldıklarını hatırlıyor. Belki de Eskil hâlâ oturmuş kahvaltısını ederken, Johnas'ın evinin önünden geçti."

"Evet. Ne olmuş?" Skarre, Johnas'ın evine baktı. "Sadece oturma odası ve yatak odası sokağa bakıyor. Ve onlar mutfaktaydı."

"Biliyorum, biliyorum," dedi Skarre sabırsızlanarak. Yürümeye devam ettiler, eve yaklaştılar ve o gün, o kasım günü, sabahın yedisini zihinlerinde canlandırmaya çalıştılar. Sejer, kasımda o saat karanlık olur, diye düşündü.

"Sence içeri girmiş olabilir mi?"

"Bilmiyorum."

Durdular ve bir süre eve baktılar. Mutfak penceresi yan taraftaydı ve komşuların evine bakıyordu.

Skarre, "Kırmızı evde kim oturuyor?" diye sordu.

"Irmak. Karısı ve çocuğuyla. Ama şu, evlerin arasında bir geçit değil mi?"

Skarre baktı. "Evet, öyle. Ve birisi geliyor."

İki evin arasında bir erkek çocuk belirdi. Başı öne eğik yürüyordu ve yoldaki iki adamı henüz fark etmemişti.

"Thorbjørn Haugen, Ragnhild'in aranmasına yardım eden çocuk."

Sejer durdu ve çocuğun ara yolu hızlı adımlarla geçmesini bekledi. Omzunda siyah bir çanta taşıyordu ve alnında daha önce de taktığı desenli bandana vardı. Johnas'ın evini geçişini dikkatle izlediler. Thorbjørn uzun boyluydu ve mutfak penceresinin yarısına yetişiyordu.

Sejer, "Kestirme yolu mu kullanıyorsun?" diye sordu.

"Ne?" Thorbjørn durdu. "Bu yol doğrudan Gneisveien'a çıkıyor."

"Bu yolu çok insan kullanır mı?"

"Tabii. Beş dakika kazandırır."

Sejer yolda birkaç adım ilerledi ve pencerenin önünde durdu. Boyu Thorbjørn'unkinden uzundu ve mutfağa bakmakta hiç zorluk çekmiyordu. Mama sandalyesi artık orada değildi, sadece sıradan iki mutfak sandalyesi ve masanın üstünde bir kül tablası ile bir kahve fincanı vardı. Onun dışında ev neredeyse terk edilmiş gibi görünüyordu. Kasımın yedisi, diye düşündü. Dışarısı zifiri karanlık ve evlerin içi parlak ışıklarla aydınlatılmış. Herhangi birisi içeri bakabilirdi ama içeridekiler dışarısını göremezlerdi.

Thornbjørn, "Bu yolu kullandığımız zaman Johnas biraz aksileniyor," dedi. "Evinin dibindeki bu kestirme yoldan bıktığını söylüyor. Ama zaten taşınıyormuş."

"Yani bütün gençler okul servisini yakalamak için bu kestirme yolu kullanıyor, öyle mi?"

"Ortaokul ve liseye giden herkes."

Sejer, Thorbjørn'u başıyla selamladı ve Skarre'ya döndü. "Holland'ın ofisime girdiği zaman söylediği bir şeyi hatırladım. Eskil'in öldüğü gün, Annie hasta olduğu için okuldan her zamankinden erken dönmüş. Doğruca yatağına gitmiş. Holland kazayı haber vermek için odasına gitmek zoruna kalmış."

Skarre, "Nasıl hastaymış?" diye sordu. "Hiç hasta olmadığını sanıyordum."

"Çok iyi hissetmediğini söylemiş."

"Bir şey gördüğünü düşünüyorsunuz, değil mi? Pencereden."

"Bilmiyorum. Belki."

"Ama neden hiçbir şey söylememiş?"

"Belki cesaret edememiştir. Ya da belki de gördüğü şeyi tam olarak anlayamamıştır. Belki Halvor'a açılmıştır. Başından beri içimden bir ses, o çocuğun bize bildiğinden daha azını anlattığını söylüyor."

"Konrad," dedi Skarre. "Sizce de bize söylemez miydi?"

"Söyleyeceğinden emin değilim. Tuhaf bir karakter. Haydi gidip onunla bir konuşalım."

Aynı anda çağrı aleti ötmeye başladı ve numarayı aramak üzere arabasına gitti. Holthemann yanıtladı.

"Axel Bjørk kendini eski bir Enfield revolveriyle başından vurmuş."

"İntihar notu buldunuz mu?"

"Cesedin üstünde değil. Dairesini arıyorlar. Ama belli ki adam bir konuda suçluluk duygusu çekiyormuş. Sence de öyle değil mi?"

"Bilmiyorum. Bir yığın sorunu vardı."

"Sorumsuz alkoliğin tekiydi. Ve Ada Holland'a karşı bir köpek balığı dişi kadar sivri bir garez güdüyordu," dedi Holthemann.

"Sadece genel olarak mutsuzdu."

"Nefret ve çaresizlik genelde birbirine benzer. İnsanlar kendilerine en çok yakışanı gösterirler."

"Bence yanılıyorsunuz. Nihayet pes etmişti. Ve bence her şeye bir son vermesinin nedeni bu olmalı."

"Belki Ada'yı da yanında götürmek istemiştir."

Sejer kafasını salladı ve yolun aşağısına, Holland'ların evine baktı.

"Sølvi ve Eddie'ye bunu yapmazdı."

"Katili bulmak istiyor musun, istemiyor musun?"

"Sadece doğru katili istiyorum."

Telefonu kapadı ve Skarre'ya baktı. "Axel Bjørk ölmüş. Ada Holland şimdi ne düşünecek çok merak ediyorum. Belki de babası öldüğü zaman Halvor'un hissettiklerini hissedecektir. Büyük bir rahatlama."

ON BEŞ

Halvor ayağa fırladı. Sandalyesi yere devrildi ve ani bir hareketle pencereye dönüp ıssız avluya baktı. Uzunca bir süre olduğu yerde kaldı. Göz ucuyla devrilmiş sandalyesini ve Annie'nin baş ucu komodininde duran fotoğrafını görebiliyordu. Demek olan buydu. Annie'nin gördüğü. Tekrar monitörün karşısına oturdu ve baştan sona bir kez daha okudu. Annie'nin metninde kendi hikâyesi de vardı. Ona büyük bir gizlilikle açtığı kendi hikâyesi. Öfke kusan bir baba, 13 Aralık'ta barakada vurulması. Annie'nin ölümüyle hiçbir ilgisi yoktu. Derin bir nefes aldı, o bölümü seçti ve sildi. Sonra bir disket yerleştirdi ve dosyayı kopyaladı. İşi bitince, sessizce odadan çıktı ve mutfaktan geçti.

Kot ceketini üzerine geçirerek oturma odasına girince büyükannesi, "Ne oluyor, Halvor?" dedi. "Dışarı mı çıkıyorsun?"

Cevap vermedi. Sesi duymuştu ama kelimeler, üzerinde hiçbir etki bırakmamıştı.

"Nereye gidiyorsun? Sinemaya mı?"

Motosikletini ve çalışıp çalışmayacağını düşünerek ceketinin düğmelerini iliklemeye başladı. Çalışmazsa otobüse binmesi gerekecek ve gideceği yere ulaşması bir saati bulacaktı. Bir saati yoktu. Oraya hızla ulaşmalıydı.

"Ne zaman döneceksin? Akşam yemeğinde evde olacak mısın?"

Halvor durdu ve büyükannesinin orada, tam karşısında durduğunu ve ısrarla söylendiğini yeni fark etmiş gibi ona baktı.

"Akşam yemeği mi?"

"Nereye gidiyorsun, Halvor? Neredeyse yemek saati oldu."

"Birisini görmeye gidiyorum."

"Kimmiş o? Çok solgun görünüyorsun, kansızlık çekmeye mi başladın diye merak ediyorum. En son ne zaman bir doktora göründün? Büyük ihtimalle hatırlamıyorsundur bile. Adı ne demiştin?"

"Söylemedim. Adı Johnas."

Halvor'un sesinde alışılmadık bir kararlılık vardı. Kapı çarparak kapandı ve büyükannesi pencereden dışarı bakınca onu motorunun üzerine eğilmiş, kızgınlık içinde çalıştırmaya uğraşırken gördü.

Birinci katın kamerasının yeri çok iyi değildi. Lenste çok fazla kamaşma vardı, müşteriler neredeyse hayaletlermişçesine belirsiz karaltılar gibi görünüyordu. Müşterilerinin neye benzediklerini onları karşılamaya çıkmadan görmeyi seviyordu. Üst katta, ışığın daha iyi olduğu yerde, yüzleri ve kıyafetleri her zamanki müşterileriymiş gibi ayırt edebiliyordu ve her biri için uygun bir tavır takınarak ofisinden çıkmadan hazırlanıyordu. Ekrana bir bakış daha attı. Odada yalnız bir karaltı duruyordu. Görebildiği kadarıyla kısa bir ceket giymiş bir erkek ya da bir delikanlıydı. Önemli görünmüyordu ama hızla büyüyen galerinin ününü korumak için her zamanki gibi doğru ve hizmete odaklı bir görüntü takınmalıydı. Ayrıca bir insanın sadece dış görüntüsüne bakarak parası olup olmadığına karar vermek imkânsızdı. Hele bugünlerde. Biraz bir şey biliyorsa, bu adam korkunç derecede zengin olabilirdi. Sessiz adımlarla merdivenlerden aşağı indi. Ayak sesleri neredeyse duyulmuyordu, hafif ve ketum adımları vardı. Bir oyuncak mağazasında çalışıyormuş gibi oradan oraya koşturmak tarzı değildi. Burası insanların alçak sesle konuştukları bir galeriydi. Fiyat etiketleri ya da yazar kasalar yoktu. Kural olarak fatura gönderirdi ya da insanlar zaman zaman kredi kartlarıyla ödeme yaparlardı. Tam alt basamağa varmışken, durdu.

"İyi günler," dedi.

Genç adam sırtı ona dönük duruyordu. Ama şimdi ona dönmüştü. Gözlerinde hayretle karışık bir şüphe vardı. Hiçbir şey söylemedi, sadece, bir şey arıyormuş gibi ona bakmayı sürdürdü. Belki bir sır ya da bir yapbozun çözümü.

Johnas onu tanımıştı. Bir iki saniye, onu tanıdığını belli edip etmemek arasında gidip geldi. "Yardımcı olabilir miyim?"

Halvor cevap vermedi. Onu süzüyordu. Tanındığını anlamıştı. Johnas onu defalarca görmüştü. Annie'yle birlikte evlerine gelmişti ve sokakta karşılaşmışlardı. Şimdi Johnas savunmaya geçmişti. Adama dair yumuşak ve karanlık olan her şey, flanel, kadife ve kahverengi bukleler, katılaşıp sert bir kabuğa dönüşmüştü.

Halvor odanın içinde birkaç adım ilerleyip hâlâ bir eli korkulukta, basamakta durmakta olan Johnas'a yaklaşarak, "Eminim olabilirsiniz," dedi.

Etrafını süzdü. "Halı satıyorsunuz."

"Evet, öyle. Halı satıyorum."

"Bir halı almak istiyorum."

Johnas yüzünde bir gülümsemeyle, "Evet," dedi. "O kadarını tahmin ettim. Aradığınız nedir? Özel bir şey var mı?"

Halı almak gibi bir niyeti yok, diye düşündü. Hem zaten parası da yetmez. Başka bir şeyin peşinde. Belki buraya sırf meraktan geldi; genç bir erkeğin ani dürtüsüyle. Büyük olasılıkla halıların kaç para ettiği konusunda hiçbir fikri yok. Ama birazdan öğrenecek. Evet, öğrenecek.

"Büyük mü küçük mü?" diye sorarak son basamakları da indi. Delikanlı ondan bir kafa boyu daha kısaydı ve çırpı gibi inceydi.

"Bütün yeri kaplayacak ve sandalyelerin hiçbirini çıplak zeminde bırakmayacak kadar büyük bir halı istiyorum. Temizlemek çok zahmetli oluyor."

Johnas başını salladı. "Üst kata gelin. En büyük halılarımız orada." Merdivenleri tırmanmaya başladı.

Halvor peşinden gitti. Soru sorma fırsatını değerlendirmek aklına gelmiyordu. Bilinmeyen güçler tarafından yönlendiriliyormuş ve karanlık bir dağın içine doğru rayların üstünde kayıyormuş gibi hissediyordu.

Johnas, Venedik'teki bir cam üfleme stüdyosundan gönderilmiş altı avizeyi yaktı. Tavandaki katranlı kirişlerden sarkıyor, geniş odaya ılık ama güçlü bir ışık veriyorlardı.

"Hangi rengi düşünüyorsunuz?"

Halvor merdivenlerin başında durdu ve odaya baktı. "Hepsi kırmızı," diye mırıldandı.

Johnas ona anlayışlı bir gülümsemeyle baktı. Arkadaş canlısı bir sesle, "Küstahlık etmek istemem ama," dedi. "Fiyatları konusunda bir fikriniz var mı?"

Halvor ona gözlerini kısarak baktı. Geçmişten gelen, uzun süredir hissetmediği bir şey zihninde canlanmıştı.

"Sanırım zengin görünmüyorum," dedi duygusuz bir sesle. "Belki de bir banka beyanı görmek istersiniz."

Johnas tereddüt etti. "Lütfen affedin. Ama pek çok insan buraya gelir ve mahcup olup gider. Ben sadece size iyilik etmek ve bu tuhaf durumdan kurtarmak istedim."

"Düşünceli bir davranış," dedi Halvor.

Odaya adım attı, Johnas'ın yanından geçti ve doğruca duvarda asılı duran büyük halıya gitti. Elini uzattı ve püskülüyle oynadı. Desenlerinde adamları, atları ve silahları ayırt edebilmişti.

"İki buçuğa üç metre," dedi Johnas. "Kusursuz bir seçim olduğunu söylemek isterim. Deseni iki göçebe grubu arasındaki savaşı temsil ediyor. Çok ağırdır."

"Adrese teslim edebiliyorsunuz herhalde, değil mi?" dedi Halvor.

"Tabii ki. Teslimat kamyonetimiz var. Ben daha çok temizlenmesi kısmını düşünüyordum. Silkelenmesi için çok adam gerekiyor."

"Alıyorum."

"Anlamadım?" Johnas ona bir iki adım daha yaklaştı ve emin olmayan gözlerle baktı. Bu genç adam tuhaftı.

"Bu elimdeki neredeyse en pahalı halı. 70.000 kron."

Fiyatı söylerken çocuğu dikkatle süzdü. Halvor gözünü bile kırpmamıştı.

"Değeceğinden eminim."

Johnas bundan hiç hoşlanmamıştı. Huzursuz edici bir şüphe, omurgasından yukarı soğuk bir yılan gibi tırmanıyordu. Bu çocuğun ne istediğini ya da neden bu kadar tuhaf davrandığını kestiremiyordu. Bu kadar çok parası olamazdı. Hem olsa bile, bir halıya harcamazdı.

"Lütfen benim için sarın," dedi Halvor kollarını kavuştururken. Ağırlığı altında tehlikeli biçimde gıcırdayan akaju bir açılır kapanır masaya yaslandı.

"Sarmak mı?" Johnas'ın dudakları bir gülümsemeyle büküldü. "Rulo yapıp etrafına plastik bir bant saracağım."

"Tamam, sorun değil."

Halvor bekledi.

"Duvardan indirilmesi biraz uğraştırıcı bir iş. Bu akşam evinize teslim etmeyi öneriyorum. Böylece yerleştirmenize de yardım edebilirim."

"Hayır, hayır," dedi Halvor. "Şimdi almak istiyorum."

Johnas tereddütlüydü. "Şimdi almak istiyorsunuz. Peki... kabalığımı mazur görün ama... ödemeyi nasıl yapacaksınız?"

"Sorun olmazsa, nakit."

Arka cebine vurdu. Üzerinde paçaları yıpranmış bir kot pantolon vardı. Johnas, hâlâ şüpheli, tam karşısında duruyordu.

Halvor, "Bir sorun mu var?" diye sordu.

"Bilmiyorum, belki."

"Neymiş o sorun?"

Johnas sert bir tavır takınmaya karar vererek, "Kim olduğunu biliyorum," dedi. Rol yapmayı bırakmak beraberinde büyük bir rahatlama getirmişti.

"Tanışıyor muyuz?"

Johnas başını, evet der gibi eğdi. Elleri kalçalarında, öne arkaya ağır ağır sallanıyordu.

"Evet, tanışıyoruz, Halvor. Birbirimizi elbette tanıyoruz. Sanırım artık gitsen iyi olur."

"Neden? Bir sorun mu var?"

Johnas dudaklarını birbirine bastırarak, "Bu saçmalığa son verelim. Hemen şimdi!" dedi.

Halvor, "Bence de!" diye tısladı. "Halıyı indir ve elini çabuk tut!"

"Şöyle bir düşününce, satmak istediğimi sanmıyorum. Taşınıyorum ve bu halıyı kendime saklamak istiyorum. Ayrıca senin için fazla pahalı. Dürüst ol, ikimiz de paranın yetmeyeceğini biliyoruz."

"Demek kendine saklamak istiyorsun." Halvor topuklarının üstünde döndü. "Şey, bunu anlayabilirim. Başka bir tanesini alırım."

Tekrar duvara baktı ve hemen pembeli yeşilli bir halıyı işaret etti. "Onun yerine bunu alayım," dedi basitçe. "Lütfen benim için indirin ve bir alındı fişi verin."

"Fiyatı 44.000."

"Sorun değil."

"Öyle mi?"

Hâlâ kollarını kavuşturmuş halde duruyordu ve göz bebekleri demir bilyeler gibi sertti. "Bu paraya gerçekten sahip olduğundan emin olmak istesem, fazla kibirli mi davranmış olurum?"

Halvor başını salladı. "Tabii ki hayır. Bugünlerde insanlara bakarak paralarının olup olmadığını anlamanın imkânsız olduğunu biliyorum."

Elini arka cebine uzattı ve naylondan yapılma, yamyassı, cırt cırtlı bir cüzdan çıkardı. Parmaklarını içine daldırdı ve birkaç bozuk parayı şıngırdattı. Bir iki tanesini çıkardı ve açılır kapanır masanın üstüne bıraktı.

Johnas küçük bir yığın oluşturan beşlik, onluk ve birlikleri şüpheli gözlerle süzdü. "Pekâlâ, bu kadarı yeter," dedi sertçe. "Yeterince zamanımı aldın. Şimdi buradan defol!"

Halvor durdu ve ona neredeyse gücenmiş gibi baktı.

"Henüz bitmedi," dedi. "Dahası da var." Elini cüzdanının derinliklerine daldırdı.

"Hayır, yok. Büyükannenle birlikte eski bir barakada yaşıyorsun ve dondurma dağıtıyorsun. Halı 44.000 ediyor," dedi keskin bir sesle. "O parayı hemen çıkarsan iyi olur."

"Demek nerede oturduğumu biliyorsun." Halvor ona bakıyordu. İşler tehlikeli bir hal almaya başlıyordu ama korkmuyordu. Nedense hiç korkmuyordu.

Ansızın, "Elimde bu var," dedi ve cüzdanının banknotlara ayrılmış yarığından bir şey çekip çıkardı. Johnas onu şüpheli gözlerle izliyordu. İki parmağının arasında tuttuğu şeye şüphe ve merak dolu bir bakış attı.

Halvor, "Bu bir disket," dedi. "Bir süre önce günlük tutmaya başladı. Aslına bakarsan, kasımda. Birkaç kişi o günlüğü arıyorduk. Kızlar nasıldır bilirsin, her zaman bir şeyleri paylaşma ihtiyacı hissederler."

Johnas güçlükle nefes alıyordu. Bakışları Halvor'u hedef almıştı.

"Okudum," dedi Halvor. "Seninle ilgili."

"Onu bana ver."

"Dünya tersine dönse dahi olmaz!"

Johnas ona doğru bir adım attı. Halvor'un ses tonu değişmiş ve birden derinleşmişti. Bu, kötücül bir ruhun bir çocuğun ağzından konuştuğunu dinlemek gibi bir şeydi.

"Kopyalarını çıkardım," dedi. "Yani istediğim kadar halı alabilirim. Canım her yeni halı istediğinde, bir kopya daha çıkaracağım. Ne dediğimi anlıyor musun?"

"Seni isterik küçük sıçan! Ne tür bir tımarhaneden kaçtın?"

Johnas olacaklara kendini hazırladı ve Halvor bir saniyeden kısa bir süre içinde, sıçramaya hazırlanır gibi göğsünün kabardığını gördü. Halvor'dan neredeyse yirmi kilo daha ağırdı ve öfkeliydi. Halvor yana doğru eğildi ve adamın hedefini ıskalayıp taş zeminde kaydığını ve kafasını açılır kapanır masaya çarptığını gördü. Bozuk paralar dört bir yana saçıldı ve zemine çarparken şıngırdadı. Johnas, Halvor'un o güne dek –babasının geniş kelime dağarcığı da dahil– duyduğu en çirkin küfürleri kusmaya başlamıştı. İki saniye içinde yeniden ayaklarının üstündeydi. Karanlık yüzüne bir kez bakmak, Halvor'un savaşı kaybettiğini anlamasına yetmişti. Johnas ondan çok daha iriydi. Halvor merdivenlere koştu ama Johnas hemen peşine düşmüştü, bir adımda üç dört basamak inip sonunda öne atıldı. Halvor'un sırtına omuz hizasından vurdu. Delikanlı içgüdüsel olarak kafasını yukarıda tuttu ama bedeni taş zemine büyük bir hızla vurdu.

"Lanet olası ellerini üstümden çek!"

Johnas onu hızla çevirdi. Halvor adamın nefesini yüzünde duydu ve yumruklarının gırtlağının etrafında sıkıldığını hissetti.

"Sen aklını kaçırmışsın!" dedi. "İşin bitti. Bana ne yaptığın umurumda değil ama işin bitti!"

Johnas sağır ve kör olmuştu. Sıkılı yumruğunu kaldırdı ve Halvor'un ince suratını hedef aldı. Halvor daha önce de dayak yemişti ve onu neyin beklediğini biliyordu. Parmaklarının boğumları yanağının altına indi ve narin çenesi kuru bir çıra gibi dağıldı. Alt dişleri büyük bir kuvvetle üst dişlerine geçti ve küçük porselen parçacıkları, ağzından fışkıran kana karıştı. Johnas onu yumruklamaya devam ediyordu; artık hedef almıyor, Halvor bedenini bir o yana bir bu yana savururken rastgele darbeler indiriyordu. Nihayet Johnas yumruğunu taş zemine geçirdi ve uluyarak ayağa fırladı. Nefes nefese eline bakıyordu. Her taraf kan içindeydi. Yerde yatan şeye baktı ve uzun, derin bir nefes aldı. Birkaç dakika sonra kalp atışları normale döndü ve zihni açıldı.

Büyükanne, Sejer ve Skarre'nın kapısında bitmesine şaşırarak, "Burada değil," dedi. "Birisini görmeye gidecekti. Sanırım adı Johnas'mış. Çok üzgündü ve hiçbir şey yememişti. Artık neler olup bittiğini bilmiyorum ve her şeye yetişmek için fazla yaşlıyım."

Haber, Sejer'in yumruğunu kapının pervazına iki kez indirmesine neden oldu.

"Telefon filan geldi mi?"

"Bizi kimse aramaz. Arada sırada arayan tek insan Annie'ydi. Bütün öğleden sonrayı odasında bilgisayarıyla oynayarak geçirdi. Sonra birden dışarı fırladı ve kayboldu."

"Onu bulacağımızdan eminim. İzninizi istemek zorundayız, acelemiz var."

Skarre arabanın kapısını hızla çarparken, "Yapabileceği onca şey arasında, en kötüsü buydu."

Sejer dudaklarını sımsıkı bastırarak, "Ne olduğunu birazdan göreceğiz," dedi. Ve arabayı avluda döndürdü.

"Halvor'un motosikletini görmüyorum."

Skarre dışarı fırladı. Sejer hâlâ arka koltukta yatmakta olan Kollberg'e döndü ve cebinden bir köpek bisküvisi çıkardı.

Kapıyı çektiler, ağır ağır açıldı ve kendilerini meydan okuyan gözlerle tavandaki kameraya bakarken buldular. Johnas onları mutfaktan görmüştü. Bir süre, masasının başında sakin nefesler alarak ve yaralı boğumlarına üfleyerek oturmaya devam etti. Telaşa gerek yoktu. Adımları tek tek atmak gerekiyordu. Doğru, aynı anda çok şey oluyordu ama öyle bile olsa, o her şeyi halletmeye alışıktı. Çok becerikli bir adamdı. Her sorunu, karşısına çıktıkça, tek tek ele alırdı. Bu, özel yeteneklerinden biriydi. Çok sakin bir tavırla yerinden kalktı ve merdivenlerden aşağı inmeye koyuldu.

"Kesinlikle fazla oluyorsunuz," dedi. "Bu iş, taciz sınırına yaklaşmaya başladı."

"Gerçekten öyle mi düşünüyorsunuz?"

Sejer karşısında dev bir sütun gibi dikiliyordu. Her şey çok hoş duruyordu ve galeride tek bir müşteri bile yoktu.

"Birisini arıyoruz. Burada bulabileceğimizi düşündük."

Johnas onlara soran gözlerle baktı, odada etrafına bakınmak üzere döndü ve ellerini havaya kaldırdı. "Burada bir tek ben varım. Ve kapamaya hazırlanıyordum. Geç oldu."

"Bir göz atmak isteriz. Tabii ki elimizi çabuk tutacağız."

"Samimi olmam gerekirse..."

"Belki de sizin bakmadığınız bir anda gizlice içeri girmiş ve bir yerlere saklanmıştır. Belli olmaz."

Sejer titriyordu ve Skarre gömleğinin altında büyük bir fırtına güç topluyormuş gibi göründüğünü düşündü.

"Artık kapıyorum!" dedi Johnas.

Yanından geçip merdivenlerden yukarı çıktılar. Etrafa iyice baktılar. Ofise girdiler. Tuvaletin kapısını açtılar, çatıya devam ettiler. Görünürde kimse yoktu.

"Burada kimi bulmayı bekliyordunuz?"

Johnas korkuluğa yaslanmıştı ve onları tek kaşını kaldırmış halde inceliyordu. Göğsü gözle görünür biçimde inip kalkıyordu.

"Halvor Muntz."

"O da kim?"

"Annie'nin erkek arkadaşı."

"Neden buraya gelsin ki?"

"Emin değilim."

Sejer hiç etkilenmemiş gibi galerinin içinde dolaşıyordu. "Ama buraya geleceğini ima etmiş. Kendi başına dedektifçilik oynuyordu ve sanırım artık buna dur deme zamanımız geldi."

"Bütün kalbimle katılıyorum," dedi Johnas küçümseyici bir gülümsemeyle. "Ama burada dedektifçilik oynayan kimse olmadı."

Sejer rulo halindeki halılara ayakkabısının burnuyla vurdu. "Bu binada bodrum var mı?"

"Hayır."

"Halıları geceleri ne yapıyorsunuz? Dışarıda mı bırakıyorsunuz?"

"Çoğunu evet ama en pahalı olanları depoya kaldırıyorum."

"Anlıyorum."

Birden küçük akaju masa gözüne takıldı. Etrafına bir avuç madeni para saçılmıştı.

"Bozuk paralarınız konusunda her zaman bu kadar umursamaz mısınızdır?" dedi.

Johnas omuz silkti. Sejer adamın bu kadar sakin olmasından hiç hoşlanmamıştı. Halı satıcısının yüzündeki ifadeyi beğenmemişti. Bir köşede, yanında bir yer fırçası duran pembe bir kova gördü. Yer nemliydi. "Yerleri mi siliyordunuz?" diye sordu.

"Dükkânı kapamadan önce, en son yerleri silerim. Bu işi kendim yaparak çok tasarruf ediyorum. Gördüğünüz gibi," dedi bir an duraksadıktan sonra. "Burada kimse yok."

Sejer ona baktı. "Bize depoyu gösterin."

Johnas bir an itiraz edecekmiş gibi baktı ama sonra fikrini değiştirdi ve merdivenlerden aşağı doğru yürümeye başladı.

"Birinci katta. Tabii ki görebilirsiniz. Gerçi doğal olarak kilitli olduğu için, içine saklanmak imkânsız."

Johnas'ın peşinden birinci kata, merdivenlerin altındaki bir köşeye gittiler. Orada bir hayli alçak ama normal bir kapıdan daha geniş, çelik bir kapı gördüler. Johnas yanına gitti ve şifreli kilidin kolunu öne, arkaya çevirdi. Her çevirişinde minik bir klik sesi duyuluyordu. Normalde sağ elini kullandığı için, sol elini –biraz beceriksizce– kullanıyordu.

"Bu çocuk size onu buraya saklayabileceğimi düşündürecek kadar değerli mi?"

Sejer sakar sol ele bakarak, "Belki," dedi. Johnas ağır kapının kolunu tuttu ve var gücüyle çekti.

"İki elinizi kullanırsanız daha kolay olacağından eminim," dedi Sejer.

Johnas anlamamış gibi tek kaşını kaldırdı. Sejer, küçük bir kasa, duvara yaslı iki ya da üç tablo ve yerde kütük gibi üst üste istiflenmiş rulo halinde birkaç halının durduğu sıkışık boşluğa baktı.

"İçeride sadece bunlar var." Johnas onlara kavgacı bir bakış attı. İçerisi tavana yerleştirilmiş iki floresan sayesinde bir hayli aydınlıktı. Duvarlar tamamen çıplaktı.

Sejer gülümsedi. "Ama buraya geldi, değil mi? Ne istiyordu?"

"İkinizden başka gelen kimse olmadı."

Sejer başını salladı ve mahzenden çıktı. Skarre ona huzursuz bir bakış attıysa da, o da peşi sıra çıktı.

"Gelecek olursa, bizimle derhal temasa geçer misiniz?" dedi Sejer. "Olup bitenlerden sonra zor bir dönem geçiriyor. Yardıma ihtiyacı var."

"Tabii ki."

Deponun kapısı gürültüyle kapandı.

*

Dışarıda park alanında, Sejer, Skarre'ya direksiyona geçmesini işaret etti.

"Tepeden yukarı çık ve en yukarıdaki şu araç yoluna çek. Görüyor musun?"

Skarre başını salladı.

"Oraya park et. Çıkana kadar bekleyecek, sonra da peşine düşeceğiz. Nereye gittiğini görmek istiyorum."

Çok beklemeleri gerekmedi. Johnas aniden kapıda göründüğünde beş dakika bile olmamıştı. Kapıyı kilitledi, hırsız alarmını devreye soktu ve gri Citroën'in yanından geçip arka avluya uzanan araç yolunda gözden kayboldu. Birkaç dakika boyunca görüş alanlarının dışında kaldıktan sonra, eski bir Transit kamyonetin içinde, yeniden göründü. Sokakta durdu ve sola sinyal verdi. Sejer motorun homurtusunu net olarak duyabiliyordu.

"Ah, evet, bir teslimat kamyoneti olmalıydı," dedi Skarre.

"Tek silindiri devre dışı. Eski bir balıkçı teknesi gibi homurdanıyor. Haydi, yola koyulalım ama dikkatli ol. Aşağıdaki kavşağa yöneliyor, çok fazla yaklaşma."

"Dikiz aynasından bakıp bakmadığını görebiliyor musunuz?" dedi Skarre.

"Bakmıyor. Bırak şu Volvo önüne geçsin, Skarre, şu yeşil olan."

Volvo fren yaptı ama Skarre eliyle önlerine geçmesini işaret etti. Sürücü teşekkür etmek için elini kaldırdı.

"Sağa sinyal veriyor. Sağ şeride geç! Nereye gidiyor dersin?"

"Büyük olasılıkla Oscarsgaten'a. Adam taşınıyordu, öyle değil mi? Şimdi dikkat, yavaşlıyor. Şu bira kamyonetine dikkat et, önüne geçerse onu kaybederiz!"

"Sizin için söylemesi kolay. Ne zaman daha güçlü bir araba edinmeyi düşünüyorsunuz?"

"Yine yavaşlıyor. Bahse girerim, Børrensgaten'a gidiyor. Volvo'nun da aynı yöne gitmediğini umalım."

Johnas, dikkat çekmek istemiyormuş gibi büyük aracı sakin ve kibarca kullanıyordu. Oscarsgaten'a yaklaşırken, sinyal verip vites değiştirdi ve bu kez, dikiz aynasından birkaç defa baktığını net olarak görebildiler.

"Sarı binada duruyor. 15 numara. Kenara çek, Skarre."

"Hemen burada mı?"

"Motoru kapa. İniyor."

Johnas kamyonetten atladı, etrafına bakındı ve uzun adımlarla yolun karşısına gerçi. Sejer ve Skarre gözlerini önünde bir anahtarla uğraştığı kapıya dikmişlerdi. Elinde bir alet çantası vardı.

"Dairesine çıkıyor. Şimdilik burada bekleyeceğiz. O içeri girer girmez, dışarı süzülüp kamyonete koşacağız. Arka camdan içeri göz atmanı istiyorum."

"Orada ne olduğunu düşünüyorsunuz?"

"Ne olabileceğini tahmin etmeye cesaret dahi edemiyorum. Tamam, şimdi. Acele et, Skarre!"

Skarre yaşlı bir adam gibi iki büklüm halde, park halindeki bir dizi arabanın arkasına saklanarak kaldırım boyunca koşmaya başladı. Sonra kamyonetin arka tarafında yeniden ortaya çıktı ve daha iyi görebilmek için ellerini yüzünün iki tarafına yerleştirdi. Birkaç saniye sonra hızla döndü ve son hızla koşarak kendini şoför koltuğuna atıp kapıyı çarptı.

"Bir yığın halı. Ve Halvor'un Suzuki'sine benzeyen bir şey. Gidona asılı kaskla birlikte kamyonetin arkasında. Yukarı çıkmalı mıyız?"

"Kesinlikle hayır. Burada oturacağız. Yanılmıyorsam, işi fazla uzun sürmez."

"Sonra onu takip etmeye devam mı edeceğiz?"

"Duruma bağlı."

"Herhangi bir yerde ışık yanıyor mu?"

"Görebildiğim kadarıyla hayır. İşte geldi!"

Kafalarını iyice eğdiler ve kaldırımda duraksayan Johnas'a baktılar. Şimdi sokakta bir aşağı bir yukarı bakıyor, yolun sol tarafına park edilmiş araçları süzüyordu. İçlerinde kimseyi göremedi. Yeniden Transit kamyonetine döndü, direksiyona geçti, motoru çalıştırdı ve geri geri gitmeye başladı. Skarre kafasını ön konsoldan yukarı uzattı.

Sejer, "Ne yapıyor?" diye sordu.

"Geri geri gidiyor. Şimdi ileri gitmeye başladı. Sokağın karşı tarafına doğru geri geri yaklaşıyor ve şimdi de girişin hemen önüne park ediyor. Dışarı çıkıyor. Kamyonetin arka kapısında. Şimdi kapıyı açıyor. Rulo halinde bir halı çıkarıyor. Eğiliyor ve ruloyu omzuna yerleştiriyor. Ağırlığı altında sallanıyor. Acayip ağır bir şeye benziyor!"

"Tanrım, neredeyse düşecek!"

Johnas halının ağırlığı altında sendeliyordu. Dizlerinin bağı çözülmek üzereymiş gibi duruyordu.

Sejer elini kapının koluna uzattı. "Yeniden içeri giriyor. Büyük olasılıkla o şeyi asansöre koymaya çalışıyor. Gözünü binanın önünden ayırma, Skarre. Işık yakacak mı, takip et."

Kollberg sızlanmaya başlamıştı.

"Sessiz ol, oğlum." Sejer dönüp köpeği okşadı. Gözlerini binanın ön cephesinden ve karanlık pencerelerden ayırmadan beklediler.

"Şimdi dördüncü katta bir ışık var. Dairesi orada. Şu çıkıntının hemen altında, görebiliyor musunuz?"

Sejer duvardan yukarı baktı. Sarı pencerede perde yoktu.

Skarre, "Yukarı çıkmamız gerekmez mi?" diye sordu.

"Fazla aceleci olma. Johnas akıllı birisi. Biraz beklemeliyiz."

"Neyi bekleyeceğiz?"

"Işık tekrar söndü. Belki dışarı geliyordur. Yere eğil, Skarre!"

Kafalarını eğip sindiler. Kollberg yine sızlanmaya başlamıştı.

Sejer sıkılı dişlerinin arasından, "Havlamaya başlarsan, bir hafta boyunca yemek yüzü göremezsin!" diye fısıldadı.

Johnas dışarı çıktı. Bitkin görünüyordu. Bu kez sağa sola bakmadı, doğrudan kamyonete bindi, kapıyı çarptı ve motoru çalıştırdı.

Sejer kapısını araladı.

"Onu izle. Mesafeyi koru. Ben yukarıya, dairesine gidiyorum."

"İçeri nasıl gireceksiniz?"

"Kilit kurcalama konusunda kurs gördüm. Sen görmedin mi yoksa?"

"Elbette, elbette."

"Sakın onu kaybetme. Köşeyi döndüğünü görmeden harekete geçme, sonra peşine düş. Büyük olasılıkla karanlık olana dek bekleyecektir. Eve yöneldiğini görünce, merkezi ara ve destek iste. Onu evinde tutukla. Sakın kıyafetlerini değiştirmesine ya da bir şeyleri kaldırmasına fırsat bırakma. Ve dairesi konusunda tek kelime etme. Yol üstünde motosikleti atmak için durursa, sakın tutuklama. Anladın mı?"

Skarre, "Evet, ama neden?" diye sordu.

"Çünkü adam senin iki katın!"

Sejer, Kollberg'i tasmasından tutup arabadan indirdi ve peşinden çekmeye başladı. Johnas kamyoneti vitese geçirip uzaklaşırken arabanın arkasına sindi. Skarre birkaç saniye bekledikten sonra, Johnas'ın peşine takıldı. Kendine çok güvendiği söylenemezdi.

Sejer sokağın karşısına geçti, rastgele bir zile bastı ve dahilî diyafona, "Polis," diye seslendi. Kapı vızladı ve Sejer içeri girdi. Asansörü yok sayarak merdivenlerden yukarı, dördüncü kata fırladı. İki kapı vardı ama otomatik olarak ışık gördükleri tarafa, sokağa bakan kapıya yöneldi. İsim levhası yoktu. Kilide baktı, basit bir sürgüydü. Kredi kartı bulmak için cüzdanını açtı. Banka kartını kullanmak konusunda isteksizdi ama hemen yanında, üstünde adı ve numarası olan kütüphane kartı vardı. Kartın arka yüzünde "Kitaplar bütün kapıları açar" yazıyordu. Kartı araya soktu ve kapı tık diye açıldı. Kilit işe yaramaz bir şeydi ama belki de zaten değiştirilecekti. Şimdilik daire, kelimenin tam anlamıyla tam takırdı. Işığı yakınca gözleri zeminin ortasında duran alet çantası ve pencerenin yanındaki iki tabureye takıldı. Mutfak lavabosunun altında boya tenekelerinden küçük bir piramit ve beş litrelik bir terebentin şişesi duruyordu. Johnas dairesinde tadilat yapıyordu. Sejer parmak uçlarında içeri yürüdü ve kulak kesildi. Daire kocaman cumba tipi pencereleri ve geniş sokak manzarasıyla aydınlık ve açıktı, zeminden trafiğin sesini almayacak kadar da yüksekti. Yüzyılın başından kalma, şık bir dış cephesi ve tavanlarında kartonpiyer süslemeleri olan eski bir binaydı. Aşağıda biraz uzaktaki nehre yansıyan bira fabrikasına kadar her yeri görebiliyordu.

Sessizce odadan odaya geçip etrafa bakındı. Telefon henüz bağlanmamıştı ve hiç mobilya yoktu. Duvar boyunca, üzeri siyah keçeli kalemle etiketlenmiş birkaç karton kutu sıralanmıştı: Yatak Odası, Mutfak, Oturma Odası, Hol. Bir iki tablo. Mutfak tezgâhının üstünde yarısı boş bir Cardinal şişesi duruyordu. Oturma odası penceresinin altında rulo yapılmış bir sürü halı vardı. Kollberg havayı kokluyordu. Boya, duvar kâğıdı yapıştırıcısı ve terebentin kokularını tanımıştı. Sejer bir tur daha attı ve dışarı bakmak için pencerenin önünde durdu. Kollberg huzursuzdu. Köpek etrafta kendi başına dolaşıyordu. Sejer sağ soldaki dolap kapaklarını açarak köpeği takip etti. Ağır halı ortalıkta görünmüyordu. Köpek sızlanmaya başladı ve dairenin derinliklerinde gözden kayboldu. Sejer peşinden gitti.

Nihayet köpek bir kapının önünde durdu. Tüyleri kabarmıştı.

"Sorun ne, oğlum?"

Kollberg telaşla kapıyı kokluyor, patileriyle tırmalıyordu. Sejer neden olduğundan tam emin olamayarak, omzunun üstünden arkaya baktı. Aniden tuhaf bir hisle sarmalanmıştı. Yakınında birisi vardı. Elini kapının koluna yerleştirip bastırdı. Ve sonra çekip açtı. Birisi göğsüne güçlü bir darbe indirdi. Bir sonraki saniye bir gürültü ve acı kaosuydu: Kocaman hayvanın pençelerini göğsüne batırırken çıkardığı hırlama, uluma ve isterik havlama sesleri. Sejer, Johnas'ın dobermanını tanıdığı anda Kollberg de zıplayıp çenesini harekete geçirdi. Sonra üstünde iki köpekle yere savruldu. İçgüdüsel olarak karnının üstüne dönüp ellerini başının üstüne örttü. O silah yerine geçebilecek bir şey arar ve hiçbir şey bulamazken köpekler yerde yuvarlanıyordu. Sejer son hızla banyoya fırladı, ortada bir süpürge gördü, aldı ve hırlayıp diş gösteren köpeklerin birbirlerine birkaç metre mesafede durdukları odaya geri döndü.

"Kollberg!" diye bağırdı. "Kaltağın teki o lanet olası!" Hera'nın gözleri, siyah suratında iki sarı fener gibi parlıyordu. Kollberg kulaklarını arkaya atmıştı, diğer köpek karşısında bir panter gibi saldırıya geçmeye hazır bekliyordu. Sejer süpürgeyi kaldırdı ve gömleğinin sırtından akan ter ve kanı hissederek birkaç adım attı. Kollberg ona baktı, duraksadı ve bir an için siyah bir füze gibi çenesi bir karış açık halde öne fırlayan düşmanı göz hapsinde tutmayı unuttu. Sejer gözünü kapayıp süpürgeyi indirdi. Darbe Hera'nın ensesine denk gelmişti; köpek yere yığılırken çaresizlik içinde gözlerini kırpıştırdı. Köpek inleyerek yerde yatıyordu. Sejer ileri atıldı, köpeğin tasmasını yakaladı ve onu yatak odasına çekti. Kapıyı açtı, köpeği haşin bir hareketle içeri itti ve kapıyı çarptı. Sonra sırtını duvara yasladı ve odanın ortasında savunma pozisyonunda duran Kollberg'e bakarken kayarak yere indi.

"Lanet olsun, Kollberg! O köpek sürtüğün teki!" Alnını sildi. Kollberg yanına gelip yüzünü yaladı. Kapının diğer tarafında Hera'nın ağladığını duyabiliyorlardı. Sejer bir süre yüzü ellerinin arasına gömülü halde oturup şokun etkisinden çıkmaya çalıştı. Başını eğip üstüne başına baktı. Kıyafetleri köpek tüyü ile kan içindeydi ve Kollberg'in kulağı kanıyordu.

Ayağa kalktı ve zorlukla banyoya yürüdü. Duş kabininin içinde, bir battaniyenin üstünde yatan siyah, ipek yumuşaklığında bir şey gözüne takıldı. Acınası bir sesle ağlıyordu.

"Bize saldırmasına şaşırmamalı," diye fısıldadı. "Sadece yavrularını korumaya çalışıyordu."

Rulo yapılmış halı duvar boyunca uzatılmıştı. Dizlerinin üstüne çöküp ruloya baktı. Sıkıca rulo yapılmış, naylonla sarılmış ve Sejer'in çıkarılmasının imkânsız olduğunu bildiği cinsten, siyah halı bandıyla tutturulmuştu. Gömleğinin altından ter akarken çekiştirmeye başladı. Kollberg de tırmalıyor, pençe atıyor ve yardım etmeye çalışıyordu ama Sejer onu itip uzaklaştırdı. Nihayet bandı çıkarmayı başarmış ve naylonu yırtmaya koyulmuştu. Ayağa kalktı ve halıyı oturma odasına çekti. Yatak odasından Hera'nın ağlama sesi geliyordu. Yere eğildi ve halıyı var gücüyle itti. Rulo yavaş ve ağır bir şekilde açıldı. İçinde ezilmiş bir beden yatıyordu. Yüzü mahvolmuştu. Ağzı ve burnu –ya da burnundan arta kalan kısım– sıkıca bantlanmıştı. Sejer, Halvor'a bakarken hafifçe sendeledi. Arkasını dönüp bir süre duvara yaslanma ihtiyacı duydu. Sonra kemerinden telefonunu çıkardı. Numarayı tuşlarken pencereden dışarı bakıyordu. Gözleri nehirde hareket eden bir mavnaya sabitlenmişti. *Hexagon.* Bremen'den geliyordu. Bip sesini ve uzun, melankolik çalma sesini duydu. İşte geliyorum, diyordu. İşte geliyorum ama aceleye gerek yok.

Telefona, "Konrad Sejer, Oscarsgaten, 15 numara" dedi. "Desteğe ihtiyacım var."

ON ALTI

"Henning Johnas?"

Sejer kalemini iki parmağının arasında çevirirken gözlerini adama dikmişti.

"Neden burada olduğunuzu biliyor musunuz?"

"Bu nasıl bir soru?" dedi adam haşin bir sesle. "Tek bir şey söyleyeceğim: Katlanabileceklerimin bir sınırı var. Ama eğer bunun Annie'yle alakası varsa, o zaman söyleyecek hiçbir şeyim yok demektir."

"Annie'den bahsetmeyeceğiz," dedi Sejer.

"Anlıyorum."

Sandalyesini öne arkaya ağır ağır sallıyordu ve Sejer adamın yüzüne bir rahatlama hissinin yayıldığını düşündü.

"Halvor Muntz ortadan kaybolmuş görünüyor. Onu görmediğinizden emin misiniz?"

Johnas dudaklarını birbirine bastırdı. "Kesinlikle eminim. Onu tanımıyorum."

"Bundan emin misiniz?"

"İnanmayabilirsiniz ama polisin sonu gelmeyen tacizine rağmen, aklım hâlâ başımda."

“Motosikletinin garajınızda ne aradığını merak ediyorduk. Kamyonetinizin arkasında.”

Johnas korku dolu bir homurtu çıkardı.

“Efendim? Ne dediniz?”

“Halvor’un motosikleti.”

“O Magne’nin motosikleti,” dedi. “Tamir etmesine yardım ediyorum.”

Hızlı hızlı, Sejer’e bakmadan konuşmuştu.

“Magne’nin Kawasaki’si var ve ayrıca siz motosikletlerden pek anlamazsınız. Kibarca belirtmek gerekirse, bambaşka bir sektördesiniz. Tekrar deneyin, Johnas.”

“Pekâlâ, pekâlâ.” Johnas’ın öfkesi alev aldı ve kontrolünü kaybederek masayı iki eliyle birden kavradı. “Galerime daldı ve benimle uğraşmaya başladı. Tanrım, hem de ne uğraşmak. Uyuşturucu almış gibi davranıyor, halı almak istediğini iddia ediyordu. Tabii ki parası yoktu. Dükkânıma o kadar çok tuhaf insan girip çıkar ki... Öfkeyle kapıldım. Onu tokatladım. Ve pis bir serseri olduğu için her şeyini geride bırakıp kaçtı. Motosikleti kamyonete yerleştirip yanımda eve götürdüm. Ceza olarak. Gelip bizzat benden geri alması gerekecekti. Ona geri vermem için yalvaracaktı.”

“Sadece bir tokat için eliniz fena zarar görmüşe benziyor, öyle değil mi?” Sejer, Johnas’ın derisi yüzülmüş boğumlarına bakıyordu. “İşin ilginç yanı, kimse nerede olduğunu bilmiyor.”

“O zaman kuyruğunu bacaklarının arasına sıkıştırıp kaçmış demektir. Büyük olasılıkla bir mesele yüzünden suçluluk duyuyordur.”

“Herhangi bir varsayımınız var mı?”

“Kız arkadaşının cinayetini soruşturuyorsunuz. Belki de oradan başlamalısınız.”

“Çok küçük bir yerde yaşadığınızı unutmasanız iyi olur, Johnas. Dedikodular hızlı yayılır.”

Johnas o kadar çok terliyordu ki gömleği göğsüne yapışmıştı. “Ne olmuş yani? Taşınacağım,” dedi.

“Bahsetmiştiniz. Şehre, değil mi? Demek Halvor’a dersini verdiniz. Belki onu bir süre kendi haline bıraksak iyi olacak.”

Sejer mutlu değildi. Sadece öyle görünüyordu.

“Kolayca öfkeye kapılıyor olabilir misiniz? Biraz bundan bahsedelim.” Kalemini biraz daha çevirdi. “Eskil’den başlayalım.”

Johnas şanslıydı. Tam o sırada ceketinin cebinden sigarasını almak üzere eğilmişti. Doğrulmakta hiç acele etmedi.

“Hayır,” diye inledi. “Eskil’den konuşacak gücüm yok.”

“İhtiyaç duyduğumuzdan daha fazla zamanımız var,” dedi Sejer. “O günden başlayın, kasım ayındaki o günden. Kalktığınız andan. Sizin ve oğlunuzun.”

Johnas kafasını salladı ve gergin bir tavırla dudaklarını yaladı. Düşünebildiği tek şey, okumayı başaramadığı diskti. Belki de Sejer diski alıp Annie’nin yazdığı her şeyi baştan sona okumuştu. Düşüncesi bile baygınlık geçirmesi için yeterliydi.

“Bu konudan bahsetmek çok zor. Arkamda bırakmaya çok uğraştım. Neden eski bir trajediyle bu kadar ilgileniyorsunuz? Vaktinizi ayıracak daha acil meseleleriniz yok mu?”

“Zor olduğunun farkındayım. Ama yine de deneyin. Zor bir dönemden geçtiğinizi ve gerçekten profesyonel yardım almanız gerektiğini biliyorum. Bana ondan bahsedin.”

“Ama neden Eskil’den konuşmak istiyorsunuz?”

“O çocuk, Annie’nin hayatının önemli bir kısmıydı. Ve Annie hakkında her şeyin gün ışığına çıkarılması gerekiyor.”

"Bunun farkındayım. Farkındayım. Sadece kafam karıştı. Bir an benden şüphelenmiş olabileceğinizi düşündüm. Bilirsiniz... Annie'nin ölümüyle bir ilgim olmasından..."

Sejer gülümsedi. Nadir rastlanan açık bir gülümseme. Sonra Johnas'a hayret dolu bir bakış attı ve kafasını salladı.

"Annie'yi öldürmek için bir nedeniniz var mıydı?"

"Tabii ki hayır," dedi. "Ama dürüst olmak gerekirse, sizi arayıp onu arabama aldığımı söylemek beni bir hayli zorladı. Kendimi ateşe attığımı biliyordum."

"Her halükârda öğrenirdik. Birisi sizi görmüş."

"Ben de öyle düşündüm. O yüzden aradım."

Sejer tavrını hiç bozmayarak, "Bana Eskil'i anlatın," dedi.

Johnas öne doğru çöktü ve sigarasından bir nefes çekti. Kafası karışmış gibiydi. Dudakları kıpırdadı ama hiç ses çıkmadı.

Zihninde her şey netti ama şimdi oda üzerine kapanıyordu ve tek duyabildiği, masanın diğer tarafındaki adamın nefes alıp verişiydi. Düşüncelerini düzenleyebilmek için duvardaki saate baktı. Akşamüstü altıydı.

Eskil saat altıda neşeli bir çığlıkla uyandı. Yatağımızda, kendini oradan oraya atarak yuvarlandı. Bir an önce kalkmak istiyordu. Astrid'in biraz daha uykuya ihtiyacı vardı. Bu yüzden benim kalkmam gerekti. Peşimden odadan çıktı ve pijamamı çekiştirerek banyoya geldi. Kolları ve bacakları durmuyor ve hiç durmadan konuşuyordu, sonsuz bir ses ve bağırış seli. Çaresizlik içinde üstünü giydirmeye çalışınca, yılan balığı gibi kıvranmaya başladı. Bezinin bağlanmasını istemiyordu. Onun için bulduğum kıyafetleri giymek istemiyordu. Bir yere tutturulmamış ne varsa elini bunlara atıyordu. Nihayet klozet kapağının üstüne tırmandı ve aynanın altındaki rafta duran şeyleri çekmeye başladı. Astrid'in kavanozları ve şişeleri yere düşüyordu. Onu aşağı indirdim ve kısa süre içinde eski, bildik döngüler yeniden başladı. Önce nazikçe azarladım ve ağzına bir Ritalin hapı tıktım. Hapı derhal tükürürken, duş perdesini kavradı ve aşağı çekmeyi başardı. Giyinmeye çalıştım, hiçbir şeye zarar vermesin, hiçbir şeyi kırmasın diye uğraştım. Sonunda ikimiz de giyinmiştik. Onu kucakladım ve mutfağa taşıyıp sandalyesine oturttum. Odanın içinde ilerlerken aniden kafasını arkaya attı ve ağzıma vurdu. Dudağım yarıldı ve kanamaya başladı. Onu sandalyesine bağladım ve bir dilim ekmeğin üstüne tereyağı sürdüm. Ama onun için hazırladığım yemeği istemiyordu. Kafasını salladı, tabağını masaya fırlatırken sosis istiyorum diye bağırıyordu.

"Johnas." dedi Sejer. "Bana Eskil'i anlatın."

Johnas silkindi ve dedektife baktı. Nihayet bir karar vermişti.

"Pekâlâ, madem öyle istiyorsunuz. 7 Kasım. Diğerlerinden farksız, yani tarif edilemez bir gün. O bir torpidoydu ve peşinden sürüklediği dalgayla bütün aileyi mahvediyordu. Magne okulda her geçen gün daha kötü notlar alıyor ve evde olmaya katlanamıyordu. Her öğleden sonra ve akşam arkadaşlarıyla dışarı çıkıyordu. Astrid hiçbir zaman yeterince uyuyamıyordu, ben dükkânı düzenli olarak açamıyordum. Her öğün bir felaketti. Annie," dedi birdenbire hüzünlü bir gülümsemeyle. "Annie tek parlak ışıktı. Ne zaman vakti olsa gelir, onu alırdı. O zaman sessizlik evin üstüne çöküverirdi. Oturduğumuz, yattığımız yere yığılır ve tam anlamıyla bayılırdık. Bitkin ve umutsuzduk ve hiç kimse yardım etmiyordu. Bu huyunun hiçbir zaman geride kalmayacağı gayet açık şekilde söylenmişti. Her zaman konsantrasyon sorunu yaşayacak, hayatının sonuna dek hiperaktif kalacaktı. Bütün aile ona uzun seneler boyunca katlanmak zorunda kalacaktı. Senelerce. Düşünebiliyor musunuz?"

"Ve o gün, onunla kavga ettiniz."

Johnas vahşi bir kahkaha koyverdi. "Her zaman ediyorduk. Bu, ailede bir nevrozdu. Bizim de durumu onun için daha beter hale getirmek adına payımızı düşeni yaptığımıza hiç şüphe yok. Onu nasıl idare edeceğimiz konusunda hiçbir fikrimiz yoktu. Bağırıp çağırıyorduk, bütün hayatı küfür sözcüklerinden ve hoşnutsuzluktan ibaretti."

"Bana ne olduğunu anlatın."

"Magne kafasını mutfaktan içeri uzattı ve hoşça kalın diye seslendi. Omzunda çantasıyla servisini yakalamaya gidiyordu. Dışarısı hâlâ karanlıktı. Bir parça ekmeğe tereyağı sürüp üstüne sosis koydum. Kıtır kısmını kolayca yiyebilecek durumda olmasına rağmen, küçük lokmalara böldüm. Bu arada bardağını muşamba kaplı masaya vurup duruyor, bağırıyor, çığlıklar atıyordu. Kahkaha ya da öfkeyle değil, sadece sonsuz bir gürültü işte. Birden tezgâhın üstünde önceki günden kalma *waffle*'ları gördü ve onlardan yemek için başımın etini yemeğe başladı, kazanacağını bilmeme rağmen, hayır dedim. Bu kelime onun için kırmızı bayrak gibiydi, bu yüzden vazgeçmemekte direndi; fincanını çarpıyor, devrilme tehlikesiyle karşı karşıya kalan sandalyesinde bir öne, bir arkaya sallanıyordu. Sırtım tezgâha dönük halde duruyor, titriyordum. Nihayet döndüm, tabağı kaptım, plastiğini çıkardım ve bir parça *waffle* aldım. Sosis parçalarını çöpe attım ve *waffle*'ı önüne koydum. Birkaç kalp kopardım. Sükûnetle yemeyeceğini biliyordum. Beni bekleyen daha çok şey vardı. Nasıl olduğunu biliyordum. Eskil üstlerine reçel sürmemi istiyordu. Öfkeden ellerim titreyerek iki kalbin üstüne ahududu reçeli sürdüm. İşte o zaman gülümsedi.

O son gülümsemeyi çok iyi hatırlıyorum. Kendinden o kadar hoşnuttu ki. Ben sinir krizinin eşiğindeyken bu kadar mutlu olmasına dayanamadım. Tabağını aldı ve masaya vurmaya başladı. Sonuç olarak *waffle* istemiyordu, gerçekten sevmezdi zaten. Dünyada istediği tek şey dediğini yaptırmaktı. *Waffle*'lar tabaktan kaydı ve yere düştü. Bir bez bulmam gerekti. Her yere baktım ama bulamadım, bu yüzden *waffle*'ları kaldırdım ve önüne yaydım. Kocaman bir yumru oluşturmamı ilgiyle izledi. Küçük suratında olacaklar konusunda en ufak bir korku belirtisi yoktu. İçim kaynıyordu ve dumanın bir kısmını atmam gerekiyordu. Ve bunu nasıl yapacağımı bilmiyordum. Aniden masanın üstüne eğildim, *waffle*'ları ağzına tıktım ve gidebilecekleri yere kadar ittim. Şaşkın bakışlarını ve gözlerine dolan yaşları hâlâ hatırlıyorum.

"Şimdi!" diye bağırdım öfkeyle. *"Şimdi, o lanet olası* waffle*'larını yiyeceksin."*

*

Johnas kırık bir sopa gibi yıkıldı.

"Böyle olsun istemedim."

Sigarası kül tablasında tütüyordu. Sejer yutkundu ve bakışlarını pencereye kaydırdı ama gözündeki görüntüyü silebilecek bir şey bulamadı. Ağzı *waffle*'larla, iri gözleri korkuyla dolu küçük bir çocuk.

Johnas'a baktı. "Bize verilen çocukları kabul etmek zorundayız, sizce de öyle değil mi?"

"Hep öyle dediler. Kimse ne diyeceğini bilmiyordu. Ve şimdi ölümle sonuçlanan istismarla suçlanacağım. Kendimi uzun zaman önce suçlayıp mahkûm ettim. Durumu daha kötü hale getiremezsiniz."

Sejer ona baktı. "Suç tam olarak neydi?"

"Eskil'in ölümü tamamen benim suçumdu. Ondan ben sorumluydum. Hiçbir bahane ya da açıklama bulunamaz. Ancak mesele şu ki, ölsün istemedim. Bir kazaydı."

"Sizin için korkunç olmalı," dedi Sejer. "Çaresizliğinizi paylaşacak kimseniz yoktu. Aynı zamanda olanlar yüzünden hiçbir zaman tam olarak cezalandırılmadığınızı düşünüyor olmalısınız. Öyle mi?"

Johnas sessizdi. Bakışları odanın içinde dolaşıyordu.

"Önce küçük oğlunuzu kaybettiniz, sonra karınız büyük oğlunuzu da yanına alarak gitti. Hiç kimsesiz, tek başınıza kaldınız."

Johnas ağlamaya başlamıştı. Sesi, kusmaya çalışıyormuş gibi boğuk çıkıyordu.

"Ama yine de yaşamaya devam ettiniz. Size arkadaşlık edecek bir köpeğiniz vardı. İşinizi büyüttünüz ki gerçekten iyi yolda gidiyor. Sizin gibi sıfırdan başlamak çok fazla enerji gerektirir."

Johnas başını salladı. Sejer'in kelimeleri, ılık su etkisi yaratmıştı.

Sejer nişan almıştı ve atışını yaptı.

"Ve sonra, nihayet her şeyi yoluna koymaya başladığınız ve hayatınızın normale döndüğü bir anda, Annie ortaya çıkıverdi, değil mi?"

Johnas irkildi.

"Belki sokakta size suçlayan gözlerle baktı. Bunu, neden bu kadar düşmanca davrandığını merak etmiş olmalısınız. Bu yüzden onu sırtında okul çantasıyla koşarken görünce, meselenin ne olduğunu öğrenmek ihtiyacı duydunuz, öyle değil mi?"

Bir kız yokuşu koşarak iniyordu. Beni hemen tanıdı ve olduğu yerde durdu. Yüzü buz kesmişi, bana soğuk bir bakış attı. Duruşu beni geri püskürtür gibiydi, tehlike sinyalleri veren, inatçı, neredeyse saldırgan bir tavır.

Yeniden yürümeye başladı, arkasına bakmadan seri adımlar atıyordu. Sonra ona seslendim. Pes etmemekte kararlıydım. Meselenin ne olduğunu öğrenmem gerekiyordu. Nihayet insafa geldi ve arabaya bindi, kollarını kucağındaki çantasına sarıp oturdu. Konuşmak istediğimden ama nereden başlayacağımı bilemediğimden ve ikimiz için de tehlikeli bir şey yapmak üzere olup olmadığımı bilmediğimden çok yavaş gidiyordum. Bu yüzden arabayı sürmeye devam ettim. Göz ucuyla tek parça, kocaman bir suçlama gibi duran gergin karaltısını görebiliyordum.

Söze, "Konuşacak birisine ihtiyacım var," diye tereddütle, direksiyonu iki elimle sımsıkı kavrayarak başladım. "Bazı şeyler benim için hiç kolay değil."

Camdan dışarı bakarak, "Bunu biliyorum," diye yanıtladı. Ama sonra aniden döndü ve kısa bir an bana baktı. Sanki bir aralanma olmuş gibiydi, gevşemeye çalıştım. Hâlâ geri çekilecek ve her şeyi olduğu gibi bırakacak zaman vardı ama şimdi oturmuş, beni dinliyordu. Belki her şeyi anlayacak kadar büyümüştü, belki bütün istediği buydu. Bir tür itiraf ya da affedilmek için yalvarış. Annie ve bütün o adalet konuşmaları.

"Bir yere gidip biraz konuşabilir miyiz, Annie? Bunu arabada yapmak çok zor. Vaktin varsa, birkaç dakika bile olsa, sonrasında seni gideceğin yere bırakırım."

Sesim cılız ve yalvarır gibiydi. İçine dokunduğunu fark ettim. Kafasını ağır ağır salladı ve biraz gevşemiş gibi arkasına yaslanıp bir kez daha pencereden dışarı bakmaya başladı. Bir süre sonra Horgen'ın Dükkânı'nın önünden geçtik ve yanına park edilmiş bir motosiklet gördüm. Sürücüsü gidona eğilmiş, bir şey, belki de bir harita inceliyordu. Kollen'e çıkan kötü yoldan yukarı ağır ağır, dikkatlice çıktım ve dönüş noktasında park ettim. Annie birden endişelenir gibi oldu. Çantasını arabama bıraktı. O anda ne düşündüğümü hatırlamaya çalışıyorum ama hatırlayamıyorum. Tek hatırladığım yabani otların bürüdüğü patika yolda ağır ağır yürüyüşümüz. Annie uzun boylu ve sırtı dik bir kızdı, yanımda genç ve kararlı ancak etkilenmeye açık olmayan bir tavırla yürüyordu. Benimle birlikte suya kadar indi ve tereddüt içinde bir kayanın üstüne oturdu. Bir süre parmaklarını tıkırdattı. Kısa tırnaklarını ve sol elindeki yüzüğü hatırlıyorum.

Alçak sesle, "Seni gördüm," dedi. "Pencereden gördüm. Tam masanın üstüne eğildiğin anda. Kaçtım. Sonra babam bana Eskil'in öldüğünü söyledi."

"Beni suçladığını biliyordum," dedim ciddi bir tavırla. "Davranış şeklinden anladım. Sokakta, posta kutularının orada ya da garajın yakınında her karşılaşmamızda. Beni suçluyordun."

Ağlamaya başladım. Öne eğildim ve Annie yanımda hiç kıpırdamadan otururken bir süre hıçkırdım. Hiçbir şey demedi ama sonunda ağlamam bitip kafamı kaldırdığım zaman, onun da ağlamakta olduğunu gördüm. Uzun zamandır hiç hissetmediğim kadar iyi hissettim, gerçekten. Ilık bir esinti sırtımı okşuyordu ve hâlâ umut vardı.

Sonra, "Ne yapmalıyım?" diye fısıldadım. "Bu olayı geride bırakabilmek için ne yapmam gerek?"

Bana gri gözleriyle, neredeyse şaşırmış gibi baktı. "Tabii ki polise teslim olacak ve onlara gerçeği söyleyeceksin. Yoksa asla huzur bulamazsın."

O anda bana baktı. Kalbim göğsümün içinde taş kesildi. Ellerimi ceplerime soktum ve orada tutmak için büyük çaba harcadım. "Bundan kimseye bahsettin mi?" diye sordum.

"Hayır," dedi. "Henüz değil."

Çaresizlik içinde, "Sen kendi işine bakmalısın, Annie!" diye haykırdım. Birden kendimi dipten yukarı doğru fırlar gibi hissettim, karanlıktan aydınlığa çıkar gibi. Zihnime, elimi kolumu felç eden tek bir düşünce doldu. Annie dünyada bu konudan haberdar olan tek insandı. Sanki rüzgâr yön değiştirmişti ve kulaklarımın içinde esiyordu. Bir anda her şey kayboldu. Yüzünde Eskil'in yüzündeki hayret dolu ifade vardı. Sonrasında kaskatı halde ormanın içinde yürüdüm. Bir kez bile arkama dönüp bakmadım.

Johnas dudaklarına bir türlü dökülmeyen kelimelerin şeklini vermeye çalışırken, perdeleri ve tavandaki floresan lambayı inceliyordu. Sejer ona baktı. "Evinizi aradık ve adli deliller elde ettik. Oğlunuz Eskil Johnas'ın ölümüne ihmal yoluyla sebebiyet vermek ve Annie Sofie Holland'ı taammüden öldürmekle suçlanacaksınız. Söylediklerimi anlıyor musunuz?"

"Yanılıyorsunuz!"

Sesi kırılgan bir kuş ötüşü gibiydi. Çatlamış sayısız damar, gözlerine kırmızımsı bir renk vermişti.

"Suçluluğunuzu değerlendirecek olan ben değilim."

Johnas bir şey arar gibi parmağını gömlek cebine soktu. O kadar çok titriyordu ki yaşlı bir adama benziyordu. Nihayet, küçük, yassı bir metal kutu çıkardı.

"Ağzım çok kurudu," dedi.

Sejer kutuya baktı. "Ama onu öldürmeniz gerekmezdi, biliyorsunuz."

Cılız bir sesle, “Siz neden bahsediyorsunuz?” dedi.

“Annie’yi öldürmeniz gerekmezdi. Biraz daha bekleseydiniz, kendiliğinden ölecekti.”

“Şaka mı bu?”

“Hayır,” dedi Sejer. “Karaciğer kanseri konusunda asla şaka yapmam.”

“Yanılıyor olmalısınız. Kimse Annie’den daha sağlıklı olamazdı. Ben kalkıp gittiğimde, suyun kenarında duruyordu ve duyduğum son şey, suya attığı taşın sesi oldu. Benimle birlikte göle kadar geldiğini size söylemeye ilk başta cesaret edemedim. Ama öyle oldu. Benimle dönmek istemedi. Yürümeyi tercih etti. Orada, gölün kıyısında dururken birisinin çıkageldiğini anlayamıyor musunuz? Genç bir kız. Ormanda tek başına. Kollen turist kaynıyor. Yanılmış olabileceğiniz aklınızdan hiç geçmiyor mu?”

“Nadiren geçer. Ama savaşı kaybettiğinizi kabul etmelisiniz. Halvor’u bulduk.”

Johnas birisi kulağına bir iğne batırmış gibi yüzünü buruşturdu.

“Üzücü, değil mi?”

Sejer, elleri kucağında, kıpırdamadan oturuyordu. Kendini birkaç kez alyansının olduğu yeri ovalarken yakaladı. Yapacak başka bir şey yoktu. Ayrıca küçük oda çok sessiz ve neredeyse karanlıktı. Arada sırada kafasını kaldırıp Halvor’un yıkanıp pansuman yapılmış ama hâlâ tanınmayacak haldeki perişan yüzüne bakıyordu. Dudakları hafifçe aralıktı. Dişlerinin çoğu kırılmıştı ve ağzının köşesindeki yara izi artık görünmez durumdaydı. Yüzü fazla olgunlaşmış bir meyve gibi açılmıştı. Ama alnı hâlâ bütündü ve birisi saçlarını arkaya taradığı için pürüzsüz teni –eskiden ne kadar yakışıklı olduğuna dair küçük bir emare– görünüyordu. Sejer başını eğdi ve ellerini dikkatle çarşafın üstüne yerleştirdi. Masanın üstünde duran lambadan yayılan ışık çemberinde açıkça görülüyorlardı. Sadece kendi nefesini ve uzakta bir asansörün cılız gıcırtısını duyabiliyordu. Ellerinin altındaki ani bir hareket irkilmesine neden oldu. Halvor tek gözünü açtı ve ona baktı. Diğeri daha çok denizanasını andıran kocaman, sıvı bir bandaj yığınıyla örtülüydü. Konuşmak istiyordu. Sejer parmağını dudağına götürüp kafasını salladı. "Gülümsemeni görmek çok hoş ama konuşmamalısın. Dikişler patlayacak."

Halvor belli belirsiz, "Teşekkürler," dedi.

Birbirlerine uzun uzun baktılar. Sejer birkaç kez kafasını salladı. Halvor yeşil gözünü kırpmaya devam etti.

Sejer, "Johnas'ın evinde bulduğumuz disket," dedi. "Annie'nin günlüğünün tam kopyası mı?"

"Hımm..."

"Hiçbir şey silinmedi yani."

Kafasını salladı.

"Hiçbir şey değiştirilmedi ya da düzeltilmedi."

Bir kafa sallama daha.

"Tamam o zaman," dedi Sejer.

"Teşekküğ..."

Halvor'un gözleri yaşlarla dolmuştu. Burnunu çekmeye başladı.

"Huysuzlanma!" dedi Sejer. "Dikişler açılacak. Ve burnun akıyor. Mendil bulayım."

Ayağa kalktı ve lavabonun yanında kâğıt mendil buldu. Çocuğun burnundan fışkıran kan ve sümüğü temizlemeye çalıştı.

"Zaman zaman Annie'nin zor birisi olduğunu düşündüğünü tahmin ediyorum. Ama büyük ihtimalle kendine göre nedenleri olduğunu artık anlamışsındır. Genellikle hepimizin kendimize göre nedenlerimiz vardır. Ve bu tek başına taşımak için fazla ağır bir yüktü." Yatakta, yüzü tuzla buz olmuş halde yatan çocuğa öylesine büyük bir acıma duyuyordu ki onu teselli etmek için, "Bunu söylemem aptalca gelebilir ama," dedi, "henüz çok gençsin. Şu anda kaybın büyük. Şu anda Annie yakınında isteyebileceğin tek insanmış gibi geliyor olabilir. Ama zaman geçecek, bir şeyler değişecek. Bir gün farklı düşüneceksin."

Tanrım, ne konuşma ama, diye düşündü.

Halvor cevap vermedi. Sejer'in örtünün üstünde duran ellerine, sağ elindeki kalın altın alyansa bakıyordu. Yüzündeki ifade suçlar gibiydi.

"Ne düşündüğünü biliyorum," dedi Sejer. "Benim için söylemesi kolay. Hele burada parmağımda kocaman bir yüzükle otururken. Gerçekten fazla gösterişli, on milimetrelik bir yüzük. Ama anla işte," dedi hüzünlü bir gülümsemeyle. "Aslında bir araya getirilmiş iki beş milimetrelik yüzükten oluşuyor."

Yüzüğü parmağında çevirdi.

"O öldü," dedi. "Anlıyor musun?"

Halvor gözlerini yumdu ve yüzünden aşağı biraz daha kan ve gözyaşı döküldü. Ağzını açtı ve Sejer dişlerinin kırık kalıntılarını gördü.

"Üsgünüm..."

Nihayet güneş var gücüyle parlıyordu ve Sejer ile Skarre aralarında köpekle sokak boyunca yürüyorlardı. Kollberg, flama gibi havaya dikili kuyruğuyla, mutlu mutlu ilerliyordu.

Sejer'in bileğine sarılı bir ipin ucunda bir çiçek buketi –pelür kâğıda sarılı, kırmızı-mavi anemonlar– sallanıyordu. Ceketi omuzlarından sarkıyordu ve egzaması uzun zamandır olmadığı kadar iyiydi. Skarre yanında hoplayıp zıplarken, o rahat ve esnek adımlarıyla ilerliyordu. Köpek ise şaşırtıcı derecede canlı yürüyordu. Çok hızlı değillerdi, yeni ütülü gömlekler giymişlerdi ve varış noktalarına varmadan çok fazla terlemek istemezlerdi.

Matteus, kucağında siyah beyaz, keçeden bir katil balinayla heyecan içinde oradan oraya koşuyordu. Balinanın adı Özgür Willy'ydi ve neredeyse onunla aynı boydaydı. Sejer'in içinden taşan ilk dürtü ileri atılmak, onu havaya kaldırıp büyük neşesini çocuksu bir sesle haykırmak oldu. Bütün çocuklar böyle karşılanmalıydı, samimi ve bol neşeyle. Ama Sejer öyle yaratılmamıştı. Çocuğu dikkatle kucağına aldı ve yeni bir elbise –üzerinde kırmızı ahududular olan krem-sarı bir yazlık elbise– giymiş olan Ingrid'e baktı. Doğum gününü kutladı ve elini sıktı. Yerkürenin diğer ucuna –sıcağa ve savaşa– doğru yola çıkmalarına az kalmıştı ve sonsuzluk kadar uzun bir süre boyunca orada kalacaklardı. Matteus'u sıkıca tutarken, damadının elini sıktı. Sessizce oturup yemeklerini beklediler.

Matteus asla huysuzlanmazdı. Çok uysal, asi ya da aksi davranışlardan arınmış, kutsanmış bir çocuktu. Sejer'in kendi ailesinden tanımadığı tek şey, hafif şeytanlık eğilimiydi. Matteus'un gündelik hayatı gülümsemeler ve sevgiyle doluydu; diğer taraftan haklarında çok az şey bildikleri ataları ona kendilerini anormal davranışlarda belli edecek, aile üyelerini çileden çıkaracak ya da yıkıcı sınırları aşmalarına neden olacak genler vermişe benzemiyorlardı. Sejer'in düşünceleri oradan oraya dolaşıyordu. Henüz kendisinin de çocuk olduğu zamanlara, Roskilde dışındaki Gamle Möllevej'e dönmüştü. Uzunca bir süre anılarının arasında kaybolmuş halde oturdu. Sonunda kulak kesildi. "Ne dedin, Ingrid?"

Kızına şaşkın gözlerle baktı ve alnına düşen sarı bir bukleyi, yüzünde sadece ona sakladığı özel gülümsemesiyle arkaya ittiğini gördü.

"Kola, baba? Kola ister misin?"

Aynı anda, başka bir yerde, çirkin bir minibüs düşük viteste tümseklerin üstünden zıplayarak ilerliyordu ve saçları dimdik, iri yarı bir adam, direksiyonun üstüne kapanmıştı. Yamacın sonunda, ileri doğru iki adım atmış küçük bir kızın karşıdan karşıya geçmesine izin vermek için durdu. Kız aniden durdu.

"Merhaba Ragnhild!" diye seslendi.

Kızın bir elinde atlama ipi vardı; diğer elini salladı.

"Yürüyüşe mi çıktın?"

Kız kararlı bir sesle, "Eve dönüyorum," dedi.

"Şunu dinle." Raymond motorun kükremesini bastırmak için yüksek ve tiz bir sesle konuşuyordu. "Caesar öldü. Ama Påsan'ın bebekleri oldu!"

"Ama o bir erkek," dedi Ragnhild.

"Bir tavşanın kız mı yoksa erkek mi olduğunu ayırt etmek kolay değil. O kadar çok tüyü var ki. Her neyse, bebekleri oldu. Beş taneler. İstersen görmeye gelebilirsin."

Küçük kız hayal kırıklığına uğramıştı. "İzin vermezler ki." Birisinin onu bu baş döndürücü cazibeden kurtarmaya gelmesini umarak yolun aşağısına doğru baktı. *Bebek tavşanlar.*

"Tüyleri var mı?"

"Tüyleri var ve gözleri açık. Sonra seni eve bırakırım, Ragnhild. Haydi ama. Çok hızlı büyüyorlar."

Ragnhild yolun aşağısına bir kez daha baktı, gözlerini sıkıca yumdu ve tekrar açtı. Sonra yolun karşısına koştu ve arabaya bindi. Dantel yakalı beyaz bir bluz ve küçük, kırmızı bir şort giymişti. Arabaya bindiğini gören olmamıştı. Herkes avlularında çiçek dikmek ve ot ayıklamakla, güllerini ve filbahrilerini budamakla meşguldü. Raymond, Sejer'in eski rüzgârlığı içinde kendini çok iyi hissediyordu. Minibüsü vitese taktı. Küçük kız yanındaki koltukta heyecan içinde oturuyordu. Raymond mutlu bir ıslık tutturdu ve etrafına bakındı. Onları kimse fark etmemişti.

2023 A. D. 70 DAYS PRAYER & FASTING PROGRAMME

ENGLISH

PRAYER BATTLE (4)

DR D. K. OLUKOYA

General Overseer

Mountain Of Fire and Miracles Ministries Worldwide

2023 A .D. Seventy Days Fasting & Prayer Programme

English

(Dr D. K. Olukoya)

978-978-920-253-9

A publication of:

MOUNTAIN OF FIRE AND MIRACLES MINISTRIES

13, Olasimbo Street, off Olumo Road,

(By UNILAG Second Gate), Onike, Iwaya

P. O. Box 2990, Sabo, Yaba, Lagos.

E-Mail: mfmhqworldwide@mountainoffire.org

Web-site: www.mountainoffire.org

I salute my wonderful wife, Pastor Shade, for her invaluable support in the ministry. I appreciate her unquantifiable support in the book ministry as the cover designer, art editor and art adviser.

All Scriptures are quoted from the King James version of the Bible

ISBN 978-978-920-253-9

9 789789 202539 >

Preface

"O Thou that hearest prayer, unto thee shall all flesh come" (Ps 65:2).

We give all the glory to the Lord for what He has been doing with our annual Seventy days prayer and fasting programme. The Lord has used the programme to: ignite the fire of revival in thousands of lives, put stubborn pursuers to flight, produce prayer eagles, open chapters of prosperity for many, confuse satanic dribblers and put the enemies' gear in reverse. Prayer is of great value in turbulent and non-turbulent situations. Prayer is a necessity not an option.

"Howbeit this kind goeth not out but by PRAYER AND FASTING" (Matthew 17:21).

Some mountains will not fall unless they are bombarded with the artillery of prayer and fasting.

The weapon of prayer and fasting have been known to do wonders when other methods have failed. In addition, some breakthroughs are impossible unless there is regular, consistent, concerted, constant bombardment of prayers. The prayer points for this year's programme have been specially vomited by the Holy Ghost to bring salvation, deliverance and healing of the spirit, soul and body to God's people. Pray them with determination, pray them with aggression, pray them with violence in your spirit, pray them with violent faith, pray them with great expectation and your life will never remain the same. The God who answereth by fire will surely answer you, in Jesus' name.

Your friend in the school of prayer,

Dr D. K. OLUKOYA

PRAYER BATTLE (4)

DEVOTIONAL HYMNS

Lift High the Cross

HYMN NUMBER 1 LIFT HIGH THE CROSS

Crucifer - 10.10. with refrain

"For I am not ashamed of the gospel of Christ." – Luke 1:16

ff *Lift high the Cross,*
The love of Christ proclaim,
Till all the world adore His sacred name.

1 *mf* Come, Christians, follow where our Captain trod,
Our King victorious, Christ the Son of God.

ff *Lift high the Cross,*
The love of Christ proclaim,
Till all the world adore His sacred name.

2 mf Led on their way, by this triumphant sign,
The hosts of God in conquering ranks combine:

PRAYER BATTLE (4)

ff *Lift high the Cross,*
The love of Christ proclaim,
Till all the world adore His sacred name.

3. *mf* All new-born soldiers of the Crucified,
Bear on their brows the seal of Him who died:

ff *Lift high the Cross,*
The love of Christ proclaim,
Till all the world adore His sacred name.

4. *mp* This is the sign which satan's legions fear,
And angels veil their faces to revere:

ff *Lift high the Cross,*
The love of Christ proclaim,
Till all the world adore His sacred name.

5. *f* Saved by this cross whereon the Lord was slain,
The children of Adam their lost home regain:

ff *Lift high the Cross,*
The love of Christ proclaim,
Till all the world adore His sacred name.

6. *mf* From north and south, from east and west they raise,
In growing unison their song of praise:

ff *Lift high the Cross,*
The love of Christ proclaim,
Till all the world adore His sacred name.

7. *mp* O Lord, once lifted on the glorious tree,
As Thou hast promised, draw us all to thee.

ff *Lift high the Cross,*
The love of Christ proclaim,
Till all the world adore His sacred name.

8. *f* Let every race and every language tell,
Of Him who saved our souls from death and hell:

ff *Lift high the Cross,*
The love of Christ proclaim,
Till all the world adore His sacred name.

9. *mf* From farthest regions let them homage bring,
And on His cross adore their sacred King.

ff *Lift high the Cross,*
The love of Christ proclaim,
Till all the world adore His sacred name.

10. *mp* Set up Thy throne, that earth's despair may cease,
Beneath the shadow of His healing peace:

ff *Lift high the Cross,*
The love of Christ proclaim,
Till all the world adore His sacred name.

11. *f* For Thy blest cross doth for all atone,
Creation's praises rise before thy throne.

ff *Lift high the Cross,*
The love of Christ proclaim,
Till all the world adore His sacred name.

PRAYER BATTLE (4)

Tell Out, My Soul, the Greatest of the Lord

HYMN NUMBER 2 - TELL OUT, MY SOUL

Woodlands - 10.10.10.10.

"... my soul doth magnify the Lord". – Luke 1:46

1. *mf* Tell out, my soul, the greatness of the Lord!
Unnumbered blessings, give my spirit voice;
Tender to me the promise of His word;
In God my Saviour shall my heart rejoice.

2. *mf* Tell out, my soul, the greatness of His name!
Make known His might, the deeds His arm has done;
His mercy sure, from age to age the same;
His holy name the Lord, the Mighty One.

3. *mp* Tell out, my soul, the greatness of His might!
Pow'rs and dominions lay their glory by
Proud hearts and stubborn wills are put to flight,
The hungry fed, the humble lifted high.

4. *f* Tell out, my soul, the glories of His word!
Firm is His promise, and His mercy sure.
Tell out, my soul, the greatness of the Lord,
To children's children and for evermore!

PRAYER BATTLE (4)

Alone With JESUS

D.M. Shanks

HYMN NUMBER 3 - THERE'S A PLACE I LOVE TO TARRY

Tune - 8.7.8.7.with Ref.

"... and I will dwell in the house of the Lord forever."

1. *p* There's a place I love to tarry,
When my soul is sad, oppressed,
"Tis alone with Christ my Saviour,
Where He bids me "Come and rest".

mp Just to be alone with Jesus,
Just to hear Him softly say:
"Fear not, though the world forsake you,
"Lo I'm with you always."

2. *p* When the cares of life are heavy,
And beneath my cross I bend;
Then I go alone with Jesus,
For He is my dearest Friend.

mp Just to be alone with Jesus,
Just to hear Him softly say:
"Fear not, though the world forsake you,
"Lo I'm with you always."

3. *pp* When the tempter would assail me,
Jesus bids me to Him flee;
cr He's my Refuge, Friend and Saviour,
He is all in all to me.

mp Just to be alone with Jesus,
Just to hear Him softly say:
"Fear not, though the world forsake you,
"Lo I'm with you always."

PRAYER BATTLE (4)

On Jordan's Bank the Baptist's Cry.

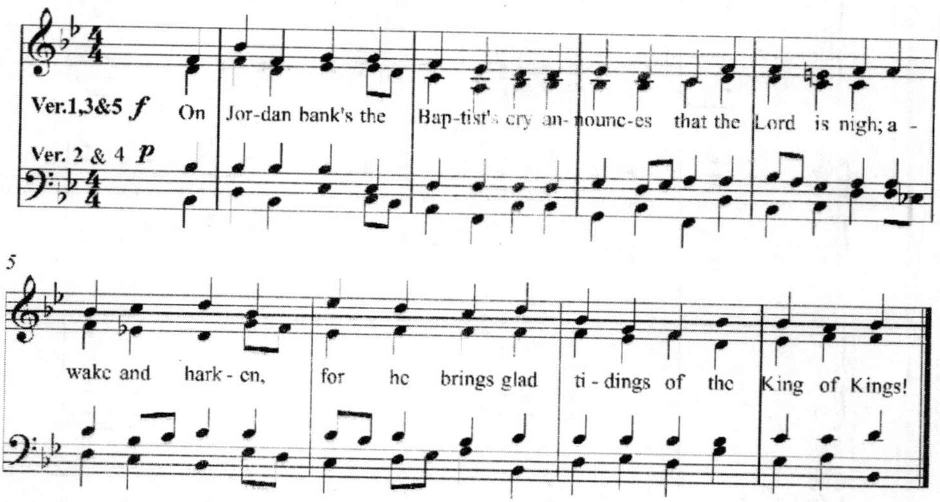

HYMN NUMBER 4 - ON JORDAN'S BANK THE BAPTIST'S CRY

Winchester New - L.M.

"...The voice of one crying in the wilderness..." - Matthew 3:3

1. *f* On Jordan's bank the Baptist's cry,
Announces that the Lord is nigh;
Awake, and hearken, for He brings,
Glad tidings of the King of kings.

2. *p* Then cleansed He every breast from sin,
Make straight the way for God within,
Prepare we in our hearts a home,
Where such a mighty guest may come.

3. *f* For Thou art our salvation, Lord,
Our refuge, and our great reward;
dim Without Thy grace we waste away,
Like flowers that wither and decay.

4. *p* To heal the sick stretch out Thine hand,
And bid the fallen sinner stand;
Shine forth, and let Thy light restore
Earth's own true loveliness once more.

5. *f* All praise, eternal Son, to Thee,
Whose advent doth Thy people free,
Whom with the Father we adore,
And Holy Ghost for evermore.

PRAYER BATTLE (4)

Soldiers Of Christ, Arise

Tune: From Strength to Strength

HYMN NUMBER 5 - SOLDIERS OF CHRIST, ARISE

Diademata - S.M.D.

"They go from strength to strength, every one of them in Zion appeareth before God." – Psalm 84:7

1. *f* Soldiers of Christ, arise,
And put your armor on,
Strong in the strength which God supplies,
Through His eternal Son;

mf Strong in the Lord of hosts,
And in His mighty power,
Who in the strength of Jesus trusts,
Is more than conqueror.

PRAYER BATTLE (4)

2\. *mf* Stand then in His great might,
With all His strength endued,
And take, to arm you for the fight,
The panoply of God;
cr From strength to strength go on,
Wrestle and fight and pray;
Tread all the pow'rs of darkness down,
f And win the well fought day.

3\. *f* Stand then against your foes,
In close and firm array;
p Legions of wily fiends
Oppose throughout the evil day.
But meet the sons of night,
And mock their vain design,
ff Armed in the arms of heavenly light,
Of righteousness divine.

4\. *cr* Leave no unguarded place,
No weakness of the soul,
Take every virtue, every grace,
And fortify the whole.
Indissolubly joined,
To battle all proceed;
But arm yourselves with all the mind,
That was in Christ, your Head

PRAYER BATTLE (4)

OH JESUS I HAVE PROMISED

HYMN NUMBER 6 - O JESUS, I HAVE PROMISED

1. *mp* O Jesus, I have promised
To serve Thee to the end;
Be Thou forever near me,
My Master and my Friend:
I shall not fear the battle
If Thou art by my side,
Nor wander from the pathway
If Thou wilt be my guide.

2. O let me feel Thee near me,
The world is ever near;
I see the sights that dazzle,
The tempting sounds I hear:
di My foes are ever near me,
Around me and within;
cr But, Jesus, draw Thou nearer,
And shield my soul from sin.

3. *p* O let me hear Thee speaking
In accents clear and still,
Above the storms of passion,
The murmurs of selfwill,
cr O speak to reassure me,
To hasten or control;
O speak, and make me listen,
Thou Guardian of my soul.

PRAYER BATTLE (4)

4. *mf* O Jesus, Thou hast promised
To all who follow Thee,
That where Thou art in glory,
There shall Thy servant be;
And, Jesus, I have promised
To serve Thee to the end;
O give me grace to follow,
My Master and my Friend.

5. *p* O let me see Thy footmarks
And in them plant mine own;
My hope to follow duly
Is in Thy strength alone,
O guide me, call me, draw me,
Uphold me to the end;
And then in heaven receive me,
My Saviour and my Friend.

Hymn for the Vigil

HYMN FOR THE VIGIL

HEAR THE FOOTSTEPS OF JESUS(13.13.12.12 & Ref)

For I am the Lord that healeth thee (Exod. 15:26)

W.J.K

W.J.KIRKPATRICK

1. *f* Hear the footsteps of Jesus,
He is now passing by,
Bearing balm for the wounded,
Healing all who apply;
As He spake to the suff'rer
Who lay at the pool,
He is saying this moment,
"Wilt thou be made whole?"

PRAYER BATTLE (4)

Refrain

mf Wilt thou be made whole?
Wilt thou be made whole?
P Oh come, weary suff'rer,
Oh come, sin-sick soul;
f See the life-stream is flowing,
See the cleansing waves roll,
Step into the current and thou shalt be whole.

2.*f* 'Tis the voice of that Savior,
Whose merciful call
Freely offers salvation
To one and to all;
He is now beck'ning to Him
Each sin-tainted soul,
And lovingly asking,
"Wilt thou be made whole?"

3. *mf* Are you halting and struggling,
Overpow'r'd by your sin,
While the waters are troubled
Can you not enter in?
f Lo, the Savior stands waiting
To strengthen your soul;
He is earnestly pleading,
"Wilt thou be made whole?"

4. *mp* Blessed Savior, assist us
To rest on Thy Word;
Let the soul healing power
On us now be outpoured;
Wash away every sin-spot,
Take perfect control,
Say to each trusting spirit,
"Thy faith makes thee whole."

PRAYER BATTLE (4)

TO BE SAID DAILY

Praise the Lord

Father, in the name of Jesus, I thank You for:

1. Drawing me to prayer and power,
2. The salvation of my soul,
3. Baptising me with the Holy Spirit,
4. Producing spiritual gifts upon my life,
5. The fruit of the Spirit working in me,
6. The wonderful gift of praise,
7. All the ways You have intervened in my affairs,
8. Your divine plan for my life,
9. You will never leave me nor forsake me,
10. Bringing me to a place of maturity and deeper life,
11. Lifting me up when I fall,
12. Keeping me in perfect peace,
13. Making all things work together for good for me,
14. Protecting me from the snares of the fowler and from the noisome pestilence,
15. The wonder-working power in Your Word and in the Blood of the Lamb,
16. Giving Your angels charge over me,
17. Fighting for me against my adversaries,
18. Making me more than a conqueror,
19. Supplying all my needs according to Your riches in glory,
20. Your healing power upon my body, soul and spirit,
21. Flooding my heart with the light of heaven,
22. Always causing me to triumph in Christ Jesus,
23. Turning my curses into blessings,
24. Enabling me to dwell in safety,
25. All the blessings of life,
26. Your greatness, power, glory, majesty, splendour and righteousness,
27. Silencing the foe and the avenger,

PRAYER BATTLE (4)

28. You are at my right hand and I shall not be moved,
29. You are trustworthy and will help Your own,
30. Not allowing my enemies to rejoice over me,
31. Your wonderful love,
32. You are great and greatly to be praised,
33. Delivering my soul from death and my feet from stumbling,
34. You are my fortress and refuge in time of trouble,
35. Your faithfulness and marvellous deeds,
36. Your act of power and surpassing greatness,
37. Dispersing spiritual blindness from my spirit,
38. Lifting me out of the depths,
39. Preserving me and keeping my feet from slipping,
40. Your name is a strong tower, the righteous runs into it and he is safe.

PRAYER BATTLE (4)

PRAYERS FOR CHURCH, MISSIONARY ACTIVITIES AND CHRISTIAN HOMES

TO BE SAID EVERY SUNDAY

1. Thank You, Father, for the promise which says, "I will build my church and the gates of hell shall not prevail against it."
2. I ask for forgiveness of every sin causing disunity and powerlessness in the body of Christ.
3. I take authority over the power of darkness in all its ramifications, in Jesus' name.
4. I bind and cast out every spirit causing seduction, false doctrine, deception, hypocrisy, pride and error, in Jesus' name.
5. Every plan and strategy of satan against the body of Christ, be bound, in the name of Jesus.
6. Every spirit of prayerlessness, discouragement and vainglory in the body of Christ, be bound, in the name of Jesus.
7. Father, let the spirit of brokenness be released upon us, in Jesus' name.
8. I command the works of the flesh in the lives of the brethren to die, in Jesus' name.
9. Let the power of the cross and of the Holy Spirit be released to dethrone flesh in our lives, in the name of Jesus.
10. Let the life of our Lord Jesus Christ be truly established in the body of Christ, in the name of Jesus.
11. Every power of selfishness, over-ambition and unteachableness, be broken, in the name of Jesus.
12. Father, grant unto the body of Christ the mind of Christ, forgiving spirit, tolerance, genuine repentance, understanding, submission, humility, brokenness, watchfulness and the mind to commend others better than ourselves, in Jesus' name.
13. I challenge and pull down the forces of disobedience in the lives of the saints, in the name of Jesus.

PRAYER BATTLE (4)

14. I command these blessings on the body of Christ and ministers:

- love	- joy	- peace	- longsuffering
- gentleness	- goodness	- faith	- meekness
- temperance	- divine healing	- divine health	- fruitfulness
- progress	- faith	- the gifts of healing	
- prophecy	- discerning of spirits		- the word of wisdom
- the word of knowledge		- the working of miracles	
- divers kinds of tongues		- the interpretation of tongues	
- beauty and glory of God		- righteousness and holiness	
- dedication and commitment			

15. Father, create the thirst and hunger for God and holiness in our lives, in the name of Jesus.
16. O Lord, send down the fire of revival into the body of Christ.
17. O Lord, break and refill Your ministers and vessels afresh.
18. Let there be a full and fresh outpouring of the Holy Ghost upon the ministers of God, in the name of Jesus.
19. O Lord, give unto Your ministers the power for effective prayer life, in the name of Jesus.
20. O Lord, release faithful, committed, dedicated and obedient labourers into the vineyard.
21. I break down the authority and dominion of satan over the souls of men, in the name of Jesus.
22. Every spirit holding the souls of men in captivity, I shatter your backbone, in the name of Jesus.
23. Every covenant between the souls of men and satan, I dash you to pieces, in the name of Jesus.
24. Let the spirit of steadfastness, consistency, hunger and thirst for the word of God come upon the converts, in Jesus' name.
25. O Lord, release fresh fire to disgrace territorial spirits upon all our missionaries and evangelists, in the name of Jesus.

PRAYER BATTLE (4)

26. I break the power and the grip of the world upon the souls of men, in Jesus' name.
27. I release the spirit of salvation upon areas that have not been reached by the gospel, in the name of Jesus.
28. O Lord, remove all the hindrances to Your purpose for Christian homes.
29. I command the spirits of quarrel, immorality, unfaithfulness, infirmity, disagreement, misunderstanding and intolerance to lose their grips upon Christian homes, in the name of Jesus.
30. Let all Christian homes be a light to the world and a vehicle of salvation, in the name of Jesus.
31. O God, raise up Esther, Ruth and Deborah in this generation, in Jesus' name.
32. Every power destroying joy in the home, be dismantled, in Jesus' name.
33. O Lord, grant us special wisdom to train our children in Your glory, in the name of Jesus.
34. Every Christian marriage that has been re-arranged by the enemy, be corrected, in the name of Jesus.
35. O Lord, let the spirits of wisdom, judgement, submission, gentleness, obedience to God's word and faithfulness in the home come upon Christian homes, in the name of Jesus.
36. O Lord, remove every wrong spirit from the midst of Your children and put in the right spirit, in the name of Jesus.
37. I take authority over the plans and activities of satan on ministers' homes, in the name of Jesus.
38. O Lord, increase the power and strength of the ministration of Your word amongst us, in the name of Jesus.
39. Father, let the kingdom of Christ come into every nation by fire, in Jesus' name.
40. O Lord, dismantle every man-made programme in the body of Christ and set up Your own programme, in the name of Jesus.

PRAYER BATTLE (4)

PRAYERS FOR THE NATION

TO BE SAID ON FRIDAYS

SCRIPTURES: 1Tim 2:1-2: **I exhort therefore, that, first of all, supplications, prayers, intercessions, and giving of thanks, be made for all men; For kings, and for all that are in authority; that we may lead a quiet and peaceable life in all godliness and honesty.**

Jer 1:10: **See, I have this day set thee over the nations and over the kingdoms, to root out, and to pull down, and to destroy, and to throw down, to build, and to plant.**

Other Scriptures: Isa. 61:1-6; Eph. 6:10-16.

Praise and Worship

1. Father, in the name of Jesus, I confess all the sins and iniquities of the land, of our ancestors, of our leaders, and of the people. E.g., violence, rejection of God, corruption, idolatry, robbery, suspicion, injustice, bitterness, bloody riots, pogroms, rebellion, conspiracy, shedding of innocent blood, tribal conflicts, kidnapping and murder, occultism, mismanagement, negligence, etc.
2. I plead for mercy and forgiveness, in the name of Jesus.
3. O Lord, remember our land and redeem it, in the name of Jesus.
4. O Lord, save our land from destruction and judgement, in the name of Jesus.
5. O Lord, let Your healing power begin to operate upon our land, in Jesus' name.
6. All forces of darkness hindering the move of God in this nation, be rendered impotent, in the name of Jesus.
7. I command the spiritual strong man in charge of this country to be bound and be disgraced, in the name of Jesus.
8. Every evil establishment and satanic tree in this country, be uprooted and cast into fire, in the name of Jesus.
9. I come against every spirit of the anti-Christ working against this nation and I command it to be permanently frustrated, in the name of Jesus.
10. I command the stones of fire from God to fall upon every national satanic operation and activity, in the name of Jesus.
11. O Lord, let the desires, plans, devices and expectations of the enemies for this

PRAYER BATTLE (4)

country be completely frustrated, in the name of Jesus.

12. Every satanic curse on this nation, fall to the ground and die, in Jesus' name.
13. By the blood of Jesus, let all sins, ungodliness, idolatry and vices cease in the land, in the name of Jesus.
14. I break every evil covenant and dedication made upon our land, in Jesus' name.
15. I plead the blood of Jesus over the nation, in the name of Jesus.
16. I decree the will of God for this land, whether the devil likes it or not, in the name of Jesus.
17. All contrary powers and authorities in Nigeria, be confounded and be put to shame, in the name of Jesus.
18. I close every satanic gate in every city of this country, in the name of Jesus.
19. Every evil throne in this country, be dashed to pieces, in the name of Jesus.
20. I bind all negative forces operating in the lives of the leaders of this country, in the name of Jesus.
21. O Lord, lay Your hands of fire and power upon all our leaders, in Jesus' name.
22. I bind every blood-drinking demon in this country, in Jesus' name.
23. O Lord, let the Prince of Peace reign in every department of this nation, in the name of Jesus.
24. Every anti-gospel spirit, be frustrated and be rendered impotent, in the name of Jesus.
25. O Lord, give us leaders who will see their roles as a calling, instead of an opportunity to amass wealth.
26. All forms of ungodliness, be destroyed by the divine fire of burning, in the name of Jesus.
27. O Lord, let our leaders be filled with divine understanding and wisdom, in the name of Jesus.
28. O Lord, let our leaders follow the counsel of God and not of man and demons, in the name of Jesus.
29. O Lord, let our leaders have wisdom and knowledge of God, in Jesus' name.
30. O Lord, let our government be the kind that would obtain Your direction and leading, in the name of Jesus.

PRAYER BATTLE (4)

31. Every satanic altar in this country, receive the fire of God and burn to ashes, in the name of Jesus.
32. I silence every satanic prophet, priest and practitioner, in the mighty name of Jesus. I forbid them from interfering with the affairs of this nation, in the name of Jesus.
33. Blood of Jesus, cleanse our land from every blood pollution, in Jesus' name.
34. I command the fire of God on all idols, sacrifices, rituals, shrines and local satanic thrones in this country, in the name of Jesus.
35. I break any conscious and unconscious agreement made between the people of this country and satan, in Jesus' name.
36. I dedicate and claim all our cities for Jesus, in Jesus' name.
37. Father, let the blessings and presence of the Lord be experienced in all our cities, in the name of Jesus.
38. I decree total paralysis on lawlessness, immorality and drug addiction in this country, in the name of Jesus.
39. Father, let the power, love and glory of God be established in our land, in the name of Jesus.
40. O Lord, let there be thirst and hunger for God in the hearts of Christians of this nation, in the name of Jesus.
41. O Lord, deposit the spirit of revival in Nigeria, in the name of Jesus.
42. O Lord, lay Your hands of power and might upon the Armed Forces and the Police, all government establishments and institutions, all universities and colleges in this country, in the name of Jesus.
43. O Lord, let the resurrection power of the Lord Jesus Christ fall upon our economy, in the name of Jesus.
44. Father, let there be fruitfulness and prosperity in every area of this country, in the name of Jesus.
45. I command every threat to the political, economic and social stability in the land to be paralysed, in the name of Jesus.
46. I frustrate every satanic external influence over our nation, in Jesus' name.
47. I command confusion and disagreement among the sons of the bond woman

PRAYER BATTLE (4)

planning to cage this nation, in the name of Jesus.

48. I break any covenant between any satanic external influence and our leaders, in the name of Jesus.
49. I paralyse every spirit of wastage of economic resources in this country, in the name of Jesus.
50. Spirit of borrowing, depart completely from this country, in the name of Jesus.
51. O Lord, show Yourself mighty in the affairs of this nation, in the name of Jesus.
52. Father, let the Kingdom of Christ come into this nation, in Jesus' name.
53. O Lord, do new things in our country to show Your power and greatness to the heathens, in the name of Jesus.
54. Father, let the Kingdom of our Lord Jesus Christ come into the heart of every person in this country, in the name of Jesus.
55. O Lord, have mercy upon this nation, in the name of Jesus.
56. All the glory of this nation that has departed, be restored, in Jesus' name.
57. Father, let all un-evangelised areas of this country be reached with the gospel of our Lord Jesus Christ, in the name of Jesus.
58. O Lord, send forth labourers into Your vineyard to reach the unreached in this country, in the name of Jesus.
59. I dismantle the stronghold of poverty in this nation, in the name of Jesus.
60. O Lord, install Your agenda for this nation, in the name of Jesus.
61. Every power of darkness operating in our educational institutions, be disgraced, in the name of Jesus.
62. Satanic representatives of key posts in this country, be dismantled, in the name of Jesus.
63. Every evil spiritual throne behind all physical thrones in Nigeria, be dismantled, in the name of Jesus.
64. Every satanic covenant made on behalf of this country by anyone, be nullified, in the name of Jesus.
65. I trample upon the serpents and scorpions of ethnic clashes in this country, in the name of Jesus.
66. I decree a realignment of the situation around Christians to favour them in this

country, in the name of Jesus.

67. I dethrone every strange king installed in the spirit realm over this country, in the name of Jesus.
68. All principalities, powers, rulers of darkness and spiritual wickedness in heavenly places, militating against this nation, be bound and be disgraced, in the name of Jesus.
69. Lord, let righteousness reign in every part of this nation, in Jesus' name.
70. Praises.

PRAYER BATTLE (4)

SECTION 1

WICKED ELDERS MUST EXPIRE

Scripture Reading: Ezekiel 8

Confession: Psalms 17:6-7: I have called upon thee, for thou wilt hear me, O God: incline thine ear unto me, and hear my speech. Shew thy marvellous lovingkindness, O thou that savest by thy right hand them which put their trust in thee from those that rise up against them.

Day 1 (07-08-23) *The Bible in 70 Days (Day 1 - Gen. 1:1-18:20)*

Devotional Songs (Pages 4-12)

Praise and Worship

Prayers of Praise and Thanksgiving (Page 14-15)

1. Every battle that wants to strip me naked, catch fire and perish, in the name of Jesus.
2. O God, arise and disgrace all dark powers that think they have completed their works against me, in the name of Jesus.
3. Powers planning to sell my glory, consuming fire of God, scatter them, in the name of Jesus.
4. O Lord, let the agreement of darkness against me become disagreement, in the name of Jesus.
5. Chains of trouble hanging on my neck, break by fire, in the name of Jesus.
6. Powers that say I shall never see my blessings, scatter by fire, in Jesus' name.
7. Every attempt of the enemy to tie me down on the day of my success, scatter, in the name of Jesus.
8. Demonic aroma sent against my wind of blessings, fade away, in Jesus' name.
9. Every spirit of hatred upon my life, blood of Jesus, wash it away, in the name of Jesus.
10. Powers replacing my head with the head of another person, mighty angel of God, cut them off, in the name of Jesus.
11. Demonic eyes following me about in order for me to attract failures, catch fire, in the name of Jesus.
12. Every mask of confusion and blindness prepared against me, catch fire, in the name of Jesus.

PRAYER BATTLE (4)

13. Every anointing of seeing good things that are not coming to pass in my destiny, dry up, in the name of Jesus.
14. Every source of my secret battles, be exposed and be terminated, in the name of Jesus.
15. Every curse making my struggles not to end, break by fire, in the name of Jesus.
16. I destroy the battle of negative words raging against me, in the name of Jesus.
17. Every gate of rejection that has made people to give up on me, open for my acceptance, in the name of Jesus.
18. O God, let the world see a testimony in my life that will make them fear You, in the name of Jesus.
19. O God, open the gates of options for my future, in the name of Jesus.
20. O God, silence every evil wind that is bullying me, in the name of Jesus.
21. Darkness, I command you to leave my destiny completely, in the name of Jesus.
22. Gates of bondage tying me to my past, break open, in the name of Jesus.
23. Every evil force that has kept me naked, break away from me, in the name of Jesus.
24. Every gate of nakedness that has hidden me for years, break away from me, in the name of Jesus.
25. O God, clothe me and dress me up for breakthroughs, in the name of Jesus.
26. Father, hide me from every group of evil conspirators that have vowed to take my life at all costs and let them take their own lives, in the name of Jesus.
27. Father, by Your mighty hand, arrest the plan of evil conspirators and scatter it, in the name of Jesus.
28. Father, ordain an arrow of sickness and death against every evil conspirator, who is out there seeking to gang up to devour me, in the name of Jesus.

Day 2 (08-08-23) *The Bible in 70 Days (Day 2 - Gen. 18:21 - 31:16)*

Devotional Songs (Pages 4-12)

Praise and Worship

Prayers of Praise and Thanksgiving (Page 14-15)

29. Father, prepare an instrument of death against the enemy of my testimony, in the name of Jesus.

PRAYER BATTLE (4)

30. Father, by Your fire, I set ablaze every meeting place of evil conspirators against my life, in the name of Jesus.
31. Father, let every coven of witchcraft where they have gathered to swear that I will never make it in life be consumed by the fire of the Holy Ghost, in the name of Jesus.
32. Father, let anyone standing as a friend but is a conspirator against Your glory in my life die in disappointment, in the name of Jesus.
33. Father, let every conspiracy among the male members of my father's house be broken, in the name of Jesus.
34. Father, let those who perpetrate evil conspiracy against me be the ones to decorate me, in the name of Jesus.
35. Father, favour me mightily before my conspirators, in the name of Jesus.
36. Father, let Your angel smite every agent of the evil one casting spell upon my life and destiny, in the name of Jesus.
37. Evil spirits causing problems in my finances, scatter by fire, in the name of Jesus.
38. Mighty hand of God, bring my destiny out of evil pit, in the name of Jesus.
39. Father, let fire from above consume the meeting point of evil spirits who are after my life and destiny, in the name of Jesus.
40. Father, with Your voice, silence every evil spirit manifesting to destroy my destiny, in the name of Jesus.
41. Dark powers standing as advocates for my downfall, be terminated, in the name of Jesus.
42. Battles doing overtime in my life, scatter by fire, in the name of Jesus.
43. Stubborn problems that have remained with me this far, dry up by fire, in the name of Jesus.
44. Every ancestral oracle speaking against my family, shut up and die, in the name of Jesus.
45. I jump out of every old glory and walk into my new glory, in the name of Jesus.
46. Every Goliath confronting me at the edge of my miracles, fall down and die, in the name of Jesus.
47. O Lord, my Father, make me a problem solver, in the name of Jesus.
48. Those who rejected me yesterday will accept me today, in the name of Jesus.
49. Arrows assigned to make me a victim of circumstances, backfire, in the name of Jesus.

PRAYER BATTLE (4)

50. I command every strong challenge that has lasted with me this far to bow to the name of Jesus, in the name of Jesus.
51. Arrow of ugly situations fired into my life, be reversed by the fire of God, in the name of Jesus.
52. Every power that wants my nakedness to be exposed, fall, die and leave my life alone, in the name of Jesus.
53. I declare that my challenges will not see my end; rather, I will see the end of my challenges, in the name of Jesus.
54. Glory killer of my father's house, I am not your victim, die, in the name of Jesus.
55. Inherited problem that is now reoccurring in my life, dry up and die, in the name of Jesus.
56. Evil manipulation sponsoring challenges in my life, melt away by fire, in the name of Jesus.

Day 3 (09-08-23) - *The Bible in 70 Days (Day 3 - Gen. 31:17-44:10)*

Devotional Songs (Pages 4-12)

Praise and Worship

Prayers of Praise and Thanksgiving (Page 14-15)

57. Any old challenge threatening my existence, scatter, in the name of Jesus.
58. Right now, I am not where my story will end. I shall get to my promised land, in the name of Jesus.
59. Those waiting for me to fail will wait forever, in the name of Jesus.
60. Every power sitting in the dark, speaking words of incantations against my progress, burn to ashes, in the name of Jesus.
61. Thou covenant-keeping God, show up in my situation today, in Jesus' name
62. Every challenge challenging God in my life, be put to shame, in Jesus' name.
63. Every blessing blocker in my life, collapse by the fire of God, in Jesus' name.
64. Every problem that has lingered too long in my life, dry up by the fire of God, in the name of Jesus.
65. Evil gifts that I have received and are being used to trap my life, be consumed by fire, in the name of Jesus.
66. From every trap that I have entered because of evil covenant with my forefathers, I jump out now, by the power in the blood of Jesus, in Jesus' name.
67. Any trap set to swallow my portions in life, catch fire, in the name of Jesus.

PRAYER BATTLE (4)

68. Every good thing in my life that is trapped in the prison of darkness, I recover you now, in the name of Jesus.
69. Every snare assigned to make me a candidate of problems, be roasted to ashes, in the name of Jesus.
70. Every trap activating evil covenants in my life, break by fire, in Jesus' name.
71. Everything I have lost due to evil traps and snares, be restored to me now, in the name of Jesus.
72. Evil gatherings setting up a trap for my life, scatter, in the name of Jesus.
73. Powers that have sworn to tie me down, fail woefully, in the name of Jesus.
74. Shackles of the wicked afflicting my life, break, in the name of Jesus.
75. Evil trap set by the wicked ones to block my glory, be roasted by fire, in the name of Jesus.
76. I come out of every snare and trap of the evil one that I have entered into by mistake, in the name of Jesus.
77. Agenda of evil traps set to turn me into a beggar, catch fire, in Jesus' name.
78. O God, my Father, go ahead of my enemies and frustrate their evil plans against me, in the name of Jesus.
79. By Your mighty power, O God, give me abundant grace to escape all the traps and crafty devices of the enemies, in the name of Jesus.
80. Weapons of the enemy to return me to zero level, be destroyed by fire, in the name of Jesus.
81. O Lord, in Your anger, destroy every wicked lineage force stopping me from rising, in the name of Jesus.
82. O Lord, arise in Your power and loose me from every enemy holding me down in life, in the name of Jesus.
83. O Lord, my Father, connect me to where my success is, in the name of Jesus.
84. I break every circle of failure at the edge of breakthroughs due to errors and mistakes, in the name of Jesus.

Day 4 (10-08-23) *- Bible in 70 Days (Day 4 - Gen 44:11-Exd 1:1-10:2)*

Devotional Songs (Pages 4-12)

Praise and Worship

Prayers of Praise and Thanksgiving (Page 14-15)

85. I destroy every programming of errors and mistakes in my life, in the name of Jesus.

PRAYER BATTLE (4)

86. Manifestations of the spirit of error over my life, break and die, in the name of Jesus.
87. Every power that has vowed to destroy my life through errors, die by fire, in the name of Jesus.
88. Powers oppressing me due to my mistakes, receive madness, in the name of Jesus.
89. Lord Jesus, let every mistake in my life turn to my stepping stone for greatness.
90. I tear off by fire, every garment of shame and reproach which errors have brought into my life, in the name of Jesus.
91. I crush by fire, every evil power that has vowed to destroy my progress with errors, in the name of Jesus.
92. Every priest of darkness working against speedy answers to my prayers, be destroyed by fire now, in the name of Jesus.
93. Every evil covenant that has made my life accessible to ancestral powers and activities, I break you now, by the blood of Jesus Christ, in the name of Jesus.
94. Forces of darkness fighting against my healing and peace of mind, I command you to be destroyed, in the name of Jesus.
95. Every satanic stronghold holding back my family testimonies, I command you to be destroyed now, in the name of Jesus.
96. Every satanic prison where my virtues are being kept, I command you to open by fire, in the name of Jesus.
97. Satanic prison door opened to any member of my family, I command you to be destroyed by fire, in the name of Jesus.
98. Every reproach upon my life, be rolled away now, in the name of Jesus.
99. Every spirit of poverty that is determined to keep me struggling through life, die by fire, in the name of Jesus.
100. Every evil spirit of struggle in my personal life, be destroyed, in Jesus' name.
101. Every evil spirit of sickness and disease that has determined to keep me struggling, die, in the name of Jesus.
102. My Father and my God, send Your rain of blessing into my life, so that I stop struggling from this moment, in the name of Jesus.
103. Evil spirit of struggle, depart from my life this minute, in the name of Jesus.
104. Lord, I ask for Your divine intervention in my life; I don't want to struggle to survive again, in the name of Jesus.

PRAYER BATTLE (4)

105. Every evil plan that the devil is concocting to destabilise my finances, die, in the name of Jesus.
106. Lord, let struggling for what to eat or drink be a thing of the past in my life, in the name of Jesus.
107. Powers saying my financial life shall remain at a struggling phase, O God, arise and judge them quickly, in the name of Jesus.
108. King of kings, look upon me with mercy and heal every area of my life in which I am struggling, in the name of Jesus.
109. Every evil spirit of struggle that is threatening to stagnate me in life, be destroyed by fire, in the name of Jesus.
110. Every spirit of struggle that has mysteriously entered my life and wants to keep me at a struggling phase, be destroyed by fire, in the name of Jesus.
111. My days of struggling are over. My days of flourishing are here, in the name of Jesus.
112. O God, arise and put an end to my struggles, in the name of Jesus.

Day 5 (11-08-23) - *The Bible in 70 Days (Day 5 - Exod 10:3-25:29)*

Devotional Songs (Pages 4-12)

Praise and Worship

Prayers of Praise and Thanksgiving (Page 14-15)

113. O God that answers by fire, destroy the destroyers of my possessions, in the name of Jesus.
114. Every generational curse behind my problems, break and die, in the name of Jesus.
115. Every barrier blocking me from possessing my possessions, break by the fire of God, in the name of Jesus.
116. O God of Abraham, Isaac and Jacob, turn my life around and bless me to be a blessing, in the name of Jesus.
117. Any man or woman that has vowed that I will not make it in life, fall down and die, in the name of Jesus.
118. Every form of failure fashioned against my progress in life, perish and die by fire, in the name of Jesus.
119. Every wickedness assigned to cut off my destiny, I cut you off by fire, in the name of Jesus.
120. Every wicked power attacking me with strange dreams, be destroyed by the blood of Jesus, in the name of Jesus.

PRAYER BATTLE (4)

121. I command failure upon every project of the wicked ones over my life, in the name of Jesus.
122. Powers blocking my source of joy, perish by fire, in the name of Jesus.
123. Any bitter tree planted in the foundation of my life, wither by fire, in the name of Jesus.
124. Lord Jesus, let Your mercy withdraw me from stubborn wickedness, in the name of Jesus.
125. Every wicked power bewitching my name for evil, die by fire, in Jesus' name.
126. Fire of God, swallow every dark cloud around and over me, in Jesus' name.
127. Familiar negativity sponsored by the wickedness of the wicked, perish, in the name of Jesus.
128. Every power drawing me back from my new season of breakthroughs, die by fire and release my breakthroughs, in the name of Jesus.
129. Every wicked power that has vowed that I will live in shame, perish by fire, in the name of Jesus.
130. Every arrow of destiny dislocation fired at my destiny, backfire, in the name of Jesus.
131. Every arrow of bitter tears fired at my family, go back to your sender, in the name of Jesus.
132. Every arrow of death and sorrow thrown in my direction, go back to your sender, in the name of Jesus.
133. My Father, cancel every daily evil programme drawn against me, in the name of Jesus.
134. Every power of the wicked spreading itself against me, sword of God, cut it to pieces, in the name of Jesus.
135. Every stubborn evil priest assigned against me, drink your blood and eat your flesh, in the name of Jesus.
136. Powers turning my prayer life to dust, warrior angels from heaven, terminate them, in the name of Jesus.
137. Lord, let death feed on the wicked elders cursing me, in the name of Jesus.
138. Every problem that started in my life when I was born, lose your hold over me, in the name of Jesus.
139. The whirlwind of God, rest on the wicked powers that are against my life, in the name of Jesus.
140. Father, I cancel any name that dishonours me and I change it to one that honours me, in the name of Jesus.

PRAYER BATTLE (4)

Day 6 (12-08-23) - *The Bible in 70 Days (Day 6 - Exod 25:30-39:5)*

Devotional Songs (Pages 4-12)

Praise and Worship

Prayers of Praise and Thanksgiving (Page 14-15)

141. Father, every force of hell that limited my mother and father shall not limit me in life and destiny, in the name of Jesus.
142. I command every satanic obstacle standing in my way to destiny fulfilment to be removed now, in the name of Jesus.
143. Every evil man or woman standing in my way to the top, be destroyed by fire now, in the name of Jesus.
144. Father, expose any evil friend secretly fighting my progress, in the name of Jesus.
145. O Lord, scatter all those gathered to frustrate my life, in the name of Jesus.
146. You locust powers feasting on my destiny, release me and die, in the name of Jesus.
147. Powers of the sea dragging my destiny into the sea, release me and die, in the name of Jesus.
148. Satanic garments of wretchedness on me, catch fire, in the name of Jesus.
149. Every power withholding my instruments of advancement, die, in the name of Jesus.
150. You evil powers conniving with my father's house to demote me, die, in the name of Jesus.
151. O God, arise and make me an overcomer over every battle confronting me, in the name of Jesus.
152. The battle confronting me in all ways, your time is up, be terminated, in the name of Jesus.
153. The battle bringing out my secret tears, O God, arise and put an end to it, in the name of Jesus.
154. Battles implicating me before my helpers, be consumed by fire, in the name of Jesus.
155. Time-wasting powers following my destiny, stumble and die, in Jesus' name.
156. Dark garments threatening my future, catch fire, in the name of Jesus.
157. Evil instructor manipulating my helpers against me, wherever you are, be silenced forever, in the name of Jesus.
158. O God, arise in Your power and strike my enemies in Your wrath, in the name of Jesus.

PRAYER BATTLE (4)

159. Hammer of God, fall on my enemies right now, in the name of Jesus.
160. Every power planning to tear my soul like a lion, be arrested now by fire, in the name of Jesus.
161. Enemies rejoicing at any recurring problem in my life, be disgraced, in the name of Jesus.
162. Chains of darkness holding me down for repeated afflictions, break, in the name of Jesus.
163. Evil revival at the edge of my breakthrough, come to an end, in the name of Jesus.
164. Foundational controversy surrounding my turnaround breakthrough, blood of Jesus, kill it, in the name of Jesus.
165. Evil marks identifying me for battles, blood of Jesus, erase them, in the name of Jesus.
166. Work of my hands, be delivered from battles, in the name of Jesus.
167. O Lord, fortify me, my family and my work with Your raw power from on high, in the name of Jesus.
168. I reject death transfer, by the power in the blood of Jesus, in the name of Jesus.

Day 7 (13-08-23) - *Bible in 70 Days (Day 7-Exod 39:6-Lev 1:1-14:3)*

Devotional Songs (Pages 4-12)

Praise and Worship

Prayers of Praise and Thanksgiving (Page 14-15)

169. Any mistake or error that may lead to sudden death, I reject and cancel you, in the name of Jesus.
170. Every wicked personality preparing coffins for my past, present and future, enter into your coffins, in the name of Jesus.
171. Every spirit of disappointment going ahead of me to scatter my blessings, I destroy you today, in the name of Jesus.
172. Any department of my life that has been plagued by the spirit of disappointment, be released now, in the name of Jesus.
173. I shake off every presence of the spirit of disappointment in my destiny, in the name of Jesus.
174. Every disappointing and delaying power assigned to tie me to one spot, be destroyed, in the name of Jesus.
175. Powers from my foundation causing disappointment to take over my life, die by fire, in the name of Jesus.

PRAYER BATTLE (4)

176. My life, you shall no more be caged by the spirit of disappointment, in the name of Jesus.
177. O God, deliver me from the spirit that causes disappointment and discouragement in my family, in the name of Jesus.
178. Any house I have entered that is activating the spirit of disappointment in my life, catch fire, in the name of Jesus.
179. Every curse of disappointment pronounced by some wicked people against me, I break you by fire, in the name of Jesus.
180. Every spirit of disappointment controlling and delaying my destiny, run away from me, in the name of Jesus.
181. O God, release me from the spirits of rejection and hatred, in Jesus' name.
182. Every altar of wasted effort set up against my moving forward, blow away by fire, in the name of Jesus.
183. Every power sponsoring the spirit of constant disappointment in my life, receive double frustration and disgrace, in the name of Jesus.
184. Every yoke that multiplies problems in my family, be broken, in Jesus' name.
185. Every power standing at the place of my breakthroughs, you shall not prosper, in the name of Jesus.
186. You powers that want to make my condition to defeat me, crumble and die, in the name of Jesus.
187. Every ancestral power occupying my seat of blessings, be unseated by fire, in the name of Jesus.
188. Every closed door in my life, be opened to make a way for my freedom, in the name of Jesus.
189. Powers saying it shall be too late for me, receive the stones of death, in the name of Jesus.
190. Every hidden barrier around me, be exposed and catch fire, in Jesus' name.
191. Every seasonal problem in my life that has refused to let me go, expire by fire, in the name of Jesus.
192. Every power squeezing my glory, you are a liar; I shall reach my goal, in the name of Jesus.
193. Every strange battle at the edge of my breakthroughs, scatter by fire, in the name of Jesus.
194. My Father, distract my enemies with problems that are bigger than them, in the name of Jesus.

PRAYER BATTLE (4)

195. The rage of evil friends at the edge of my miracles, scatter by fire, in the name of Jesus.
196. Evil rats running round my room when my blessings are around the corner, die by fire, in the name of Jesus.

Day 8 (14-08-23) - *The Bible in 70 Days (Day 8 - Lev 14:4-26:35)*

Devotional Songs (Pages 4-12)

Praise and Worship

Prayers of Praise and Thanksgiving (Page 14-15)

197. Spirit of procrastination eating up my blessings, die by fire, in Jesus' name.
198. Serious confusion at the edge of my blessings, clear away by the blood of Jesus, in the name of Jesus.
199. Temptation at the edge of my success, go back to your sender, in the name of Jesus.
200. Evil ants crawling around my body at the edge of my breakthrough, die, in the name of Jesus.
201. Wicked power rising against me at the edge of my testimony, I press your head down, in the name of Jesus.
202. Every household power using the dream about my village to stop my progress, you are a failure, die, in the name of Jesus.
203. Any battle surrounding my progress, scatter by fire, in the name of Jesus.
204. Arrows of "thou shall not succeed in life" fired against me, backfire, in the name of Jesus.
205. Any problem of the past that is returning to my life, dry up, in Jesus' name.
206. Any curse upon my father's head that is transferred to me, break by fire, in the name of Jesus.
207. Every power that wants me to forget the day of my blessings, scatter by fire, in the name of Jesus.
208. The blood of Jesus shall flow through the work of my hands, in Jesus' names.
209. Every generational curse of eating from hand to mouth, break by fire, in the name of Jesus.
210. Every power trying to disgrace me and make a mockery of my glory, fall down and die, in the name of Jesus.
211. Any evil friend that wants me to be slow so that he or she can overtake me, I release the judgement of God upon you today, in the name of Jesus.
212. I curse those that are cursing my ability to prosper, in the name of Jesus.

PRAYER BATTLE (4)

213. Any conspiracy formed to financially strip my glory naked, scatter by fire, in the name of Jesus.
214. Any power using anybody to steal my financial glory, die by fire, in the name of Jesus.
215. The source of my income shall not dry up, in the name of Jesus.
216. Father, let the rod of Your anger arise and disgrace the troubler of my destiny, in the name of Jesus.
217. Father, arise and empower the eagle of my breakthrough to fly above all frustration and depression, in the name of Jesus.
218. Father, let the surgeons of heaven take me to Your theatre and work on me, eliminating every depression the enemy has planted in my life, in the name of Jesus.
219. Father, arise and fight every spirit of frustration in my destiny, in the name of Jesus.
220. Father, judge all those who are out to frustrate my life and destiny, in the name of Jesus.
221. Father, arise and judge every ancestral foundation frustrating my efforts in life, in the name of Jesus.
222. Father, release Your wrath upon all those fighting my glory by frustrating my efforts, in the name of Jesus.
223. Father, destroy all pursuers and unrepentant enemies who are bent on frustrating me in life, in the name of Jesus.
224. Father, thou God of vengeance, trouble all troublers of my life and destiny and let frustration be their portion, in the name of Jesus.

Day 9 (15-08-23) *-The Bible in 70 Days (Day 9 - Lev. 26:36 - Num 1:1-10:16)*

Devotional Songs (Pages 4-12)

Praise and Worship

Prayers of Praise and Thanksgiving (Page 14-15)

225. Father, release Your angels to ambush all those waylaying my blessings through depression and the frustration of my efforts, in the name of Jesus.
226. Father, let all those frustrating me by making life miserable and unbearable for me, receive manifold frustration and misery, in the name of Jesus.
227. Father, by Your power, intimidate all those who are intimidating my life and destiny, in the name of Jesus.

PRAYER BATTLE (4)

228. Father, frustrate every move of the enemies over my life and bring depression upon them, in the name of Jesus.
229. Father, arrest by fire all those frustrating me, in the name of Jesus.
230. Father, let Your wrath come upon every element of depression taking shape in my life, in the name of Jesus.
231. Father, by the blood of Jesus, I challenge every evil challenger of my destiny causing me depression in life, in the name of Jesus.
232. Father, by the Holy Ghost, deliver me from every satanic agent harassing my glory through frustration and depression, in the name of Jesus.
233. Father, by Your wrath, embarrass every agent of wickedness embarrassing me through frustrated efforts and depression, in the name of Jesus.
234. Father, stretch forth Your arm and scatter all the agents of darkness frustrating my breakthroughs, in the name of Jesus.
235. Father, knock down the engines and puncture the tyres of the chariots of evil pursuers, who are frustrating my life and destiny and deliver me from them, in the name of Jesus.
236. Father, by the power of the Holy Ghost, deliver me from every power oppressing my life and destiny at night, and strangulate them by fire, in the name of Jesus.
237. Every wicked force, evil oppressor and unrepentant enemy frustrating my glory in life, receive divine judgement, in the name of Jesus.
238. Every family secret and idolatrous covenant frustrating my spiritual manifestation, break by the blood of Jesus, in the name of Jesus.
239. Father, punish all the Assyrians and judge all their gods frustrating my life and freedom, in the name of Jesus.
240. Father, let every affliction of sickness in my body, used by the enemy to frustrate and depress me be roasted by fire, in the name of Jesus.
241. Father, deliver me from every chain of satanic frustration and depression binding me, and command them to break and release me, in Jesus' name.
242. Father, let my axe-head which has drowned in the ocean of frustration and depression swim up in my direction, by the power of God, in Jesus' name.
243. Father, let everything that does not make for peace in my life and destiny be cast into the sea and drowned, in the name of Jesus.
244. Father, anoint my head to reject the crown of depression and frustration, and to receive the crown of unstoppable achievements, in the name of Jesus.

PRAYER BATTLE (4)

245. Father, deliver me from everywhere that my enemies have buried my glory and destiny, in the name of Jesus.
246. Father, by Thy mighty hand, I exhume all my buried virtues and I begin to manifest them because I am delivered, in the name of Jesus.
247. Father, deliver me and all my blessings held in the dungeon of frustration, in the name of Jesus.
248. Father, let the fire from above deliver me from the coven of witches manipulating my life and destiny with depression, in the name of Jesus.
249. Father, let Your vengeance come upon all the enemies using frustration and depression to manipulate my breakthroughs, in the name of Jesus.
250. Father, deliver me from every snare and pitfall of frustration and depression, and let the wicked fall into it, in the name of Jesus.
251. Father, anoint my head with oil that delivers from the power of the grave, and bring me to the place of glory, in the name of Jesus.
252. Father, deliver me from the hand of the forces of darkness that are moving to quench Your light in me, in the name of Jesus.

Day 10 (16-08-23) - *The Bible in 70 Days (Day 10 - Num 10:17-24:3)*

Devotional Songs (Pages 4-12)

Praise and Worship

Prayers of Praise and Thanksgiving (Page 14-15)

253. O God, arise and protect me from mysterious attacks, in the name of Jesus.
254. My Father, show me the way out of my battles, in the name of Jesus.
255. O Lord, help me to overcome every affliction assigned against me, in the name of Jesus.
256. Everything the enemy is using to fight me shall frustrate him, in the name of Jesus.
257. I refuse to be defeated by the forces of evil, in the name of Jesus.
258. Any power assigned to use charm to ensnare my destiny, receive the judgement of death, in the name of Jesus.
259. Every voice commanding me to carry the evil load of my father's house, be silenced, in the name of Jesus.
260. O God, arise and make me a prayer warrior who fights and wins battles, in the name of Jesus.
261. I use the blood of Jesus to separate myself from any form of effigy used against my life, in the name of Jesus.

PRAYER BATTLE (4)

262. Every dirty covenant speaking against my destiny, be destroyed, in the name of Jesus.
263. Every curse pushing me backwards anytime I want to move forward, die, in the name of Jesus.
264. The battle of 'thou shall not be congratulated', you are a liar, die, in the name of Jesus.
265. Anything that I have waited for till now shall be miraculously delivered to me this year, in the name of Jesus.
266. Every grave cloth fighting my destiny, I tear you off, in the name of Jesus.
267. Every enemy of good things in my life, be frustrated by fire, in Jesus' name.
268. Lion of the tribe of Judah, arise, chase affliction out of my destiny, in the name of Jesus.
269. Powers that want me to offer the wrong sacrifices to God, die, in the name of Jesus.
270. Lord, let Your fiery and violent angels surround me and my family, in the name of Jesus.
271. My season of victory shall not give room to defeat, in the name of Jesus.
272. Dark powers saying even if I climb or escape, I shall be pulled down, die, in the name of Jesus.
273. Violent men who have vowed to deal with me, deal with yourselves, in the name of Jesus.
274. Any seed of wickedness planted in my childhood, Holy Ghost fire, destroy it, in the name of Jesus.
275. Powers using the graveyard to imprison my destiny, you are liars, die, in the name of Jesus.
276. Powers that snatched the garment of the glory of my parents, you cannot snatch my glory, die, in the name of Jesus.
277. Strange powers performing strange things against me, your time is up, die, in the name of Jesus.
278. Blood of Jesus, arise in your cleansing power; wash my root, in Jesus' name.
279. Battles from the dead hunting my life, you have missed your way, expire, in the name of Jesus.
280. Powers assigned to drive me out of my promised land, die, in Jesus' name.

SECTION CONFESSIONS

The Lord God will restore to me the years that the locust has eaten, the cankerworm, the caterpillar and the palmerworm have eaten, in the name of Jesus. With the blood of Jesus, the Lord will flush my land and wash my palms and possessions, in the name of Jesus. The world may decide to go wild with evil flowing like a flood. The enemy, in his evil machinations, may decide against me. The earth may choose not to tremble; whatever may be or happen, I refuse to be shaken, in the name of Jesus.

Through the redeeming power in the blood of Christ my Messiah, the Author and Finisher of my faith, I am separated by God from every tie with ancestral covenants, curses and guardian spirits. Henceforth, I refuse to live in fear. Rather, my fear and dread shall be upon all my enemies. As soon as they hear of me, they shall submit themselves to me, in Jesus' name. God wishes, above all things, that I prosper, in Jesus' name. I receive prosperity, in Jesus' name.

SECTION VIGIL

(To be done between the hours of 12 midnight and 2:00am)

HYMN FOR THE VIGIL (Page 12-13)

1. Any battle of life that has refused to let me go, I command you to perish, in the name of Jesus.
2. Anti-deliverance powers, I bury you today, in the name of Jesus.
3. Finger of God, arise; disgrace every magician working against me, in the name of Jesus.
4. O God, arise and give me wonderful testimonies that will glorify Your name, in the name of Jesus.
5. Every strong house that is holding onto my divine blessings in the spirit realm, I command you to open up and release my blessings to me now, in the name of Jesus.
6. Altars of darkness that are hosting my testimonies and blessings, I command you to catch fire, in the name of Jesus.
7. I decree that the answers to my prayers shall no longer hang in the spirit realm. I receive immediate answers to my prayers now, in the name of Jesus.
8. Doors of failure and depression, be forever shut in my life, in Jesus' name.

PRAYER BATTLE (4)

9. I decree that any satanic personality that attempts to shut my open doors shall be disgraced, in the name of Jesus.
10. Every force of darkness assigned against my spiritual life, catch fire now, in the name of Jesus.
11. Satanic embargoes and structures raised against my prayers, I command you to collapse and scatter by fire, in the name of Jesus.
12. Every counsel of the kingdom of darkness to render my prayers useless, be frustrated, in the name of Jesus.
13. Father, by Your mighty hand, deliver me from any captivity that is making me perform less than You have created me for, in the name of Jesus.
14. Every evil captivity that is not allowing the good dreams that I have had to come to reality, scatter to pieces, in the name of Jesus.
15. I decree that my head shall not accommodate evil of any kind, in Jesus' name.
16. Powers of hell rotating my children in demonic prison, I command you to catch fire, in the name of Jesus.
17. Every stubborn satanic personality that has vowed that he or she shall not release me from demonic prison, I command you to perish, in Jesus' name.
18. Powers that have vowed that nobody will excel in my home territory, I decree that your counsel shall not stand, neither shall it come to pass, in Jesus' name.
19. O Lord, in Your anger, strike down all unjust enemies repaying my good works and efforts with evil deeds, in the name of Jesus.
20. O Lord, give me the testimony of victory that will shock and surprise my enemies, in the name of Jesus.
21. The covenant that has made me suffer painfully in the hands of my enemies, break by fire, in the name of Jesus

SECTION 2

MY FATHER, MAKE ME A MYSTERIOUS WONDER

Scripture Reading: Luke 1

Confession: Luke 1:49-50: For he that is mighty hath done to me great things; and holy is his name. And his mercy is on them that fear him from generation to generation.

Day 1 (17-08-23) - *Bible in 70 Days (Day 11- Num 24:4- Deut 1:1-2)*

Devotional Songs (Pages 4-12)

Praise and Worship

Prayers of Praise and Thanksgiving (Page 14-15)

1. Chains of slavery that have caused me to suffer painfully, break, in the name of Jesus.
2. The garment of disappointment that has made me to suffer bitterly, I tear you off by fire, in the name of Jesus.
3. The battles against my days of miracle, scatter by fire, in the name of Jesus.
4. Curses postponing the days of my miracles, break by fire, in the name of Jesus.
5. Powers that have refused to give up on my breakthroughs, die before your time, in the name of Jesus.
6. Powers boasting over my future, be terminated now, in the name of Jesus.
7. My destiny, refuse to cooperate with destroying powers, by the power in the blood of Jesus, in the name of Jesus.
8. Powers fighting against my prayers, thunder of God, destroy them now, in the name of Jesus.
9. O God, arise and make my enemies to bow before my star, in Jesus' name.
10. My destiny, refuse to settle for the offers of my enemies, in the name of Jesus.
11. Every garment of the enemy covering my biggest blessings, be consumed by fire, in the name of Jesus.
12. Powers renewing my battles, be destroyed now, in the name of Jesus.
13. I challenge my battles with the power of the Holy Ghost, in the name of Jesus.
14. Powers wasting my time in helpless situations, receive the judgement of death, in the name of Jesus.

PRAYER BATTLE (4)

15. Every blessing that has passed me by, return to me, in the name of Jesus.
16. Every weapon of shame against me, lose your power over me, in Jesus' name.
17. My destiny, jump out of debt, in the name of Jesus.
18. Every curse and covenant that is responsible for my financial mess, break, in the name of Jesus.
19. O God, make me a vehicle of deliverance, in the name of Jesus.
20. Wicked siege of the enemy against me, be destroyed, in the name of Jesus.
21. Evidence of wicked powers working against me, be consumed by fire, in the name of Jesus.
22. O God, arise and deliver me from half-done testimonies, in the name of Jesus.
23. O God, arise and let my attackers be afraid, in the name of Jesus.
24. O God, let Your hand of fire chase visitors of sorrow out of my life, in the name of Jesus.
25. O Lord, give me a testimony that will be difficult for me to believe, in the name of Jesus.
26. O God, arise and silence every rival of my glory, in the name of Jesus.
27. Familiar and unfamiliar works of darkness in my life, lose your power over me, in the name of Jesus.
28. O Lord, destroy every hidden darkness that wants to destroy me, in the name of Jesus.

Day 2 (18-08-23) - *The Bible in 70 Days (Day 12 - Deut 1:3-15:20)*

Devotional Songs (Pages 4-12)

Praise and Worship

Prayers of Praise and Thanksgiving (Page 14-15)

29. O Lord, let my secret stubborn enemies bury themselves, in the name of Jesus.
30. Dark powers assigned to turn my jubilation to lamentation, die by fire, in the name of Jesus.
31. I shake off everything representing darkness in my life, in the name of Jesus.
32. O Lord, God of signs and wonders, let signs and wonders begin to rain upon my life, in the name of Jesus.
33. Every work of darkness operating before I was born and now raising its head against my life, perish by fire, in the name of Jesus.

PRAYER BATTLE (4)

34. King of glory, arise and shine Your light on me and take out every darkness on my way, in the name of Jesus.
35. Every household power waiting for me to end this year empty-handed, catch fire and burn to ashes, in the name of Jesus.
36. Territorial powers that are wasting my efforts, blood of Jesus, swallow them, in the name of Jesus.
37. The door of heaven shall not be shut against me and my family when the wicked strikes, in the name of Jesus.
38. Whoever is close to me and is bringing bad luck to my life, fire of God, separate us, in the name of Jesus.
39. I break into pieces, every high ground prepared for me and my family by the wicked ones, in the name of Jesus.
40. Every plan of the enemy to ridicule my effort, thou power of the Holy Spirit, crush it, in the name of Jesus.
41. All conspiracies in the dark kingdom against my breaking forth, scatter by fire, in the name of Jesus.
42. All vows made in the dark by the kingdom of the wicked to sabotage my progress and breakthrough, be revoked by fire, in the name of Jesus.
43. O Lord, confuse the tongues of wicked people gathering to do me harm, in the name of Jesus.
44. Father Lord, let the enemies and wicked people around me be put to shame, in the name of Jesus.
45. Father Lord, let everyone who has sworn to frustrate me be totally frustrated, in the name of Jesus.
46. Diviners planning evil against me on daily basis, I command you all to run mad now, in the name of Jesus.
47. Father Lord, let every agent of the devil pursuing me in the dream scatter by fire, in the name of Jesus.
48. Father Lord, let a horrible tempest consume every pursuer of my destiny, in the name of Jesus.
49. Every scary agenda of evil pursuers fashioned against me in the dream, backfire and waste your senders, in the name of Jesus.
50. Every power of unfriendly friends pursuing me in the dream to destroy me, be exposed and scatter by fire, in the name of Jesus.
51. I slay with the sword of fire, every power of my father's house pursuing me in the dream to kill me, in the name of Jesus.

PRAYER BATTLE (4)

52. I slay with the sword of fire, the powers of my foundation assigned to pursue me wherever I step my feet for success, in the name of Jesus.
53. I slaughter with the sword of vengeance, every evil power that pursued my parents and is now after my life and destiny, in the name of Jesus.
54. Father Lord, by Your power, I release hailstones upon every evil pursuer of my glorious destiny, in the name of Jesus.
55. Father, by the Holy Ghost, I transform every victim in me, that is giving evil pursuers access to my life and destiny in the dream, into a victor, in the name of Jesus.
56. Father Lord, let every evil umbrella causing me to be pursued in the dream and preventing heavenly showers of blessings to fall upon me be roasted by fire, in the name of Jesus.

Day 3 (19-08-23) - *Bible in 70 Days (Day 13- Deut. 15:21- 32:26)*

Devotional Songs (Pages 4-12)

Praise and Worship

Prayers of Praise and Thanksgiving (Page 14-15)

57. Father Lord, let the pillar of fire and the pillar of cloud surround me against every evil pursuer, in the name of Jesus.
58. Father Lord, reverse every evil in my blood that has given evil pursuers access to my life and destiny, in the name of Jesus.
59. Every foundational error of my forefathers giving evil pursuers access to my life and destiny, scatter by the blood of the Lamb, in the name of Jesus.
60. Whatever was done with my name at birth that is causing evil pursuers to pursue me, let the blood of Jesus speak for me, in the name of Jesus.
61. Father, let every evil pursuer that will make me run and jump over Your blessings for my life be roasted by fire, in the name of Jesus.
62. Every mark of the devil upon my life, that is causing evil pursuers to come after my life and destiny, be erased by the blood of Jesus, in the name of Jesus.
63. O Lord, set the altar of my life on fire and make me and my family untouchable for the powers of darkness, in the name of Jesus.
64. Every hand soaked in charms that is pointed at me, wither, in Jesus' name.
65. O Lord, arise and fight every dark battle against my life and destiny, in the name of Jesus.

PRAYER BATTLE (4)

66. My Father, disgrace who ever is working with powers of darkness to frustrate and trouble my life, in the name of Jesus.
67. Father, arise and organise a banquet of trouble, stumbling and falling into ridicule, for all those troubling me, in the name of Jesus.
68. Father, I wait upon You as the Mighty Man in Battle and the Man of War against my destiny destroyers, in the name of Jesus.
69. Every weapon of failure and humiliation sent by my enemies, go back to your senders and destroy them, in the name of Jesus.
70. Father, let every satanically anointed tongue cursing my life and destiny be wasted and be utterly destroyed by the curse of the Lord, in the name of Jesus.
71. Father, release the coals of fire to destroy all those fighting and casting spells against my life and destiny, in the name of Jesus.
72. Every arrow of sorrow, fear and terror fashioned against my life and family by those after our lives, backfire sevenfold and waste your senders, in the name of Jesus.
73. Father, let Your rock of offense assault and waste all those fighting my progress in life, in the name of Jesus.
74. Father, let Your stone of stumbling strip naked all those fighting and planning evil for me; let them fall and be consumed, in the name of Jesus.
75. Father, stretch forth Your hands upon those who are after my life and execute Your judgement of vengeance on them, in the name of Jesus.
76. Every evil word spoken against my establishment by evil tongues, expire and be silenced, in the name of Jesus.
77. Any person that destroys me with his tongue in my absence but laughs with me in my presence, receive double disgrace and be silenced, in Jesus' name.
78. Every power assigned to cause me shame, O God, arise and silence it, in the name of Jesus.
79. Father, let Your voice thunder and silence all the enemies of my salvation, in the name of Jesus.
80. Every voice of a stranger in any area of my life, hear the voice of the Lord; depart and be silenced, in the name of Jesus.
81. Father, let the blood of my enemies turn to poison in their bodies, and let it keep them silent, in the name of Jesus.
82. The enemies that want me to eat today and become hungry tomorrow, O Lord, burst their stomachs and let them be silenced, in the name of Jesus.
83. I smash the head of every strong man troubling my life against the wall of

fire, in the name of Jesus.

84. Any wicked elder who is angry with my goodness, O God, let him or her rage to death, in the name of Jesus.

Day 4 (20-08-23) - *Bible in 70 Days (Day 14-Deut 32:27-Jos 1:1- 15:27)*

Devotional Songs (Pages 4-12)

Praise and Worship

Prayers of Praise and Thanksgiving (Page 14-15)

85. Father, move my enemies from tragedy to tragedy, and let them be permanently silenced over my matter, in the name of Jesus.
86. Father, let the person writing my name down for evil and his or her book containing my matter catch fire together, in the name of Jesus.
87. You, enemy setting a trap for me, the hand of God shall release me from your trap and you shall be placed inside your trap, in the name of Jesus.
88. Father, let the dance of darkness over my life turn to madness, in the name of Jesus.
89. Any power receiving negative training against my life, receive fire and die, in the name of Jesus.
90. Any power that wants good people to forget me, O Lord, tear its life apart, in the name of Jesus.
91. Father, let the Holy Ghost fire fall upon my enemies and bring forgetfulness upon their brains, in the name of Jesus.
92. Father, let confusion and loud cry begin to reign in the camp of my enemies, in the name of Jesus.
93. Father, let all those who want my eyes to see evil this year never stop to see evil, in the name of Jesus.
94. Every spoiler of my destiny, begin to eat ashes till you die, in the name of Jesus.
95. Any wicked power that says I shall never be the head but tail, I decree stones of death from heaven to rain upon you now, in the name of Jesus.
96. Powers that want to destroy my family, receive instant death, in the name of Jesus.
97. Holy Ghost, throw the stones of confusion upon every enemy of my promised land, in the name of Jesus.
98. Confusion in my destiny, scatter by fire, in the name of Jesus.

PRAYER BATTLE (4)

99. Garment of confusion upon my destiny, catch fire and burn to ashes, in the name of Jesus.
100. I scatter every satanic plan to bring me out of the grace and mercy of God, in the name of Jesus.
101. Every arrow of error targeted at me and my family to bring us under the wrath of God, backfire now, in the name of Jesus.
102. Every satanic power holding back the blessings that God has given me by His mercy, I command you to catch fire, in the name of Jesus.
103. I decree that every affliction sent into my life by the incantations of the wicked shall catch fire and go back to its sender, in the name of Jesus.
104. Powers fighting against my laughter, I command you all to expire now, in the name of Jesus.
105. In every aspect of my life, where I am crawling, I receive the grace to begin to run and fly now, in the name of Jesus.
106. I destroy by fire, every evil boundary the enemies have marked down for me, in the name of Jesus.
107. Every obstacle that wants to keep me behind the scene, I remove you now, in the name of Jesus.
108. Every obstacle that came into my life through my parents, I destroy you by fire, in the name of Jesus.
109. Every force of darkness reducing my stature in destiny, catch fire now, in the name of Jesus.
110. Every word spoken by satanic inspiration against my life and destiny, I render you powerless by the blood of Jesus, in the name of Jesus.
111. Demonic plots to make me experience shame, I cancel you all by the blood of Jesus Christ, in the name of Jesus.
112. My virtues, completely reclaim all the grounds that you have lost to the enemies, in the name of Jesus.

Day 5 (21-08-23) *Bible in 70 Days (Day 15 - Jos 15:28-24:33; Jud 1:1-6:20)*

Devotional Songs (Pages 4-12)

Praise and Worship

Prayers of Praise and Thanksgiving (Page 14-15)

113. My virtues, receive complete deliverance, in the name of Jesus.
114. My virtues, reject reproach, shame and dishonour, in the name of Jesus.

PRAYER BATTLE (4)

115. O God, let Your angels push me forward this year, in the name of Jesus.
116. Every garment of poverty that is killing good things in my life, catch fire, in the name of Jesus.
117. Any 'voodoo' cast upon me by envious people, I neutralise it by fire, in the name of Jesus.
118. Any power that says my problems will remain unresolved, you are a liar; my problem shall fade away, in the name of Jesus.
119. All satanic battles raging against my health, I overcome you now, by the power in the blood of Jesus, in the name of Jesus.
120. Agents of darkness monitoring my health for evil, I command you to be destroyed by the anger of the Lord, in the name of Jesus.
121. Power of God, move around my body and destroy whatsoever is not of God in me, in the name of Jesus.
122. Powers of hell, lose your grip over my health now, in the name of Jesus.
123. On the day of my joy, I shall not be found wanting, in the name of Jesus.
124. Powers that want me to shed bitter tears, be disappointed by fire, in the name of Jesus.
125. I shall not be a victim of tragedy, by the power in the blood of Jesus, in the name of Jesus.
126. My Father, uproot every hidden yoke in my life and destiny, in Jesus' name.
127. O Lord, divert every destiny waster and sucker away from my life and destiny, in the name of Jesus.
128. My Father, silence every demonic voice invoking the power of yokes into my life and destiny, in the name of Jesus.
129. My Father, do not allow me to come in contact with anyone who will place a yoke upon my life, in the name of Jesus.
130. Every good thing that has died in my life, resurrect now, in Jesus' name.
131. Any food of bewitchment that I have eaten from anyone who is afflicting my destiny, be purged out by the blood of Jesus, in the name of Jesus.
132. O Lord, hide my destiny from evil attacks of the night, in the name of Jesus.
133. Every power using my pictures to steal my virtues or harm me, I command you to release my virtues and be wasted, in the name of Jesus.
134. Father, let Your mighty hand come upon me for unusual exploits and breakthroughs, in the name of Jesus.
135. Powers that hijacked what belongs to me, I destroy you right now, in the name of Jesus.

PRAYER BATTLE (4)

136. I use the padlock of heaven to lock up every destiny destroyer in my family, in the name of Jesus.
137. Every secret enemy fighting my breakthroughs, be exposed and be humiliated forever, in the name of Jesus.
138. Wicked voices over my life, I silence you now, in the name of Jesus.
139. Wicked voices commanding my life to be miserable, cease now, in the name of Jesus.
140. Powers that have vowed never to let me rise, die, in the name of Jesus.

Day 6 (22-08-23) - *Bible in 70 Days (Day 16 - Jud. 6:21 - 21:17)*

Devotional Songs (Pages 4-12)

Praise and Worship

Prayers of Praise and Thanksgiving (Page 14-15)

141. Wind of destruction, destroy and blow away every evil word spoken against me by foundational voices, in the name of Jesus.
142. Foundational voices, saying the problems that troubled my ancestors will trouble me, die, in the name of Jesus.
143. Voices telling me 'it is over for you', perish today, in the name of Jesus.
144. Anger of God, visit everyone sitting in darkness to decree evil into my life, in the name of Jesus.
145. Satanic temple mentioning my name and decreeing evil into my life, I scatter you by the thunder of God, in the name of Jesus.
146. Judgement of God, visit invisible enemies using their voices to torment my life, in the name of Jesus.
147. Strong men and women standing against me and my open doors, fall down and die, in the name of Jesus.
148. Wicked voices telling me I will never triumph, die, in the name of Jesus.
149. Wicked voices assigned to advise me to commit suicide, die right now, in the name of Jesus.
150. Voices that invite drinkers of blood and eaters of flesh into my home, die one by one, in the name of Jesus.
151. Ancient altars where wicked voices gather to harm me, be consumed by fire now, in the name of Jesus.
152. Voices changing the minds of people who want to help me, I command you never to speak again, in the name of Jesus.

PRAYER BATTLE (4)

153. Demonic voices saying no to my success and lifting, die suddenly, in the name of Jesus.
154. Voices from my foundation asking for my blood, drink the blood of Jesus and perish, in the name of Jesus.
155. I silence the evil foundational voice speaking against my destiny, in the name of Jesus.
156. I refuse to die in a satanic cage as the enemy has planned; I arise and shine now, in the name of Jesus.
157. I shall not remain in the same spot in destiny, in the name of Jesus.
158. God of Elijah, arise; let Your fire consume every satanic association gathered against my life, in the name of Jesus.
159. You foul spirit from the house I live, following me to places where I am expected to be blessed, fall and die, in the name of Jesus.
160. I silence every voice of vengeance crying against my destiny, in Jesus' name.
161. I block every missile of bad luck following me, in the name of Jesus.
162. My God and My Father, shut the mouth of the wicked crying over my life, in the name of Jesus.
163. O Lord, my Father, shut the mouth of the deceitful speaking falsehood against my life, in the name of Jesus.
164. I shut every mouth of failure and disaster opened against my progress, in the name of Jesus.
165. I command every lying tongue against my life and destiny to become shut forever, in the name of Jesus.
166. Lord, let those accusing me be found guilty and judged, in Jesus' name.
167. Every power fighting against my life, receive the judgement of God, in the name of Jesus.
168. Every power accusing me of the wrongs I did not do, receive the judgement of God, in the name of Jesus.

Day 7 (23-08-23) *Bible in 70 Days (Day 17 - Jud. 21:18-1Sam 1:1- 15:4)*

Devotional Songs (Pages 4-12)

Praise and Worship

Prayers of Praise and Thanksgiving (Page 14-15)

169. Every man or woman who has rewarded me evil for the good that I have done for him or her, receive judgement from the Lord, in the name of Jesus.

PRAYER BATTLE (4)

170. Lord, send Your arrow of confusion into the camp of those who detest me for evil, in the name of Jesus.
171. O Lord, do not let my tormentors find anyone who will have mercy on them, in the name of Jesus.
172. Lord Jesus, let all my accusers be clothed with shame and failure, in the name of Jesus.
173. Any hand carrying evil burdens over my shoulder, burn to ashes, in the name of Jesus.
174. Any evil script that the enemy has written against me and my family, be torn to pieces, in the name of Jesus.
175. You the gate of my financial helpers, remain open forever, in Jesus' name.
176. Thunder of God, arise and waste my enemies that are set to destroy me, in the name of Jesus.
177. O God, arise and shut the mouth of the lion over my life and my family, in the name of Jesus.
178. Every miracle, sign and wonder hijacker in my life, perish by fire, in the name of Jesus.
179. O Lord, my Father, make my life Your abode for signs, wonders and miracles, in the name of Jesus.
180. Uncommon miracles, signs and wonders, overshadow my life from today, in the name of Jesus.
181. Thou King of glory, arise, visit me and turn around my captivity, in the name of Jesus.
182. I shall not regret; I shall become great, in the name of Jesus.
183. Thou power of God, destroy every trouble in my life, in the name of Jesus.
184. Every chapter of sorrow and slavery in my life, close forever, in Jesus' name.
185. Strange battles that have vowed to escort me to the grave, be separated from me by fire, in the name of Jesus.
186. Every licence the enemies have to operate in my life, expire by fire, in the name of Jesus.
187. Satanic covenant following me anywhere I go, be separated from me, in the name of Jesus.
188. Silent enemies and silent battles attacking me secretly, be exposed and be disgraced by fire, in the name of Jesus.
189. Internal enemies working with external enemies to make sure that I do not move forward, be wasted together, in the name of Jesus.

PRAYER BATTLE (4)

190. O God, my Father, give me testimonies that will silence the mouth of my mockers, in the name of Jesus.
191. Powers ensuring that my prayers are not answered, receive the arrow of death, in the name of Jesus.
192. Prison house of darkness holding my testimony, break open, in Jesus' name.
193. Every evil masquerade that shows up whenever I am about getting favours from my destiny helpers, I command you to die, in the name of Jesus.
194. Powers that have sworn that my life will end the way my ancestors' lives ended, be consumed by fire, in the name of Jesus.
195. Circle of battles in my life, be broken, in the name of Jesus.
196. Father, let Your angels arise in Your wrath and slaughter every bad spirit operating in my home, in the name of Jesus.

Day 8 (24-08-23) - *Bible in 70 Days (Day 18 - 1Sam. 15:5 - 30:31)*

Devotional Songs (Pages 4-12)

Praise and Worship

Prayers of Praise and Thanksgiving (Page 14-15)

197. I command stubborn pursuers of my family to pursue themselves into the pit of death, in the name of Jesus.
198. I send the arrow of God upon every bad spirit challenging the peace, joy and prosperity of my home, in the name of Jesus.
199. Father, let every ladder of darkness in my home be broken to pieces, in the name of Jesus.
200. Father, let the anointing for unlimited progress by the hand of the Almighty God fall upon me, in the name of Jesus.
201. Father, soak my destiny inside the anointing of success, breakthrough and progress, in the name of Jesus.
202. Any dark power holding me down in the house of delay and disappointment, enough is enough! Release me and let me go, in the name of Jesus.
203. Father, let any chain tying me down to where I do not belong break by fire and by thunder, in the name of Jesus.
204. Father, let all the demonic obstacles established in the hearts of my divine helpers against my prosperity and progress in life be destroyed, in the name of Jesus.

PRAYER BATTLE (4)

205. I decree that my life is not a candidate for every end-of-the-year disaster and tragedy, in the name of Jesus.
206. I command every debt that I owe to disappear before the end of this year, in the name of Jesus.
207. Father, let Your fire consume every agent of the devil blocking my helpers from locating and helping me, in the name of Jesus.
208. I decree that there shall never be any greetings of sorrow in my life and family, in the name of Jesus.
209. Father, let any power that wants my business to collapse and turn to ashes be destroyed by Your power, in the name of Jesus.
210. The devil shall not use me to complete any of his agenda, in the name of Jesus.
211. Father, let every power planning evil for me now and beyond die, in the name of Jesus.
212. O God, arise and restore to me everything that I have lost before now, in the name of Jesus.
213. O Lord, consume every demonic ant standing against my success in life, in the name of Jesus.
214. My Father, arise in Your anger and burn up every evil agenda targeted at me by the evil ones, in the name of Jesus.
215. O Lord, consume the wicked ones stopping me in my journey of life, in the name of Jesus.
216. O Lord, consume every demon of disturbance and disgrace standing against me and planning to disgrace me, in the name of Jesus.
217. Every mighty and terrible power assigned against me, fall down and die, in the name of Jesus.
218. Every sickness released against me from the graveyard, scatter, in the name of Jesus.
219. Blood of Jesus, destroy every ritual made against me in the graveyard, in the name of Jesus.
220. Gates of the grave assigned against me, be closed by the blood of Jesus, in the name of Jesus.
221. Every influence of graveyard spirits over my life, break, in the name of Jesus.
222. You my spirit man, possess God's anointing fire and reject any evil summoning, in the name of Jesus.
223. Angels of war from the throne of God, destroy every power afflicting my life and destiny, in the name of Jesus.

224. Any power from my father's house that is waiting for the news of my death, die, in the name of Jesus.

Day 9 (25-08-23) *Bible in 70 Days (Day 19-1 Sam 31:1-2 Sam 1:1-17:5)*

Devotional Songs (Pages 4-12)

Praise and Worship

Prayers of Praise and Thanksgiving (Page 14-15)

225. You, the fake lion, roaring against my destiny, be devoured by the Lion of the tribe of Judah, in the name of Jesus.
226. Every skeleton of death pursuing my life and destiny, turn back and kill your sender, in the name of Jesus.
227. Any witchcraft calabash that wants to drink my blood, break and scatter to pieces, in the name of Jesus.
228. Father, let the root of my life be washed in the blood of Jesus, in the name of Jesus.
229. My head, attract blessings, and not curses, in the name of Jesus.
230. Every guard in the kingdom of darkness set against my life, I release angels of destruction to scatter you, in the name of Jesus.
231. O Lord, let Your divine judgement rest upon every evil man or woman fighting against my destiny, in the name of Jesus.
232. All wicked people that lie in ambush for me shall be crushed by the angel of the Lord, in the name of Jesus.
233. Every power of yesterday that is summoning me to the bottom, your time is up, die, in the name of Jesus.
234. Battles brought from my past by the enemies, now troubling my life, die, in the name of Jesus.
235. Powers behind my family history that are circulating my name for evil, die, in the name of Jesus.
236. Powers behind my family history that are fighting my helpers, die, in the name of Jesus.
237. The Mighty Man in Battle, arise and deal with all the enemies of the night attacking me, in the name of Jesus.
238. I will not use my mouth to scatter the blessings that God has arranged for me, in the name of Jesus.
239. The glory of my destiny, come back to me by fire, in the name of Jesus.

PRAYER BATTLE (4)

240. Every marine power dragging my virtues back into the depths of the waters, release them and die, in the name of Jesus.
241. Locust powers of my father's house feasting upon my life, release me and die, in the name of Jesus.
242. Every shadow of darkness that the enemy has cast over me to prevent my prosperity, job, business contacts, promotions or breakthroughs from locating me, I remove it by fire, in the name of Jesus.
243. Every evil power holding back my prayers or the answer to my prayers, I command you to be bound, in the name of Jesus.
244. Swallowing powers of my father's house feeding on my recovery, I bind and dispatch you to the bottomless pit, in the name of Jesus.
245. Spiritual guns targeted against my glory, backfire by fire, in Jesus' name.
246. Any power standing by me that has vowed to wage war against me, O Lord, wage war against it, in the name of Jesus.
247. Powers assigned to turn the source of my joy to sorrow, O God, arise and wage war against them, in the name of Jesus.
248. Wicked powers using the spirit of hatred to wage war against me, O Lord, wage war against them, in the name of Jesus.
249. Battle of hatred assigned to replace the day of my joy, be consumed by fire, in the name of Jesus.
250. Wicked powers using the spirit of hatred to wage war against my glory, the Lord rebukes you, in the name of Jesus.
251. O Lord, chase away the spirit of hatred from my destiny, in the name of Jesus.
252. Wherever the wicked one has stopped me, I go beyond that place by fire, in the name of Jesus.

Day 10 (26-08-23)-*Bible in 70 Days (Day 20-2Sam 17:6-1Kgs 1:1-6:3)*

Devotional Songs (Pages 4-12)

Praise and Worship

Prayers of Praise and Thanksgiving (Page 14-15)

253. Spirit of witchcraft that allows one's effort to be wasted, fire of God, chase it out of my life, in the name of Jesus.
254. Wretchedness in my destiny, be consumed by fire, in the name of Jesus.
255. Spirit of 'working without reward' in my life, catch fire, in the name of Jesus.
256. Every unseen kingdom that says that I will work in vain, lose your kingdom by fire, in the name of Jesus.

PRAYER BATTLE (4)

257. The kingdom of darkness holding my life captive, O Lord, scatter it, in the name of Jesus.
258. O Lord, snatch the kingdom of my life from the hands of the wicked, in the name of Jesus.
259. Wicked hands assigned to steal my garment of mercy, be consumed by fire, in the name of Jesus.
260. The intervention of darkness assigned to make me lose my blessings, die by fire, in the name of Jesus.
261. Powers working to keep me in bondage, perish by fire, in the name of Jesus.
262. Evil conspiracies assigned to displace me and put me to shame, be scattered, in the name of Jesus.
263. Every dark force opposing my rising, die, in the name of Jesus.
264. Agents of darkness conniving to kill my shining, I throw confusion into your midst, scatter, in the name of Jesus.
265. Every oppressing and opposing force focusing on me, the Lord rebukes you, in the name of Jesus.
266. The favour that divinely selects and lifts, come upon my life, in Jesus' name.
267. Dark forces assigned to make me rotate on one spot, die by fire, in the name of Jesus.
268. Thunder from heaven, strike and electrocute unrelenting pursuer of my destiny, in the name of Jesus.
269. Axe of God, destroy the agenda of covens and the habitation of household witches, in the name of Jesus.
270. Deep incantations and evil arrows from my father's and mother's houses, go back to your senders, in the name of Jesus.
271. Every evil wind from the prince of the power of the air, die and be still, in the name of Jesus.
272. Spiritual and physical thieves, give up what you have stolen from me and my family, by the power in the blood of Jesus, in the name of Jesus.
273. Battles making my case difficult, scatter by fire, in the name of Jesus.
274. Every good thing that is about to die in my life and destiny, receive life by the resurrection power in the blood of Jesus, in the name of Jesus.
275. Sudden problem rising against my destiny, I silence you, in Jesus' name.
276. Rage of destruction targeted at my life and destiny, scatter, in Jesus' name.
277. Powers enforcing wickedness against my life and my family, expire, in the name of Jesus.

PRAYER BATTLE (4)

278. Every evil visitation that is meant to derail and demote me, expire, in the name of Jesus.
279. Every destruction of good things in my life and future, come to an end, in the name of Jesus.
280. Raging waves against me, I command you, be still, in the name of Jesus.

SECTION CONFESSION

In the name of Jesus, I claim the power in the name of the Lord to overcome all enemy troops. I shall be called the city of the Lord, the Zion of the Holy One of Israel. Whereas I have been forsaken and hated so that no good thing passed through me, God will make me an eternal glory, a joy from age to age, in the name of Jesus. In the name of Jesus Christ, by the presence of God in my life, I command the wicked to perish before me; and melt away like wax in the fire.

God is not a man that He should lie, nor the son of man that He should repent of any of His pronouncements. Every promise of God for my life will surely come to pass, in the name of Jesus. The Lord will always make His face to shine and be gracious unto me. His light will shine on my path, and His favour will encompass me throughout my life.

SECTION VIGIL

(To be done between the hours of 12 midnight and 2:00am)

HYMN FOR THE VIGIL (Page 12-13)

1. The lying-in-wait of the wicked for me shall turn to disappointment, in the name of Jesus.
2. The wicked will not succeed in putting me to death, in the name of Jesus.
3. Father, fight all my battles and always give me resounding victory, in the name of Jesus.
4. Unrelenting powers and adversaries working against my life and foundation, expire, in the name of Jesus.
5. Every arrow shot in darkness against me, backfire, in the name of Jesus.
6. Problems staring me in the face, scatter, in the name of Jesus.
7. Powers sucking the milk of my virtues, vomit it and die, in the name of Jesus.
8. Problems that refuse to shift ground for me, scatter by fire, in Jesus' name.

PRAYER BATTLE (4)

9. Powers boasting that I have been defeated, O God, arise and disappoint them, in the name of Jesus.
10. O God, arise and turn the enemy's celebration over me to tears, in the name of Jesus.
11. Every battle that is bigger than me, O Lord, swallow it, in the name of Jesus.
12. Powers that have increased their instruments of war against me, O Lord, release Your fire to consume them, in the name of Jesus.
13. Powers working hard to keep me in bondage, the Lord rebukes you, in the name of Jesus.
14. Powers assigned to suck me dry, receive instant death, in the name of Jesus.
15. Those who can help me will always appear to help me, in the name of Jesus.
16. I reject rejection, by the power in the blood of Jesus, in the name of Jesus.
17. Every power behind oppression in my life and in my family, stop your oppression, collapse, and expire, in the name of Jesus.
18. Familiar problem troubling my life, scatter by fire, in the name of Jesus.
19. Familiar battle threatening my existence, lose your power over me, in the name of Jesus.
20. Every power sucking life out of me shall perish, in the name of Jesus.
21. Every long-term trouble and long-term affliction prepared for me shall expire today, in the name of Jesus.

SECTION 3

O GOD OF ELIJAH, DISGRACE MY DISGRACE

Scripture Reading: 1 Kings 18

Confession: 1 Chronicles 4:10: And Jabez called on the God of Israel, saying, Oh that thou wouldest bless me indeed, and enlarge my coast, and that thine hand might be with me, and that thou wouldest keep me from evil, that it may not grieve me! And God granted him that which he requested.

Day 1 (27-08-23) - *The Bible in 70 Days (Day 21- 1 Kigs. 6:4-18:3)*

Devotional Songs (Pages 4-12)
Praise and Worship
Prayers of Praise and Thanksgiving (Page 14-15)

1. Every power that has pushed me into poverty or wants to do so shall die, in the name of Jesus.
2. Wicked elders seeking a way to destroy me shall fail and be disgraced, in the name of Jesus.
3. I frustrate every effort of hell to steal my joy, in the name of Jesus.
4. Every household enemy that has been diverting my glory, I command you to lose your power over me, in the name of Jesus.
5. Every blessing belonging to me and my family that has been diverted elsewhere, I command it to return to us now, in the name of Jesus.
6. I command every promotion that was supposed to come to me but was diverted to another person to receive total restoration with compensation now, in the name of Jesus.
7. I take back my glory that has been diverted elsewhere, by the blood of Jesus Christ, in the name of Jesus.
8. Operations of darkness working against my destiny, I disarm you and I command you to catch fire, in the name of Jesus.
9. Everyone who has sworn that I shall not fulfil my destiny, I decree that your plans shall fail, in the name of Jesus.
10. Every thought of the enemy to make me desert the right path for the wrong path is now destroyed, by the blood of Jesus Christ, in the name of Jesus.
11. The altar of darkness upon which the spirit of error was assigned against me, I command both the altar and the spirit of error to catch fire, in the name of Jesus.

PRAYER BATTLE (4)

12. Every household enemy that has seen my future and wants to divert me from the right path through evil visions, I command you to be destroyed by fire, in the name of Jesus.
13. I reject every satanic diversion that can push me away from serving Christ, in the name of Jesus.
14. I reject every evil suggestion, made to me by the enemies of my destiny, in the name of Jesus.
15. I decree that I shall fulfil my glorious destiny for which the enemy is attacking me, in the name of Jesus.
16. Arrows of depression, I command you to speedily go back and destroy your sender now, in the name of Jesus.
17. Arrows of frustration and anger assigned against me, I command you to locate your senders and destroy them, in the name of Jesus.
18. You demon called depression assigned against my life and destiny, I command you to get out of my life by fire, in the name of Jesus.
19. All my enemies, hear the word of the Lord; you must surrender in shame, in the name of Jesus.
20. O Lord, command solutions to every difficult situation in my life, in the name of Jesus.
21. O Lord, let my glorious life disgrace every satanic power that is against me, in the name of Jesus.
22. I declare that every impossible situation is possible for me, in Jesus' name.
23. Every door of breakthrough that I have been knocking on over the years, open by fire, in the name of Jesus.
24. I curse every trace of poverty in my life, in the name of Jesus.
25. Anyone who has taken anything from me with the intention to harm me will be disgraced, in the name of Jesus.
26. O Lord, announce my freedom and breakthrough from the captivity of the spirit of fruitlessness, in the name of Jesus.
27. My Father, cut off every evil tongue cursing my labour, in the name of Jesus.
28. O Lord, arise in Your might and consume by fire, every evil spirit stopping me from eating the fruits of my labour, in the name of Jesus.

Day 2 (28-08-23) - *Bible in 70 Days (Day 22-1 Kgs. 18:4-2 Kgs 1:1-9:33)*

Devotional Songs (Pages 4-12)

Praise and Worship

Prayers of Praise and Thanksgiving (Page 14-15)

PRAYER BATTLE (4)

29. O Lord, render the enemies of my life powerless from reaping the fruits of my labour, in the name of Jesus.
30. Anyone who has swallowed snake in order to harm me, be consumed by fire, in the name of Jesus.
31. Eggs of serpents in my body, come out by fire, in the name of Jesus.
32. The water of the serpent that I have unconsciously drunk, dry up by fire, in the name of Jesus.
33. Concoctions made with serpents against me, catch fire, in the name of Jesus.
34. Any man with snake poison on his tongue that is cursing me day and night, I command your tongue to dry up, in the name of Jesus.
35. Altar of snakes in the house of whoever is attacking me, catch fire and burn to ashes, in the name of Jesus.
36. By the heat and fire of the Holy Ghost, let every cobra and viper in my foundation run out and die, in the name of Jesus.
37. Every generational serpent that has taken dominion over my life, be electrocuted and die, in the name of Jesus.
38. My Father, silence all my accusers and make ways for me to where there seems to be no way, in the name of Jesus.
39. Any day marked by wicked powers for my shame, O Lord, turn it around to be my day of celebration, in the name of Jesus.
40. Every enemy waiting earnestly to laugh at me this month, I decree that you shall be confounded, in the name of Jesus.
41. Everyone who has sworn that he or she will not rest until I face reproach, I decree that, in a greater measure, the evil you wish for me shall speedily befall you, in the name of Jesus.
42. Powers of darkness monitoring my life in order to take advantage of any loophole to bring me shame, I command you all to be destroyed by fire now, in the name of Jesus.
43. Altars of darkness established to make me cry in the remaining days of this year, I command you all to be destroyed by the fire of the Lord, in Jesus' name.
44. Every trap of darkness set for my feet to bring me reproach and shame, I command those who set the trap to fall into it by themselves, in Jesus' name.
45. Powers of darkness daily speaking shame and reproach into my destiny, I resist you and I command you to catch fire, in the name of Jesus.

PRAYER BATTLE (4)

46. Every gift that seems good, meant to bring me shame, I reject you now, by the blood of Jesus Christ, in the name of Jesus.
47. I frustrate every token of liars concerning my life. As they have gathered to make me see shame, so they shall be scattered, frustrated and confused, in the name of Jesus.
48. Every messenger of darkness hired to make me work in error so that I may see shame, I declare that your plans have failed by fire, in the name of Jesus.
49. Every evil cycle of shame and disgrace in my family, break by fire, in the name of Jesus.
50. Every loophole that can give the enemy access into my life, Father, by Your mercy, block it, in the name of Jesus.
51. Every evil personality that has been stationed in my life and mandated to bring me to shame, fire of God, drive him/her far away from me, in Jesus' name.
52. Every evil advice from the pit of hell, meant to bring me shame in the long run, I reject you now, in the name of Jesus.
53. Evil marks identifying me for evil and spiritual manipulation of demons, blood of Jesus, erase them, in the name of Jesus.
54. Unknown covenants that have chained me down to the same spot over the years, causing me embarrassing situations, break by fire, in the name of Jesus.
55. Planned fountain of problems of the evil ones instituted against my life, dry up, in the name of Jesus.
56. Cycle of the long-term problem around my life, break by fire, in Jesus' name.

Day 3 (29-08-23) - Bible in 70 Days (Day 23 - 2 Kings 9:34-25:11)

Devotional Songs (Pages 4-12)

Praise and Worship

Prayers of Praise and Thanksgiving (Page 14-15)

57. Every anti-breakthrough weapon fashioned against my life, be scattered to pieces, in the name of Jesus.
58. O Lord, deliver me from every reoccurring problem that refuses to let me go, in the name of Jesus.
59. Father, dry up all the resources of the evil oppressors of my life and destiny, in the name of Jesus.

PRAYER BATTLE (4)

60. Holy Ghost fire, scatter all evil gang-ups against my life, in the name of Jesus.
61. Father, arise and bring a permanent solution to all the long-term problems of my life, in the name of Jesus.
62. Battle of long-term problems assigned to waste me, be terminated now, in the name of Jesus.
63. I frustrate every counsel of hell to delay my journey this season; it shall not stand, in the name of Jesus.
64. Every satanic police monitoring my life and giving feedback to the kingdom of darkness to afflict me, I command you to be destroyed, in the name of Jesus.
65. Every household enemy that has sworn that I shall not have any good thing to celebrate in my life and in my family, I command you to be exposed and be disgraced, in the name of Jesus.
66. The thoughts and evil plans of envious friends shall not prevail over my life, in the name of Jesus.
67. My destiny, wake up from satanic altars, in the name of Jesus.
68. O God of Elijah, release fire upon the altar of my enemy, in the name of Jesus.
69. Satanic altar crying against my blood, you are a failure, catch fire, in the name of Jesus.
70. O Lord, keep my altar burning throughout the hours of the day, in the name of Jesus.
71. Every stubborn altar feeding on my destiny and future, catch fire, in the name of Jesus.
72. Evil altars of my father's house, where are you? Collect your problems back, by the blood of Jesus, in the name of Jesus.
73. Any evil done against my destiny through the powers of evil altars, be reversed by the blood of Jesus, in the name of Jesus.
74. Whoever is making evil pronouncements and decrees against my family name in order to render us useless, O God, arise and turn him or her to dust, in the name of Jesus.
75. Any ritual done against me at any evil altar by any unfriendly friend, fire of God, expose it, in the name of Jesus.
76. Every satanic priest monitoring my progress from his mirror, go blind by fire, in the name of Jesus.

PRAYER BATTLE (4)

77. My destiny that has been declared dead by evil priests, O God, arise and wake it up by fire, in the name of Jesus.
78. Stubborn sacrifices of my father's house that have caged generations of my family members, your time is up; burn to ashes and release our destinies from your altar, in the name of Jesus.
79. Anytime an evil priest wants to abort my glory, let the thunder of God strike him and his followers to death, in the name of Jesus.
80. Dark powers discussing my destiny in the night season for destruction, receive the arrows of God and die, in the name of Jesus.
81. Satanic law working against my life, be cancelled now, in the name of Jesus.
82. Evil trees planted to destroy my destiny be consumed by fire, in Jesus' name.
83. Dark river of affliction flowing into my life from my father's house, dry up by fire, in the name of Jesus.
84. I reject every disgrace and bury all shame assigned against me today, in the name of Jesus.

Day 4 (30-08-23) - Bible in 70 Days (Day 24-2Kgs 25:12-1Chron 1:1-11:4)

Devotional Songs (Pages 4-12)

Praise and Worship

Prayers of Praise and Thanksgiving (Page 14-15)

85. Battles like brass that refuse to let me go, thunder from heaven, cut them off, in the name of Jesus.
86. Spirit of hardship in my life, expire by fire, in the name of Jesus.
87. Father, give me the testimony that will make my enemies praise You, in the name of Jesus.
88. I destroy by fire, every boundary that the enemy has marked down for me, in the name of Jesus.
89. Every spirit that has vowed that I will not move out of my present state of poverty and hardship, lose your hold on me, in the name of Jesus.
90. Father, release the chariots of heaven and let them attack and destroy every enemy who has set an array to kill me, in the name of Jesus.
91. Every bad habit assigned to cut off my glory, be cut off by fire, in Jesus' name.
92. O God of David, arise and deliver me from bad habits, in the name of Jesus.

PRAYER BATTLE (4)

93. Any bad habit preparing me for doom, perish before you ruin me, in the name of Jesus.
94. I connect with the heavens to declare the glory of God upon my life, in the name of Jesus.
95. O God, arise and connect me to the mysteries to bring heaven down to earth, in the name of Jesus.
96. My Father, position the earth to get in place to receive heavenly instructions on my behalf, in the name of Jesus.
97. I command the earth to be subdued under me, in the name of Jesus.
98. I command all the elements of creation to take heed and obey me, in the name of Jesus.
99. Father, let Your power arise and let the earth yield her increase unto me, in the name of Jesus.
100. I decree that the dayspring will know its place in my days, in Jesus' name.
101. Lord, let Your power fall upon me to shake wickedness out of the four corners of the earth, in the name of Jesus.
102. Father, align my life with the ladder that touches the third heaven and sits on earth, in the name of Jesus.
103. Father, let Your angels descend and ascend to assist me, in Jesus' name.
104. Every good thing that has been demonically blocked in my life, be released, in the name of Jesus.
105. Every power hijacking spiritual airways and highways, I take over your territory, in the name of Jesus.
106. Any demonic agenda or demonic conspiracy against my life, I command you to disappear, in the name of Jesus.
107. Every pattern of darkness assigned against me is erased by the power in the blood of Jesus, in the name of Jesus.
108. My season of blossoming, arise by fire and locate me, in the name of Jesus.
109. Every prince or ruler operating against my destiny in the heavenlies, be dethroned, in the name of Jesus.
110. I command the dayspring to align with my destiny, in the name of Jesus.
111. I agree with my angel of destiny to prosper my way, in the name of Jesus.
112. The anointing of mega blessings shall be my portion, in the name of Jesus.

Day 5 (31-01-23) - *Bible in 70 Days (Day 25 - 1 Chron. 11:5-27:12)*

Devotional Songs (Pages 4-12)

Praise and Worship

Prayers of Praise and Thanksgiving (Page 14-15)

113. Father, enlarge my coast, tent and territory, in the name of Jesus.
114. I am empowered by the power of God to break forth on every side, in the name of Jesus.
115. My seed, arise and inherit the wealth of the gentiles; and make desolate cities inhabited, in the name of Jesus.
116. Father, connect me to the gifts that will elevate my life, in the name of Jesus.
117. Father, connect me to the gifts that will sharpen my discernment, in the name of Jesus.
118. Every wrong spirit that will affect my discernment, I bind and cast you out, in the name of Jesus.
119. I renounce every power and activity of the flesh, which cannot please God, in the name of Jesus.
120. I refuse to be addicted to spiritual milk, in the mighty name of Jesus.
121. O heavens, arise and overshadow me with the mantle of discernment, in the name of Jesus.
122. I decree and declare that I am empowered by God to see into the spirit realm, in the name of Jesus.
123. Every dark power assigned to infiltrate my spirit, I bind and cast you out, in the mighty name of the Lord Jesus Christ.
124. O God, arise and open my eyes that I may behold great and wondrous things, in the name of Jesus.
125. O God, order my steps in Your word and let iniquity never have dominion over me, in the name of Jesus.
126. I make a covenant with the word of God, and I break covenants made by me with hell, death and the grave, in the name of Jesus.
127. I bind every leviathan spirit from interfering in my affairs, in Jesus' name.
128. I break every dark covenant against God's call upon my life, in Jesus' name.
129. Every unholy thing assigned to creep into the corridors of my spiritual life, I block your entry, in the name of Jesus.
130. I break all soulties that will distract my mind from my prayer life, in the name of Jesus.

PRAYER BATTLE (4)

131. I bind all financial, emotional and physical distractions against my private time with God, in the name of Jesus.
132. Every form of witchcraft manipulation assigned to infiltrate my spiritual life, be destroyed, in the name of Jesus.
133. I bind every spirit of disease and infirmity in my body, in the name of Jesus.
134. I bind every spirit of slumber, in the name of Jesus.
135. I bind every spirit of hopelessness and frustration, in the name of Jesus.
136. O God, arise, quicken me by Your Spirit, in the name of Jesus.
137. O Lord, let Your spiritual discipline be my portion, in the name of Jesus.
138. The lines of the Spirit are fallen unto me in good places, and I possess my possessions, in the name of Jesus.
139. I bind and cast out every spirit of Sanballat and Tobias, in the name of Jesus.
140. I will not come down from where God has put me, in the name of Jesus.

Day 6 (01-09-23) *Bible in 70 Days (Day 26-1Chron 27:13-2 Chron 1:1-18:23)*

Devotional Songs (Pages 4-12)

Praise and Worship

Prayers of Praise and Thanksgiving (Page 14-15)

141. Father, show me people, places or things that have been put in my path to blind my eyes and shut my mouth, so that I can avoid them, in Jesus' name.
142. I plead the blood of Jesus over my eyes, ears and mouth. My eyes, ears and mouth shall be used by God in this hour, in the name of Jesus.
143. I renounce every form of idolatry affecting my life, in the name of Jesus.
144. I cast out from my house the spirit that comes against my prayer life, in the name of Jesus.
145. All heaviness and depression, get away from me and my family, in the name of Jesus.
146. I refuse to miss the call of God for my life, in the name of Jesus.
147. You, strong man of debt, I renounce you, in the name of Jesus.
148. O God, arise and be my source and chief financial adviser, in Jesus' name.
149. The cankerworm and devourers of the night will not devour my increase, in the name of Jesus.
150. I bind and cast out every spirit of Judas from around me, in Jesus' name.
151. Every dagger of darkness assigned to stab me in the back, backfire, in the name of Jesus.

PRAYER BATTLE (4)

152. Father, let confusion be released against my strong enemies, in Jesus' name.
153. I plead the blood of Jesus over every relationship in my life, in Jesus' name.
154. I break the power of all witchcraft alliances against my mind, in Jesus' name.
155. You, crab spirit assigned to pull me down and oppress me, I am not your candidate; scatter, in the name of Jesus.
156. My feet are anointed by the power in the blood of Jesus, in Jesus' name.
157. Every conspiracy against me behind dark doors, collapse and fail, in the name of Jesus.
158. Any negative confession or evil decree made against me, I command you to disappear and get stuck in demonic gateways, in the name of Jesus.
159. All relationships assigned to backstab me, melt away by the power in the blood of Jesus, in the name of Jesus.
160. I declare agreement upon my life and what I do to release prosperity and cause the blessings of God to be released upon me, in the name of Jesus.
161. Every arrow that the enemy is sending against my moving forward shall boomerang to the pit of hell, in the name of Jesus.
162. Father, release into my life divine sweetness of joy and the in-filling of the Holy Spirit, in the name of Jesus.
163. I put off every garment of heaviness and put on the garment of praise, in the name of Jesus.
164. I plead the blood of Jesus to cleanse my past, in the name of the Lord Jesus Christ.
165. Every satanic agent assigned against my spiritual, mental, emotional and physical well-being, be cast into the lake of fire, in the name of Jesus.
166. Every satanic agent assigned through generations, associations or incantations to me and my family, I command you to be dismissed from that assignment, in the name of Jesus.
167. Father, create in me a clean heart and a right spirit, in the name of Jesus.
168. O Lord, let my inner man receive light from heaven, in the name of Jesus.

Day 7 (02-09-23) - *Bible in 70 Days (Day 27-2 Chron. 18:24- 36:16)*

Devotional Songs (Pages 4-12)

Praise and Worship

Prayers of Praise and Thanksgiving (Page 14-15)

169. Father, let the spirit that releases the pangs of hunger and thirst for Your presence overshadow me, in the name of Jesus.

PRAYER BATTLE (4)

170. I take authority over every spirit of mental infirmity, in the name of Jesus.
171. I take authority over every spirit of depression, delusion and immature personality, in the name of Jesus.
172. I bind every spirit that causes internal organ destruction, in Jesus' name.
173. I bind every spirit that attacks internal body organs, in the name of Jesus.
174. I bind and destroy every disease arrow planted in my ancestry that is genetically transferred to me from the womb, in the name of Jesus.
175. I decree and declare that the Great Physician will have the final say over my health, in the name of Jesus.
176. I declare that I shall believe the report of the Lord and not any clinical prophecy, in the name of Jesus.
177. I confess that I am redeemed from the curse of the law, which includes sickness and disease, in the name of Jesus.
178. I cancel the effect of the spirit of self-destruction, in the name of Jesus.
179. I cancel the effect of the spirit of self-destructive diseases, in Jesus' name.
180. Today, I tear down the high places that want to make me an experimental animal, in the name of Jesus.
181. O God, arise and deliver me from any addiction to medicines, hospitals and doctors, in the name of Jesus.
182. Every demon released against me by negative confession, go back to your senders, in the name of Jesus.
183. Father, let Your holy angels surround me, in the name of Jesus.
184. I release the angels of prosperity, on my behalf, to bring wealth unto me, in the mighty name of the Lord Jesus Christ.
185. Father, I thank You for angelic intervention in my dream, in Jesus' name.
186. Lord, let the same anointing that was on Jacob be on my life so as to dream dreams of angels, in the name of Jesus.
187. Angels of God that take vengeance on the ungodly, arise and fight for me, in the name of Jesus.
188. I call on the captain of the host of heaven to go before me in my battle with a drawn sword, in the name of the Lord Jesus Christ.
189. Lord, let a pathway be made in my heart; and let the Spirit of God speak to me with clarity, in the name of Jesus.
190. Lord, let my conversation be chaste, in the name of Jesus.
191. My Father, help me to discern Your season and timing so that I may know Your heartbeat, in the name of the Lord Jesus Christ.

PRAYER BATTLE (4)

192. In all my ways, Father, give me fresh anointing daily, in the name of Jesus.
193. My Father, make me know Your kingdom's deep revelations so that I may be a repairer, in the name of Jesus.
194. Every enemy assigned to penetrate, tear down and destroy my prayer hedge, I bind you now, in the name of Jesus.
195. Father, give me the eyes in the spirit that I may know the things of the Spirit, in the name of Jesus.
196. Lord, let the smokescreen of the Holy Ghost hide me from my enemies, so that I can do the work of God without distractions, in the name of Jesus.

Day 8 (03-09-23) - *Bible in 70 Days (Day 28- 2 Chron 36:17-Neh 1-7:33)*

Devotional Songs (Pages 4-12)

Praise and Worship

Prayers of Praise and Thanksgiving (Page 14-15)

197. Father, make me a steward of the anointing of solution, in Jesus' name.
198. Lord, teach my hands to war, for You are a man of war and in You, there is no defeat, in the name of Jesus.
199. I pray against every distraction and frustration assigned to make my intercessors get off the wall, in the name of Jesus.
200. Spirits of fatigue, doom, gloom and discouragement, I bind you, in the name of Jesus.
201. Lord, cause the plan of the witches around me to be disgraced, in the name of Jesus.
202. I declare that no scanning machine of darkness shall have any power against me, in the mighty name of the Lord Jesus Christ.
203. I declare that I am a sheep and not a goat, in the name of Jesus.
204. I call the rebuke of the Lord upon the devourers that are set against me, in the name of Jesus.
205. O God, arise and rebuke the devourers on my behalf, in the name of Jesus.
206. I take authority over the earth and prophesy to its womb to yield her increase unto me, in the name of Jesus.
207. I declare spiritual, physical, mental, emotional and material prosperity to replace every poor area of my life, in the name of Jesus.
208. I prophesy unto everything that is dull and unfinished around me, to be divinely reversed to shine and be complete, in the name of Jesus.
209. Anything that is slow in my life, become fast tracked by the power of God, in the name of Jesus.

PRAYER BATTLE (4)

210. I destroy every self-made stronghold in my life, in the name of Jesus.
211. Father, let my tongue move me in a way that will favour my access to my next level, in the name of Jesus.
212. I release power and fire with my tongue, in the name of Jesus.
213. I prophesy to darkness and I command light to come, in the name of Jesus.
214. I prophesy to the emptier to be emptied of its power and die, in Jesus' name.
215. I prophesy to dry places and command them to be overtaken by the rivers of living water, in the name of Jesus.
216. I prophesy that anything the enemy has held back from profiting my life shall be released, and I put pressure on it to come forth, in the name of Jesus.
217. I declare that I am not bound by the economy of man; I am under the covering, authority and economy of God, in the name of Jesus.
218. Father, let me have more money coming in than I have going out, in the name of Jesus.
219. I break off the power of the python from my affairs forever, in Jesus' name.
220. I curse from its root, every wicked thing that has come into my life through my dreams to steal my blessings, in the name of Jesus.
221. My enemies shall not devour me, in the name of Jesus.
222. I will be a bone in the throat of my enemies, in the name of Jesus.
223. I bind the spirit of the thief and the spirit of Judas, in the name of Jesus.
224. I prophesy Zadok's blessings upon myself and upon my home, in the name of Jesus.

Day 9 (04-09-23) - *Bible in 70 Days (Day 29- Neh. 7:34-Job 1-2:6)*

Devotional Songs (Pages 4-12)

Praise and Worship

Prayers of Praise and Thanksgiving (Page 14-15)

225. My place of abode shall be under the anointing of Obed-Edom, in the name of Jesus.
226. I am blessed, while coming in and going out, in the name of Jesus.
227. Wherever the soles of my feet shall tread upon is mine, in the name of Jesus.
228. The wealth of the wicked has been stored up for me; I am in position to receive it, in the name of Jesus.
229. I will not have to run after a blessing, I am blessed; and I will be a blessing, in the name of Jesus.
230. I enter into the rest of God. Therefore, my enemies shall flee, in Jesus' name.

PRAYER BATTLE (4)

231. Instead of fighting me, my enemies will send me gifts, in the name of Jesus.
232. No longer shall any enemy hang out in my gate, in the name of Jesus.
233. My doorposts are covered with the blood of Jesus, in the name of Jesus.
234. Healing and prosperity shall always accompany my life, in the name of Jesus.
235. My house is blessed, and the blessings of my heritage are running through my bloodline like a river, in the name of Jesus.
236. Thou power and spirit of Achan, depart from my household, in Jesus' name.
237. As from today, I am a lender and not a borrower, in the name of Jesus.
238. I will not beg for bread, I will not borrow for my needs or covet the riches of others, in the mighty name of Jesus.
239. I decree and declare that deadly plagues be released against powers that do not want me and my family to go, in the name of Jesus.
240. I draw from the anointing of the crossover season and I pursue my pursuers, in the name of Jesus.
241. Every death, calamity and harm will pass over me because they are not my portion, in the mighty name of the Lord Jesus Christ.
242. Pharaoh of the midnight, you must let my family go, in the name of Jesus.
243. Pharaoh of the midnight, you must rise in the night and give me my possession, in the name of Jesus.
244. Father, replace the spirit of defeat assigned against me with the spirit of victory, in the name of Jesus.
245. Sickness, disease, hear the word of the Lord: "You cannot hide in my body", in the name of Jesus.
246. I decree, according to Job, that "My flesh shall be fresher than a child's flesh", in the name of Jesus.
247. I will return to the days of my youth, in the name of Jesus.
248. Every assignment of death is broken off me, my family, and my future generations, in the name of Jesus.
249. The treasures of the wicked shall be delivered unto me, in the name of Jesus.
250. O God, arise and remove the dead battle fighting my destiny, in the name of Jesus.
251. Mark of death upon my destiny, blood of Jesus, wash it away, in Jesus' name.
252. Any calamity that will make people weep bitterly for me, backfire, in the name of Jesus.

PRAYER BATTLE (4)

Day 10 (05-09-23) - Bible in 70 Days (Day 30 - Job 2:7-20:15)

Devotional Songs (Pages 4-12)

Praise and Worship

Prayers of Praise and Thanksgiving (Page 14-15)

253. O God, deliver my destiny from the cage of death, in the name of Jesus.
254. O God, arise, bring my destiny out from the hot pit, in the name of Jesus.
255. Instrument of wicked people against my destiny, work against them, in the name of Jesus.
256. O God, arise and destroy every coffin that has buried my destiny, in the name of Jesus.
257. Powers that have turned my destiny upside down, fire of God, consume them to death, in the name of Jesus.
258. Powers investigating my destiny in order to keep me as a slave, be terminated now, in the name of Jesus.
259. O God, arise, remove death and grave from my family, in the name of Jesus.
260. O God, whatever will happen that will take Your mercy away from me shall not happen, in the name of Jesus.
261. O God, save my destiny from sudden death, in the name of Jesus.
262. O God, arise and deliver my destiny from the devil and its co-merchants with immediate effect, in the name of Jesus.
263. O Lord, deliver me from bitter tears and falling, in the name of Jesus.
264. Death and hades, hear the word of the Lord; lose your power over me, in the name of Jesus.
265. Powers assigned to cage me with debts, O God, arise and disappoint them, in the name of Jesus.
266. O God, arise and remove poverty and backwardness from my destiny, in the name of Jesus.
267. Powers assigned to terminate my life with debt, O God, arise and disappoint them, in the name of Jesus.
268. Powers assigned to use debt to waste my existence, O God, arise and put them to shame, in the name of Jesus.
269. Every curse that has been plaguing my life everywhere I go, break by fire, in the name of Jesus.
270. Every curse that has become my name, blood of Jesus, terminate it, in the name of Jesus.
271. Every curse hiding in my name, be terminated by fire, in the name of Jesus.

PRAYER BATTLE (4)

272. Every curse donating my blessings to evil altars, blood of Jesus, break it now, in the name of Jesus.
273. O God, arise and deliver me from the curse of the sword, in Jesus' name.
274. O God, arise and deliver me from the curse of the blood, in Jesus' name.
275. Every covenant against my destiny, be consumed by fire, in Jesus' name.
276. O God, arise and let my glory outshine every other glory in my family, in the name of Jesus.
277. Family battle! Family battle! Family battle! Hear the word of the Lord: fall before me now, in the name of Jesus.
278. O God, release Your voice of judgement against wicked powers that would not let me go, in the name of Jesus.
279. O God, let every strange power of bad luck depart from my life, in the name of Jesus.
280. Powers making me a forgotten vessel, O God, arise and waste them, in the name of Jesus.

SECTION CONFESSIONS

God is with me as He is for me; I have no reason to fear, in the name of Jesus. Whatever I shall think of, and proceed to lay my hands upon, shall prosper, in the name of Jesus. The angels have been ordered by God to take charge of me in all my ways, and I receive them; they go ahead of me wherever I go, and in whatever I do; they go forth, and make all the crooked ways straight for me, in the name of Jesus.

There are many devices in a man's heart; nevertheless, the Lord's counsel shall stand in my life, in the name of Jesus. My God, Jehovah is all-sufficient. He is more than sufficient. In every area of my life, I claim God's divine abundance in the name of Jesus. I receive unto myself, the virtues, the strength, the power, the might and the anointing in the blood of Jesus. Satan and his world of demons cannot stand against me because the blood of the Lamb of God covers me. And there is a standard of God between the devil and me, raised with the cross at Calvary by the Spirit of God.

SECTION VIGIL

(To be done between the hours of 12 midnight and 2:00am)

HYMN FOR THE VIGIL (Page 12-13)

1. Every curse assigned to make me and my family suffer, break by fire, in the name of Jesus.

PRAYER BATTLE (4)

2. Every curse ending my blessings in the dream, be terminated, in Jesus' name.
3. O God, deliver me from collective calamities, in the name of Jesus.
4. Spiritual lion of darkness that is raging against my life, die by fire, in the name of Jesus.
5. O God, let Your power consume the power of those oppressing me, in the name of Jesus.
6. O God, let Your voice tear down my enemies from their hiding place, in the name of Jesus.
7. Powers that have volunteered to torment me, lose your power over my life, in the name of Jesus.
8. Unknown battle that is wrestling with my destiny, stop, in the name of Jesus.
9. O God, let the battle of hatred end in my life today, in the name of Jesus.
10. O God, arise in Your power and deliver me from the reproach of .....(name it), in the name of Jesus.
11. Powers abusing my destiny, O Lord, disgrace them, in the name of Jesus.
12. Song of victory of the wicked ones over my life, stop now, in the name of Jesus.
13. O God, arise and let the whole world mock my mockers, in the name of Jesus.
14. O God, arise and disconnect all eyes of reproach from me, in Jesus' name.
15. Instrument of mockery in my life, be consumed by fire, in the name of Jesus.
16. O God, arise and bring my destiny out of the net of reproach, in Jesus' name.
17. All those that are close to me and are reproaching me, O God, arise and lock them up in the room of shame, in the name of Jesus.
18. Every covenant of haters against me, backfire, in the name of Jesus.
19. O God, arise and let all those shaking their heads against me be disappointed, in the name of Jesus.
20. O Lord, visit my life today and take away my reproach, in the name of Jesus.
21. Battle from one hatred to another hatred, scatter by fire, in the name of Jesus

SECTION 4

REVOKING DARK WISHES AND PROPHECIES

Scripture Reading: Jude 1

Confession: Jude 1:24-25: Now unto him that is able to keep you from falling, and to present you faultless before the presence of his glory with exceeding joy, To the only wise God our Saviour, be glory and majesty, dominion and power, both now and ever. Amen.

Day 1 (06-09-23) - *Bible in 70 Days (Day 31 - Job 20:16 - 37:16)*

Devotional Songs (Pages 4-12)

Praise and Worship

Prayers of Praise and Thanksgiving (Page 14-15)

1. Powers assigned to use hatred to send my blessings away, O God, arise and consume them, in the name of Jesus.
2. Powers singing the song of shame for my destiny, Lion of the tribe of Judah, tear them to pieces, in the name of Jesus.
3. O God, arise and remove the rag of debt from my destiny, in Jesus' name.
4. Powers assigned to cage me with debts, O God, arise and disappoint them, in the name of Jesus.
5. O God, arise and remove poverty and backwardness from my destiny, in the name of Jesus.
6. Powers assigned to terminate my life with debt, O God, arise and disappoint them, in the name of Jesus.
7. Powers assigned to use debt to waste my existence, O God, arise and put them to shame, in the name of Jesus.
8. All those who have gathered to agree against me, O God, arise and scatter them, in the name of Jesus.
9. Powers that have refused to give up on me, fail woefully, in the name of Jesus.
10. Powers assigned to sell me to a strange land, I sell you to the land of death, in the name of Jesus.
11. Those who know me and have planned to sell me into bondage, you shall not see tomorrow, die, in the name of Jesus.

PRAYER BATTLE (4)

12. Powers sharpening their weapons against me, die by your sword, in the name of Jesus.
13. Every strange war waged against me, collide with the war of the Almighty, in the name of Jesus.
14. O God, arise and be merciless to the wicked that has shown me no mercy, in the name of Jesus.
15. O God, let my enemies fear my name, in the name of Jesus.
16. O God, let my enemies fear the day and the night, in the name of Jesus.
17. O God, arise and let my enemies fear my future, in the name of Jesus.
18. O God, let the rock my enemies depend on crush them to death, in the name of Jesus.
19. O God, let the feet of the wicked roaming against me catch fire, in the name of Jesus.
20. O God, destroy the power that unsuspected enemies are using against me, in the name of Jesus.
21. O God, arise and let all my unsuspected enemies experience Your anger, in the name of Jesus.
22. Angel of death, pounce on powers assigned to reduce my testimonies, in the name of Jesus.
23. O Lord, let Your rain of wrath fall heavily on my stubborn enemy, in the name of Jesus.
24. Powers bringing troubles into my life, fall into the pit of your troubles, in the name of Jesus.
25. O Lord, turn my enemies to trash, in the name of Jesus.
26. Powers that say this is how they will watch me suffer, O God, arise and disappoint them, in the name of Jesus.
27. Powers that have vowed to deal with my helpers, O earth, open up and swallow them, in the name of Jesus.
28. All round battles, hear the word of the Lord; lose your power over me, in the name of Jesus.

Day 2 (07-09-23) - *Bible in 70 Days (Day 32 - Job 37:17 - Ps. 1-22:25)*

Devotional Songs (Pages 4-12)

Praise and Worship

Prayers of Praise and Thanksgiving (Page 14-15)

29. Enemies that deceived me in order to destroy me, destroy yourselves, in the name of Jesus.

PRAYER BATTLE (4)

30. Let my enemies receive great trouble over my matter, in the name of Jesus.
31. O Lord, release Your unending anger on those who have vowed not to see me testify, in the name of Jesus.
32. Lord, let all enemies pursuing me turn back suddenly, in the name of Jesus.
33. O Lord, let my enemies fall into the pit of destruction, in the name of Jesus.
34. O Lord, let Your right hand locate my enemies and destroy them, in the name of Jesus.
35. O Lord, increase Your fire in me against my enemies, in the name of Jesus.
36. O Lord, release Your consuming fire against my enemies, in the name of Jesus.
37. O God, arise and destroy the smooth-talking enemies of my life, in the name of Jesus.
38. No matter how dark my situation is, there shall be light at the end of the tunnel for me, in the name of Jesus.
39. Spirit of darkness fighting against me, the Lord rebukes you, in Jesus' name.
40. Powers replacing and misplacing my virtues, receive the judgement of death, in the name of Jesus.
41. Chains of darkness and shadow of darkness misleading my destiny, break away from my life, in the name of Jesus.
42. Treasures of my generation, wherever you are, locate me by fire, in the name of Jesus.
43. Wicked man/woman trading with my life, go to the grave suddenly, in the name of Jesus.
44. O Lord, assign Your angels of terror against my enemies, in the name of Jesus.
45. All those that are mighty against me shall suddenly fall into the pit of destruction, in the name of Jesus.
46. O Lord, beam Your light into the darkness of my life, in the name of Jesus.
47. All those attacking me with the power of death, be consumed by fire, in the name of Jesus.
48. O Lord, consume all the crafty works of witchcraft in my life, in Jesus' name.
49. Unseen arrows fired against me, backfire, in the name of Jesus.
50. O Lord, deliver me from evil giants, in the name of Jesus.
51. O God, arise, expose and destroy all darkness hiding in my life, in the name of Jesus.

PRAYER BATTLE (4)

52. O God, arise and destroy the witchcraft complaint assigned to kill me, in the name of Jesus.
53. O God, arise and ride the heavens for my sake to help me, in Jesus' name.
54. O God, be my present help and fight for me, in the name of Jesus.
55. O God, arise and put to shame all those who say I will never receive help, in the name of Jesus.
56. O God, arise and let Your hand be my help, in the name of Jesus.

Day 3 (08-09-23) - *Bible in 70 Days (Day 33 - Psalm 22:26 - 50:5)*

Devotional Songs (Pages 4-12)

Praise and Worship

Prayers of Praise and Thanksgiving (Page 14-15)

57. O God, let Your judgement on my enemies create help for me, in Jesus' name.
58. O Lord, let Your throne of grace release Your help for me, in the name of Jesus.
59. O Lord, put Your fear of me in the hearts of my enemies, in the name of Jesus.
60. O God, arise and destroy the yoke of over-labour in my life, in Jesus' name.
61. O God, arise and break the power of slavery in my life, in the name of Jesus.
62. Evil sacrifices on any altar against me, be consumed by fire, in Jesus' name.
63. Every altar of witchcraft working against my star, you are a liar, die, in the name of Jesus.
64. Altar of God, collide with all the altars of darkness now, in the name of Jesus.
65. You evil altar swallowing my blessings, your time is up, vomit them now and perish, in the name of Jesus.
66. Every sacrifice upon any evil altar, speak against your owner now, in the name of Jesus.
67. You, the wicked priest of the evil altar hired against me, I command you to use the name of your hirer for the sacrifice now, in the name of Jesus.
68. You, the wicked altar in the heavenlies crying against my testimony, you are a liar, give up and perish, in the name of Jesus.
69. Any man or woman waiting for me to fail, be disgraced with your wickedness, in the name of Jesus.
70. Every demon from the pit of hell calling my name to come down from my place of dominion, I smash your head on the altar of the anger of God, in the name of Jesus.

PRAYER BATTLE (4)

71. Every strange voice speaking against my place of dominion, be silenced, in the name of Jesus.
72. Every principality sent to bring me down from where I am seated, listen to me, bow immediately to my God, in the name of Jesus.
73. Wicked strong man in my family asking me to come down, you are a liar, run mad, in the name of Jesus.
74. Father, from today, as I exercise my dominion, back me up with Your power, in the name of Jesus.
75. Every power trying to manipulate my day of remembrance, you are a failure; perish with your wickedness now, in the name of Jesus.
76. Every demonic conspiracy from the pit of hell against my testimony, you are a failure; you will not succeed this time. Therefore, backfire with your wickedness, in the name of Jesus.
77. O God, arise and announce my victory over my enemies, in the name of Jesus.
78. My harvest, you have stayed in the heavenlies long enough, be released and begin to manifest now, in the name of Jesus.
79. Whatever power the enemy is using to cover my eyes from seeing my harvest, you wicked power, you are a liar, be cast away now, in the name of Jesus.
80. Father, as You have commanded, let my harvest become a testimony now, in the name of Jesus.
81. My harvest, enough is enough; you cannot be delayed any longer; I command you to come forth, in the name of Jesus.
82. Father, by Your mercies, let my harvest be released now, in the name of Jesus.
83. Father, this battle is too intense for me to bear, show me Your mercy and deliver me now, in the name of Jesus.
84. Father, whoever is saying no, to my plea for mercy, let that wicked voice be silenced now, in the name of Jesus.

Day 4 (09-09-23) - *Bible in 70 Days (Day 34 - Psalm 50:6 - 78:4)*

Devotional Songs (Pages 4-12)

Praise and Worship

Prayers of Praise and Thanksgiving (Page 14-15)

85. Father, any power sent from the pit of hell to destroy my destiny, let that power be destroyed, in the name of Jesus.

PRAYER BATTLE (4)

86. All the strong men assigned for this evil job, let them all be mysteriously killed tonight, in the name of Jesus.
87. Lord, fortify me with Your power to overcome these evil strong men, in the name of Jesus.
88. Father, expose any hidden friendly enemy working with them to carry out their evil assignment, in the name of Jesus.
89. Father, burn down the house of the evil priest assigned to carry out this evil against me, and let him be put to shame and disgrace now, in Jesus' name.
90. Every evil wind sent from the pit of hell to divert my harvest, you are a liar, scatter, in the name of Jesus.
91. Father, let whoever is crying against my harvest in front of any demonic altar fall down and die now, in the name of Jesus.
92. Every enemy mocking my harvest, I command you to be disgraced now, in the name of Jesus.
93. Every agent of darkness using strange powers to delay my harvest, you are a failure; I command all your powers to die, in the name of Jesus.
94. My harvest, what are you still doing hanging in the heavenlies? Come down now and begin to manifest, in the name of Jesus.
95. Every agent of darkness using strange powers to delay my harvest, you are a failure; I command all your powers to die, in the name of Jesus.
96. Every wicked power from the pit of hell blocking my harvest, that power ends today, in the name of Jesus.
97. You, wicked evil gate, I am not your victim; scatter immediately, in the name of Jesus.
98. Every demonic gate blocking my testimony from manifesting, my God shall destroy your powers against me, in the name of Jesus.
99. You, evil gate, I put it to you today that I cannot be stopped, in Jesus' name.
100. Father, send Your heavenly stone and let it crash upon the head of this evil gate now, in the name of Jesus.
101. You wicked strong man assigned to monitor evil gate against me, you are a failure; receive your judgement from heaven now, in the name of Jesus.
102. You evil strong man at any evil gate, I command you now, carry your evil gate and run mad with it, in the name of Jesus.
103. For my sake, my parents (or children) shall prosper, in the name of Jesus.
104. I shall receive mercy from God in the land of the living, in the name of Jesus.

PRAYER BATTLE (4)

105. Lord, let the wind that will make my children excel be activated in their studies and in their lives, in the name of Jesus.
106. At home, in school, on the field and in the market place, I shall prosper, in the name of Jesus.
107. The nations of the earth will seek for me to exalt, promote and carry me and my children to places of honour, in the name of Jesus.
108. I declare that my promotion shall come in double, in the name of Jesus.
109. My Father, enter into my vineyard and cultivate it for Your sake, in the name of Jesus.
110. My Father, enter into my vineyard and wipe out the devourer, in the name of Jesus.
111. Today, let the sentence of God be released against Lucifer in my life, in the name of Jesus.
112. Lord, let every restriction against my life be taken away, in Jesus' name.

Day 5 (10-09-23)- *Bible in 70 Days (Day 35 - Psalm 78:5 - 103:12)*

Devotional Songs (Pages 4-12)

Praise and Worship

Prayers of Praise and Thanksgiving (Page 14-15)

113. I receive my sanctification for what is to come, in the name of Jesus.
114. My Lord and my God, showcase Your grace through my life, in Jesus' name.
115. My Father and my God, enter into the garden of my life and cultivate it for me, in the name of Jesus.
116. My Lord and my God, give me the grace to carry the ark of the tabernacle, in the name of Jesus.
117. My life shall not falter during this season, in the name of Jesus.
118. I shall not be cut off at the peak of my glory, in the name of Jesus.
119. O Lord, occupy my spirit, soul and body, in the name of Jesus.
120. O Lord, build altars of blessings anywhere I enter from now on, in the name of Jesus.
121. From now onward, everything about my life shall be harvest, in Jesus' name.
122. Nothing shall diminish my destiny, in the name of Jesus.
123. Henceforth, my life shall be a vineyard and a place of glory, in Jesus' name..
124. Henceforth, whenever I look to the West, East, North or South, the earth shall answer me, in the name of Jesus.
125. The world shall submit to me as from today, in the name of Jesus.

PRAYER BATTLE (4)

126. Heaven's soldiers will answer when I cry for help, in the name of Jesus.
127. Like the Egyptian midwives, the Lord shall remember me and build houses and estates for me, in the name of Jesus.
128. O God, raise Your glory cloud over my head, in the name of Jesus.
129. O Lord, my God, re-create in me a new man for Your glory, in Jesus' name.
130. In my home, O Lord, let the high praise of God burst forth, in Jesus' name.
131. Heavenly Father, I am a house prepared for You. Enter Your house now, in the name of Jesus.
132. I receive the spirit of grace, power and sound mind to do the will of God on earth, as it is in heaven, in the name of Jesus.
133. O Lord, give me a superabundance of extraordinary grace and power, in the name of Jesus.
134. The world will testify of me, and I will testify of God, in the name of Jesus.
135. O Lord, cause me to be bigger than a river, in the name of Jesus.
136. Lord, I receive an abundance of rain and the garment that comes with it now, in the name of Jesus.
137. O Lord, showcase me as an instrument for harvest, in the name of Jesus.
138. O Lord, renew my covenant of new life and sound health, in Jesus' name.
139. I renew the mind of God in my heart and His character in my life, in the name of Jesus.
140. Everywhere I go, the wind of the Lord shall carry me, in the name of Jesus.

Day 6 (11-09-23) - *Bible in 70 Days (Day 36 - Psalm 103:13 - 119:107)*

Devotional Songs (Pages 4-12)

Praise and Worship

Prayers of Praise and Thanksgiving (Page 14-15)

141. Everywhere I go, the secret of the Lord shall follow me, in the name of Jesus.
142. As the wind cannot be stopped, my life shall not be stopped, in Jesus' name.
143. Lord, let the seal be broken everywhere I enter, in the name of Jesus.
144. Any spell already working in my body will die this year, in the name of Jesus.
145. The burning of fire shall never cease in the house of my enemies, in the name of Jesus.
146. I shall be shielded from my enemies, in the name of Jesus.
147. My enemies shall become a snail before me, in the name of Jesus.
148. Henceforth, as my enemies walk towards my direction, they shall suddenly melt away, in the name of Jesus.

PRAYER BATTLE (4)

149. Lord, let the order of heaven rule over my life, in the name of Jesus.
150. I command anyone who has taken me captive to melt away, in Jesus' name.
151. I shall receive a report from heaven that will produce my testimonies, in the name of Jesus.
152. Lord, let my eyes see Your vengeance on my enemies, in the name of Jesus.
153. I move from conception to reality, in the name of Jesus.
154. Lord, let the deadly charm of my enemies kill them, in the name of Jesus.
155. I shake off my enemies with their curses, diseases and sicknesses, in the name of Jesus.
156. (Say this seven times) My eyes shall see the vengeance of the Lord upon my enemies, in the name of Jesus.
157. As the Lord liveth, I enter into the fullness of the secret of Jesus that, as from today, only threefold measures will follow me in everything good and perfect, in the name of Jesus.
158. From today, everything in my spirit, soul and body shall be subjected to the power of the Holy Spirit, in the name of Jesus.
159. Father, do not hold back your blessings and favours from me this year, in the name of Jesus.
160. I subdue every negative nature that does not allow me to excel or finish any good thing successfully, in the name of Jesus.
161. I declare the end of the era of 'start and fail' over in my life, in Jesus' name.
162. I receive the anointing and grace to complete everything that I start Subsequently, in the name of Jesus.
163. Henceforth, I decree that there shall be no unfinished project or vision in my hands and life, in the name of Jesus.
164. I receive the fire to accomplish all my abandoned projects, in Jesus' name.
165. My appointed time shall never elude me, in the name of Jesus. 166. Lord, let the blessings I have been waiting for come now, in Jesus' name.
167. Every strange spirit that has been tormenting me, I bind it and I cast it out now, in the name of Jesus.
168. My life shall be fixed up overnight, in the name of Jesus.

PRAYER BATTLE (4)

Day 7 (12-09-23) - *Bible in 70 Days (Day 37 - Psalm 119:108 - Prov. 1-2:16)*

Devotional Songs (Pages 4-12)

Praise and Worship

Prayers of Praise and Thanksgiving (Page 14-15)

169. I release myself from the chains that have stopped me; they shall not stop me again, in the name of Jesus.
170. Lord, let the speed to regain all that I have lost come upon me now, in the name of Jesus.
171. O Lord, discover my root today and set me on a destiny that no man can stop, in the name of Jesus.
172. My Father and my God, break the rules in my favour, in the name of Jesus.
173. My God, stop the strange mystery from my root from tormenting me, in the name of Jesus.
174. Every mystery trying to redefine my destiny, be disabled, by the power in the blood of Jesus, in the name of Jesus.
175. My Father, undo the seed of wickedness that is undoing me, in Jesus' name.
176. O God, I need help; please help me where I cannot help myself, in the name of Jesus.
177. Heavenly Father, I need a substitute; let it enter my life and my case and begin a purging, in the name of Jesus.
178. I beseech the Spirit of life in Christ Jesus to take out the evil mystery from my life, in the name of Jesus.
179. I receive the revelation to cut off the serpent's secrets from my life and to destroy them, in the name of Jesus.
180. Heavenly Father, today, I open the secret place of my life unto You; sort it out, in the name of Jesus.
181. Lord, let my life's struggle end today, in the name of Jesus.
182. I let go of every restriction I brought upon my life, in the name of Jesus.
183. O God, break the government of sin in my life and remove its restrictions upon me, in the name of Jesus.
184. Heavenly Father, remove the seed of chaos in my life, in the name of Jesus.
185. O Lord, give me peace and secure my life in You, in the name of Jesus.
186. O Lord, become the substitute of my life; substitute Your nature for my nature, in the name of Jesus.
187. My Father, let everything come to light in my life, in the name of Jesus.
188. My Father, let all the warfare for my soul disappear, in the name of Jesus.

PRAYER BATTLE (4)

189. I curse the seed of every strange thing operating in my life to die, in the name of Jesus.
190. My Father, open the pathway to prosperity for my life, in the name of Jesus.
191. As I set out of this place, let uncommon blessings follow me, in Jesus' name.
192. Every evil physical object behind the shadow attacking my life, my Father and my God, cause trouble for it everywhere, in the name of Jesus.
193. I declare myself completely free, by the power in the blood of Jesus, in the name of Jesus.
194. Heavenly Father, today, I enter into covenant with You to take over my life, in the name of Jesus.
195. Father, visit my life and find the root of the root of this problem (mention your problem), in the name of Jesus.
196. O Lord, I believe all things are committed into Your hands, including judgement and healing, find the source of my problem and take it out of my life, in the name of Jesus.

Day 8 (13-09-23) - *Bible in 70 Days (Day 38 - Prov. 2:17-17:20)*

Devotional Songs (Pages 4-12)

Praise and Worship

Prayers of Praise and Thanksgiving (Page 14-15)

197. O Lord, repair the damage that evil mystery has caused in my life, in the name of Jesus.
198. O Lord, set things in order in my life, in the name of Jesus.
199. O God, reveal the sign of God's power in me, in the name of Jesus.
200. Heavenly Father, by Your oath, let something shift in my life and let everything be perfected, in the name of Jesus.
201. As I rise tomorrow, I shall see my pain and sorrow no more, in Jesus' name.
202. By Your miraculous power, O God, restore unto me twenty years of my life, in the name of Jesus.
203. O God, let the gate of ten years be opened unto me, in the name of Jesus.
204. O womb of the morning, open the gate of ten years unto me, in Jesus' name.
205. Father, open the gate of the next ten years unto me, in the name of Jesus.
206. Lord, let the mystery of the next ten years open unto me, in Jesus' name.
207. Lord, let the constellations open unto me, in the name of Jesus.
208. O God, open the gate of the next ten years unto me and my family, in the name of Jesus.

PRAYER BATTLE (4)

209. O Lord, open the sun, moon and stars of the next ten years unto me, in the name of Jesus.
210. This land will not swallow me in the next ten years, in the name of Jesus.
211. The works of the hands of God shall not humiliate me in the next ten years, in the name of Jesus.
212. No enchantment against me shall prosper in the next ten years, in the name of Jesus.
213. My Father and my God, give me new oil in which to operate henceforth, in the name of Jesus.
214. O Lord, fill me with everything I need to unlock the gate of the next ten years, in the name of Jesus.
215. O Lord, reveal the secret of the next ten years to me, in the name of Jesus.
216. My Father, give me a ten-year mandate, in the name of Jesus.
217. I receive power for the next ten years and the journey ahead, in Jesus' name.
218. O Lord, equip me with hidden treasures sufficient for me in the next ten years, in the name of Jesus.
219. O Lord, in the next ten years, give me enough resources to keep me alive, in the name of Jesus.
220. O Lord, equip me for the journey of the next ten years, in the name of Jesus.
221. My Father, open unto me the windows of treasures of the next ten years, in the name of Jesus.
222. My Father, provide me with the provision for the next ten years, in the name of Jesus.
223. O Lord, open the treasures of the snow and the sky for me in the next ten years, and equip me with them, in the name of Jesus.
224. O God, activate the blessings due for my life this season, in Jesus' name

Day 9 (14-09-23) - *Bible in 70 Days (Day 39 - Prov 17:21 - Eccl. 1-2:4)*

Devotional Songs (Pages 4-12)

Praise and Worship

Prayers of Praise and Thanksgiving (Page 14-15)

225. I decree that, in the next ten years, my divine supply shall not cease, in the name of Jesus.
226. I am released to have access to all the provisions in the heavenly places, for the journey of the next ten years, in the name of Jesus.
227. Father, give me the equipment that I need for easy labour, in Jesus' name.

PRAYER BATTLE (4)

228. I receive the grace for lesser work and much gain, in the name of Jesus.
229. There shall be no argument against my miracle, in the name of Jesus.
230. O Lord, let Your Spirit go and destroy every evil spirit standing in ambush at the gate of my success, in the name of Jesus.
231. Heavenly Father, enter into the ring of the remaining days of my life and destroy every thief, plunderer and scavenger waiting for me, in Jesus' name.
232. Heavenly Father, let Your power go to work on my behalf and release to me the anointing that is sufficient for my life's journey, in the name of Jesus.
233. O God, usher me into the blessings of a new dawn, in the name of Jesus.
234. Heavenly Father, let the chronology of events of darkness be scattered in my life, in the name of Jesus.
235. Today, I enter into my liberty and freedom, in the name of Jesus.
236. The mercy of God shall never fail me, and His glory shall sustain me, in the name of Jesus.
237. I shall be led by the strong arm of the Lord for the rest of my life, in the name of Jesus.
238. As long as I live on earth, no evil shall overpower me, in the name of Jesus.
239. I command my blessings to flow from the glory of God, in the name of Jesus.
240. The hand of the Lord shall multiply me everywhere I enter, in Jesus' name.
241. The dragon shall not have power over me, in the name of Jesus.
242. My God and my Father, show me the grace that I have never experienced and the mercy that I have never imagined, in the name of Jesus.
243. Lord, let Your Spirit appoint me by name into my place in time, in the name of Jesus.
244. Heavenly Father, by Your mercy, I receive my appointed inheritance, in the name of Jesus.
245. By my divine appointment, I step out of every demotion, in Jesus' name.
246. By my divine appointment, I enter into my place of elevation, in Jesus' name.
247. By my divine appointment, I raise a new vineyard for my destiny, in the name of Jesus.
248. Heavenly Father, allot my inheritance to me now, that I might become the fulfilment of prophecies, in the name of Jesus.
249. I decree that when I open my mouth from today, heaven will drop down in response to my words, in the name of Jesus.
250. From today, where I do not have power, I am receiving power, in the name of Jesus.

251. From today, where I do not have a territory, I am receiving territories, in the name of Jesus.
252. No infirmity shall stop me from being what God ordained me to be, in the name of Jesus.

Day 10 (15-09-23) - *Bible in 70 Days (Day 40 - Eccl. 2:5- Isa. 1- 6:12)*

Devotional Songs (Pages 4-12)

Praise and Worship

Prayers of Praise and Thanksgiving (Page 14-15)

253. Lord, let the power to change things positively rest upon my life, in the name of Jesus.
254. My Father, by faith, I receive that mantle that You will answer me when I call, in the name of Jesus.
255. By the signs and wonders of the Holy Ghost operating through me, people shall begin to fear me, in the name of Jesus.
256. Today, heavenly Father, I connect to the hidden signs in heaven to become a wonder in my generation, in the name of Jesus.
257. Lord, let the people and the world fear Your words by my mouth, in the name of Jesus.
258. Lord, let every good that I have done build an altar of favour for me, in the name of Jesus.
259. I declare myself a fruitful field, in the name of Jesus.
260. Lord, let the fire that changes and redeems a community rest upon me, in the name of Jesus.
261. Today, I shall not miss my divine visitation, in the name of Jesus.
262. People will suffer for my sake, because the Lord shall not give me into their hands, in the name of Jesus.
263. My heavenly Father, raise wicked men who will pay back the wickedness of my stubborn enemies, in the name of Jesus.
264. Heavenly Father, I receive Your immunity against the dragon at work this season, in the name of Jesus.
265. In the days the dragons cross their lines, let Your Spirit smite them without hurting me, in the name of Jesus.
266. I shall spend the remaining days of my life with the scent of favour, in the name of Jesus.

PRAYER BATTLE (4)

267. Heavenly Father, immunise me and my family against the dragon's power, in the name of Jesus.
268. Lord, let time stand still, that I may stand in my place to fulfil my part of the prophecy, in the name of Jesus.
269. I shall be a sign of heaven on earth, in the name of Jesus.
270. My Father, separate me from every distraction of the flesh and spirit as I fulfil my mission, in the name of Jesus.
271. My Father and my God, break away the power of limitation, the spirit of seduction and of weakness from me, in the name of Jesus.
272. Lord Jesus, redeem me now and set me upon my high estate, in Jesus' name.
273. Lord, wear me my crown and help me to fulfil prophecy, in the name of Jesus.
274. Lord, let the blood of Jesus cry out for my soul and let it become the crowning of my glory, in the name of Jesus.
275. We disconnect Nigeria from every apron of darkness, so that she can fulfil her prophecy, in the name of Jesus.
276. Nigeria, receive grace to become a fruitful field and a prosperous nation, in the name of Jesus.
277. Henceforth, nothing about me will be ordinary again, in the name of Jesus.
278. From now on, I become God's supernatural grace and power in everything I touch, in the name of Jesus.
279. I anoint my body to fulfil my prophecy, in the name of Jesus.
280. By the blood of Jesus, Lord, let me be distinguished from others, in the name of Jesus.

SECTION CONFESSION

I can do and possess all things, through Christ who strengthens me. And my God shall supply all my needs, according to His riches in glory by Christ Jesus. I am the manifestation, the product and the result of God's word. God has spoken into my life, and I have become the manifest presence of Jehovah God on earth. I expressly manifest everything; the word of God says I am. I am filled with the word of life. Because the Lord disappointeth the devices of the crafty so that their hands cannot perform their enterprise. Every work of the strong, the wicked, the evil and the enemy against my life shall not prosper, in the name of Jesus.

PRAYER BATTLE (4)

If the enemy comes against me, the Spirit of the Lord will lift up a standard against him, and he cannot pass through, in Jesus' name. Henceforth, let no ancestral or evil family spirit have any hold on my affairs and me. They shall not have any entry point into my life, for I bear in my body the marks of the Lamb of God, Who paid the price for my life and bought me to belong to Himself eternally, in Jesus' name. The Lord will hear me and deliver me from the curse of my lack and unfruitfulness, in the name of Jesus.

SECTION VIGIL

(To be done between the hours of 12 midnight and 2:00am)

HYMN FOR THE VIGIL (Page 12-13)

1. This year shall be my year of great works, in the name of Jesus.
2. O Lord Jesus, carry me on the wings of the Spirit, in the name of Jesus.
3. I shall see opportunities amid my problems; and they shall exalt me, in the name of Jesus.
4. O Lord, take me to the secret source of where wealth is, in the name of Jesus.
5. My Father, scatter the old pattern of my life and usher me into a new pattern, in the name of Jesus.
6. Father Lord, feed me for the journey ahead, in the name of Jesus.
7. My God, enter my house and split the curtain open for new angelic visitation, in the name of Jesus.
8. Lord, let the seed that makes all things possible grow in my life, in Jesus' name.
9. From today, the secret of God shall cover me, in the name of Jesus.
10. My Father and my God, give me new oil to operate in, in the name of Jesus.
11. My Father, guide me and my family into Your Shekinah glory, in Jesus' name.
12. I enter my season of signs and wonders, in the name of Jesus.
13. O Lord, I anoint myself unto Your grace and the abundance of Your blessings, in the name of Jesus.
14. The arms of the Lord will carry me for the year, according to His will, in the name of Jesus.
15. I shall neither be eaten up nor my inheritance wiped away, in Jesus' name.
16. I shall spring forth from new places as the stars of glory, in the name of Jesus.

PRAYER BATTLE (4)

17. Lord, let the earth enter into covenant with me and speak the great things of God into my life, in the name of Jesus.
18. My Father, break every curse waiting for me at the edge of my breakthroughs, in the name of Jesus.
19. From this day, wherever I enter, the face of the Lord will establish me as a living praise, in the name of Jesus.
20. Henceforth, there will be laughter in my mouth, praise on my lips and joy in my heart, in the name of Jesus.
21. Father Lord, recover me from the ends of the world, in the name of Jesus.

SECTION 5

PULLING DOWN THE STRONGHOLD AND THE STRONG MAN

Scripture Reading: Judges 5

Confession: Psalms 138:8: The LORD will perfect that which concerneth me: thy mercy, O LORD, endureth for ever: forsake not the works of thine own hands.

Day 1 (16-09-23) - *The Bible in 70 Days (Day 41 - Isa. 6:13-30:8)*

Devotional Songs (Pages 4-12)

Praise and Worship

Prayers of Praise and Thanksgiving (Page 14-15)

1. O Lord, gather my blessings back from wherever they have been scattered, in the name of Jesus.
2. O Lord, gather unto me everything good or evil that has an excellent role to play in my restoration, in the name of Jesus.
3. Valley of dry bones, come alive to correct my situation, in Jesus' name.
4. My Father, release Your oil upon my labours and sacrifices, in Jesus' name.
5. I receive my lifting up, by fire, in the name of Jesus.
6. Lord, let the seal of blessings come upon my life, in the name of Jesus.
7. I proclaim my victory amid the nations, in the name of Jesus.
8. That which I did not ask for will come upon me and bring me salvation, in the name of Jesus.
9. Lord, let the valley of dry bones in my life come alive, in the name of Jesus.
10. My God and my Father, put my life together for excellent performance, in the name of Jesus.
11. My Father and my God, restore my spring, glory and fulfilment, in Jesus' name.
12. Lord, let every shadow of my past break, in the name of Jesus.
13. Lord, as I enter my home today, let the first miracle salute me, in Jesus' name.
14. My Father, melt every hill and destroy every mountain in my life, in the name of Jesus
15. Lord, let overtaking anointing rest upon my life now, in the name of Jesus.
16. Today, I move from the plain of sowing to the plain of reaping, in Jesus' name.

PRAYER BATTLE (4)

17. Henceforth, I become an harvester, in the name of Jesus.
18. I command everything that is sick and not working well in my life to heal now, in the name of Jesus.
19. Anything that the serpent took away from my dream, I receive it back, in the name of Jesus.
20. As a workman, let my hands receive strength, in the name of Jesus.
21. As a workman, let my barn overflow, in the name of Jesus.
22. Today, I am released to my city in order to start redeeming it, in Jesus' name.
23. I shall never be pulled out of my land, in the name of Jesus.
24. Anywhere I enter, people shall build my house for me and add to my prosperity, in the name of Jesus.
25. O God, arise and remove the cloud of death that is over me, in Jesus' name.
26. Anything that has so enclosed me that there is no way for me to break through, today, be taken away from my life, in the name of Jesus.
27. I proclaim my victory amid the nations, in the name of Jesus.
28. I receive the blessings of Yahweh, in the name of Jesus.

Day 2 (17-09-23) - *Bible in 70 Days (Day 42- Isa. 30:9 - 50:7)*

Devotional Songs (Pages 4-12)

Praise and Worship

Prayers of Praise and Thanksgiving (Page 14-15)

29. The inspiration that will enable me to break through in life, overtake my situation, in the name of Jesus.
30. That which I neither asked for nor thought of shall come upon me and bring me salvation, in the name of Jesus.
31. Thou covenant of the Most High, keep me and my family alive, in Jesus' name.
32. My Father and my God, put my life back together according to Your original blueprint, in the name of Jesus.
33. My Father, in Your mercy, restore my spring, in the name of Jesus.
34. Today, I receive the anointing to melt hills and mountains, in Jesus' name.
35. I receive the anointing to overtake the reaper, in the name of Jesus.
36. I take back every good thing that the serpent has taken away from my life, in the name of Jesus.
37. My habitation shall be differentiated by grace, in the name of Jesus.
38. That which is diminishing my life, disappear, in the name of Jesus.

PRAYER BATTLE (4)

39. Father Lord, baptise me for my new season, in the name of Jesus.
40. Every form of blindness in my life, disappear, in the name of Jesus.
41. Every intimidation in my life, disappear now, in the name of Jesus.
42. Every form of deafness in my ears, what are you waiting for? Disappear, in the name of Jesus.
43. Lord, let my delayed season open up, in the name of Jesus.
44. Every agreement with hell against me, be broken, in the name of Jesus.
45. Every evil covenant with man and every satanic vow that anyone has taken against me, break, in the name of Jesus.
46. Lord, let every evil vow that demons have taken against me break, in the name of Jesus.
47. Lord, let the satanic oath of the serpent against me break, in Jesus' name.
48. Today, I renounce infirmity and disease, in the name of Jesus.
49. I renounce poverty and sickness, get out of my life, in the name of Jesus.
50. My Father, let the earth open up now and swallow the works of the serpent in my life, in the name of Jesus.
51. Lord, let the devourer that has invaded my life be devoured from the innermost part of my being, in the name of Jesus.
52. Any sin that has become a problem in my life, blood of Jesus, root it out, in the name of Jesus.
53. I plead the blood of Jesus to condemn sin in my life, in the name of Jesus.
54. Lord, break the power of sin over my life, in the name of Jesus.
55. Lord, exchange my spirit for Your Spirit, in the name of Jesus.
56. Lord, let Your fire consume every shadow of darkness that is over my life, in the name of Jesus.

Day 3 (18-09-23) - Bible in 70 Days (Day 43-Isa. 50:8-Jer. 1-6:24)

Devotional Songs (Pages 4-12)

Praise and Worship

Prayers of Praise and Thanksgiving (Page 14-15)

57. Lord, let Your power release me into liberty, in the name of Jesus.
58. I secure my freedom from every principality and power, in the name of Jesus.
59. Every dead person who visits me in my dream, die a second time and never rise again, in the name of Jesus.
60. Lord, let creative healing spring from my body, in the name of Jesus.

PRAYER BATTLE (4)

61. I receive the power to make things happen, in the name of Jesus.
62. I receive power for divine protection, in the name of Jesus.
63. My spiritual ears, begin to hear the word of the Lord concerning my case, in the name of Jesus.
64. Lord, let the heavens around me shift, in the name of Jesus.
65. I receive the hearing of the Lord, in order to hear and understand the spirit realm and get what belongs to me, in the name of Jesus.
66. Heavenly Father, I receive the anointing to see into the spirit realm, in the name of Jesus.
67. I receive the spiritual eyes of Elisha, in the name of Jesus.
68. Henceforth, wherever I enter, the Lord will load me with blessings, in the name of Jesus.
69. Every dark veil between the earth and the heavens, be removed from my life now, in the name of Jesus.
70. Lord, let every trouble in my life disappear now, in the name of Jesus.
71. Lord, let my original body which has been exchanged and taken away return to me now, in the name of Jesus.
72. Lord, let every strange spirit of insanity disappear now, in the name of Jesus.
73. Lord, take back Your seat in my life, in the name of Jesus.
74. Lord, take Your place in my life, in the name of Jesus.
75. Lord, take back Your throne in my life, in the name of Jesus.
76. No infirmity shall ever overtake my life again, in the name of Jesus.
77. I drive infirmity away from my house, in the name of Jesus.
78. I shall design the policies of nations, in the name of Jesus.
79. Lord, I take my life and give it to You to hold for me; protect it, grow it and prosper it for me, in the name of Jesus.
80. Lord, let nothing steal from me again, in the name of Jesus.
81. Lord, speedily see to it that I am nourished and grow to become great, even till old age, in the name of Jesus.
82. Heavenly Father, I enter into a covenant with You to sustain my life and prosper it, in the name of Jesus.
83. Heavenly Father, I enter into a covenant with You to protect me from my enemies and from any strange sickness, in the name of Jesus.
84. Lord, I enter into a covenant with You to protect me from the spell of satan and every hunting spirit seeking for my life for sacrifice, in the name of Jesus.

PRAYER BATTLE (4)

Day 4 (19-09-23) - *Bible in 70 Days (Day 44-Jer. 6:25-25:23)*

Devotional Songs (Pages 4-12)

Praise and Worship

Prayers of Praise and Thanksgiving (Page 14-15)

85. Anyone that comes against my life one way shall flee before me seven ways, in the name of Jesus.
86. I receive the covering of the Holy Spirit and the blessings of my Saviour, in the name of Jesus.
87. I enter into a covenant with the earth and the land to smite anyone that may want to raise his or her finger against my children, in the name of Jesus.
88. Lord, let the inheritance and portion of the wicked spirit assigned against my children be cut off, in the name of Jesus.
89. Any bondage assigned to make a person of glory become a person of mockery, break away from my life, in the name of Jesus.
90. Hidden bondage assigned to make me a laughing stock, break away from my life, in the name of Jesus.
91. Every problem that is following me from one place to another, encounter the fire of God, in the name of Jesus.
92. Every battle making me to lose money, your end has come; expire, in the name of Jesus.
93. Battle against my divine blessings, scatter by fire, in the name of Jesus.
94. Powers occupying my throne, O God, arise and beat them to death, in the name of Jesus.
95. Every bondage into which I have been sold, O God, arise and deliver me from it, in the name of Jesus.
96. O God, arise and terminate every satanic giant in my destiny, in Jesus' name.
97. Powerful men that have sold my life to oppression, O God, arise and deliver me from them, in the name of Jesus.
98. O God, arise and fight for me in the face of demonic persecution, in the name of Jesus.
99. O God, arise, deliver me before the wicked consume me, in the name of Jesus.
100. Blood of Jesus, deliver me from bloodthirsty battles, in the name of Jesus.
101. My blessings in captivity, hear the word of the Lord, come out now and locate me, in the name of Jesus.

PRAYER BATTLE (4)

102. Every strange hand demoting me into the valley of life, be consumed by fire, in the name of Jesus.
103. Powers that say that I will never escape from my present situation, O God, arise and disappoint them, in the name of Jesus.
104. Every battle prepared against me, I render you powerless, in Jesus' name.
105. O Lord, let Your covenant of blessings upon my destiny destroy the covenant of curses in my life, in the name of Jesus.
106. Whoever has volunteered to be a terror against me, O God, arise and terrorise him or her to death, in the name of Jesus.
107. Enemies seeking the help of other enemies against me, O God, arise and confront them, in the name of Jesus.
108. All letters of battles written against me, be consumed by fire, in Jesus' name.
109. O God, arise and bring me out of every pit of shame and ridicule, in the name of Jesus.
110. Anyone hunting my glory to rub it in the mud, be consumed by Holy Ghost fire, in the name of Jesus.
111. O God, my Father, let all hunters of my glory fall into the pit of shame and public embarrassment, in the name of Jesus.
112. Hole in the earth that will swallow my enemies alive, open by fire, in the name of Jesus.

Day 5 (20-09-23) - *Bible in 70 Days (Day 45- Jer. 25:24-43:4)*

Devotional Songs (Pages 4-12)

Praise and Worship

Prayers of Praise and Thanksgiving (Page 14-15)

113. Arrows of embarrassment and shame assigned against my destiny helpers, burn to ashes, in the name of Jesus.
114. Embarrassment assigned to my name and personality, go back to your sender, in the name of Jesus.
115. Battles saying no to my honour and glory, perish now, in the name of Jesus.
116. My destiny, be free from reproach and shame today, in the name of Jesus.
117. Demonic presence sending my helpers away, be consumed by fire now, in the name of Jesus.
118. Powers holding me down from getting to the next level, by using shame and embarrassment to spoil my name at the edge of breakthroughs, be destroyed, in the name of Jesus.

PRAYER BATTLE (4)

119. Tongues of the wicked speaking evil about me all around, to make me a subject of ridicule and reproach, be cut off, in the name of Jesus.
120. Powers using me as an instrument of family shame and ancestral disgrace, be destroyed, in the name of Jesus.
121. O God, arise and bring me out of the prison of seasonal shame and annual disgrace, in the name of Jesus.
122. I spoil all forms of public embarrassment and disgrace programmed with my name, in the name of Jesus.
123. Trap of family shame and disgrace set for me to tarnish my image, catch fire, in the name of Jesus.
124. O God, let Your arrow cause my enemies to run mad in open market places, in the name of Jesus.
125. Powers plotting to make me a mad person, run mad and die, in Jesus' name.
126. Powers working tirelessly to make me smell and appear filthy when my helper, see me, be consumed by the Holy Ghost fire, in the name of Jesus.
127. Cycle of problems and challenges leading to shame and disgrace among friends, be closed, in the name of Jesus.
128. Evil hands pointed at me to portray me as a person of dishonour and disrespect, wither, in the name of Jesus.
129. Principalities and powers saying my life will never be rid of disgrace and embarrassment, die by fire, in the name of Jesus.
130. My glory that shame and reproach have hidden, come out now and begin to shine, in the name of Jesus.
131. Every evil assigned to strip me naked in the market square of life, strip your programmers naked, in the name of Jesus.
132. Powers assigned to use too much disgrace and embarrassment to make me want to commit suicide, die by fire, in the name of Jesus.
133. Powers sent to put me in the place of darkness and blindness from glorious things of life, perish, in the name of Jesus.
134. Mockers assigned to use their tongues to bring me and my destiny down, die miserably, in the name of Jesus.
135. Lord, let the blood of the Lamb arise and speak of me in high places of authority, in the name of Jesus.
136. When I call, good people will answer me, in the name of Jesus.
137. Powers exchanging my respect and honour for shame and reproach, die suddenly, in the name of Jesus.

PRAYER BATTLE (4)

138. Satanic shame, go back to your sender, in the name of Jesus.
139. Lord, destroy every witchcraft and occult power burying and hanging things, so that I will not meet the right people in life, in the name of Jesus.
140. Battles of irregular favour making me to always miss my blessing and honour, be mysteriously terminated, in the name of Jesus.

Day 6 (21-09-23) - *Bible in 70 Days (Day 46 - Jer. 43:5-Lam 1-5:3)*

Devotional Songs (Pages 4-12)

Praise and Worship

Prayers of Praise and Thanksgiving (Page 14-15)

141. End-of-the-year shame and reproach, go back to your sender, in the name of Jesus.
142. Angel Gabriel, arise and tear my garment of shame to pieces, in Jesus' name.
143. Fire of God, consume my shoes of shame, in the name of Jesus.
144. I rise to the top, never to come down again, in the name of Jesus.
145. I reclaim my seat among honoured, respected, dignified and praised men and women, in the name of Jesus.
146. Dangerous powers from the coven of darkness plotting to use night time to suck my blood, collapse and die, in the name of Jesus.
147. Covenant of blood assigned to suck my blood through dreams, break, in the name of Jesus.
148. Powers that want to use my dreams to kill me, die instantly, in Jesus' name.
149. Arrows of darkness fired in the night to give me strange sickness, go back to your sender, in the name of Jesus.
150. God of Elijah, pursue and turn my night attackers to victims of the attack of the host of heaven, in the name of Jesus.
151. Powers plotting to use my sleep to steal my glory, run mad and die, in the name of Jesus.
152. The evil effigy placed on an altar of darkness as a representation of me, so that powers of darkness can have access to me, catch fire and burn to ashes, in the name of Jesus.
153. Chains of darkness used to tie people in their sleep, I declare that I am too hot for you to hold and tie up, in the name of Jesus.
154. I close every door and entry point that the powers of darkness may want to use to enter into my life and attack me when I am asleep, in Jesus' name.
155. Powers opening me up for satanic attack at night, perish, in Jesus' name.

PRAYER BATTLE (4)

156. Every evil gate of darkness surrounding my home, I seal you up by the fire of the Holy Ghost, in the name of Jesus.
157. Sword of the Holy Ghost, cut down every evil hand that always presses my neck at night, in the name of Jesus.
158. Satanic birds that are crying for my blood at night, be consumed by fire, in the name of Jesus.
159. Evil gates opening and closing on my glory when I sleep, I break you into pieces, in the name of Jesus.
160. Rage of destruction planning to consume me at night, consume your plotter, in the name of Jesus.
161. My head, hear the word of God: you shall not accept evil load at night when I am asleep, in the name of Jesus.
162. Wild animals and domestic animals sent to attack me in my dream, in order to steal my glory to give me sickness or to place evil marks on me, die by Holy Ghost fire, in the name of Jesus.
163. Powers of the ocean and river that visit me with marine power, dry up, in the name of Jesus.
164. Strong powers using my sleep to limit my destiny and delay my life, perish, in the name of Jesus.
165. Witches that tie down my soul and punish it every night, my God will judge you instantly, in the name of Jesus.
166. Powers saying the night will not favour me, are you my God? Perish now, in the name of Jesus.
167. Lion of the tribe of Judah, kill the lion of the wicked attacking my destiny at night, in the name of Jesus.
168. Angels of war, visit the host of darkness collecting sacrifice to make my life miserable, in the name of Jesus.

Day 7 (22-09-23) - *Bible in 70 Days (Day 47 - Lam. 5:4-Ezek 1- 19:8)*

Devotional Songs (Pages 4-12)

Praise and Worship

Prayers of Praise and Thanksgiving (Page 14-15)

169. Hand of darkness programmed into my day, wither, in the name of Jesus.
170. Voices of darkness saying evil things into my day, I silence you by the power of the Holy Ghost, in the name of Jesus.

PRAYER BATTLE (4)

171. Pit of sudden death that the enemy has dug for me, swallow your owner, in the name of Jesus.
172. Powers assigned to make me suffer today, die, in the name of Jesus.
173. Decrees made in the coven of witches that I will not come back home alive, be reversed, in the name of Jesus.
174. Evil pronouncements that I will be identified with my cloths and shoes, among the multitude of dead bodies, I cancel you now, in the name of Jesus.
175. I will not enter any bus marked for blood, in the name of Jesus.
176. Wind of madness sent in my direction, go back and blow up your sender, in the name of Jesus.
177. Whatever form of satanic diversion and attack that is programmed for me and my family, go back to your sender, in the name of Jesus.
178. Powers ganging up to use charm and satanic concoction to make me run mad, die suddenly today, in the name of Jesus.
179. Any mouth speaking evil into my day-to-day activities, catch fire, in the name of Jesus.
180. Powers that want to terminate the good news I should get today, be disgraced and die, in the name of Jesus.
181. Evil manipulation set up to prevent people from bringing my blessings to me, be destroyed, in the name of Jesus.
182. Powers planning to kill those who will bless me, kill yourselves, in the name of Jesus.
183. Evil hands manipulating my day and transferring my favours and blessings to another person, be consumed by the thunder of God, in Jesus' name.
184. Any form of satanic arrangement cooked up for me to get into trouble, backfire, in the name of Jesus.
185. Powers postponing the day of my glory, today is your end; perish, in the name of Jesus.
186. Powers that want to kill me by stray bullet, receive the bullet of God and die, in the name of Jesus.
187. I reject every conspiracy of darkness that will cause me to shed bitter tears concerning my health, in the name of Jesus.
188. I reject every evil manipulation regarding my health. Such a manipulation shall not prosper, in the name of Jesus.
189. O Lord, give me the power to pull down every evil stronghold in my life, in the name of Jesus.

PRAYER BATTLE (4)

190. Habitation of the wicked in my life, O Lord, make it desolate, in Jesus' name.
191. The power to return every evil to its sender, come upon my life, in the name of Jesus.
192. The fire to send evil back to its sender, envelop my life, in the name of Jesus.
193. The pit that the wicked ones dug for me in my life's journey, O God, push them inside it, in the name of Jesus.
194. Anyone carrying sacrifice against me, O Lord, let the sacrifice backfire on him or her, in the name of Jesus.
195. Arrow of envious witchcraft assigned against me, backfire, in Jesus' name.
196. The storm of battle that the enemy raised against the journey of my life, swallow your sender, in the name of Jesus.

Day 8 (23-09-23) - *Bible in 70 Days (Day 48- Ezek. 19:9 - 34:20)*

Devotional Songs (Pages 4-12)

Praise and Worship

Prayers of Praise and Thanksgiving (Page 14-15)

197. Every finished assignment sent against me from the kingdom of darkness, backfire, in the name of Jesus.
198. Anyone who put on the fire of battle because of me, carry back your load by fire, in the name of Jesus.
199. The letter of battle that the wicked sent to me, catch fire and burn to ashes, in the name of Jesus.
200. Whoever is running around for evil against me, O Lord, let him or her run to death, in the name of Jesus.
201. Anyone seeking for evil power to destroy me, destroy yourself, in the name of Jesus.
202. The instrument that my enemy is using against me shall kill him or her, in the name of Jesus.
203. Whoever is assigned to kill me before my glory appears shall die in my place, in the name of Jesus.
204. Whoever says I will not be better than this, O Lord, use him or her for my rising, in the name of Jesus.
205. Thou, power of the accuser against me, cease, in the name of Jesus.
206. All you accusers of my life, receive the judgement of God, in Jesus' name.
207. O God, my Creator, make me overcome the battle of the accuser, in the name of Jesus.

PRAYER BATTLE (4)

208. Every accuser of my glory and my destiny, die, in the name of Jesus.
209. Who is that person accusing me everywhere? Host of heaven, rebuke him or her in Your anger, in the name of Jesus.
210. Who ever is reporting me to the wicked, host of heaven, flog him or her to death, in the name of Jesus.
211. Whoever is reporting me to a witchcraft coven to destroy my life, O Lord, fight for me, in the name of Jesus.
212. Monitoring spirit walking with me in my life's journey, catch fire, in the name of Jesus.
213. You, monitoring spirit, hear the word of the Lord; leave my life alone, in the name of Jesus.
214. Holy Ghost fire, separate me from every monitoring spirit, in Jesus' name.
215. Every footstep of the wicked that is following me around, catch fire, in the name of Jesus.
216. You, evil monitoring power, lose your power over my life, in Jesus' name.
217. Every ear of darkness hearing about my goodness, be blocked by fire, in the name of Jesus.
218. Every monitoring spirit that has vowed to kill me on the day of my joy, die in my place, in the name of Jesus.
219. Every evil monitoring spirit that is waiting for the day to destroy me shall be destroyed, in the name of Jesus.
220. O God, arise and destroy every monitoring power that is against me, before it carries out its assignment on my life, in the name of Jesus.
221. O God, arise and repair every damage in my destiny, in the name of Jesus.
222. You, the foundation of my life, be repaired by fire, in the name of Jesus.
223. My goodness that the wicked ones have destroyed, be repaired by fire, in the name of Jesus.
224. Anything in my life that the enemy has destroyed, be repaired by fire, in the name of Jesus.

Day 9 (24-09-23) - *Bible in 70 Days (Day 49- Ezek. 34:21-Dan 1-2:19)*

Devotional Songs (Pages 4-12)

Praise and Worship

Prayers of Praise and Thanksgiving (Page 14-15)

225. My image that has been destroyed before my helper, be repaired by fire, in the name of Jesus.

PRAYER BATTLE (4)

226. Every damaged hand that has touched my destiny, catch fire, in the name of Jesus.
227. O Lord, bring me out of every strange cage, in the name of Jesus.
228. In the pot of darkness in which the wicked one has imprisoned me, mighty hand of God, bring me out by fire, in the name of Jesus.
229. My destiny, glory and virtue, come out of every wicked cage, in Jesus' name.
230. Authority and power for enlargement and expansion, envelop my life now, in the name of Jesus.
231. Spirit of God, overshadow my life for speedy acceleration, in Jesus' name.
232. O Lord, arise in Your anger and consume anything hindering my progress in life, in the name of Jesus.
233. O Lord, move me to my place of glory, in the name of Jesus.
234. Every witchcraft coven sitting upon my breakthrough, catch fire, in the name of Jesus.
235. Every evil covenant keeping me in one spot, blood of Jesus, destroy it now, in the name of Jesus.
236. All evil records planted by the devil in anyone's mind against my advancement, shatter to pieces, in the name of Jesus.
237. Every demonic antagonism towards my life, catch fire, in the name of Jesus.
238. You, spirit of bad luck, die by fire, in the name of Jesus.
239. Every evil collaborator against my advancement, burn to ashes, in the name of Jesus.
240. Every gate of delay opened to the enemy by my foundation, close by fire, in the name of Jesus.
241. Anything delaying me from possessing my possessions, die by fire, in the name of Jesus.
242. Satanic altars of my father's and mother's houses delaying my breakthroughs, catch fire, in the name of Jesus.
243. Altars of wickedness against my promotion and freedom, catch fire, in the name of Jesus.
244. All combined altars of darkness fashioned against my success, scatter by fire and destroy yourselves by thunder, in the name of Jesus.
245. Every satanic altar erected in the village by my forefathers and foremothers, tonight, I set you ablaze by fire, in the name of Jesus.

PRAYER BATTLE (4)

246. Every altar from my father's and mother's houses working against my greatness in life, I release the fire of God to scatter you by fire, in the name of Jesus.
247. I fire back every arrow from the altar of darkness that is against my destiny, in the name of Jesus.
248. Any ancestral altar older than my village, your time is up; catch fire, in the name of Jesus.
249. All my blessings on the altar of the wickedness of the wicked, arise and locate me now, in the name Jesus.
250. Any curse issued against me from any evil altar, backfire, in Jesus' name.
251. Any man or woman who carried sacrifice because of me shall fall down and die, in the name of Jesus.
252. Any incantation placed upon me by any witchdoctor from any evil altar shall not affect me, in the name of Jesus.

Day 10 (25-09-23) - *Bible in 70 Days (Day 50 - Dan. 2:20 - Hos 1-9:13)*

Devotional Songs (Pages 4-12)

Praise and Worship

Prayers of Praise and Thanksgiving (Page 14-15)

253. Every evil plan against me shall backfire, in the name of Jesus.
254. The bloodshed of any animal on any evil altar against me, backfire, in the name of Jesus.
255. Any human blood shed on any evil altar because of my glory, dry up by fire, in the name of Jesus.
256. My destiny, wake up from satanic altars, by the blood of Jesus, in the name of Jesus.
257. Every arrow of sickness fired into my life from evil altars, backfire, in the name of Jesus.
258. Every satanic altar operating from my mother's village to put an embargo on my life's journey, catch fire, in the name of Jesus.
259. Any part of my life and family captured by satanic altars, be ignited by fire, in the name of Jesus.
260. You, that evil personality, standing on the family altar against me, receive fire and fall down, in the name of Jesus.
261. Blood of Jesus, speak on my behalf day and night, in the name of Jesus.

PRAYER BATTLE (4)

262. Evil altars, generational gods and idols of my father's house, from the origin of this family till today, I declare you that hence forth , you will no longer speak for or against me and family (family name). I use the blood of Jesus to silence you forever, in the name of Jesus.
263. O God of Elijah, release fire upon the altar of my enemy, in Jesus' name.
264. Every family idol crying against my blessings on an evil altar, catch fire, in the name of Jesus.
265. Satanic altar crying against my blood, you are a failure, catch fire, in the name of Jesus.
266. O Lord, keep my altar burning throughout the hours of the day, in the name of Jesus.
267. Any evil altar that has accepted evil sacrifices to destroy me, burn to ashes, in the name of Jesus.
268. Any satanic altar of darkness where they have tendered my money or picture, scatter unto desolation, in the name of Jesus.
269. Every stubborn altar feeding on my destiny and future, catch fire, in the name of Jesus.
270. I withdraw my greatness from every satanic altar in my environment, in the name of Jesus.
271. I withdraw my marital glory from every evil altar, in the name of Jesus.
272. I withdraw my progress from every wicked altar erected against me, in the name of Jesus.
273. Any evil altar raised by my landlord against me to hinder my greater blessings, be destroyed by fire, in the name of Jesus.
274. Whatever has been buried in the house I live presently that is bringing setbacks to us (the tenants), be exhumed by fire, in the name of Jesus.
275. Evil altars of my father's house, where are you? Collect your problems back, by the blood of Jesus. I am free as from today, in the name of Jesus.
276. Evil workers among my trusted friends going too far for my sake shall embark on a journey of no return, in the name of Jesus.
277. Any child of darkness from my father's and mother's houses that is cooking my glory in the forest, receive madness, in the name of Jesus.
278. Anyone in my family spreading my case to different strong men for destruction, your time is up, fire of God, consume him or her, in Jesus' name.
279. Any environmental evil altar working against my success and the works of my hands, be destroyed by the fire of the Holy Ghost, in the name of Jesus.

PRAYER BATTLE (4)

280. Blood of Jesus, enter into any evil altar in my foundation and destroy it, in the name of Jesus.

SECTION CONFESSIONS

Associate yourselves, O ye people, and ye shall be broken in pieces, and give ear all ye of far countries; gird yourselves, and ye shall be broken in pieces. Take counsel together, and it shall come to nought; speak the word, and it shall not stand; for God is with me. When I call upon the name of the Lord, He shall stretch forth His mighty hand and lift me above all my enemies and deliver me from all of them, in the name of Jesus.

All that are incensed against me, shall be ashamed and confounded: they shall be as nothing, and they that strive with me, shall perish. I shall seek them and not find them, even those that contend with me. They that war against me, shall be as nothing. No weapon, that is fashioned against me shall prosper, and every tongue that rises up against me is already condemned, in the name of Jesus. The sons of those who afflicted me shall come bending low to me, and all those who despised me shall bow down at my feet, in the name of Jesus.

SECTION VIGIL

(To be done between the hours of 12 midnight and 2am)

HYMN FOR THE VIGIL (Page 12-13)

1. You, evil altar of bondage, break by the blood of Jesus, in the name of Jesus.
2. Ancestral evil altars covering my glory, catch fire, in the name of Jesus.
3. Any evil done against my destiny through the powers of evil altars, be reversed by the blood of Jesus, in the name of Jesus.
4. Every decision or vow of household altars affecting the plans of God for my life, be melted by the blood of Jesus, in the name of Jesus.
5. I release myself from every polygamous evil altar, by the power in the blood of Jesus, in the name of Jesus.
6. Blood of Jesus, cover me from the crown of my head to the soles of my feet, in the name of Jesus.
7. O Lord, open my eyes to see those taking my case to the underworld, in the name of Jesus.
8. Oppressive spirit wreaking havoc in my life, come out by fire, in Jesus' name.
9. Every habitation of the wicked in my destiny, catch fire, in the name of Jesus.

PRAYER BATTLE (4)

10. I crush to pieces, every affliction and problem that has entered into my life while I was asleep, in the name of Jesus.
11. I terminate by fire, every evil handwriting strengthening the enemy against me, in the name of Jesus.
12. By the power in the blood of Jesus, I refuse to be caged by the enemy of good things, in the name of Jesus.
13. Every midnight power walking against my destiny, catch fire, in Jesus' name.
14. Father, let every dry bone of my greatness that is scattered in the valley of graveyard spirits, gather together and live again, in the name of Jesus.
15. Father, let every evil hand of graveyard spirits attacking me wither, in the name of Jesus.
16. Father, let Your hammer of fire break the jaw of any graveyard spirit attacking my glory, in the name of Jesus.
17. O Lord, let the thundering of Your voice scatter every gang up of graveyard spirits against my destiny, in the name of Jesus.
18. O Lord, let every graveyard spirit attacking me to pay for what I did not buy be consumed by fire, in the name of Jesus.
19. Father, let the rod of Your anger arise against the troublers of my destiny, in the name of Jesus.
20. O Lord, let the sharp teeth of the spirit of the graveyard turn against my enemy, in the name of Jesus.
21. O Lord, by the blood of Jesus, destroy every ritual performed against me in the graveyard, in the name of Jesus.

SECTION 6

O GOD, ADVERTISE YOUR POWER IN MY LIFE

Scripture Reading: 1 Samuel 17

Confession: Revelation 5:12: Saying with a loud voice, Worthy is the Lamb that was slain to receive power, and riches, and wisdom, and strength, and honour, and glory, and blessing.

Day 1 (26-09-23) - *Bible in 70 Days (Day 51- Hos. 9:14- Mic 1-7:1)*

Devotional Songs (Pages 4-12)

Praise and Worship

Prayers of Praise and Thanksgiving (Page 14-15)

1. O Lord, make me a person of power, in the name of Jesus.
2. O God, arise, fight for me and justify me in the presence of all my stubborn enemies, in the name of Jesus.
3. O Lord, bury alive every stubborn challenge of my life and destiny by Your power, in the name of Jesus.
4. Every destiny blocker standing on my way to success, I command you to get out of my way, in the name of Jesus.
5. Every evil personality that has checked my glory and has planned to hinder me from shining, I command all your thoughts to destroy you, in Jesus' name.
6. Every prison house that witches have kept me in, I come out now by fire, in the name of Jesus.
7. Every evil mark that witches have put on my body that has made my genuine destiny helpers to run away from me, I command such demonic marks to be erased by the blood of Jesus, in the name of Jesus.
8. Strange decree on assignment to make my destiny useless, expire, in the name of Jesus.
9. If my destiny has been declared dead, O God, arise and revive it, in the name of Jesus.
10. Dark powers discussing my destiny in the night for destruction, scatter by fire, in the name of Jesus.
11. O God, arise, fight against any battle attacking me, in the name of Jesus.
12. I shall not be a slave to evil powers, by the power in the blood of Jesus, in the name of Jesus.

13. I shall not come to the world in vain, in the name of Jesus.
14. Every good blessing, opportunity and chance that I have ever missed, due to discouragement, I recover you back by fire, in the name of Jesus.
15. Every source of frustration imposed on me, receive the fire of God and scatter, in the name of Jesus.
16. Every activity of the destroyer manifesting in the form of discouragement in my life , be paralysed, in the name of Jesus.
17. Every route and channel of the destroyer in my life, become dark and slippery, in the name of Jesus.
18. Any spirit of death harbouring my blessings in its tummy, receive the thunder fire of God and vomit them, in the name of Jesus.
19. Any agent of the destroyer assigned to waste my life, lose your hold, fall down and die, in the name of Jesus.
20. Any power of the destroyer attacking my spiritual life, fall down and scatter, in the name of Jesus.
21. Lord, let the destroyer's stronghold be destroyed by the thundering of Your fire, in the name of Jesus.
22. Every good miracle and testimony snatched out of my hand by the spirit of frustration, I recover you, in the name of Jesus.
23. Any power of the destroyer specifically assigned to destroy my relationship with my God, fall down and die, in the name of Jesus.
24. Any power of the destroyer drinking my blood and eating my flesh, fall down and die, in the name of Jesus.
25. I recover all my wasted years, in the name of Jesus.
26. Every testimony that I lost through the wicked ones, I recover you, in the name of Jesus.
27. I shall not come to the world in vain, in the name of Jesus.
28. I recover all my wasted chances and opportunities, in the name of Jesus

Day 2 (27-09-23) *Bible in 70 Days (Day 52 - Mic. 7:2- Mal. 1-2:6)*

Devotional Songs (Pages 4-12)

Praise and Worship

Prayers of Praise and Thanksgiving (Page 14-15)

29. Any power destroying good things at the edge of manifestation in my life, scatter, in the name of Jesus.
30. Every evil power fashioned to waste my divine chances and opportunities,

PRAYER BATTLE (4)

lose your hold, fall down and scatter, in the name of Jesus.

31. Any power under any water that has ever swallowed my blessing, be destroyed by fire, in the name of Jesus.

32. Any power assigned to destroy my destiny, visions and dreams at the edge of manifestation, fall down and die, in the name of Jesus.

33. Any damage to my spiritual relationship with God, be repaired, in Jesus' name.

34. You, strong man of body destruction, lose your hold over my body, in the name of Jesus.

35. Any power assigned by the destroyer to cut short my joy, lose your hold, fall down and scatter, in the name of Jesus.

36. Any satanic strong man keeping my blessing and goods, fall down and die as I recover my goods now, in the name of Jesus.

37. Every bird of death assigned against me, fall down and die, in Jesus' name.

38. Every agent of the destroyer assigned against my life to specifically destroy me, fall down and die, in the name of Jesus.

39. Any power of the destroyer assigned to destroy my organs, fall down and die, in the name of Jesus.

40. Every spirit of frustration assigned against my life by the destroyer, fall down and die, in the name of Jesus.

41. Power of the destroyer assigned by my household enemy to kill good things at birth in my life, fall down and die, in the name of Jesus.

42. Any power of the destroyer assigned to swallow my goodness, perish by fire, in the name of Jesus.

43. Any evil swallower assigned by the destroyer against my life, vomit my blessing, fall down and die, in the name of Jesus.

44. Any power of the destroyer fighting against my spiritual wellbeing, fall down and scatter, in the name of Jesus.

45. Anything planted in my life by my enemies, come out with all your roots, in the name of Jesus.

46. I refuse to be frustrated out of the programme of God for my life, in the name of Jesus.

47. Every instrument of destruction fashioned against me from birth, be roasted by fire, in the name of Jesus.

48. Every activity of the destroyer manifesting in the form of frustration in my life, be destroyed, in the name of Jesus.

PRAYER BATTLE (4)

49. Every activity of the destroyer manifesting in my life, be wasted, in the name of Jesus.
50. I receive divine power to destroy every destroying power in my life, in the name of Jesus.
51. Every activity of the destroyer deposited into my life, become dark and slippery, in the name of Jesus.
52. Every demonic wall constructed around me by the destroyer, scatter by thunder, in the name of Jesus.
53. Every consequence of family witchcraft upon my life, break, in Jesus' name.
54. I decree that no evil family river shall flow into my life, in the name of Jesus.
55. Any organ of my body that has been eaten up spiritually, receive the blood of Jesus and be made whole, in the name of Jesus.
56. Every consequence of parental mistake in my life, die, in the name of Jesus.

Day 3 (28-09-23) *Bible in 70 Days (Day 53 - Mal. 2:7-Matt. 1-13:13)*

Devotional Songs (Pages 4-12)

Praise and Worship

Prayers of Praise and Thanksgiving (Page 14-15)

57. Every covenant assigned to waste me, break by fire, in the name of Jesus.
58. I shall not continue the battle of my parents, by the power in the blood of Jesus, in the name of Jesus.
59. Whoever is standing by me that has vowed to wage war against me, O Lord, wage war against him or her, in the name of Jesus.
60. Powers assigned to turn the source of my joy to a source of sorrow, O God, arise and wage war against them, in the name of Jesus.
61. Wicked powers using the spirit of hatred to wage war against me, O Lord, wage war against them, in the name of Jesus.
62. Battle of hatred assigned to replace the day of my joy, be consumed by fire, in the name of Jesus.
63. Wicked powers using the spirit of hatred to wage war against my glory, the Lord rebuke you, in the name of Jesus.
64. O Lord, chase away the spirit of hatred from my destiny, in the name of Jesus.
65. Wherever the wicked one has stopped me, I go beyond there by fire, in the name of Jesus.

PRAYER BATTLE (4)

66. Spirit of witchcraft that allows one's effort to be wasted, fire of God, chase it out of my life, in the name of Jesus.
67. Wretchedness in my destiny, be consumed by fire, in the name of Jesus.
68. Spirit of working without reward in my life, catch fire, in the name of Jesus.
69. Every unseen kingdom that says I shall work in vain, lose your kingdom by fire, in the name of Jesus.
70. You, kingdom of darkness, holding my life to ransom, O Lord, scatter it, in the name of Jesus.
71. O Lord, snatch the kingdom of my life from the hands of the wicked ones, in the name of Jesus.
72. Wicked hands assigned to steal my garment of mercy, be consumed by fire, in the name of Jesus.
73. The intervention of darkness assigned to make me lose my blessings, stop by fire, in the name of Jesus.
74. Powers working tirelessly to keep me in bondage, perish by fire, in the name of Jesus.
75. Evil conspiracies assigned to displace me and put me to shame, scatter by fire, in the name of Jesus.
76. Every evil force opposing my rising, die, in the name of Jesus.
77. Agents conniving to cover my shining, I throw confusion into your midst; scatter, in the name of Jesus.
78. Every oppressing and opposing force attacking me, the Lord rebuke you, in the name of Jesus.
79. The favour that divinely selects and lifts up, come upon my life, in Jesus' name.
80. Forces assigned to make me rotate on one spot, die by fire, in Jesus' name.
81. Thunder from heaven, strike and electrocute every unrelenting pursuer of my destiny, in the name of Jesus.
82. Axe of God, destroy the agenda, covens and habitations of household witches, in the name of Jesus.
83. Deep incantations and evil arrows from my father's and mother's houses, go back to your senders, in the name of Jesus.
84. Every evil wind from the prince of the power of the air, peace, be still, in the name of Jesus.

PRAYER BATTLE (4)

Day 4 (29-09-23) - *Bible in 70 Days (Day 54 - Matt. 13:14 - 24:39)*

Devotional Songs (Pages 4-12)

Praise and Worship

Prayers of Praise and Thanksgiving (Page 14-15)

85. Spiritual and physical thieves, give up what you have stolen from me and my family, by the power in the blood of Jesus, in the name of Jesus.
86. Battles making my case difficult, scatter by fire, in the name of Jesus.
87. Every good thing that is about to die in my life and destiny, receive life, by the resurrection power in the blood of Jesus, in the name of Jesus.
88. The sudden problem arising against my destiny, I quench you, in Jesus' name.
89. Rage of destruction targeted against my life and destiny, scatter, in the name of Jesus.
90. Powers enforcing wickedness against my life and my family, expire, in the name of Jesus.
91. Every visitation meant to derail me and demote me, expire, in Jesus' name.
92. Every destruction of good things in my life and in my future, come to an end, in the name of Jesus.
93. Raging waves assigned against me, I command you to be still, in Jesus' name.
94. The lying-in-wait of the wicked for me shall turn to disappointment, in the name of Jesus.
95. The wicked will not succeed in putting me to death, in the name of Jesus.
96. Father, fight all my battles and always give me resounding victory, in the name of Jesus.
97. Unrelenting powers and adversaries working against my life and foundation, expire, in the name of Jesus.
98. Every arrow shot in darkness against me, backfire, in the name of Jesus.
99. Problems staring at me in the face, scatter, in the name of Jesus.
100. Powers sucking the milk of my virtues, vomit it and die, in the name of Jesus.
101. Problems that refuse to shift ground for me, scatter by fire, in Jesus' name.
102. Powers boasting that I have been defeated, O God, arise and disappoint them, in the name of Jesus.
103. O God, arise and turn the celebration of the enemy over me to sorrow, in the name of Jesus.
104. Every battle that is bigger than me, O Lord, swallow it, in the name of Jesus.

PRAYER BATTLE (4)

105. O Lord, release Your fire to consume every war waged against me, in the name of Jesus.
106. Powers working hard to keep me in bondage, the Lord rebuke you, in the name of Jesus.
107. Powers assigned to suck me dry, receive instant death, in the name of Jesus.
108. Those who can help me shall always arise and help me, in the name of Jesus.
109. I reject rejection, by the power in the blood of Jesus, in the name of Jesus.
110. Every power behind oppression in my life and in my family, stop your oppression, collapse and expire, in the name of Jesus.
111. Familiar problem troubling my life, scatter by fire, in the name of Jesus.
112. Familiar battle threatening my existence, lose your power over me, in the name of Jesus.

Day 5 (30-09-23) *Bible in 70 Days (Day 55 - Matt. 24:40 - Mark 1-6:33)*

Devotional Songs (Pages 4-12)

Praise and Worship

Prayers of Praise and Thanksgiving (Page 14-15)

113. Every power sucking life out of me, perish with immediate effect, in the name of Jesus.
114. Every long-term trouble and long-term affliction prepared for me, expire today, in the name of Jesus.
115. The powerful satanic forces in my life's journey, O Lord, separate us, in the name of Jesus.
116. Every storm in my life's journey, scatter by fire, in the name of Jesus.
117. O Lord, expose the person that is walking with me in my life's journey in order to destroy me, in the name of Jesus.
118. Who is scattering the journey of my life? O Lord, separate us, in Jesus' name.
119. Who is saddling me with evil load in my life's journey? Holy Ghost fire, separate us in the name of Jesus.
120. Whoever is assigned to snatch my crown of glory from me, O Lord, disappoint him or her and separate us, in the name of Jesus.
121. Whoever is bringing battles into my life's journey, O Lord, destroy him or her, in the name of Jesus.
122. Whoever is bringing storms into my life's journey, O Lord, kill him or her, in the name of Jesus.

PRAYER BATTLE (4)

123. That person that does not want to go and says I too will not go, fire of the Holy Ghost, separate us, in the name of Jesus.
124. Every hand stopping me from moving forward, catch fire, in Jesus' name.
125. Wicked help rendered to stop me from leaving the unfavourable spot where I am, scatter by fire, in the name of Jesus.
126. Every wicked load I am carrying that is hindering me from moving forward, host of heaven, collect it from me, in the name of Jesus.
127. Whatever has been used to tie me down, be consumed by fire, in the name of Jesus.
128. Whoever has blocked me from my helpers for so long, host of heaven, disgrace him or her, in the name of Jesus.
129. Whoever has the strong mind to destroy me, host of heaven, let me see his or her end quickly, in the name of Jesus.
130. Whoever has conspired to kill my benefactor this year, O Lord, avenge me against him or her, in the name of Jesus.
131. Whoever is using death to pursue my helpers, let him or her be wasted on the way, in the name of Jesus.
132. O Lord, make my life a glory in the presence of those that say I will not be better than this, in the name of Jesus.
133. Lord, let all those shutting down my helpers down against me be wasted, in the name of Jesus.
134. Every problem in my life that I no longer want but the wicked ones say will not go, O Lord, take it away from my life and give it to them, in Jesus' name.
135. Every personality that says that I will not break forth, O Lord, let him or her be disgraced, in the name of Jesus.
136. Whenever my benefactor rises to help me, any head that rises to antagonise me shall be cut off, in the name of Jesus.
137. Anyone that is dead but his or her evil work is still manifesting in my life, die a second death by fire, in the name of Jesus.
138. Powers working with the dead to block my blessings, be destroyed by fire, in the name of Jesus.
139. Personalities of darkness dragging my glory with me, based on the report my enemies have given them; I command you all to die by fire, in the name of Jesus.
140. Dreams projected into my life to cause confusion by my enemies; I destroy your effects over my life, in the name of Jesus.

Day 6 (01-10-23) - Bible in 70 Days (Day 56 - Mark 6:34-16:11)

Devotional Songs (Pages 4-12)

Praise and Worship

Prayers of Praise and Thanksgiving (Page 14-15)

141. Shrines of darkness raised to divert my blessings, I command you to be burnt down by the fire of the Holy Ghost, in the name of Jesus.
142. Prison of darkness where the wicked kept my old-time blessings, I command you to break open and release all my blessings now, in the name of Jesus.
143. Every satanic manipulation done against my marriage by the enemy, I command you to expire by fire, in the name of Jesus.
144. Every weapon of darkness hired to work against me by the powers of darkness, I command you to be destroyed by fire, in the name of Jesus.
145. Every gathering of the wicked and other evil personalities against my finances, I command you to scatter, in the name of Jesus.
146. Every satanic arrow of affliction targeted against me and my family, I command you to go back to your sender, in the name of Jesus.
147. Forces of darkness who have assured my enemy victory against me, I decree that you shall all be put to shame, in the name of Jesus.
148. O Lord, let Your wrath be fully exercised upon every evil priest working on behalf of the wicked against me, in the name of Jesus.
149. I frustrate the token of liars over my health and finances. Their evil projections shall neither stand nor come to pass in my life, in Jesus' name.
150. Every word spoken by satanic inspiration against my life and my family, I render you useless, in the name of Jesus.
151. I receive total restoration of everything that I have lost as a result of this problem (mention it) in the name of Jesus.
152. Every monitoring device used by the wicked to monitor my life, I command you to catch fire and burn to ashes, in the name of Jesus.
153. Every evil structure against my destiny, catch fire and burn to ashes, in the name of Jesus.
154. Every evil thing that has been buried in the foundation of the house in which I live, and it is blocking my blessings, I command you to be uprooted by fire, in the name of Jesus.
155. Every evil spirit that usually comes in the night to steal people's glory from them, I decree that my family is a 'no-go area' for you, in the name of Jesus.

PRAYER BATTLE (4)

156. I decree that every evil power that wants to see me dead shall die by fire, in the name of Jesus.
157. Powers manipulating people's destinies in my area, I decree that my family is not your victim; catch fire now, in the name of Jesus.
158. I decree total liberation for me and my family by the blood of Jesus Christ, and in the name of Jesus.
159. Witchcraft powers blocking destiny helpers from locating me, die by fire, in the name of Jesus.
160. You, hindering spirit, destroying my life silently, I command you to die, in the name of Jesus.
161. Evil arrow of hindrances programmed into my family, catch fire, in the name of Jesus.
162. Satanic assistants of hindering spirits, giving support and help to hindrances in my destiny, die, in the name of Jesus.
163. I destroy every stumbling block of stagnancy hindering my destiny and glory from manifesting, in the name of Jesus.
164. Hindering spirits from my foundation, die and be consumed by fire, in the name of Jesus.
165. I purge my foundation, life and destiny from every satanically inherited hindrance, in the name of Jesus.
166. I break every rock of hindrance delaying my breakthroughs and blessings, in the name of Jesus.
167. You, hindering spirits from my father's and mother's houses, I strike you to death with the thunder of God, in the name of Jesus.
168. I decree that I will never again be a candidate of hindering spirits, in the name of Jesus.

Day 7 (02-10-23) - *Bible in 70 Days (Day 57 - Mark 16:12 - Luke 1-9:27)*

Devotional Songs (Pages 4-12)

Praise and Worship

Prayers of Praise and Thanksgiving (Page 14-15)

169. You, foul demonic hindering spirits, I command you, in the name of Jesus, to vomit all my blessings that you have swallowed.
170. O God, my Father, as I begin to pray, let every rope of hindrance that hindering spirits have used to tie down my helpers break into pieces right now, in the name of Jesus.

PRAYER BATTLE (4)

171. Every hindering spirit assigned to attack me at the point of my breakthroughs or achievements, I command you to fall down and die instantly, in the name of Jesus.
172. You, family strong man, tormenting my life with hindering spirits, I command you to die a sudden and painful death, in the name of Jesus.
173. Every mark of hindrance on my forehead and hands, I wash you off with the blood of Jesus, in the name of Jesus.
174. I break free from every ancestral and parental curse that invited hindering spirits into my life, in the name of Jesus.
175. I dissociate myself from every family pattern of hindrance, in Jesus' name.
176. Evil tree of hindrance planted in my life through dreams or food, I command the fire of the Holy Ghost to strike you and burn you to ashes, in the name of Jesus.
177. Arrow of hindrance sending helpers of destiny far away from me or feeding my life with profitless hard labour, jump out and go back to your sender, in the name of Jesus.
178. God of Elijah, send down fire to burn to ashes everything inside me that has been giving support to hindering spirits, in the name of Jesus.
179. I shake out every item of hindrance that the enemy hid in my head, in the name of Jesus.
180. As from today, I will receive favour and blessings wherever I go, in the name of Jesus.
181. Nothing shall hinder my progress in life again, in the name of Jesus.
182. I block every weak point in my life that hindering spirits are using as points of entry, in the name of Jesus.
183. I destroy every witchcraft power of hindrance that is feeding my life with sickness and weakness, in the name of Jesus.
184. Holy Ghost fire, come against every wickedness of the wicked against my life and destiny, in the name of Jesus.
185. I send every arrow targeted against my life back to its sender, in Jesus' name.
186. Every arrow of the wicked sent against my health, be destroyed, in the name of Jesus.
187. O Lord, by Your word, I scatter every bow of the enemy used to send arrows into my life, in the name of Jesus.
188. Every arrow of failure fired at me, return to your sender, in Jesus' name.

PRAYER BATTLE (4)

189. I command every inherited arrow of the wicked to fall off my life and destiny, now, in the name of Jesus.
190. O Lord, by Your power, I dodge every arrow of sickness assigned against me by the devil, in the name of Jesus.
191. O Lord, let every sharp arrow of the devil targeting my state of mind be destroyed now, in the name of Jesus.
192. O Lord, let the sword of the word break into pieces, every occult arrow targeted at my life and my destiny, in the name of Jesus.
193. O Lord, uphold my life and destiny from every evil marauder challenging me, in the name of Jesus.
194. I fire back every unexplainable evil arrow sent into my life by the enemy, in the name of Jesus.
195. Father, by the blood of Jesus Christ, I cover myself from every arrow of the devil and his agents, in the name of Jesus.
196. Lord, let every spiritual arrow return to its sender, by the blood of Jesus, in the name of Jesus.

Day 8 (03-10-23) - *The Bible in 70 Days (Day 58 - Luke 9:28 - 19:41)*

Devotional Songs (Pages 4-12)

Praise and Worship

Prayers of Praise and Thanksgiving (Page 14-15)

197. I command every spiritual arrow that causes terminal diseases to return to its sender, in the name of Jesus.
198. Lord, let the blood of Jesus shield me and my family from every spiritual arrow of the wicked, in the name of Jesus.
199. Lord, let the blood of Jesus flush out every spiritual arrow of unexplainable sickness and disease from my life, in the name of Jesus.
200. O Lord, by the power in Your name, let every arrow of mental derangement fired into my life be destroyed, in the name of Jesus.
201. Lord, let every spiritual arrow of poverty come out of my life and destiny, in the name of Jesus.
202. I command every spiritual arrow of marital frustration to be destroyed now, in the name of Jesus.
203. I fire back every evil arrow fired into my life, when I was conceived in my mother's womb, in the name of Jesus.

PRAYER BATTLE (4)

204. I decree and declare, that my family and I will not be victims of evil arrows, in the name of Jesus.
205. Lord, let every spiritual arrow of setback fired against my moving forward in life backfire, in the name of Jesus.
206. Lord, let every spiritual arrow targeted at my spiritual life to bring me down go back to its sender, in the name of Jesus.
207. Lord, let every spiritual arrow fired into my life when I was a baby and growing as a toddler, backfire to its sender, in the name of Jesus.
208. I decree and declare null and void, every agenda of spiritual arrows fired into my destiny, in the name of Jesus.
209. Lord, let every spiritual arrow of backwardness fired against me while I was asleep backfire, in the name of Jesus.
210. Lord, let every spiritual arrow of failure at the edge of breakthrough fired against my life break, in the name of Jesus.
211. I command every spiritual arrow of failure fired against my career to return to its sender sevenfold, in the name of Jesus.
212. Lord, let every spiritual arrow fired against my life to cut my life short backfire, in the name of Jesus.
213. O Lord, let every witchcraft spiritual arrow fired against my glory break and go back to its sender, in the name of Jesus.
214. I shield myself and my family with the blood of Jesus and the fire of the Holy Ghost, against every spiritual arrow, in the name of Jesus.
215. Lord, let every spiritual arrow fired against my finances and prosperity return to its sender, in the name of Jesus.
216. I command every spiritual arrow of sickness and disease fired against my health to return to its sender, in the name of Jesus.
217. O Lord, by Your power, I command every spiritual arrow of blood-sucking demons targeted at my life and my family to suck their own blood, in the name of Jesus.
218. Lord, let every spiritual arrow of shame and reproach fired against my life return to its sender, in the name of Jesus.
219. Every spiritual arrow fired against my life that is tying me down to a spot, I lose myself from you and break free today from your grip, in Jesus' name.
220. O Lord, I ask that You deliver me from every stronghold of the evil ones, in the name of Jesus.

PRAYER BATTLE (4)

221. By Your power, O Lord, separate me from destiny blockers and destroyers who have boasted that I will not live to fulfil destiny, in the name of Jesus.
222. O Lord, deliver me from every stronghold of witches and wizards blocking me from making progress in life, in the name of Jesus.
223. Every monitoring spirit giving updates to the kingdom of darkness about my life, I command you to be destroyed by fire, in the name of Jesus.
224. Every destiny blocker standing on my way to success, I command you to get out of my way, in the name of Jesus.

Day 9 (04-10-23) - *Bible in 70 Days (Day 59 - Luke 19:42 - John 1-5:6)*

Devotional Songs (Pages 4-12)

Praise and Worship

Prayers of Praise and Thanksgiving (Page 14-15)

225. Every embargo placed on my way to destiny, I command you to get out of my way, in the name of Jesus.
226. Every ancestral curse hindering me from making tangible progress in life, I cancel you by the blood of Jesus Christ, in the name of Jesus.
227. Every power waiting to hinder me from fulfilling my purpose in my season, I command you to expire by fire, in the name of Jesus.
228. Every evil personality that has checked my glory and has planned to hinder me from shining, I command all your thoughts to destroy you, in the name of Jesus.
229. I decree that my destiny shall not be aborted in life; rather, it shall manifest excellently, in the name of Jesus.
230. Every embargo on my way to fulfilment, I command you to catch fire now, in the name of Jesus.
231. Everyone who has vowed that I will not fulfil my destiny, I command your evil plans to scatter now, in the name of Jesus.
232. Every power that is trying to block the fulfilment of my destiny, I command you to be destroyed by fire, in the name of Jesus.
233. I come against principalities and powers hired by my adversaries to stop my destiny from blossoming and manifesting, and I decree that your plans shall not stand, in the name of Jesus.
234. I decree and declare that I shall prevail in the place of prayer; and my destiny shall no longer be blocked, in the name of Jesus.

PRAYER BATTLE (4)

235. Destiny helpers from the east, west, north and south, locate me now, in the name of Jesus.
236. Every satanic mentality that I have been afflicted with and that is limiting me from making progress, I ask that the Holy Spirit rid me of it, in Jesus' name.
237. I decree that where my parents could not get to in destiny in their lives, I shall exceed that place, in the name of Jesus.
238. Every satanic chain holding me down to one spot, I command you to break to pieces, in the name of Jesus.
239. Every power that has sworn that I shall not fulfil destiny, I command you to be destroyed by fire, in the name of Jesus.
240. I decree that my talents and gifts shall be fully manifest this season, in the name of Jesus.
241. Those who God has appointed to assist me in going beyond the limit, I command them to locate me now, in the name of Jesus.
242. As from today, I am free from every satanic stagnation, in the name of Jesus.
243. I decree that every good thing the enemy has stolen from me in the past be restored now by fire, in the name of Jesus.
244. I enter into my wealthy place, in the mighty name of Jesus Christ.
245. I shall continuously make a great impact in the world, in the name of Jesus.
246. I refuse to remain in one spot in life, I move forward by fire, in Jesus' name.
247. I command all enemies of my progress to receive their spiritual obituaries now, in the name of Jesus.
248. Lord, let all satanic agents' evil plans against my life be turned around for my divine promotion, in the name of Jesus.
249. All evil counsellors, be buried in the desert, in the name of Jesus.
250. I command every spiritual barrier in my life to dissolve instantly, in the name of Jesus.
251. All my enemies shall bite their fingers in regret, as God will make a way for me where there is no way, in the name of Jesus.
252. Lord, let every satanic agent circulating my name for evil fall down and die now, in the name of Jesus.

Day 10 (05-10-23) - *Bible in 70 Days (Day 60 - John 5:7-13:30)*

Devotional Songs (Pages 4-12)

Praise and Worship

Prayers of Praise and Thanksgiving (Page 14-15)

253. O Lord, avenge me of my enemies speedily and make a way for me amid evil, in the name of Jesus.
254. Lord, let every effect of witches and wizards against my life and destiny be nullified, in the name of Jesus.
255. Lord, let every evil desire and expectation against me and my family fail woefully, in the name of Jesus.
256. Lord, let the works of wicked strong men in my life be frustrated, in the name of Jesus.
257. I fire the arrows of disarray into the camp of my enemies, in Jesus' name.
258. I will not be put to shame; but my enemies shall drink their cup of shame, in the name of Jesus.
259. Lord, let all curses issued against my going forward turn to blessings, in the name of Jesus.
260. Holy Spirit, advertise Jesus in my life and advance my destiny, in the name of Jesus.
261. Whether the devil likes it or not, goodness and mercy shall follow me all the days of my life, in the name of Jesus.
262. I receive the anointing to go forward against all odds, in the name of Jesus.
263. I receive the spirit of wisdom and excellence to confound my accusers, in the name of Jesus.
264. O Lord, stretch Your hand of fire into my life and consume every evil altar in me, in the name of Jesus.
265. Every "follow- follow" altar shifting away the day of my joy, I escape from you by fire, in the name of Jesus.
266. Every altar making me doubt my destiny, catch fire and burn to ashes, in the name of Jesus.
267. Satanic covenant tying me to any wicked altar, catch fire, in Jesus' name.
268. O God, arise and deliver my life from the judgement of evil altar, in the name of Jesus.
269. Every wicked altar proving strong against me, scatter by fire, in Jesus' name.
270. Every wicked altar judging me and pulling me down, catch fire, in the name of Jesus.

271. Wretched poverty pulling me down, I pull you down by fire, in Jesus' name.
272. Lame altar mocking me, I pull you down, in the name of Jesus.
273. Judgement of impossibility passed on to my life, backfire, in Jesus' name.
274. Every pronouncement that has been sealed with blood against me, blood of Jesus, destroy it now, in the name of Jesus.
275. Altar of idol following me about, I stop you by fire, in the name of Jesus.
276. Powers reminding the altar of my father's house about me, judgement of God, come upon them, in the name of Jesus.
277. I escape from the altar of darkness that has judged my life, in Jesus' name.
278. Anyone that has covenanted my breakthrough to any evil altar shall die suddenly, in the name of Jesus.
279. Anyone cursing me on any wicked altar, die suddenly, in the name of Jesus.
280. The wicked altar that has upset and downgraded my life, scatter by fire, in the name of Jesus.

SECTION CONFESSIONS

It is written, that I should discard the former things. God shall do something new in my life, and it shall spring forth. I command new things to begin to spring forth in my marriage, business/career, finances, and spiritual life, in the name of Jesus. Every gathering of the powers of darkness against my prayer life, my success and my breakthroughs, be defeated by the blood of Jesus. The Lord has sent the fear and the dread of me upon all my enemies, that the report or information of me, shall cause them to fear, tremble and be in anguish, in the name of Jesus.

The Lord is my light and my salvation; whom shall I fear? The Lord is the strength of my life; of whom shall I be afraid? When the wicked, even mine enemies and foes, come upon me to eat up my flesh, they stumble and fall, in the name of Jesus. According to this time, it shall be said of my family and me, what God has done, in the name of Jesus.

SECTION VIGIL

(To be done between the hours of 12 midnight and 2am)

HYMN FOR THE VIGIL (Page 12-13)

1. Wicked altar attacking my labour, be consumed by fire, in the name of Jesus.

PRAYER BATTLE (4)

2. Every altar that has disturbed my life shall consume its own abomination, in the name of Jesus.
3. Wicked altar hiding me, hear the word of the Lord, I come out of you, in the name of Jesus.
4. The covenant that will not make me know affliction, I enter into it now, in the name of Jesus.
5. O Lord, make a covenant with my destiny so that I shall rise, shine and excel, in the name of Jesus.
6. The divine covenant that swallows curses, take over my life, in Jesus' name.
7. O Lord, make a covenant with the work of my hands that I may go beyond those that have been stopped, in the name of Jesus.
8. Curses working against me that made my voice not to be heard again, break by fire, in the name of Jesus.
9. Whoever tied me down and says my voice would not be heard again, be caged by fire, in the name of Jesus.
10. Anyone hunting me for evil, die in my place, in the name of Jesus.
11. O Lord, lay Your hands upon me and let my life be positively different, in the name of Jesus.
12. The power to overcome evil spirits, come upon me now, in the name of Jesus.
13. Every evil around me, I command you to go, in the name of Jesus.
14. O Lord, defeat every battle of my life, in the name of Jesus.
15. Lord, let my enemies begin to work in vain over my life, in the name of Jesus.
16. Lord, let all enemies hunting for my life hunt me in vain, in the name of Jesus.
17. Any power that does not want to see me at the top, be destroyed by fire, in the name of Jesus.
18. Any power challenging my lifting, I challenge you today, in the name of Jesus.
19. Any power that wants me to remain on the same spot, perish, in Jesus' name.
20. Any power that wants to extend my problems shall perish, in Jesus' name.
21. Anointing to destroy the yoke of standstill in my life, fall upon me now, in the name of Jesus.

SECTION 7

THE SIEGE IS OVER

Scripture Reading: Isaiah 36

Confession: Hebrews 4:15-16: For we have not an high priest which cannot be touched with the feeling of our infirmities; but was in all points tempted like as we are, yet without sin. Let us therefore come boldly unto the throne of grace, that we may obtain mercy, and find grace to help in time of need.

Day 1 (06-10-23) *Bible in 70 Days (Day 61 - John 13:31 - Acts 1 - 6:3)*

Devotional Songs (Pages 4-12)

Praise and Worship

Prayers of Praise and Thanksgiving (Page 14-15)

1. Any frustration preventing my joy, scatter by fire, in the name of Jesus.
2. Battles surrounding my celebration, scatter by fire, in the name of Jesus.
3. Anointing to rise wherever I find myself, fall upon me, in the name of Jesus.
4. Crisis at any point, hear the word of the Lord, I want to rise, backfire, in the name of Jesus.
5. Destiny antagonists surrounding my life, thunder of God, scatter them, in the name of Jesus.
6. Anything attacking my success, be destroyed by fire, in the name of Jesus.
7. The darkness covering my life, scatter by fire, in the name of Jesus.
8. Any coven entertaining my case in order to destroy me, catch fire, in the name of Jesus.
9. Power in the blood of Jesus to destroy battles emanating from the womb, fall on me now, in the name of Jesus.
10. Every problem that I am facing now that started from my mother's womb, by the power in the blood of Jesus, release me and let me go, in Jesus' name.
11. Any womb problem affecting my progress to date, expire now, in Jesus' name.
12. Witchcraft powers manipulating me, be destroyed, in the name of Jesus.
13. Power of the desert, come out of my life now, in the name of Jesus.
14. Witchcraft powers fighting my glory, be frustrated, in the name of Jesus.
15. The garment of attacks designed for me, catch fire, in the name of Jesus.
16. The affliction of the wicked shall not rise against me again, in Jesus' name.

PRAYER BATTLE (4)

17. Battles of the wicked, you shall not succeed against me, in the name of Jesus.
18. Hidden witchcraft in my life, within seven days, die, in the name of Jesus.
19. Witchcraft battle assigned to disgrace me, perish by fire, in the name of Jesus.
20. Anyone searching for the secret of my life in order to harm me, perish on the way, in the name of Jesus.
21. I bury my disappointment and failure today, in the name of Jesus.
22. Every virtue of my life that is swallowed by witchcraft, be vomited by fire, in the name of Jesus.
23. O God of fire, arise and let all the enemies of my life scatter, in Jesus' name.
24. Idol power tying me down like a goat, lose your power, in the name of Jesus.
25. O Lord, destroy any power using my date of birth to send arrows of bad luck to me, in the name of Jesus.
26. Powers of darkness staining my garment from the coven, die by fire, in the name of Jesus.
27. Evil strangers sent to trouble my life, fire of God, consume them, in the name of Jesus.
28. O Lord, let Your fire swallow every strange fire attacking my life, in the name of Jesus.

Day 2 (07-10-23) - *The Bible in 70 Days (Day 62 - Acts 6:4-17:25)*

Devotional Songs (Pages 4-12)

Praise and Worship

Prayers of Praise and Thanksgiving (Page 14-15)

29. Battles of life assigned to defeat me, lose your power, in the name of Jesus.
30. Every curse working hard to frustrate my glory, backfire, in the name of Jesus.
31. Any power demanding for my blood, perish by fire, in the name of Jesus.
32. Wicked hands oppressing my glory, catch fire, in the name of Jesus.
33. The generational pattern of shame and disgrace in my family, scatter by fire, in the name of Jesus.
34. The garment of frustration that is bringing shame into my life, be consumed by fire, in the name of Jesus.
35. Any shame mocking my glory, blood of Jesus, cancel it, in the name of Jesus.

PRAYER BATTLE (4)

36. Every shame wasting my years, blood of Jesus, cancel it, in the name of Jesus.
37. Any shame growing with my age, enough is enough, die, in the name of Jesus.
38. Long-time shame affecting my life, end now, in the name of Jesus.
39. Every plan of shame against my life, scatter by fire, in the name of Jesus.
40. Prophecy of shame against my future, blood of Jesus, cancel it, in Jesus' name.
41. Agent of shame assigned against me, die, in the name of Jesus.
42. The invisible garment of shame in my life, catch fire, in the name of Jesus.
43. My glory shall not be wounded through shame, in the name of Jesus.
44. I claim victory over shame and disgrace in my life, in the name of Jesus.
45. Every plan of death at all costs for me and my family, backfire, in Jesus' name.
46. Date of death satanically allocated to me, be cancelled by the blood of Jesus, in the name of Jesus.
47. Feelings of death in my soul, blood of Jesus, cancel them, in the name of Jesus.
48. Prophecies of death over me, be cancelled by fire, in the name of Jesus.
49. The enemies will not succeed in my life anymore, in the name of Jesus.
50. Every wicked chain connecting me to oppression, break, in the name of Jesus.
51. All altars of oppression against my life, catch fire, in the name of Jesus.
52. Grave of oppression against my life, be consumed by fire, in the name of Jesus.
53. Anything my enemies are depending on to frustrate me, catch fire, in the name of Jesus.
54. Mercy of God, terminate every sweat and struggle in my life, in Jesus' name.
55. O God, arise, cover my head in the day of battle, in the name of Jesus.
56. Mockery in my life, disappear, in the name of Jesus.

Day 3 (08-10-23) *Bible in 70 Days (Day 63- Acts 17:26 - Rom 1- 3:1)*

Devotional Songs (Pages 4-12)

Praise and Worship

Prayers of Praise and Thanksgiving (Page 14-15)

57. Anything in my life attracting insult, be consumed by fire, in the name of Jesus.

PRAYER BATTLE (4)

58. O God, arise and mock my mockers, in the name of Jesus.
59. My destiny, reject mockery, in the name of Jesus.
60. Unknown covenant bringing mockery into my life, break by fire, in the name of Jesus.
61. Every power calling my name into the calendar of sorrow and tragedy, release me and die, in the name of Jesus.
62. Every dark pot cooking this month's calendar for my sake, break by fire, in the name of Jesus.
63. Every calendar and agenda contrary to my joy, catch fire, in the name of Jesus.
64. Enemies of my new song, make a mistake and die, in the name of Jesus.
65. Right now, powers that have stolen my open doors, die, in the name of Jesus.
66. Enemies of my celebration, leave my life alone and die, in the name of Jesus.
67. Doors that would change my story, open now by fire, in the name of Jesus.
68. Doors that would make people rush to my God, open unto me now, in the name of Jesus.
69. Doors that will make my mockers bow before me, open unto me now, in the name of Jesus.
70. Angels of the living God, arise and scatter my Goliath, in the name of Jesus.
71. Power of frustration and bad luck, lose your hold over my life, in Jesus' name.
72. Thunder of God, arise and waste my enemies, in the name of Jesus.
73. Every hanging blessing, every pending breakthrough, every detained testimony, manifest in my life now, in the name of Jesus.
74. Divine favour, bombard my life by fire, in the name of Jesus.
75. Lion of the tribe of Judah, pursue affliction out of my life, in the name of Jesus.
76. Battles at the junction of my breakthrough, scatter by fire, in Jesus' name.
77. Triangular powers sitting upon my breakthrough, scatter by fire, in the name of Jesus.
78. Lord, let every sender of serpents against my life receive their serpents back; and let their serpents bite them to death without mercy, in the name of Jesus.
79. Every wind of wickedness assigned against me, backfire, in the name of Jesus.

PRAYER BATTLE (4)

80. Every arrow of insanity assigned against me, die, in the name of Jesus.
81. The period of mercy for the wicked in my life is over, in the name of Jesus.
82. You wicked, hear the word of the Lord; your end has come, in Jesus' name.
83. Powers that have made covenants to destroy me, destroy yourselves, in the name of Jesus.
84. Every problem affecting me, develop terminal disease and die, in Jesus' name.

Day 4 (09-10-23) *Bible in 70 Days (Day 64 - Rom. 3:2-1 Cor. 1-4:3)*

Devotional Songs (Pages 4-12)

Praise and Worship

Prayers of Praise and Thanksgiving (Page 14-15)

85. The God, Who is more than enough, answer me by fire, in the name of Jesus.
86. Dark imaginations and negative wishes about my life, expire, in Jesus' name.
87. I will not befriend my enemies, in the name of Jesus.
88. O God, arise, give me a miracle that will shock my doctors, in Jesus' name.
89. Altars of Belial assigned to trouble me, catch fire, in the name of Jesus.
90. The disaster and turmoil of the remaining months of this year shall not cage me, in the name of Jesus.
91. O Lord, give me testimonies that would surprise my friends and shock my enemies, in the name of Jesus.
92. O God, arise in Your vengeance and devour the stubborn avenger assigned against me, in the name of Jesus.
93. By the blood of Jesus, I silence every raging avenger of my testimonies, in the name of Jesus.
94. Every case file of failure prepared against me, catch fire, in the name of Jesus.
95. Every affliction assigned to catch me unaware, backfire, in the name of Jesus.
96. Every power saying no to my victory dance, be frustrated, in Jesus' name.
97. Spiritual taskmaster from my father's house, lose your power over me, in the name of Jesus.
98. Power of God, swallow my powerlessness now, in the name of Jesus.
99. My horn, rise above every horn of the wicked around me, in the name of Jesus.

PRAYER BATTLE (4)

100. Every demonic arrogance assigned to mock me, be disgraced by fire, in the name of Jesus.
101. Every power hired to humiliate me and drive me into begging for bread, be wasted, in the name of Jesus.
102. O God that killeth and maketh alive, arise and kill my affliction, in the name of Jesus.
103. Poverty and hopelessness of the dunghill, release my life now, in the name of Jesus.
104. Dust of poverty that has settled upon my life, backfire, in the name of Jesus.
105. I receive power from on high to catapult my life to the palace of my prosperity, in the name of Jesus.
106. My crown of favour and glory, locate my head, in the name of Jesus.
107. My crown of glory in the custody of evil powers, arise and locate me, in the name of Jesus.
108. O Lord, do not let me be like the living dead, in the name of Jesus.
109. Every power assigned to backstab me, be exposed and be disgraced, in the name of Jesus.
110. Anyone promoting antagonism in my life, be exposed and be disgraced, in the name of Jesus.
111. Orchestrators of frustration in my life, be frustrated, in the name of Jesus.
112. O Lord, make me a solution to my world, after the order of Joseph, in the name of Jesus.

Day 5 (10-10-23) *Bible in 70 Days (Day 65-1Cor. 4:4-2Cor. 1:1-5:3)*

Devotional Songs (Pages 4-12)

Praise and Worship

Prayers of Praise and Thanksgiving (Page 14-15)

113. Supernatural progress after the order of Daniel, materialise in my life, in the name of Jesus.
114. Gravediggers and their agents, fall into the graves you have dug for me, in the name of Jesus.
115. Ancestral connections waiting for my failure, you are liars, receive frustration, in the name of Jesus.
116. Night attackers assigned against me, perish, in the name of Jesus.
117. Evil conspiracies assigned to displace me and put me to shame, scattered by fire, in the name of Jesus.

PRAYER BATTLE (4)

118. Power of scatterers working against me, scatter, in the name of Jesus.
119. Powers working hard to keep me small, expire, in the name of Jesus.
120. Affliction in my life, die, in the name of Jesus.
121. God of suddenly, appear in my situation and settle my case, in Jesus' name.
122. Father, defeat my adversaries suddenly and put them to open shame, in the name of Jesus.
123. My Father and my God, speedily deliver my breakthroughs and desires into my hands now, in the name of Jesus.
124. Father, let the works of glory stealers, destiny aborters and virtue emptiers die completely concerning my life, in the name of Jesus.
125. God of Elisha, destroy the wicked plans of my unrelenting enemies, in the name of Jesus.
126. Father, visit me and turn my famished and barren lands into fruitful fields, in the name of Jesus.
127. Unrelenting Pharaohs trying to block my greatness, glory, fulfilment and flourishing, be swallowed by your Red Sea, in the name of Jesus.
128. My opposition will become the stepping stone to my promotion, in the name of Jesus.
129. Father, use my Haman to decorate and bless me, after the order of Mordecai, in the name of Jesus.
130. Every evil power assigned against my rising and shining, die, in Jesus' name.
131. I will be supernaturally promoted, in the name of Jesus.
132. Father, ambush and destroy every evil work of the adversaries set against my ascension to high places, in the name of Jesus.
133. Lord, let every antagonist fall into his pit, after the order of Daniel's enemies, in the name of Jesus.
134. Father, throw confusion into my adversaries and persecutors' camps, in the name of Jesus.
135. All evil powers of far countries working against me, your protection is destroyed, be broken to pieces, in the name of Jesus.
136. Every evil plantation of the enemy against my future and destiny, be uprooted by fire, in the name of Jesus.
137. Demotion, stagnancy and relegation, I am no longer your victim, perish by fire, in the name of Jesus.
138. Lord of host, see me through every unpleasant situation from today, in the name of Jesus.

PRAYER BATTLE (4)

139. God of favour, surround me with favour, in the name of Jesus.
140. I will not be a casualty in the battles of life, in the name of Jesus.

Day 6 (11-10-23) *Bible in 70 Days (Day 66 - 2Cor. 5:4- Eph. 1-5:20)*

Devotional Songs (Pages 4-12)

Praise and Worship

Prayers of Praise and Thanksgiving (Page 14-15)

141. Bad luck, die in my life and in my destiny, in the name of Jesus.
142. Captain of the Lord of host, let my enemies receive a technical knockout, in the name of Jesus.
143. Sorrow and sighing, flee from my life, family, career and finances, in the name of Jesus.
144. Stones of false accusation, gossip and antagonism targeted to crush my image, crush your owners, in the name of Jesus.
145. Every antagonist, bow down and be silenced permanently, by the power in the blood of Jesus, in the name of Jesus.
146. Fainting spirit at the edge of accomplishment, you are a liar, die, in the name of Jesus.
147. Diehard enemies, die, by the power in the covenant of the blood of Jesus, in the name of Jesus.
148. Powers wanting or expecting me to fail, you are failures, you will all witness my promotion and celebration, in the name of Jesus.
149. Warring angels, pounce on my enemies and grind them to nothingness, in the name of Jesus.
150. Every arrow shot at me in secret, go back to your sender, in Jesus' name.
151. Hindrances to my moving forward, get out of my life and leave me alone, in the name of Jesus.
152. Opportunity wasters, stealers and aborters targeting my life, die, in the name of Jesus.
153. Star and glory emptiers, die, in the name of Jesus.
154. Evil destructive addictions in my life, die, in the name of Jesus.
155. Unrepentant arresters and abductors, die, in the name of Jesus.
156. Unrelenting destroyers, lose your hold upon my life, in the name of Jesus.
157. Terrorists, abductors and kidnapping powers, lose your powers and be arrested, in the name of Jesus.

PRAYER BATTLE (4)

158. Powers that have sentenced my life to poverty, be destroyed, in the name of Jesus.
159. Every affliction of the dust troubling my life, die, in the name of Jesus.
160. The dust of my foundation covering my glory, I blow you away with the wind of fire, in the name of Jesus.
161. The dust of failure mocking my efforts, scatter by fire, in the name of Jesus.
162. Every power of the dust mocking and laughing at my situation, shut up and die, in the name of Jesus.
163. Power to rise from the dust of wickedness, fall upon me now, in Jesus' name.
164. You, beggarly power that imprisoned my life, release me now, in the name of Jesus.
165. O Lord, by the power that catapults the poor from the dunghill to the palace, catapult me from failure to success, in the name of Jesus.
166. Every night-time affliction troubling my life, lose your power, in Jesus' name.
167. Every household enemy mocking my situation, receive angelic slap, in the name of Jesus.
168. The power that promotes from the valley of shame to the mountain-top of fame, fall upon my life, in the name of Jesus.

Day 7 (12-10-23) *Bible in 70 Days (Day 67-Eph. 5:21-1Tim. 1-5:5)*

Devotional Songs (Pages 4-12)

Praise and Worship

Prayers of Praise and Thanksgiving (Page 14-15)

169. Every dark prince occupying the palace of my glory, I overthrow you now, in the name of Jesus.
170. I shake off every dust of begging and poverty from my life, in Jesus' name.
171. Every curse of the dust afflicting and tormenting me, I break you away from my life, in the name of Jesus.
172. Clinging dust of my former reproach, saying no to my moving forward, catch fire, in the name of Jesus.
173. Stubborn evil dust of my foundation, scatter by fire, in the name of Jesus.
174. Every stranger hiding in close places in my life, be openly exposed and disgraced, in the name of Jesus.
175. O God, arise and restore my stolen opportunities, in the name of Jesus.
176. O God, arise and connect me to the covenant of wealth, in Jesus' name.

PRAYER BATTLE (4)

177. Every power blowing evil dust to settle upon my life, die with your evil dust, in the name of Jesus.
178. Powers blowing the dust of poverty into my life, be consumed by fire, in the name of Jesus.
179. Every power hiding my key of prosperity, release it to me and die, in the name of Jesus.
180. My glory, my star, refuse to be silent; speak out loud, in the name of Jesus.
181. Lord, use my lifting to reply my enemies, in the name of Jesus.
182. Powers holding tightly unto my life, release me by fire, in the name of Jesus.
183. Any power using my name for evil assignments, perish by fire, in the name of Jesus.
184. O Lord, send Your fire to all evil camps gathered against me, in Jesus' name.
185. Anyone trading with my life to make profit, I sentence you to death, in the name of Jesus.
186. Anyone using the earth to curse me, O earth, open up and swallow him or her, in the name of Jesus.
187. I receive the power to see the end of my problem, in the name of Jesus.
188. Anyone that the enemy is using to harm me, die now, in the name of Jesus.
189. O God, arise and disgrace the battle assigned to disgrace me, in Jesus' name.
190. "Thou shall not prosper" curses in my life, break by fire, in the name of Jesus.
191. Anyone pursuing me to death, die on the way, in the name of Jesus.
192. Anyone happy with my unpleasant situation, O God, arise and judge him or her quickly, in the name of Jesus.
193. Rivers of my destiny miracle, rivers of my uncommon favour, rivers of my blessings and glory that have been locked up by the enemy, open unto me now, in the name of Jesus.
194. O Lord, let me inherit the seat of my glory, in the name of Jesus.
195. Any stranger sitting on my throne of glory, I unseat you, in Jesus' name.
196. All my hidden and buried glory, come out of the grave of shame, in the name of Jesus.

Day 8 (13-10-23) *Bible in 70 Days (Day 68 - 1Tim. 5:6-Heb. 1-11:40)*

Devotional Songs (Pages 4-12)

Praise and Worship

Prayers of Praise and Thanksgiving (Page 14-15)

197. Every grave that has swallowed my glory, vomit it by fire, in Jesus' name.
198. O Lord, because of Your mercy, let Your glory begin to manifest in my life, in the name of Jesus.
199. Father, make me to go from one level of glory to another, in Jesus' name.
200. My glory shall not cease, by the fire of the Holy Ghost, in the name of Jesus.
201. Holy Ghost fire, destroy every glory stealer operating in my life, in the name of Jesus.
202. Every covering of darkness over my glory, catch fire, in the name of Jesus.
203. I terminate every power of darkness covering my glory, in the name of Jesus.
204. O Lord, shake off every covering of the enemy over my glory, in Jesus' name.
205. O God, my Father, honour my word according to Your word, in Jesus' name.
206. You, mountain of impossibilities in my life, receive solution, in Jesus' name.
207. Whatever is happening to me that is not ordained by God, expire now, in the name of Jesus.
208. Holy Ghost fire, move with force into the enclave of evil powers troubling my life and trouble them, in the name of Jesus.
209. Any form of affliction hiding in my life, die, in the name of Jesus.
210. I command my life to walk into prosperity, in the name of Jesus.
211. My joy shall be full, whether the devil likes it or not, in the name of Jesus.
212. Evil doers shall not recognise me from today, in the name of Jesus.
213. Any power calling my name for evil, die, in the name of Jesus.
214. Agent of death hired to destroy me, die suddenly, in the name of Jesus.
215. Anointing to move forward, locate my life from today, in the name of Jesus.
216. O God, arise, move me from minimum to maximum, in the name of Jesus.
217. Satanic terrorists hired to waste my life, I behead you with the sword of the Holy Ghost, in the name of Jesus.
218. I receive divine earthquake of uncommon blessings, in the name of Jesus.
219. I release my caged helpers by fire, by force, in the name of Jesus.
220. I release my caged blessings from the archive of darkness, in Jesus' name.
221. Blood of Jesus, deliver me from any affliction programmed to destroy me, in the name of Jesus.

PRAYER BATTLE (4)

222. Arrow of delay fired into my life, I command you to backfire now, in the name of Jesus.
223. Lord, let there be maximum security, concerning all channels of my blessings, in the name of Jesus.
224. I must have what I say, whether the enemies like it or not, in Jesus' name.

Day 9 (14-10-23) *Bible in 70 Days (Day 69 - Heb. 12:1-2Joh 1-1:11)*

Devotional Songs (Pages 4-12)

Praise and Worship

Prayers of Praise and Thanksgiving (Page 14-15)

225. Any affliction attached to my life at birth, die now, in the name of Jesus.
226. Stubborn infirmity following me about, come out now and die, in the name of Jesus.
227. I shake out long-time affliction from my life, in the name of Jesus.
228. O God, arise, flush out affliction from my system, in the name of Jesus.
229. Powers from my foundation cooking my flesh in any pot of darkness, scatter now, in the name of Jesus.
230. I walk out of sickness; sickness, walk out of me, in the name of Jesus.
231. Demonic utterances working against my health, backfire, in Jesus' name.
232. Midnight incantations working against my destiny, hear the word of the Lord; be destroyed, in the name of Jesus.
233. Balm of Gilead, heal me now by Your mercies, in the name of Jesus.
234. Any sickness and disease in my life that is destroying my finances, your time is up, die, in the name of Jesus.
235. Strongholds in my life battling my destiny, I pull you down, in Jesus' name.
236. Every power using my thoughts against me, bow now, in the name of Jesus.
237. Anointing for productive thinking, come upon my life, in the name of Jesus.
238. Confusion, hear the word of the Lord, bow, in the name of Jesus.
239. Anointing for uncommon success, fall upon my life, in the name of Jesus.
240. Every power assigned to hinder my breakthroughs, rush into the Red Sea and die, in the name of Jesus.
241. I pronounce blessings and good things upon my life, in the name of Jesus.
242. God's creative power, arise and move me forward, in the name of Jesus.
243. Hidden enemies assigned against me, die, in the name of Jesus.
244. Every evil agent of the devil working against my breakthrough, I command you to get out of my way now by fire, in the name of Jesus.

PRAYER BATTLE (4)

245. Every satanic friend around me, working against my breakthrough and blessing, I command you to be exposed now by fire, in the name of Jesus.
246. Every force of darkness reducing my stature in destiny, catch fire, in the name of Jesus.
247. Every power of the enemy tying me down, fall down and die, in Jesus' name.
248. Every power of darkness limiting me in life, receive the judgement of fire now and die, in the name of Jesus.
249. Every spiritual thief stealing from me and my household, catch fire now, in the name of Jesus.
250. Every force of darkness scattering my labour and reward, die now by fire, in the name of Jesus.
251. Every on-going plot of demotion against me in the kingdom of darkness, I command you to scatter now by fire, in the name of Jesus.
252. Every adversary pulling down my promotion, be destroyed by fire, in the name of Jesus.

Day 10 (15-10-23) *Bible in 70 Days (Day 70 - 3Joh 1:12-Rev. 1-22:21)*

Devotional Songs (Pages 4-12)

Praise and Worship

Prayers of Praise and Thanksgiving (Page 14-15)

253. Wherever enemies are gathered against me, I command their gathering to scatter, in the name of Jesus.
254. Every word spoken by satanic inspiration against my life and destiny, I render you powerless by the blood of Jesus Christ, in the name of Jesus.
255. Every satanic decision made against my destiny, I decree that you shall neither stand nor come to pass, in the name of Jesus.
256. I decree that my youth is renewed like the eagle's, by the blood of Jesus Christ, in the name of Jesus.
257. Every satanic arrow targeted at me, I command you to backfire by fire, in the mighty name of Jesus Christ.
258. I decree that everything in creation shall begin to work in my favour, in the mighty name of Jesus Christ.
259. Every satanic structure set up at my workplace, I pull you down by fire, in the name of Jesus.
260. Every loophole giving space to the enemy to come into my life, O Lord, in Your mercy, block it now, in the name of Jesus.

PRAYER BATTLE (4)

261. I destroy every stronghold of the enemy in my life and family, in Jesus' name.
262. Demonic plots to make me experience shame, I cancel you by the blood of Jesus Christ; you shall not stand, in the name of Jesus.
263. Every satanic tongue speaking error into my life and family daily, I silence you now, by the blood of Jesus Christ, in the name of Jesus.
264. Every evil spell cast against me and my household to make us fail in life, I destroy your effect over my life and family now, by the blood of Jesus Christ, in the name of Jesus.
265. Every demonic group taking counsel together to snatch away the blessings that God has given to me, I scatter your plans and I command confusion into your midst now, in the name of Jesus.
266. Every satanic report made against my health in the realm of darkness, catch fire now, in the name of Jesus.
267. Any object used to tie me down on the altar of darkness, catch fire now, in the name of Jesus.
268. Every altar of darkness where my name is being called consistently for evil, I command such altar to catch fire now, in the name of Jesus.
269. Every evil covenant made on my behalf, causing regression for me, I deactivate you by the blood of Jesus Christ, in the name of Jesus.
270. I disconnect myself totally from the altars of darkness, in the name of Jesus.
271. Every witchcraft power hindering my destiny helpers from locating me, catch fire now, in the name of Jesus.
272. I decree that I am forever free from satanic cages, in the name of Jesus.
273. As I open my door, I command the door of my marriage to open unto me, in the name of Jesus.
274. As I open the door of my house, I shall receive good news from an expected personality, in the name of Jesus.
275. As I open my door, let every bad spirit associated with me depart from me, in the name of Jesus.
276. As I open my door, let success and promotion be attracted to my life, in the name of Jesus.
277. As I open the door of my workplace, the power of God shall destroy every enemy of my progress, in the name of Jesus.
278. As I open my door by faith, I declare that I shall enjoy the favour of God and men, all the days of my life, in the name of Jesus.

PRAYER BATTLE (4)

279. As I open my door, my God shall supply all my needs according to His riches in glory, in the name of Jesus.
280. As I open my door, I shake out all evil inheritance and curses troubling my life, in the name of Jesus.

SECTION CONFESSIONS

When the enemy sees the blood, they shall pass over; destroyers will not be able to enter in because of the blood of Jesus Christ, in the name of Jesus. daughters of those who afflicted me shall come bending low to me, and all those who hated me shall bow down at my feet.

Every word, that goes out of my mouth, is the words of God; they will go forth to execute the purpose for which I send the Word, in the name of Jesus. As a workmanship of God, anointed with the oil of gladness, I am rich because Jesus has given me everything about life. This includes profitable living and fruitfulness in all that I do, in the name of Jesus. I am a partaker of all God's heavenly blessings because it is written that God has blessed all His children with all spiritual blessings in the heavenly places.

SECTION VIGIL

(To be done between the hours of 12 midnight and 2am)

HYMN FOR THE VIGIL (Page 12-13)

1. As I open my door, let everything that represent sorrow, setback, stagnation and shame come out of my life, in the name of Jesus.
2. Holy Ghost fire, blood of Jesus Christ, purge and clear obstacles away from my finances, in the name of Jesus.
3. O Lord, open by fire every door that has been shut against my prosperity and investment, in the name of Jesus.
4. The divine keys to open the doors of my financial breakthrough, be released by fire, in the name of Jesus.
5. Lord, let the fire of God break the witchcraft house storing my financial blessings, in the name of Jesus.
6. Any evil personality tying down the works of my hands, catch fire, in the name of Jesus.

PRAYER BATTLE (4)

7. My financial destiny, where are you? Arise and locate me, in the name of Jesus.
8. I command the release of financial open doors and happiness in every area of my life, in the name of Jesus.
9. Every evil wind delegated to blow away the harvest of my efforts, dry up and backfire to your senders, in the name of Jesus.
10. All my enemies, hear the word of the Lord, you must surrender in shame, in the name of Jesus.
11. Altar of poverty assigned against my prosperity, I set you ablaze, in the name of Jesus.
12. Father, cause this nation's economy to favour me, in the name of Jesus.
13. I break and loose myself from every collective curse and setback, in the name of Jesus.
14. Anyone who has taken anything from me in order to harm me will be disgraced, in the name of Jesus.
15. All doors of goodness that have been closed against me, I command you to open today, in the name of Jesus.
16. I curse every trace of poverty in my life, in the name of Jesus.
17. Fire of God, locate and open every closed door against my finances, in the name of Jesus.
18. Every roadblock on my way to achievement, break and scatter, in Jesus' name.
19. Any door of breakthrough on which I have been knocking over the years, open by fire, in the name of Jesus.
20. Any embargo on my access to success, be lifted, in the name of Jesus.
21. Every strong man attacking me at the edge of my breakthroughs, fall down and die, in the name of Jesus.